골로블료프가의
사람들

Господа Головлевы

Михаил Евграфович Салтыков-Щедрин

대산세계문학총서 094

골로블료프가의 사람들

미하일 살티코프 셰드린 지음 — 김원한 옮김

문학과지성사
2010

대산세계문학총서 094_소설
골로블료프가의 사람들

지은이 미하일 살티코프 셰드린
옮긴이 김원한
펴낸이 홍정선 김수영
펴낸곳 ㈜문학과지성사
등록 1993년 12월 16일 등록 제10-918호
주소 121-840 서울 마포구 서교동 395-2
전화 02)338-7224
팩스 02)323-4180(편집) 02)338-7221(영업)
전자우편 moonji@moonji.com
홈페이지 www.moonji.com
제1판 제1쇄 2010년 6월 18일

ISBN 978-89-320-2064-8
ISBN 978-89-320-1246-9 (세트)

이 책의 판권은 옮긴이와 (주)문학과지성사에 있습니다.
양측의 서면 동의 없는 무단 전재 및 복제를 금합니다.

이 책은 대산문화재단의 외국문학 번역지원사업을 통해 발간되었습니다.
대산문화재단은 大山 愼鏞虎 선생의 뜻에 따라 교보생명의 출연으로 창립되어
우리 문학의 창달과 세계화를 위해 다양한 공익문화사업을 펼치고 있습니다.

차례

등장인물 소개　7
제1장　가족 심판　9
제2장　식구끼리 하는 대로　86
제3장　가족 결산　150
제4장　조카딸　215
제5장　금지된 가족의 기쁨　282
제6장　상속인이 없는 남자　322
제7장　총결산　366

옮긴이 해설·탐욕과 방종이 만든 비극, 3대에 걸친 암울한 삶의 초상화　418
작가 연보　425
기획의 말　428

일러두기

1. 이 책의 맞춤법 및 외래어 표기는 문교부 고시 「한글 맞춤법」 및 「외래어 표기법」을 원칙으로 삼았다.
2. 주(註)는 별도의 설명이 없는 한 모두 옮긴이 주이다.

등장인물 소개

●

- 러시아인의 이름은 이름, 부칭, 성으로 구성되어 있다. 부칭은 아버지의 이름에서 만들어진다.
- 골로블료프는 성이며, 골로블료보는 이들 가족이 소유한 영지의 지명이다.
- 이름 이외에도 등장인물들은 몇 가지 애칭을 갖고 있다.

블라디미르 미하일르이치 골로블료프: 골로블료보 영지의 명목상의 지주. 실질적 지주인 아리나 페트로브나 골로블료바의 남편. 그의 나태하고 방종한 생활 태도는 자식들에게로 이어진다.

아리나 페트로브나 골로블료바: 여지주. 4남매의 어머니. 결혼 초 150명에 불과한 농노의 수를 4천 명까지 증가시킬 만큼의 수완을 가진 여인. 경제적인 이득을 위해서라면 가족의 희생도 불사하는 강인한 성격의 수전노. 결국에는 아들에게 모든 재산을 빼앗기고 궁색하게 죽는다.

스테판 블라디미르이치 골로블료프(애칭은 스테프카, 별명은 얼간이 또는 장난꾸러기)**:** 아리나의 장남. 모스크바에서 대학 교육을 받았지만, 무능한 인물. 부모로부터 받은 모스크바의 집을 도박으로 경매에 넘기고, 영지에 내려와 술로 세월을 보내다 사망함.

안나 블라디미로브나 골로블료바: 아리나의 외동딸. 부모가 반대하는 결혼을 해 쌍둥이 딸 안닌카와 류빈카를 남기고 젊은 나이에 사망함.

포르피리 블라디미르이치 골로블료프(애칭은 포르피샤, 별명은 어린 유다, 흡혈귀)**:** 아리나의 차남. 아리나와 함께 소설의 주인공이다. 공무원 생활 후 퇴직하여 영지 관리에 전념. 어머니 아리나로부터는 수전노 성격을, 아버지로부터는 망상증을 물려받았으며, 이에 더하여 종교적인 위선까지 골고루 갖춘 인물. 소설의 마지막 장에서 자살에 가까운 죽음을 맞음.

파벨 블라디미르이치 골로블료프: 군인. 어머니로부터 두브로비노 영지를 상속받아 그곳에서 살다 과도한 음주벽으로 인해 사망함. 냉담하고 음울한 성격의 소유자.

안닌카: 안나가 남긴 쌍둥이 딸. 지방에서 극단의 배우 생활을 하다 동생 류빈카가 자살한 후 골로블료보에 돌아와 술로 세월을 보낸다.

류빈카: 안나가 남긴 쌍둥이 딸. 언니 안닌카와 함께 고향을 떠나 지방에서 극단 생활로 생계를 꾸림. 문란한 생활 후 생활고로 자살함.

페텐카: 포르피리의 장남. 군인으로 복무 중 공금을 노름으로 써버리고 유형 선고를 받는다. 유형지로 가던 중 사망함.

볼로덴카: 포르피리의 차남. 아버지가 반대하는 결혼을 한 뒤 경제난으로 고생하다 자살함.

베라 미하일로브나: 블라디미르 미하일르이치의 여동생.

바르바라 미하일로브나: 블라디미르 미하일르이치의 여동생.

제1장
가족 심판

어느 날 먼 곳의 세습 영지를 관리하는 안톤 바실리예프가 지주 마님 아리나 페트로브나 골로블료바에게 찾아와 모스크바로 출장 가서 그곳에 등록되어 있는 농부들에게 소작료를 징수해온 일을 보고했다. 그런데 그는 하인방으로 돌아가도 좋다는 그녀의 허락을 받고 난 후에도 무언가 할 말은 있지만 못하고 있다는 듯이 그 자리에서 머뭇거리고 있었다.

아리나 페트로브나는 아주 작은 몸짓뿐만 아니라 속마음을 숨기려는 집안 일꾼들의 의도까지도 꿰뚫어볼 줄 알았기에 무슨 일이 있다는 것을 바로 알아차렸다.

"또 무슨 일이지?" 그녀는 관리인의 얼굴을 정면으로 주시하면서 물었다.

"아닙니다." 안톤 바실리예프는 얼버무리며 말을 끝내려고 했다.

"거짓말하지 마! 뭔가 있어! 눈을 보면 알 수 있지!"

그렇지만 안톤 바실리예프는 여전히 대답할 엄두를 내지 못한 채 제자리에 머물러 있었다.

"무슨 일이 있는지 말해봐. 어서! 속이지 말고…… 배신자!" 아리나 페트로브나는 단호한 목소리로 소리쳤다.

아리나 페트로브나는 관리인들과 집안 식구들에게 별명 붙이기를 좋아했다. 그녀는 안톤 바실리예프를 '배신자'라고 불렀는데, 이는 그가 실제로 배신을 한 전력이 있기 때문이 아니라 비밀을 잘 지키지 못하는 그의 성격 때문이었다. 그가 관리하는 영지는 마을의 중심지로 선술집이 많이 모여 있는 상업 지역이었다. 안톤 바실리예프는 선술집에서 차를 마시며 지주 마님이 대단한 능력을 가졌다고 큰소리치기를 좋아했는데, 이럴 때면 알게 모르게 말실수를 하곤 했다. 아리나 페트로브나의 집에는 송사가 끊이지 않았는데, 가끔은 대리인의 수다 때문에 지주 마님의 교활한 계략이 미처 힘을 써보기도 전에 밖으로 드러나는 경우가 있었다.

"예, 있긴 한데 말이죠……" 마침내 안톤 바실리예프가 중얼거렸다.

"그래? 무슨 일이지?" 아리나 페트로브나는 조바심이 났다.

권위적일 뿐만 아니라 상상력도 뛰어난 이 여인은 자기에게 닥칠 수도 있는 모든 반발과 반항들을 잠시 마음속으로 그려보더니, 곧 자신의 상상에 사로잡혀 창백한 얼굴로 의자에서 벌떡 일어났다.

"스테판 블라디미르이치께서 모스크바의 집을 파셨답니다." 관리인이 조심스레 보고했다.

"뭐라고?"

"파셨다고요."

"왜? 어떻게? 꾸물대지 말고 빨리 말해!"

"아마도 빚 때문인 듯합니다. 좋은 일이었다면 당연히 팔지 않았겠지요."

"그렇다면 경찰이 팔았다는 건가? 아니면 법원에서 팔았다는 건가?"

"그런 것 같습니다. 집은 8천 루블로 경매에 붙여졌다고 하더군요."

아리나 페트로브나는 의자에 털썩 주저앉아 창문을 응시했다. 맨 처음 이 소식을 들었을 때는 정신을 차릴 수가 없었다. 만일 스테판 블라디미르이치가 사람을 죽였다거나 골로블료보의 농부들이 폭동을 일으켜 부역노동에 나가기를 거부했다거나 또는 농노제가 무너졌다는 이야기를 들었다 해도 이렇게 놀라지는 않았으리라. 그녀의 입술은 떨렸고 두 눈은 멍하니 먼 곳을 바라보았다. 바로 이때 두냐쉬카가 앞치마에 무언가를 감추고 급히 창가를 지나다가 주인마님을 보고 그 자리에 멈춰 빙빙 돌더니 살금살금 뒤로 돌아 사라졌지만 그녀는 아무것도 눈치 채지 못했다(다른 때라면 두냐쉬카를 철저히 추궁했을 것이다). 그러다가 겨우 정신을 차리고 말을 꺼냈다.

"정말 웃기는군!"

잠깐 동안 기분 나쁜 정적이 흘렀다.

"그러니까 경찰이 8천 루블에 집을 팔았다는 말이지?" 그녀는 재차 물었다.

"바로 그렇습니다."

"그 집은 유산으로 미리 준 것인데! 파렴치한 놈 같으니라고!"

아리나 페트로브나는 이 소식을 접하고서 어떤 결정을 즉시 내려야만 한다고 직감했지만, 생각의 타래가 두 가지 방향으로 뒤엉켜 풀어낼 수 없었다. 한편으로는 이런 생각이 들었다. '경찰이 팔았다고! 그렇지만 바로 팔리지는 않았을 텐데. 아마도 차압명세서를 만들고 가격을 매긴 후에 경매에 붙였겠지? 2년 전에는 그 손으로 똑같은 집을 정확히 1만 2천 루블에 팔아치우더니 이젠 8천 루블에 넘겼다고! 만일 내가 미리 알았다면 경매에서 8천을 주고 샀을 텐데!' 다른 한편으로는 이렇게도 생각했

제1장 가족 심판 11

다. '경찰이 8천에 팔았다고! 그 집은 유산으로 준 것인데! 파렴치한 놈! 8천 루블로 부모의 유산을 내주다니!'

"어디서 들었지?" 그녀는 집은 이미 팔렸으며 따라서 더 싼 가격으로 그 집을 되찾을 수 있는 희망은 영원히 사라졌음을 깨닫고 되물었다.

"선술집 주인인 이반 미하일리치에게 들었습니다."

"그런데 그자는 왜 미리 나에게 알려주지 않았지?"

"아마 두려웠겠지요."

"두렵다니! 두려움이 어떤 건지 보여줘야겠어! 모스크바에서 불러들여 오는 대로 즉시 징집소를 거쳐 군대로 보내버려야지!"

비록 농노제가 사라져가고는 있었지만 완전히 없어진 것은 아니었다.* 안톤 바실리예프는 주인마님에게서 괴이한 명령을 여러 차례 받은 적이 있지만 이런 결심은 전혀 예상치 못했기에 약삭빠르게 대처할 수가 없었다. 그는 이때 불현듯 '배신자'라는 별명이 떠올랐다. 이반 미하일리치는 신중한 성격의 농부였기에 그에게 어떤 불행이 닥치리라는 것은 생각할 수도 없었다. 게다가 그는 다정스런 친구이자 대부인데, 만일 그를 군대에 보낸다면 어찌 될 것인가! 그것도 '배신자'라 불리는 안톤 바실리예프가 입을 다물고 있지 못했기 때문이라면!

"이반 미하일리치를 용서해주십시오!" 그는 변명하려고 했다.

"꺼져, 관대한 척하기는!" 아리나 페트로브나가 야단치는 소리를 듣고 나니 더 이상 이반 미하일리치를 두둔할 엄두조차 내지 못했다.

그렇지만 이 이야기를 전개시키기에 앞서 독자들에게 아리나 페트로브나와 그녀의 가족 상황을 좀더 알려야겠다.

---

* 러시아는 1861년에 농노제를 폐지했다.

*　*　*

아리나 페트로브나는 60세가량의 노파이지만 아직도 정정하여 자기 마음먹은 대로 살아가는 데 익숙해 있었다. 그녀는 매사에 엄격했다. 광대한 골로블료보 영지를 혼자서 독단적으로 운영하며, 인색하다고 할 정도로 계산을 잘했고, 이웃과는 교류를 하지 않았지만, 지역 유지들에게는 호의를 베풀었다. 하지만 자식들에게는 자기 말에 복종할 것과 '어머님은 뭐라고 하실까?' 하고 매번 먼저 생각해보고 행동할 것을 강요했다. 대체로 독립심이 강한 강직한 성격으로 고집이 센 편이었다. 그녀가 이렇게 된 데에는 골로블료프가에서는 어느 누구도 그녀에게 반항하는 사람이 없었다는 점이 컸다. 그녀의 남편은 경박한 술주정뱅이였다(아리나 페트로브나는 자기는 과부도 아니지만 그렇다고 남편이 있는 것도 아니라고 즐겨 말했다). 자식들은 페테르부르크에서 공직에 근무하기도 했지만, 몇몇은 아버지를 닮아 '혐오스러운' 인물이 되어서 집안일에는 전혀 관여하지 못했다. 이런 실정이기에 아리나 페트로브나는 일찍이 외로움을 느꼈고, 사실대로 말하자면, 가정생활이 뭔지 완전히 잊고 있었다. 비록 '가족'이란 단어가 입 안에서 떠난 것은 아니지만 겉보기에 그녀를 움직이는 것은 오지 안정적인 영지 관리에 대한 끊임없는 관심이었다.

가장인 블라디미르 미하일르이치 골로블료프는 젊었을 때부터 난잡하고도 난폭한 성격으로 유명했기에, 빈틈없이 신중하며 수완 좋은 아리나 페트로브나에게 호감을 준 적이라고는 단 한 번도 없었다. 그는 나태하고 방종한 삶을 살았고 종종 방문을 걸어 잠그고는 찌르레기와 닭의 울음소리를 흉내 내곤 했으며, 소위 '자유시'라는 시 창작에 몰두하기도 했다. 감정이 복받쳐오르는 순간에는 자기가 시인 바르코프*의 친구이며 그가 숨을 거두기 전에 자기를 축복해주었다고 자랑스레 말하곤 했다. 아리나 페트로브나는 오래지 않아 남편의 시에 싫증이 났으며 비열한 어릿광대 짓이라고 조롱하게 되었다. 블라디미르 미하일르이치는 자기 시를 들어줄 사람을 항상 가까이 두려는 목적으로 결혼했기에 두 사람 사이에 곧 불화가 찾아온 것은 당연한 일이었다. 불화는 조금씩 불거지고 거세지더니 이후 잠잠해졌다. 아내는 이제 어릿광대 같은 남편을 멸시와 무관심으로 대했으며, 남편은 아내를 증오했는데 그의 소심함이 증오의 근원이 된 것 또한 사실이다. 남편은 아내를 '마녀' 또는 '악마'라고 불렀으며, 아내는 남편을 '풍차'라거나 '줄 없는 발랄라이카'**라고 불렀다. 두 사람은 이런 관계를 유지하며 40여 년을 함께 살아왔지만 어느 누구도 자신들의 삶이 부자연스럽다고 여긴 적은 없었다. 세월이 흘렀지만 블라디미르 미하일르이치의 장난은 줄어들기는커녕 오히려 악의를 띠게 되었다. 그는 시인 바르코프를 흉내 내는 시 창작과는 별도로 술을 마시기 시작했으며 하녀들이 다니는 복도에 숨어 있곤 했다. 아리나 페트로브나는 남편이 저지르는 새로운 장난을 혐오하여 흥분했지만(그녀가 흥분한 보다 큰 이유는 질투심이라기보다는 몸에 배인 권위 때문이었다) 곧 체념하고는 하녀들이 남편에게 술을 가져다주는 일만은 못하게 막을 뿐이었다. 그녀는 남편은 그녀의 동지가 아니라고 단정 지은 후, 모든 신경을 단 한 가지 일에만 집중했다. 영지를 넓혀가는 일이 바로 그것인바, 그녀는 40여 년의 결혼 생활 동안 영지를 열 배나 확장시킬 수 있었다. 그녀는 대단한 인내심과 예

---

* 이반 세묘노비치 바르코프(1732~1768): 러시아의 외교관이자 풍자시인. 외설적인 시로 유명함.
** 발랄라이카는 러시아의 현악기로 여기서는 수다쟁이라는 뜻.

리한 통찰력으로 원근의 마을들을 예의 주시했으며, 그곳 지주들과 후견인위원회와의 관계를 몰래 염탐하고는 경매장에 느닷없이 나타나곤 했다. 맹목적으로 재산을 획득해가는 동안 블라디미르 미하일르이치는 점점 더 뒤로 밀려났으며, 그러다가 마침내 완전히 고립되었다. 이 이야기가 시작될 무렵 그는 이미 늙어빠진 노인이 되어 침상을 벗어날 수 없었으며, 혹 침실에서 나온다 할지라도 이는 단지 반쯤 열린 아내의 방문에 머리를 들이밀고 '제기랄'이라고 소리치기 위해서일 뿐이었다. 그러고는 곧 다시 자기 방으로 몸을 숨기곤 했다.

아리나 페트로브나는 자식들에게서도 별다른 즐거움을 얻지 못했다. 그녀의 성격은 독신녀의 성격과 흡사할 만큼 매우 독립적이어서 자식들로부터는 불필요한 부담감 이외에는 다른 어떤 것도 얻을 수 없었다. 그녀가 자유로움을 느끼는 때는 오로지 회계장부와 관리계획서를 홀로 살펴볼 때와 영지관리인과 집사 및 창고관리인과 함께 어느 누구의 방해도 받지 않고 집안일을 의논할 때뿐이다. 그녀는 자식들이란 운명적으로 주어진 삶의 조건들 중의 하나이며 자기는 그 조건에 대항할 수 없음을 인정했다. 그렇지만 그 조건은 실제적인 생활의 수많은 사사로움에 몰두하고 있는 그녀의 내면세계의 어느 한 구석도 건드리지 못했다. 자식은 네 명이었다. 아들 셋과 딸 하나였는데, 그녀는 장남과 딸에 대해서는 말하는 것조차 싫어했다. 막내아들에 대해서는 다소 무관심했으며, 차남인 포르피샤는 사랑하지는 않았지만 약간 두려워하는 듯했다.

이 이야기를 통해 주로 말하고자 하는 장남 스테판 블라디미르이치는 집안에서는 '얼간이 스테프카' 또는 '장난꾸러기 스테프카'라고 불렸다. 그는 애당초 '혐오스러운' 인물이 되어 어릴 적부터 천덕꾸러기와 어릿광대 노릇을 했다. 불행히도 이 소년은 생활 주변에서 부딪히는 것들을 아무 거리낌없이 잽싸게 받아들이는 재주를 지니고 있었다. 그는 아버지로부터는 끝없는 장난기를, 어머니로부터는 사람들의 약점을 간파하는 능력을 물려받았다. 그는 첫번째 능력 때문에 아버지의 귀염둥이가 되었지만, 한편으로는 어머니의 미움을 한층 더 받게 되었다. 아리나 페트로브나가 영지 일 때문에 집을 비우게 되면 아버지와 소년은 시인 바르코프의 초상화가 걸린 서재로 들어가 자유분방한 시를 읽으며 함께 지껄여대곤 했는데, 특히 '마녀' 아리나 페트로브나가 험담의 대상이었다. 그렇지만 '마녀'는 본능적으로 이들이 하는 일을 알아채고는 현관 앞에서 조용히 마차를 세운 뒤 방문 쪽으로 발꿈치를 들고 다가가서 두 부자가 신나게 떠드는 이야기를 엿듣곤 했다. 다음에는 즉시 '얼간이 스테프카'를 무자비하게 두들겨 패는 일이 뒤따랐다. 하지만 스테프카는 수그러들지 않았다. 그는 구타나 훈계에도 크게 신경을 쓰지 않았으며 30분만 지나면 또다시 말썽을 부리기 시작했다. 하녀 아뉴트카의 머릿수건을 조각조각 잘라낸다거나 졸고 있는 바슈트카의 입에 파리를 집어넣기도 했으며, 부엌에 몰래 들어가 만두를 훔치기도 했는데(아리나 페트로브나는 돈을 절약하기 위해 아이들을 반쯤은 굶겼다), 그렇지만 훔친 만두는 동생들과 나누어 먹었다.

"이 죽어 마땅할 놈아!" 아리나 페트로브나는 끊임없이 되풀이했다. "널 죽여도 내 잘못은 아니다! 황제께서도 눈감아주실 거야!"

이처럼 계속 멸시를 당하자 지난 일을 돌이키지 않던 어린 마음은 변화를 겪게 되었다. 분노나 반항심이 쌓이는 대신 광대 짓까지 서슴지 않는 노예근성이 생기게 되어 판단력도 없어지고 미래 예측 능력도 전혀 갖추지 못했다. 이런 성격의 사람들은 작은 난관에도 쉽게 몸을 굽히고 술꾼이나 거지, 어릿광대, 심지어 범죄자가 되기 십상이다.

스무 살이 되었을 때 스테판 블라디미르이치는 모스크바의 어느 김나

지움을 졸업하고 대학에 입학했다. 하지만 대학생활은 고달팠다. 무엇보다도 어머니가 굶고 지내지 않을 만큼의 적은 돈만 보낸 것이 첫번째 이유였고, 학업을 계속하려는 욕구는 전혀 없는 대신 남보다 탁월한 능력이라곤 남을 흉내 내는 몹쓸 재능뿐이라는 게 괴로움의 두번째 이유였으며, 끊임없이 사람들과 어울려 지내고 싶어 하고 혼자서는 단 한 순간도 견디지 못하는 것이 그 세번째 이유였다.

그런 까닭에 그는 남의 집 식객이 되는 손쉬운 역할을 떠맡았으며, 유순한 성격 덕분에 곧 부유한 동창들의 총애를 받게 되었다. 그렇지만 부유한 친구들은 그를 자기들의 무리에 끼워주면서도 자기들과 동등하다고 생각지 않고 단지 어릿광대로만 여겼기에 그가 받은 평판이 어떠했는지는 쉽게 짐작할 수 있다. 일단 이 기반 위에 서게 되자 그는 점점 더 자세를 낮췄으며, 4학년 말이 되자 본격적으로 남들을 웃기기 시작했다. 그나마 다행스러운 것은 상황을 재빨리 포착하고 기억하는 능력 덕분에 시험을 통과해 졸업은 할 수 있었다.

대학 졸업장을 들고 어머니 앞에 나타나자 아리나 페트로브나는 어깨를 으쓱이더니 "놀랍군!" 하며 낮은 목소리로 말했다. 그리고 한 달간 데리고 있은 후 매달 1백 루블의 생활비를 보내주기로 약속하고 페테르부르크로 다시 내보냈다. 아들은 일을 찾아 관공서의 사무실을 돌아다니기 시작했다. 그를 도와줄 실력자는 아무도 없었으며 혼자 힘으로 길을 개척하고자 하는 열의 또한 전혀 없었다. 그때까지 품고 있던 헛된 망상으로 인해 젊은이는 집중력을 상실했으며, 그 결과 관공서에 보내는 보고서나 요약문의 작성과 같은 쉬운 일도 힘에 겨워했다.

스테판 블라디미르이치는 페테르부르크에서 4년 동안 힘들게 지냈지만 사무원보다 높은 직위를 얻을 가능성이라곤 전혀 없다고 고백하지 않을 수 없었다. 아리나 페트로브나는 아들의 신세 한탄을 듣고 '나는 이미 이렇게 될 걸 확신하고 있었다'라는 말로 시작해 모스크바로 갈 것을 명령하는 것으로 끝을 맺는 위협적인 편지를 보냈다. 모스크바에는 그녀가 아끼던 농민회의단이 있었는데, 이들은 얼간이 스테프카를 귀족재판소로 보내기로 결정하고 예전부터 골로블료프가의 일을 청원하는 서기보조관의 감독관에 임명했다. 스테판 블라디미르이치가 귀족재판소에서 무슨 일을 어떻게 했는지는 알 수 없지만, 3년이 지나자 그곳에서 더 이상 그를 찾을 수가 없었다. 그러자 아리나 페트로브나는 극단적인 결정을 내리게 된다. 그녀는 '아들에게 한 조각을 던져주었는데,' 그런데 그 조각은 당시 누구나 '부모로부터 받은 유산'이라고 여겼다. 그 조각은 모스크바의 집으로 아리나 페트로브나가 1만 2천 루블을 주고 구입했던 것이었다.

　스테판 블라디미르이치는 난생처음 자유롭게 숨 쉴 수 있었다. 그 집은 연간 은화 1천 루블의 수입을 가져다줄 것이었기에 예전의 생활과 비교하자면 행복 그 자체였다. 그는 어머니의 손에 뜨겁게 입을 맞추며(이때 아리나 페트로브나는 "얼간아, 내 말 잘 들어! 더 이상은 기대하지 마!"라고 했다), 은혜에 보답하리라 약속했다. 그렇지만 그는 돈을 다루는 데 서툴렀고 또한 현실을 제대로 파악하지도 못했기에 은화 1천 루블의 연간 수입은 오래 지속되지 못했다. 그는 4~5년 만에 완전히 파산했고 그 당시 조직된 의용군*에 용병으로 자원입대했다. 한데 의용군은 얼마 후 종전이 되는 바람에 하리코프까지만 행군했다가, 결국 스테판은 모스크바로 되돌아왔다. 이때 그의 집은 이미 팔리고 없었다. 그의 의용군 복장은 발끝까지 누더기가 되었으며, 주머니에는 달랑 1백 루블만 남아 있었다. 그

---

* 1853~1856년의 크림전쟁 기간에 결성된 부대.

는 이 돈을 도박 밑천 삼아 재기하려 했지만 카드 노름에 져 결국 모든 것을 잃고 말았다. 그러자 어머니가 관리하는 농부들 중에서도 모스크바 지역의 부농들을 찾아다니면서, 밥과 담배를 얻어먹고 푼돈을 얻어 쓰면서 지냈다. 그러다가 결국에는 사면초가에 처하게 되었다.

이미 나이는 마흔이 코앞이었고 더 이상 방황할 기력도 없음을 깨닫게 되었다. 단 하나 남은 길은 골로블툐보 영지로 돌아가는 것뿐이었다.

스테판 블라디미르이치 바로 아래는 안나 블라디미로브나로, 아리나 페트로브나는 딸에 대해서는 말을 꺼내는 것조차 싫어했다.

아리나 페트로브나는 딸의 장래 계획을 마련하고 있었지만, 안누쉬카*는 어머니의 희망을 저버리고 큰 스캔들을 일으켰다. 딸이 학교를 졸업했을 때 아리나 페트로브나는 그녀를 무급 경리 보조직에 앉히려고 시골 영지에 데려다 놓았는데, 안누쉬카는 어느 달 밝은 밤에 창기병 소위와 골로블툐보 영지에서 달아나 둘이 결혼식을 올렸기 때문이다.

"그래, 부모의 축복도 받지 않고 짐승처럼 결혼식을 올렸단 말이지!" 아리나 페트로브나는 탄식했다. "그나마 남편이란 작자가 반지를 끼워준 것에 만족해야 하다니! 다른 놈이라면 쾌락만 취하고는 도망가버렸을 거야. 그때는 그놈을 찾으려고 해도 소용이 없겠지!"

아리나 페트로브나는 역겨운 아들에게 그러했듯이 딸도 아주 단호하게 대했다. 즉 '그녀에게 한 조각을 던져주었다.' 그녀는 딸에게 5천 루블의 재산과 다 쓰러져가는 집과 30명의 농노가 딸린 영지를 주었는데, 그 집의 창문은 모두 깨졌으며 마루는 하나도 성한 것이 없었다. 2년이 지나

---

* 안나 블라디미로브나의 애칭.

자 이들 부부는 재산을 죄다 탕진했고, 창기병 소위는 안나 블라디미로브나에게 안넌카와 류빈카라는 딸 쌍둥이만을 남긴 채 흔적도 없이 사라졌다. 3개월 후 안나 블라디미로브나는 죽었으며, 아리나 페트로브나는 자의반 타의반으로 천애의 고아들을 자기 집으로 불러들였다. 젖먹이들을 곁채에 데려다가 애꾸눈 노파 팔라쉬카로 하여금 돌보도록 했다.

"하느님의 은혜가 넘치는구나." 그녀는 말했다. "고아들은 많이 먹지도 않지, 게다가 노년의 나에게는 위안이 되니! 딸 하나를 데려가시고는 둘을 주셨어!"

그녀는 둘째 아들인 포르피리 블라디미르이치에게 편지를 썼다. "네 누나는 사는 것도 되는대로 살더니만 죽는 것도 마찬가지였어. 젖먹이 둘을 내 목에 매달고 갔으니 말이다……"

이와 같은 비난이 아무리 냉소적으로 비칠지라도 분명한 사실은 아들과 딸에게 '던져주었던 한 조각의 재산'이 아리나 페트로브나의 재정 상태에 전혀 손실을 주지 않았을 뿐 아니라, 오히려 골로블료보 영지 소유자 수를 줄임으로써 간접적으로는 영지의 규모를 늘려놓았다는 점이다. 왜냐하면 아리나 페트로브나는 엄격한 규율을 지키는 여인이었기에 일단 '한 조각 재산'을 던져주면 자식들에 대한 의무가 끝나는 것으로 여겼기 때문이다. 고아인 외손녀들에게 생각이 닿을 때조차도 재산을 나눠준다는 것은 전혀 염두에 두지 않았다. 그녀는 죽은 안나 블라디미로브나에게 주었던 작은 영지에서 어떻게 하면 좀더 많은 돈을 짜내어 후원회에 적립시킬 수 있을까 하는 생각뿐이었다. 게다가 이렇게 말하기까지 했다. "이렇게 푼돈이라도 모으는 것은 고아들을 위해서야. 그 아이들은 내가 먹이고 키우지만 내가 뭘 얻겠다고 이러는 건 아니야. 내가 고생하는 것은 하느님이 갚아주시겠지!"

그 밑의 동생들인 포르피리와 파벨 블라디미르이치는 페테르부르크에서 일자리를 구했다. 포르피리는 공무원이 되었고, 파벨은 군인이 되었다. 그리고 포르피리는 결혼을 했지만, 파벨은 미혼이었다.

포르피리 블라디미르이치는 집에서는 '어린 유다' '흡혈귀' '솔직한 아이'라는 세 가지 별명으로 불렸는데, 이는 그가 아직 어렸을 때 '얼간이 스테프카'가 붙여준 별명이다. 그는 어렸을 때부터 어머니에게 친구처럼 허물없이 달라붙었으며, 가만히 다가가 어깨에 키스하기도 하고 가끔씩은 고자질을 하기도 했다. 슬그머니 어머니 방문을 열고는 살금살금 구석으로 숨어 들어가 앉아서는 마치 마법에 걸리기라도 한 듯이 어머니에게서 눈을 떼지 않고 그녀가 편지를 쓰면서 계산에 매달려 있는 모습을 지켜보곤 했다. 그렇지만 아리나 페트로브나는 이미 그때부터 의심쩍은 눈초리로 아들이 아양 떠는 모습을 지켜보았다. 그녀는 자기에게 던져진 아이의 시선을 수상쩍게 여겼지만 그것이 독인지 혹은 존경인지 명확히 알 도리가 없었다.

'그 아이 눈에 숨어 있는 것이 무엇인지 도대체 알 수가 없군.' 그녀는 간혹 이렇게 생각했다. '쳐다보는 것이 마치 올가미를 던지는 것 같고 독약을 놓고서 유혹하는 것 같아!'

그녀는 문득 포르피샤*를 가졌을 때 있었던 사소하지만 의미심장했던 사건을 떠올렸다. 예전에 경건하며 신통력 있는 '멍청한 포르피샤'라는 노인**이 그녀 집에 머무른 적이 있었는데, 그녀는 미래의 일이 궁금할 때면 항상 이 노인에게 물어보곤 했다. 언제 출산할 것인지, 또 하느님이

---

* 포르피리 블라디미르이치의 애칭.
** 러시아 정교 신자 중 '바보 성자'라고 일컫는 사람들이 있었는데, 이들은 정상인이 들을 수 없는 신의 음성을 듣고 사람들에게 이를 전달하곤 했다. 노인도 바보 성자이다.

아들을 주실지 아니면 딸을 보낼 것인지를 물어보았을 때, 이 노인은 곧바로 대답하지 않고 수탉이 우는 소리를 세 번 지르고는 곧이어 이렇게 중얼거렸다. "수탉, 수탉이야! 수탉 울음소리가 어미 닭을 위협하는구나. 어미 닭이 꼬꼬댁거려도 때는 이미 늦을 게야."

그것이 전부였다. 하지만 3일이 지나자(마치 닭이 3번 울었듯이) 그녀는 아들을 낳았기에(수탉이라고 하지 않았던가), '멍청한 포르피샤'의 이름을 따서 아들의 이름을 포르피리라고 불렀다.

예언의 절반은 맞았다. 하지만 어미 닭은 꼬꼬댁거리지만 때는 이미 늦을 거라는 알쏭달쏭한 말이 의미하는 바는 대관절 무엇일까? 아리나 페트로브나는 후미진 곳에 앉아 의뭉스러운 눈으로 그녀를 바라보는 포르피샤를 대할 때 이런 생각에 잠기게 되었다.

포르피샤는 혼자 얌전히 앉아서 아무런 소리도 내지 않은 채 눈도 깜박이지 않고 그녀를 쳐다보았기에 크게 뜬 아이의 두 눈에는 눈물이 맺힐 정도였다. 그는 마치 어머니한테 일어날 의혹을 예견했는지 온순히 굴면 어머니는 어쩔 수 없이 자기에게 무방비 상태로 대할 것이라는 계산 아래 처신했는데, 이것이야말로 가장 의심스러운 일이었다. 심지어는 어머니를 귀찮게 할 계산으로 어머니 면전에서 얼쩡거렸는데, 마치 이렇게 말하는 듯했다. '저를 보세요. 저는 아무것도 숨기지 않아요. 제가 온순하게 헌신하는 까닭은 두려움 때문이기도 하지만 양심 때문이기도 합니다.' '비열한 포르피쉬카*'가 꼬리치며 아첨해도 실상 눈으로는 올가미를 던지고 있다고 확신하면서도, 그가 바치는 헌신 때문에 그녀의 마음은 오래 견뎌내지 못했다. 그리하여 그녀의 손은 무의식적으로 귀여운 아이의 접시 위

---

* 포르피리의 또 다른 애칭.

에 가장 좋은 음식을 올려놓았으며, 비록 이 아들의 표정이 그녀 마음에 무언가 수수께끼 같고 불순한 어떤 근심거리를 불러일으켰을 때조차도 달리 어떻게 할 수 없었다.

막내 파벨 블라디미르이치는 형인 포르피리 블라디미르이치와는 달리 완전히 정반대의 행동을 보였다. 파벨은 어떤 행동도 취하지 않는 유형의 인간이었다. 그는 어렸을 때부터 공부나 놀이, 사교에는 전혀 흥미를 드러내지 않았으며, 단지 사람들과 떨어져서 혼자 지내는 것만을 좋아했다. 때로는 구석에 몸을 숨기고 뿌루퉁한 채로 공상에 잠기곤 했다. 귀리 가루를 실컷 먹고서 두 다리가 가늘게 되어 학교에 가지 않는 공상을 하는가 하면, 자기는 귀족 파벨이 아니라 목동 다브이드카*이며 이마에 다브이드카처럼 혹이 생겼다든가, 사냥 채찍을 휘두르고 학교에는 가지 않겠다는 그런 공상을 했다. 아리나 페트로브나는 이 아이를 바라볼 때면 어머니로서 가슴이 끓어올랐다.

"도대체 왜 쥐처럼 뿌루퉁해 있는 거니!" 그녀는 참지 못하고 아들에게 소리쳤다. "어미한테 다가와 안아달라고 애원하기는커녕 벌써부터 악의를 품고 있구나!"

파블루샤**는 자리를 털고서는 등을 떠밀린 듯이 천천히 어머니에게 다가왔다.

"어머니, 제발, 저를 안아주세요." 그는 아이 같지 않게 낮은 목소리로 말했다.

"내 앞에서 사라져라! 네 생각에는 구석에 몸을 숨기고 있으면 내가

---

* 『구약성서』 다윗의 러시아식 이름.
** 파벨 블라디미르이치의 애칭.

모를 줄 알겠지! 난 널 꿰뚫어보고 있다. 네가 품고 있는 모든 생각들을 손바닥 보듯이 보고 있어!"

그러면 파벨은 원래대로 느릿느릿한 걸음으로 뒤로 물러나 다시 구석자리에 숨어들었다.

세월이 흐르자 파벨 블라디미르이치의 성격은 점차 냉담하고 음울해졌고, 그 결과 행동이 결여된 사람이 되었다. 어쩌면 그는 선량한 사람일 수도 있겠지만, 선한 일을 누구에게도 베푼 적이 없었다. 또 멍청이가 아닐 수도 있겠지만, 평생 한 번도 똑똑한 일을 해본 적이 없었다. 그는 손님 접대하기를 좋아했는지 모르지만, 누구도 그가 베푸는 접대를 치켜세운 적이 없었다. 그는 즐거운 마음으로 돈을 썼을 수도 있지만, 누구를 위해 썼든지 간에 한 번도 유익하거나 즐거운 결과가 나타난 일 또한 없었다. 그는 한 번도 남에게 모욕을 준 적이 없었지만 그 누구도 이것을 그의 장점으로 여기지 않았다. 그는 공정한 사람이었지만 파벨 블라디미르이치는 어떤 일에서도 매우 공정했다는 이야기를 들은 적이 한 번도 없었다. 게다가 그는 어머니에게 퉁명스럽게 대답하면서 대들기도 했지만, 불을 무서워하듯 어머니를 무서워했다. 다시 한 번 말하자면, 그는 무뚝뚝한 사람이기는 하나, 무뚝뚝함 뒤에는 행동의 결여만이 있을 뿐 그 이상은 아무것도 숨어 있지 않았다.

어른이 되자 두 형제의 성격 차이는 어머니에 대한 태도에서 가장 분명하게 드러났다. '어린 유다'*는 매주 어머니에게 자질구레한 내용의 편지를 보냈는데, 어머니는 이 편지를 읽고 페테르부르크 생활의 구석구석을 자세히 알게 되었으며 편지의 세련된 표현들 덕분에 아들이 아무런 사

---
* 포르피리 블라디미르이치의 별명.

심 없이 헌신하고 있다고 믿게 되었다. 파벨은 어쩌다가 한 번씩 짧은 편지를 써보냈으며, 때로는 수수께끼를 내듯이, 마치 진딧물처럼 자기 몸에서 하나하나의 단어를 질질 끌어내듯이 써내려갔다.

예컨대 포르피리 블라디미르이치라면 이런 편지를 보냈다.

'저의 소중한 후원자이신 어머니, 어머니가 언제까지 쓰라고 보내신 약간의 돈을 당신의 충복인 농사꾼 예로페예프를 통해 받았습니다. 그런데 이 돈을 저의 생활비로 쓰려면 당신의 허락이 필요합니다. 어머니, 진심으로 감사를 전하며 당신의 두 손에 아들로서 진심에서 우러나오는 키스를 바칩니다. 다만 한 가지 서글프고 괴로운 점은 혹시 어머니께서 저희들의 생활과 변덕을 만족시키시느라 끊임없이 걱정하셔서 건강을 해치시지나 않을까 하는 점입니다. 다른 형제들은 어떻게 생각하는지 모르겠습니다만, 하지만 저는 그렇답니다.'

하지만 파벨은 이런 경우 이렇게 썼다.

'어머니, 얼마 동안 쓸 약간의 돈을 받았습니다. 그런데 저의 계산대로라면 6루블 50코페이카를 더 받아야만 합니다. 정말 죄송합니다.'

아리나 페트로브나가 자식들에게 돈을 허투루 쓴다고 잔소리를 할 때면(그럴 만한 동기가 있었던 때는 전혀 없었지만 이런 일은 종종 벌어지곤 했다), 포르피리는 항상 온순히 질책에 순종하며 이렇게 편지를 썼다.

'사랑하는 어머니, 저도 알고 있답니다. 어머님이 그럴 만한 가치도 없는 저희들 때문에 힘에 겨워하시는 데도 저희들은 어머니의 도움에 걸맞은 행동을 하지 못하는 때가 많음을 잘 알고 있습니다. 그리고 무엇보다 나쁜 점은 사람이라면 누구나 저지를 수 있는 방종 때문에 어머니에게 아들로서 진정으로 잘못을 사죄하지 않는 때가 자주 있다는 것입니다. 그러면서도 시간이 흐르면 이런 과오에서 벗어나길 바라면서 동시에 어머님이, 제겐 너무나 소중한 어머님이 보내주신 것들을 이용하면서 생계비와 기타 지출금에도 주의를 잃지 않으려 하고 있습니다.'

하지만 파벨은 이렇게 답장을 보냈다.

'공경하는 어머니! 어머니가 비록 제 부채를 다 갚아주시지 않았지만, 제가 낭비벽이 심하다고 나무라시는 말씀은 그대로 받아들이겠습니다. 저의 고백을 동정 어린 마음으로 받아주시길 청합니다.'

누나 안나 블라디미로브나가 사망했다고 전하는 아리나 페트로브나의 편지에 대해서조차도 두 형제의 반응은 큰 차이가 났다.

포르피리 블라디미르이치는 이렇게 썼다.

'제 어린 시절의 사랑스런 누님인 안나 블라디미로브나가 사망했다는 소식을 전해 듣고 제 가슴은 큰 슬픔에 잠겼습니다. 게다가 사랑하는 어머니 당신에게 두 명의 젖먹이가 새로운 십자가로 남겨졌다고 생각하니 제 슬픔은 더욱 커졌습니다. 저희들의 은인이신 어머니, 당신은 좋은 일은 다 멀리 하시며 건강은 전혀 돌보지 않은 채로 가족의 요구 사항뿐만이 아니라 그 이상의 것도 돌보기 위해 온 힘을 쏟으시는데, 그런데도 아직 부족하시다는 말입니까? 사실 좋은 일은 아닙니다만, 저희들은 어쩔 수 없이 불평을 말할 때가 있습니다. 제 생각으로는 이런 경우에, 사랑하는 어머니, 당신에게 유일한 피난처는 바로 그리스도 그분도 견뎌내셨다는 것을 가능한 한 자주 상기하는 것입니다.'

파벨은 똑같은 일을 놓고 이렇게 썼다.

'누님이 허무하게 죽었다는 소식을 들었습니다. 그렇지만 누님은 하느님의 보호 아래서, 비록 그것이 어떤 것인지 알지는 못하지만, 위안을 받기를 기도합니다.'

아리나 페트로브나는 두 아들의 편지를 몇 번이고 읽으면서 이들 중 누가 자기에게 악덕을 행할지를 곰곰이 생각해보았다. 파벨 블라디미르이치의 편지를 읽어보니 어쩌면 이 아이가 악인이 될 듯싶었다.

"어리석은 녀석, 그런데 이것 봐라, 은근슬쩍 어미에게 과시하는 꼴이라니! '저의 고백을 동정 어린 마음으로 받아주시길 청합니다.' 그래 좋다! 한데 '동정 어린 마음으로 받아'주는 게 어떤 건지 내가 가르쳐주마. 얼간이 스테프카에게 그러했듯이 너에게도 한 조각 던져주마. 그러면 너의 그 고백을 내가 어떻게 받아들였는지 알게 될 거다."

그러고는 어머니의 심정에서 통한의 눈물을 흘리는 것으로 끝을 내렸다.

"난 대체 누굴 위해 이 많은 재산을 모으고 있단 말인가! 누구 때문에 돈을 모으는가? 잠도 제대로 자지 못하고, 먹을 것도 먹지 않으면서…… 누굴 위해서란 말인가?!"

아리나 페트로브나가 '내던져준 한 조각의 재산'을 얼간이 스테프카가 다 탕진했다고 영지관리인 안톤 바실리예프가 보고했던 당시의 가족 상황은 이와 같았다. 게다가 한 조각 재산이 헐값에 팔렸기에 '부모님의 축복'에 담긴 의미는 특별하게 되었다.

* * *

아리나 페트로브나는 침실에 앉아 있었지만 정신을 차릴 수가 없었다. 그녀는 속에서 무언가가 꿈틀거렸지만 그게 무엇인지는 정확히 알지 못했다. 역겹기는 하지만 어쨌든 아들임에 분명한 녀석에 대한 연민이 뜻하지 않게 생겨난 때문일지도 모르며, 혹은 모욕당한 지배욕이 무언가 속삭인 것일 수도 있겠다. 그러나 아무리 경험이 풍부한 심리학자일지라도 명확히 설명할 수는 없었을 것이다. 이처럼 그녀 내부에서는 모든 감정과 감각이 헝클어져 짧은 시간에 뒤섞였다. 결국에는 '역겨운' 녀석이 또다시 그녀의 목에 매달릴 거라는 경계심이 다른 어떤 생각들보다도 분명하게 그 모습을 드러냈다.

"안누쉬카가 제 자식들을 맡기더니, 이제는 얼간이도 그러겠다고……" 그녀는 속으로 계산해보았다.

미동도 없이 오랫동안 앉은 채로 한마디도 하지 않고 창문의 한 곳만 쳐다보고 있었다. 식사를 가져왔지만 거의 손도 대지 않았다. 누군가 들어와 주인어른이 보드카를 가져오라고 했다고 전했다. 그러자 그녀는 돌아보지도 않고 창고 열쇠를 얼른 던져주었다.

식사 시간이 지난 다음 예배실로 가서는 미리 모든 램프에 불을 밝히고 목욕탕에 불을 넣으라고 명령하고는 문을 잠갔다. 이 모든 행동들은 주인마님이 '화가 났음'을 드러내는 의심의 여지없는 표지였기에 집안사람들 모두 죽은 듯 갑작스레 조용해졌다. 하녀들은 까치발로 다녔으며, 창고지기 아쿨리나는 정신 나간 여자처럼 이리저리 돌아다녔다.

식사 시간 이후에 잼을 끓일 예정이었기에 딸기를 깨끗이 씻고 준비를 마쳤지만 시간이 흘러도 주인마님은 아무런 지시를 내리지 않았다. 정원사 마트베이가 복숭아를 딸 시기가 되지 않았는지를 물어볼 양으로 들어왔지만, 하녀 방에서 경고 신호를 보냈으므로 재빨리 되돌아갔다.

하느님께 한참 동안 기도한 다음 목욕탕에서 몸을 씻고 나서야 아리나 페트로브나는 약간 마음이 진정되어 또다시 안톤 바실리예프에게 물어보았다.

"그래, 얼간이 녀석은 무얼 하고 있지?"

"모스크바는 넓으니까 일 년 내내 다녀도 다 돌지 못할 겁니다!"

"먹고 마시기는 해야 할 것 아닌가?"

"농부들 주변을 기웃거리면 근근이 입에 풀칠은 할 수 있습니다. 이 집에 가서 밥을 얻어 먹고 저 집에 가서는 담배 살 돈을 구걸할 수 있습니다."

"도대체 누가 주라고 했단 말인가?"

"죄송합니다만 마님! 사실 농부들도 화를 낸답니다. 알지 못하는 거지들에게는 동냥을 주지만, 자기 주인에게는 주지 않으려 한답니다."

"그 놈들 어디 두고 보자, 식당의 급사들! 얼간이를 너의 세습 영지로 보내야겠다. 네 돈으로 그 놈을 꼭 잡아두고 있어라!"

"마님 뜻대로 하시죠."

"뭐라고? 너 뭐라고 했니?"

"제 말은요, 모두 마님 뜻에 달렸다는 겁니다. 분부만 내리시면 먹을 것을 제공하겠습니다."

"먹을 것을 제공한다니! 넌 내 앞에서 할 말만 할 것이지, 쓸데없는 말은 하지 마라."

침묵이 흐른다. 그러나 안톤 바실리예프가 양다리라는 별명을 주인마님으로부터 괜스레 얻은 것은 아니었다. 그는 더 이상 견디지 못하고 다시 제자리에서 발을 움직이기 시작했으며, 무언가를 보고해야겠다는 충동으로 어찌할 바를 몰랐다.

"그런데 아드님은 희한한 사기꾼이십니다." 마침내 말하기 시작했다. "사람들 얘기로는 어떤 전투에서 돌아올 때 1백 루블을 가지고 왔다고 합니다. 1백 루블이 큰 돈은 아니지만, 그 돈으로 얼마 동안은 살 수 있겠지요……"

"그런데?"

"그런데 아드님께선 재산을 회복할 요량으로 도박판에 뛰어들었거든요……"

"어서 말해! 돌려대지 말고."

"글쎄, 그 돈을 들고 독일인 클럽에 가셨답니다. 카드놀이에서 돈을 딸 만한 머저리를 찾으려다가 오히려 똑똑한 놈을 만났답니다. 돈을 갖고 도망치려다가, 사람들 말로는 홀에서 잡히셨다는군요. 그리고 돈은 모두 빼앗겼답니다."

"그렇다면 매질도 당했겠네?"

"그게 다였습니다. 다음 날 이반 미하일르이치에게 찾아오셔서는 이야기해주었다는군요. 기가 막힌 것은 기분이 좋아 웃기까지 했답니다. 마치 칭찬을 들은 것처럼 말입니다!"

"그 놈에겐 별일이 아니겠지! 내 눈 앞에 나타나지만 않으면 좋겠구만!"

"그렇지만 오실 게 뻔합니다."

"안 돼! 절대로 집 안에 들여놓지 않을 거다!"

"하지만 꼭 그렇게 될 겁니다." 안톤 바실리예프가 다시 한 번 강조했다. "이반 미하일르이치의 말에 따르자면 이제 모든 게 끝이 났으며 마른 빵조각이라도 얻어먹기 위해 연로하신 부모님 앞으로 돌아가리라고 말하셨답니다. 사실 말이지 이곳 말고는 어디 갈 데라곤 전혀 없으니까요. 모스크바 영지의 농부들 집에서는 장기간 머무를 수 없을뿐더러, 옷가지도 필요하실 테고, 또 편히 쉴 곳이 있어야 할 테니까요."

한데 이것이야말로 아리나 페트로브나가 두려워했던 일이다. 무의식적으로 그녀를 괴롭혀왔던, 뭐라고 구체적으로 말할 수 없었던 불안감의 정체가 바로 이것이리라.

'그래, 이제 나타나겠지, 더 이상 갈 데도 없을 테니. 피할 도리가 없구나!' 저주할 정도로 역겨워하면서도 잊고 있었던 아들이 이곳으로 돌아와 앞으로 영원히 그녀 곁에 머무르겠지. 도대체 왜 그때 그 아이에게 '한 조각'을 던져주었던가? 그녀 생각으로는 그가 '받을 것'을 얻기만 하면 앞으로 다시는 자기 앞에 얼씬도 하지 않을 줄 알았는데, 그런데 이렇게 다시 나타날 줄이야! 그가 이곳으로 오면 그 놈의 거지 같은 얼굴로 여러 사람을 괴롭히며 이것저것 해달라는 것도 많겠지. 그렇게 되면 응해줄 수밖에 없는 까닭은 순전히 그 뻔뻔함, 아무리 난폭하게 대해도 순순히 넘어가는 뻔뻔스러움 때문이다. '그'를 어디 꼭꼭 감춰놓는다는 것은 아예 불가능하며, 누구 앞에든지 간에 누더기를 걸쳐 입고 나타나 추태를 부리고 이웃 사람들에게 달려들어 골로블료프가의 비밀스런 이야기를 모두 털어놓을 수 있는 인물이다. 수즈달*의 수도원으로 보낼 수는 없을까? 한데 수즈달 수도원이 지금은 있는지 없는지도 알 수 없는 노릇이고, 더군다나 수도원이라는 데가 제멋대로 구는 자식들 때문에 마음 상한 부모들을 위해 존재하지는 않겠지. 형무소가 있다고 말들 하지만, 그렇다, 형무소가 있긴 하지만, 자식을 어찌 그런 곳에 보낼 것인가. 그것도 마흔이 다 된 성인 남자를 말이다.

예컨대 아리나 페트로브나는 얼간이 스테프카가 집으로 돌아오면 그녀의 평화가 위협받을 거라는 불길한 생각으로 안절부절못했다.

"그 놈을 너의 관할 영지로 보내마! 네가 알아서 숙식을 해결해줘라!" 그녀는 영지관리인에게 겁을 줬다. "영지의 경비는 건드리지 말고, 네 돈만 써야 한다."

---

* 러시아 북부의 도시. 988년 정교가 러시아의 국교로 선포된 이후 11세기에서 13세기 사이에 2백여 개의 수도원이 러시아 주요 도시에 세워졌다고 한다. 수즈달도 그중 하나이다.

"마님, 왜죠?"

"그건 네가 불길한 소리 지껄였기 때문이지. 까악! 까악! 달리 그렇게 될 수밖에 없다고? 자, 저리 사라져버려라 이 까마귀야!"

안톤 바실리예프가 왼편으로 돌아서서 나가려는 순간, 아리나 페트로브나가 다시 그를 불러 세웠다.

"잠깐, 기다려봐! 그 놈이 틀림없이 골로블료보로 도망쳐 온단 말이지?" 그녀가 물었다.

"마님, 제가 거짓말이라도 한다는 말씀인가요? 틀림없이 들었습니다. 마른 빵조각이라도 얻어먹기 위해 마님께 오겠다는 얘기를 말입니다."

"그렇다면 이 늙은이가 그 놈에게 어떤 빵을 마련해주는지 보여주겠다!"

"하지만 마님 댁에서 그다지 오래 머무르지는 못할 겁니다!"

"그건 또 무슨 소리야?"

"기침이 심하시거든요. 왼쪽 가슴을 계속 움켜쥐고 있답니다. 오래 살지 못할 겁니다."

"이것 봐, 그런 놈일수록 더 오래 사는 법이야. 우리보다도 오래 살거야. 기침을 하건 말건 그 놈처럼 다리가 긴 수말은 여전할 테니 어디 봐. 이제 그만 가. 난 처리할 일들이 있으니 말이야."

저녁 내내 아리나 페트로브나는 생각에 생각을 거듭한 후 마침내 얼간이*의 운명을 결정짓기 위한 가족회의를 열기로 마음먹었다. 그와 같은 의사결정 체제는 그녀의 체질에 맞지 않았지만, 몸에 밴 독재에서 이번만

---

* 스테판의 별명.

은 한 발 물러서기로 한 까닭은 온 가족의 결정이라는 구실로 사람들로부터 비난을 받지 않으려 했기 때문이었다.

하지만 예정된 가족회의가 다가오자 그녀는 결과가 어떻게 될지는 훤히 알 수 있었으므로 가벼운 마음으로 자리에 앉아 포르피리 블라디미르이치와 파벨 블라디미르이치에게 지금 즉시 골로블료보로 내려오라는 편지를 썼다.

* * *

이 모든 일들이 진행되는 동안 사건의 당사자인 얼간이 스테프카는 이미 모스크바를 떠나 골로블료보를 향해 길을 나섰다. 그는 모스크바의 로고쥐스카야 역참에서 옛날부터 소상인들과 물건 파는 농사꾼들이 어디론가 길 떠날 때나 고향에 다녀올 때 타고 다녔던 '델레쟌'이라는 마차를 잡았다. '델레쟌'은 블라디미르*로 가는 것이었는데, 마침 동정심이 넘쳐나는 선술집 주인 이반 미하일르이치는 스테판 블라디미르이치에게 자기 돈으로 자리를 잡아주었으며 여행 기간 동안의 식비도 대신 지불해주었다.

"스테판 블라디미르이치 도련님, 자, 이젠 이렇게만 하십시오. 사거리에 도착하면 지금 입고 있는 옷차림 그대로 마차에서 내려 어머님 앞으로 가십시오." 이반 미하일르이치가 스테판에게 일러두었다.

"그래, 그러지!" 스테판 블라디미르이치도 좋다고 했다. "사거리에서 집까지는 멀지도 않으니까. 15베르스타**쯤이야 걸을 수 있지! 금방 갈

---

* 모스크바 동쪽의 도시.
** 러시아의 옛 거리 단위. 1베르스타는 1.067킬로미터.

거야! 먼지와 오물을 뒤집어쓴 채로 어머니 앞에 가겠어!"

"어머니께서 그런 모습을 보신다면 아마도 마음 아파하실 겁니다."

"그러시겠지, 틀림없어! 잘 알겠지만 어머니는 선하신 분이니까."

스테판 블라디미르이치는 아직 마흔이 채 되지 않았지만 겉모습만으로 판단하자면 쉰은 넘어 보였다. 그 정도로 생활고를 겪었기에 지주의 아들이란 흔적은 이제 어디에도 남아 있지 않았다. 한때는 대학생이었으며 학술 용어를 구사한 적이 있다는 표시도 찾아볼 수가 없었다. 키는 대단히 컸지만, 머리는 헝클어져 있었고, 거의 씻지 않은 몸은 영양부족으로 인해 초췌해졌다. 가슴은 움푹 꺼졌고, 두 팔은 길쭉하여 꼭 원숭이 같았다. 얼굴은 붓고 흰머리가 섞인 머리카락과 턱수염은 어수선했다. 목소리는 컸으나 감기에 걸린 듯 쉰 소리가 났고, 툭 튀어나온 두 눈은 지나친 음주와 거친 바깥바람을 오랫동안 쏘인 탓에 불그스름해졌다. 입고 있던 옷은 회색빛이 도는 낡은 군복인데 장식끈은 이미 팔아치워 보이지 않았다. 구깃구깃하고 군데군데 덧댄 데다 색까지 바랜 장화 위로 바지자락이 내려왔으며, 활짝 젖힌 군복 밖으로는 셔츠가 내비쳤다. 그는 그을음으로 덧칠한 듯한 시커먼 셔츠를 냉소적으로 '벼룩 옷'이라고 불렀다. 그가 불쾌한 시선으로 힐끗 쳐다보는 것은 마음속 불만 때문이 아니라 벌레처럼 굶어 죽는 순간이 닥쳐올 수 있다는 막연한 불안 때문이었다.

잠시도 쉬지 않고 나오는 그의 말에서 논리라고는 전혀 찾을 수 없었다. 이반 미하일르이치가 그의 말을 듣고 있을 때나 음악 같은 그의 말을 듣다가 이반 미하일르이치가 잠들었을 때도 마찬가지였다. 마차 안은 앉아 있기에 너무나 불편했다. 델레쟌에는 4명이 자리를 잡고 있었는데, 다리를 오므리고 앉아 있어야 했기에 3~4베르스타쯤 갔을 때는 무릎이 참을 수 없을 만큼 아팠다. 하지만 고통에도 불구하고 그는 끊임없이 입을 열었다. 먼지는 구름이 되어 마차의 창틈을 파고 들어왔다. 시간이 흐르자 햇빛이 비스듬히 기어들더니 갑자기 불길처럼 마차 안을 뜨겁게 비추었다. 그래도 그는 계속 지껄였다.

"이봐, 난 평생 쓴 잔만 들이켰어. 이젠 쉴 때가 됐어. 자네도 알다시피 나는 어머니 재산을 갉아먹지는 않을 거야. 그러니 빵 부스러기는 틀림없이 주실 걸세. 이반 미하일르이치, 자넨 어떻게 생각하나?"

"어머니께서는 많은 걸 갖고 계십니다."

"그렇지만 나를 위한 것은 아니라고 말하고 싶은 거지? 물론 어머니가 상당히 많은 돈을 가지고 있는 건 사실이지만, 나를 위해서는 단돈 5코페이카도 내놓기 아까워하실걸! 누구나 아는 거지만 어머니는 마귀할멈처럼 항상 나를 미워하셨다네. 왜냐고? 글쎄, 그러니 농담은 그만두게나. 나도 이제 철면피가 되어 절대로 떨어져 나가지는 않을 거야. 아무리 나를 내쫓으려 해도 결코 물러설 수 없어. 밥을 먹여주지 않는다면 내가 뺏어 먹을 걸세. 이보게, 공직에 헌신했으니, 이젠 내가 도움을 받아야지. 한 가지 걱정되는 점은 담배를 얻지 못하리라는 거야. 참으로 끔찍해!"

"그렇군요. 이젠 담배를 아주 끊어야만 하겠군요!"

"그래서 영지관리인에게 귀찮을 정도로 조르려고 해! 어쩌면 그 대머리 녀석이 지주인 나에게 담배를 좀 줄 수도 있을 테니까!"

"물론 주겠지요, 왜 주지 않겠습니까. 하지만 어머니가 관리인에게 주지 말라고 시키면 어쩌지요?"

"그렇게 되면 꼼짝없이 당하겠지. 화려했던 옛 시절은 가고 지금 남아 있는 단 하나의 호사가 담배인데! 이봐, 내게 돈이 있었던 그 시절에는 말이야, 하루에도 주코프 담배를 4분의 1씩이나 피워댔다네."

"보드카도 더 이상 마실 수 없겠지요."

"그 또한 참담한 일이군. 보드카가 건강에 얼마나 좋은데, 가래를 없애준단 말이야. 세바스토폴리* 근방에 원정 갔을 때 일인데, 아직 세르푸호프에 도착하지도 않았을 때지만 한 통씩이나 마실 수 있었다네!"

"틀림없이 취하셨겠네요?"

"기억이 없어. 아마 그랬겠지. 하리코프까지 진군한 건 기억에 남아 있지만, 더 이상은 아무것도 생각나지 않는군. 기억나는 거라곤 마을과 도시를 지나 행군한 것과 툴라에서 주류 전매업자가 우리들에게 연설했다는 것뿐이야. 눈물을 흘리더군, 그 비열한 놈이! 그때 우리들의 조국 성스러운 러시아는 수많은 고통을 당하고 있었다네. 망할 놈의 주류 전매업자들, 청부업자들과 수납계 놈들!"

"하지만 마님은 그때 이득을 꽤 보셨지요. 우리 영지 출신 민병의 절반 이상이 귀향하지 못했는데, 민병 참전 증명서를 교부해주라는 칙령이 내려왔다고 하더군요. 한데 증명서 한 장으로 국고에서 4백 루블을 받을 수 있었다던데요."

"그렇지, 어머니는 재주꾼이니까. 골로블료보에서 잼만 만들 것이 아니라 장관이라도 되었어야 했는데 말이야. 자네는 모를 거야, 어머니가 나를 얼마나 부당하게 대하고 모욕했는지. 그래도 나는 어머니를 존경한단 말이야. 정말이지 중요한 점은 대단히 재빠르시다는 걸세. 만일 어머니가 아니었다면 지금 우리들은 어떻게 되었겠는지 알 수 없다네. 골로블료보에서 150명의 농노들만 가지고 있었겠지. 어머니는, 보게나, 얼마나 많은 걸 마련하셨는지."

"형제분들이 재산을 나눠 가지겠지요!"

---

* 흑해의 항구도시로 크림전쟁의 최후 격전지.

"그러겠지만 난 아무것도 없을 게야, 틀림없어. 난 파산했다네. 하지만 동생들은 부자가 되겠지. 그중에서도 흡혈귀* 그 놈이 대단할 거야. 걔는 아첨으로 목적을 이룰 테니까. 그렇지만 그 놈은 시간이 지나면 어머니의 숨통을 끊어놓을 걸세. 어머니의 영지는 물론이거니와 돈까지도 빨아먹으리라는 걸 훤히 알 수 있어. 반면 내 동생 파벨은 제대로 된 아이야. 내게 담배를 몰래 보내줄 테니 두고 보게나! 골로블료보에 도착하면 곧장 파벨에게 편지를 보내야지. 사랑스런 동생에게 이런저런 말을 한 다음 도움을 구해볼까봐. 아, 아! 내가 지금 부자라면 얼마나 좋을까!"

"그럼 무얼 하시고 싶으신데요?"

"제일 먼저 자네에게 큰돈을 주겠네."

"아니, 제게 말입니까? 그럴 필요는 없습니다. 도련님 필요한 곳에 쓰시지요. 저는 마님 덕분에 만족하고 지내니까요."

"아니야. 그렇지 않아. 나는 자네를 영지의 총관리인으로 앉히겠어. 자네는 병사에게 먹을 것과 잠자리를 주지 않았던가. 정말 고마운 일이야. 만약 자네가 없었더라면 틀림없이 지금쯤 걸어서 고향 집까지 가고 있겠지. 지금이라도 당장 자네에게 농노해방증을 주고 나의 모든 보물들을 펼쳐주고 싶어. 맘껏 먹고 마시고 즐기라고! 이보게 친구, 어떤가?"

"됐습니다. 주인님, 저는 그냥 내버려두십시오. 부자라면 또 뭘 하시겠습니까?"

"그다음에는 미녀를 데리고 다니고 싶어. 쿠르스크에서 성모님께 기도 드리러 다니다가 정말이지 너무나 예쁜 미녀를 본 적이 있어. 믿을 수 없겠지만 잠시도 한 자리에 가만히 있지 않더군."

---

* 포르피리의 별명.

"그런데 그 여자가 도련님에게 오지는 않겠지요?"

"돈이 상당히 들 거야! 얼마나 필요할까? 적어도 10만 루블 이상이 겠지, 20만이면 또 어때? 이보게, 돈이 있다면 말이야 만족스럽게 살기 위해서 무슨 일이든 다 할 거야. 솔직히 말하자면, 그때 그녀에게 상등병을 통해 3루블을 주기로 약속했는데 영악한 그녀는 5루블을 원했다네!"

"5루블도 없었겠지요?"

"뭐라고 할 말이 없네. 말할 수 있는 것은 모든 일이 꿈 속에서 본 것 같다는 거야. 어쩌면 그녀는 나한테 찾아왔는지도 모르지. 하지만 생각나지 않아. 행군했던 2개월 동안의 일이 전혀 떠오르지 않아. 자네한테는 이런 일이 일어나지 않았겠지?"

이반 미하일르이치가 입을 다물고 있어 스테판 블라디미르이치가 그를 빤히 바라보니 여행의 동반객은 머리를 규칙적으로 끄덕여 몇 번씩이나 코가 무릎에 거의 닿을 뻔했고 그때마다 몸을 떨고는 또다시 머리를 박자에 맞춰가며 끄덕이고 있었다.

"아니 이런! 잠들어버렸네. 이놈은 차와 여인숙의 밥을 먹고 이렇게 살만 쪘구만! 난 잠도 오지 않는데. 어떻게 잠이 온단 말인가! 뭘 좀 마셨으면 좋겠는데. 포도로 만든 것이라도 말이야······."

스테판이 주변을 둘러보니 모든 승객이 잠들어 있었다. 옆에 앉아 머리를 창틀에 부딪치고 있는 상인도 잠에서 깨어나지 못하고 있었다. 상인의 얼굴은 마치 니스칠한 듯이 빛났고, 파리 떼가 입 주변에서 맴돌고 있었다. '만일 파리들을 목구멍 안으로 집어넣으면 아마 하늘이 노랗게 보이겠지.' 스테판은 문득 즐거운 생각이 떠올라 이를 행동으로 옮기기 위해 한 손을 상인 쪽으로 조용히 움직였지만 반쯤 옮기다가 다른 생각이 들어 멈췄다.

'아니지. 장난질은 이제 그만두자. 이젠 됐다! 잘들 주무시게나. 그동안 나는……, 그런데 반 리터들이 병을 어디에 넣어두었을까? 아, 여기 있군. 이리 나와! 하느님, 저들을 구원하소서!' 그는 작은 소리로 웅얼거리기 시작하더니 포장마차 옆에 매달아놓은 마대자루에서 작은 병을 꺼내 병 주둥이를 입에 갖다 대었다. '자, 이젠 됐다. 몸이 따뜻해지는군. 좀더 마실까? 아냐, 그만 하자. 다음 역참까지는 20베르스타 이상 가야 할 테니 나중에 또 마시자. 아, 이 망할 놈의 보드카 같으니라고! 병을 보기만 하면 집어들다니! 마시면 기분이 나쁘고, 그렇다고 마시지 않을 수도 없으니. 이게 없으면 잠잘 수조차 없단 말이야. 망할 놈의 잠이라도 실컷 자봤으면!'

 몇 번 더 들이켠 후 원래 있던 곳에 병을 집어넣고 파이프에 담배를 채워 나갔다.

 '술 마신 후 담배를 피우면 정말 좋지. 마귀할멈은 내게 담배도 주지 않겠지, 주지 않을 거야.' 그의 말이 맞다. '먹을 것은 줄까? 설마 음식 찌꺼기는 주지 않을까? 예전에 갖고 있던 돈은 다 어디로 가고 한 푼도 없단 말인가! 그 옛날의 나는 어디로 가버렸는가! 세상 일이 다 이런 것일까. 오늘은 배불리 먹고 마시고 담배를 피워대며 만족스럽게 살지만 내일이면 어떻게 될까? 어쨌거나 뭔가를 좀 먹어야겠군. 구멍 난 술통에 부어대듯이 술은 마셨지만 안주는 전혀 챙기지 않았으니. 의사들 말로는 술을 마시더라도 적당히 안주를 곁들인다면 괜찮다던데. 우리들이 오보얀*을 지나갈 때 스마라그드 주교도 그렇게 말했었지. 그곳이 오보얀이었던가? 아님, 크로므이**를 지날 때였나! 지금 중요한 것은 그게 아니라 안주거

---

* 모스크바 남쪽 쿠르스크 부근.
** 쿠르스크 부근.

제1장 가족 심판 39

리를 마련하는 일이지. 그렇지, 자루에 소시지와 프랑스 빵 세 개를 넣어 두던데. 아마 이크라는 돈이 아까워 사지 않았을 거야. 잠든 동안 찾아보자. 참말로 코고는 소리가 대단하구나. 먹을 것은 저 놈 자리 밑에 둔 것 같은데.'

그는 주변을 손으로 더듬어보았지만 아무것도 잡히지 않자, 이반 미하일르이치의 이름을 큰 소리로 불렀다. 이반 미하일르이치는 잠에서 깨어났지만 자기가 왜 나리 면전에 앉아 있는지 한참 동안 깨닫지 못하겠다는 표정이었다.

"이제 막 잠들었는데!" 그가 간신히 말했다.

"이보게, 별일 아니니 그냥 자도록 하게! 한 가지 물어볼게 있어서 그러는데, 먹을 것이 든 자루는 어디에 치워두었는가?"

"시장하십니까? 그렇다면 뭘 좀 먼저 마셔야지요!"

"그렇지! 네 술병은 어디 있지?"

술을 마신 다음 스테판 블라디미르이치는 소시지를 잡았는데, 이 소시지는 마치 돌처럼 딱딱했고 소금처럼 짜디짰다. 또한 가볍고 단단한 껍질로 덮여 있어서 날카로운 칼끝을 사용하지 않으면 자를 수조차 없었다.

"철갑상어 고기가 있으면 좋으련만." 그가 말했다.

"나리, 죄송합니다만 까맣게 잊었습니다. 아침 내내 잊지 않고서 마누라에게 철갑상어에 대해 꼭 일깨워달라고 말해두기까지 했는데요. 그런데 이런 잘못을 저질렀습니다!"

"괜찮네, 소시지나 먹도록 하지. 원정 나갔을 때는 이런 것도 못 먹었지. 아버지 말씀에 영국인 두 명이 썩은 고양이 고기 먹기 내기를 했는데 한 명이 먹었다는 거야!"

"세상에, 그걸 어떻게요?"

"먹었다니까. 나중에 구역질이 나긴 했지만, 럼주로 진정시켰다더군. 럼주 두 병을 단숨에 마시니까 씻은 듯이 나았다나. 또 어떤 영국인은 일년 내내 설탕만 먹고 사는 내기를 했었대."

"그래서요?"

"이틀을 채우지 못하고 죽고 말았지! 아니, 자넨 왜 그러는가? 술 한 잔 걸칠 텐가?"

"술은 전혀 안 합니다."

"차만 마시는가? 이보게나, 그건 좋지 않아. 그러니 자네 배가 나오는 거야. 차를 마시더라도 조심해야만 하네. 차를 한 잔 마시면 술도 한 잔 없어야지. 차는 가래를 모으지만 보드카는 그걸 없애준다네. 그렇지 않은가?"

"전 모르겠습니다. 도련님은 배우신 분이니 더 잘 아시겠지요."

"그렇지. 우리가 원정 나갔을 때는 차나 커피를 마실 여유가 전혀 없었다네. 그러나 보드카는 아주 신성한 것이었지. 물통 마개를 풀어 붓고 마시면 그게 다니까. 한번은 정신없이 퇴각하느라고 열흘씩 씻지 못했었지."

"도련님, 고생이 많으셨네요."

"항상 힘들지는 않았어. 하지만 이정표가 있는 큰길을 따라가는 행군은 쉬운 일이 아니었어. 앞으로 진군할 때는 그래도 이런저런 일이 있었다네. 자선을 베푸는 자도 있었고, 식사를 제공한다든지 술을 퍼주는 사람도 있었지. 그러나 퇴각할 때는 더 이상 경의를 표시하지 않더군."

스테판은 어렵게 소시지를 물어뜯어 마침내 한 조각을 씹을 수 있었다.

"소시지가 짜네." 그가 말했다. "그렇지만 난 입맛이 까다롭지 않아!

어머니 역시 손이 많이 가는 음식은 장만해주지 않으실 걸세. 한 접시의 양배추 수프와 한 사발의 죽이 전부겠지!"

"하느님은 자비로우십니다! 어쩌면 명절에는 고기만두를 주실 수도 있겠지요!"

"차도, 담배도, 보드카도 절대 없을 거라고 자네가 확실히 말하지 않았던가! 요즘에는 카드로 바보 게임을 즐기신다던데 그게 사실일까? 그렇다면 카드 게임을 하자고 나를 부를 테고 차도 실컷 마시라고 하겠지. 하지만 나머지 다른 일들은 생각하고 싶지도 않다네."

4시 무렵 말에게 먹이를 주기 위해 역참에 멈춰 섰다. 스테판은 반 리터들이 술병을 다 마셨지만 배가 몹시 고팠다. 승객들은 안으로 들어가 식사를 하기 위해 자리를 잡고 앉았다. 스테판 블라디미르이치는 마당에서 서성이며 뒤뜰과 말 여물통을 곁눈질하다가 비둘기를 장난삼아 날려 보내더니 잠을 청해보았다. 하지만 결국에는 지금 가장 바람직한 일은 다른 승객들처럼 역참 안으로 들어가는 것이라고 결정했다. 식탁 위 양배추 수프 그릇에서는 김이 무럭무럭 피어올랐으며, 한쪽에 놓인 나무 접시에는 이반 미하일르이치가 얇게 썰어놓은 커다란 쇠고기 덩어리가 얹혀 있었다. 스테판은 저만치 떨어져 앉아 담배를 피워 물었지만 배가 부르다는 표시를 어떻게 드러내야 하는지 한동안 알 수 없었다.

"어서 드십시오, 여러분!" 마침내 이렇게 말을 꺼냈다. "그 수프는 맛있어 보이는군요!"

"그다지 나쁘지는 않습니다!" 이반 미하일르이치의 대답이다. "한데, 도련님도 좀 드시지요?"

"아니, 난 배부르다네."

"배가 부르시다니요! 소시지 조각을 드셨지만 그 놈의 소시지 때문에 배만 더부룩해졌을 텐데, 이리 와 식사하세요. 이쪽에 도련님 자리를 마련하도록 하겠습니다. 그러니 많이 드십시오. 아주머니, 여기 식사를 따로 준비해줘요!"

승객들은 조용히 식사를 시작하며 자기들끼리 알 듯 말 듯한 눈짓을 주고받았다. 골로블료프는 비록 자기가 여행 내내 나리 행세를 하며 이반 미하일르이치를 자기 집의 출납계라고 불러왔지만 다른 승객들은 진상을 꿰뚫고 있음을 알아차렸다. 그는 눈썹을 치켜올리고 담배 연기를 내뿜었다. 식사를 거절할 생각이었지만 너무나 허기져서 자기 앞에 차려진 수프 그릇에 게걸스럽게 달려들어 게 눈 감추듯이 먹어치웠다. 배가 부르자 또다시 자신만만해지더니 마치 아무 일도 없었다는 듯이 이반 미하일르이치에게 말을 건넸다.

"이보게 경리, 내 식비는 자네가 계산하게. 나는 건초간으로 가 잠이나 자야겠네."

그는 건들거리며 건초간으로 갔는데, 이번에는 배가 불러서인지 깊이 잠들었다. 5시에 다시 일어났다. 말들이 텅 빈 여물통 앞에 서서 머리로 여물통의 가장자리를 긁적이는 모습을 보고는 마부를 깨웠다.

"늘어지게 자는구나, 이 악당아!"라며 소리쳤다. "우리는 서둘러 가야 하는데, 이놈은 신나게 잠만 자는군!"

이럭저럭 골로블료보 진입로 초입의 역참에까지 이르렀다. 그러자 스테판 블라디미르이치의 기분도 약간 가라앉았다. 그는 드러나게 의기소침해져 말이 없어졌다. 이반 미하일르이치가 용기를 북돋워주며 다른 일에 앞서 담배를 끊으라고 충고했다.

"도련님, 어머님의 저택에 들어가시기 전에 담배는 쐐기풀 덩굴에 집어던지시죠. 나중에 찾으실 수 있습니다."

마침내 이반 미하일르이치를 태우고 떠날 말이 다시 준비되었다. 헤어질 시간이 다가왔다.

"이보게, 잘 가게." 떨리는 목소리로 스테판이 말을 꺼낸 후 이반 미하일르이치에게 키스했다. "어머니는 나를 물어 죽일 걸세!"

"하느님은 자비로우시니 너무 두려워 마십시오."

"날 물어 죽일 거야!" 스테판 블라디미르이치가 똑같이 확신에 찬 어조로 되풀이했기에 이반 미하일르이치는 저도 모르게 눈길을 돌렸다.

이 말을 던진 후 스테판은 시골길 쪽으로 몸을 휙 돌려 나무에서 잘라낸 나뭇가지를 지팡이 삼아 걸음을 내딛었다.

이반 미하일르이치는 잠시 그의 뒷모습을 지켜보다가 뒤쫓아 뛰어갔다.

"잠깐만, 나리." 그를 쫓아가며 말했다. "요전에 도련님의 외투를 정리하다 보니 옆 주머니에서 3루블이 나오더군요. 이젠 흘리지 마세요."

스테판 블라디미르이치는 머뭇거렸는데, 이런 경우에는 어떻게 처신해야 할지 알 수 없었다. 겨우 이반 미하일르이치에게 손을 내밀고는 눈물을 흘리며 이렇게 말했다.

"알겠네. 군인에게 건네는 담배 한 개비로군. 고마우이. 어쨌든 노인네는 날 죽일 걸세, 친구여! 내 말을 기억해두게나, 날 물어 죽일 거라는 이 말을."

스테판은 시골길 쪽으로 얼굴을 돌렸고 5분 후에는 이미 그의 회색빛 군모가 무성한 덤불숲에서 아른거리다가 저 멀리로 희미해지더니 사라졌다. 5시가 막 지난 아직 이른 아침 시간이었기에 황금빛 아침 안개가 시골길 위로 피어올라 지평선 위로 방금 나타난 햇살을 조금씩 내비쳐주었다. 풀은 빛났으며, 공기는 전나무 향기와 버섯과 산딸기 냄새로 가득 차올랐다. 길은 셀 수 없이 많은 새들로 뒤덮인 평지 위에 구불구불 펼쳐져 있었다. 하지만 스테판 블라디미르이치의 눈에는 아무것도 들어오지 않았다. 섣부른 생각은 모두 떨쳐버리고 마치 최후의 심판에 나가듯 걸어갔다. 그의 온몸을 휩싸고 있는 단 하나의 생각은 앞으로 서너 시간만 지나면 더 이상 어디로도 갈 데가 없을 것이라는 두려움이었다. 골로블료보에서 지낸 옛 시절을 돌이켜보면서 자기 앞에 칙칙한 지하실 문이 활짝 열려 있으며, 이 문턱을 넘기만 하면 문은 쿵 하고 닫혀 모든 일은 그 순간 끝장이라고 생각했다. 또한 그와는 직접적으로 관계가 없었지만 골로블료프가의 내력을 만들어주었음에 틀림없는 시시콜콜한 작은 일들도 머리에 떠올랐다. 먼저 외삼촌인 미하일 페트로비치(흔히 그를 '난폭자 미쉬카'라고 불렀다)가 있었다. 이 아저씨도 불쾌한 축에 들었는데, 그는 표트르 이바느이치 할아버지에게 쫓겨나 골로블료보의 누이 집의 하인방에서 트레조르카라는 개와 함께 밥을 먹고 지냈다. 또한 베라 미하일로브나 고모의 경우에는 골로블료보 영지에서 오빠인 블라디미르 미하일르이치의 보살핌을 받고 지내다가 '절제' 때문에 죽고 말았다. 왜냐하면 아리나 페트로브나가 끼니때마다 그녀가 먹는 한 조각의 음식을 놓고 욕을 해댔으며, 방을 데우려는 한 토막의 장작을 가지고도 그녀를 나무랐기 때문이었다. 이제 똑같은 일이 그를 기다리고 있었다. 회색의 심연으로 추락하는 끝없는 절망의 나날들이 머리에 떠올라 그는 저도 모르게 두 눈을 감고 말았다. 이제부터 그는 사악한 노파와, 아니 사악하지 않다면 다만 권력의 권태에 몸이 굳어버린 그 노파와 일대일로 대면해야 한다. 노파는 그를 물어 죽일 것이며 고통이 아닌 망각 속에서 죽이리라. 이야기를 나눌 사람도, 어디 달아날 데도 없다. 어디로 가든 전지전능한 힘으로 옴짝달싹 못하게 만드는, 경멸의 눈빛으로 가득 찬 그녀가 있을 뿐이다. 돌이킬 수 없는 미래에 대해 생각을 해보니 그의 온몸은 비애로 가득 차 나무 옆에 서서 몇 번씩 머리를 부딪쳐보았다. 무위도식과 광대짓으로 눈살을 찌푸리게 했던 그의 삶이 갑자기 마음의 눈앞에서 빛이 나는 듯했다. 그는 골로블료보 영지로 걸어 들어갔다. 그는 그곳에서 자기를 기다리고 있는 것이 무엇인지 잘 알고 있었지만, 그럼에도 불구하고 갈 수밖에 없었다.

그에게 다른 길은 없었다. 가장 하찮은 인간이라도 자기 자신을 위해 무엇인가를 할 수 있고, 빵 한 조각이라도 직접 구할 수 있겠지만 그는 혼자 힘으로는 아무것도 할 줄 몰랐다. 이런 생각을 어쩌면 처음으로 해보게 되었다. 물론 전에도 자신의 미래와 온갖 종류의 청사진을 그려본 적은 있었지만, 그러나 그것들은 공허한 만족을 위한 것일 뿐 결코 생산적인 청사진은 아니었다. 그런데 앞으로는 자신의 과거를 흔적도 없이 삼켜버린 어리석었던 행동에 대한 대가를 지불해야만 했다. 고통스러운 대가는 '물어 죽이겠다'는 무서운 한 마디 말에 고스란히 들어 있었다.

오전 10시경이 되자 숲 너머로 골로블료보 영지의 하얀 종각이 모습을 드러냈다.

스테판 블라디미르이치의 얼굴은 하얘지고 두 손은 떨렸다. 모자를 벗어 들고 성호를 그었다. 복음서에 나오는 돌아온 탕아의 이야기가 떠올랐지만 이를 자신에게 적용시키려니 단지 하나의 유혹이 될 뿐이었다. 마침내 길옆에 세워진 경계목을 직접 눈으로 보게 되자 여기부터가 골로블료보 영지라는 것을 깨닫게 되었다. 바로 이 역겨운 땅에서 그는 추접스럽게 태어나 자랐으며, 이곳저곳에서 지저분하게 지내다가 지금에 와서 또다시 자기가 태어난 곳으로 돌아오게 된 것이다. 태양은 중천에 떠올라 끝없이 펼쳐진 골로블료보의 들판을 사정없이 내리쬐었다. 하지만 그는 점점 더 창백해지고 오한이 났다.

마침내 성당 묘지에 다다르자 의기소침해졌다. 나무 뒤의 대저택은 너무나 평온해서 특별한 일은 전혀 없는 듯 보였지만, 그는 메두사의 머리가 떠올랐다. 자신의 무덤처럼 보였기 때문이다. '무덤! 무덤! 무덤!' 그는 자기도 모르게 혼잣말을 했다. 대저택 안으로 바로 갈 것인가 말 것인가를 결정하지 못한 채 사제관에 들러 자신이 도착했다고 집에 알린 후 어머니의 반응을 알아보자고 마음먹었다.

사제의 부인은 그를 보자 걱정스런 표정으로 분주히 계란부침을 만들기 시작했다. 시골 아이들이 그의 주위에 모여들어 놀란 표정으로 올려다 보았다. 지나가는 농부들이 조용히 모자를 벗어 들고 미심쩍은 눈길을 던졌다. 또 어떤 늙은 농노는 앞으로 달려와 나리의 손에 입을 맞추려 했다. 모든 사람들은 지겨운 이곳으로 다시 돌아온 버림받은 이 남자가 이제는 영원히 돌아온 것이며, 앞으로는 성당 묘지로 가는 것 외에는 다른 탈출구가 전혀 없음을 알고 있었다. 그래서 모두들 연민과 함께 불편함을 느꼈다.

잠시 후 사제가 돌아와 어머니는 스테판 블라디미르이치를 '맞이할 준비가 되어 있다'고 전했다. 10분이 채 지나기 전에 그는 그곳에 도착했다. 아리나 페트로브나는 위엄을 갖추고 엄중하게 그를 맞이하며 얼음장 같은 눈길로 머리에서 발끝까지 훑어보았지만 한마디 질책의 말도 꺼내지 않았다.

그녀는 아들을 집 안으로 들이지 않고 뒷문 계단에서 잠시 만나보고는 아버지 방으로 가는 층계를 통해 젊은 지주를 안으로 안내하라고 명했다. 노인은 하얀 모포를 덮어쓴 채 침대에서 졸고 있었는데, 실내모도 하얀색이어서 마치 죽은 사람처럼 보였다. 아들을 보자 졸음에서 깨어나 바보처럼 웃음을 터뜨렸다.

"이런, 이놈아, 마녀의 손아귀에 들어왔구나!" 아들이 그의 손에 키스할 때 이렇게 소리쳤다. 그러고는 수탉 울음소리를 내고 또다시 웃음을 터뜨렸다가 다시 한 번 반복해 외쳤다. "잡아먹을 거다! 잡아먹을 거야! 잡아먹을 거라구!"

'잡아먹을 거다!' 이 말은 메아리가 되어 그의 내부에서도 울려 퍼졌다.

그의 예상은 맞아떨어졌다. 그는 곁채의 외딴 방으로 보내졌는데, 사무실도 그곳에 같이 있었다. 집에서 짠 내의와 아버지가 입던 낡은 실내복이 지급되었고, 그는 즉시 그 옷으로 갈아입었다. 무덤의 문이 활짝 열려 그를 맞이했다. 그러고는 뒤에서 쾅 소리를 내며 닫혔다.

무기력하고 흐릿한 날들이 이어졌다. 회색빛의 무서운 시간의 심연에 하루하루가 가라앉고 있었다. 아리나 페트로브나는 그를 만나지 않았으며 아버지를 만나지도 못하게 명했다. 3일이 지나자 영지 관리인인 피노게이 이파트이치가 와서 앞으로 식사와 의복을 제공할 것이며 한 달에 1푼트*씩의 팔레르 담배를 줄 것이라는 어머니의 '규칙'을 전달했다. 그는 어머니의 규칙을 듣자마자 속뜻을 알아차렸다.

'이런, 노인네 봐라! 주코프 담배는 2루블이고 팔레르는 1루블 90코페이카인 것을 냄새 맡았군. 그래서 한 달에 10코페이카를 깎겠다는 거지. 내 돈으로 가난한 이들에게 기부라도 하려나보지!'

골로블료보 영지로 이어지는 시골길을 걸어 들어갈 때 그의 내면에 잠시 나타났던 각성의 표시들은 또다시 어디론가 사라졌다. 경솔함이 다시금 고개를 들어 '어머니의 규칙'에 타협하고 말았다. 한때는 그의 이성

---

* 1푼트는 0.41킬로그램.

을 밝게 비추었고 전율케 했던 그의 미래는 절망적이며 벗어날 길 없게 되어 하루가 지날수록 점점 더 안개로 뒤덮였고, 결국에는 존재하지도 않게 되었다. 파렴치한 날들이 급박하게 낱낱이 펼쳐졌으며, 그 뻔뻔함으로 그의 모든 생각과 존재를 완전히 사로잡았다. 가장 사사로운 일상사에서마저 아리나 페트로브나의 결정을 받아야 하는 돌이킬 수 없는 현재의 삶에서 그가 아무리 미래에 대해 생각해본들 그 무슨 소용이 있겠는가?

온종일 그는 자기 방에서 어슬렁거리며 입에서 담배 파이프를 떼지 않고 노래 한 구절을 흥얼거렸다. 그가 부르는 성가는 갑작스레 조잡한 노래로 바뀌기도 했으며, 그 반대가 되기도 했다. 사무실에서 서기가 일할 때면 스테판 블라디미르이치는 아리나 페트로브나가 벌어들인 수입이 얼마나 되는지 계산해보곤 했다.

"노인네는 이 많은 돈다발을 어디에 쓰는 걸까?" 그는 지폐로 8만 루블이 넘는 돈을 세다가 깜짝 놀랐다. "내가 알기론 동생들에게도 별로 돈을 보내지 않고 자기도 구차하게 살고 있으면서 말이야. 게다가 아버지에게는 소금에 절인 고기만 올리지 않는가. 전당포*에 맡기는 게 틀림없어! 거기 말고는 돈을 둘 데가 없지 않은가!"

가끔씩 피노게이 이파트이치가 사무실로 와 농노들이 바친 소작료 돈다발을 탁자 위에 펼쳐놓을라치면 스테판 블라디미르이치의 두 눈은 그 위에서 활활 타올랐다.

"아니, 산더미 같은 돈이로구나!" 그는 놀라 소리쳤다. "이게 전부 다 그녀 목구멍에 들어간다니! 아들에게는 한 다발도 나누어주지 않으면

---

* 19세기 러시아의 전당포는 귀중품을 담보로 돈을 빌려주는 일 이외에 돈을 맡아 이자를 주는 수신 업무도 했음.

서! '얘야, 고통 받고 있는 나의 아들아, 이걸로 술과 담배를 사렴' 이렇게 말할 수도 있지 않은가 말이야."

그는 어떻게 하면 어머니의 마음을 누그러뜨려 자기를 좋아하게 만들지 냉소를 지으면서 야코프 서기와 끝없이 얘기를 나누었다.

"내가 아는 모스크바의 어떤 사람은 그 '단어'를 알고 있었다네." 스테판의 이야기다. "그래서 그는 자기 어머니가 돈을 주려고 하지 않을 때는 바로 그 단어를 말했지. 그렇게 되면 그 말이 그녀의 손과 발, 그녀의 온몸을 경련시켰다더군. 그 말만 하면 모든 게 다 됐어."

"아마도 저주의 말을 했겠지요." 야코프 서기의 짐작이었다.

"글쎄, 자네가 어떻게 생각하든지 간에 그런 '단어'가 있다는 건 사실이야. 또 어떤 사람은 이런 이야기를 한 적도 있어. 살아 있는 개구리를 잡아서 깜깜한 밤에 개미총에 놓아두면 다음 날 아침 개미들이 개구리를 전부 갉아먹어서 뼛조각만 남는다더군. 그런데 그 뼛조각을 집어서 주머니에 갖고 있는 동안에는 어떤 여자에게 뭘 부탁하든지 간에 모두 받아들여질 거라더군."

"세상에, 그럼 지금 당장이라도 해보시죠!"

"맞아, 하지만 이것 봐, 그보다 먼저 나한테 주문을 걸어야만 해. 그렇지 않으면 마녀가 내 앞에서 춤을 출 테니까."

몇 시간이고 이런 대화가 이어졌지만 어떤 결론도 나오지 않았다. 자기 몸에 저주의 주문을 걸든지 아니면 영혼을 악마에게 팔겠다는 것이 대책의 전부였다. 그래서 결론은 '어머니의 규칙'대로 살면서 영지에서 제멋대로 받아들이는 무거운 세금을 조정하는 수밖에 없었다. 스테판 블라디미르이치는 이들에게 개별적으로 담배라든가 차와 설탕 같은 것들을 자신의 이익을 위해 공물로 부과했다.

음식은 형편없었다. 대개는 어머니가 먹고 남은 음식을 가져다주었는데, 아리나 페트로브나는 인색할 정도로 절약했기에 자연히 그의 몫으로는 조금밖에 남겨두지 않았다. 이 때문에 그는 특히 괴로웠다. 왜냐하면 술이 금단의 열매가 된 이후로는 식욕이 한층 더 강해졌기 때문이었다. 그는 아침부터 저녁까지 굶주렸으며 어떻게 하면 배불리 먹을 수 있을 것인가만 생각했다. 어머니가 쉬는 때만을 숨어 기다리다가 부엌으로 내달려 하인들 방까지 엿본 다음 결국에는 먹을 것을 더듬어 찾아내곤 했다. 가끔씩 열린 창문 밑에 앉아서는 누가 지나가나 지켜보았다. 그러다가 골로블료보의 농부가 지나갈 때면 불러 세우고는 계란이나 잼, 과자 등을 달라고 부탁했다.

아리나 페트로브나는 그를 받아들인 첫날에 짧은 말로 앞으로의 생활 강령을 정해주었다. "당분간 여기 살아라!" 그녀는 이렇게 말했다. "이곳 사무실의 한 귀퉁이를 쓰렴. 먹고 마시는 것은 내가 먹고 남긴 걸 받아라. 그 이상은 안 되니 기분 나쁘게 생각지 말아라, 애야! 나는 원래 비싼 음식은 먹은 적이 없는 데다가 너한테도 그런 음식은 주지 않을 테다. 이제 곧 동생들이 이리로 와서 의논 후 너에게 제안을 할 것이고, 그러면 우리는 받아들여야겠지. 나는 양심에 어긋나는 죄를 짓고 싶지는 않다. 그러니 동생들이 하자는 대로 해야만 한다!"

이렇게 해서 그는 동생들이 도착하기를 초조하게 기다리고 있었다. 하지만 그러면서도 동생들이 도착하면 그의 운명이 앞으로 어떤 영향을 받게 될 것인가는 전혀 생각하지도 않은 채(그는 이 점에 대해서는 생각도 하지 않기로 결심한 듯했다), 다만 동생 파벨이 담배를 가져다줄 것인지, 가져다준다면 얼마나 가져다줄 것인지만 추측해보았다.

'어쩌면 돈도 줄지 몰라!' 그의 상상은 계속되었다. '흡혈귀 포르피쉬카*는 주지 않겠지만, 파벨은…… 파벨에게 이렇게 말해봐야지. 애야, 군인에게 술을 주렴. 차 같은 것은 주지 말고!'

시간이 흐르는 것도 몰랐다. 무사태평한 생활에도 전혀 괘념치 않았다. 단지 저녁이 되면 지루해졌다. 서기도 8시쯤이면 집으로 돌아가고, 아리나 페트로브나가 어두운 방에서도 왔다갔다할 수 있다면서 양초를 쓰지 못하도록 했기 때문이다. 하지만 그는 여기에도 곧 익숙해져 어둠을 좋아하게 되었다. 어두운 곳에서는 상상력이 훨씬 더 강렬해져서 이 지긋지긋한 골로블료보로부터 먼 곳으로 떠날 수 있었기 때문이었다. 다만 심장이 불안정하고 약간은 불규칙하게 뛰었는데 특히 잠들 때가 걱정이었다. 이따금 그는 깜짝 놀란 것처럼 침대에서 벌떡 일어나 왼쪽 가슴을 손으로 누른 채 방 안에서 이리저리 돌아다니곤 했다.

'아, 죽으면 어쩌나!' 그런 때 드는 생각이었다. '아냐, 절대로 죽지는 않아. 하지만 만약 그렇게 되면……'

그런 어느 날 아침 서기가 어젯밤에 동생들이 집으로 돌아왔다고 슬쩍 알려주었을 때 저도 모르게 몸이 떨리고 얼굴색이 바뀌었다. 어린아이의 호기심 같은 것이 발동해 깨어나 집 안으로 뛰어가고 싶어졌으며 동생들이 어떤 옷을 입고 왔는지, 그들의 잠자리는 어떠한지, 그들의 여행 가방은 언젠가 보았던 어떤 예비역 대위의 것처럼 고급스러운 것인지를 살펴보고 싶었다. 또한 동생들이 어머니와 나누는 이야기를 듣고, 식사 때 어떤 음식을 마련해주는지도 훔쳐보고 싶었다. 예컨대, 그가 소망하는 것은 자신을 매몰차게 내친 삶으로 다시 한 번 돌아가는 일이었다. 그리하여 어머니의 두 발 밑에 몸을 던져 용서를 구한 후 즐거운 마음으로 살찐

---

* 포르피리의 애칭.

송아지고기 요리를 먹을 수 있기를 꿈꾸었다. 아직 집 안은 고요했다. 재빨리 부엌의 요리사에게 달려가 보니 주문받은 정찬 메뉴가 무엇인지 알 수 있었다. 크지 않은 냄비에 담긴 신선한 양배추의 뜨거운 국물과 다시 데운 엊저녁의 수프, 소금에 절인 물고기와 네 조각의 커틀릿, 양고기와 네 마리의 도요새 요리, 디저트 과자로는 크림을 얹은 산딸기 파이가 준비되었다.

"이봐, 어제 만든 수프와 소금에 절인 생선, 양고기는 역겨운 놈을 위한 것일 테지?" 요리사에게 말을 건넸다. "나한테는 파이 한 조각도 주지 않겠지?"

"나리, 마님이 뜻대로 하시겠지요."

"나 참! 도요새 고기를 맘껏 먹던 시절도 있었는데, 그런 때도 있었어. 언젠가 육군 중위 그레므이킨과 도요새 15마리 먹기 내기를 한 적이 있었단 말이야. 물론 내가 이겼지! 그리고 그 후로는 한 달간 도요새를 보기만 해도 구역질이 났었네."

"그런데 이제 또 드시고 싶으세요?"

"나한테는 주지 않을 거야! 도대체 왜 아까워하는지 모르겠네. 도요새는 들새이니 먹이를 줄 필요도, 보살필 이유도 없고 혼자 힘으로 날아다니지 않는가 말이야! 도요새도 돈을 주고 산 것이 아니고, 양도 마찬가진데. 이것 봐, 그 마귀할멈은 도요새가 양고기보다 맛있다는 사실을 알고서 나한테 주지 않는 게야. 음식을 썩힐지언정 내게는 주지 않을걸! 그런데 아침식사로는 뭘 주문했는가?"

"간(肝) 요리, 크림 버섯 요리, 종유전병……"

"종유전병만이라도 내게 가져오게. 이봐, 힘 좀 써보게."

"마땅히 그래야지요. 이렇게 하시지요, 도련님. 동생분들이 식사하러 오시면 서기를 여기로 보내십시오. 그 사람 옷 속에 종유전병 두 개를 숨겨 보내지요."

아침 내내 스테판 블라디미르이치는 동생들이 오기를 기다렸지만 오지 않았다. 마침내 11시가 되어서야 약속했던 두 개의 종유전병을 서기가 가지고 와서 동생들은 식사를 마치고 어머니와 침실로 들어가 문을 걸어 잠갔다고 전했다.

＊　＊　＊

아리나 페트로브나는 슬픔에 젖은 엄숙한 모습으로 두 아들을 맞이했다. 두 명의 하녀가 그녀의 팔을 부축했다. 회색 머리카락은 하얀 모자 밑으로 삐져나와 있었고, 숙인 고개는 이리저리 흔들렸으며, 두 다리는 간신히 움직일 수 있는 듯 보였다. 그녀는 자식들이 보는 앞에서 존경받는 슬픈 어머니 역할을 하는 것을 좋아했는데, 그런 경우 힘들게 발을 끌면서 하녀들에게 팔을 부축하도록 시키곤 했다. 얼간이 스테프카는 그런 엄숙 떠는 태도를 대주교의 예배 집전이라 부르며, 어머니는 대주교이고 하녀 폴카와 율카는 대주교의 비서들이라고 말하곤 했다. 밤 1시가 지났는데도 모임은 조용히 계속되었다. 그녀는 자식들이 입을 맞추도록 말없이 손을 내밀었으며, 아무 말 없이 자식들에게 입을 맞추고 성호를 그어 주었다. 포르피리 블라디미르이치가 사랑하는 친구인 어머니와 함께 밤새도록 지껄일 준비가 되어 있다고 밝혔을 때조차도 다음과 같이 말하며 손사래를 쳤다.

"먼 길을 왔으니 물러가 쉬어라. 지금은 이야기 나눌 형편이 아니니 내일 말하도록 하자."

다음 날 아침, 두 아들이 아버지의 손에 입 맞추러 갔지만 아버지는 손을 내밀지 않았다. 그는 눈을 감은 채 침대 위에 누워 방으로 들어온 자식들에게 소리쳤다.

"죄인을 심판하러 왔지? 저리 가라, 바리새인들아, 저리 가!"

포르피리 블라디미르이치는 아버지의 방에서 나와 슬픔에 겨워 눈물을 흘렸지만 파벨 블라디미르이치는 감정이라고는 전혀 없는 바보였기에 손가락으로 콧구멍만 쑤실 뿐이었다.

"아버님 상태가 좋지 않아요, 사랑하는 어머니! 정말이지 좋지 않습니다." 포르피리 블라디미르이치는 어머니의 가슴에 안기며 외쳤다.

"오늘 그렇게도 기력이 없으시더냐?"

"너무 좋지 않았어요. 정말이에요. 오래 못 사실 것 같았어요."

"아냐, 좀더 숨 쉴 게다."

"아니에요, 어머니, 아닙니다. 어머니가 온전히 즐기시며 사신 적은 단 한 번도 없었지만 더 큰 충격을 또 받으신다면 어떻게 되시겠어요…… 그렇지만 정말 놀랄 일입니다. 이 모든 고난을 견디실 힘을 가지고 계시니까요."

"애야, 하느님 뜻이라면 견뎌야 하느니라. 성경에도 씌어 있듯이 '무거운 짐을 서로 나누어라.' 하느님은 나를 선택하신 게야. 우리 가족의 짐을 내가 지도록 말이다."

아리나 페트로브나는 지그시 눈을 감았다. 다른 사람들은 태평하게 주어진 것으로 살고 그녀 혼자만 하루 종일 전 가족의 짐을 지고 괴로워한다고 생각하니 기분이 좋아졌다.

"그래, 애야!" 그녀는 잠시 입을 다물더니 말을 이었다. "나이 들어 힘든 일이야. 나는 자식들의 몫을 마련해주었다. 이젠 쉬었으면 좋겠는데! 4천 명의 농노는 보통일이 아냐. 내 나이에 대식구를 거느리다니! 모두 살피고 감시해야만 해. 여기저기 돌아다니고, 쫓아다녀야만 되지. 영지 관리인이나 집사들도 그래. 눈여겨보지 않으면 내 눈치를 살핀단 말이야. 한쪽 눈으로는 너를 보는 척하지만 다른 쪽으로는 숲에 눈독을 들이고 있지. 그런 족속들이야. 믿을 수가 없지. 아니, 그런데 넌 뭐 하니?" 그녀는 파벨을 보고 갑자기 말을 끊었다. "콧구멍을 후비는 게냐?"

"뭐 어때서요?" 파벨 블라디미르이치는 하던 일이 한창일 때 방해받아 퉁명스레 대답했다.

"어때서라니? 네 아버지 일이잖아. 불쌍히 여길 만도 할 텐데!"

"아버지가 왜요? 아버지는 항상 이렇지 않았던가요. 10년 동안 이런 모습이었지요. 어머니는 항상 나를 못살게 구시는구려!"

"내가 왜 너에게 그러겠니? 애야. 난 네 어미잖니. 여기 포르피샤는 착한 자식이라면 마땅히 그러하듯이 응석을 부리기도 하고 함께 마음 아파하기도 하지. 하지만 넌 어미를 똑바로 쳐다보려 하지 않고 곁눈질로만 보는구나. 마치 내가 너의 어미가 아니라 원수인 듯이 말이다. 나를 물어뜯으려 하지 말고, 사랑으로 대하렴!"

"내가 뭘 어쨌다고······"

"그만! 조용히 하렴. 어미가 말 좀 하게. 십계명의 말씀 기억나니? '네 아버지와 어머니를 공경하라. 그리하면 복을 받을 것이다.' 너는 복 받고 싶지 않니?"

파벨 블라디미르이치는 입을 다물고 알아듣지 못하겠다는 눈빛으로 어머니를 쳐다보았다.

"알아들었나보군. 조용한 걸 보니." 아리나 페트로브나는 계속 말을 이었다. "그러면 너는 너의 양심이 깨끗하지 않다고 느끼는구나. 그래,

하지만 하느님께서 용서하신다. 즐거운 만남을 위해 이런 이야기는 내버려두자. 애야, 하느님은 모든 것을 보시며, 나는 아주 오래전부터 너를 속속들이 알고 있어. 아, 나의 아이들아. 나중에 내가 무덤에 누워 있을 때 어미를 떠올린다면 그때는 이미 늦단다."

"어머니!" 포르피리 블라디미르이치가 끼어들었다. "그런 불길한 말씀은 그만두세요!"

"애야, 모두 다 죽기 마련이란다." 아리나 페트로브나가 훈계조로 말을 이었다. "이는 나쁜 생각이 아니라 말하자면 가장 훌륭한 말이다. 애들아, 나는 쇠약해져 가는구나. 예전의 모습은 남아 있지 않고, 마른 나뭇가지처럼 연약해졌다. 더러운 하녀들도 이걸 알아차리고 내 말에 신경조차 쓰질 않아. 내가 한마디 말하면 걔들은 두 마디를 하고, 내가 또 한 마디를 하면 열 마디를 지껄인단다. 걔들을 위협할 수 있는 단 하나의 방법은 젊은 지주들에게 이른다고 말하는 거지. 그러면 때로는 조용해지곤 한단다."

차가 준비되고 식사가 차려졌다. 그러는 동안에도 아리나 페트로브나는 계속 불평을 털어놓더니 곧 평온해졌다. 식사를 마친 다음 그녀는 아들들을 침실로 불러들였다.

아리나 페트로브나는 방문을 걸어 잠근 후 즉시 본론에 들어가 가족회의를 소집한 이유를 설명했다.

"얼간이 녀석이 온 걸 알고 있지?" 그녀는 낮은 목소리로 말을 꺼냈다.

"들었어요, 어머니. 알고 있습니다." 포르피리 블라디미르이치는 아이러니인지 아니면 방금 배불리 먹은 자의 여유로움인지 모를 그런 어조로 대답했다.

"왔단다. 마치 꼭 올 일이 있다는 것처럼 왔어. '내가 아무리 방탕한 생활을 하고 소동을 일으켜도 어머니 집에 가면 먹고 살 수 있어'라는 말이 얼굴에 씌어 있더구나. 그 녀석 때문에 내가 얼마나 깊은 증오심을 평생 가지게 되었는지 모른다. 그 놈의 광대 짓과 못된 장난 때문에 내가 얼마나 큰 고통을 당했는지 모른다. 그 놈을 공직에 넣기 위해 또 얼마나 애를 썼던지. 모두 밑 빠진 독에 물 붓는 격이었지. 그렇게 애를 쓰다가 이런 생각이 들었다. '이런! 이 녀석이 스스로 애를 쓰려고 하지 않는다면, 과연 내가 긴 다리 얼간이를 위해 내 삶을 희생할 필요가 있는 걸까? 그 놈에게 한 조각 던져준다면, 그래서 자기가 푼돈이라도 손에 잡게 되면 앞으로 조금씩 정신이 들지 않을까?' 그래서 던져주었단다. 내가 직접 나서서 집을 알아보고 내 손으로 직접 은화 1만 2천 루블을 마치 1코페이카를 내놓듯이 내주었다. 그런데 이게 뭐란 말이니! 그 후 3년이 채 지나지도 않았는데 또다시 내 목에 매달리는구나. 이런 모욕을 얼마나 오래 참아야 한단 말이냐, 응?"

포르피샤는 천장으로 눈을 돌리고 슬픈 표정으로 고개를 가로저었는데, 마치 이런 말을 하는 것 같았다. '아, 큰일이야, 큰일. 사랑스런 어머님을 이렇게 괴롭혀야만 할까! 모두들 얌전히 사이좋게 지내면 이런 일은 없을 테고 어머님도 화 내지 않으실 텐데. 아, 큰일이야, 큰일!' 하지만 아리나 페트로브나는 자기 생각이 그 어떤 것으로도 방해받는 것을 참지 못하는 그런 여인이었기에 포르피샤의 표정도 마음에 들지 않았다.

"아니, 너는 고개를 가로젓는구나." 그녀가 지적했다. "그 전에 내 말을 더 들어보렴. 개가 부모가 내린 축복을 먹다 남은 뼈다귀를 쓰레기 구덩이에 내던지듯 집어던진 사실을 알았을 때 내 기분이 어땠겠니? 나는 말이다, 밤잠 안 자고 먹을 것 먹지 못하면서 내주었건만 그 놈은 어쨌는가 말이야! 마치 시장에서 장난감을 골라잡았다가는 필요 없게 되니까 창문 밖으로 던져버리듯 부모가 준 축복을 내던진 게야."

"아, 어머님. 그렇습니다. 그런 짓이지요." 포르피리 블라디미르이치가 말을 꺼냈지만 아리나 페트로브나는 또다시 말을 막았다.

"가만, 기다려봐. 내가 시키면 그때 가서 네 의견을 내놓으렴. 그 더러운 놈이 미리 내게 알려만 주었다면! '어머니, 제 잘못으로 여차여차하여 절제하지 못했습니다'라고 말이야. 그랬다면 내가 때맞춰 나서서 그 집을 헐값에 살 수 있었을 것이고, 탕아가 제대로 쓸 줄 모른다면 다른 아이들이라도 살도록 했을 텐데. 그 집은 매년 연리 15퍼센트의 이자를 안겨다주었을 게고, 어쩌면 불쌍히 여겨 집 대신에 1천 루블을 던져주었을지도 모르는 일이야. 그러나 그 놈은 어쨌는가 말이야! 나는 여기서 생각지도 못한 일을 그 놈은 벌써 끝내버렸어. 1만 2천 루블을 내고 내가 사준 집을 경매에 넘겨 8천 루블로 끝낸 거야."

"한데 정말 중요한 일은, 어머님, 형이 부모님의 축복을 아주 무시했다는 거죠!" 포르피리 블라디미르이치는 어머니가 또다시 자기 말을 막을까 두려워 서둘러 말을 보탰다.

"애야, 바로 그렇다. 그리고 나는 돈을 쉽게 벌어들이지 않았다. 춤을 추며 돈을 번 게 아니라 어렵사리 모은 거야. 내가 어떻게 부를 얻었겠느냐? 내가 네 아버지에게 시집왔을 때 있던 것은 101명의 농노가 딸린 골로블료보 영지와 20~30명씩의 농노가 여기 하나 저기 하나 떨어져 있던 작은 마을뿐이었다. 그래서 다 모아보았자 150명뿐이었지. 게다가 내가 가진 것이라곤 아무것도 없었다. 자, 이런 상황에서 내가 얼마큼의 부를 쌓아올렸는지 알겠니? 농노가 4천 명이 되는데 이건 감출 수 없는 숫자다. 무덤까지 데리고 가고 싶지만 그럴 수는 없는 노릇이다. 넌 어떻게 생각하니? 내가 이들을, 4천 명의 농노들을 손에 넣기가 쉬웠을 듯싶니? 아냐, 애야. 쉽지가 않았다, 결코 쉽지가 않았어. 한밤중에 잠도 자지 못하며 이런 생각을 하곤 했다. '아무리 작은 일이라도 당분간은 아무도 냄새 맡지 못하도록 하려면 어떻게 해야 할까? 누구한테도 방해 받아서는 안 되고 한 푼이라도 낭비해서는 안 되는데.' 또 내가 겪어보지 않은 일이 무엇이더란 말이냐! 진눈깨비와 봄의 진창길과 살얼음까지 모든 것을 맛보았다. 최근에 와서야 유개마차를 타는 호강을 누리기 시작했을 뿐, 처음에는 농사꾼의 마차를 준비시켜 포장을 씌우고 두 필의 말을 매곤 했었다. 그러고는 모스크바까지 타박타박거리며 겨우 갔단다. 힘들게 가며 끊임없이 걱정했다. 누가 나의 재산을 뺏어가지는 않을까? 모스크바에 도착하면 로고쥐스카야 거리의 여인숙에서 악취와 더러움을 참으며 머물렀단다, 얘들아. 마차 삯 은화 10코페이카가 아까워서 로고쥐스카야에서 솔랸카 연못까지 두 발로 걸어 다녔지. 문지기들조차도 놀라며 이런 말을 했지. '마님은 아직 젊고 부자이신데 힘든 일을 마다하지 않으시는군요!' 하지만 나는 잠자코 모든 일을 견뎠다. 처음에 내 재산은 기껏해야 지폐 3만 루블이었는데 멀리 떨어져 있던 너의 아버지 땅덩어리를 1백 명의 농노와 함께 팔아버리고 그 돈으로 1천 명의 농노를 사들이기 시작한 게야. 이건 농담이 아니란다. 이베르스카야 성당에서 기도를 올린 다음 솔랸카에 가서 내 운을 시험해보았다. 그랬더니 세상에! 수호자가 나의 쓰라린 눈물을 보신 건지 내게 이런 재산을 허락하신 게야. 기적이 일어났다. 내가 국채를 제외하고 3만 루블을 불렀을 때 모든 경매꾼들은 잠잠해지더군. 처음에는 소리치고 흥분하더니 가격을 더 이상 올리지 못하고 곧 사방이 잠잠해지더구나. 경매인이 일어나 나에게 축하인사를 건넸지만 무슨 일인지 이해하지를 못했다. 그때 감독관인 이반 니콜라이치가 내게

다가와 낙찰을 축하한다고 말했을 때 나는 마치 나무 기둥처럼 서 있었단다. 오, 하느님의 자비는 얼마나 넓으신지! 이런 경우를 생각해보렴. 만일 내가 그렇게 흥분해 있을 때 누군가 갑자기 불손하게 3만 5천 루블을 불렀다면? 그러면 아마도 나는 정신없이 또 4만 루블을 불렀을 거야. 그러면 그 돈을 어디서 구했겠니?"

아리나 페트로브나는 자식들에게 그녀가 재산을 모으기 시작했던 첫 무대에서의 무용담을 여러 번에 걸쳐 이야기했지만 아직도 두 눈은 새로운 것을 대할 때의 호기심을 잃지 않고 있었다. 포르피리 블라디미르이치는 어머니 얘기를 들으면서 미소를 머금다가 한숨을 쉬기도 했고, 그녀가 겪은 고난을 따라가며 지켜보듯이 눈을 치켜뜨다가 다시 내려뜨기도 했다. 그런데 파벨 블라디미르이치는 이미 들어 알고는 있지만 결코 싫증 나지 않는 이야기를 듣는 어린아이처럼 커다란 두 눈을 더욱 크게 떴다.

"아마 너희들은 내가 재산을 거저 얻었다고 생각하겠지만, 그렇지 않다." 아리나 페트로브나가 계속 말했다. "코의 뾰루지조차도 괜히 생기는 건 아니란다. 맨 처음 재산을 매입한 다음에는 6주일간 열병으로 누워 있었지. 그러니 생각해보렴. 그런 고통을 겪으면서 어렵사리 쌓아올린 나의 재산이 쓰레기장으로 내던져지는 것을 보는 내 심정이 어떨지 말이야!"

잠시 정적이 흘렀다. 포르피리 블라디미르이치는 입고 있던 옷을 찢을* 준비가 되어 있었지만, 시골에서는 수선할 만한 사람이 없겠다는 걱정이 들었다. 파벨 블라디미르이치는 재산 축적에 대한 '이야기'가 끝나자마자 맥이 풀려 이전의 권태로운 표정을 지었다.

"그래서 너희들을 불러들였다." 아리나 페트로브나가 다시 말을 꺼냈

---

* 비탄에 잠긴다는 뜻.

다. "그 악당 놈과 나를 심판하여라. 너희들이 결정하는 대로 따르겠다. 그 놈을 비난하면 개가 죄인이 될 것이며, 나를 비난하면 내가 죄인이 될 것이다. 하지만 나는 악당 놈에게 모욕당하는 일은 용서치 않을 것이다."
그녀는 뜻밖의 말을 덧붙였다.

포르피리 블라디미르이치는 자기에게 좋은 시절이 다가왔음을 눈치 채고 한껏 멋을 부렸지만, 흡혈귀답게 곧바로 문제를 집어내지 않고 에둘러 말했다.

"사랑하는 어머님, 말할 기회를 주신다면 두 마디만 여쭙겠습니다. 자식들은 마땅히 부모님께 복종해야 하며, 부모님이 시킨 일은 맹목적으로 따라야만 합니다. 또한 부모님이 연로하시게 되면 마땅히 부양해야지요. 이게 다입니다. 사랑하는 어머님, 자식들이란 무엇입니까? 자식들이란 존재는 이들의 모든 것, 즉 자기 자신으로부터 입고 있는 옷가지에 이르기까지 그 모든 것은 부모님의 것이기에 부모님을 사랑해야만 합니다. 이런 까닭에 부모님은 자식을 심판할 수 있지만, 자식들은 부모님을 심판할 수는 없는 겁니다. 자식의 도리는 존경하는 것이지 심판하는 것이 아니지요. 어머님은 당신과 형님을 심판하라고 말씀하셨는데, 이는, 사랑하는 어머님, 참으로 관대하며 훌륭한 말씀이십니다. 그렇지만 맨 처음 태어날 때부터 머리에서 발끝까지 당신에게 은혜 입은 저희가 어찌 감히 그런 일을 생각이나 할 수 있겠습니까? 어머님 마음대로 하시지요. 저희가 심판하면 그것은 심판이 아니라 신성모독이 될 것입니다. 그렇습니다. 그것은 신성모독이지요……"

"잠깐, 기다려봐. 나를 심판하지 못한다고 말한다면 나를 옳다고 인정하고 그 놈을 심판하여라." 아리나 페트로브나는 아들의 말을 귀담아듣다가 흡혈귀 포르피리의 머리에 어떤 모략이 숨어 있는지 도저히 짐작할 수 없어 중간에 말을 끊었다.

"아닙니다, 가련한 어머님. 그것조차 할 수가 없습니다. 이렇게 말씀드리는 것이 낫겠습니다. 저는 할 수도 없을뿐더러 그럴 권리도 없습니다. 정당화시킬 수도 비난할 수도 없습니다. 심판할 수 없다는 말씀입니다. 당신은 어머니시고 당신만이 우리들, 자식들을 어떻게 다루어야 하는지 알고 계십니다. 저희가 잘했으면 상을 주시고, 잘못했으면 벌을 주십시오. 저희들이 할 일은 복종이지 비판이 아닙니다. 설혹 어머님이 화가 치밀어 순간적으로 바른길에서 벗어나시더라도 저희들은 투덜거릴 수 없습니다. 왜냐하면 하느님의 뜻은 저희가 알 수 없기 때문입니다. 누가 알 수 있겠습니까? 어쩌면 아무도 모르는 편이 나을지도 모릅니다. 지금도 그렇지요. 스테판 형님이 잘못했습니다. 사실 말이지 아주 나쁜 행동을 저질렀지요. 하지만 형님의 행동에 대한 처벌의 수위를 결정할 수 있는 분은 어머님뿐입니다."

"그러면 너는 거절한다는 말이냐? 네 말은 '사랑하는 어머니, 뜻대로 하세요'라는 거니?"

"아, 어머니, 어머님. 그렇게 하시는 게 죄가 아닙니다. 아, 아! 제 말씀은 어머니 편하신 대로 스테판 형의 운명을 결정지으시고 그대로 행하시라는 겁니다. 아, 어머님은 제가 이상한 생각을 품고 있다고 의심하시는군요!"

"좋다. 그럼 너의 생각은 어떠니?" 아리나 페트로브나는 파벨 블라디미르이치에게 물어보았다.

"제가 뭐 할 말이 있나요! 제 말은 귀담아듣지도 않으시면서." 파벨 블라디미르이치는 마치 잠결에 하듯이 말을 시작했다가 갑자기 허세를 부리며 계속 이야기했다. "물론 형이 죄를 지었지요······ 그를 조각조각 찢

제1장 가족 심판

어서…… 절구에 넣어 찧어야죠…… 정해진 일이지요…… 제가 뭐 할 말이 있겠어요!"

그는 두서없이 중얼거리다가 멈추더니 입을 헤벌리고 마치 자기가 뱉은 말을 의심하듯 어머니를 바라보았다.

"그래, 너와는 나중에 말하자꾸나." 아리나 페트로브나는 냉정하게 아들의 말을 가로막았다. "내가 보기에 너는 스테프카의 뒤를 따르고 싶은 게로구나. 아, 애야, 실수하지 말아라. 나중에 후회하면 늦을 거다."

"내가 왜요? 무슨 말을 했다고요? 제 말은 단지 어머니 하시고 싶은 대로 하라는 겁니다. 불손한 뜻이라곤 없어요." 파벨 블라디미르이치는 움츠러들었다.

"나중에 얘기하도록 하자. 장교니까 너를 구속하지 못한다고 생각하는 모양이구나! 애야, 할 수 있다. 있고말고. 그러니까 너희 둘 다 심판하지 않겠다는 말이니?"

"제 얘기는, 사랑하는 어머니……"

"저도 마찬가지입니다. 어떻게 되든 마찬가지죠. 제 생각에는 갈기갈기 찢어서……"

"그만, 제발…… 고얀 녀석아! (아리나 페트로브나는 그를 '악당'이라고 불러도 된다고 생각했지만 반가운 만남을 망치기 싫어 애써 참았다.) 그래, 만일 너희들이 하지 않겠다면 내가 그 놈을 심판해야만 하겠다. 나의 결정은 다음과 같다. 다시 한 번 그 애에게 호의를 베풀어야겠다. 아버지 소유의 볼로그다 마을을 나누어줄 것이고, 크지 않은 곁채를 짓도록 해서 거기서 농부들한테 먹을 것을 얻어가며 가난하게 살도록 할 것이다."

비록 포르피리 블라디미르이치가 형을 심판하지 못하겠다고 했지만 어머니의 넓은 아량에는 너무나 충격을 받아 어머니가 지금 말한 계획이 초래할 위험스런 결과를 모른 척할 수 없었다.

"어머니!" 그는 소리치듯 말했다. "참으로 너그러우십니다. 면전에 펼쳐진 가장 저열하고 더러운 행위를 보시지만 모든 것을 잊으시고 용서해주시다니 참으로 훌륭하십니다. 하지만 말씀드리기 죄송한데, 저는 어머님이 걱정됩니다. 저보고는 심판하라 하시면서 어머니는…… 제가 어머니라면 그렇게 하지 않을 것입니다."

"무슨 소리니?"

"모르겠습니다만, 제게는 어머님 같은 관대함이 없어서겠지요…… 모성애랄까요. 하지만 어쨌든 따르겠습니다. 그런데 만일 스테판 형이 어쩔 수 없는 그 타락 때문에 부모님이 주시려는 두번째 축복마저 첫번째 것과 똑같이 대한다면 어쩌지요?"

아리나 페트로브나도 이를 이미 염두에 두고 다른 은밀한 계획을 세워두었기에 밝혀야만 했다.

"볼로그다 마을은 너희들도 알다시피 선대로부터 받은 아버지 재산이다." 그녀는 이빨 사이로 말했다. "언젠가는 아버지 재산의 일부분을 그 놈에게 나누어주어야만 해."

"알겠습니다. 사랑하는 어머님……"

"이해한다면 이것 또한 알 수 있겠구나. 그에게 볼로그다 마을을 나누어주면 아버지의 재산을 분할 받아 만족한다는 약정서를 받을 수 있다는 것도 말이다."

"그것도 이해합니다. 사랑하는 어머님. 하지만 어머니는 선량하시기에 그때도 실수하셨습니다. 집을 사주셨던 그때도 앞으로는 아버지의 영지에 관여하지 않겠다는 약정서를 받았어야만 했습니다."

"그럴 필요가 없었다. 생각도 못했지!"

"그랬다면 형은 어떤 서류에든지 기꺼이 서명했을 텐데요. 어머니는 너그러우신 아량으로 큰 실수를 하신 겁니다. 아, 정말이지 실수하셨어요. 실수하신 거예요."

"너는 쉴 새 없이 탄식하는구나. 너는 그때도 탄식만 했을 거다. 이제 너는 모든 걸 어미한테 떠넘기려 하는구나. 그러다가 문제가 닥치면 너만 쏙 빠지려고 하고. 하나 지금 문제는 서류가 아니다. 서류는 지금이라도 서명하라고 요구할 수 있어. 너희들 아버지는 곧 죽지는 않을 게고 그때까지는 얼간이를 먹여 살려야만 하니까. 그 애가 서류에 서명하지 않는다면 아버지가 죽기를 기다리라고 말할 수도 있지. 아니다, 그래도 알고 싶구나. 너는 형에게 볼로그다 마을을 떼어주겠다는 내 계획이 마뜩하지 않은 거니?"

"형은 그것도 탕진할 겁니다, 어머니. 집은 물론이고 영지도 탕진할 겁니다."

"탕진하면 그때 처벌하도록 하자."

"그러면 또 어머니에게 찾아올 텐데요?"

"그러면 안 되지. 문지방도 못 넘도록 할 거야. 빵은 물론이고 물 한 방울도 그 역겨운 놈에게는 내주지 않겠다. 그래도 사람들은 나를 비난하지 못할 테고, 하느님도 벌하시지 않을 게다. 기가 막힐 일이다. 집도 없애더니 영지도 팔아버린다면. 내가 그 놈의 하인이라도 된단 말이니? 평생 그 놈 하나만을 위해 돈을 모아주게? 내게는 다른 자식들도 있지 않는가 말이야!"

"그래도 형은 어머님께 찾아올 겁니다. 어머님, 잘 아시겠지만 형님은 뻔뻔스러우니까요."

"다시 한 번 말하지만 문지방도 못 넘도록 하겠다. 그런데도 너는 까치마냥 '온다'는 말을 되풀이하는구나. 내가 못 오도록 할 것이다."

아리나 페트로브나는 말을 멈추고 창문을 응시했다. 그녀 자신도 불안한 까닭은 볼로그다 영지는 '비열한 놈'으로부터 그녀를 단지 일시적으로 자유롭게 만들 뿐이며 결국에는 그가 또 그것을 팔아넘기고 집으로 찾아오리라는 것과 그렇게 되면 그녀는 '어머니' 된 입장에서 내치지 못하리라는 예상이 들었기 때문이었다. 그러나 그녀가 혐오하는 자가 비록 사무실에 유폐되어 있을지라도 그녀 곁에 영원히 남아 있다면 유령처럼 끊임없이 그녀의 머릿속에서 맴돌겠다는 갑갑한 예측을 하자 저도 모르게 온몸을 떨었다.

"절대로 안 돼." 그녀는 주먹으로 탁자를 치고 의자에서 일어서면서 소리를 질렀다.

포르피리 블라디미르이치는 사랑하는 어머니를 쳐다보고 슬픈 듯이 고개를 가로저었다.

"어머님, 화가 나셨군요!" 어머니의 배를 간질이려는 듯이 아주 귀엽게 말했다.

"너는 내가 춤이라도 춰야겠니?"

"아! 성서에는 인내에 대해 뭐라고 씌어 있지요? 인내로써 너희들의 영혼을 구하라고 했습니다. 인내하라고 했지요. 하느님께서 보지 않는다고 여기십니까? 아닙니다. 그분은 모든 걸 보십니다, 사랑하는 어머님. 어쩌면 우리들은 아무것도 의심하지 않으며 여기에 있습니다. 이리저리 계산을 하고 재어보기도 합니다만, 그분은 이미 모든 것을 결정하시고 '내가 시련을 보내겠다'고 말씀하십니다. 아, 저는 어머니가 현명한 분이라고 믿습니다."

그렇지만 아리나 페트로브나는 흡혈귀 포르피리가 단지 올가미를 던지는 것에 불과하다고 받아들이니 한층 더 화가 났다.

"나를 놀리는 거야 뭐야?" 그녀는 호통 쳤다. "어미는 진지하게 말하는데 자식은 광대짓을 하는구나. 입에 발린 소린 할 필요 없다. 네 생각만을 말해. 그 놈을 내 부담으로 골로블료보 영지에 남겨놓기를 바라는 거니?"

"그렇습니다, 어머님. 부디 그렇게 하세요. 형을 지금 그대로 놔두시고 유산 관련 서류에 서명을 받아내야 합니다."

"그래……, 그래……, 알겠다. 너의 조언이 뭔지 알겠구나. 좋다. 네가 원하는 대로 한다고 치자. 내가 증오하는 놈을 곁에 두고 보기가 아무리 참을 수 없다 할지라도 누가 나를 불쌍히 여기겠느냐. 내가 젊었을 때는 십자가를 졌지만 이젠 나이 때문에 내려놓았다. 그렇게 한다고 해도 다른 문제가 있다. 너희 아버지와 내가 살아 있는 동안에는 그 놈도 골로블료보에서 굶어 죽지는 않겠지만, 그다음에는 어떻게 하느냐?"

"어머님, 사랑하는 어머니. 왜 불길한 생각을 하십니까?"

"불길한 것이든, 밝은 것이든 간에 생각해두어야만 해. 우리가 젊지 않기 때문이지. 우리가 죽고 나면 그 놈은 어떻게 되겠느냐?"

"어머니, 어머니는 자식들인 저희들을 진정 믿으시지 않습니까? 어머니는 그런 원칙으로 키우시지 않았던가요?"

이때 포르피리 블라디미르이치는 수수께끼 같은 눈빛으로 그녀를 바라보았는데, 이럴 때마다 그녀는 항상 혼란스러워했다. '계략인 게야.' 그녀의 가슴 깊은 곳에서 응답이 나왔다.

"어머니, 가난한 사람들을 돕는 일은 제게 큰 기쁨입니다. 부자는 하느님이 함께하시겠지요. 그들에게는 부족함이 없습니다만 가난한 사람들은, 어머님도 아시겠지만, 예수님도 말씀하셨지요."

포르피리 블라디미르이치는 일어나 어머니의 손에 입 맞추었다.

"어머님, 형님께 2푼트의 담배를 갖다드릴 수 있게 허락해주십시오"라며 부탁했다.

아리나 페트로브나는 대답이 없었다. 그녀는 아들을 쳐다보며 생각해보았다. '이 녀석은 진짜 흡혈귀니까 자기 형을 거리로 내몰지 않을까?'

"그래, 네 생각대로 하렴. 골로블료보에서 이대로 살도록 하자." 마침내 그녀가 결정을 내렸다. "너는 나를 에워싸고 끌어들이는구나. 처음에는 '어머님, 좋으실 대로 하세요'라더니 종국에는 네 장단에 춤을 추게 만드는구나! 하지만 이 점은 명심해라. 그 놈은 혐오스런 놈이고 평생 나를 괴롭히고 모욕하더니 결국에는 부모의 축복마저 저버린 놈이다. 그렇지만 네가 만에 하나라도 그 놈을 문밖으로 쫓아낸다거나 세상 밖으로 내버린다면, 나는 너를 절대로 축복하지 않을 거다. 절대로 하지 않을 거다, 절대로! 너희 둘 다 형에게 가보아라. 아마도 형은 눈을 치켜뜨고 여기를 엿보고 있을 게다."

두 아들이 나가자 아리나 페트로브나는 창가에서 일어나 이들이 서로 말 한 마디도 나누지 않으면서 앞마당을 지나 사무실로 가는 뒷모습을 지켜보았다. 포르피리는 모자를 벗어 들고 멀리서 희미하게 보이는 성당과 성당 묘지, 자선함이 매달려 있는 나무 기둥을 바라보며 성호를 그었다. 파벨은 태양 빛으로 반짝이는 새로 산 구두 끝에서 눈길을 떼지 못하는 듯이 보였다.

"난 누굴 위해 재산을 모았지? 잠도 안 자고 밥도 먹지 않으면서 누굴 위해 모았지?" 그녀의 가슴 깊은 곳에서 탄식이 터져 나왔다.

* * *

형제들이 떠나자 골로블료보 저택은 휑뎅그렁해졌다. 아리나 페트로브나는 중단했던 집안일에 몰두하기 시작했다. 주방에서 요리사의 칼질 소리는 잠잠해졌으나 그 대신에 사무실과 창고, 헛간, 술창고에서의 움직임은 배가되었다. 여름 수확기가 끝나가고 있었다. 잼 만들기와 소금절이기도 마쳤으며 저장용 음식도 마련했다. 사방에서 겨울 양식이 흘러 들어왔다. 모든 영지에서 여자들의 노역물인 말린 버섯, 딸기, 계란, 채소 등이 마차에 실려 왔다. 모두 다 무게를 잰 다음 접수하여 예년의 재고량에 첨가되었다. 골로블료보 마님 댁에 술창고와 헛간, 창고를 여러 개 만들어놓은 것은 괜한 일이 아니었다. 모두가 꽉 찼지만 그중에는 상한 물품도 적지 않아 악취 때문에 도저히 가까이 다가갈 수 없는 것들도 있었다. 여름 끝물에야 모든 물품이 분류되어 미덥지 못한 것들은 하인들의 식당으로 보내졌다.

"오이는 아직 먹을 수 있어. 다만 껍질이 약간 물러졌고 냄새가 조금 날 뿐이야. 그러니 하인들에게 먹으라고 주면 되겠구나." 아리나 페트로브나는 이것저것 남겨둘 저장통을 지시하며 말했다.

스테판 블라디미르이치는 자신의 새로운 상황에 놀랄 만큼 잘 적응했다. 가끔은 술통에 빠질 만큼 마셔대고 싶었고 집밖으로 나가 기분 전환을 하고 싶은 마음이 간절했지만(앞으로 좀더 보면 알겠지만 그만큼의 돈은 가지고 있었다) '때'가 아직 오지 않았다고 계산했는지 자포자기의 심정으로 절제했다. 지금 그는 물품들을 저장하는 활기차고 번거로운 과정에 참견하느라 쉴 새 없이 분주했다. 또한 그는 인색한 골로블료프가의 성공과 실패에 아무런 사심 없이 기쁘기도 했지만 슬프기도 했다. 알 수 없는 흥분에 휩싸여 모자도 쓰지 않고 실내복만 걸친 채로 사무실에서 나와 어머니의 눈을 피해 나무와 앞뜰에 잔뜩 쌓아올린 헛간 뒤로 몸을 숨기며 술창고로 몰래 들어갔는데(아리나 페트로브나는 이런 장면을 여러 번 목격했고 부모로서 얼간이 스테프카를 말려야 된다는 충동이 끓어올랐지만, 다시 생각해보고는 내버려두었다), 그곳에서 물품들을 내리고 병과 나무통, 작은 통 들이 들어오고 분류되어 술창고와 헛간의 깊은 심연으로 사라지는 광경을 조급한 심정으로 지켜보았다. 그는 대체로 만족했다.

"오늘 두브로비노에서 두 대의 마차가 송이버섯을 가져왔구나. 저 봐, 진짜 송이버섯이군!" 그는 감탄하며 서기에게 말했다. "겨울 내내 송이버섯 없이 지낼 것 같아 걱정했는데! 두브로비노 농민들이 참으로 고맙구나. 대단한 사람들이야. 우릴 구해줬어." 혹은 "오늘 어머니는 연못에서 붕어를 잡으라고 시키셨어. 아, 정말 좋은 것들이더군. 반 아르쉰*이 넘는 것도 있었어. 이번 주에는 붕어 고기만 먹어야 될 것 같아"라고 말하기도 했다.

하지만 가끔씩은 탄식했다.

"이보게, 오이가 올해는 좋지 않아! 거칠고 반점도 있어 진짜 오이라 할 수 없군. 정말이지 최악이야. 작년 오이를 먹어야 될 것 같아. 그리고 올해 것은 하인들의 식당으로 보내야겠군. 달리 어쩔 수 없을 테니까!"

그렇지만 아리나 페트로브나의 경제 시스템은 그를 만족시키지 않았다.

"이보게나, 노인네는 얼마나 많은 재산을 썩혔는지 몰라. 무서운 일이야. 지금도 소금절이 고기와 생선, 오이 들을 들어내 모두 다 하인들의

---

* 1아르쉰은 71.12센티미터.

제1장 가족 심판

식당으로 보내라고 했어. 이게 무슨 일인가? 이런 식으로 집안 살림을 꾸리는 게 분별 있는 일인가 말이야. 신선한 음식이 굉장히 많지만 어머니는 썩은 것들을 다 먹기 전까지는 거기에 손도 대지 않더군."

얼간이 스테판에게서 어떤 서류든지 받아낼 수 있다는 아리나 페트로브나의 확신은 옳았다. 그는 어머니가 보낸 온갖 서류에 어떤 이의도 달지 않고 서명했을 뿐 아니라 저녁에는 서기에게 자랑까지 했다.

"이보게, 오늘 나는 모든 서류에 서명했네. 재산은 한 푼도 받지 않겠다는 서류였는데, 그래서 이제 나는 깨끗하다네. 접시 하나, 수저 하나 없으며, 앞으로도 그럴 가능성은 전혀 없네. 노인네를 안심시켜주었지!"

그는 동생들과 사이좋게 헤어졌으며 지금은 담배를 충분히 가지게 되어 기분이 좋았다. 물론 그는 포르피리를 흡혈귀 이우두쉬카*라고 부르지 않을 수 없었지만, 그 말은 수다를 떠는 가운데 자연스레 파묻혀 일관된 의도라곤 찾을 수 없었다. 동생들은 떠나면서 형에게 돈을 아낌없이 주기도 했다. 게다가 포르피리 블라디미르이치는 다음과 같은 말도 함께 건넸다.

"성상등에 기름이 필요할 테고 하느님도 촛불을 밝혀놓길 원하시겠지요. 그렇다면 돈이 있어야지요! 그렇습니다, 형님! 조용히, 말썽 부리지 않고 사시면 어머니가 만족해하실 게고 형님도 안정될 것이며 저희들도 즐겁고 기쁠 겁니다. 형님도 알다시피 어머니는 선량하시니까요."

"선량하시고말고." 스테판 블라디미르이치가 맞장구를 쳤다. "그렇지만 썩어 냄새나는 소금절이 고기를 먹으라고 내게 주니!"

"그건 누구 잘못입니까? 부모님의 축복을 모욕한 자는 누굽니까? 형

---

* '작은 유다'라는 뜻.

님 잘못이고, 형님이 재산을 탕진했지요! 그 재산은 어떤 것이었습니까? 토실토실하고 벌이가 좋았던, 기가 막힌 재산이었지요! 만일 형님이 제대로 검소하게 처신을 했더라면 지금쯤 쇠고기와 송아지고기를 먹고 있을 것이고, 아니면 소스를 시킬 수도 있었을 텐데. 또 모든 것을 소유하고 있을 텐데 말입니다. 감자는 물론이고 양배추며 완두콩이며…… 형님, 그렇지 않습니까?"

아리나 페트로브나가 이런 대화를 들었다면, 아마도 참지 못하고 '그래 수다쟁이가 떠들어대는구나!'라고 말했을 것이다. 그렇지만 얼간이 스테판은 동생의 말을 듣고도 기분이 좋아 다른 사람이 말하는 것을 막지 않았다. 이우두쉬카는 마음껏 말할 수 있었으며 자기가 지껄인 그 어떤 말 한 마디도 목적지에 이르지 않으리라는 확신을 가질 수 있었다.

한마디로 스테판 블라디미르이치는 동생들을 다정하게 배웅했으며, 헤어진 다음에 자기 손에 쥐여진 25루블을 서기 야코프에게 보이며 흡족한 표정을 숨기지 않았다.

"이보게, 이젠 오랫동안 충분할 거야." 그가 말했다. "담배도 있고, 차와 설탕도 확보되었어. 다만 술이 부족할 뿐인데, 원한다면 술도 생기겠지. 그렇지만 당분간은 견딜 거야. 지금은 시간이 없어, 술창고로 뛰어가야 해. 조금이라도 한눈을 팔면 순식간에 도둑질해 간다네. 그런데 이보게나, 한번은 그 여자, 그 마녀가 말이지 내가 하인들의 식당 부근에서 벽에 붙어 몰래 숨어 들어가는 것을 보았단 말이야. 창가에 서서 나를 보며 이렇게 생각했을걸. '오이 부족분을 찾지 못했는데, 저기에 있었네!'라고 말이야."

마침내 10월이 왔다. 비가 쏟아져 길은 더러워졌고 다니기도 힘들어졌다. 스테판 블라디미르이치가 외출할 수 없었던 것은 아버지의 낡은 실내화를 신고 아버지의 실내복을 어깨에 걸치고 있었기 때문이다. 방의 창문가에만 죽치고 앉아 이중 창틀 너머로 진창에 빠진 농부들의 집을 쳐다보았다. 회색의 가을 안개로 가려진 그곳에서는 여름의 고된 노동도 견뎌 낸 사람들이 마치 검은 점처럼 기민하게 움직였다. 수확기의 중노동은 새로운 환경에서도 계속되었다. 여름의 환호작약하는 음조는 가을의 황혼으로 바뀌었다. 곡물 건조장은 한밤중에 연기를 내뿜었으며, 도리깨질하는 둔탁한 소리는 사방에 울려 퍼졌다. 지주의 곡창에서도 타작을 했는데 사무실에서는 사순절 이전에 지주의 모든 곡물을 처리해야 되지 않겠냐는 말들이 오갔다. 모두가 음울하고 가라앉아 의기소침했다. 사무실의 문은 여름과는 달리 더 이상 활짝 열려 있지 않았고, 방 안에서는 젖은 가죽 반외투 때문에 생긴 습기로 푸른 연기가 감돌고 있었다.

    시골의 가을 수확 풍경이 스테판 블라디미르이치에게 어떤 인상을 불러일으켰는지, 아니면 끊임없이 쏟아져 내리는 비와 진창길에서 진행되는 노동을 제대로 인식이나 했는지 말하기는 어려우나. 확실한 점은 비가 그치지 않는 회색의 가을 하늘이 그를 짓눌렀다는 사실이다. 머리 바로 위에 매달려 있는 하늘은 활짝 열린 땅의 심연에 그를 빠뜨리겠다고 위협하는 듯했다. 그에게는 창문 밖을 내다보며 느릿느릿 움직이는 넓은 구름 떼를 지켜보는 것 이외에는 다른 일이라곤 없었다. 날이 새는 이른 아침부터 지평선은 온통 구름으로 뒤덮였다. 구름은 마치 마법에 걸려 얼어붙은 듯이 꼼짝 않고 있어 한 시간, 두 시간, 세 시간이 지나도 한 곳에 머물며 색과 윤곽에서 조그마한 변화도 찾을 수 없었다. 저기 구름이, 다른 것보다 검은 구름이 낮게 떠 있다. 조금 전 이 구름은 이리저리 찢겨진 모양이 되었는데(사제복을 입은 신부가 양손을 크게 벌린 형상이었다), 위에 떠 있는 하얀 구름들을 배경으로 확실하게 표가 났으며, 지금 한낮에도 똑같은 모양을 유지하고 있었다. 오른손은 사실 좀 짧게 만들어졌지만, 그 대신 왼손은 불명확하게 튀어나와 비가 되어 떨어져내려 어두운 하늘을 배경으로 더 어둡고 검은 선이 두드러져 보였다. 저기, 먼 곳에 구름이 있다. 조금 전에 이 구름은 이웃 마을 나글로브카 위에 조각난 거대한 덩어리가 되어 마을을 질식시키겠다고 위협하듯 떠 있었다. 지금은 똑같은 자리에 조각난 덩어리로 떠 있으며 아래로 발을 내려뜨리며 뛰어내리고 싶은 것처럼 보였다. 구름, 구름, 구름들이 하루 종일 떠 있었다. 점심 식사 후 5시 무렵에 변형은 끝이 난다. 주변은 조금씩 구름으로 뒤덮이다가 마침내 완전히 사라진다. 처음에는 특색 없는 검은 휘장으로 뒤덮인 구름들이 사라지고, 그다음에는 숲과 나글로브카 마을이 어디론가 사라지며, 그 뒤를 이어 성당과 작은 예배당과 가까이 있는 농가들, 그리고 과수원이 사라진다. 비밀스럽게 사라지는 이것들을 놓치지 않고 지켜보면 몇 사젠* 떨어져 있는 지주의 저택만을 분간할 수 있게 된다.

    방 안은 이미 어두워졌다. 사무실 안에도 어둠이 내렸지만 불을 밝히지 않았기에 할 수 있는 일이라고는 끝없이 걷는 일밖에 없었다. 병적인 권태 때문에 이성은 마비되었으며, 아무런 활동도 하지 않았지만 특별한 이유도 없고 뭐라고 표현할 수도 없는 피로가 온몸에서 느껴졌다. 다만 한 가지 머릿속을 맴돌며 조여오는 단어는 '무덤, 무덤, 무덤!'이었다. 얼마 전에 식량 창고 주변의 어두운 진창길을 배경으로 아른거렸던 검은 점들은 그 한 가지 생각 때문에 고통 받지도 않았으며, 피로와 권태의 중압으로 인해 파멸당하지도 않았다. 그들은 비록 하늘과 직접 싸우지는 않지만, 적어도 격렬하게 몸을 쓰며 무언가를 만들며 지키고 방어물을 쌓는

---

* 1사젠은 2.123미터.

제1장 가족 심판 75

다. 그는 그들이 밤낮으로 힘을 다 쏟아가며 방어물을 쌓아 지키려는 그 구조물이 과연 그럴 만한 가치가 있는 것인가라는 생각은 해보지도 않았지만, 무명의 점들이 자기보다 비교할 수 없이 높이 서 있다는 사실과 자기로서는 몸부림칠 수도 없으며, 지킬 것도, 방어물을 쌓을 것도 전무하다는 사실만은 인정했다.

그는 사무실에서 저녁 시간을 보냈다. 왜냐하면 아리나 페트로브나는 필요한 양초를 여전히 주지 않았기 때문이다. 수차례 영지 관리인을 통해 장화와 가죽 반외투를 달라는 부탁을 전했지만 그에게 줄 장화는 준비되어 있지 않았으며, 다만 앞으로 추위가 닥쳐오면 펠트 장화를 보내겠다는 대답만을 들을 수 있었다. 아리나 페트로브나는 역겨운 자식 놈을 죽지 않을 정도로만 보살피겠노라는 자신의 계획을 실천할 작정인 듯싶었다. 그는 처음에는 어머니를 욕했으나 곧 그녀에 대해서도 잊은 것 같았다. 또한 처음에는 무엇인가를 기억해내려는 듯했지만 얼마 후에는 그것도 그만두었다. 사무실의 타오르는 촛불에도 싫증이 나 홀로 어둠과 지내기 위해 방으로 숨어들어 문을 걸어 잠갔다. 그에게는 아직은 두려우나 제어할 수 없는 힘으로 자신을 끌어당기는 단 하나의 길이 남아 있을 뿐이다. 그 방편이란 다름 아닌 술을 마시고 잊어버리는 일이다. 까맣게 잊어버리고 다시는 돌이켜 기억하지 않으며, 망각의 파도에 몸을 맡겨 빠져나오지 못하도록 하는 일이 남아 있었다. 온갖 일이 그를 이쪽으로 몰고 갔다. 과거의 과격한 습관과 현재의 강요된 무위, 숨 가쁘게 나오는 기침과 이유도 없이 시작되어 참기 힘든 호흡 곤란과 끊임없이 찔러대는 가슴앓이로 인한 건강의 악화가 그것이다. 그는 더 이상 견딜 수 없었다.

"이보게, 오늘 밤에 술 한 병 보내주게나." 어느 날 그는 서기에게 불안한 목소리로 말했다.

그날의 술 한 병 뒤로 다른 술병들이 계속 뒤따랐으며, 그는 규칙적으로 매일 밤 술통에 빠져들었다. 사무실에 불이 꺼지고 사람들이 제각각 자기 소굴로 흩어지는 9시가 되면 탁자 위에 보드카와 소금을 잔뜩 뿌린 흑빵을 올려놓는다. 그는 단번에 보드카를 마셔대기보다는 마치 살금살금 다가가듯 입에 대기 시작했다. 주위의 삼라만상이 죽은 듯 잠에 빠졌다. 다만 쥐들만 벽과 벽지 틈에서 찍찍거렸고, 사무실의 시계는 지치지도 않고 째깍째깍 소리를 냈다. 실내복은 벗고 셔츠만 걸친 채로 더운 방 안에서 이리저리 빠른 걸음을 옮기다가 간혹 멈추기도 하면서 식탁 앞 어둠 속에서 술병을 더듬고는 다시 걷곤 했다. 첫번째 잔은 술꾼들이 으레 하는 농담을 뱉으며 타는 듯한 액체를 빨아들이는 것으로 시작했지만, 조금씩 심장의 고동은 빨라졌으며 머리는 아파왔고, 혀는 되지 않은 소리를 중얼거리게 되었다. 무뎌진 상상력은 어떤 형상을 만들어보고자 애를 썼으며, 굳은 기억력은 과거의 영역으로 뛰어 들어가고 싶었지만, 형상들은 찢겨진 채로 무의미하게 떠올랐고 과거는 마치 현재와의 사이에 영원한 장벽이 세워진 것처럼 쓰디쓴 것으로도 밝은 것으로도 그 어떤 기억으로도 전혀 응답이 없었다. 그의 앞에 있는 것이라고는 공간과 시간의 개념이 흔적 없이 가라앉아버린 폐쇄된 감옥 같은 것뿐이었다. 방, 페치카, 외벽에 걸린 세 개의 창문, 삐걱대는 나무 침대와 침대 위의 뭉개진 얇은 요, 탁자와 그 위에 놓인 술병 말고는 그 어떤 것에도 생각이 미치지 못했다. 그렇지만 보드카 병의 술이 줄어들고 머리가 불타오르면 현재의 척박한 감정은 자제할 수 없게 되었다. 초기에는 의미를 알아차릴 수 있었던 중얼거림도 결국 무너졌다. 눈동자는 어둠 속에서 사물의 윤곽을 잡으려고 애를 쓰더니 극도로 확대되어 마침내 어둠은 사라지고 그 대신에 인광으로 가득 찬 공간이 나타났다. 이 공간은 심연을 알 수 없는 텅 빈 공간이며, 살아 있는 소리의 반향이라곤 전혀 없어 죽어 있는 불길한 빛의 공간이다. 공허는 그의 뒤꿈치를 따라다녀 이리저리 움직이는 발걸음을 놓치지 않았다. 벽도, 창문도, 그 어떤 것도 존재하지 않았다. 유일하게 남아 있어 빛을 내는 것은 텅 빈 공허였다. 그는 무서워졌다. 그래서 공허가 없다고 생각할 정도로 현실감을 죽일 필요가 있었다. 또 다른 노력을 기울여 목적을 이루었다. 이쪽저쪽으로 비틀거리며 마비된 몸을 옮겼으며, 가슴은 중얼거리는 소리가 아니라 쉰 소리를 내었기에 이제는 그의 존재가 사라지는 것 같았다. 살아 있다는 자각을 상실하니 이상한 마비가 찾아들어 없어진 삶의 자각 대신에 어떤 조건 아래서도 상관없이 펼쳐지는 특이한 삶이 있음을 알게 되었다. 끊임없는 신음 소리가 가슴에서 터져 나왔지만 잠을 자는 데는 방해가 되지 않았다. 육체의 병은 어떤 고통도 동반하지 않은 채 몸을 파멸시키는 자신의 임무를 계속해나갔다.

아침에 눈을 뜨면 우수, 고뇌, 증오도 함께 깨어났다. 무저항의 이유 없는 증오는 대상도 명확하지 않았다. 충혈된 두 눈은 멍하니 이것저것 두리번거리다가 한 곳을 뚫어지게 쳐다보았으며, 손발은 떨렸고 심장은 마치 아래로 굴러 떨어지듯 멎었다가 쑤셔오기 시작했기에 저도 모르게 손이 가슴을 움켜쥐었다. 생각도 희망도 없었다. 그의 두 눈 앞에는 페치카가 있었고 다른 어떤 생각도 하지 못할 정도로 그것에만 사로잡혀 있었다. 그다음에는 창문이 페치카를 대신했다. 창문, 창문, 창문…… 다른 것들은 생각할 필요가 없었다. 파이프를 꼭 채우고 기계적으로 담배를 피워본다. 채 다 피우지 않은 파이프는 손에서 내려놓는다. 혀는 무슨 소리를 내지만 습관일 뿐이다. 가장 좋은 일은 조용히 앉아서 한 곳을 바라보는 거다. 그런 때 해장술을 마신다면 더 좋았다. 아주 짧은 순간이지만 살아 있다는 느낌을 갖기 위해 체온을 올리는 것은 좋았다. 하지만 낮에는 돈을 주더라도 보드카를 구할 수 없었다. 땅이 발밑에서 사라지고 저주스러운 네 개의 벽 대신에 끝없이 빛나는 공허가 두 눈 앞에 나타나는 축복의 순간을 손에 넣기 위해서는 밤까지 기다려야만 했다.

아리나 페트로브나는 얼간이가 사무실에서 어떻게 시간을 보내는지 전혀 알지 못했다. 흡혈귀 포르피리와 말하던 중에 잠시 반짝였던 감정의 따뜻한 빛은 순식간에 꺼져버렸으므로 그녀 자신도 그것을 알아차릴 수 없었다. 그녀는 체계적으로 행동하지 않았고 단지 잊고 있었다. 그녀는 자기 핏줄이, 어쩌면 삶의 슬픔 때문에 괴로워하고 있을 그런 존재가, 자기 옆 사무실에서 지내고 있다는 사실을 완전히 잊고 지냈다. 그녀는 생활 궤도에 일단 들어가면 거의 기계적으로 똑같은 하루를 보냈기에 다른 사람들도 마찬가지일 거라고 여겼다. 또한 이런저런 여러 가지 조건에 따라 생활의 내용도 변한다는 것과 어떤 사람들에게는(그녀도 그중의 하나지만) 특별히 애착이 가는 것을 다른 사람들은 역겨워하고 원치 않는다는 사실을 머리에 떠올릴 수조차 없었다. 그러기에 영지 관리인이 와서 스테판 블라디미르이치가 '좋지 않다'고 보고할 때도 흘려듣고 가슴에 새겨두지 않았다. 대답도 기껏해야 판에 박은 말로만 되풀이했다.

"정상으로 돌아와 결국 우리보다도 오래 살 거야! 그 놈처럼 다리가 긴 종마(種馬)에게 무슨 일이 생기겠어! 기침을 콜록거린다지만, 30년 동안 끊임없이 기침하면서도 아무런 탈이 없는 사람도 있지."

그렇지만 어느 날 아침 스테판 블라디미르이치가 간밤에 사라졌다는 보고를 받았을 때는 정신이 번쩍 들었다. 온 집안사람들에게 나가 찾아보라고 시켰으며 그녀도 그 역겨운 놈이 살고 있던 방을 살펴보면서 아들의 흔적을 쫓아보려 했다. 맨 먼저 그녀를 놀라게 했던 것은 탁자에 놓여 있던 술병이었다. 병 바닥에는 아직도 약간의 술이 남아 있었고 모두들 서

두르느라 치울 생각도 하지 못했다.

"이건 뭐야?" 그녀는 아무것도 모르는 것처럼 물어보았다.

"아마도⋯⋯ 기분 전환을 했나본데요." 관리인은 우물거렸다.

"누가 가져다주었어?" 그녀는 말을 시작하려다 무슨 생각이 들었는지 입을 다문 채 화를 누르면서 계속 방 안을 두리번거렸다.

방은 더럽고 먼지투성이인데다가 불결했기에 안락한 생활은 그 어떤 것도 인정하지 않았던 그녀였지만 그곳이 거북해졌다. 천장은 그을음투성이였고, 벽지는 갈라진 채 이곳저곳이 찢겨 있었으며, 창가에는 담뱃재가 층층이 쌓여 검은색이 되었다. 끈적거리는 먼지가 쌓인 바닥에는 베개가 떨어져 있고, 침대 위에는 내려앉은 먼지로 회색이 된 구겨진 시트가 덮여 있었다. 겨울 창틀 하나가 떨어져 있었다. 아니 더 정확히 말한다면, 뜯겨져 있었고, 창문은 반쯤 열려 있었다. 틀림없이 역겨운 놈이 그쪽으로 도망쳤으리라. 아리나 페트로브나는 본능적으로 거리를 바라보고 깜짝 놀랐다. 이미 11월이 다가왔지만 올해의 가을은 유난히 오래 끌어 추위는 아직 시작되지 않았다. 길과 들판은 어둡고 질퍽거려 다닐 수가 없었다. 어떻게 걸어 나갔을까? 도대체 어디로? 게다가 그가 걸친 것이라고는 실내복과 슬리퍼뿐이었으며, 그나마 슬리퍼 한 짝은 창틀 아래에 떨어져 있었고 설상가상으로 밤새도록 비가 내렸다.

"오랫동안 여기 와보지 못했구나." 그녀는 방 안의 싸구려 보드카와 담배, 양 가죽의 신발 냄새를 맡으며 말했다.

하루 종일 하인들이 숲을 뒤지는 동안 그녀는 창가에 서서 벌거숭이가 된 바깥 풍경을 멍하니 바라보았다. 얼간이 때문에 이 무슨 난리인가! 그녀에게는 이 일이 어리석은 꿈처럼 비쳐졌다. 볼로그다로 얼간이를 보내야 된다고 말했을 때 저주받을 이우두쉬카가 '어머니, 골로블료보에 남겨두세요'라며 우겨 일이 이렇게 되었으니, 이제 그 놈 때문에 애를 먹게 되었구나! 그녀는 자기 할 일을 했다. 한쪽을 탕진했기에 다른 쪽을 던져 주었다! 그런데 다른 쪽도 탕진한다면, 그래도 부모는 화 내지 말지어다! 하느님도 탐욕스러운 배는 어찌할 수 없으시니!

이곳에서는 모두가 조용하고 평화롭게 지낼 수 있었는데, 어처구니없는 일로 이렇게 어이없게 되다니! 숲으로 가 휘파람을 불며 찾아보아라! 살아 집으로 오면 좋겠다. 술 취한 놈은 올가미에 목을 쉽사리 거는 법이니. 밧줄을 엮어 나뭇가지에 걸고 목에 감으면 끝인 게야. 어미는 잠도 제대로 자지 않으며 먹을 것도 먹지 않고 지냈는데, 아들은 무슨 일을 생각해냈단 말인가. 목 매달아 죽겠다니. 차라리 그의 형편이 더 나빴다면, 예컨대 먹을 것도 마실 것도 주지 않고서 지치도록 노동을 강요했다면 좋았을 텐데. 하지만 하루 종일 방 안에서 반미치광이처럼 어슬렁거리며 먹고 마시기만 했으니! 다른 사람이라면 무엇으로 어머니께 감사를 표해야 할지 몰랐을 텐데, 그는 목 매는 걸 생각해냈다. 사랑스런 아들은 이런 식으로 은혜를 베풀었다!

하지만 얼간이가 비명횡사할 것이라는 아리나 페트로브나의 추측은 이번만은 맞지 않았다. 저녁 무렵 골로블료보 저택에 두 필의 농사꾼 말이 끄는 포장마차가 나타나더니 도망자를 사무실로 데려왔다. 그는 정신이 오락가락했으며, 온통 얻어맞고 베인 상처투성이에다가, 얼굴은 퍼렇게 부어올라 있었다. 밤새 이곳 골로블료보에서 20베르스타 거리인 두브로비노 영지까지 걸어갔음이 밝혀졌다.

그는 하루 종일 자고 그다음 날에야 깨어났다. 여느 날처럼 방 안에서 서성거렸지만, 담배는 잊었는지 입에 대지도 않았으며 묻는 말에는 한 마디도 대답하지 않았다. 그러자 아리나 페트로브나는 아들을 사무실에서 불러내 집 안으로 데려오라고 지시를 하려다가 곧 마음을 다잡고 사무실 청소를 시키고 침대 시트를 간 다음 창문에는 커튼을 치라고 이르고는 아들을 그곳에 그대로 두었다. 다음 날 저녁 스테판 블라디미르이치가 잠에서 깼다는 보고를 받고서 집 안으로 들어와 함께 차를 마시자는 지시를 내려보낸 다음 그와 얘기할 때 쓸 애정 어린 말투를 마음속으로 새겨보기까지 했다.

"너는 어미를 떠나 대체 어디로 갈 생각이었니?" 그녀가 말을 시작했다. "네가 얼마나 어미 마음고생을 시켰는지 알고는 있니? 아버지가 이번 일을 전혀 모르는 것은 다행이지만, 지금 건강 상태를 고려한다면 정말이지 큰일 날 뻔했지?"

그러나 스테판 블라디미르이치는 어머니의 애정 어린 말에 겉으로는 아무런 내색도 하지 않으며, 마치 촛불의 심지 밑에 조금씩 쌓여가는 재를 세어보듯이 생기 없는 두 눈을 양초에 고정시킨 채 꼼짝하지 않았다.

"아, 바보 같으니라고!" 아리나 페트로브나는 계속 애정 어린 어투로 말했다. "너로 인해 어미에 대한 평판이 어떻게 될 것인지 생각해보았다면! 나를 시기하는 자들이 얼마나 많은지 모른다. 그러니 쓸데없는 말을 지껄이겠지. 아들을 먹이지도 입히지도 않았다고 말이다. 오, 이 바보야."

그는 조용히 꼼짝 않고서 아무런 생각도 없이 한 점만을 지켜보고 있었다.

"어미 집에서 뭐가 불편했니? 하느님 덕분에 입혀주고 배불리 먹였건만! 따뜻하고 편했을 텐데, 무얼 또 원했니? 지루하겠지만, 애야, 시골에 산다고 화를 내지 마라. 여기서는 유흥거리도, 무도회도 없어 종일 구석에 앉아 지루해하지. 나 역시 춤추고 노래 부르면 즐거워지겠지만, 밖을 내다보면 이런 진창길로는 성당에도 가고 싶지 않단다."

아리나 페트로브나는 말을 멈추고 얼간이의 중얼거리는 소리라도 들으려 했지만, 그는 돌처럼 굳어 있었다. 그녀의 가슴은 조금씩 끓어올랐지만 아직은 참을 만했다.

"하지만 불만이 있다면, 예컨대 먹을 게 부족했다거나 덮을 게 필요했다면 어미에게 터놓고 말할 수 없었단 말이니? '어머니 비스킷이나 과자를 만들어주세요'라고 했다면 내가 어찌 안 해주었겠니? 보드카를 원했다면, 그래 보드카라 하더라도 기꺼이 주었을 텐데. 한 잔, 두 잔을 내가 어찌 아까워했겠니? 그런데 이게 뭐란 말이니. 하인들에게 부탁하는 것은 부끄럽지 않고, 나에게는 말 한마디 하는 것도 힘들었단 말이니?"

하지만 이 모든 입바른 소리는 헛된 것이었다. 스테판 블라디미르이치는 조금도 마음이 움직이지 않았을 뿐만 아니라(아리나 페트로브나는 아들이 자기 손에 키스하기를 원했다), 참회하는 빛도 전혀 보이지 않았으며, 심지어는 아무 말도 듣지 못하는 것 같았다.

이후로 그는 완전히 입을 닫았다. 이마에는 짜증스런 주름살을 짓고 입술은 달싹거리며 온종일 방 안에서 왔다갔다하면서도 피곤해하지는 않았다. 가끔씩은 무언가를 말하려는 듯이 걸음을 멈췄지만 적당한 말을 찾지 못했다. 분명 사고력은 상실한 것 같지 않았지만, 감각이 미약해져서인지 할 말을 곧 잊어버리곤 했다. 이런 까닭으로 적당한 단어를 찾지 못한다고 해서 참을 수 없게 되지는 않았다. 아리나 페트로브나로서는 그가 집에 불을 지를 것만 같았다.

"종일토록 말을 않는구나." 그녀가 말했다. "얼간이도 무언가 생각은 하고 있을 텐데, 왜 말은 않는 게야! 저 녀석이 이 집에 불을 지르면, 내가 한 말을 기억들 해라."

하지만 얼간이는 생각하는 일도 없었다. 현실이나 환상이 들어설 자리가 없는 어둠에 끊임없이 잠겨 있었다. 머릿속에서는 무엇인가를 만들어냈지만, 그것은 과거나 현재, 미래와는 아무런 관계가 없는 것들이었다. 마치 그는 머리에서 발끝까지 상상 속의 검은 구름으로 덮여 싸인 듯 오로지 그것만을 주시했는데, 구름의 변화를 눈으로 쫓다가는 몸으로 막아내겠다는 듯이 때때로 몸을 떨기도 했다. 이처럼 그의 육체와 정신세계는 신비한 구름에 파묻혀 있었다.

그해 12월에 포르피리 블라디미르이치는 아리나 페트로브나로부터 다음과 같은 편지를 받았다.

'어제 아침 하느님은 우리에게 새로운 시련을 내리셨다. 나의 아들이자 너의 형인 스테판이 사망했다. 그 전날 저녁에도 아주 건강한 모습으로 저녁도 잘 먹었는데, 어제 아침에 침대에 죽어 있더구나. 이 세상의 삶이란 이처럼 덧없구나. 어미 마음에 가장 슬픈 것은 누구 하나 지켜보는 이도 없이 그 아이는 이곳을 버리고 저 먼 곳으로 가버렸다는 거야.

우리 모두는 이를 교훈으로 삼아야 하겠다. 가족의 인연을 무시하는 자는 이와 같은 최후를 맞이한다는 것을. 지상에서의 실패와 허망한 죽음, 죽음 이후의 영원한 고통 등은 하나같이 그와 같은 데서 생긴다. 왜냐하면 우리가 아무리 지혜가 뛰어나고 배운 게 많더라도 부모를 공경하지 않는다면, 뛰어난 지혜나 학식은 아무것도 아니다. 이 법칙을 세상 모든 사람들은 반드시 알아야 하며, 그리고 무엇보다도 하인들은 반드시 주인을 공경해야만 한다.

그럼에도 불구하고 스테판은 나의 아들이기에 장례 절차는 예법에 맞춰 제대로 치르려 한다. 모스크바에 관을 주문했고 예배는 너도 아는 사제가 다른 사제들과 함께 공동 집전했다. 오늘도 40일간의 추도식을 정교 관례에 따라 올리고 있단다. 그의 죽음이 아쉽다만, 그렇지만 불평할 수도 없고, 너희들에게 그렇게 하라고 말할 수도 없구나. 왜냐하면 그 누구도 알 수 없기 때문이다. 우리가 여기서 불평하고 있을 때 그의 영혼은 천상에서 즐거워할 수도 있으니까!'

제2장

식구끼리 하는 대로

뜨거운 7월의 한낮이었다. 두브로비노 영지의 저택은 죽은 듯이 조용했다. 한가한 이들뿐 아니라 일해야 될 사람들도 구석진 그늘에 흩어져 누워 있었다. 개들은 앞마당 한가운데 서 있는 커다란 버드나무 아래 늘어져 누웠는데, 잠결에 파리를 잡는지 이빨 부딪치는 소리를 내고 있었다. 나무들마저도 지쳐 꼼짝도 하지 않는 것이 마치 더위를 먹은 것 같았다. 저택의 창문도, 하인들 방 창문도 모두 활짝 열려 있었다. 더위는 뜨거운 파도처럼 위에서 내리부었다. 볕에 그을린 짧은 풀로 뒤덮인 땅은 불타고 있었고, 참기 힘든 뜨거운 햇빛은 황금빛 연기가 되어 주변을 뒤덮고 있어 사물을 구분하기조차 힘들었다. 지금은 색이 바랜 회색의 저택과 집 앞의 작은 정원, 저택 옆을 가로지르는 도로에 의해 외따로 떨어진 자작나무 숲, 연못, 농가, 마을 울타리 너머에 펼쳐진 라이보리 밭 — 이 모든 것이 빛나는 안개 속에 잠겨 있었다. 향기로운 보리수 꽃내음부터 가축우리의 악취에 이르기까지 온갖 종류의 냄새가 거대한 덩어리가 되어 하늘에 맴돌았다. 소리라고는 전혀 들려오지 않았다. 다만 부엌에서 들려오는 요리사의 짧은 칼질 소리는 크바스 수프와 크로켓 요리가 식사 때 또 나올 것임을 알려주고 있었다.

저택 안에는 불안한 정적이 감돌았다. 늙은 여지주와 두 명의 젊은 아가씨는 식탁 위에 던져진 뜨개질감에는 손도 대지 않은 채 무언가를 기다리며 꼼짝 않고 식당에 앉아 있었다. 하녀 방에서는 두 명의 여자들이 겨자고약과 물약을 만들었는데, 고요한 가운데 스푼이 부딪치는 규칙적인 소리가 귀뚜라미 소리처럼 들렸다. 복도에서는 맨발의 하녀들이 조심스레 걸어 다녔지만 중이층(中二層)에서 하녀 방으로 통하는 계단에서는 뛰어다녔다. 때때로 위에서는 고함 소리가 들렸다. "겨자고약은 어찌 되었어? 너희들 잠든 거냐?" 그러자 하녀 방에서 하녀가 쏜살처럼 뛰쳐나왔다. 계단에서 삐걱거리는 묵직한 걸음 소리가 들리더니 식당으로 군의가 들어왔다. 의사는 키가 크고 어깨가 넓은 사람으로 투실투실하고 붉은 뺨은 금방 터질 듯했다. 목소리는 우렁차며 걸음걸이는 힘이 있었고, 미소 띤 푸른 두 눈에 입술엔 윤기가 흐르는 쾌활한 남자였다. 비록 나이는 쉰이었지만 말 그대로 향락주의자였기에 주연이나 풍성한 식사 앞에서는 결코 물러선 적이 없는, 또 앞으로도 물러서지 않을 그런 사람이었다. 그는 밝은 색의 문장 장식 단추가 달린 눈에 띄게 흰 여름 무명 프록코트를 멋지게 차려입었다. 그는 들어오며 입술을 우물거리고 혀를 쪽 빨았다.

"자, 보드카와 먹을 것 좀 가져오지!" 그가 복도로 나가는 문턱에 멈춰서 청했다.

"그런데, 어떻습니까?" 노파는 걱정스레 물어보았다.

"아리나 페트로브나, 하느님의 사랑은 끝이 없으십니다." 의사의 대답이다.

"어떤데요? 혹시……"

"그렇습니다. 2~3일 연명하시겠지만, 그다음에는 끝입니다!"

의사는 팔로 의미심장한 몸짓을 하고 낮은 소리로 흥얼거렸다. "거꾸로, 거꾸로, 거꾸로 떨어질 거라네!"

"어떻게 그럴 수 있습니까? 의사 선생님들이 계속 치료하셨는데, 갑자기 이럴 수 있나요?"

"어떤 의사들이었지요?"

"이 지방 의사도 있었고 도시에서도 오셨지요."

"의사들이라! 만일 한 달 전에 관선법을 썼다면 살릴 수 있었을 텐데!"

"이제는 아무것도 할 수 없나요?"

"이런 말이 있지요. 하느님의 자비는 무한하시니, 내가 더 할 일이 없다고."

"그렇지만 효능이 있지 않겠습니까?"

"무슨 말씀이신지?"

"그러니까, 겨자고약 같은 걸로……"

"글쎄요, 어쩌면."

검은 옷과 검은 머릿수건을 두른 여자가 쟁반을 가지고 들어왔는데, 그 위에는 보드카 술병, 소시지와 이크라가 담긴 두 개의 접시가 놓여 있었다. 그녀가 들어오자 대화는 끊어졌다. 의사는 술잔을 채우고 빛에 비춰보더니 혀를 찼다.

"마님의 건강을 위하여!" 그는 여지주를 바라보며 축배를 들고 보드카를 들이켰다.

"선생님의 건강을 위해!"

"바로 이것 때문에 파벨 블라디미르이치가 한창 나이에 죽어가고 있습니다. 바로 보드카 때문이죠!" 의사는 흥겹게 주름을 지으며, 포크로 소시지 조각을 집었다.

"그렇지요. 보드카 때문에 많이들 죽지요."

"모든 사람이 보드카를 감당하지는 못합니다. 그게 이유지요. 우리 같은 사람들은 감당할 수 있기에 또 한 잔 할 수 있지요. 마님, 당신의 건강을 위하여!"

"드세요. 선생님께는 아무 문제가 없겠지요."

"저는 괜찮습니다. 폐, 신장, 간, 비장 등 모든 것이 완전무결하답니다. 참, 그건 그렇고." 의사는 대화를 엿들으려는 듯이 문턱에 엉거주춤 서 있던 검은 옷의 여자에게 물어보았다. "오늘 식사는 뭐가 나오나?"

"크바스 수프와 크로켓, 구운 병아리 요리가 있습니다." 여자는 묘하게 웃으며 대답했다.

"소금절이 생선도 있는가?"

"물론이죠. 철갑상어도 있고, 생선은 충분히 마련되어 있습니다."

"그러면 우리 식사에 철갑상어 냉수프를 준비하라고 이르고, 그리고 좀더 기름지게 하도록, 알겠지? 울리투쉬카, 이곳에서의 이름은 뭔가?"

"울리타입니다, 선생님."

"그래, 서둘러라, 울리투쉬카, 서둘도록!"

울리투쉬카는 밖으로 나갔다. 잠시 무거운 침묵이 흘렀다. 아리나 페트로브나는 자리에서 몸을 일으켜 울리투쉬카가 밖으로 나갔는지 지켜보았다.

"안드레이 오시프이치 선생님, 환자에게 고아들 이야기를 말하셨는지요?" 그녀가 의사에게 물어보았다.

"이야기를 나누었습니다."

"뭐라 하던가요?"

"똑같은 말이었지요. 몸이 나으시는 대로 즉시 유언장과 증서를 작성하시겠다는군요."

침묵이, 한층 더 무거운 침묵이 방 안에 젖어들었다. 두 명의 아가씨들은 식탁에서 자수 놓던 일거리를 잡고 눈에 띄게 떨리는 두 손으로 뜨개질을 해나갔다. 아리나 페트로브나는 낙심하여 한숨을 쉬었고, 의사는 방 안에서 휘파람을 불며 왔다갔다다했다. "거꾸로, 거꾸로 떨어질 거라네!"

"좀더 잘 말씀해주셨더라면 나았을 텐데요!"

"어떻게 더 잘 얘기할 수 있었겠습니까? 나는 앞으로 고아들의 생활을 보장하지 않는다면, 당신은 비열한이 될 것이라고 말했지요. 마님은 바보짓을 했습니다. 한 달 전에만 저를 부르셨더라면 저는 관선법으로 치료했을 것이고, 유언장 건만 해도 애를 써보았을 텐데. 하지만 이제는 틀림없이 이우두쉬카*가 법적 상속인이 되어 물려받게 되겠지요."

"할머니! 이게 무슨 일이랍니까!" 두 아가씨 중 언니가 눈물을 참으며 호소했다. "외삼촌이 저희들에게 어떻게 이럴 수 있습니까!"

"애야, 알 수 없단다. 나도 어떤 대접을 받으려는지 알지 못한다. 오늘은 여기 이렇게 있지만, 내일은 어디에 있게 될지 모른다. 어쩌면 하느님께서 헛간이나 농사꾼의 집에서 밤을 지내게 해줄지도 모른단다."

"세상에! 외삼촌은 참으로 어리석으십니다." 동생이 소리쳤다.

"젊은 아가씨들은 입을 다무는 편이 낫겠습니다." 의사가 주의를 주고, 아리나 페트로브나를 보며 계속 말했다. "마님, 직접 말씀드려보는

---

* 아리나의 차남인 포르피리의 별명.

게 어떤지요? 직접 설득해보시지요?"

"아니, 아닙니다. 걔는 나를 만나고 싶어 하지도 않아요. 요전에 얼굴이라도 들이밀어보려 했더니, 송별사라도 하러 왔냐고 묻더군요."

"제 생각에는 이 모든 일이 울리투쉬카 짓인 듯한데, 그녀 때문에 아드님이 당신을 적으로 삼게 되었지요."

"그 여자야. 그 여자 때문이죠. 뿐만 아니라 모든 일을 흡혈귀 포르피리에게 전하고 있어요. 들리는 얘기로는 포르피리가 말에 온종일 마구를 입혀놓고 대기하면서 동생이 죽을 때를 놓치지 않으려 한다는군요. 생각해보세요, 얼마 전에 그 여자는 가구와 집기, 접시 등등을 모두 기록해두었다 하더군요. 말하자면 그런 일이 일어날 때 빠뜨리지 않으려는 겁니다. 이건 그녀가 우리를 도둑으로 여긴다는 말이지요."

"그러면 당신은 그녀를 군대식으로 대하면 될 텐데요. 거꾸로 떨어뜨리면 될 텐데……"

그러나 의사가 자기 생각을 펼치기도 전에 방 안으로 하녀가 달려 들어와 겁에 질린 목소리로 소리쳤다.

"나리에게 가보세요! 의사 선생님을 찾으신답니다."

* * *

우리는 지금 이야기하고 있는 가족에 대해서 이미 잘 알고 있다. 늙은 여지주는 다름 아닌 아리나 페트로브나 골로블료바이며, 다 죽어가는 두브로비노 지주는 그녀의 아들인 파벨 블라디미르이치이다. 또한 두 명의 아가씨는 안닌카와 류빈카로서, 예전에 아리나 페트로브나가 '한 조각 떼어주었던' 고(故) 안나 블라디미로브나 울라노바의 두 딸들이다. 우리가 이들을 알게 된 지는 채 10년이 넘지 않았으나, 그사이 이들은 급격히 몰락하여 골로블료프 가족은 근접 불가의 성채라는 예전의 가장된 관계는 그 흔적조차 찾아볼 수 없게 되었다. 아리나 페트로브나가 불굴의 의지로 세웠던 가족 요새는 그녀가 눈치 채지도 못한 사이에 와르르 무너졌으며 어떻게 일이 이 지경이 되었는지 이해하지도 못한 채 스스로 붕괴의 공모자가 되어버렸지만, 사실 파괴의 주모자는 다름 아닌 그녀의 아들 흡혈귀 포르피리였다.

골로블료보 영지의 여지주로서 누구한테도 간섭받지 않던 드센 아리나 페트로브나는 막내아들의 집에 얹혀사는 가련한 신세가 되어 집안일에는 아무 소리도 내지 못하는 쇠락한 식객으로 전락했다. 머리는 세었고 등은 굽었으며, 흐릿한 두 눈에 걸음은 느릿느릿해져 예전의 재빠른 몸놀림은 사라졌다. 할 일이 전혀 없었기에 늦은 나이에 뜨개질을 배워보았지만 생각은 끊임없이 어딘가로 빠져들어 제대로 되지 않았다. 그녀 자신도 무슨 생각을 하는지 제대로 알지 못했지만 하여튼 뜨개바늘에 대한 것이 아님은 분명했다. 잠시 앉아 있다가 뜨개질에 손을 다시 대보지만 금세 손은 아래로 늘어지고 머리는 의자 등에 기댄 채 지난날을 돌이켜보기 시작했다. 늙은이는 졸음이 몰려오기까지 생각에 생각을 거듭해보았다. 또는 몸을 일으켜 방 안에서 서성대기 시작하고 무언가를 찾아 이리저리 기웃대는 모양은 마치 평생 동안 열쇠를 몸에 지니다가 어디서 그것을 잃어버렸는지 알지 못하는 여자 같았다.

아리나 페트로브나에게 닥친 첫번째 타격은 농노해방 준비 과정*이었다. 처음에는 소문만 무성하더니 곧이어 귀족회의가 열린다는 전갈이 왔

---

* 러시아의 농노해방은 크림전쟁에 패전한 1856년 이후 몇 년간의 준비 기간을 거치고 1861년에 선포되었다.

고, 현청위원회가 소집된 다음에는 또 다른 위원회가 만들어지는 일련의 과정이 연이어져 그녀는 기진맥진해지고 혼란스러워졌다. 이 일이 아니더라도 아리나 페트로브나의 상상은 걷잡을 수 없었기에 여러 가지 기이한 것들이 머릿속에 그려졌다. 불현듯 이런 물음이 생겼다. 농노해방이 되면 아가쉬카를 뭐라고 불러야 하나? 아가피야 페도로브나라는 존칭으로 불러야 되나? 또 다른 상상도 해보았다. 그녀가 빈 집에 있는데 하인들은 자기들 방에 숨어 들어가 무언가를 먹어댄다. 실컷 먹고 나머지는 식탁 밑으로 버리는 게 아닌가! 지하 창고를 얼핏 보니 거기에서도 율카와 페쉬카가 게걸스럽게 뭔가 먹고 있다. 그녀는 이들을 꾸짖으려 하지만 목구멍에서 말이 나오지 않는다. '이제 이들에게 무슨 말을 할 수 있단 말인가! 자유인이 되었으니 이들을 벌줄 수도 없을 게 아닌가!'

이런 상상은 터무니없는 것이기는 하지만 차츰 환상적인 현실이 구축되어 그녀의 정신을 빼앗아 현실감을 상실하도록 만들었다. 아리나 페트로브나는 실권을 놓더니 2년 동안 아침부터 저녁 내내 소리 높여 말했다.

"어느 것이든 한가지로 결정이 되어야지! 회의 소집은 끝이 없고 이도 저도 아니니!"

그 즈음, 위원회가 와해되어가던 바로 그때 블라디미르 미하일르이치*가 사망했다. 그는 시인 바르코프와 모든 일에서 손을 떼고 편안하게 숨을 거두었다. 그가 남긴 마지막 말은 이러했다. "하느님께서 내가 농노들과 나란히 그분 앞에 서지 않도록 해주셨으니 감사드린다."

이 말은 아리나 페트로브나의 가슴에 깊이 각인되었으며 남편의 죽음은 미래의 막연한 두려움과 아울러 골로블료프 가족의 일상생활에 일종의

---

* 아리나의 남편, 골로블료보 영지의 명목상의 지주.

절망적인 암시를 던져놓았다. 골로블프의 오래된 저택이나 그곳의 사람들까지 모두가 갑자기 죽어가는 듯했다.

포르피리 블라디미르이치는 아리나 페트로브나의 편지에서 그녀의 하소연을 읽더니 놀랄 만한 직관으로 그녀를 휘감고 있는 혼란스런 생각을 포착할 수 있었다. 아리나 페트로브나는 편지에서 더 이상 그를 질책하지도 훈계하지도 않고 하느님에게 더 한층 의지하여 '하느님은 오늘날과 같은 불신의 시대에도 농노들조차 버려두지 않고 배려하시니, 하물며 교회의 희망인 조력자와 자랑인 재산가들에게는 말할 것도 없으시리라'고 써 보냈다. 이우두쉬카는 어머니가 하느님께 의지하기 시작하면 그녀의 존재는 드러나지 않고 망가지는 것임을 본능적으로 간파했다. 그리하여 자신의 특기인 교활한 민첩성으로 이때를 놓치지 않았다.

그는 농노해방 바로 직전에 갑작스레 골로블료보 영지를 방문하여 아리나 페트로브나가 의기소침하여 기진맥진해 있는 것을 직접 눈으로 보았다.

"그래, 어떻게 되었느냐? 페테르부르크에서는 뭐라고들 하더냐?" 그녀는 인사만 받고 대뜸 이렇게 물었다.

포르피리는 머리를 수그리고 조용히 앉아 있었다.

"아냐, 네가 내 입장이 되어보렴." 아리나 페트로브나는 아들의 침묵에서 좋은 일이라고는 기대할 수 없음을 깨닫고 계속 말했다. "지금 내 집의 하녀 방에는 하나같이 지저분한 것들이 30명이나 있어. 애네들을 어떻게 해야겠니? 만일 내가 얘들을 먹여 살려야 한다면 어쩌야 하냐구? 지금이야 양배추도, 감자랑 빵도 충분하니 조금씩 먹이면 되겠지만, 감자가 떨어지면 양배추를 끓이라고 해야 할 테고, 양배추도 떨어지면 오이로 연명해야 하겠지. 그때가 되면 시장에 직접 나가 돈을 주고 물건을 사들여야 할 텐데 도대체 어떻게 그 모든 것을 마련한단 말이니?"

포르피리는 사랑하는 어머니의 두 눈을 보고 동감한다는 듯 쓴웃음을 지어 보였다.

"만일 그들을 사방팔방으로 내보내야 될 때가 오더라도, 이런 말이 있지요, '너희들이 어디를 가더라도 두 눈을 크게 뜨고서!' 더 이상은 모르겠군요. 정말 모르겠어요. 일이 어떻게 될지."

포르피리는 '일이 어떻게 될지'라는 말이 재미있다는 듯이 싱글거렸다.

"웃을 일이 아니다, 얘야. 이 일은 아주 심각한 일이기에 하느님께서 분별력을 더해주셔야 할 텐데. 그러면 혹시 모르겠다. 내 경우는 너도 알다시피 쓸모없는 늙은이가 아니니까 무슨 일이 있어도 내가 필요하겠지만, 그렇다 하더라도 어떻게 처신해야 한단 말이냐? 우리가 어떻게 살아왔느냐. 춤추고 노래하고 손님을 맞이하는 이런 일들을 하녀 없이 어떻게 한단 말이냐? 음식을 내놓는 일이나 손님을 맞이하는 일, 요리를 직접 하는 일은 도저히 내가 할 수 없지 않겠니?"

"하느님은 자비로우십니다. 어머니!"

"그래, 예전에는 그러셨다만 지금은 아니구나! 인자하시고 인자하시지만 계산이 있으셔. 우리가 좋았던 시절에는 천상의 황제께서도 우리를 어여삐 여겼지만, 좋지 않게 되니까 미안하다고만 하시는구나. 내 생각에는 아직 시간이 있을 때 모든 것을 포기하는 게 낫지 않을까 싶어. 그래, 네 아버지 묘지 곁에 움막을 하나 짓고 거기서 살며 시간을 보내야겠다!"

포르피리 블라디미르이치는 귀를 쫑긋 세우고 군침을 삼켰다.

"그러면 누가 영지를 관리하게 되나요?" 그는 의중을 떠보듯이 조심스레 물었다.

"그래, 네가 직접 하렴. 하느님 덕분에 이만큼 장만해놓았으니 앞으로 나 혼자서 모든 짐을 짊어질 필요는 없지 않겠니?"

아리나 페트로브나는 갑자기 말을 멈추고 고개를 들었다. 그녀의 두 눈에 히죽 웃으며 군침을 삼키고 있는 이우두쉬카의 얼굴이 들어왔다. 그의 얼굴은 기름으로 뒤덮여 있는 듯 보였으며 탐욕스런 속마음이 밖으로 배어나와 있었다.

"어쩌면 너는 나를 묻을 준비가 다 되어 있겠구나!" 그녀가 냉랭하게 말했다. "너무 이른 것은 아니냐? 실수하지 않도록 해라!"

처음에는 아무런 일도 일어나지 않았다. 그렇지만 어떤 대화는 일단 시작하기만 하면 끝나지 않는 때가 있다. 몇 시간이 지나자 아리나 페트로브나는 또다시 끊어진 이야기를 꺼냈다.

"삼위일체 성 세르기 대수도원*으로 떠나야겠다." 그녀가 꿈꾸듯이 말했다. "너와 재산을 나누고 수도원 근처 작은 집을 구해 그곳에서 살련다."

그렇지만 포르피리 블라디미르이치는 지난번의 경험을 되살려 잠자코 있었다.

"작년에 아직 네 아버지가 살아 있을 때" 아리나 페트로브나가 말을 이어갔다. "나 혼자 침실에 앉아 있었는데 돌연히 누가 내게 속삭이는 소리가 들리지 않겠니? '성지에 다녀오너라! 성지에 다녀오너라!' 그것도 세 번씩이나 말이다. 그래서 돌아보았지만 아무도 없더구나. 그래, 이건 틀림없이 환상일 거라고 생각했지. '만일 내 믿음이 하느님께 흡족하다면 나는 준비가 된 거야!'라는 말을 하자마자 방에 거룩한 향기가 넘쳤단다!

---

* 14세기에 모스크바에서 북동쪽으로 60킬로미터 거리에 세워진 러시아의 유명한 대수도원.

그래, 좀 전에 출발 준비를 하라고 시켰으니 저녁 무렵에는 그곳으로 가고 있을 게다."

아리나 페트로브나의 두 눈에 눈물이 흘러내렸다. 이우두쉬카는 이 순간을 놓치지 않고 어머니 손에 입을 맞추더니 허리까지 껴안았다.

"이제 어머니는 착한 소녀가 되셨어요." 그가 말했다. "오! 하느님과 가까이 지내는 사람은 참으로 훌륭하지요, 어머니! 하느님께 기도하기만 하면 도움을 받겠지요. 정말 그렇습니다, 사랑하는 나의 친구 어머님!"

"잠깐만 얘야! 아직 말을 다 끝낸 게 아니다. 내일 저녁에 수도원에 도착하면 그 즉시 신부님 앞으로 갈 거야. 저녁 기도가 있겠지. 성가를 부르며 촛불은 타오르고 향로에서는 방향이 흐르겠구나. 나는 내가 어디에 있는지, 지상에 있는지 혹은 천상에 있는지조차 알지 못할 거야. 기도 후에는 이오나 수도사제를 찾아가 말하련다. '신부님, 오늘 성당은 왜 이리 아름다운가요?' 그러면 이렇게 대답하시겠지. '그것은, 부인, 오늘 아바쿰* 신부님의 환영이 예배 중에 나타나셨기 때문입니다. 그분이 기도를 하시려고 손을 드시려는 순간에 머리 위에서 빛이 비치더니 비둘기 한 마리가 그분을 바라보더군요.' 그때 나는 결정을 내리겠지. 앞으로 시간이 얼마나 남았든지 간에 나는 죽을 때까지 삼위일체 성 세르기 대수도원에서 지내야겠다고!"

"그렇게 되면 누가 저희들을 염려해줄 것이며 어머니의 자식들은 누가 보살펴주겠습니까? 오, 어머니!"

"아냐, 너희들은 어린 나이가 아니니 스스로 알아서 할 수 있을 게다! 나는 안누쉬카가 남긴 아이들과 함께 멀리 성지로 떠나 그분의 날개

---

* 17세기 러시아 교회 개혁에 반대했던 구교도 사제. 러시아 고유의 전례의식을 고수하려고 했음.

아래 머물런다. 어쩌면 아이들 중 누군가 수녀가 되고 싶어 할 수도 있겠지. 거기서 호티코프는 엎어지면 코 닿을 테니! 작은 집을 매입하고 채소밭을 일궈 양배추와 감자를 심으면 풍성하게 될 거다."

이런 한담이 며칠째 계속되었다. 아리나 페트로브나는 몇 번씩이나 대담한 계획을 시행하려다가 다시 되돌리고 또다시 시도하곤 했는데 결국에는 도저히 되돌릴 수 없는 지경에까지 이르게 되었다. 이우두쉬카가 찾아온 뒤 채 6개월이 되지 않았을 때였다. 아리나 페트로브나는 삼위일체 성 세르기 대수도원으로 떠나지도 않았으며 남편의 묘지 옆에 작은 움막을 마련하지도 않았다. 그럼에도 두 아들에게 재산을 분할하여 넘겨주고 자기 것으로는 동산만을 남겨두었다. 이때 포르피리 블라디미르이치에게는 좋은 몫을 넘겼고, 반면 파벨 블라디미르이치에게는 형보다 못한 것을 주었다.

* * *

아리나 페트로브나는 예전과 마찬가지로 골로블료보 영지에 머물렀는데, 이때도 언제나 그랬듯이 가족 간의 우스꽝스러운 일이 빠지지 않았다. 이우두쉬카는 선량한 친구인 어머니 앞에서 눈물을 흘리며, 자기 영지를 어머니 마음대로 관리하여 이익금도 재량껏 가져가시되 '저에게는 이익의 아주 적은 부분만 나누어주시면 만족하겠습니다'라며 간청했다. 이와는 반대로 파벨은 어머니에게 건성으로 고맙다고 하더니(화난 것 같았다), 곧바로 퇴역하여(어머니의 축복도 구하지 않고, 반미치광이처럼 뛰쳐나왔다) 두브로비노 영지에 정착했다.

이때부터 아리나 페트로브나의 분별력은 흐려졌다. 그녀는 흡혈귀 포르피리의 속마음을 예전에는 뛰어난 예지력으로 뚜렷이 알아차릴 수 있었지만 이제는 전혀 알 수 없었다. 비록 재산을 분배하고 농노들을 해방시켰지만 그녀는 여전히 골로블료보 영지에서 살고 있으며 누구에게도 보고하지 않는다는 사실 이외에 그녀가 이해하고 있는 것은 아무것도 없어 보였다. 바로 곁에 아들 하나가 살고 있지만 무슨 차이가 있단 말인가. 포르피리가 그와 그의 가족 모두를 어머니의 재량에 맡긴 것과는 달리 파벨은 어머니와 무엇 하나 상의하지 않았으며 그녀를 만날 때조차도 이빨 사이로 말을 뱉을 뿐이었다.

그녀의 이성이 흐려지면 흐려질수록 애정을 표시하는 아들에게는 한층 더 마음이 쏠렸다. 포르피리 블라디미르이치는 그녀에게 아무것도 청하지 않았지만 그녀는 그가 원하는 바를 알아서 먼저 챙겨주었다. 그녀는 골로블료보 숲에서 부족한 것이 있음을 차츰 알게 되었다. 어떤 지역에서는 이웃 땅이 골로블료보 숲으로 파고 들어와 있었다. 그러니 그 땅을 매입하면 좋을 것 같았다. 그곳에다 독립 마을을 세우는 것이 가능할 듯싶었다. 풀 베기는 신통치 않겠지만 인근에서 살 수 있을 게고 그것도 좋을 성싶었다. 아리나 페트로브나는 주부이자 어머니기에 마음이 끌렸으며, 사랑스런 아들 앞에서 그녀의 빛나는 모든 능력을 자랑하고 싶었다. 그렇지만 포르피리 블라디미르이치는 단단한 호두 껍데기 안으로 숨어버린 듯했다. 아리나 페트로브나는 아들에게 매입할 것을 부추겼지만 소용이 없었다. 삼림이나 풀을 매입하라는 그녀의 온갖 제안에 변치 않는 대답은 "저는요, 사랑하는 어머니, 당신이 제게 베풀어주신 것만으로 만족합니다"였다.

아리나 페트로브나는 이런 대답을 들으면 속이 탔다. 한편으로는 집안일에 몰두했지만 다른 한편으로는 옆에 살면서도 어머니 일에 관심이 없는 '비열한 파블루쉬카*'에 대한 적대적인 감정에 빠져들어 골료블료보에 대한 현실감을 잃어버리고 말았다. 예전의 물욕이 새롭게 그녀를 사로잡았다. 그렇지만 이번에는 자신을 위해서가 아니라 아들을 위해서였다. 골로블료보 영지는 확장되고 번성했다.

그런데 바로 그때, 아리나 페트로브나의 재산이 줄어들어 이익금으로는 독립적인 생활이 불가능하게 되었던 바로 그 시점에 그녀는 이우두쉬카로부터 정중한 편지 한 통을 받았다. 거기에는 앞으로 일 년 회계를 세울 때 그녀에게 지침서가 될 만한 계산서 양식이 적혀 있었다. 주요 항목과 함께 딸기, 구즈베리, 버섯 등등이 적혀 있었다. 각각의 항목마다 대략 다음과 같은 내용의 특이한 계산법이 붙어 있었다.

    18××년경의 딸기나무 … ××그루
    여기에 다시 심은 딸기나무 … ××그루
    현재 나무에서 거둬들인 열매 … ××푸트 ××푼트 ××졸로트니크**
    여기서,
    사랑하는 어머님 당신이 사용하신 분량은 … ××푸트 ××푼트 ××졸로트니크
    포르피리 블라디미르이치 골로블료프를 위해 사용한 분량 … ××푸트 ××푼트 ××졸로트니크
    N이 착한 일을 했다고 상으로 주었던 분량 … 1푼트

---

* 파벨의 또 다른 애칭.
** 러시아의 옛 무게 단위로서, 1푸트는 16.38킬로그램, 1푼트는 0.41킬로그램, 1졸로트니크는 4.266그램.

농민에게 과자로 판 열매 … ××푸트 ××푼트 ××졸로트니크

상인에게 팔지 못했거나 다른 이유 등으로 부패한 분량 … ××푸트 ××푼트 ××졸로트니크

기타 등등.

추신: 작년에 비해 올해의 생산물이 적다면 그 이유를 설명해야 함. 예컨대 가뭄, 홍수, 우박 등등.

아리나 페트로브나는 숨이 막혔다. 무엇보다 그녀를 놀라게 한 것은 이우두쉬카의 인색함이었다. 그녀는 구즈베리가 골로블료보 영지에서 회계 항목이 될 수 있다고는 들은 적이 없었다. 그런데 이우두쉬카는 이것에 유난히 집착하고 있었다. 이제 그녀는 이 모든 형식들이 그녀의 손발을 조직적으로 묶어버리고 있음을 깨닫게 되었다.

결국 몇 통의 논쟁적인 편지를 주고받은 후에 모욕당한 아리나 페트로브나는 분개하여 두브로비노로 거처를 옮겼고, 그러자 포르피리 블라디미르이치도 퇴직하여 골로블료보에 정착했다.

이때부터 노파는 강요된 정적 속에서 하루하루를 몽롱하게 보내게 되었다. 파벨 블라디미르이치는 꼼짝도 않는 사람이었지만 어머니에 대해서는 트집을 잡았다. 그는 그녀가 참을 수 있을 만큼만 마구 대했다. 예컨대 그녀와 고아가 된 조카딸들을 먹여 살리겠지만 두 가지 조건을 달았다. 2층의 자기 방에 올라오지 말 것과 집안일에 간섭하지 말 것을 어머니에게 요구했다. 이 중 두번째 조건이 아리나 페트로브나의 심기를 건드렸다. 파벨 블라디미르이치의 집안일은 두 사람이 좌지우지하고 있었다. 첫번째 인물은 창고지기 울리투쉬카로서 그녀는 흡혈귀 포르피리와 몰래 편지를 주고받으며 이곳의 집안일을 알려주는 교활한 여자였다. 두번째

인물은 아버지의 옛 시종인 키류쉬카로서 그는 농사일에 대해서는 전혀 아는 바가 없었지만 파벨 블라디미르이치에게 매일같이 저속한 교훈을 읽어주었던 자였다.

이 두 사람은 거리낌 없이 주인의 재산을 빼돌리고 있었다. 아리나 페트로브나는 이 집에서 행해지는 도둑질을 볼 때마다 얼마나 마음이 쓰라렸는지 모른다. 몇 번씩이나 아들에게 차, 설탕, 버터를 조심하라고 주의를 주었다. 많은 양이 빠져나갔는데, 울리투쉬카는 주인마님이 있을 때도 거리낌이 없었으며 심지어는 마님이 지켜보고 있을 때도 설탕을 한 움큼씩 주머니에 감추어 넣곤 했다. 아리나 페트로브나는 도둑질을 눈앞에서 보았지만 잠자코 있을 수밖에 없었다. 아리나 페트로브나가 입을 열고 무언가 말하려고 할 때는 파벨 블라디미르이치가 즉시 그녀의 말을 가로막았기 때문이었다.

"어머니!" 그가 말했다. "집안일을 책임지는 사람이 반드시 한 명은 있어야만 합니다! 이건 내 말이 아니라 모든 사람들이 그렇게 하고 있어요. 내가 집안일을 제대로 못한다는 것은 저도 알고 있습니다만, 그냥 내버려두시죠. 어머니가 현명하게 일처리를 한다면, 좋습니다, 그렇게 하시죠. 어머니는 정말 똑똑하십니다, 정말 그렇지요. 그래서 이우두쉬카가 당신을 내몰았겠지요!"

설상가상으로 아리나 페트로브나는 경악스러운 사실, 파벨 블라디미르이치가 술을 마시고 있다는 것을 알게 되었다. 폭음은 그를 슬금슬금 갉아먹었다. 시골의 적막한 생활 때문이었겠지만, 무섭게 진행되다가 결국에는 피할 수 없는 종말에 다다르게 될 것이었다. 어머니가 집에 오고 나서 처음 얼마 동안은 그도 부끄러워했다. 종종 2층에서 내려와 어머니와 이야기를 나누곤 했다. 아리나 페트로브나는 아들의 말이 뒤죽박죽 섞이는 것을 보고 그가 우둔해서 그런 줄 알았다. 그녀는 아들이 이야기를 나누기 위해 찾아오는 것을 좋아하지 않았으며, 대화를 부담스럽게 여겼다. 사실 그는 줄곧 어리석은 말로 투덜댈 뿐이었다. 때로는 몇 주일째 내리지 않던 비가 갑자기 장맛비로 쏟아부었다고, 때로는 딱정벌레가 기승을 부려 정원의 온갖 나무를 갉아먹었다고, 때로는 두더지가 나타나 풀밭 전체를 구멍투성이로 만든 일을 놓고 줄곧 투덜대었다. 아래층으로 내려와서는 어머니 앞에 앉아 이렇게 말했다.

"사방에 구름이 덮였군. 골로블료보는 여기서 그다지 멀지 않잖소? 흡혈귀네는 어제 비가 제법 왔겠구먼. 그런데 이곳에는 비가 하나도 내리지 않는군! 구름만 오락가락할 뿐이야. 빗방울이라도 내렸으면 좋겠구먼!"

아니면, 또 이렇게 말했다.

"이런, 비가 쏟아붓네! 호밀꽃은 이제 막 피었는데, 비가 내리다니! 건초 더미 절반은 이미 썩었건만, 비가 계속 내리는구먼! 골로블료보는 예서 멀지 않지! 흡혈귀는 이미 건초를 다 거두었는데, 우리는 이렇게 앉아 기다려야만 하다니! 이번 겨울에는 썩은 건초를 가축 먹이로 줘야겠구먼!"

아리나 페트로브나는 입을 닫고 말도 안 되는 소리를 들어야 했지만, 가끔은 참지 못하고 한마디씩 했다.

"좀더 놔두고 보지 그러냐?"

그녀가 이런 말을 하자마자 파벨 블라디미르이치는 화를 벌컥 냈다.

"그러면 어머니는 제게 뭘 하라는 겁니까? 골로블료보로 비를 옮기라는 건가요?"

"그런 게 아니라, 말하자면……"

"아닙니다. 어머니 생각엔 제가 뭘 해야 한다는 겁니까? 말을 삼키지 마시고 제대로 말씀해보세요. 어머니를 위해 날씨를 바꿀까요? 보세요, 골로블료보에는 비가 와야 하면 내리지요. 또 내릴 필요가 없으면 안 오지 않습니까! 그러니 모든 게 잘 자라지요. 하지만 여기는 모든 게 정반대지요. 한 번 봅시다. 먹을 게 아무것도 없을 때 어머니가 뭐라고 말하는지요."

"그래, 하느님의 뜻이 그렇단다……"

"어머니는 하느님의 뜻이라고 그렇게 말하는군요! 하지만 '말하자면'은 무슨 말인가요?"

때로는 일이 커져서 가진 재산조차 귀찮게 여기기도 했다.

"대관절 왜 내게는 두브로비노 영지만 있단 말인가요?" 그의 불평은 이러했다. "여기 뭐가 있나요?"

"두브로비노는 큰 영지임에 틀림없지 않느냐! 토질도 좋고 모든 게 충분한데, 너는 어떻게 그런 생각을 하니?"

"지금 제게 떠오르는 생각은 재산을 소유해서는 안 된다는 겁니다. 돈이야 다르지요. 돈은 벌어서 주머니에 넣어두고 쓰면 되지요. 그러나 이런 부동산이라는 것은……"

"요즘 부동산을 갖지 않는 게 흔한 일이냐?"

"어머니는 신문을 읽지 않지만 저는 읽어요. 요즘은 사방에 변호사가 널렸어요. 아시겠습니까? 만일 변호사가 어머니에게 부동산이 있는 걸 알게 되면 정신없이 만들 겁니다."

"하지만 네게 합법적인 땅문서가 있다면야 어떻게 못하겠지?"

"아니죠. 그래도 할 겁니다. 변호사가 하지 않으면 흡혈귀 포르피리가 나서겠지요. 변호사를 고용해 소환장을 몇 번이고 보내겠지요!"

"무슨 소리! 이 땅은 합법적인 거야!"

"바로 그렇게 합법적인 재산이기 때문에 소환장을 보낼 겁니다. 만일 비합법적인 것이라면 소환장 없이 갈취했겠지만, 그렇지 않기 때문에 소환장을 보내겠지요. 내 친구 고글로퍄토프의 경우, 아저씨가 돌아가시자 어리석게도 유산을 상속받았어요. 한데 그 유산은 형편없는 것이었고, 반면에 부채는 10만 루블이나 되었어요. 그러나 어음은 모두 가짜였어요. 3년 동안 재판을 받았는데, 아저씨의 영지는 몰수당했고, 그의 부동산도 경매에 넘어갔지요. 부동산이란 그런 겁니다."

"그런 법이 어디 있느냐?"

"만일 법이 없었다면 경매에 넘기지도 않았을 겁니다. 예컨대 온갖 종류의 법이 있지요. 양심이 없는 놈에게는 모든 법이 열려 있지만, 양심이 있는 사람에게는 법은 닫혀 있는 게지요. 자, 법전에 있는지 없는지 한 번 찾아보죠!"

아리나 페트로브나는 이런 논쟁에서는 항상 밀렸다. 그러나 소리치고 싶었던 때가 한두 번이 아니었다. '더러운 놈, 저리 가라!' 그러나 그녀는 생각을 고쳐 잠자코 있었다. 자신이 불만스러웠을 뿐이다. '하느님, 내가 어쩌다 이런 자식들을 낳았단 말입니까? 한 놈은 흡혈귀이고 다른 놈은 이렇게 우둔하니! 누구를 위해 재산을 모았으며, 밤잠 안 자고 먹지도 않았단 말입니까, 누구 때문이었습니까?'

파벨 블라디미르이치가 음주벽에 사로잡힐수록 그의 말은 한층 더 몽환적으로, 예컨대 돌발적으로 변했다. 그리하여 아리나 페트로브나는 뭔가 일이 잘못 진행되고 있다는 것을 눈치 채게 되었다. 아침에는 식당 선반에 보드카 술병이 가득 차 있었지만, 점심때는 한 방울도 남아 있지 않는 날도 있었다. 또 어떤 날은 응접실에 앉아 있는데 식당 안 선반 옆에서 삐걱대는 소리가 들려 누구냐고 소리치니 급히 2층으로 달아나는 발걸음

소리가 들렸다.

"이런! 녀석이 술을 마시는 게로구나?" 울리투쉬카에게 물어보았다.

"그렇습지요." 울리투쉬카는 의미심장한 미소로 대답했다.

어머니가 눈치 챘다고 확신하게 되자 파벨 블라디미르이치는 모양새를 갖추기를 포기했다. 화창한 어느 날 아침 식당의 선반이 자취를 감추었는데, 어디로 갔느냐는 아리나 페트로브나의 물음에 울리투쉬카는 이렇게 대답했다.

"2층으로 옮기라는 분부가 있었답니다. 거기서는 마음껏 드실 수 있겠지요."

실제로 2층에서 술병들은 놀라운 속도로 쓰러져갔다. 혼자 있게 된 파벨 블라디미르이치는 모임을 싫어하며 자신만의 독특한 몽상적인 현실을 구축했다. 그것은 주인공이 자기 자신과 흡혈귀 포르피리인 아주 우스꽝스러운 소설 세계로 그 세계에서 현실은 왜곡되고 삭제되기도 했으며 돌연 풍부해지기도 했다. 그 자신도 포르피리를 향한 증오심이 얼마나 깊은지 알지 못했다. 그는 진심으로 포르피리를 증오했으며, 마음 깊은 곳으로부터 한 순간도 그칠 줄 모르고 증오했다. 마치 눈앞에 혐오스러운 형의 모습이 나타나는 듯했으며, 귓전에서는 형이 눈물을 흘리며 뱉는 위선적인 헛소리가 들리는 듯했다. 헛소리에는 위선으로 가득 찬 법령에는 복종하지 않는 살아 있는 사람들에 대한 매정하고 모호한 악의가 담겨 있었다. 파벨 블라디미르이치는 술을 마시며 회상했다. 그의 머릿속에는 이 우두쉬카가 집안에서 일인자 대접을 받으려고 했기 때문에 자기가 감내할 수밖에 없었던 지난날의 모든 모욕과 능멸이 떠올랐다.

특히 1코페이카까지 계산하며 땅 한 조각까지 비교하던 영지 분할이 머리에 떠올라 형을 증오할 수밖에 없었다. 술이 불러일으킨 상상력으로 한편의 드라마가 그려졌는데, 거기서는 앙갚음으로 모욕을 행사했으며, 그 상상 속에서 모욕을 주는 자는 이우두쉬카가 아닌 자기 자신이었다. 때로는 그가 20만 루블을 도박으로 따 포르피리에게 자랑하기도 하는데(이 장면은 대화로 이어진다), 이때 형의 얼굴은 질투로 일그러진다. 아니면 할아버지가 돌아가시면서(이 장면도 대화로 이어진다. 비록 할아버지는 지금 안 계시지만) 자기에게 1백만 루블을 남기시지만 흡혈귀 포르피리에게는 한 푼도 남기지 않는다. 또는 투명인간이 되는 발명품을 개발하여 포르피리를 못살게 괴롭히는 일을 상상하기도 한다. 이와 같은 장난은 끝없이 이어졌고, 2층에는 이상스런 웃음소리가 오랫동안 울려 퍼졌다. 그때마다 동생의 신상에 벌어지는 일들을 포르피리 블라디미르이치에게 알려주는 울리투쉬카는 만족해했다.

파벨은 이우두쉬카를 증오하면서 동시에 두려워했다. 이우두쉬카의 두 눈은 마법의 독기를 내뿜고 있고 목소리는 뱀처럼 사람들의 영혼으로 기어들어와 의식을 마비시킨다고 생각했다. 그런 까닭에 그는 형을 만나지 않았다. 가끔씩 흡혈귀가 두브로비노에 찾아와 인자한 친구인 어머니의 손에 입 맞출 때면(그는 어머니를 집에서 쫓아냈지만 존경심은 잃지 않았다), 파벨 블라디미르이치는 2층에서 열쇠를 걸어 잠그고 이우두쉬카와 어머니가 이야기하는 동안 밖으로 나오지 않았다.

이렇게 세월이 지났다. 그러다가 마침내 파벨 블라디미르이치는 지금처럼 불치의 병과 마주 대하게 되었다.

* * *

의사는 그저 모양새를 갖추기 위해 밤을 지내고 다음 날 아침 일찍 시내로 돌아갔다. 그는 두브로비노를 떠나기 전, 환자는 자기 이름도 정확히 쓰지 못할 만큼 악화되었기에 이제 이틀 이상 살기 힘들며 지금에 와서는 어떤 처방도 아무런 소용이 없다고 솔직히 말했다.

"알아볼 수 없는 서명을 할 수는 있겠지만 그렇게 되면 소송이 끊이지 않을 겁니다." 그가 계속 말을 이었다. "이우두쉬카가 어머니를 존경하는 것은 잘 압니다만 위조라고 소송을 걸 테고, 그는 법에 따라 어머니를 그리 멀지 않은 곳으로라도 유형을 보내면서 가시는 분을 위해 기도만 드릴 겁니다."

아리나 페트로브나는 아침 내내 망연자실하여 걸어 다녔다. 기도를 드리려 했지만 — 하느님이 도와주시지 않을까? — 기도문은 당최 생각이 나지 않았으며, 혀는 어찌 된 일인지 마음대로 움직이지 않았.

기도의 시작은 이러했다. '하느님, 당신의 선하심으로 저를 가엾이 여기소서.' 그러다가 부지불식간에 '악으로부터'라는 말로 미끄러져 갔다. '저를 정화시켜주소서'라고 기계적으로 중얼거렸지만, 생각은 멀리 도망가버렸다. 2층에 올라가 몰래 엿본다거나 창고에 내려가보거나 ('지난가을에 얼마나 많은 물품이 있었는데 지금은 죄다 도둑맞았구나!'), 아니면 먼 옛날 일을 돌이켜보곤 했다. 어둠이 사방에 깔려 있었다. 사람들은 많이 모여 있었는데 모두가 꿈실거리며 무언가를 준비하려고 애쓰고 있었다. '사람은 복이 있나니, 복이 있나니…… 향로처럼…… 저를 가르쳐주소서, 가르쳐주소서……' 마침내 혀는 차츰 움직이지 않게 되고 두 눈은 성상을 바라보지만 눈에 들어오지 않았다. 입은 벌어지고 손은 허리에 댄 채로 마치 얼어붙은 것처럼 꼼짝 않고 서 있었다.

그러다가 주저앉아 울음을 터뜨렸다. 눈물이 흐릿한 두 눈에서 노파의 메마른 뺨을 따라 흘러내리다가 움푹 파인 주름살에서 머뭇거린 후 그녀의 낡고 기름때 묻은 사라사 블라우스 옷깃 위에 떨어졌다. 쓰디쓰고 절망적인, 고집은 있지만 달리 어쩔 수 없는 어떤 감정이 솟구쳤다. 노년과 쇠락, 고립무원의 상황에서 죽음만이 평화에 이르는 유일한 탈출구라고 여기게 되었다. 하지만 한편으로는 자유와 권력으로 만족스럽게 지냈던 과거가 생각을 방해했고, 과거를 기억하니 떨쳐버리지 못하고 대지에 발이 묶이게 되었다. '죽을 수만 있다면!' 머리로는 이렇게 생각했지만 이내 다른 말로 바뀌었다. '살고 싶구나!' 그녀는 이우두쉬카에 대해서나 지금 죽어가는 아들에 대해서도 아무것도 생각하지 않았다. 둘 다 존재하지 않는 듯했다. 그녀는 그 누구에 대해서도 생각하지 않았으며, 그 누구에 대해서도 분노하지도 비난하지도 않았다. 심지어 그녀는 자신의 재산이 있는지 없는지도 잊었으며, 그것이 노년에 쓸 만큼 충분한지 아닌지도 잊었다. 슬픔, 극심한 슬픔이 그녀의 온 존재를 휘감았다. '비참하고 괴롭구나!' 그녀가 흘리는 눈물을 설명해줄 수 있는 유일한 말이다. 그녀의 눈물은 먼 곳에서 시작되었다. 그녀가 골로블료보를 떠나 두브로비노에 옮겨 앉은 그때부터 눈물은 방울방울 쌓이기 시작했다. 그녀는 당면한 모든 문제에 대해 이미 준비를 하고 있었다. 그녀는 예견하고 기다리고 있었음에도 이 일이 종말로 치달을 것이라고는 전혀 생각해보지 않았다. 한데 이제 종말이, 슬픔과 절망적인 고독으로 팽배한 종말이 다가왔다. 평생 동안 그녀는 무슨 일이든지 꾸며왔으며, 무엇인가를 위해 지칠 때까지 어떤 일을 해왔다. 그런데 그것이 환상에 불과한 것으로 드러났다. 평생 동안 '가족'이란 단어가 그녀의 입에서 떠나지 않았으며, 가족 때문에 사람들을 벌주기도 하고 상을 내리기도 했다. 또 가족을 위해 자신은 기꺼이 곤란을 자초했으며, 전 생애를 일그러뜨렸다. 그런데 이제 와서 그녀에게 가족이란 게 없다고 한다면!

"하느님! 다른 사람들도 모두 이런가요?" 그녀의 머릿속이 어지러웠다.

그녀는 손을 머리에 댄 채 눈물에 젖은 얼굴로 떠오르는 태양을 바라보면서 마치 '봐!'라고 말하는 것 같았다. 그녀는 신음 소리도 저주의 말도 내지 않았지만, 조용히 흐느끼느라 목이 메었다. 바로 이때 그녀의 마음은 너무나 서글펐다.

"그렇다. 아무도 없구나. 아무도 없어. 없어!"

이제는 눈물도 더 이상 나오지 않았다. 얼굴을 씻고는 아무 생각 없이 식당으로 갔는데, 외손녀들이 그녀 주위에 다가와 또 다른 불평을 털어놓았지만 이번에는 왠지 뻔뻔스럽게 들렸다.

"할머니, 어떻게 되는 건가요? 참말로 저희들은 아무것도 얻지 못하나요?" 안닌카가 불평을 터뜨렸다.

"외삼촌은 진짜 멍청하십니다!" 류빈카가 뒤를 이었다.

정오 무렵 아리나 페트로브나는 죽어가는 아들 방에 슬그머니 들어가 보기로 마음먹었다. 조심스레 발걸음을 옮기며 계단을 올라가 어둠 속에서 방문을 더듬어 찾았다. 2층에는 어둠이 깔렸다. 창문들은 푸른 커튼으로 가려졌고, 틈새로 빛이 들어올 뿐이었다. 오랫동안 환기시키지 않아 방 안의 공기는 여러 가지 냄새가 뒤섞여 있었는데, 그중에서 과일 향기와 고약 냄새, 램프 기름 냄새와 질병과 죽음을 예견케 만드는 특이한 병원균 냄새가 풍겨 나왔다. 방은 두 개였다. 첫번째 방에서는 울리투쉬카가 앉아서 과일을 닦고 있었다. 그녀는, 구즈베리 열매 위에서 시끄러운 소리를 내며 날아다니다가 뻔뻔스럽게도 그녀의 코와 입술에 앉으려는 파리 떼를 획획 쫓고 있었다. 옆방의 반쯤 열려진 문을 통해 끊임없이 들리는 메마른 기침 소리는 간혹 내뱉는 가래침으로 끊어지곤 했다. 아리나 페트로브나는 엉거주춤 선 채로 혹시 울리투쉬카가 자기가 들어오는 것을 알아차리지 않을까 싶어 어둠 속을 응시했다. 하지만 울리투쉬카는 꼼짝도 하지 않았다. 마치 이젠 어떤 시도도 환자에게 아무런 소용이 닿지 않는다고 확신하는 것 같았다. 다만 그녀는 입술을 화난 듯이 씰룩거렸는데, 아리나 페트로브나는 그 입 모양으로 그녀가 조그맣게 "제기랄"이라고 말했음을 짐작할 수 있었다.

"너는 아래층에 내려가 있어라!" 아리나 페트로브나가 울리투쉬카에게 지시했다.

"무슨 말씀이신지?" 울리투쉬카는 퉁명스럽게 대답했다.

"파벨 블라디미르이치와 얘기할 게 있어서 그런다. 내려가!"

"제가 어떻게 그냥 갈 수 있겠어요, 마님? 만일 무슨 일이 갑자기 생긴다면 아무도 없지 않습니까?"

"무슨 일이야?" 침실에서 힘없는 소리가 들렸다.

"울리투쉬카에게 내려가 있으라고 말하렴, 얘야. 너와 할 말이 있단다."

이번에는 아리나 페트로브나가 아주 고집스럽게 밀고 나갔기 때문에 그녀 뜻대로 되었다. 그녀는 성호를 긋고 방으로 들어갔다. 창문에서 조금 떨어진 벽 옆에 환자의 침대가 놓여 있었다. 그는 하얀 모포를 쓰고 똑바로 누워 있었는데, 거의 무의식적으로 담배 연기를 내뿜고 있었다. 담배 연기에도 불구하고 파리들이 맹렬한 기세로 달려들어 두 손을 번갈아 가며 얼굴 주위로 가져와야 했다. 근육이 보이지 않는 힘없는 두 팔은 뼈만 앙상하게 드러나 있었으며, 손끝에서 어깨까지 모두 가냘팠다. 머리는 절망적으로 베개에 대고 있었고, 얼굴과 온몸은 열로 끓고 있었다. 둥글게 움푹 파인 두 눈은 마치 무언가를 찾고 있는 듯이 멍하니 정면을 바라보고 있었으며, 코는 뾰족하니 더 길어졌고 입은 반쯤 벌리고 있었다. 기침은 하지 않았지만, 쌔근대는 숨소리로 보건대 삶의 모든 에너지가 가슴에 집중되어 있는 듯 보였다.

"그래, 오늘은 몸이 어떠냐?" 아리나 페트로브나는 그의 발끝에 놓인 의자에 앉았다.

"그저 그래요. 내일, 아니 오늘인가…… 언제 의사가 왔었지요?"

"오늘 왔다 갔지."

"그렇다면, 내일은……"

환자는 단어를 생각해내려고 애쓰려는 것처럼 몸을 뒤척였다.

"일어날 수 있겠지?" 아리나 페트로브나가 힘을 실어주었다. "애야, 하느님이 도와주실 거야. 그러시겠지!"

두 사람은 잠시 입을 다물었다. 아리나 페트로브나는 뭔가 말하고 싶은 게 있었지만, 그렇게 하기 위해서는 대화를 이어야만 했다. 그러나 파벨 블라디미르이치와 단둘이 있을 때는 어떤 대화를 해야 할지 알 도리가 없었다.

"이우두쉬카는 살아 있지요?" 환자가 겨우 물어보았다.

"개한테야 무슨 일이 있겠느냐? 잘살고 있단다."

"아마 이런 생각을 할 겁니다. '자, 내 동생 파벨이 죽으면 하느님 덕분에 영지를 더 갖게 되겠구나'라고요."

"우리 모두는 죽게 마련이고, 그 후 재산은 법적상속인에게 가는 거겠지."

"하지만 흡혈귀에게는 안 됩니다. 개한테는 줄 수 있지만, 그 놈에게는 안 되지요!"

드디어 말을 꺼낼 기회가 왔다. 아리나 페트로브나는 파벨 블라디미르이치가 먼저 꺼낸 이야기를 놓치지 않았다.

"애야, 그러니 한 번 생각해보렴!" 그녀는 지나가는 말투로 이야기하면서 아들에게는 눈길도 주지 않고 그녀 손에 비친 햇빛이 아주 중요한 것인 양 유심히 쳐다보았다.

"뭘요?"

"그러니까 만약에 네가 형에게 네 재산을 남기고 싶지 않다면 어떻게 해야 할지 말이다……"

환자는 아무 말도 하지 않았다. 다만 두 눈은 커지고 안색은 점점 더 붉어졌다.

"네게는 고아가 된 두 조카딸이 있다는 걸 염두에 둘 수 있겠지, 또 걔들에게 무슨 재산이 있단 말이냐? 어미인 나도 그렇고……" 아리나 페트로브나가 말을 이었다.

"모든 걸 이우두쉬카에게 넘기셨잖아요?"

"그래, 나도 잘 안다, 내 잘못이라는 걸. 하지만 죄를 저지른 것은 아니겠지. 아들이라고 여겼으니. 그러니 너도 어미에게 그 얘기를 들춰내지 않았으면 좋겠다."

침묵이 흘렀다.

"자, 아무 이야기라도 해보렴!"

"어머니는 저를 빨리 무덤에 넣으시려는 게죠?"

"너를 매장하겠다는 말은 아니지만, 다른 모든 기독교인들은…… 지금 다 죽는 것은 아니다만, 일반적으로 말하자면……"

"또 그 얘기군요. 어머니는 항상 일반적인 말만 하시는군요. 내가 알지 못한다고 생각하시나요?"

"너는 대관절 무얼 알고 있느냐? 애야."

"어머니가 나를 바보로 여긴다는 건 알고 있지요. 그래, 내가 바보라고 칩시다. 그러면 바보로 지내지요. 왜 바보에게 오시는 겁니까? 오지 마세요! 걱정하지 마세요!"

"걱정하는 게 아니란다. 다만, 그러니까 일반적으로 보자면, 모든 사람들에게는 삶의 끝이 있다는 말이야."

"그럼 기다려보든지요."

아리나 페트로브나는 머리를 떨어뜨리고 망설였다. 그녀는 일이 잘못되고 있다는 것을 확실히 알았고, 절망적인 앞날을 생각해보니 가슴이 찢어지는 듯했지만 다시 말을 꺼내더라도 아무 소용이 닿지 않을 거라며 미리 낙담할 수만은 없었다.

"네가 왜 나를 미워하는지 모르겠구나!" 그녀가 겨우 말을 꺼냈다.

"아닙니다. 전혀 그렇지 않지요. 오히려 저는…… 그런 말씀 마세요. 어머니는 우리를 매우 공평하게, 그렇게 키웠지요……"

그는 이 말을 하면서 발작적으로 헐떡였다. 목소리에는 어딘가 신경질적이면서도 의기양양한 웃음기가 담겨 있었다. 두 눈에선 불꽃이 튀었으며 어깨와 다리는 불안스레 떨고 있었다.

"그래, 어쩌면 내가 잘못한 일이 있을지도 모르겠구나. 그럼 부디 용서해주렴!"

아리나 페트로브나는 일어나 몸을 굽혀 절을 하고 손은 바닥에 대었다. 파벨 블라디미르이치는 눈을 감고 대답하지 않았다.

"그래, 부동산이라면 사실 지금 상황에서는 정리할 생각은 못하겠지. 포르피리가 법적상속권자이니까, 그에게 넘기도록 해라. 하지만 동산인 돈은 어떠냐?" 아리나 페트로브나는 단도직입으로 말하려 했다.

파벨 블라디미르이치는 몸을 떨며 아무 말도 하지 않았다. 어쩌면

'돈'이라는 말을 들으면서도 아리나 페트로브나가 암시하는 것에 대해서는 생각하지 않고 전혀 다른 데 마음이 가 있었는지도 모른다. '이제 9월이 되었으니 이자를 받아야겠군…… 6만 7천 6백 루블에 5를 곱하고 다시 2로 나누면 얼마가 되나?'

"너는 내가 네 죽음을 바란다고 생각할지도 모르겠구나. 애야, 그런 생각 말아라. 네가 살기만 한다면 나 같은 늙은이에게 무슨 근심이 있겠니? 나는 네 집에서 배불리 먹고 따뜻하게 지내니 뭐가 필요하겠니? 또 먹고 싶은 것이 있으면 먹을 수 있지 않니! 다만 내가 말하고자 하는 것은 정교도들은 앞으로 다가올 일을 기다리면서……"

아리나 페트로브나는 적당한 말을 찾는지 잠시 숨을 쉬었다.

"친척들의 생활을 보장해야만 한다는 말이야." 그녀는 창문을 쳐다보면서 말을 마쳤다.

파벨 블라디미르이치는 꼼짝 않고 누워 조용히 기침을 하면서 말을 듣는지 마는지 전혀 표시를 내지 않았다. 분명 어머니의 궁상맞은 소리에 싫증이 난 듯 보였다.

"돈은 살아 있을 때 다른 사람 손에 넘길 수 있지." 아리나 페트로브나는 파벨을 넌지시 떠보면서 자기 손 위에 내리쬐는 햇빛에 다시 눈길을 돌렸다.

환자는 몸을 살짝 떨었지만 아리나 페트로브나는 이를 알아차리지 못하고 계속했다.

"애야, 돈은 법에 따라 증여할 수 있단다. 그건 손에 넣을 수 있는 것이기에, 오늘은 있다가도 내일은 없을 수도 있는 게 아니냐. 그러니까 돈 계산에 대해서는 아무도 물어볼 수가 없는 거란다. 주고 싶은 사람에게 주면 되니까 말이다."

파벨 블라디미르이치가 갑자기 심술궂은 웃음을 터뜨렸다.

"팔로츠킨의 이야기를 기억하시겠지요?" 그는 화난 음성으로 물었다. "그 사람은 아내의 손에 돈을 넘겨주었건만, 그녀는 연인과 함께 도망가 버렸지요!"

"얘야, 내겐 연인은 없단다!"

"그럼 혼자 도망가면 되겠구려, 돈만 가지고서!"

"넌 나를 어떻게 보는 게냐!"

"저는 어머니를 도저히 이해하지 못하겠어요. 어머니는 항상 저를 바보라고 사람들에게 말하셨죠, 그래요 저는 바보입니다! 그러니 바보로 살게 내버려두세요. 한 번 보세요, 어머니가 어떤 일을 생각해냈는지요. 제 돈을 다른 사람에게 넘겨주라고요? 그럼 저는 뭐가 됩니까? 그러니까 저는 수도원에나 가서 제 영혼이나 구제하면서 어머니가 돈을 어떻게 쓰는지 쳐다보고나 있으라고요?"

그는 악의에 차서 단숨에 말을 뱉어내고는 힘이 다 빠져버렸다. 그러고는 적어도 15분간 계속 격렬하게 기침을 했는데, 가련할 정도로 뼈만 남은 사람이 아직도 이 정도의 힘이 남았다는 게 놀라울 따름이었다.

아리나 페트로브나는 낙심하여 주위를 둘러보았다. 지금까지 그녀는 다 죽어가는 아들을 설득하려던 모든 시도가 이우두쉬카의 승리를 재촉할 뿐이라는 사실을 믿지 않았지만 이제는 확실히 깨닫게 되었다. 이우두쉬카가 그녀의 눈앞에서 어른거리며 떠올랐다. 그는 동생의 관을 따라 걸어가며, 동생에게 유다의 마지막 입맞춤을 전하며, 혐오스런 눈물을 두어 방울 떨어뜨린다. 하관할 때는 '잘 가라, 아우야!' 하며 입술을 떨며 소리칠 텐데; 눈을 치켜뜨면서 목소리에 슬픔의 기색을 얹으려고 애쓸 것이다. 그러고는 울리투쉬카에게 반쯤 돌아서서 이렇게 지시한다. '집으로 꿀죽을 잊지 말고 꼭 가져오너라. 그리고 깨끗한 식탁보 위에 올려놓아라. 집에서 동생 추도식을 다시 할 테니까!' 그런 후 추도식 성찬이 끝나게 될 것이다. 식사하는 동안 이우두쉬카는 지치지도 않고 고인의 선행에 대해 사제와 이야기를 나누다가 사제에게 동생의 선행에 대한 확증을 받게 되면, '아, 아우야, 너는 우리와 더 있기를 원치 않았구나!'라고 소리치며 식탁에서 일어나 사제의 축복을 얻기 위해 손을 위로 올릴 것이다. 마침내 모든 이들이 실컷 먹고는 자고 다음 날 가는 사람들도 있을 것이다. 이우두쉬카는 주인처럼 방마다 돌아다니며, 물품을 접수하고, 목록에 기입한다. 그러다가 혹시 어디에 미심쩍은 데가 있지 않나 싶어 때때로 의심 가는 눈초리로 어머니를 쳐다보리라.

피할 수 없는 미래의 장면들이 아리나 페트로브나의 눈앞에 떠올랐다. 그녀의 귓전에서 이우두쉬카의 유들유들하고 날카로운 목소리가 생생하게 울렸다.

"어머니, 기억나십니까? 동생에게 자그마한 황금 단추가 있었지요. 아주 좋은 것들이어서 동생이 명절마다 썼지요. 그런데 어디로 가버렸을까요? 도저히 찾을 수 없군요."

* * *

아리나 페트로브나가 아래층으로 내려가자마자 네 필의 말이 끄는 반포장마차가 두브로비노 성당 옆 언덕 위에 나타났다. 마차 안의 나리 자리에는 포르피리가 위엄을 갖추고 앉아서 성당을 바라보며 모자를 벗고 성호를 그었다. 맞은편에는 그의 두 아들, 페텐카와 볼로덴카가 앉아 있었다. 아리나 페트로브나의 가슴이 순간 덜컹 내려앉았다. '교활한 여우가 죽음의 냄새를 맡았구나!' 그녀의 생각이었다. 외손녀들도 겁이 나 할머니에게 바짝 몸을 붙였다. 지금까지 조용하던 집이 갑자기 소란해졌다. 문이 쿵쾅거리고, 하인들은 뛰어다니며 소리쳤다. "주인님이 오신다! 주인님이 오신다!" 저택의 모든 사람이 즉시 현관으로 몰려 나왔다. 어떤 이들은 성호를 그었고, 또 어떤 이들은 관망하는 자세로 서 있었다. 그렇지만 이제 모두는 두브로비노에서 지금까지 있었던 일들은 단지 잠시 머무르는 일에 불과하고 이제는 진짜 현실이 진짜 주인과 함께 다가오고 있음을 확실히 예감하고 있었다. 상당수의 늙은 농노 출신들은 '이전의 주인'에게 매달 식량과 옷가지를 얻었으며, 많은 이들이 주인의 건초로 소를 키우며 야채밭을 가꾸면서 대체로 '자유롭게' 지내왔다. 그러니까 이제 이들의 관심사는 '새로 오는' 주인이 지금까지의 체제를 그대로 지킬 것인지 아니면 새로운 골로블료보 방식으로 바꿀 것인지 하는 점이었다.

그러는 사이에 포르피리가 도착했는데 그는 자신을 맞이하는 광경을 보더니만 두브로비노에 종말이 다가왔다고 이내 결론지었다. 마차에서 천천히 내리면서 그는 자신의 손에 키스하기 위해 달려오는 하인들에게 손을 휘두른 뒤 양손을 포개 쥐더니 천천히 계단을 오르면서 중얼거리며 기도했다. 이때 그의 얼굴에는 슬픈 표정과 엄숙한 복종의 뜻이 내비쳤다. 인간이기에 그는 슬퍼했지만, 또한 정교도 신자이기에 감히 불평할 수는 없었다. '하느님께' 기도드리며, 그보다는 하느님의 의지를 기대하고 거기에 복종했다. 두 아들은 뒤에서 그를 따랐다. 볼로덴카는 아버지 흉내를 냈다. 예컨대 양손을 포개고 눈을 부릅뜨면서 입술을 씰룩거렸다. 페텐카는 볼로덴카의 행동을 보며 즐겼다. 이들 뒤에는 하인들의 행렬이 조용히 따랐다. 이우두쉬카는 어머니의 손과 입, 그리고 다시 손에 입을 맞췄다. 그러고는 사랑하는 어머니의 허리를 가볍게 두드리며 슬픈 듯이 고개를 가로저으며 말했다.

"계속 낙심해 계시는군요! 그건 좋지 않습니다. 정말이에요! 그러지 마시고 한 번 하느님께 물어보세요. 이번 일로 무엇을 말씀하시려는지요. 이런 응답을 하시겠지요. '지금 나는 나의 지혜로 모든 일을 좋게 만들려는데, 너는 불평하는구나'라고요. 아, 어머니, 어머니!"

이어 두 조카딸과 키스를 나누고 변함없이 매혹적인 목소리로 말했다.

"너희들도 눈물에 잠겨 있구나, 얘들아! 내 앞에서는 울음을 거두어라. 이제 웃으렴. 끝난 일이니까."

그는 발을 구르기 시작했다. 아니 그렇게 보이도록 했을 뿐 사실은 호의로 장난을 친 것이다.

"나를 보렴." 그는 말을 이었다. "나는 형으로서 슬프구나! 울기도 여러 번 울었단다. 동생이 가여워 눈물이 날 지경이다. 울면서 생각하게 된 것은 '하느님이 왜 이러시는가? 우리보다 더 잘 아시지 않는가?'였다. 이런 생각을 하면 기분이 나아지더구나. 모두들 이래야만 해. 그래, 어머니도 또 너희들도 이렇게 해야지." 하인들에게는 "나를 봐, 내가 얼마나 잘 견뎌내는지!"라고 말했다.

또 그는 변함없이 짐짓 매력을 풍기며 자신을 '대단한 사람'으로 보이고자 했다. 몸은 똑바로 세운 채로 한 발은 내밀고, 가슴은 쭉 펴고서 고개는 뒤로 젖혔다. 모두가 슬금슬금 웃었으나 어쩐지 속으로는 '이런, 거미가 거미줄을 치고 있군' 하고 말하는 듯 보였다.

응접실에서 한바탕 자기 과시를 하더니 그는 객실로 옮겨가서는 다시 어머니의 손에 입을 맞추었다.

"사랑하는 어머니!" 그는 소파에 앉으면서 어머니를 불렀다. "파벨 아우가 여기 있군요."

"그래, 파벨도……" 아리나 페트로브나가 조용히 대답했다.

"그렇군, 그래요. 너무 빨리 왔군요. 어머니, 제가 비록 아무렇지도 않은 것처럼 보이지만 마음속으로는 아우 때문에 참으로 슬프답니다. 아우는 저를 좋아하지 않았지만, 분명히 저를 좋아하지 않았기에, 어쩌면 그것 때문에 하느님이 부르시는지도 모르지요."

"지금은 그런 것은 잊으려무나. 예전의 다툼은 생각하지 마라."

"저는, 어머니, 오래전에 잊었습니다. 다만 제가 얘기하고 싶은 것은 동생이 저를 좋아하지 않았다는 사실인데, 그 이유는 저도 모르겠습니다. 저는 이런저런 방법으로, 직간접적으로, 때로는 사랑스럽게 아우를 대했습니다만, 아우는 저를 피했고 그래서 이렇게 끝난 것이죠. 하느님은 그분이 계신 곳으로 갑자기 데려가시는군요."

"다시 말하지만, 거기에 대해서는 생각하지 마라. 동생은 죽음의 문턱에 있으니까!"

"그래요, 어머니, 죽음은 신비한 비밀입니다. 날짜도 시간도 알 수 없으니 이 얼마나 신비롭습니까? 파벨은 모든 계획을 심사숙고해서 짰고, 너무 높이 서 있어서 우리 손이 닿지도 못했는데, 하느님은 한 번에 눈 깜짝할 사이에, 그의 모든 계획을 엎어버렸습니다. 이제 그는 어쩌면 자신의 죄를 덮을 수 있어서 기쁠지도 모르겠군요. 아닙니다. 그의 죄는 이미 생명의 책에 기록되어 있습니다. 그곳에 기록된 것은 금방 삭제할 수 없습니다!"

"어쩌면 참회를 들어주실 수도 있을 텐데!"

"저도 그러길 바랍니다. 진심으로 아우에게 바랍니다. 그는 나를 사랑하지 않았지만, 저는 그러길 바란답니다. 모두가 잘되었으면 좋겠어요.

저를 미워하는 자들이나 제게 모욕을 주었던 사람들까지요. 아우는 저를 온당치 못하게 대했지요. 그래서 하느님이 병을 주신 거지 제가 준 게 아니지요. 그런데, 파벨은 고통스러워해요?"

"고만고만하다, 괜찮아. 의사가 다녀갔는데, 희망이 보인다고 하더라." 아리나 페트로브나는 거짓말을 했다.

"그렇다면 정말 잘됐군요! 아무 일도 없을 테니, 사랑하는 어머니, 슬퍼 마세요! 어쩌면 소생하겠군요! 우리는 여기서 아우 때문에 슬퍼하며 하느님께 불평하고 있는데, 그는 완쾌되어 침대에 조용히 앉아 하느님께 감사드리고 있을지도 모르겠네요."

이우두쉬카는 이렇게 생각하고 스스로 만족하여 히히 소리 내어 웃었다.

"어머니, 저는 며칠 손님으로 머무르려고 왔습니다." 그는 마치 어머니께 유쾌한 선물을 주는 것처럼 말을 이었다. "아닙니다, 어머니, 이건 가족 문제지요! 어떤 일이 일어날지 모르고, 저는 형이니까 아우에게 위로와 조언을 주고, 대신 일 처리를 해줄 겁니다. 어머님, 그래도 되겠지요?"

"내가 무슨 허락을 하겠느냐? 나 역시 손님으로 와 있으니!"

"그러면 이렇게 해주세요, 어머니. 오늘은 금요일이니, 어머니께서 친절을 베풀어주신다면, 점심으로 재계일의 음식을 준비시켜주세요. 소금절이 생선과 버섯 요리, 양배추를 좀 차려주셨으면 좋겠어요! 그럼 저는 한 식구니까 슬슬 2층의 아우에게 올라가보겠습니다. 어쩌면 잘될지도 모르지요. 육신이 아니라 영혼을 위해 해보겠습니다. 지금 같으면 아우의 영혼이 더 중요할 듯싶으니까요. 어머니, 육신이야 물약이나 찜질요법으로 치료할 수 있지만, 영혼은 좀더 근본적인 약이 필요한 법이지요."

아리나 페트로브나는 반대하지 않았다. '종말'을 피할 수 없다는 강한 예감에 온통 사로잡혀 망연자실한 채로 그녀는 자신의 주위에서 일어나는 모든 일들을 눈여겨보고 귀 기울여 들었다. 그녀는 이우두쉬카가 캑캑대며 소파에서 일어나 등을 굽히고 발을 질질 끌며 걷는 것을 보았다(그는 가끔씩 병자처럼 행세하는 것을 좋아했다. 그렇게 하는 것이 더 위엄 있다고 여겼다). 그녀는 만일 흡혈귀가 갑작스레 2층에 올라가면 환자는 깜짝 놀랄 것이며, 어쩌면 더 일찍 죽음을 맞이하리라고 생각했다. 하지만 그녀는 오늘 받은 흥분 때문에 피곤해져서 꿈속에 있는 것처럼 느꼈다.

아래층에서 이런 일이 벌어지는 동안 파벨 블라디미르이치는 말할 수 없는 불안 속에 있었다. 그는 2층에 혼자 누워 있으면서 아래층에서 무언가 수상한 일이 일어나는 것을 듣고 있었다. 쾅쾅 닫히는 문소리와 복도에서 걸어 다니는 소리가 수상쩍었다. 온 힘을 다해 사람을 부르고 소리도 질러보았지만 아무런 소용이 없음을 깨닫고, 힘을 추슬러 침대에서 몸을 조금 일으키고 귀를 기울여 아래층에서 나는 소리를 들으려고 했다. 모두 뛰어다니는 소리가 크게 들리더니 갑자기 쥐 죽은 듯이 조용해졌다. 정체를 알 수 없는 무서운 일이 사방에서 그를 에워쌌다. 드리워진 커튼 사이로 한낮의 빛이 몇 줄기 간신히 들어왔고, 성상 앞의 현수등은 구석에 희미하게 켜져 있었기에, 방을 채우고 있는 어둠은 한층 짙어 보였다. 그는 구석의 어떤 움직임 때문에 놀라 비밀을 담고 있는 듯한 방의 한쪽 구석을 뚫어지게 바라보았다. 황금색 덮개의 성상은 현수등의 불빛을 그대로 받고 있었으며 마치 살아 있는 것처럼 생생하게 어둠 속에서 모습을 드러내고 있었다. 선반 위에서는 빛줄기가 요동치고 있었으며, 현수등의 불꽃은 강약의 변화에 따라서 밝아졌다가 다시 어두워졌다. 어슴푸레한 바닥에서는 그림자가 흔들리고 있었다. 불빛을 받고 있는 구석 옆의 벽에는 실내복이 걸린 채로 흔들리는 불빛과 어둠에 따라서 움직이는 듯했다.

파벨 블라디미르이치는 구석을 뚫어지게 쳐다보면서 그곳의 모든 것이 갑자기 움직이기 시작했다고 느꼈다. 고립무원의 고독과 죽은 듯한 정적, 그 가운데 있는 그림자 무리들. 그가 보기에는 그림자들이 걸어가는 것 같았다. 말할 수 없는 공포로 눈과 입을 크게 벌리고 비밀스런 방구석을 쳐다보면서 아무 말 못 하고 신음 소리를 낼 뿐이었다. 돌발적인 신음 소리는 차라리 짐승의 울부짖음이었다. 그는 계단이 삐걱대는 소리도, 첫 번째 방에서 조심스레 옮기는 걸음걸이도 듣지 못했는데, 갑자기 그토록 미워하던 이우두쉬카의 얼굴이 침대 곁에서 불쑥 튀어나왔다. 그는 이우두쉬카가 매우 은밀하게 움직이는 어둠으로부터 나왔다고 상상했다. 그림자는 그대로 있다. 여기저기 끊임없이 움직이고 있다!

"왜, 어디서 나타난 거야? 누가 들여보냈지?" 그는 본능적으로 소리치고 힘없이 베개에 얼굴을 파묻었다.

이우두쉬카는 침대 옆에 서서 환자를 바라보다가 슬픈 듯이 고개를 저었다.

"아프냐?" 이렇게 물었을 때 그의 목소리에는 그가 할 수 있는 최대한의 나긋함이 깔려 있었다.

파벨 블라디미르이치는 입을 꼭 다물고 마치 이해하려고 애쓰고 있다는 듯이 멍하니 형을 쳐다보았다. 그사이에 이우두쉬카는 성상 앞으로 다가가 무릎을 꿇고 바닥에 세 번 절을 한 다음 몸을 일으켜 침대 옆에 다시 나타났다.

"자, 아우야, 일어나야지. 하느님이 자비를 베푸셨단다." 마치 '자비'가 자기 주머니에 있었던 것처럼 그는 즐겁게 말하면서 의자에 앉았다.

파벨 블라디미르이치는 자기 앞에 있는 것이 그림자가 아니라 육신을 갖춘 흡혈귀임을 간신히 알아차렸다. 그는 춥다는 듯이 갑자기 몸을 웅크렸다. 이우두쉬카는 식구로서 따뜻한 시선으로 아우를 쳐다보았지만, 환자는 그의 두 눈 뒤에서 이제 곧 튀어나와 자기 목을 얽어맬 숨겨진 올가미를 똑똑히 보았다.

"아, 아우야! 넌 나쁜 사람이 되었구나!" 이우두쉬카는 식구끼리 쓰는 농담을 계속했다. "빨리 기운을 내야지! 일어나 뛰어보렴! 껑충 뛰어, 우리가 얼마나 대단한 자식들인지 즐겨보시도록 하렴. 그래, 그렇게 해!"

"저리 가, 흡혈귀야!" 환자는 절망적으로 소리쳤다.

"아, 아! 아우야! 난 네게 애정과 위안을 가지고 찾아왔는데, 너는 어떻게 그런 말을 할 수 있니? 크게 잘못하는 거야. 그런 말을 어떻게 친형인 내게 할 수 있냐? 참으로 부끄럽다. 애야! 잠깐, 베개를 바로잡아줄게."

이우두쉬카가 일어나 손가락으로 베개를 만졌다.

"자, 됐다!" 그러고는 말을 이었다. "이제 훌륭해! 편히 누워 있으렴. 내일까지는 정리하지 않아도 괜찮을 거야."

"저리 나가!"

"오, 병 때문에 성격이 이상해졌구나! 고집도 세졌고! 나가라고 하지만 내가 어찌 나가겠냐? 네가 뭘 좀 마시겠다면 내가 물을 가져다주겠다. 저기 램프가 제대로 켜 있지 않으면 내가 바로잡아줄 것이며, 올리브유도 부어줄 텐데. 너는 누워 있고 나는 여기 조용히 평안하게 앉아 있으면 시간이 어떻게 지나가는지도 모를 텐데."

"나가, 흡혈귀야!"

"너는 나를 욕하지만 나는 너를 위해 하느님께 기도하마. 네 잘못이 아니라 네 안에 있는 병이 이렇게 말하는 걸 나는 안다. 아우야, 나는 용서하는 게 몸에 익어 모든 사람을 용서해준단다. 오늘만 해도 그렇지. 오는 길에 농부가 내게 무슨 말을 했단다. 글쎄, 그 말이란 게! 주님이 함께 하시길! 그는 자기 혀를 더럽혔지. 하지만 나는 화도 내지 않았을뿐더러 오히려 그를 축복해주었단다, 정말이야!"

"그 농부를 약탈했겠지?"

"누가? 내가? 아니야, 애야. 그렇지 않아. 길에서 약탈하는 것은 강도들이나 하는 짓이고 나는 법에 따라 행동하니까. 내 목초지에서 그의 말을 붙잡았지. 그리고 말했어. '자, 이 사람아, 판사에게 가봐. 만일 판사가 다른 집의 목초지의 풀을 망가뜨려도 좋다고 판결 내리면 그렇게 해도 돼. 하지만 그렇게 판결 내리지 않는다면, 벌금을 낼 수밖에 없지.' 애야, 난 항상 법을 따르거든."

"유다! 배신자! 넌 어머니를 거지로 만들었어."

"그만, 그만 해! 널 위해 하느님께 기도할게. 이제 평안해질 거야."

이우두쉬카는 되도록 자제하려고 했지만 죽어가는 이의 비난을 듣고는 입술이 일그러지고 창백해지기까지 했다. 그럼에도 불구하고 위선은 그의 천성이었기에 일단 시작한 희극을 멈출 수가 없었다. 말을 마치자 무릎을 꿇고 양손을 올리고 15분간이나 중얼거렸다. 이 일을 끝내자 평안하고 밝은 얼굴로 그는 죽어가는 사람의 침대로 다시 돌아왔다.

"아우야, 나는 네게 할 말이 있어 왔다." 그는 의자에 앉으며 말을 꺼냈다. "너는 지금 나를 욕한다만, 나는 너의 영혼에 대해 생각해보았다. 마지막으로 성체를 받은 때가 언제였느냐?"

"오, 하느님. 제발 이 사람을 데려가십시오. 울리트카! 아가쉬카! 거기 누가 없느냐?" 환자가 신음했다.

"이런, 이런! 애야, 진정해라. 물론 이런 말 하기가 쉽지는 않겠지.

애야, 넌 예전에도 그렇더니 지금도 마찬가지로 건실한 신자가 못 되는구나. 그렇지만 이런 때 너의 영혼을 생각하면 얼마나 좋겠느냐? 우리의 영혼은, 아, 정말이지 조심스럽게 다루어야만 한단다, 애야. 교회가 우리에게 무엇을 요구하는지 알지? 기도와 감사를 드리라고 말하지. 그리고 또 한 정교도의 육체적 죽음은 아픔도 없으며, 부끄러운 일도 아니며, 평화로운 것이어야 함을, 그렇다, 애야! 지금 사제를 불러와야겠다. 그래서 솔직하게 참회를 해야지. 그래, 그렇게 하마. 그러자. 그러는 것이 옳겠다."

누워 있는 파벨 블라디미르이치는 얼굴이 벌게지고 거의 질식할 것 같았다. 이 순간에 자신의 머리를 짓이길 수만 있다면 틀림없이 그랬을 것이다.

"자, 영지에 관해서는 이미 다 정리했겠지?" 이우두쉬카가 계속 말했다. "네 영지는 정말 좋다. 더 이상 말할 필요가 없어. 토양도 골로블료보 영지보다 좋지, 모래가 섞여 있는 점토질의 토양이니까! 또 가지고 있는 네 재산은 얼마인지 모르겠구나. 내가 아는 것이라고는 농부들을 몸값을 받고 팔았다는 것뿐, 얼마나 받았는지는 관심조차 없었다. 그래서 오늘 내가 네게 오면서 혼자 생각해보았다. '틀림없이 아우에게 재산이 있을 거야. 아마도 이걸 정리하겠지' 하고 말이다."

환자는 몸을 돌려 한숨을 내쉬었다.

"아직 정리하지 않았느냐? 그렇다면 더 잘됐다, 애야. 법에 따라서 분배하는 게 더 정당하니까. 너도 잘 알다시피 남들에게 주어서는 안 되고 식구들에게 남겨야 한다. 나를 보렴, 나는 이미 노쇠하여 한 발은 무덤에 들여놓았어. 그렇지만 이렇게 생각한단다. '내가 유산을 나눠줄 필요가 있을까? 내가 죽으면 법에 따라서 분배가 될 텐데!' 이건 정말 좋은 거야, 애야. 복잡한 분쟁도, 질시도, 중상모략도 없이 법에 따르는 것은 말이다."

정말 무서운 일이었다. 파벨 블라디미르이치는 자기가 산 채로 사슬에 매여 무덤에 매장되어, 가사 상태에 빠져 있다는 상상이 들어 몸을 조금도 움직일 수 없었으며, 흡혈귀가 자기 몸 위에서 욕을 하는 것을 듣고 있을 수밖에 없었다.

"저리 가, 제발, 저리 가." 고통을 주는 자에게 그는 겨우 말했다.

"그래, 그래. 진정하렴. 나가겠다. 네가 나를 좋아하지 않는 것은 알고 있다. 그러나 애야, 형을 사랑하지 않는 것은 부끄러워해야 할 일이다. 나는 이렇게 너를 사랑하지 않느냐? 아이들에게도 항상 이렇게 말한다. '파벨 삼촌은 내게 죄를 지었다만, 그러나 나는 그를 사랑한다.' 그래, 넌 아직 유언을 하지 않았단 말이지. 그건 잘했다. 하지만 가끔은 살아가면서 재산이 흩어지기도 하는데, 특히 가족 없이 혼자 사는 경우에 그렇지. 내가 잘 지켜보마. 뭐? 내가 지겹다고? 그래, 알았다, 내가 나가지. 기도만 하고 가겠다."

그는 일어나 손을 모아 재빨리 중얼거렸다.

"잘 있어라, 애야! 아무 걱정 하지 마라. 평안히 잠들어라. 하느님이 그렇게 해주시길. 그러면 나는 어머니와 이야기를 나누면서 생각을 해보마. 애야, 나는 점심으로 재계일의 음식을 준비해달라고 부탁했는데, 소금절이 생선과 버섯 요리와 양배추를 말해놓았다. 그래, 미안하다. 뭐라고? 그래 나가지, 나갈게. 애야, 중요한 것은 말이다, 걱정해선 안 되고, 흥분해서도 안 된다는 거야. 잠을 푹 자렴, 쿨쿨……" 그는 익살맞게 약 올리면서 말을 맺고는 드디어 나가겠다고 마음먹었다.

"흡혈귀야!" 나오다가 뒤에서 폐부를 찌르는 듯한 절규를 듣고 그는 몸이 화끈 달아올랐다.

* * *

포르피리 블라디미르이치가 2층에서 마음대로 지껄이는 동안 아래층에서는 아리나 페트로브나 할머니가 손자들을 불러놓고(괜히 부른 것은 아니다) 이야기를 나누었다.

"그래, 넌 어떠니?" 첫째 손자인 페텐카에게 물었다.

"잘 지내죠, 할머니. 내년에는 장교가 될 거예요."

"뭐라고? 작년에도 그렇게 말했잖아! 그 시험이 그렇게 어려운 거냐? 정말 알 수가 없구나!"

"할머니, 형은 '교리입문'의 마지막 시험에서 떨어졌어요. 신부님이 '하느님이 누구냐?'고 물어보았는데, 형은 '하느님은 영혼이시며, 영혼이시며, 성령'이라고 대답했지요."

"아, 이 녀석아. 어떻게 그런 대답을 했느냐? 여기 고아들도 그런 건 알고 있다."

"그래요! 하느님은 눈에 보이지 않으시는 영혼이시며……" 안닌카가 지식을 자랑하려고 서둘러 말했다.

"또 누구도 그분을 본 적이 한 번도 없지요." 류빈카가 말을 막았다.

"전지전능하시며, 자비로우시며, 항상 살아 계십니다." 안닌카가 계속 말했다.

"당신 생각을 벗어나 어디로 가리이까? 당신 앞을 떠나 어디로 도망치리이까? 하늘에 올라가도 거기에 계시고 지하에 가서 자리 깔고 누워도 거기에도 계시며……"*

"너도 이렇게 대답했어야지. 그랬더라면 지금은 견장을 차고 있었을 텐데. 한데 볼로댜,** 네 생각은 어떠냐?"

볼로댜는 얼굴이 빨개져서 아무 말도 하지 못했다.

"너도 분명 형과 마찬가지겠구나. 아, 이 녀석들아! 겉보기에는 눈치 빠르게 생겼는데, 공부는 영 신통치가 않구나. 애비가 너희들을 응석받이로 키운 것도 아닐 텐데. 애비가 요즘은 너희들한테 어떻게 대하냐?"

"마찬가지예요."

"지금도 때리느냐? 듣기로는 이젠 안 그렇다던데?"

"덜하지요. 그래도 여전하세요. 귀찮게 하는 게 제일 큰일이에요."

"그건 이해할 수 없구나. 어떻게 귀찮게 한다는 말이냐?"

"대단해요, 할머니. 허락을 받지 않고는 나가지도 못하고요, 뭘 얻지도 못해요. 정말 치사해요!"

"그러면 너희들이 얘기를 해보지 그러냐? 혀가 떨어져 나가는 것도 아니니까."

"이미 다 해보았지요. 하지만 이야기만 시작하면 결코 끝이 나지가 않아요. '잠깐만 기다려라. 조용히, 천천히' 그렇게 되면, 할머니, 아버지와 얘기하는 게 너무 지겨워져요."

"할머니, 아버지는 저희들 얘기하는 것도 문밖에서 엿들어요. 바로 며칠 전 형이 알아차렸지요."

"너희들 장난꾸러기들이구나. 아버지는 뭐라시더냐?"

"아무 말도 안 했어요. 제가 그랬어요, '아버지, 문 뒤에서 들을 일이

---

* 「시편」 139: 7~8.
** 볼로댜와 볼로덴카는 블라디미르의 애칭임.

아니에요. 그러다가 코 다치시겠어요.' 그러니까 아버지는, '아니다, 괜찮아! 애야, 나는 밤도둑 같으니까' 하시더군요."

"할머니, 또 며칠 전에는 정원에서 사과를 한 개 주워 찬장에 갖다놓았는데, 제가 먹어버렸지요. 그랬더니 사과를 찾아다니시며 모든 사람에게 캐묻는 거예요."

"세상에! 애비가 그렇게 인색해졌다니?"

"아니에요. 인색해진 게 아니라 하찮은 일에 너무 매달리는 거예요. 종이는 감춰놓고, 나무에서 떨어진 과일은 찾으러 다니고요."

"아버지는 매일 아침 서재에서 봉헌기도를 드린 다음 저희들에게 성병(聖餠)을 주세요. 그것도 바싹 마른 걸로요. 한번은 우리가 장난을 쳤지요. 성병이 있는 곳을 몰래 알아내어 성병의 밑을 잘라내고는 빵조각을 떼내고 거기에 비싼 버터를 넣어두었어요!"

"너희들 똑같이 지독한 장난꾸러기구나!"

"아니에요. 다음 날 아버지가 얼마나 놀랐는지 한 번 생각해보세요. 성병에 버터가 들어 있었으니까요!"

"너희들 그래서 벌 받았겠구나?"

"아니에요. 하지만 아버지는 하루 종일 침을 뱉으면서 계속 혼잣말하는 것 같았어요. '나쁜 놈들!'이라고요. 저희들은 우리를 말하는 게 아니라고 봐요. 근데, 아버지가 할머니를 무서워하는 걸 아시나요?"

"왜 날 무서워하겠느냐? 나는 허수아비가 아니더냐?"

"무서워하세요. 틀림없어요. 아버지는 할머니가 저주하실 거라고 생각해요. 아버지는 저주받는 걸 얼마나 무서워하는지 몰라요."

아리나 페트로브나는 생각에 잠겼다. 처음에는 이렇게 생각했다. '그래, 진짜 저주를 하면 어떨까? 갑자기 저주한다고 말하는 거야.' 그러다가 좀더 긴요한 문제에 대해 생각하게 되었다. '이우두쉬카는 뭘 하고 있나? 저기 2층에서 무슨 일을 꾸미고 있는 거지? 그래, 아첨을 하고 있을 거야!' 그러다가 즐거운 생각이 났다.

"볼로댜야!" 그녀가 불렀다. "애야, 너는 몸이 날렵하니 저기 2층에서 무슨 말을 하는지 조용히 가서 들어보고 오렴."

"좋아요, 할머니."

볼로덴카는 까치발을 하고 문밖으로 나갔다.

"오늘 여기 올 생각은 어떻게 했니?" 아리나 페트로브나는 페텐카에게 캐묻기 시작했다.

"저희들은, 할머니, 오래전부터 올 생각이었는데요, 오늘 아침에 울리투쉬카가 전갈을 보내오기를 의사 선생님이 다녀갔으며 삼촌이 오늘내일 중으로 돌아가신다고 하더라고요."

"그렇다면 유산에 대해서 이야기를 했겠구나?"

"할머니, 저희들은 하루 종일 유산에 대해서 이야기를 했어요. 아버지는 예전에 할아버지가 살아 계실 때는 어땠는지 이야기하셨어요. 고류쉬키노도 기억하고 계시고요. 만약에 바르바라 미하일로브나 고모할머니한테 자식이 없었더라면 그곳도 저희들 차지가 되었을 거라고 하시더군요. 아이들이 어떻게 생겼는지는 아무도 모를 일이지만, 그래도 우리가 그들을 심판할 수는 없다고도 하셨어요. 다른 사람의 티끌은 보지만 내 눈의 들보는 보지 못한다는 얘기였지요."

"뭐라고! 너희 고모할머니는 결혼을 했었고, 설혹 무슨 일이 있었더라도 남편이 모든 걸 덮어줬어."

"그런데, 할머니, 아버지는 고류쉬키노 근처를 지나갈 때면 항상 이런 이야기를 하시곤 해요. 증조할머니 나탈리야 블라디미로브나도 고류쉬키노 출신이시니 그것은 당연히 골로블료프 집안 소유가 된다고요. 그런데 고인이 되신 할아버지가 누이에게 결혼 지참금으로 주셨다고 하셨어요. 고류쉬키노의 참외는 얼마나 맛있는지 모르며, 무게는 20푼트씩 나가는 대단한 것들이라고 하세요."

"20푼트라니! 나도 처음 듣는 소리구나. 그래, 그런데 두브로비노에 대해서는 어떤 속셈을 가지고 있더냐?"

"마찬가지라고 봐요. 수박이랑 참외 등등 모든 게 하찮은 것들이에요. 하지만 요즘에는 계속 이렇게 물어요. '그래, 얘들아, 파벨 삼촌의 재산이 얼마나 될 것 같으냐?' 할머니, 아버지는 이미 오래전에 계산을 다 했어요. 되받을 대출금이 얼마며, 영지는 언제 후견인위원회*에 저당 잡혔는지, 또 빚은 얼마나 갚았는지. 저희들은 아버지가 계산한 종이를 보고 치워놓아어요. 그게 없어져서 아버지는 거의 미칠 지경이 되었어요. 책상 위에 놓아두셨는데 우리가 선반에 치워놓았거든요. 아버지는 선반을 열쇠로 채워두었지만 우리가 열쇠를 몰래 가져와 성병(聖餠) 안에 밀어 넣어두었지요. 그러다가 목욕하러 들어가셨다가 선반에 종이가 놓여 있는 것을 찾아내셨어요."

"재미있었겠구나."

볼로덴카가 돌아왔다. 모두 그를 주시했다.

"아무 소리도 들리지 않아요." 낮은 소리로 알려주었다. "들리는 소리라고는 아버지가 말하는 '아프지 않다' '수치스럽지 않다' '평안하다'와 같은 소리와 삼촌이 '저리 꺼져, 흡혈귀야'라고 말하는 소리뿐이었어요."

"유산 분배에 대해서는 듣지 못했느냐?"

---

* 과부, 고아, 사생아를 돌보는 기관.

"무슨 말이 오가는 듯했지만 제대로 알아듣지 못했어요. 아버지가 문을 꼭 닫아놓았거든요. 웅웅거리는 소리만 들렸지요. 삼촌이 갑자기 '저리 꺼져'라고 하는 소리를 듣고는 급히 다시 내려왔어요."

"고아들에게 준다면 좋으련만……" 아리나 페트로브나는 괴로운 생각이 들었다.

"만일 아버지가 받게 되면, 할머니, 아무에게도 주지 않을 거예요." 페텐카가 확신에 차서 말했다. "제 생각에는 우리 몫도 뺏어갈 것 같아요."

"무덤까지 지고 가진 못할 텐데?"

"아뇨, 무슨 수를 세울 겁니다. 아버지는 얼마 전에 신부님에게 은근슬쩍 물어보았지요. '신부님, 만일 바빌론 탑을 세우려면 돈이 꽤 들겠지요?'라고요."

"아마도, 글쎄, 호기심 때문이겠지……"

"아니에요, 할머니. 속셈이 있어서 그랬던 거예요. 바빌론 탑이 아니라 아폰 수도원에 헌금하는 한이 있어도 우리한테는 한 푼도 주지 않을 거예요!"

"그런데 할머니, 삼촌이 돌아가시면 아버지한테는 재산이 얼마나 돌아오나요?" 볼로덴카가 궁금해했다.

"그건 죽기 전까지는 아무도 알 수가 없단다."

"아니에요, 할머니. 아버지는 계산을 하고 있을걸요. 여기 두브로비노에 도착하게 되었을 때 아버지는 모자를 벗고는 성호를 그으며 '하느님 감사합니다, 이제 다시 우리 땅에 왔습니다!'라고 기도했어요."

"할머니, 아버지는 벌써 계획해두었어요. 숲을 보고는 '내 것이라면 정말 좋은 숲이겠는데!'라더니 좀 있다가 벌초지를 보더니 '정말 좋은 벌초지구나. 이것 좀 봐라. 얼마나 좋은 건초 더미가 쌓여 있느냐! 여기는 예전에 종마장이 있던 덴데'라더군요."

"그래, 숲과 벌초지는 모두가 너희들 것이 되겠구나." 아리나 페트로브나가 한숨을 내쉬었다. "큰일이야! 그런데 계단에서 삐걱대는 소리가 들리는 것 같구나."

"조용! 할머니, 가만있어보세요. 아버지가 밤도둑처럼 문 뒤에서 엿들을지 몰라요."

정적이 흘렀다. 하지만 다행히 그렇지는 않았다. 아리나 페트로브나는 한숨을 내쉬고 혼잣말을 했다. '이런 녀석들이 있나!' 젊은이들은 고아들을 마치 잡아먹을 듯이 뚫어지게 쳐다보았다. 고아들은 아무 말도 않고 이들을 부러워했다.

"마드모아젤 로타르를 본 적이 있어요?" 페텐카가 말을 꺼냈다.

안닌카와 류빈카는 서로 쳐다보는 것이 그 여자가 어느 이야기에서 나오는지 물어보는 것 같았다.

"「아름다운 옐레나」에서 옐레나 역을 했었지요."

"아, 맞아. 옐레나였지. 무대가 파리였고? '아름답고 젊어서 그는 여신들의 마음을 태웠노라' 알아, 알고말고." 류빈카가 기뻐하며 말했다.

"그래, 바로 그거야. 그녀는 이렇게 했지. 'cas-ca-ader, ca-as-ca-der'* 대단한 솜씨였어!"

"요전에 의사 선생님이 계속 '거꾸로'라는 노래를 부르던데."

"그 노래는 죽은 랴도바의 노래였어. 매력적이었지. 그녀가 죽었을 때 2천여 명의 사람들이 장례행렬에 따라갔다고 하던데. 혁명이 일어나는

---

* 프랑스어. cascader. 폭포가 떨어진다.

줄 알았다던데."

"넌 극장 얘기를 하고 있구나?" 아리나 페트로브나가 말참견했다. "하지만 얘야, 이 아이들이 가야 할 데는 극장이 아니라 수녀원이란다."

"할머니는 우리를 수녀원에 묻어버리고 싶어 하시는군요!" 안닌카가 투덜댔다.

"수녀원이 아닌 페테르부르크로 떠나시죠. 저희가 전부 구경시켜드릴게요."

"이 아이들은 쾌락이 아닌 성스러운 것을 생각해야만 한단다." 아리나 페트로브나는 훈계조로 말했다.

"할머니, 삼위일체 성 세르기 수도원을 마차로 구경시켜줄게요. 거기는 신성한 곳이니까요!"

이 말을 듣자 고아들의 두 눈은 반짝거렸으며 코끝은 빨갛게 변했다.

"삼위일체 성 세르기 수도원의 노랫소리는 정말 아름답다던데!" 안닌카가 감탄했다.

"믿으셔도 돼요. 「지상의 염려는 접어두고」라는 성가는 아버지도 그렇게 부르지는 못하지요. 그리고 포디야체스카야 거리로 셋이 함께 가요."

"우리가 모두 가르쳐드리지요. 페테르부르크에는 당신들 같은 숙녀들이 많이 있어요. 구두굽으로 소리 내며 다니지요."

"정말이지 그런 걸 가르칠 거냐?" 아리나 페트로브나가 말참견했다. "제발 이 아이들을 내버려두렴, 뭘 가르치겠다니! 가르치겠다는 게 과학이라도 된단 말이냐. 파벨이 죽으면 이 아이들을 데리고 호티코프로 가서 살도록 할 거야."

"너희들 계속 말도 안 되는 소릴 하는구나." 문간에서 갑자기 소리가 났다.

이야기를 나누면서 아무도 이우두쉬카가 밤도둑처럼 숨어 들어오는 것을 눈치 채지 못했다. 그는 고개를 숙인 채 눈물을 흘리며, 창백한 얼굴에 양손은 가슴에 올리고 입술로 소곤대었다. 그러고는 잠시 이리저리 눈을 돌리며 성상을 찾더니 기도를 드렸다.

"오, 어떡합니까! 너무 안 좋아요." 어머니를 껴안으며 그는 소리 질렀다.

"정말 그 정도더냐?"

"예, 너무 나빠요. 예전에 얼마나 건강했는지 아시잖아요!"

"글쎄, 젊었을 때 어땠는지 생각이 나질 않는구나."

"아니에요, 아무 말씀 마세요. 저는 지금 기억나요. 그 아이가 군사학교 졸업할 때 어땠는지요. 몸이 좋았지요, 어깨는 벌어졌고, 혈기가 있었지요. 맞아요! 그랬어요, 어머니! 우리 모두는 하느님의 돌보심으로 살고 있어요. 오늘은 건강하고 원기 왕성하여 즐겁게 살면서 맛있는 걸 먹지만, 내일은……"

그는 손사래를 치며 눈물지었다.

"말은 좀 하더냐?"

"아주 조금요. '잘 가세요 형님' 정도만 하더군요. 어머니, 아우도 자기가 고통을 당하리라고 예감하고 있어요."

"기침 때문에 가슴이 쉴 새 없이 들썩거리니까 예감하지 않을 수 없겠지."

"아니에요, 어머님. 그런 말이 아니에요. 저는 통찰력에 대해 말씀드리는 거예요. 사람은 통찰력을 가지고 있다는데 그런 사람은 죽을 때가 오면 미리 느낀다는군요. 그런데 죄인들은 죽을 때 그런 위안을 받지 못한대요."

"그렇구나! 상속에 대해서는 한마디도 없었느냐?"

"하지 않았어요. 뭔가 말하고 싶어 했지만, 제가 못하게 했지요. '아냐, 상속 문제는 말하지 말자! 네가 내게 자비를 베풀어 무엇을 남기든 간에 나는 만족할 것이며, 만일 아무것도 남기지 않는다 해도 나는 네 명복을 빌어주마!'라고 말했어요. 어머니 아우는 지금 죽고 싶어 하지 않아요. 더 살고 싶은 거예요."

"누구나 더 살고 싶어 하지!"

"그렇지는 않아요. 저는 말이죠, 만일 하느님이 부르시길 원하시면, 지금이라도 갈 준비가 되어 있어요."

"하느님이 부르신다면 그렇겠지, 하지만 사탄이 원한다면 어떨까?"

대화는 이처럼 늘어져 식사 때가 되었고, 식사가 끝난 뒤에도 끝이 나지 않았다. 아리나 페트로브나는 참고 앉아 있을 수 없었다. 이우두쉬카가 마음 내키는 대로 지껄이는 동안 그녀의 머릿속에는 '내가 만일 이 녀석을 저주하면 어떨까?' 하는 생각뿐이었다. 그렇지만 이우두쉬카는 어머니의 가슴속에서 일어나는 폭풍우를 전혀 눈치 채지 못했으며, 조용한 눈길과 끝없는 농담으로 사랑하는 어머니를 서서히 압박하기를 멈추지 않았다.

"저주한다, 저주한다, 저주한다"라며 아리나 페트로브나는 혼잣말로 단호하게 중얼거렸다.

* * *

방마다 향 냄새가 스며들었으며, 집 안에는 느릿느릿한 노랫소리가 울렸다. 방문은 고인에게 작별 인사를 하려는 사람들이 출입할 수 있게끔 활짝 열려 있었다. 파벨 블라디미르이치가 살아 있을 당시에는 아무도 그에게 관심을 주지 않았지만, 막상 그가 죽자 모두들 애석해했다. 사람들은 그가 '누구도 모욕한 적이 없고' '한 번도 막말을 하지 않았으며' '의심적은 눈으로 사람들을 보지 않았다'는 것을 기억해냈다. 예전에는 부정적으로 여겨지던 그의 성격이 이제는 긍정적인 것으로 바뀌었으며, 장례식 때 오고가는 일상적인 빈말의 모호한 조각들로부터 '선량한 지주'의 전형이 꾸며졌다. 많은 이들은 때때로 고인의 단순함을 이용해 피해를 주었음을 후회하며 '단순한 그에게 이처럼 빨리 죽음이 찾아오리라고 누가 알았겠는가?'라며 마음을 털어놓았다. 천진한 사람이 살아 있을 때는 끝이 없으리라 생각했지만, 그런데 갑자기 이렇게 되니…… 하지만 만일 그가 지금 살아 있다면 마찬가지로 천진함을 이용해먹을 것이다. "이보게! 뺏어먹자고. 바보라고 봐줄 것 없네."

어떤 농부가 이우두쉬카에게 은화 3루블을 가져다주며 말했다.

"고인 파벨 블라디미르이치에게 빚진 게 있습니다. 차용증서는 없었지만, 자 여기 있습니다."

이우두쉬카는 돈을 받고는 농부를 칭찬하며 은화 3루블은 꺼지지 않을 등불 기름을 사는 데 쓰리라고 말했다.

"이보게 자네도 그렇지만 이제 모두들 고인이 기뻐하는 것을 알게 될 걸세. 아마 고인도 그곳에서 자네를 위해 기도를 하겠지. 자네는 생각지도 않던 복을 하느님이 주실 걸세."

세상 사람들이 죽은 이의 성격에 대해 평가할 때는 대개 비교하기를 잘한다. 사람들은 이우두쉬카를 좋아하지 않았다. 그를 속이지 못해서가 아니라, 그가 시시한 일들을 좋아하고 귀찮게 굴었기 때문이었다. 그의 땅을 경작하려는 사람들은 많지 않았다. 왜냐하면 그가 경작지를 빌려줄 때 조금이라도 구역에서 벗어나 경작을 하거나 조금이라도 경계를 벗어나 풀베기를 한다거나 조금이라도 늦게 돈을 돌려줄 때는 가차 없이 재판에 끌려갔기 때문이었다. 그는 많은 사람들을 피곤하게 만들었지만 이익을 얻지는 못했으며(그의 습관은 사방에 잘 알려져 재판 청구는 그때마다 기각되었기 때문이다), 사람들은 재판을 지연시키고 궐석함으로써 중단시켰다. '저택을 살 것이 아니라 이웃을 사두어라'는 속담이 있지만, 모두가 이웃인 골로블료보 지주가 어떤 사람인지를 잘 알고 있었다. 치안판사가 옳다고 판정 내리는 것이 중요한 것이 아닌 까닭은 그가 사악한 자기식의 재판으로 농부들을 녹초로 만들기 때문이다. 또한 위선으로 싸여 있는 사악함은(비록 사악함이 아니라 도덕적인 경직이라도) 항상 미신적인 공포를 불러일으켰기에, 새로운 '이웃들'(이우두쉬카는 이들을 예의 바르게 '이웃분들'이라고 불렀다)은 검은 상복을 입고 관 옆에 서서 두 손을 모으고 눈은 위를 보고 있는 흡혈귀 곁을 지날 때 모두 겁에 질려 허리를 숙여 절했다.

관이 집에 있는 동안 집안사람들은 식당을 힐끔힐끔 보며(식탁 위에는 관이 놓여 있었다), 고개를 가로젓고 조용히 소곤거리며 걸어 다녔다. 이우두쉬카는 다 죽어가는 것처럼 가장했다. 복도에서 간신히 걸음을 옮겨 '고인'에게 들렀다가 눈물을 뿌리고는 관 덮개를 바로잡고는 재산 목록을 작성하고 여기에 서명한 지방 경찰서장과 소곤댔다. 페텐카와 볼로덴카는 관 옆에서 초를 세워 불을 밝힌다든지 향로를 준비하느라 분주했다. 안닌카와 류빈카는 눈물을 흘리며 울다가도 매우 가는 목소리로 추도식에 참여한 하승(下僧)*의 장송곡을 받쳐주었다. 검은색의 옥양목 옷을 입은

---

* 정교회에서 가장 낮은 직급의 사제. 결혼 생활도 할 수 있는 신분.

하녀들은 우느라고 빨개진 코를 앞치마로 닦아내었다.

아리나 페트로브나는 파벨 블라디미르이치가 사망한 그 즉시 그녀 방에 홀로 칩거했다. 이제 곧 무엇을 할 것인가 결정해야 한다고 생각하니 눈물을 흘릴 겨를도 없었다. 두브로비노에 머물 것이라고는 전혀 생각하지 않았으므로 남은 방편은 고아들의 영지인 포고렐카로, 언젠가 그녀가 무례한 딸 안나 블라디미로브나에게 던져주었던 한 조각 땅으로 떠나는 길밖에 다른 수가 없었다. 이렇게 결심하고 나니 마치 이우두쉬카가 그녀에 대한 지배력을 영원히 잃은 것처럼 여겨져 마음이 조금은 놓였다. 차분히 5퍼센트의 유가증권을 계산하고(계산을 해보니 그녀의 재산은 1만 5천 루블이었고, 고아들을 위해 모아둔 것이 또한 1만 5천 루블이었다) 포고렐카의 집을 제대로 수리하려면 비용이 얼마나 들지 차분히 계산해보았다. 그러고는 즉시 포고렐카의 집사에게 사람을 보내 목수를 준비시키고 두브로비노로 그녀와 고아들의 짐을 실을 마차를 보내줄 것을 지시했으며, 여행마차를 대기시키고(두브로비노에는 그녀 소유의 여행마차가 있었고, 소유자가 그녀 자신임을 보여주는 증명서도 있었다) 짐을 싸기 시작했다. 그녀는 이우두쉬카에 대해서는 증오심도, 호의도 전혀 갖지 않았다. 다만 그와는 어떤 관계도 맺고 싶지 않을 뿐이었다. 심지어 식사도 내키지 않아 조금만 먹었는데, 오늘부터 음식도 파벨의 것이 아니라 이우두쉬카의 것이기 때문이었다. 포르피리 블라디미르이치는 몇 번씩이나 그녀의 방을 기웃거리며 친애하는 어머니와 수다를 떨고 싶어 했으나(그는 그녀가 떠나려는 것을 잘 알고 있었지만 짐짓 아무것도 모르는 것처럼 꾸몄다), 아리나 페트로브나는 들어오지 못하게 막았다.

"얘야, 저리 나가라, 나가. 그럴 시간이 없다."

3일이 지났을 때 아리나 페트로브나는 떠날 준비가 돼 있었다. 추모

예배를 마치고 성가를 부른 후 파벨 블라디미르이치를 매장했다. 장례식 때 모든 일들은 이우두쉬카가 두브로비노에 도착하던 날 아침에 아리나 페트로브나가 예측하던 그대로 일어났다. 즉 이우두쉬카는 이렇게 소리쳤다. "잘가렴, 아우야!" 무덤에 하관하는 순간 그는 뒤에 있는 울리투쉬카에게 급히 말했다.

"꿀죽! 꿀죽을 가져오는 걸 잊지 마! 식당에 깨끗한 테이블보 위에 놓고서 집에서 추도식을 해야 하니까!"

장례식이 끝난 후 의례적인 식사에는 세 명의 사제와(그중에는 교구장 사제가 있었다) 부제가 왔다. 하승들에게는 현관에 별도의 식탁이 준비되었다. 아리나 페트로브나는 고아들과 함께 외출복을 입고 나왔지만 이우두쉬카는 짐짓 모르는 척했다. 술안주 앞에 다가서며 교구장 사제에게 음식과 술을 축성해달라고 부탁한 포르피리 블라디미르이치는 몸소 사제들의 술잔에 보드카를 따른 후 울먹이며 말했다.

"이제는 고인이 된 아우에게 영원한 안식이 있기를! 아, 나의 동생, 아우야! 네가 우리를 버리고 가다니! 네가 가장 오래 살 것 같았는데. 네가 나빴어. 그러는 게 아냐."

이런 말을 하더니 그는 성호를 긋고 술을 마셨다. 잠시 후 다시 성호를 긋더니 이크라 한 조각을 삼키고 재차 성호를 긋고는 철갑상어 훈제 요리를 맛보았다.

"신부님, 드십시오." 그가 교구장 사제에게 권했다. "이것들은 모두 아우가 좋아하던 요리지요. 그는 잘 먹기도 했지만, 다른 사람들에게 대접하는 일을 더 좋아했지요. 아, 동생아! 우리를 버리고 가버리다니. 네가 나빴어. 그러는 게 아냐."

쓸데없는 말을 지껄이느라 그는 어머니에 대해서도 잊어버렸다. 버섯 요리를 한 순가락 떠 입에 넣으려는 순간에야 그는 어머니를 떠올렸다.

"어머니, 사랑하는 어머니!" 당황한 그가 말했다. "제가 멍청하게 먹기만 했어요. 이 무슨 죄입니까! 어머니, 술안주와 버섯 요리를 드셔보세요. 두브로비노의 버섯이에요. 아주 유명한 것이지요."

그러나 아리나 페트로브나는 조용히 머리를 끄덕이며 대답할 뿐 꼼짝하지 않았다. 무엇인가 호기심에 이끌려 듣고 있는 것 같았다. 마치 어떤 빛이 그녀 눈앞에서 흘러내리는 것 같았으며, 예전부터 친숙했고 직접 참여하기도 했던 반복되는 희극이 갑자기 처음 보는 것처럼 새롭게 비쳤다.

식사는 가족 간의 논쟁으로 시작되었다. 이우두쉬카는 어머니가 식탁의 상석에 앉아야만 한다고 고집을 부렸지만 아리나 페트로브나는 물리쳤다.

"아냐, 네가 이곳의 주인이다. 그러니 앉고 싶은 데 앉아야지." 그녀가 무뚝뚝하게 말했다.

"어머니가 주인이시죠! 어디서나 어머니가 주인이십니다. 골로블료보에서도 그렇고 여기 두브로비노에서도 그렇지요." 이우두쉬카가 설득했다.

"이젠 아니다. 네가 앉으렴. 하느님이 나를 주인으로 이끄는 곳에서는 내가 마음 내키는 대로 앉겠다만, 여기서는 네가 주인이니 여기 앉으렴."

"그러면 이렇게 하시죠!" 이우두쉬카는 감동했다. "주인의 식기는 그대로 둡시다. 아우가 보이지는 않지만 우리들과 함께 식사한다 여기고, 아우는 상석에 두고 어머니와 저는 손님 자리에 앉도록 합시다!"

그래서 그렇게 앉았다. 수프를 나누는 동안 이우두쉬카는 적당한 애깃거리를 골라 사제들과 이야기를 나누기 시작했는데, 특히 그중에서도 교구장 사제에게 먼저 말을 걸었다.

"요즘 많은 사람들이 영혼의 불멸을 믿지 않지만, 저는 믿습니다." 그의 말이었다.

"분별없는 자들만이 안 믿지요!" 교구장 사제의 대답이었다.

"아닙니다. 분별없는 자들만이 아니라 일종의 과학에 따른 것입니다. 사람은 혼자서 살고…… 살다가는 갑자기 죽어버리죠!"

"오늘날에는 너무나 많은 과학이 범람하고 있지요. 반드시 좀 정리해야만 합니다. 사람들이 과학은 믿지만 하느님은 믿지 않습니다. 농부들까지도 학자인 양 기웃거리죠."

"그렇습니다. 옳으신 말씀입니다. 모두 학자가 되고 싶어 합니다. 예를 들어 나글로브카에서는 먹을 것도 없는 주제에 얼마 전에 학교를 열기로 결의했습죠. 학자라니, 나 원!"

"오늘날에는 과학이 모든 일에 관여하고 있지요. 비도 내리게 하고 좋은 날씨도 인위적으로 만들어줄 수 있으니까요. 예전에는 단순했지요. 사람들이 모여 기도를 올리면 하느님이 주셨지요. 좋은 날씨를 구하면 그렇게 만들어주셨고, 비가 필요하다면 얼마든지 하느님에게 얻을 수 있었지요. 그분에게는 모든 게 흘러넘쳤습니다. 하지만 과학에 의지해 살면서부터 이제는 단절되었지요. 모든 일이 어긋나기 시작했습니다. 씨 뿌릴 때 한발이 찾아오고, 풀베기 할 때 비가 오는 식이 되었지요."

"신부님, 옳은 말씀입니다. 맞습니다. 예전에는 기도를 더 자주 했었고 또 추수도 더 잘되었습니다. 수확량은 지금같이 파종량의 4배나 5배를 거두는 게 아니라 백 배씩이나 거두어들였습니다. 어머니, 기억나시죠? 그쵸?" 이우두쉬카는 아리나 페트로브나를 대화에 끌어들일 속셈으로 말을 걸었다.

"우리 땅에서 그랬다는 건 들어보지 못했구나. 넌 아마도 가나안 땅에 대한 글을 읽었나보다. 그곳에서는 그런 일이 있었다고 하더구나." 아리나 페트로브나는 냉랭히 대꾸했다.

"그렇습니다. 그래요." 이우두쉬카는 마치 어머니의 대답을 듣지 않은 것처럼 다른 말을 했다. "사람들은 하느님을 믿지 않으며, 영혼의 불멸도 인정하지 않습니다. 다만 먹으려고만 하지요."

"그렇지요. 먹고 마시기만 원할 뿐이지요!" 교구장 사제는 맞장구를 친 다음 사제복의 소매를 걷어 올리고 자기 접시에 추도식 음식으로 나온 만두를 집어 놓았다.

다들 수프를 먹기 시작했다. 한참 동안 접시에 부딪치는 수저 소리와 사제들이 뜨거운 수프를 후후 부는 소리만이 들렸다.

"한데 가톨릭에서는," 이우두쉬카가 식사를 멈추고 말했다. "영혼의 불멸을 부정하지는 않으면서도, 그 대신에 인간의 영혼이 천국이나 지옥으로 바로 가지 않고 얼마 동안 가운데 있는 어떤 곳에 들어간다고 하던데요."

"그것 또한 근거 없는 말이지요."

"글쎄, 어떻게 말씀드려야 할지, 신부님……" 포르피리 블라디미르이치는 생각에 잠겼다. "이런 관점에서 말해보자면……"

"말할 가치도 없는 일이지요. 신성한 교회는 어떻게 노래하지요? 슬픔도 한숨도 없는 서늘하고 푸른 들판을 찬송하지요. 거기에 중간의 장소가 어디 있습니까?"

그렇지만 이우두쉬카는 완전히 동의하지 않고서 어떻게 해서든지 반박을 하려고 했다. 하지만 이런 대화를 혐오스러워하는 아리나 페트로브나가 말을 막았다.

"자, 신학자 양반, 이제 먹도록 하지! 수프가 벌써 식었겠네." 그녀는 화제를 바꾸기 위해 교구장 사제에게 말을 건넸다. "신부님, 호밀은 추수하셨나요?"

"예, 이번 호밀은 좋더군요. 하지만 봄에 뿌린 것은 좋지 않을 것 같군요. 귀리 씨앗에는 제대로 물을 주지 못했는데 벌써 떨어지기 시작합니다. 곡물도 건초도 기대하기 힘들겠어요."

"올해는 모두들 귀리가 좋지 않다고 불평이지요." 아리나 페트로브나는 한숨을 내쉬며 이우두쉬카가 수저로 남은 수프를 건지는 것을 지켜보았다.

다음 음식으로 완두콩과 햄이 나왔다. 이때를 기회로 이우두쉬카는 끊어진 대화를 다시 시작했다.

"유대인들은 이 음식을 먹지 않지요." 그의 말이었다.

"유대인들은 비열한 사람들이지요." 교구장 사제가 말을 잇는다. "그래서 '돼지 귀'라는 놀림을 당하는 겁니다."

"하지만 타타르인들도 마찬가지로…… 여기에는 어떤 이유가 있겠지요……"

"우리는 말고기는 먹지 않지만 타타르인들은 돼지고기를 싫어하지요. 파리가 봉쇄당했을 때 그곳에서는 쥐를 먹었다고 하더군요."

"흠, 프랑스 놈들이란!"

이처럼 식사가 계속되었다. 붕어 크림 요리가 나왔을 때 이우두쉬카가 설명했다.

"신부님, 이것 좀 드시지요. 이건 특별한 붕어입니다. 고인이 된 제 아우가 무척 좋아했었지요."

아스파라거스가 나왔을 때도 이렇게 말했다. "이게 진짜 아스파라거

스죠. 페테르부르크에서 이런 걸 사 먹으려면 은화 1루블은 줘야 하지요. 고인이 된 제 아우가 직접 가꾼 겁니다. 이것 보십시오. 얼마나 굵습니까?"

아리나 페트로브나의 가슴은 들끓었다. 한 시간이 지났건만 아직 식사는 절반밖에 못했다. 이우두쉬카는 일부러 지체하는 듯했다. 조금 먹다가는 나이프와 포크를 내려놓고 잠시 지껄인 후 또다시 먹기 시작하다가는 또 수다를 떨었다. 아리나 페트로브나는 예전에 얼마나 자주 이런 일 때문에 그에게 소리를 쳤단 말인가. '제발 그냥 먹어라, 사탄아!' 분명 그는 어머니의 교훈을 잊은 것 같다. 아니 어쩌면 잊지 않고 고의로 복수를 하는지도 모를 일이다.

아마 의식적으로 복수하지는 않겠지만, 그의 천성이 원래 교활하여 장난을 치는지도 모를 일이다. 겨우 뜨거운 요리가 나왔다. 그러자 모두 일어났고 부제가 「성스러운 죽음에 대하여」를 부르기 시작했는데, 마침 그때 복도에서 일어난 소동과 큰 소리 때문에 죽음을 위로하는 성가가 그만 묻혀버렸다.

"거기 무슨 소란인가!" 포르피리 블라디미르이치가 외쳤다. "선술집에라도 기어들어왔단 말인가?"

"소리치지 말아라! 제발! 저건 내 짐을 나르는 사람들이야." 아리나 페트로브나가 대꾸하고는 약간 비꼬는 어조로 덧붙였다. "내 짐들을 살펴볼 거냐?"

모두들 입을 다물었다. 심지어 이우두쉬카도 당황해 얼굴이 하얘졌다. 그렇지만 그는 어머니의 불쾌한 물음을 어떻게 해서든지 묵살해야 한다고 마음을 잡고 교구장 사제에게 다시 말을 붙였다.

"멧도요새는 러시아에는 많이 있지요, 하지만 다른 나라에는 어떤

지……."

"그럼 계속 식사하렴. 우리는 25베르스타를 가야 하고 또 어둡기 전에 도착해야 하니까." 아리나 페트로브나가 그의 말을 막았다. "페텐카! 얘야, 저기 가서 고기만두를 챙기라고 재촉해라."

몇 분간 침묵이 흘렀다. 포르피리 블라디미르이치는 멧도요새 고기를 재빨리 다 먹더니 창백한 표정으로 앉아 발로 마루를 구르면서 입술을 떨었다.

"사랑하는 어머니, 당신은 제게 모욕을 주셨습니다. 큰 모욕을 주셨어요!" 그는 어머니에게 눈길도 주지 않으면서 겨우 입을 열어 말했다.

"누가 너를 모욕했단 말이냐? 이게 너를 크게 모욕한 거더냐?"

"대단히 큰 모욕이지요. 정말입니다. 이런 때 떠나시다니요! 계속 계시다가 갑작스레…… 짐 가방을 검사 안 하냐구요? 모욕입니다."

"정말 알고 싶다면 내 다 말하겠다. 내 아들 파벨이 살아 있을 동안에는 내가 여기 있었다만, 그가 죽었으니 떠나려는 거야. 짐 가방에 대해서 말하자면, 울리트카가 오래전부터 너의 지시를 받고 내 뒤를 뒤쫓아 다녔다. 하지만 내 생각에는, 어미로서 솔직히 말한다면, 다른 사람의 등 뒤에서 뱀처럼 비난하는 그녀야말로 의심받아 마땅하다는 게야."

"어머니, 그래요, 저는……" 이우두쉬카는 신음했다.

"됐다. 내 말은 끝났다." 아리나 페트로브나가 말을 가로챘다.

"하지만, 사랑하는 어머니, 제가……"

"내가 말하지 않았니. 내 말은 끝났다고. 그러니 그만두자. 나를 보내주렴, 제발. 자, 이제 마차가 준비됐다는구나."

이때 마당에서 방울 소리와 마차가 삐걱대는 소리가 희미하게 들렸다. 아리나 페트로브나가 식탁에서 먼저 일어나자 뒤이어 다른 사람들도 일어섰다.
"자, 길 떠나기 전에 잠시만 앉았다가 가도록 하자!" 그녀가 응접실로 향하며 말했다.

모두들 조용히 앉아 있는 사이에 이우두쉬카는 기분이 좋아졌다.

"어머니, 두브로비노에서 좀더 지내시죠! 한 번 보십시오, 여기가 얼마나 좋은가요." 이렇게 말하며 잘못을 저지른 개가 온순하게 바라보듯 어머니의 눈을 쳐다보았다.

"아니다, 애야. 나는 헤어지면서 네게 좋지 않은 말을 하고 싶진 않다. 나는 여기 있어서는 안 된다. 신부님, 기도해주십시오."

모두 일어나 기도했다. 기도가 끝난 뒤 아리나 페트로브나는 모든 사람들에게 키스하고 축복해주었다…… 가족으로서. 그러고는 발을 무겁게 끌면서 문 쪽으로 향했다. 포르피리 블라디미르이치는 집안사람들의 맨 앞에 서서 그녀를 현관까지 배웅했다. 하지만 마차를 보자 사악한 탐욕심이 일어나 마음이 어지러워졌다. '이 마차도 아우의 것이 아닌가!' 그의 머리에서 번뜩인 생각이었다.

"그렇다면 나중에 뵙지요. 어머니!" 그는 어머니를 부축해 앉히면서도 한 눈으로 마차를 살펴보았다.

"하느님이 허락하신다면야. 못 만날 일이 없지."

"아, 어머니, 어머니, 정말 장난치는 거죠? 마차를 풀어놓으라고 하시고 다시 예전의 보금자리로 돌아오세요, 제발요." 이우두쉬카가 아첨을 떨었다.

아리나 페트로브나는 아무런 말이 없었다. 그녀는 자기 자리에 앉아 성호까지 그었다. 하지만 왠지 고아들이 머뭇거렸다.

그사이에 이우두쉬카는 마차를 계속 곁눈질로 바라보았다.

"근데, 어머니, 이 마차는 어떻게 된 거죠? 어머니가 직접 보내주시겠습니까 아니면 가져오도록 시킬까요?" 그는 더 이상 참지 못하고 말을 꺼냈다.

아리나 페트로브나는 분을 못 이겨 온몸을 떨었다.

"마차는 내 것이야!" 그녀가 내지른 고통스러운 소리로 모두 거북해지고 무안해졌다. "내 것, 내 것이란 말이다. 이 마차는! 내게 증명서도 있고, 증인도 있어. 그런데 너는, 그래 내게서 무엇을 더 가져가려고 하느냐? 얘들아, 아직 멀었느냐?"

"죄송합니다, 어머니. 제가 뭘 어쩌자는 것은 아니고요, 또 마차가 두브로비노의 것이라 할지라도……"

"내 것이란 말이다. 내 것! 두브로비노의 것이 아니라 내 것이야! 그런 말은 하지 마라, 알겠느냐?"

"예, 알겠어요, 어머니. 그러니까 사랑하는 어머니, 저희들을 잊지 마십시오. 격식을 차리지 말고, 아시겠어요? 복잡하게 생각하지 마시고요! 저희도 그곳으로 가고, 또 어머니는 이곳에 들르세요, 식구끼리 하는 대로요!"

"다들 앉았느냐? 가자!" 아리나 페트로브나는 겨우 화를 참았다.

마차는 길을 따라 흔들거리며 빠른 속도로 달렸다. 이우두쉬카는 현관 앞에 서서 마차가 보이지 않을 때까지 손수건을 흔들며 그 뒤에 대고 소리쳤다.

"식구끼리 하는 대로요! 저희는 어머니께 가고, 또 어머니는 이곳에 오세요. 우리는 가족이니까요."

제3장

가족 결산

아리나 페트로브나는 자신이 '불필요한 입'이 되리라고는 한 번도 생각해본 적이 없었다. 그런데 하필이면 그런 시기가 난생처음 자신의 정신과 육체의 기력이 갈기갈기 찢겨졌다고 인정하게 된 바로 이때 슬금슬금 다가왔던 것이다. 그와 같은 시기는 항상 갑작스레 찾아오는 법이다. 비록 오래전부터 기력이 쇠한 사람일지라도 다시 한 번 애써 몸을 일으킬 수 있겠지만, 그러다가도 갑자기 가까운 어딘가에서 최후의 결정타가 날아들게 된다. 최후의 순간을 준비하며 기다린다거나, 또 그것이 가까이 다가왔음을 알아차리는 일은 무척 힘들다. 다만 조용히 받아들일 뿐이다. 왜냐하면 그것은 바로 얼마 전까지도 원기 왕성하던 사람을 순식간에 폐인으로 변화시킬 만큼 단호한 타격이기 때문이다.

아리나 페트로브나가 이우두쉬카와 갈라서고 두브로비노에 옮겨왔을 때 그녀의 상황은 좋지 않았다. 파벨 블라디미르이치는 그녀가 간섭할까 봐 곁눈질하고 있었지만, 어쨌든 그는 여유가 있으므로 그에게 잉여의 한 조각은 별다른 의미가 없을 것이라고, 적어도 그녀는 그렇게 생각했다.

하지만 이제 상황은 역전되었다. 그녀는 모든 '조각들'을 조목조목 장부에 올렸던 집안 살림의 주인이었다. 그녀는 조각들의 가치를 알고 있었다. 왜냐하면 평생 시골에서 농부들과 함께 살면서 그렇지 않아도 곤궁한 살림에 불필요한 입이 있다는 것은 큰 손실이 된다는 그들의 입장에 완전히 공감했기 때문이다.

그렇지만 그녀도 포고렐카로 옮겨와서 처음 얼마 동안은 여전히 활기찼고 새로운 곳에 정착하느라 분주히 움직였으며 집안일을 꾸릴 때 예전에 지녔던 명확한 통찰력을 보여주었다. 하지만 포고렐카의 경제 규모는 성가시기만 할 뿐 초라했으며 끊임없이 지켜보아야 하는 수준이었다. 그녀는 이런 곳에서 반 코페이카와 2코페이카, 4코페이카를 정확하게 계산하는 일은 간단하다고 단순히 생각했지만, 얼마 되지 않아 이는 잘못된 생각이었다고 인정하지 않을 수 없었다. 복잡한 일은 분명 아니었으나 예전에 지녔던 열의도, 정열도 이제는 죄다 사라져버렸기 때문이다. 게다가 가을이 되어 한창 농작물이 모이는 이 시기에 계속 이어진 음산한 날씨는 아리나 페트로브나의 열의를 한풀 꺾어놓았다. 노쇠 현상으로 인해 문밖으로 나가지 못하는 그녀는 길고 서글픈 가을 저녁에 어쩔 수 없이 늘어져서 지냈다. 노파는 불안하여 애를 써보았지만 아무것도 할 수가 없었다.

다른 한편 그녀는 고아들에게 무언가 좋지 않은 일이 생긴 걸 눈치챘다. 외손녀들은 괜히 울적해져 고개를 떨구곤 했다. 불확실한 미래로 이들은 불안해졌다. 어떤 일을 할 것인가라는 미래의 계획은 결국 어떻게 하면 즐겁게 지낼 수 있을까라는 아주 순진한 생각에 불과했지만, 이런저런 궁리들이 번갈아 떠올랐다. 그들이 경험했던 학교생활과 틈틈이 읽어두었던 노동자에 대한 견해들이 되살아났으며, 학교의 인맥을 세상의 밝은 곳으로 나갈 때 유용한 수단으로 삼겠다는 실낱같은 희망이 생겨났다.

어수선한 가운데서도 한 가지 명확한 생각, 즉 어떤 일이 있어도 역겨운 이곳 포고렐카로부터 벗어나야겠다는 생각은 머리에서 떠나지 않았다. 어느 맑은 날 아침 안닌카와 류빈카는 더 이상 포고렐카에 머물 수도 없으며, 그러기를 원하지도 않는다고 외할머니에게 솔직히 밝혔다. 또한 자기들이 포고렐카에서 만날 수 있는 사람이라고는 사제뿐이며, 게다가 이 사제는 왜 그러는지 알 수 없지만 만나기만 하면 이들에게 정절을 버려서는 안 된다는 충고를 끊임없이 되풀이했는데, 이런 행동은 용납할 수 없노라고 외할머니에게 말했다. 아가씨들은 외할머니를 두려워했기에 오히려 단호하게 말했으며, 만용을 부리면 부릴수록 외할머니가 더욱더 감정이 복받쳐 자기들을 혼낼 것이라고 걱정했다. 그렇지만 놀랍게도 아리나 페트로브나는 이들의 불평을 들으면서 화를 내지 않았을뿐더러 무기력한 노인들이 흔히 그러는 것처럼 쓸데없이 나무라지도 않았다. 그녀는 더 이상 '호티코프로 외손녀들을 데리고 가겠다'라고 공언하던 한창때의 고압적인 여인이 아니었다. 이렇게 변한 데는 노년이 되어서 쇠약해진 까닭도 있지만 보다 더 훌륭하고 공정한 것이 무엇인지 깨닫게 되었기 때문이다. 그녀는 운명의 최후 일격을 받고 성격이 누그러졌을 뿐 아니라 이때까지는 한 번도 관심을 두지 않았던 지혜로운 시각을 갖게 되었다. 그녀는 인간이란 존재 내부에는 오랫동안 잠들어 있는 어떤 경향이 있으며, 그 경향이 일단 잠에서 깨면 현재의 암울한 어둠 속에서도 아주 오래전부터 기다려왔던 삶의 즐거운 빛이 새어 나오는 곳으로 인간을 반드시 끌어당긴다는 것을 이해하게 되었다. 일단 그런 경향의 법칙을 이해하게 되자 그녀는 그것에 맞설 힘을 잃어버렸다. 사실 그녀는 외손녀들의 계획에 반대했지만, 확신을 가지고 강요하지는 않았다. 그 이유는 그들 앞에 놓인 미래가 불안했기 때문이었지만, 그것보다도 이들이 말하는 세계와는 어떤 인연도 갖고 있지 않았기 때문이다. 하지만 그녀는 이들과의 이별은 피할 수 없음을 예감하고 있었다.

외손녀들은 어떻게 될 것인가? 이 의문은 집요하게 그녀의 뇌리에서 떠나지 않았다. 그렇지만 이런 의문은 물론이거니와 더 어려운 문제들도 자유를 추구하게 된 사람을 더 이상 잡아두지는 못했다. 아가씨들은 포고렐카에서 벗어나는 일에 대해서만 말할 뿐이었다. 그리하여 이들은 외할머니의 기분을 고려해서 몇 번씩 망설이며 시기를 늦추다가 마침내 집을 떠났다.

고아들이 떠나자 포고렐카의 집은 절망의 나락으로 빠져들었다. 아리나 페트로브나가 아무리 천성적으로 내성적인 사람이더라도 가까이서 사람이 숨을 쉬고 있으면 안정이 되었다. 외손녀들을 보내자 자기 몸의 일부분이 떨어져 나갔다고 느꼈으며, 공허한 공간밖에는 아무것도 볼 수 없는 무한한 자유를 얻게 되었다고 느꼈다. 눈앞에 보이는 공허함을 어떻게 해서든지 감추기 위해, 그때까지 그들이 사용하던 화려한 방과 다락방을 폐쇄할 것을 즉시 지시했으며('물론 이러면 장작도 절약될 것이다'라고 생각했다), 자신이 사용할 방 두 개를 남겨두었다. 그중 하나에는 성상이 들어 있는 큰 성상함이 놓였고, 다른 방은 침실과 사무실, 식당 겸용으로 사용했다. 하녀들도 경제적인 이유 때문에 내보내고 발을 질질 끌고 다니는 늙은 창고지기 아피미유쉬카와 식사와 빨래를 해주는 애꾸눈 병사의 아내 마르코브나 두 사람만 남겨두었다. 하지만 준비한 모든 일은 별다른 도움이 되지 않았다. 공허함은 두 개의 방에도 어김없이 기어들어와 그녀를 둘러싸고 말았다. 고립무원의 고독과 음울한 무력감은 그녀가 지금부터 자신의 노년을 보내며 얼굴을 마주 대해야만 할 적이었다. 이들 뒤로 정신과 육체의 파괴가 바로 따라왔는데, 이 과정은 점점 가혹해졌지만 무력하게 살아가는 그녀로서는 아무런 방비책을 찾지 못했다.

편이시설과 노동, 지혜에 자양분을 주는 일거리라고는 전혀 없는 시골 생활에서 변함없이 답답한 일과가 매일같이 되풀이되었다. 할 수 있는 일이 없다는 외적인 이유 말고도 아리나 페트로브나는 죽을 때가 되어서 마주치는 자질구레한 조바심으로 인해 언짢아졌다. 그녀가 자기 노력을 정당화할 만한 목표를 지녔다면 혐오감을 조금은 참을 수 있었겠지만, 그런 것은 있지도 않았다. 그녀는 모든 것에 싫증이 났고 귀찮아졌으며, 이는 조금도 나아지지 않았다.

이전의 열정적인 행동은 나태한 생활로 급변했다. 태만은 조금씩 그녀의 의지를 파괴하더니 몇 달 전까지만 해도 아리나 페트로브나가 꿈도 꾸지 못했던 새로운 경향을 불러일으켰다. 아무도 노파라고 부를 엄두조차 내지 못했던 절제력 강한 여인은 폐인으로 변했으며, 이제 그녀에게는 과거도, 미래도 없으며 다만 살아가야만 하는 현재만이 남아 있었다. 낮에는 대개 졸면서 시간을 보냈다. 그녀는 냄새나는 카드가 펼쳐진 식탁 앞 의자에 앉아 꾸벅꾸벅 졸았다. 그러다가는 몸을 부르르 떨며 눈을 뜨고는 창밖을 내다보지만, 오랫동안 정신을 차리지 못한 채 끝없이 펼쳐진 아득한 곳으로부터 눈을 돌리지 못했다. 이곳 포고렐카의 집은 처량한 시골집이었다. 집은, 말하자면, 정원도 없고 그늘도 없어 불안하게 서 있었고, 안락을 주는 것이라고는 조금도 찾아볼 수 없었다. 마치 위에서 짓누르고 있는 것처럼 보이는 단층집은 오랫동안 풍파에 시달려 검은 빛을 띠고 있었다. 집 뒤에는 몇 채의 움막과 헛간이 흩어져 있었지만, 이 또한 낡은 상태였다. 또 주변에는 끝을 알 수 없는 드넓은 벌판이 펼쳐졌는데, 숲이라고는 전혀 보이지 않았다. 하지만 아리나 페트로브나는 어렸을 때부터 시골을 떠나지 않았기 때문에 이곳의 초라한 자연도 음울하게 여기지 않았을뿐더러 그녀의 가슴에 남아 있는 희미한 감정의 단편들을 되새기고 있었다. 그녀는 끝없이 펼쳐진 헐벗은 들녘이 가장 좋았으며, 시선은 본능적으로 항상 그곳을 찾고 있었다. 그녀는 들판의 먼 곳과 지평선 이곳저곳에서 검은 점처럼 보이는, 비에 흠뻑 젖은 마을을 바라보았다. 하얀 마을 묘지 성당과 햇빛을 가리고 지나가는 구름이 들판에 그려놓은 얼룩무늬 반점들과 들 고랑 사이를 걸어가고 있지만 마치 한 곳에 얼어붙은 것 같은 어떤 농부를 바라보았다. 하지만 그러면서도 그녀는 아무런 생각도 하지 않았다. 아니 이렇게 말하는 편이 낫겠다. 그녀의 생각은 갈기갈기 찢겨져서 잠시라도 머무를 수 없게 되었다고. 노파는 졸음으로 귓가에서 소리가 점점 멀어질 때까지, 안개가 들판과 성당, 마을과 멀리서 걷고 있는 농부를 덮어버릴 때까지 그저 쳐다보고만 있었다.

가끔씩 회상을 하고 있는 것처럼 보일 때도 있지만 과거의 기억은 아무런 연결도 없는 단편들에 불과했다. 그녀는 어디에도 주의를 기울일 수 없었으며, 아득한 지점에서 또 다른 곳으로 끊임없이 달려 나갔다. 때때로 그녀를 놀라게 한 것은 즐거움이 아니라(지난 시절에 즐거움은 털끝만치도 없었다) 쓰디쓴 오욕이었다. 그때가 되면 그녀의 속마음은 불이 나는 것 같았고, 슬픔이 심장으로 기어들어오고 두 눈에는 눈물이 차올랐다. 한번 울기 시작하면 괴로움이 몰려오는데다 노년이 불쌍하게 여겨져 악몽을 꾼 뒤 눈물을 쏟듯이 그렇게 고통스럽게 울어댔다. 그러나 눈물을 흘리는 동안에도 무의식적으로 생각은 계속되었으며, 그녀 자신이 눈치 채지 못하는 사이에 생각은 원래 슬픔을 자아냈던 곳에서 다른 데로 옮겨가 몇 분 후에는 그녀에게 방금 무슨 일이 있었는지 알 수 없게 되었다.

그녀는 어쨌든 생활에 직접 관여하지는 않았지만, 황폐한 이곳에는 아직도 하나로 모아 숙고하고 되새겨봐야 할 기억의 단편들이 간직되어 있었기에 그런대로 살아나갈 수 있었다. 이곳에 그 단편들이 있는 동안에는 어쨌든 삶은 진행되었으며, 황폐한 이곳에서 몽롱한 존재가 되어버린 그녀가 먼지처럼 흩어지지 않기 위해서는 반드시 외적인 활동을 해야만 했다.

낮에는 무의식적인 졸음으로 시간을 보냈지만, 밤에는 무척 괴로운 시간을 보냈다. 아리나 페트로브나는 밤을 무서워했다. 도둑을 무서워했으며, 유령과 마귀들 그리고 그녀가 받은 교육과 그녀 자신의 삶이 무서운 것이라고 가르쳐온 그 모든 것을 두려워했다. 하지만 이를 막을 수 있는 방어막을 찾기는 쉽지 않았다. 왜냐하면 앞에 소개한 늙은 하녀들을 제외하면 야간에 포고렐카에 있는 근무자라고는 절름발이 농부 페도세유쉬카뿐이었기 때문이다. 그는 한 달에 2루블을 받고 마을에서 밤마다 지주 집을 지키러 건너와 현관 앞에서 졸다가는 정해진 시각에 철판을 두드리려고 밖으로 나갔다. 물론 외양간에는 남녀 일꾼들이 몇 명씩 있었지만, 본채에서는 20사젠니* 정도나 떨어져 있어서, 그곳에 있는 사람을 부르기는 쉽지 않았다.

시골에서의 불면의 밤에는 한층 더 답답하고 힘든 일이 또 있었다. 9시 혹은 늦어도 10시경부터는 삶이 멈추고 공포를 불러일으키는 정적이 밀려온다. 할 수 있는 일이란 아무것도 없어 촛불을 켜는 것도 아까워, 어쩔 수 없이 잠자리에 들 수밖에 없다. 아피미유쉬카는 식탁에서 사모바르**를 치우고 농노제 때의 습관대로 마님 침실 문 앞에 펠트를 간 다음 몸을 긁고 하품을 하고는 마루에 쓰러져 그대로 곯아떨어졌다. 하녀 방에

---

* 1사젠니는 2.134미터.
** 러시아의 전통 주전자. 물을 끓이는 데 사용되던 화병 모양의 용기로 중심부에 가열부가 있고 주위에 수조가 있는 구조임.

서 좀더 오랫동안 꾸물대는 마르코브나는 계속 투덜대며 누군가를 욕했다. 하지만 그것도 곧 잠잠해지고 코고는 소리와 잠꼬대하는 소리만 번갈아가며 들렸다. 야경꾼은 자신의 존재를 알리기 위해 몇 차례 철판을 두드리지만 오랜 시간 잠잠했다.

아리나 페트로브나는 까맣게 탄 기름초 앞에 앉아 카드점을 치면서 잠을 쫓아보지만, 카드를 펼쳐도 몰려오는 졸음을 이겨낼 수 없었다. "이런, 잠자다가 불내겠구나!" 그녀는 혼잣말을 하고 침대에 누워야겠다고 마음먹었다. 그러나 이불 속에 들어가자마자 또 다른 근심거리가 찾아온다. 저녁 내내 그녀를 그토록 유혹하며 괴롭히던 졸음이 순식간에 사라졌다. 그렇지 않아도 방 안은 후텁지근했다. 난로의 통풍구가 열려 뜨거운 열기가 몰려 나왔으며, 깃털 이불에서는 참을 수 없는 냄새가 났다. 아리나 페트로브나는 이리저리 몸을 움직이며 소리 질러 누군가를 불러보려 했지만 그래봤자 아무도 오지 않을 것임을 잘 알고 있었다. 사방에서 알 수 없는 정적이 엄습한다. 정적에 귀를 기울이면 여러 소리들을 구분할 수 있었다. 어디서인가 쿵 하는 소리가 들렸으며, 불쑥 사람 부르는 소리와 복도에서 누군가 지나가는 소리, 방 안에서 바람이 지나가다가 얼굴에 닿는 소리까지 잡을 수 있었다. 성상 앞 현수등 불빛으로 인해 사물들은 실루엣의 기만적인 모습으로 변했다. 거기다가 옆방의 성상함 앞에 밝혀진 네다섯 개의 현수등 불빛이 활짝 열린 문을 통해 새어 나왔다. 이 불빛은 노란 사각형이 되어 마루에 비쳤는데, 침실의 어둠과는 섞이지 않으면서 그곳으로 파고들었다. 소리 없이 흔들리는 그림자가 사방에 깔렸다. 쥐 한 마리가 벽지 뒤에서 벽을 긁어대기 시작하다 아리나 페트로브나가 그쪽에 대고 "쉿, 더러운 놈!" 하고 소리치자 다시 잠잠해졌다. 또다시 그림자가 어른거리고, 어디서 오는지 알 수 없는 속삭임이 들렸다. 깊이 잠들지 못해 괴로운 대부분의 밤 시간이 지나고 아침이 오면 푹 잠들 수 있었다. 6시가 되면 아리나 페트로브나는 이미 눈을 떴지만 불면의 밤으로 괴로워했다.

아리나 페트로브나의 가련한 상태를 설명해주는 데는 이 모든 이유 이외에도 영양부족과 불편한 주거라는 두 가지 원인이 더 있었다. 그녀는 좋지 않은 음식을 그나마 적게 먹었는데, 그렇게 함으로써 감시 소홀로 손해본 부족분을 메울 수 있으리라 기대했기 때문이다. 주거 문제에 관해서 보자면 포고렐카의 집은 낡고 습기 찬 데다, 아리나 페트로브나가 칩거하는 방은 한 번도 통풍을 시키지 않았으며 일주일 내내 청소도 하지 않았다. 이처럼 고립무원에서 안락함이란 전혀 없고 보살핌도 받지 못하던 그녀에게 쇠락이 닥쳐왔다.

그렇지만 노쇠하면 할수록 삶에 대한 집착은 더 강해졌다. 아니 삶에 대한 집착이라고 말하는 것보다는 죽음에 대해서는 전혀 생각하지 않으면서 좋은 음식을 먹겠다는 욕망이 더 강해졌다고 봐야겠다. 예전에 그녀는 죽음을 두려워했지만, 지금은 그것에 대해서 완전히 잊은 것 같았다. 삶에 대한 그녀의 소망은 보통의 농부들과도 별 차이가 없었으며, 그녀를 유혹하는 삶의 수준도 매우 저급한 것이었다. 그녀가 살아오면서 거부해왔던 좋은 음식, 안정, 사람들과의 대화 같은 것들이 머릿속에서 떠나지 않았다. 비정상적인 식객들에게서 흔히 볼 수 있는 잡담과 음식을 얻어먹기 위한 아첨, 식탐이 무서운 속도로 자랐다. 그녀는 하인들이 먹는 수프를 신선하지 않은 소금절이 고기와 곁들여 먹었다. 그럴 때마다 골로블료보의 저장물과 두브로비노의 연못에서 얼마든지 볼 수 있었던 붕어, 골로블료보 숲에 넘쳐나던 버섯과 골로블료보 외양간에서 잘 먹여 키운 닭들이 간절하게 떠올랐다. '거위 내장 수프나 신 크림을 입힌 버섯'이 그녀의 머리에 생생하게 떠올라 입술 한쪽이 내려갔다. 밤이 되면 몸을 이리저리 뒤척이며 두려움으로 사각거리는 작은 소리에도 숨이 막혀 이런 생각만 들었다. '그래, 골로블료보에서는 자물쇠도 튼튼했고 믿음직스러운 야경꾼은 싫은 내색도 하지 않고 철판을 두드려 예수님 품안인 것처럼 편히 잠들 수 있었는데!' 낮에는 그 누구와도 얘기하지 않으면서 몇 시간이고 흘려보냈으며, 어쩔 수 없는 침묵의 시간에는 생각에 잠길 수밖에 없었다. '골로블료보에서는 사람들이 북적댔고 속마음을 털어놓을 수 있었는데.' 이처럼 매 순간 머리에 떠오른 골로블료보는, 그 회상의 정도로 보자면, '좋은 삶'이 집중되어 있는 찬란한 곳인 것처럼 꾸며졌다.

골로블료보에 대한 기억으로 상상력이 동원되면 될수록 그녀의 의지는 망가지게 되었고 최근에 받았던 격심한 모욕의 상처는 더욱 깊어졌다. 러시아 여성은 교육과 삶의 여건 때문에 식객의 운명에 쉽게 순응한다. 아리나 페트로브나도 비록 과거에 구속받지 않으려고 경계했지만 역시 이 운명을 피하지 못했다. '그때' 그녀가 실수하지 않았다면, 그러니까 아들들에게 재산을 나눠주지 않고 이우두쉬카를 믿지 않았다면, 그녀는 성미 까다롭고 잔소리 많은 노파가 되어서도 모든 사람들을 자기 마음대로 부리려고 했을 것이다. 그렇지만 실수는 돌이킬 수 없는 것이었기에 투덜대기만 하는 편협함에서 식객의 순종과 아첨으로 옮아가는 일은 시간문제였다. 이전의 강인함이 남아 있는 동안에는 겉으로 나타나지 않았지만, 고립무원으로 외롭다고 스스로 인정하게 된 다음에는 소심증이 숨어들어왔고, 그렇지 않아도 흔들리는 의지는 조금씩 망가져갔다. 처음 한동안 이우두쉬카는 포고렐카에 들를 때마다 아주 냉랭한 대접만 받았지만, 갑자기 혐오스러움을 벗게 되었다. 아리나 페트로브나가 예전에 받았던 모욕은 잊고 아들과 친근해지려고 먼저 접근한 것이다.

그녀는 그를 초대하기 시작했다. 포고렐카의 심부름꾼은 처음에는 어쩌다가 한 번씩 이우두쉬카에게 찾아왔지만 차츰 그 횟수가 잦아졌다. 포고렐카에서는 버섯을 구할 수 없었으며, 오이도 비 때문에 얼룩진 것들만 거둘 수 있었다. 또 칠면조도 '현재의 자유로운 분위기' 탓에 죽어갔기에, '소중한 벗인 네가 두브로비노의 붕어를 잡으라고 시켰으면 좋겠구나. 죽은 내 아들 파벨은 늙은 이 어미에게 한 번도 거절하지 않았단다'라고 전했다. 이우두쉬카는 얼굴을 찌푸렸지만 노골적으로 거절할 수는 없었다. 붕어가 아깝긴 했으나 그보다도 어머니가 그를 저주할 것이 더 무서웠다. 그는 그녀가 이전에 한 말을 기억했다. '골로블료보에 도착하면 성당 문을 열라고 시킬 것이며, 사제를 불러 저주한다고 소리칠 것이야!' 이 말이 머리에 떠오르면 그는 자신의 장기인 비열한 행위를 멈출 수밖에 없었다. 하지만 그는 '소중한 벗 어머니'의 뜻을 따르면서도 집안사람들에게 넌지시 이르기를, '사람들은 누구나 자기 십자가를 지고 있으며 여기에는 어떤 뜻이 감추어져 있다. 왜냐하면 십자가가 없다면 제멋대로 굴게 되고 타락하기 때문'이라고 말했다. 어머니에게는 다음과 같은 편지를 보냈다. '소중한 벗 어머니, 제가 보낼 수 있는 오이는 모두 드립니다. 그런데 칠면조는 번식용으로 놔둔 것 말고는 어머니의 식탁에 올려놓기에는 알맞지 않은 것들만 있습니다. 어머니께서 골로블료보에 직접 오셔서 저와 함께 단출한 식사를 하시지 않겠습니까? 그러면 게으름뱅이들 중 한 마리를 요리하도록 시켜(게으름뱅이들이라고 말하는 까닭은 우리 집 요리사 마트베이가 그 놈들을 제대로 거세시키기 때문입니다), 소중한 벗 어머니와 함께 식사를 맘껏 하도록 합시다.'

이때부터 아리나 페트로브나는 골로블료보에 자주 들렀다. 이우두쉬카와 함께 칠면조며 오리를 맛보았다. 잠도 편히 잤으며 식사 후나 밤에는 끝없이 자질구레한 대화를 나누며 속마음을 털어놓았다. 이우두쉬카는 사소한 일에는 원래 대범했지만 그녀는 노년이 되고서야 대범해질 수 있었다. 심지어 오랫동안 홀아비 신세로 지친 이우두쉬카가 성당 머슴의 딸 예브프락시야를 집으로 데려왔다는 소문을 들었을 때도 방문을 멈추지 않았다. 오히려 이 사실을 알고는 그 즉시 골로블료보에 찾아가 마차에서 내리기도 전에 어린아이처럼 조바심을 내며 이우두쉬카에게 소리쳤다. "그래, 좋다. 나이 들어서도 죄를 짓는 이놈아. 어디 한 번 보자꾸나. 네 미녀를 보여주렴!" 이날 그녀는 예브프락세유쉬카*가 직접 차린 식사 대접을 받고 식후에는 그녀가 마련해준 잠자리에 들 수 있었으며, 또 저녁에는 이우두쉬카와 그의 미녀와 함께 셋이서 바보 게임**을 할 수 있어서 종일 기분이 좋았다. 이우두쉬카도 일이 이렇게 해결되어 마찬가지로 기분이 좋았으므로 고마움의 표시로 아리나 페트로브나가 포고렐카로 돌아갈 때 여행마차 안에 이크라 1푼트를 넣어주었다. 이크라는 집의 것이 아니라 돈을 주고 산 것이므로 특별한 존경심을 표시한 것이다. 이 같은 행동에 감격한 노파는 참지 못하고 이렇게 말했다.

"그래, 정말이지 고맙다! 하느님께서는 늙은 어미를 이렇게 잘 돌봐준 너를 사랑하실 게다. 포고렐카에 돌아가더라도 이제는 지루하지 않겠구나. 나는 항상 이크라를 먹고 싶었는데, 덕분에 먹게 되었구나!"

*　*　*

아리나 페트로브나가 포고렐카로 옮긴 지 5년이 지났다. 이우두쉬카

---

* 예브프락시야의 애칭.
** 카드놀이의 일종.

는 고향인 골로블료보에 정착한 이후로는 꼼짝하지 않았다. 그는 눈에 띄게 늙어 머리카락이 듬성듬성해졌으며 생기도 사라졌지만, 사기치고 거짓말하며 헛소리하는 짓만큼은 이전보다 더 심해졌다. 왜냐하면 이제는 선량한 친구가 된 어머니가 변함없이 곁에 앉아 달콤한 한 조각을 얻고자 그의 빈말을 어김없이 들어주었기 때문이다.

이우두쉬카가, 예를 들자면 타르튀프*나 사회의 원리에 대해서 꾀꼬리처럼 조잘대는 현대 프랑스의 부르주아와 같은 위선자였다고 생각해서는 안 된다. 아니다, 그가 위선자라고 한다면 순수한 러시아의 위선자이다. 다시 말하자면 그는 모든 도덕적인 기준을 상실한 사람으로서 기본적인 진리 이외에는 아무것도 알지 못하는 자이다. 그는 말할 수 없이 무식하며, 소송 걸기를 잘하는 거짓말쟁이에다가 빈말하기를 좋아했으며, 게다가 악마를 무서워했다. 이 모든 것은 부정적인 특성으로서 진짜 위선자가 되기에 필요한 자질이 되지 못했다.

프랑스에서 위선은 교육의 산물로서 '훌륭한 매너'의 한 속성이며, 대부분의 경우 정치적이며 사회적인 뉘앙스를 띤다. 종교와 사회 원리 방면의 위선자들이 있으며, 사유재산과 가족, 국가제도에도 위선자들이 있고, 최근에는 '질서'의 위선자들까지도 양산되었다. 이런 종류의 위선을 확신에 따른 것이라고 말할 수 없지만, 어쨌든 이것은 위선적인 행동을 하는 것이 이득이라고 여기는 사람들을 주변으로 모으는 깃발이다. 이들은 의식적으로 위선을 떨며, 깃발 아래 모이는 이들은 자신들이 위선자라는 사실을 알고 있으며, 더 나아가 타인들에게도 그렇게 알려졌다는 사실 또한 알고 있다. 프랑스 부르주아의 개념에서 우주는 연극이 끊임없이 펼쳐지며, 한 사

---

* 프랑스의 극작가 몰리에르의 희극 「타르튀프」(1664)의 주인공. 위선자의 전형.

람의 위선자가 타인들에게 신호를 보내는 광대한 무대에 다름 아니다.

위선, 이는 예의와 범절로의 초대이자 아름다운 외적 환경으로의 초대이며, 또한 무엇보다도 통제 수단이라는 점에서 중요하다. 물론 이 말이 적용되는 부류는 사회의 정상에서 항해하며 위선을 떠는 사람들이 아니라 위선과는 아무 상관도 없이 사회라는 도가니의 밑바닥에서 꿈틀대는 사람들이다. 위선은 사회가 방탕한 정욕에 빠지지 않도록 붙들어주며 정욕이 제한된 소수만의 특권이게끔 만든다. 정욕의 방종이 소수의 견고한 집단에서 벗어나지만 않는다면 위험하지도 않을뿐더러 우아한 전통을 보존하고 부양하기까지 한다는 것이다. 공식적인 위선을 숭배하다가 여유가 있을 때 우아함을 익히는 지정된 특별실들이 없었다면 우아함도 사멸되었을 것이다. 그렇지만 방종이 누구에게나 개방되어 모든 이들이 자신의 요구를 제시하고 또 그 요구의 합법성과 정당성을 증명하는 자유를 부여받는다면 방종은 상당히 위험하게 될 것이다. 그렇게 되면 새로운 사회 계층이 발생하여 비록 이전의 계층을 완전히 내몰지는 않겠지만 최소한 상당한 정도로 제한하려고 할 것이다. 특별실에 대한 수요는 증대되어 결국에는 '앞으로는 특별실이 없는 게 더 간단하지 않을까?'라는 의구심마저 생길 것이다. 이와 같은 바람직하지 않은 문제로부터 프랑스 사회의 지배 계급을 보호하는 것이 바로 체계적인 위선인바, 이는 기본적인 관습에 만족하지 못하고 합법성의 토대로 옮겨가 관습의 단순한 특성으로 이루어진 법이 되어 강압적인 성격을 누리게 되는 위선이 된다.

현대 프랑스 극장은 거의 예외 없이 위선에 경의를 표하는 원칙을 준수한다. 우수한 프랑스 희곡 작품들, 즉 추악한 삶의 비정상적인 현실성을 묘사해 큰 인기를 누리는 작품들의 주인공들은, 작품의 대단원에 이르면 예외 없이 잠시 여유로운 시간을 가지면서 선행의 신성함과 달콤함을 밝히는 대사를 큰 소리로 읊조림으로써 추악함을 바로잡는다. 아델Adèle*은 4막까지는 여러 가지 방법으로 부부의 잠자리를 더럽힐 수 있겠지만, 5막에 가면 어김없이 가정은 행복이 프랑스 여자를 기다리는 유일한 피난처라고 누구에게나 들리도록 말할 것이다. 그렇다면 작가들이 5막을 더 쓰겠다고 생각한다면 아델은 어떻게 될 것인지 생각해보라. 여러분은 이런 질문에 대해 아델이 다음의 4막까지는 부부의 잠자리를 또다시 더럽히겠지만 5막에 가면 관객들에게 똑같은 대사를 되풀이할 것이라는 대답을 어김없이 내놓을 것이다.

프랑세즈 극장에서 김나즈 극장으로, 또 그곳에서 보드빌 혹은 바리에테 극장**으로 가보기만 한다면 아델이 어느 곳에서나 똑같이 부부의 잠자리를 더럽히다가 대단원에 이르면 이 잠자리야말로 정직한 프랑스 여인이 성스럽게 행동하는 유일한 제단이라고 선언하는 것을 똑똑히 들을 수 있다. 이 같은 일은 심각한 정도로 풍습에 젖어들었기에, 어처구니없는 모순이 여기에 숨어 있으며 삶의 진리와 위선의 진리가 손에 손을 맞잡고 함께 갈 뿐만 아니라 서로 뒤엉켜 둘 중 어떤 진리가 보다 더 정당한지 말하기가 곤란하다는 것을 아무도 눈치 채지 못할 정도가 되었다.

우리 러시아인들에게는 짐짓 꾸민 교양 체계라고는 없다. 우리는 엄격한 훈련을 받지도 않으며 이런저런 사회 원칙의 옹호자나 선전원으로 양육되지도 않는다. 그저 담장 옆에 피어나는 엉겅퀴처럼 그렇게 아무렇게나 자라는 것이다. 그러기에 우리들 중에서 위선자를 찾기는 힘들지만 거짓말쟁이, 사이비 신앙인, 허풍쟁이는 넘쳐난다. 우리는 사회 원칙을 위해 위선을 떨 필요가 없다. 왜냐하면 사회 원칙이라고는 전혀 알지 못

---

* 당시 프랑스 연극에서 자주 볼 수 있었던 유형화된 여자 주인공 이름.
** 19세기 후반 파리에 있던 극장들의 이름.

할 뿐만 아니라 그 어떤 사회 원칙도 우리를 보호해주지 않기 때문이다. 우리는 매우 자유롭게 존재한다. 즉 어떤 원칙도 없이 거짓말하고 허풍을 떨면서 허송세월한다.

이런 경우 기뻐해야 할지 애석해해야 할지는 내가 판단할 일이 아니다. 하지만 내가 보기에는 위선이 분노와 공포를 자아낼 수 있다면 의미 없는 거짓말은 권태와 혐오감을 불러일으킬 것 같다. 그러므로 의식적인 위선이 무의식적인 위선보다 더 나은지 혹은 그 반대인지에 대해 의문을 갖는 일은 제쳐두고서 위선자들이나 거짓말쟁이들 모두를 멀리하는 게 가장 좋은 방법이다.

그러니 이우두쉬카는 위선자라기보다는 오히려 비열한이자 거짓말쟁이이며 수다쟁이라고 부르는 편이 나을 것이다. 시골에 칩거하더니 곧 자유를 얻게 되었는데, 그의 취향이 세상 다른 어느 곳에서도 이곳에서와 같은 자유를 누릴 수 없었기 때문이다. 골로블료보 영지의 어느 곳에서도 직접적인 저항은 물론이거니와 아주 사소한 간접적인 제한에도 부딪힌 적이 없었으니, 만일 있었다면 양심에 꺼리는 추접스런 일이라고 생각했을 것이다. 어느 누구에게도 비난이나 눈총을 받아 걱정하거나 괴로워한 적이 없었기에 당연히 자기 자신을 제어할 이유도 없었다. 끝없는 방종이 그의 태도에서 가장 큰 특징이 되었다. 오래전부터 도덕의 제어를 받지 않았던 완전한 자유가 그를 유혹했으며, 그가 좀더 일찍 시골에 이주하지 않았던 것은 무위도식을 두려워했기 때문이다.

그가 30년 이상을 어두침침한 관공소의 사무실에서 생활하며 얻은 것이라고는 헛수고만 하는 삶에서 단 1분이라도 벗어나지 못하는 완고한 관리의 습성과 탐욕이었다. 그렇지만 그는 사태를 주시하고는 능란한 무위도식의 세계가 워낙 민첩하기에 아무 곳으로나 그것을 옮겨놓기란 식은 죽 먹기라는 것을 쉽게 확신할 수 있었다. 실제로 그가 골로블표보에 이주해오자마자 언제 끝날지 알 수도 없이 끊임없이 뒤죽박죽된 상태로 닥치는 자질구레한 일 더미에 싸이게 되었다. 아침부터 책상에 앉아 일을 시작했다. 먼저 가축관리인과 창고지기, 집사의 일을 이리저리 점검한 후 아주 복잡한 금전출납부와 재물장부를 작성했는데, 1코페이카와 물건 한 개마다 20개의 장부에 각각 올리고 합산을 했다. 어떤 때는 반 코페이카가 부족하기도 하지만 또 어떤 때는 1코페이카가 남을 때도 있었다. 마지막에는 펜을 들어 치안판사와 조정관에게 편지를 썼다. 이런 일을 하다 보면 잠시라도 헛된 시간이 없었으며, 외형상 끈기 있고 힘에 넘치는 노동의 모양새를 갖추게 되었다. 이우두쉬카가 하소연한 것은 무위가 아니라 하루 종일 서재에서 실내복을 벗지도 못한 채 일에 매달렸음에도 이를 다 마치지 못했다는 점이었다. 꼼꼼하게 철해두었지만 검토하지 않은 보고서 더미가 항상 그의 책상 위에 뒹굴고 있었으며, 그중에는 가축관리인 페클라의 1년 치 보고서도 있었다. 그런데 그녀의 행동은 처음부터 의심스러웠지만 그럼에도 불구하고 검토할 시간을 낼 수가 없었다.

 외부 세계와의 모든 끈은 완전히 단절되었다. 그는 책도 신문도 편지도 받지 않았다. 아들 볼로덴카는 자살로 생을 마쳤고 또 다른 아들 페텐카에게는 송금할 때만 짧은 편지를 보낼 뿐이었다. 무지몽매와 편견, 빈틈없이 헛수고만 하는 무거운 분위기가 그의 주변을 맴돌았으며, 그는 그것으로부터 벗어날 수 있는 티끌만큼의 희망도 느낄 수 없었다. 심지어 나폴레옹 3세*가 더 이상 통치하지 않는다는 사실도 사후 1년이 지나서야 지방 경찰서장을 통해 알게 되었지만 그때조차도 감정을 드러내지 않았을

---

* 1873년에 사망했다.

뿐만 아니라 그저 성호를 긋고는 "천국에 가시기를!" 하고 중얼거릴 따름이었다. 그러고는: "아, 얼마나 당당했던가! 그런데 세상에! 이것도 좋지 않고 저것도 좋지 않다고 불평했지! 왕들은 그에게 경배를 드리러 들락거렸고, 왕자들은 현관에서 지키고 서 있었는데! 하느님이 그를 데리고 가시니 그의 꿈도 일순간에 뒤집어엎어버리시는구나!" 하고 탄식했다.

사실 비록 아침부터 저녁까지 계산에 계산을 거듭했지만 그는 살림살이가 어떻게 되는지 도통 알지 못했다. 이런 점에서 그는 관청 관료 시절의 뿌리 깊은 특성을 그대로 지니고 있었다. 어떤 국장이 기분이 좋아 자기 밑의 계장에게 이렇게 지시했다면 어떻게 될지 상상해보라. '이봐! 러시아의 매년 감자 수확량이 얼마나 되는지 알아야만 하겠네. 수고스럽겠지만 엄밀히 계산해주게나!' 이런 질문을 받으면 계장은 아마도 난처하게 될 것이다. 그가 깊이 생각에 잠겨 자기에게 주어진 임무를 처리할 수 있는 방법을 찾아볼 것인가? 아니다, 이우두쉬카라면 훨씬 간단하게 처리했을 것이다. 즉 그는 러시아의 지도에 선을 그어 똑같은 넓이의 사각형으로 나눈 다음 각각의 사각형이 몇 데샤티나*가 되는지 알아본 다음, 가게에 가서 1데샤티나에 감자를 얼마나 심으며 평균작으로 얼마나 거둬들이는지 알아보고는 하느님과 사칙연산의 도움을 빌려, 러시아는 풍년이 들었을 때는 감자 수확량이 얼마가 되며 흉년이 들었을 때는 얼마가 된다고 답을 낼 것이다. 이런 일은 그의 상관을 만족시킬 뿐만 아니라 아마도 어느 회보의 제102권에 실릴 수도 있으리라.

심지어 그는 가정부를 선택할 때조차도 자기가 만들어놓은 환경에 어울리는 여자를 골랐다. 예브프락시야는 카펠키에 있는 니콜라 성당 하승

---

* 1데샤티나는 1,092헥타르.

의 딸로 모든 면에서 아주 깨끗한 보배였다. 그녀는 신속한 판단력이나 재치는 없었으며 행동도 굼뜬 편이었다. 하지만 그 대신 주어진 일에 묵묵히 따르는 성실한 아가씨였다. 그가 그녀를 '친근하게' 대하게 되었을 때조차도 그녀는 "시원한 크바스를 마시고 싶을 때 허락을 받지 않아도 되나요?"라고 물어볼 뿐이었다. 그러자 이우두쉬카는 그녀의 욕심 없는 마음씨에 감동받아 크바스 이외에도 절인 사과 두 통을 주면서 이 항목에 대한 회계보고에서 면제해주었다. 하얗고 커다란 얼굴, 듬성듬성 솟은 노란 머리카락으로 덮인 좁은 이마, 몽롱하면서도 큰 눈, 오똑한 코, 아마추어 화가가 그린 그림에서 볼 수 있는 애매모호한 미소가 담긴 단정한 입이 말해주듯이 그녀의 외모는 난봉꾼에게는 별다른 관심을 불러일으키지 못했지만, 자기에게 무엇이 필요한지를 아는 소박한 이에게는 풍성한 만족감을 주었다. 대체로 그녀의 등을 제외하고는 특별한 점이라고는 없었다. 등은 워낙 넓고 튼튼해 보였기에 아주 무심한 사람이라도 처녀의 양 어깨 사이를 툭 쳐보려 손을 올릴 정도였다. 그녀도 그렇다는 것을 알았지만 기분 나빠하지는 않았기에 이우두쉬카가 초면에 그녀의 살찐 목덜미를 가볍게 쥐고 흔들었을 때도 그저 어깨를 움츠릴 뿐이었다.

이처럼 가라앉은 분위기 속에서 매일 똑같은 하루하루가 아무런 변화도 없이, 새로운 물결이 닥쳐오리라는 그 어떤 희망도 없이 그렇게 흘러 지나갔다. 다만 아리나 페트로브나가 찾아오면 생활에 약간은 생기가 돌았지만, 사실대로 말하자면 처음에는 어머니가 타고 오는 마차를 먼발치에서 보고 눈살을 찌푸리던 포르피리 블라디미르이치가 시간이 지나자 익숙해졌을 뿐만 아니라 오히려 좋아하게 되었다. 어머니가 오게 되면 그는 헛소리를 맘껏 지껄일 수 있었다. 물론 혼자서도 여러 가지 계산과 결산에 대해 헛소리를 지껄이는 게 가능하다고 생각은 했지만, 자애로운 어머니에게 헛소리를 지껄이는 것이 훨씬 더 즐거웠기 때문이었다. 두 사람은 아침부터 저녁까지 함께 이야기를 주고받아도 지겹지 않았다. 둘은 온갖 이야기를 나누었다. 예컨대 예전의 수확은 그랬지만 요즘은 이렇다는 둥, 예전에는 지주들이 그렇게 살았지만 요즘은 이렇게 산다는 둥, 예전의 소금이 요즘 것보다 좋아서 그런지 모르지만 요즘에는 옛날 같은 오이가 없다는 등의 이야기를 주고받았다.

이런 이야기들은 마치 흐르는 물처럼 쉽사리 잊힌다는 장점이 있었다. 그러므로 그들은 처음 이야기를 꺼낼 때와 똑같은 흥미를 가지고 끝없이 되풀이했다. 이야기에는 예브프락세유쉬카도 끼어들었는데, 아리나 페트로브나는 그녀가 마음에 들었기에 내치지 않았다. 가끔씩 이야기가 싫증이 날 때면 세 사람은 밤늦도록 카드놀이를 했다. 예브프락세유쉬카에게는 한 명이 빠진 채로 어떻게 휘스트 게임*을 할 수 있는지 가르쳐보려고 했지만 그녀는 알아듣지 못했다. 그런 날 저녁의 거대한 골로블료보 저택은 마치 살아 있는 것 같았다. 창마다 불빛이 새어 나왔고 그림자가 어른거렸기에 지나가는 사람들은 집 안에서 즐거운 놀이가 벌어지는 줄 여겼다. 사모바르, 커피 포트, 안주가 하루 종일 식탁 위에 놓여 있었다. 아리나 페트로브나의 가슴은 즐거움으로 물결쳤고, 하루만 머무르지 않고 사나흘씩 묵곤 했다. 포고렐카로 떠나면서도 어떻게든지 하루빨리 '골로블료보의 매혹적인 생활'로 되돌아올 수 있는 핑곗거리를 미리 생각해보곤 했다.

---

* 4명이 하는 카드게임.

* * *

　11월 말이었다. 끝없이 펼쳐진 대지는 하얀 수의를 걸치고 있었다. 밤이 되자 마당에 눈보라가 몰아쳤다. 살을 에는 듯 차가운 바람이 눈을 흩뿌리더니 순식간에 눈 더미를 쓸어 모았고, 길 위의 모든 것을 닥치는 대로 뒤흔들며 울음소리로 사방을 가득 채웠다. 마을과 성당, 근거리의 숲이 하늘에서 소용돌이치는 눈보라 속으로 죄다 자취를 감췄으며, 오래된 골로블료보 정원은 점점 더 큰 소리로 신음 소리를 내뱉고 있었다. 하지만 지주의 저택은 밝고 따뜻했으며 안락했다. 식당에는 사모바르가 놓여 있었고 그 주위에 아리나 페트로브나와 포르피리 블라디미르이치, 예브프락세유쉬카가 모여 앉았다. 한쪽에 놓여 있는 카드 탁자 위에는 누더기가 된 카드가 아무렇게나 펼쳐져 있었다. 활짝 열려진 식당 문을 지나면 한쪽에 성상이 서 있었는데 그곳은 온통 현수등 불빛으로 가득 차 있었다. 다른 한쪽은 지주의 방으로 이어졌는데 그 방에도 마찬가지로 성상 앞 현수등이 희미한 빛을 내고 있었다. 방 안은 답답할 만큼 난방이 잘되어 있었고, 올리브유와 사모바르 석탄 냄새가 났다. 예브프락세유쉬카는 사모바르 맞은편에 앉은 채로 찻잔을 다시 씻어 행주로 닦고 있었다. 사모바르는 큰 소리로 윙윙거리다가는 잠들기라도 한 것처럼 귀청을 째듯이 씩씩거렸다. 자욱한 수증기가 사모바르 뚜껑 밑에서 몰려나와 벌써 15분째 받침대 위에 놓인 주전자를 둘러싸고 있었다. 모여 앉은 세 사람이 이야기를 나누었다.

　"근데 넌 오늘 벌써 몇 판이나 잃은 거니?" 아리나 페트로브나가 예브프락세유쉬카에게 물었다.

　"제가 마음만 먹었으면 잃지는 않았을 거예요. 어머니를 만족시켜드리고 싶었어요." 예브프락세유쉬카의 대답이었다.

"얘야, 내가 아까 너한테 3점 패와 5점 패 카드를 냈을 때 네가 좋아하는 걸 보았어. 나는 포르피리 블라디미르이치가 아니지 않느냐. 포르피리라면 너를 귀여워하니까 계속 한 장씩 냈겠지만, 나는, 얘야, 그럴 필요가 없지."

"어머니는 속임수도 쓰셨잖아요!"

"난 그런 짓은 하지 않아!"

"제가 다른 사람이라도 보았나요? 누가 클로버 7과 하트 8을 같은 패로 속이려 했었지요? 제가 직접 본 거라서 말하는 거예요!"

이렇게 말하면서 자리에서 일어선 예브프락세유쉬카는 사모바르의 주전자를 불에서 내리기 위해 아리나 페트로브나를 등지고 돌아섰다.

"맞아요, 저 여자 등판은……" 이우두쉬카가 자연스럽게 대답했다.

"등판, 등판 하시는데, 뻔뻔하시네요! 제 등판이 어쨌단 말인가요?"

예브프락세유쉬카는 이쪽저쪽 돌아보며 빙그레 웃었다. 등판은 그녀의 최고 자산이다. 얼마 전에 요리사 사벨리이치 노인도 그녀의 등판을 힐끔 쳐다보고는 "야, 등짝 한번 대단한데! 편평하기가 페치카판 같구만!"이라고 했지만, 그녀는 포르피리 블라디미르이치에게 일러바치지 않았다.

찻잔은 차로 가득 찼고, 사모바르는 잠잠해졌다. 하지만 눈보라는 점점 더 심해져 폭우가 쏟아붓듯 창문을 때리다가는 형언할 수 없는 울음소리를 내며 굴뚝을 스쳐지나가기도 했다.

"제대로 눈보라가 치는구먼. 날카롭게 소리치네!" 아리나 페트로브나가 말했다.

"소리치라고 하지요. 눈보라는 울어대고 우리는 여기서 차나 마시면

제3장 가족 결산 171

되지요, 어머니!" 포르피리 블라디미르이치가 말을 받았다.

"어휴, 이런 날 벌판에 있어야만 되는 사람은 어떡하나?"

"그런 사람은 안 좋겠지만 우리는 슬퍼할 게 없지요. 그런 사람이야 어두운 데서 춥겠지만, 우리는 밝은 데서 따뜻하게 있으니까 말이죠. 앉아서 차나 마셔요. 설탕도 넣고 크림도 넣고 레몬도 넣어 마십시다. 그리고 럼주를 섞어 마시고 싶으면 그렇게 마시고요."

"그래, 만약에 지금……"

"어머니, 잠깐만요. 제 말은 지금 들판에 나가 있으면 좋지 않다는 겁니다. 큰길도 없어졌고, 오솔길도 죄다 눈으로 덮여버렸습니다. 게다가 늑대들도 있지요. 하지만 우리 집은 밝고 편안하니 두려운 게 아무것도 없습니다. 여기 앉아 있읍시다, 사이좋게 말이죠. 카드놀이를 하고 싶으면 카드놀이를 하죠. 또 차를 마시고 싶으면 차를 마시고요. 필요 이상으로 마시지는 않을 테니 마실 만큼만 마시도록 하죠. 한데 어째서 이렇게 될 수 있지요? 그건, 어머니, 하느님의 사랑 덕분입니다. 하느님이 돌봐주시지 않는다면 저희는 지금 벌판에서 추위와 어둠 속을 헤매고 있겠지요. 농사꾼 옷에 허리띠를 두르고 나무껍질 신발이나 신고 있겠지요."

"나무껍질 신발이라도 신으면 다행이지! 하여튼 우리는 귀족으로 태어났으니까, 어찌 됐든 장화라도 신고 있잖니!"

"참, 어머니는 아세요? 어떻게 우리가 귀족으로 태어났는지 말이에요. 그건 오로지 하느님이 저희를 가련히 여기셨기 때문이지요. 그렇지 않았다면 우리는 지금 오두막집에 앉아 있을 게고, 촛불이 아니라 관솔불을 밝혀야겠지요. 또 차나 커피를 마신다는 건 꿈도 못 꿀 거예요. 전 앉아서 나무껍질 신발이나 만들고 있을 게고, 어머니는 저녁거리로 멀건 국이나 끓이고 계실 게고, 또 예브프락세유쉬카는 베틀이나 짜고 있을 겁니다. 게다가 마을의 순경이 찾아와 짐마차를 내놓으라 할 수도 있지요."

"하지만 이런 날씨에는 마을 순경일지라도 짐마차를 앞세워 우리를 내몰지는 않을 게야!"

"사랑하는 어머니, 어찌 알겠어요? 그러다가 갑자기 부대까지 지나 간다면! 전쟁이나 폭동이 일어났다면 곧바로 그곳에 가야만 하겠지요? 얼마 전에 경찰서장이 말하기를 나폴레옹 3세가 죽었으니 프랑스에서 폭 동이 난무할 거라더군요. 그러면 군대가 진군할 테니 농부에게 짐마차를 내놓으라 하겠지요. 추위에, 눈보라에, 길도 보이지 않는데도 전혀 개의 치 않고서 위에서 명령만 떨어지면 농사꾼에게 가자고 할 겁니다. 하지만 우리한테는 뭐라고 하지 않을 테고, 짐마차를 내놓으라고 하지도 않을 겁 니다."

"말할 필요도 없지! 모든 게 하느님의 크신 은총 덕분이야!"

"제 말이 바로 그겁니다. 어머니, 하느님은 전능하십니다. 그분은 우리가 따뜻하게 지내라고 땔감도 주시고 영양섭취를 위해서 식량도 주십니다. 전능하신 분입니다. 우리는 우리 힘으로 모든 걸 하고 우리 돈으로 해결한다고 생각합니다만, 잠시라도 생각해보고 둘러본다면 하느님이 모든 걸 마련해주신다는 사실을 알게 될 겁니다. 그러니 그분이 원치 않으시면 저희는 아무것도 이룰 수 없을 겁니다. 만일 제가 지금 오렌지가 먹고 싶어지면 나도 먹고 어머니도 대접해드리고 다른 사람들에게도 하나씩 줄 겁니다. 오렌지 살 돈이 있으니 주머니에서 꺼내 오렌지 달라고 할 겁니다. 그런데 하느님이 '이봐! 철학자인 나는 오이도 없이 이렇게 앉아 있단 말이야!'라고 말씀하십니다."

모두 웃음을 터뜨린다.

"맞는 말씀이세요!" 예브프락세유쉬카가 말을 받는다. "제 삼촌이 페소츠노예에 있는 우스페니에 성당의 종치기였는데요. 겉보기에 삼촌은 신앙심이 깊어 보였고 하느님은 삼촌 일이라면 뭐든지 다 해주실 것 같았지요. 하지만 눈보라치는 들판에서 결국 얼어 죽고 말았지요."

"내 말이 바로 그거야. 하느님이 원하시면 사람은 얼어 죽을 수도 있고 살아남을 수도 있단 말이지. 기도도 마찬가지야. 하느님 들으시기에 흡족한 기도도 있고 그렇지 않은 기도도 있지. 흡족하시면 들어주시겠지만, 그렇지 않으면 하나마나인 게야. 아마도 네 삼촌 기도는 하느님 보시기에 만족스럽지 않았나보지? 그래서 들어주시지 않았을 게야."

"1824년에 모스크바에 갔던 일이 생각나는구나. 그땐 아직 파벨을 임신 중이어서 몸이 무거웠었지. 12월에 모스크바에 갔었는데……"

"죄송합니다만 어머니, 기도 얘기를 마저 끝낼게요. 사람들은 온갖 것을 가지고 기도를 하는데, 그건 모든 게 필요하기 때문입니다. 버터도 필요하고 배추도 필요하지만 오이도 역시 필요하답니다. 말하자면 모든 게 다 필요하다는 말입니다. 가끔은 필요하지 않은 것까지도 인간의 약점 때문에 부탁하는 수가 있습니다. 하지만 하느님은 위에서 훤히 내려다보시고 더 잘 헤아리십니다. 버터가 필요하다고 기도를 하지만 하느님은 배추나 파를 주십니다. 사람들은 맑고 따뜻한 날을 기대하지만, 하느님은 비와 우박을 보낸다 말입니다. 그러니 사람들은 명심하고 불평해서는 안 됩니다. 바로 지난 9월에 가을 파종 작물이 썩지 않도록 날씨가 추워지기를 하느님께 기도드렸지만, 하느님은 추운 날씨를 내려주시지 않아 우리 작물이 다 썩어버렸지요."

"맞아, 다 썩어버렸지!" 아리나 페트로브나가 아쉬워했다. "노빈키 마을 농민들의 가을 파종 작물은 죄다 들판에 버렸어. 봄에 다시 밭을 갈고 봄 작물 씨를 뿌려야만 했었지."

"그랬지요. 우리는 여기서 현명한 척 꾀를 내고 이리저리 계산하고 재보지만, 하느님은 한 순간에 우리의 모든 계획을 먼지로 만들어버리시지요. 참, 어머니, 무슨 말씀을 하시려 했던가요? 1824년에 어쨌다고요?"

"뭐였더라! 벌써 생각이 안 나네. 아마도 하느님의 사랑에 대해서 말하려 했나본데. 얘야, 생각이 나지 않는구나."

"예, 괜찮습니다, 나중에 생각나겠지요. 지금 밖은 눈보라로 소란스러우니 사랑하는 어머니는 잼이나 드시는 게 낫겠습니다. 이 잼은 골로블료보의 버찌로 만든 겁니다. 예브프락세유쉬카가 직접 달인 것이지요."

"그것도 먹어야겠다. 사실 요즘 버찌는 자주 못 먹어봤어. 예전에야 자주 맛있는 버찌를 먹었지만, 요즘이야 어디…… 너희 골로블료보 마을의 버찌는 즙도 많고 큰 것들이지만, 두브로비노의 것은 아무리 애를 써 키워봐야 온통 맛없는 것들만 나오더구나. 참, 예브프락세유쉬카, 넌 잼에 프랑스 술을 넣니?"

"어떻게 안 넣겠어요? 어머니가 가르쳐주신 대로 만들었어요. 어머님께 물어보고 싶은 게 있는데요, 오이를 절일 때 생강을 넣으세요?"

아리나 페트로브나는 잠시 생각하더니 양팔을 쭉 벌리면서 대답했다.

"얘야 기억이 없구나. 예전에는 생강을 넣었던 것 같은데, 요즘은 넣지 않아. 그러니 요즘 절임은 형편없어. 전에는 생강을 넣었어, 이젠 뚜렷이 기억나는구나. 집에 돌아가면 요리법을 뒤져봐야겠다. 찾을 수 있을지도 몰라. 나도 한창때는 모든 걸 놓치지 않고 적어두었잖느냐? 마음에 드는 게 있으면 즉시 물어보고 종이에 적어 집에 갖고 와 만들어보곤 했지. 한번은 대단한 비밀을 손에 넣게 되었지만 그 사람은 1천 루블을 준다고 해도 끝까지 그걸 가르쳐주지 않는 거야. 그래서 내가 그 집 창고지기 여편네에게 25코페이카를 쥐어주었더니 그 여자가 비법을 하나도 남김없이 가르쳐주었더랬어."

"그래요, 어머니는 한창때 장관 같으셨어요."

"장관이건 아니건 간에 낭비하지 않고 재산을 조금씩 모은 것은 하느님께 감사드릴 수 있어. 그래서 지금도 정당한 노력의 대가를 먹고 있지 않겠니? 골로블료보의 버찌도 내가 키운 거니까."

"정말이지 어머니께 감사드립니다. 저도 제 후손들도 끝없는 감사를 드릴 겁니다."

이우두쉬카가 일어나 어머니에게 다가가 손에 입을 맞추었다.

"어미를 안심시키니 네가 고맙구나. 그런데 네 창고는 정말 대단하더구나!"

"우리 창고야 별것 아니지요! 어머니가 관리하시던 창고가 대단했지요. 그때는 창고가 얼마나 많았는데요, 또 모든 창고가 그득히 차 있었죠."

"그래 창고가 있긴 있었다. 거짓말하고 싶지는 않구나. 나는 집안 살림을 잘 꾸려나갔지. 움막이 많았던 것은 그때는 살림이 컸기 때문이지. 식구가 지금의 열 배였어. 하인들도 많았잖니. 그 많은 것들을 먹이고 입혀야 했었지. 오이도 주고 크바스도 마시게 했으니까. 조금씩만 줘도 많이 들었지."

"그래요, 좋은 시절이었어요. 그땐 모든 게 풍성했지요. 빵도 과일도 넘쳐났어요!"

"그땐 퇴비를 더 많이 마련했어. 그래서 농사가 잘됐던 거지."

"아뇨, 어머니. 그것 때문에 그런 건 아니죠. 하느님이 축복해주셨기 때문이죠. 한번은 아버지가 과수원에서 아포르트* 사과를 가져오셨는데 쟁반에 올려놓을 수 없을 정도로 커서 모두들 깜짝 놀랐던 게 생각납니다."

"그건 생각나지 않는구나. 사과가 잘됐던 건 기억난다만, 쟁반에 못 담을 만큼 컸다는 건 모르겠구나. 하지만 대관식**이 있던 그해에 두브로비노 연못에서 20푼트짜리 붕어를 잡았던 건 분명히 생각난다."

"붕어도 그랬지만 과일도 마찬가지로 당시에는 상당히 컸었죠. 과수원의 이반이 이만한 수박을 키웠었죠."

이우두쉬카는 처음에는 양팔을 벌렸다가 둥그렇게 모았는데, 아무리 해도 수박을 안을 수 없다는 몸짓을 해보였다.

"수박도 있긴 했지. 수박은, 애야, 네게 하는 말이지만, 해마다 달랐단다. 어떤 해는 수확도 잘됐고 맛이 좋았지만, 또 어떤 해는 수확도 안 좋았고 맛도 없었지. 또 그 다음 해에는 아예 없었던 때도 있었단다. 또한 어디냐에 따라 달랐었지. 흘레브니코보의 그리고리 알렉산드르이치네는 아무것도 나지 않았단다. 장과류도, 과일도 수확이 없었지. 그래도 참외만은 잘됐어!"

"그렇다면 그도 참외는 하느님에게 축복을 받았군요."

"그래, 물론이지. 하느님의 축복이 없다면 아무것도 할 수 없고, 어디로도 피할 수 없단다."

아리나 페트로브나는 차 두 잔을 마시고 카드 탁자를 쳐다보았다. 예브프락세유쉬카도 카드놀이를 하고 싶어 더 이상 참을 수 없었다. 하지만 그녀의 계획은 아리나 페트로브나 때문에 이룰 수 없었다. 갑자기 뭔가가

---

* 개량종 사과의 일종.
** 황제의 대관식, 1825년 니콜라이 1세의 대관식이 있었음.

떠올랐기 때문이었다.

"참, 알려줄 게 있는데, 어제 고아들에게서 편지가 왔단다." 그녀가 말했다.

"계속 소식이 없더니 답장이 왔군요. 분명 살기가 바쁜가보죠. 돈을 달라고 했겠죠?"

"아냐, 그런 말은 없었어. 읽어보려무나."

아리나 페트로브나는 주머니에서 편지를 꺼내 이우두쉬카에게 건네줬다.

'할머니, 저희에게 칠면조 고기도 닭고기도 보내지 마세요. 또 돈도 보내지 마시고요, 대신 이자가 붙도록 저금하세요. 저희는 지금 모스크바가 아닌 하리코프에 있답니다. 극장 무대에 섰고요, 여름에는 장터에서 공연하러 다닐 겁니다. 저, 안닌카는 「페리콜라」에서, 류빈카는 「오랑캐 꽃」에서 처음으로 역할을 맡았답니다. 저는 여러 번 앙코르를 받았는데, 특히 페리콜라가 거나하게 취해 '나는 준비됐어, 준비가 되었어'라고 노래하는 장면에서 많이 받았습니다. 류빈카도 호응이 좋습니다. 극단주는 매달 1백 루블씩 제게 주기로 했을 뿐만 아니라 하리코프에서는 공연후원금도 받기로 했어요. 류빈카도 매달 75루블씩 받기로 했고요, 여름에는 장터 공연의 공연후원금도 받을 거예요. 이것 말고도 관리들이랑 변호사들이 주는 선물도 있어요. 가끔씩 변호사들이 위조지폐를 주기도 하지만, 조심스레 살펴보면 돼요. 사랑하는 할머니, 포고렐카에 있는 건 죄다 쓰세요. 저흰 다시 그곳에 가지 않을 거예요. 어떻게 그곳에서 살 수 있었는지 이해할 수조차 없답니다. 어젠 첫눈이 내렸어요. 저흰 여기 변호사들이랑 마차를 타고 놀러 나갔어요. 그중 한 사람은 플레바코와 비슷하게 생겼는데, 기막히게 잘생겼지요. 머리 위에 샴페인 술잔을 올려놓고 농민 춤을 췄는데 멋있더군요. 또 다른 변호사는 페테르부르크의 야즈이코프와 비슷하게 생겼는데 그다지 미남은 아니에요. 그 사람이 『러시아 발라드와 민요 선집』을 읽느라 머리가 어지러워졌다는 게 믿어지세요? 재판 중에 기절할 정도로 약해졌답니다. 이처럼 매일같이 관리들이나 변호사들이랑 지내고 있어요. 마차로 돌아다니다가 비싼 레스토랑에서 점심도 먹고 저녁도 먹지만 돈은 저희가 내지 않아요. 그러니 할머니, 포고렐카에서 나는 것들은 아끼지 마세요. 빵도 병아리 고기도 버섯도 죄다 드세요. 저희들 돈까지도 마음대로……

안녕히 계세요. 우리 기사님들이 마차를 가지고 도착했답니다. 사랑하고 존경하는 외할머니 안녕히!

안닌카와 류빈카가 드림.'

"쳇!" 이우두쉬카는 편지를 돌려주며 침을 뱉었다.

아리나 페트로브나는 잠시 생각에 잠겨 아무 말도 하지 않은 채 앉아 있었다.

"어머니는 아직 답장을 보내지 않았지요?"

"아직은, 편지를 어제야 받았는걸. 그러고는 바로 너희들에게 보여주러 온 건데, 이것저것 하다 보니 잊고 있었구나."

"차라리 답을 하지 마세요."

"어떻게 내가 그럴 수 있겠느냐? 난 걔들에게 알려줄 필요가 있지 않느냐? 포고렐카는 그 아이들 것이니까 말이다."

이우두쉬카도 생각에 잠겼다. 아마도 어떤 음흉한 계획이 머리에 떠오른 것 같았다.

"난 걔네들이 그런 소굴에서 어떻게 처신하는지 줄곧 생각하고 있단다." 그 사이에 아리나 페트로브나가 말을 꺼냈다. "한 번 발을 잘못 들여놓으면 처녀의 순결은 찾을 수 없잖니?"

"순결은 걔네들에게 정말 긴요한 건데요." 이우두쉬카가 퉁명스레 대답했다.

"어찌 되었든지 간에 처녀들한테, 뭐랄까, 살아가면서 가장 중요한 건데…… 무슨 일이 생기면 누가 그런 것을 데리고 살겠느냐?"

"요즘은 어머니, 남편이 없이도 결혼한 것과 똑같이 살 수 있어요. 종교의 가르침도 우습게 아니까요. 수풀 밑에 가서 식을 올리면 끝이라니까요. 요즘 말로는 시민결혼식이랍디다."

이우두쉬카는 갑자기 말을 멈췄다. 그 자신이 하승의 딸과 음탕한 동거 생활 중이니 말이다.

"물론 가끔씩은 필요에 따라 하지만……" 그는 고쳐 말했다. "원기왕성한데 홀몸이라면 필요에 따라 법에 어긋날 수도 있지요!"

"물론 그렇긴 하지! 궁핍하면 도요새도 꾀꼬리 울음소리로 운다는데. 사제들도 욕망 때문에 죄를 짓는데 우리 같은 죄인들이야 말할 것도 없지."

"그렇습니다. 어머니 입장이라면 제가 어떻게 할까요?"

"얘야, 말 좀 해보렴. 조언을 주렴."

"제가 어머니 입장이라면 포고렐카에 대한 완전한 위임장을 요구했을 겁니다."

아리나 페트로브나는 흠칫 놀라 그를 쳐다보았다.

"물론 내게는 포고렐카 관리에 대한 완전한 위임장이 있지." 그녀가 말했다.

"관리 위임장이 아니라 매매도 할 수 있고 저당도 잡힐 수 있는 것 말입니다. 예컨대 자기 요량껏 처분할 수 있도록 말이죠."

아리나 페트로브나는 바닥을 내려다보고 침묵했다.

"물론 이건 신중히 생각할 문제지요. 어머니, 생각 잘 해보시죠!" 이우두쉬카는 고집을 부렸다.

하지만 아리나 페트로브나는 계속 입을 다물고 있었다. 비록 나이가 들어 그녀의 판단력이 눈에 띌 만큼 무뎌졌지만, 그렇다 해도 이우두쉬카의 모략은 어쩐지 거북했다. 그녀는 이우두쉬카가 두려웠다. 그녀는 풍요롭고 따뜻하고 넓은 골로블료보가 부러웠다. 하지만 이우두쉬카가 아무 생각 없이 위임장을 말하지는 않았으며 이제 또다시 새로운 계략을 꾸미고 있다는 두려움이 동시에 들었다. 긴장감이 돌았기에 그녀는 왜 편지를 보여주었을까 하고 자신을 힐책했다. 다행히 예브프락세유쉬카가 분위기를 바꾸었다.

"자! 이제 카드놀이를 할까요?" 그녀가 물어보았다.

"그래, 하자꾸나!" 서둘러 아리나 페트로브나가 대답하고 탁자에서 몸을 일으켰다. 그런데 카드 탁자에 가다가 새로운 생각이 떠올랐다.

"참, 오늘이 무슨 날인지 아니?" 그녀는 포르피리 블라디미르이치에게 물어보았다.

"11월 23일이지요, 어머니." 이우두쉬카가 머뭇거리며 대답했다.

"23일은 23일인데, 11월 23일에 무슨 일이 있었는지 모르겠니? 아마 추도식은 잊었나보구나?"

포르피리 블라디미르이치는 창백해져서 성호를 그었다.

"세상에, 이럴 수가 있습니까! 정말 오늘입니까? 괜찮으시다면 제가 달력을 살펴보겠습니다." 그가 소리쳤다.

몇 분 후 그는 달력을 가지고 돌아와 다음과 같은 메모가 적힌 종이를 찾았다.

'11월 23일. 사랑스러운 아들 블라디미르의 사망일. 고이 잠들라, 즐거운 아침이 올 때까지! 네 아비를 위해 하느님께 기도해주렴. 아비는 이날 너를 위해 추도식을 마련하고 예배드리마.'

"이런!" 포르피리 블라디미르이치가 소리쳤다. "오, 볼로댜, 볼로댜야! 넌 선량한 아들이 아니구나. 나쁜 놈이구나. 너는 하느님께 아버지를 위한 기도를 안 했음이 분명하다. 그러니 하느님께서 아버지의 기억마저 앗아가셨지. 이를 어떡하죠, 어머니?"

"까마득히 잊었구나, 내일이라도 추도식을 올리자꾸나. 추도식도 올리고 아침 예배도 드리자. 모든 게 늙어 망령이 난 내 탓이다. 그걸 알려주기 위해 집을 나섰는데 오다가 다 잊었단 말이다."

"아, 이런 죄가 있습니까! 성상실의 현수등이 켜 있는 게 다행입니다. 마치 하늘에서 저에게 빛을 주는 듯합니다. 오늘은 축일도 아니고 아무 날도 아닌데 성모궁입제*부터 줄곧 켜놓았습니다. 얼마 전에 예브프락세유쉬카가 제게 와서 '측면의 현수등은 끌까요?'라고 묻더군요. 그런데 그때 마치 누군가 저를 붙잡는 것 같아 잠시 생각해보고는 '놔둬, 그리스도가 함께 계시도록 켜놓으렴!' 하지 않았겠어요? 그래서 지금껏 켜놓은 거지요."

"다행이구나, 현수등이라도 켜놓았다니! 영혼이 편해졌을 거야. 넌 어디 앉으려는 거냐? 내게 패를 내는 거냐? 아니면 퀸을 네 멋대로 놓아두는 거냐?"

---

* 구력 11월 21일. 러시아의 달력은 1918년 2월 1일 이전까지 율리우스력(구력)이었다. 오늘날의 그레고리력(신력)과는 13일의 차이가 있었다.

"어찌해야 할지 모르겠어요. 어머니, 저도 할 수 있는데……"

"뭘 할 수 있겠니! 앉으렴! 하느님이 용서해주실 게다. 일부러 의도적으로 한 게 아니라, 잊어버린 것이니. 이런 일은 신심이 깊은 사람들도 종종 저지른단다. 내일 동틀 녘에 일어나 아침 예배도 드리고 추도식도 올리자. 마땅히 해야 하는 방식대로 올리자꾸나. 그러면 그 아이의 영혼도 부모와 선량한 이들이 자기를 기억해준다고 기뻐할 것이다. 우리도 의무를 다했으니 안심이 될 게다. 애야, 그렇게 하자. 슬퍼해서는 안 돼, 내가 항상 하는 말이지만. 슬퍼한다 해도 아들이 돌아오는 것도 아니고, 하느님 앞에 죄를 짓는 거니까."

이우두쉬카는 이 말을 듣고 마음이 움직여 어머니의 손에 입을 맞추며 말했다.

"오, 어머니, 어머니. 어머니의 마음은 고귀하십니다. 어머니가 아니 계시면 제가 지금 뭔들 할 수 있겠습니까! 그냥 죽었을 겁니다. 어찌할 바 모르다가 죽어버렸겠죠!"

포르피리 블라디미르이치는 내일 할 일을 지시하고, 카드게임을 하기 위해 함께 자리에 앉았다. 카드를 한 번 돌리고, 또 한 번 돌린다. 아리나 페트로브나는 이우두쉬카가 예브프락세유쉬카에게는 항상 카드를 한 장씩 돌린다고 화를 냈다. 이우두쉬카는 카드를 돌리는 사이에 죽은 아들의 추억에 잠겼다.

"정말이지 상냥했는데!" 그가 말했다. "허락을 받지 않고는 아무것도 가지지 않았어요. 종이가 필요하면 '아빠 종이 한 장 가져도 돼요?' '그래, 가져가렴, 애야!' 했죠. 어떤 때는 '아빠, 오늘 아침식사에는 스메타나*에

---

* 발효시킨 농축 크림.

붕어를 넣으라고 주문하면 안 되겠어요?' '그럼, 그렇게 하자, 애야!'라고 허락을 받았지요. 아, 볼로댜, 볼로댜! 넌 언제나 착했다만, 애비를 놔두고 먼저 갔으니 나쁜 아이로구나."

몇 차례 카드게임을 한 후 다시 옛 추억을 더듬었다.

"그런데 갑자기 죽어버렸으니 도대체 이해할 수 없군요. 제대로 살았고 순종했는데, 살면서 나를 기쁘게 했으니 더 이상 바랄 게 없었는데! 그렇게 갑자기 쾅! 해버리니. 글쎄 이게 무슨 죄악입니까! 어머니 생각해 보십시오. 사람이 자기 생명을, 하늘이 주신 선물을 끝내버리다니요! 무엇 때문에, 왜 그랬을까요? 그 아이에게 뭐가 부족했습니까? 돈이랍디까, 또 뭐가 부족했던가요? 나는 한 번도 돈을 늦게 준 적이 없습니다. 나를 미워하는 자들도 이 점만은 인정할 겁니다. 만약 돈이 적었다면, 그렇더라도 애야, 화내지 말았어야지. 애비에게도 돈은 고민거리니까. 만일 돈이 적었다면, 절제할 줄 알았어야 해. 늘 단 것과 설탕만 먹을 게 아니라 때로는 크바스도 먹어야만 돼. 애야, 그래야만 해. 네 애비도 얼마 전에 돈이 생기리라 기대했는데, 영지관리인이 와서는 테르펜코보 농민들이 소작료를 내지 않는다고 하더구나. 어쩔 수 없어서 치안판사에게 청원서를 올렸다. 아, 볼로댜, 볼로댜, 이 애비를 버리다니 넌 참 못된 아이구나! 나를 홀로 남겨두다니!"

카드게임이 활기를 띨수록 추억은 점점 더 감상적이 되어갔다.

"걘 정말이지 영특했는데! 이런 일도 있었지요. 그 아이가 홍역을 앓고 있을 땐데, 일곱 살도 채 되지 않았을 때였죠. 이젠 고인이 된 사샤가 그 아이에게 다가가면, 이렇게 말했었지요. '엄마, 엄마, 날개는 천사에게만 있다는 게 사실인가요?' '그래, 그렇다는구나, 천사에게만 있단다.' 그러면 그 아이는, '그런데 아빠가 방금 여기 왔을 때 날개가 있던데요?'

라고 했죠."

그러다가 이들은 기가 막힌 카드패를 보게 되었다. 이우두쉬카가 8장이나 카드를 들고서 '바보'가 되었는데, 그중에는 에이스와 킹, 퀸도 있었다. 웃음을 터뜨리며, 놀려대기도 했다. 이우두쉬카 본인이 기분이 좋아서 받아들였다. 그렇게 들떠 있다가 아리나 페트로브나가 갑자기 입을 다물더니 귀를 기울이기 시작했다.

"잠깐만, 조용히 해봐! 누군가 오고 있어!" 그녀가 말했다.

이우두쉬카와 예브프락세유쉬카도 귀를 기울이고 들어보았지만, 아무런 소리도 들리지 않았다.

"오고 있잖니? 저기 쉿! 바람이 이리로 불어올 때⋯⋯, 쉿, 온다, 이제 가까이 왔어."

다시 귀를 기울여본다. 실제로 쟁강거리는 소리가 멀리서 들려왔다. 바람에 실려 가까워졌다가 또 멀어지곤 했다. 5분쯤 지나자 이제는 분명하게 말방울 소리가 들렸다. 그리고 뒤이어 마당에서 알리는 목소리가 들렸다.

"도련님이 오셨어요, 표트르 포르피리이치님이 도착했습니다." 현관에서 소리가 들렸다.

이우두쉬카는 얼굴이 백지장처럼 창백한 채로 자리에서 일어나 멍하니 서 있었다.

* * *

페텐카*는 웬일인지 힘없이 들어와 아버지의 손에 입을 맞추고 난 다

---

* 이우두쉬카의 장남 표트르 포르피리이치의 애칭.

제3장 가족 결산 185

음에는 할머니에게도 똑같은 방식으로 인사를 하고 예브프락세유쉬카에게는 머리를 숙이고 자리에 앉았다. 그는 25세 정도의 젊은이로 외모는 수려했으며, 여행용 장교복을 입고 있었다. 이것이 그에 대해 말할 수 있는 모든 것인데, 이우두쉬카도 더 이상은 알지 못하리라. 부자 관계가 이러했기에 긴장감이 돌지도 않았으며 두 사람이 마치 아무런 사이도 아닌 듯했다. 이우두쉬카는 호적에 자기 아들로 기재되어 있는 사람이 있음을 알고 있었다. 그에게 이우두쉬카는 일정 기간 동안 약속한 것, 다시 말하자면 자기가 정한 금액의 용돈을 보내주어야만 하며, 그 대신에 그에게는 존경과 복종을 받을 권리가 있음을 알고 있었다. 페텐카의 입장에서 보면 그에게는 자기를 항상 압박할 수 있는 아버지가 있음을 알고 있었다. 페텐카는 특히 장교가 된 다음부터는 골로블료보에 다녀가기를 좋아했다. 하지만 아버지와 얘기를 나누고 싶어서가 아니라 삶의 목적을 찾지 못한 사람들이 항상 그렇듯이 본능적으로 고향에 마음이 쏠렸기 때문이었다. 그러나 이번에는 분명 어떤 필요에 의해 어쩔 수 없이 온 듯했다. 그랬기에 그는 방탕한 귀족 자제라면 고향에 도착할 때 누구나 드러내는 들뜬 소동을 전혀 일으키지 않았다.

페텐카는 말수가 적었다. "애야 깜짝 놀랐구나! 난 여기 앉아서 이 밤에 누가 오는가 했더니 바로 너로구나" 하는 아버지의 큰 소리에 침묵으로 또는 억지 미소로 답할 뿐이었다. 그리고 "어떻게 올 생각을 하게 되었니?"라는 질문에는 "그냥, 생각이 나서 왔을 뿐"이라고 대답했다.

"하여튼 고맙다, 애야! 고마워! 애비를 생각해서 왔다니! 기쁘구나. 또 할머니 생각도 났겠지?"

"할머니도 생각이 났어요."

"잠깐만! 오늘이 볼로댜의 1주기라는 것도 생각했겠지?"

"그것도 생각했지요."

이런 식으로 대화가 30분간이나 진행되었기에, 페텐카가 제대로 대답하는 것인지 아니면 건성으로 대꾸할 뿐인지 도대체 알 수가 없었다. 그러므로 제아무리 자기 자식을 무관심하게 대하며 참으려 했던 이우두쉬카도 참지 못하고 한마디했다.

"그래, 얘야, 너는 무뚝뚝하구나! 네가 상냥하다고는 말할 수가 없겠구나!"

만일 페텐카가 잠잠했다면, 그래서 아버지의 지적을 온순하게 받아들였다면, 더 나아가 아버지의 손에 입을 맞추고 '아버지 용서해주세요, 전 다만 여행 때문에 피곤했을 뿐이에요'라고 말했더라면, 모든 게 순조롭게 끝났을 것이다. 그러나 페텐카는 배은망덕하게 이렇게 말대꾸했다.

"원래 그런데요!" 거친 그의 대답은 마치 '제발 나를 그냥 내버려둬요!'라고 말하는 듯했다.

그러자 포르피리 블라디미르이치는 마음이 상해서 도저히 입을 다물고 있을 수가 없었다.

"글쎄, 난 얼마나 너희들 걱정을 했는지 모른다!" 쓰라린 감정을 말했다. "여기 이렇게 앉아 있으면서도 항상 생각했단다. '궁핍도 슬픔도 없이 모두 다 편안히 잘 지내도록 하려면 어떻게 더 잘해야 할까?' 하고 말이다. 그런데 너희들은 내게서 항상 멀어지려고만 하는구나!"

"너희들이라뇨?"

"그거야 물론 너와 죽은 아이지. 천국에 있는 그 아이 말이다."

"그러시군요! 대단히 감사한 일이군요!"

"너희들에게서는 감사한 마음이라고는 조금도 찾을 수 없구나. 감사한 마음도, 선량함도 아무것도 없어!"

"성격이 원래 무뚝뚝한 것뿐이지요. 한데 아버지는 왜 계속 너희들이라고 하시죠? 한 녀석은 죽었잖아요."

"그래, 죽었다. 하느님이 벌 주신 게지. 하느님은 순종치 않는 자식들은 벌하시니까. 그래도 난 그 놈을 기억한다. 내일 아침 예배를 드리고 추도식도 올릴 게다. 그 놈은 나를 모욕했지만 난 그래도 내 의무를 잊지 않는다. 하느님 맙소사! 그런데 또 오늘 이게 무슨 일이더냐? 아들놈이 애비에게 와서는 첫마디부터 성질을 부리니! 우리는 예전에 이렇지 않았다. 골로블료보에 오게 되면 30베르스타 밖에서부터 '하느님, 기억하소서, 다윗 왕과 그의 모든 선행을!'이라고 중얼거렸단다. 여기 어머니가 계시니 말씀해주실 게다. 그런데 지금 세상은 당최 이해할 수가 없구나!"

"저도 이해가 안 됩니다. 집에 도착해서는 공손하게 인사를 드렸고, 손에 입맞췄으며, 여기 자리에 앉아 아버지를 건드리지 않으면서 차나 마시다가, 이제 저녁 준비해주시면 식사나 하려는 참인데요. 한데 왜 아버지는 장황하게 이런 이야기를 꺼내시는지?"

아리나 페트로브나는 의자에 앉아 귀를 기울이고 있었다. 그녀가 언제부터인지는 모르겠지만 오래전부터 들어서 알고 있던 이야기였다. 접어두었던 것 같은 이야기가 또다시 똑같은 페이지에서 펼쳐진 것이다. 그럼에도 불구하고 그녀는 부자지간의 이와 같은 만남에서 좋은 것이라고는 전혀 기대할 수 없었기에 불화에 끼어들어 이 둘을 화해시켜야겠다고 생각했다.

"이런 칠면조들아!" 그녀는 자기의 훈계가 우스꽝스럽게 들리도록 애썼다. "만나자마자 싸운단 말이냐! 서로 트집을 잡는구나, 잡아! 이봐라, 이제 곧 깃털이 빠지겠구나! 어휴, 이런 낭패가 있나! 너희들은 젊었으니 얌전히 앉아서 사이좋게 이야기 나누렴, 나는 늙었으니 너희들 얘기 즐겁게 들으런다. 애야, 페텐카야, 네가 양보하렴. 애야, 아버지에게 항상 져 드려야지, 왜냐하면 아버지니까 그래야지. 또 만약에 아버지에게 쓰디쓴 책망을 듣더라도 너는 순순히 순종과 존경으로 받아들여야만 한다. 왜냐하면 네가 아들이니 그렇단다. 쓰디쓴 것에서 생각지도 않게 달콤한 것이 나올 수도 있으니, 그러면 너는 이득을 보는 게 아니냐! 그리고 애야, 포르피리 블라디미르이치, 너도 너그러이 봐주렴! 이 아이는 네 아들이고 아직 젊은데다가 연약하지 않느냐. 75베르스타 거리의 울퉁불퉁한 눈더미 길을 오느라 지치고 몸은 얼어 잠자리에 들고 싶지 않겠니. 차를 다 마셨으니 식사 준비를 시키고 편히 쉬게 하자. 그렇게 하자꾸나! 제각각 자기 자리로 돌아가 기도를 드리고 나면 마음도 가라앉을 게다. 우리가 가졌던 모든 잡스런 생각들은 잠자는 동안 하느님이 쫓아내버릴 게다. 내일은 아침 일찍 일어나 죽은 아이를 위해 기도드리자. 아침 예배를 올리고 추도식도 드리자. 그런 후에 집으로 돌아와 이야기 나누자꾸나. 모두들 휴식을 취한 뒤에 순서대로 자기 일을 얘기해보자. 너, 페텐카는 페테르부르크에 대해서, 그리고 포르피리는 시골 생활에 대해서 이야기해보자. 일단 저녁을 먹고 하느님과 함께 잠자리에 들자꾸나."

이 훈계가 효과를 얻은 것은 그 안에 설득력이 있었기 때문이 아니라, 이우두쉬카 자신도 자기가 객쩍은 소리를 했음을 알고서는 어떻게 해서든지 조용히 하루를 끝마치고 싶었기 때문이었다. 그런 까닭에 자리에서 일어나 어머니의 손에 입을 맞추면서 '훈계'에 고마움을 표시한 후 저녁식사를 준비하라고 시켰다. 저녁식사 시간은 냉랭하고도 조용히 지나갔다.

식당은 텅 비었고, 제각각 자기 방으로 흩어졌다. 집 안에는 정적이 밀려들어와 쥐 죽은 듯한 고요가 방에서 방으로, 마침내는 마지막 은신처에까지 기어들어왔다. 그곳은 다른 어떤 방구석들보다도 더 오랫동안 종교적 예식이 완강히 버티고 있는 골로블료보 지주의 서재였다. 이우두쉬카는 성상 앞에서 오랫동안 숫자를 세며 절을 올리고 난 뒤 침대로 갔다.

포르피리 블라디미르이치는 잠자리에 들었지만 도저히 잠들 수가 없었다. 아들이 온 데는 예측할 수 없는 이유가 있으리라 추측하면서 시답잖은 온갖 훈계의 말들을 앞질러 머릿속에 그려보고 있었다. 이 훈계는 어떤 경우에도 들어맞는다는 장점이 있지만, 순차적으로 엮어진 것은 결코 아니었다. 문법상, 또는 문장상의 형식은 필요치 않았다. 훈계는 단편적인 경구들이 머리에 쌓인 것으로서 혀끝에 닿는 대로 입 밖으로 나오는 것이었다. 그럼에도 불구하고 살아오면서 일상사에 특별한 사건이 생기기만 하면, 머릿속 경구의 덩어리에서는 혼란이 생겨 잠을 자더라도 이를 진정시킬 수 없을 지경이 되었다.

이우두쉬카는 잠이 오지 않았다. 오만 가지 잡다한 생각이 머리맡을 에워쌌고 그를 괴롭혔다. 사실대로 말하자면 페텐카의 의심쩍은 귀향으로 특별히 흥분되지는 않았다. 왜냐하면 이우두쉬카는 일어날 수 있는 모든 일에 대해 미리 만반의 준비를 해두었기 때문이다. 그는 그 어떤 것도 갑자기 닥쳐오지 않을 것이며, 머리부터 발끝까지 걸치고 있는 허황되고 썩은 경구의 그물망에서 물러나도록 강요할 수 있는 것 또한 아무것도 없음을 알고 있었다. 그에게는 슬픔도, 기쁨도, 증오도, 사랑도 존재하지 않았다. 그가 보기에 세상은 끝없는 헛소리의 빌미가 될 수 있는 관(棺)이었다. 볼로댜가 자살했을 때 슬픔은 말할 수 없이 컸지만, 그는 이곳에서 참고 견뎠다. 2년 이상 지속된 슬픈 이야기가 있다. 2년 동안 볼로댜는 어렵게 지냈다. 처음에는 자존심을 보이며 아버지의 도움은 필요 없다고 했다. 그러다가 약해지더니 사정하기 시작했고, 증거를 대다가는 위협까지 했다. 그때마다 마주치는 것은 준비되어 있던 경구들이었는데, 이는 굶주린

자에게 주는 돌멩이 같은 것이었다. 이우두쉬카가 이것이 빵이 아니라 돌멩이임을 알았는지 혹은 몰랐는지는 확실치 않다. 하지만 어찌 되었든 간에 그는 다른 것은 가지고 있지 않았기에 그가 줄 수 있었던 유일한 것, 자신의 돌멩이를 주곤 했다. 볼로댜가 총으로 자살했을 때 그는 추도식을 드린 후, 달력에 아들의 기일을 표시해놓고는 앞으로도 매년 11월 23일에는 추도식과 아울러 '예배'도 올리겠다고 다짐했다. 하지만 때때로 마음속으로부터 무언가 어슴푸레한 목소리가 들려와 가족 분쟁을 자살로 해결하려는 짓은 적어도 의심쩍은 일이라고 속삭였으며, 그럴 때마다 그는 '하느님은 순종치 않는 자식들을 벌주신다'라든지 '하느님은 오만한 자들에 반대하신다'라는 준비된 경구를 끄집어내어 마음을 가라앉히곤 했다.

지금도 마찬가지다. 페텐카에게 무언가 좋지 않은 일이 생겼음은 의심의 여지가 없다. 하지만 포르피리는 그 일이 어떤 일이든 간에 연루되어서는 안 되었다. '본인이 문제를 만들었으면 스스로 풀어야 한다. 성가신 일을 일으킨 놈이 해결해야 한다. 놀고 싶으면 먼저 일을 해라.' 바로 이것이다. 아들이 내일 무슨 말을 하든 간에 이 말을 해줄 것이다. 그런데 볼로댜가 그랬던 것처럼 만일 페텐카도 빵 대신에 돌멩이를 받아들이기를 거절한다면 어쩔 것인가? 만일 그렇다면...... 이우두쉬카는 이런 생각을 악마의 유혹이라고 여기고 물리쳤다. 그는 몸을 뒤척이며 잠들려고 애써보았지만 잠이 오지 않았다. 막 잠이 들라치면 불현듯 '하늘에 닿을 수 있으면 얼마나 좋으련만, 팔이 짧구나!'라든지 '옷을 보아가며 다리를 펴라.' '나도, 너도 약삭빠르구나. 하지만 이런 속담은 아는지? 약삭빠른 것은 벼룩을 잡을 때만 유익하다는 것을?' 등이 떠올랐다. 사방에서 잡생각이 기어들어와 몸을 짓누른다. 이우두쉬카는 내일 자신의 마음을 달래야겠다는 실없는 말 때문에 압박감을 느꼈다.

페텐카도 여행길 때문에 꽤 피곤했지만 잠잘 수가 없었다. 이곳 골로블류보에서만 해결될 수 있는 일이 있었지만, 어떻게 시작해야 할지 알 수가 없었다. 사실 페텐카는 이 일이 절망적이며 골로블류보에 왔다 해도 앞으로 유쾌한 일이라고는 없을 거라는 것도 잘 알고 있었다. 하지만 인간에게는 자기보존의 깊은 본능이 숨어 있어 모든 의혹을 극복하며 '할 수 있는 데까지 한번 해보자!'라고 부추기는 법이다. 그래서 이렇게 집에 돌아왔지만, 자신을 단련시키고 모든 일을 견딜 마음의 준비를 하는 대신 오히려 처음부터 아버지와 서로 욕을 해댈 뻔했다. 이번 여행의 결말이 어떻게 될 것인가? 돌멩이를 빵으로 바꾸는 기적이라도 일어날까? 아니면 기적은 없을 것인가?

차라리 권총으로 관자놀이를 겨냥하고 '이것 보시오! 나는 당신네들의 제복을 입을 자격이 없소! 나는 국고를 낭비했소. 그러므로 스스로 공정하고 엄정한 판결을 내리오. 탕!' 하는 편이 정당하지 않을까? 그러면 모든 게 끝일 텐데. 그러면 고(故) 육군중위 골로블료프*는 명부에서 제명되겠지. 그래, 그러는 게 훨씬 확실하고 좋겠다. 동료들은 말하겠지. '불행했던 넌 탐욕에 빠졌지만, 고결한 인간이었어'라고 말이야. 하지만 그는 이처럼 단번에 끝내지 않고, 자기 일이 세상에 다 알려지도록 처신했다. 그래서 정해진 기한 내로 횡령 금액을 보충하기로 약속하고 일단 풀려난 것이다. 그런 다음에 부대에서 추방될 것이다. 이제 막 시작한 경력의 치욕적인 종말이 종착점에서 기다리고 있을 뿐인 일을 달성하기 위해 그는 골로블료보에 왔지만, 빵 대신에 돌멩이를 얻을 것이라는 분명한 예감은 피할 수 없었다.

---

* 페텐카의 성(姓).

하지만 어쩌면 다른 일이 생길 수도 있지 않을까? 가끔은 그런 일도 생기니까…… 갑자기 지금의 골로블료보가 사라지고, 그 자리에 새로운 골로블료보가 낯선 환경과 함께 나타난다면, 그러면 그는 그곳에서…… 아버지가 죽는 것은 아니고, 하기야 왜 죽겠는가? 그렇지만 대체로 새로운 환경에 놓이게 된다면…… 어쩌면 할머니가, 그녀에게는 돈이 있지 않은가? 불행이 앞에 있음을 알아차리고는 돈을 줘버린다면! '자, 어서 빨리 떠나거라, 약속 기한을 넘기기 전에!'라고 말한다면. 그러면 그는 길을 떠나 마부를 재촉하고, 간신히 역에 당도한다. 그리하여 약속된 시간 2시간 전에야 겨우 부대에 도착하게 된다! '정말 대단하다, 골로블료프!' 동료들이 말하겠지. '손 한번 잡아보세. 고귀한 젊은이여! 이제 죄다 잊어버리게나!' 그는 예전처럼 부대에 남을 뿐만 아니라 처음에는 2등대위로, 그다음에는 대위로 승진하게 되고, 연대 부관이 될 것이며(그는 이미 경리관이었다), 마침내 연대 기념일에는……

아, 어서 빨리 오늘 밤이 지나가버렸으면! 내일이면, 그래, 내일은 어떻게 되겠지! 내일은 무슨 말을 듣게 될 것인가? 아, 무엇인들 듣지 않겠는가? 내일이면…… 하지만 왜 내일인가? 아직도 하루가 온전히 남아 있지 않은가? 설득하고 감복케 하는 데 필요한 시간을 위해 이틀을 준비해두었다. 이틀이라! 빌어먹을! 설득하고 감복케 한다고! 아니다……

여기서 그의 생각은 뒤섞여버려 하나씩 잠에 빠져버렸다. 15분 후 골로블료보 영지는 온통 깊은 잠에 빠져버렸다.

다음 날 이른 아침, 집안사람들은 모두 일어났다. 모두들 성당으로 갔지만, 페텐카는 여행으로 몸이 피곤하다는 핑계로 집에 남았다. 모두 아침 예배와 추모식을 올리고는 다시 집으로 돌아왔다. 페텐카는 으레 하듯이 아버지의 손을 잡으려 했지만, 이우두쉬카는 눈길도 주지 않은 채

손을 내밀고는 아들에게 성호도 그어주지 않았다는 걸 모두 눈치 챌 수 있었다. 차를 마시고 추도식 음식을 먹었다. 이우두쉬카는 음울한 표정으로 발을 질질 끌며 서성거렸다. 애써 대화를 피하며, 한숨을 짓기도 하다가는 현명하게 기도한다는 표시로 끊임없이 두 손을 모았다. 하지만 아들은 결코 쳐다보지도 않았다. 페텐카도 몸을 웅크리고는 조용히 담배를 연거푸 피웠다. 어제의 긴장감이 밤새 나아지기는커녕 날카로워졌기에, 아리나 페트로브나는 심각할 정도로 불안해져서 예브프락세유쉬카에게 무슨 일이 있었는지 알아보려고 했다.

"무슨 일이 있었느냐?" 그녀가 물어보았다. "애들은 왜 아침부터 원수처럼 노려보는 게냐?"

"전들 어찌 알겠어요? 제가 언제 이런 일에 참견했나요?" 예브프락세유쉬카는 뾰로통하게 대답했다.

"넌 아무 일 없었니? 혹시 손자 놈이 네게 치근거리지 않았느냐?"

"어떻게 제게 치근거리겠어요? 조금 전에 복도에서 저를 훔쳐보다가 포르피리 블라디미르이치에게 들켰을 뿐이에요!"

"음, 그래, 그랬구나!"

실상 자신의 파멸적인 상황에도 불구하고 페텐카는 경박한 천성을 저버리지 않았다. 그는 예브프락세유쉬카의 듬직한 등에 넋이 나가 그녀에게 말을 걸고 싶어졌다. 그럴 요량으로 성당에 가지 않았던 것이며, 주부인 예브프락세유쉬카도 집에 남을 것으로 기대했다. 그래서 집 안이 고요해졌을 때, 외투를 어깨에 걸치고 복도에 몸을 숨겼다. 1분이 지나고 또 1분이 지나자 현관에서 하녀방으로 통하는 문이 소리를 내더니 복도의 끝에 예브프락세유쉬카가 차와 함께 먹을 크렌젤리*를 쟁반에 담아 들고서 나타났다. 하지만 페텐카가 "대단한 등짝이네"라는 말과 함께 양 어깨 사이를 때려보기도 전에 식당 문이 활짝 열리더니 아버지가 나왔다.

"네 놈이 비열한 짓을 하려고 여기에 왔다면, 이 더러운 놈아, 네 놈을 계단에서 던져버리라고 명령할 게다!" 이우두쉬카는 악의에 가득 찬 목소리로 말했다.

페텐카가 순식간에 모습을 감췄음은 물론이다.

그는 아침의 이 사건이 자신에게 유리하게 작용할 거라는 생각은 당연히 할 수 없었다. 그런 까닭에 침묵을 지키면서 변명은 내일로 미루기로 결심했다. 하지만 그러면서도 그는 흥분한 아버지를 가라앉히기 위해 아무것도 하지 않았을 뿐만 아니라, 오히려 매우 경솔하게 바보처럼 처신했다. 쉬지 않고 담배를 피워 방 안 가득 채운 담배 연기를 아버지가 피하려고 애쓰는 것에도 전혀 신경도 쓰지 않았다. 그러고는 바보처럼 아양을 떠는 시선을 끊임없이 예브프락세유쉬카에게 보냈고, 그녀는 그 시선에 감염되어 슬그머니 웃음 지었다. 이를 이우두쉬카도 눈치 챘다.

하루가 느릿느릿 지나갔다. 아리나 페트로브나는 예브프락세유쉬카와 카드게임을 하려고 했지만, 이도 마음대로 되지 않았다. 카드게임도, 대화도 되지 않았다. 모든 이들이 알고 있는 수없이 많은 헛소리들도, 심지어 그런 것조차도 머리에 떠오르지 않았다. 점심시간이 되었지만 식사 중에도 침묵이 이어졌다. 식사 후 아리나 페트로브나는 포고렐카에 가려고 했다. 하지만 이우두쉬카는 자애로운 어머니의 계획에 놀라기까지 했다.

"제발, 어머니!" 그가 소리쳤다. "어떻게 저를 혼자 남겨두려 하십니까요? 이런 나쁜 아들 놈과 맞대면하게 내버려두시렵니까? 안 됩니다.

---

* 흰 빵.

안 돼요. 생각도 하지 마세요. 못 가십니다."

"무슨 일이더냐? 무슨 일이라도 생겼단 말이냐? 말해봐라!" 그녀가 물어보았다.

"아닙니다. 아직은 아무 일도 없지요. 하지만 이제 어머니도 보시게 될 겁니다. 안 됩니다. 어머니는 저를 혼자 내버려두지 마세요. 어머니가 계셔야지…… 다 이유가 있습니다! 그냥 온 게 아닙니다. 무슨 일이 생기면, 어머니가 증인이 되셔야지요!"

아리나 페트로브나는 머리를 흔들더니 남아 있겠다고 했다.

점심을 먹고 난 뒤 포르피리 블라디미르이치는 먼저 예브프락세유쉬카를 마을 사제에게 보낸 뒤 잠자러 가버렸다. 아리나 페트로브나는 포고렐카로 갈 것을 미룬 채 자기 방으로 가 의자에 앉아 졸고 있었다. 페텐카는 지금이 가장 좋은 때라고 여기고 할머니에게 운을 떼보려고 찾아갔다.

"무슨 일이니? 카드게임이라도 하련? 할머니와 하려고 왔느냐?" 아리나 페트로브나가 그를 맞이했다.

"아뇨, 할머니. 할 말이 좀 있어서요."

"그럼, 말해보려무나."

페텐카는 잠시 그 자리에서 망설이더니 툭 말을 뱉었다.

"할머니, 내가 공금을 도박으로 날렸어요."

깜짝 놀란 아리나 페트로브나는 눈앞이 캄캄해졌다.

"많이 잃었느냐?" 그녀는 놀란 목소리로 물으며 멍한 눈으로 쳐다보았다.

"3천 루블이요."

잠시 침묵이 이어졌다. 아리나 페트로브나는 혹시 누가 도움을 주지 않을까 하는 듯이 불안하게 이쪽저쪽을 바라보았다.

"한데 넌 이런 일로 시베리아에 유형갈 수도 있다는 걸 알고는 있니?" 마침내 그녀가 물었다.

"알고 있지요."

"이런 가여운 것, 가여워라!"

"할머니, 할머니한테 돈을 얻어 쓰고 싶어요. 이자는 잘해드릴게요."

아리나 페트로브나는 대경실색했다.

"무슨 말이냐, 애야!" 그녀는 화를 냈다. "내게 있는 돈이라야 관 맞출 돈이랑 내 추도식에 쓸 돈밖엔 없다! 다만 외손녀들의 호의 덕에 굶지 않고 지내며, 아들 집에서 이렇게 좋은 음식 먹고 있지! 없다, 없어, 돈 없다! 나를 내버려둬! 제발 내버려두렴! 아버지에게 부탁하렴!"

"아뇨! 강철 같고 돌 같은 사제한테 밀떡을 기대하는 게 훨씬 낫겠죠! 난 할머니에게 기대했어요."

"무슨 소리! 물론 내게 돈이 있다면 기꺼이 네게 주마. 그런데 돈이 없어! 아버지에게 말해보렴, 상냥하게, 존경심을 표하면서 말해봐! '아버지, 제가 잘못했어요, 철이 없어 잘못을 저질렀어요.' 웃음을 띠고 손에 입을 맞추면서 무릎 꿇고 앉아서 울어보렴. 아버지는 그걸 좋아하니 말이다. 그러면 사랑스런 아들을 위해 아버지가 돈주머니를 풀지 않겠느냐?"

"무슨 생각을 하시는 거죠? 정말 그럴까요? 그만두세요, 그만둬요. 할머니, 차라리 할머니가 이렇게 아버지께 얘기를 하면 어떨까요? '아들에게 돈을 주지 않으면, 내가 저주하겠다!'라고요. 아버지는 옛날부터 이 말을 무서워했어요. 할머니의 저주를요."

"저주를 왜 해야 한단 말이냐! 부탁드리렴. 부탁해봐라, 애야. 아버지한테 한 번 더 절한다고 해서 머리가 떨어지진 않을 게다. 아버지잖니! 아버지도 아버지 입장에서 보겠지. 그렇게 하렴. 정말이야!"

페텐카는 양손을 허리에 대고 생각에 잠긴 듯 앞뒤로 왔다갔다했다. 그러다가 멈추더니 말했다.

"아닙니다. 그래도 마찬가지로 주지 않을 거예요. 내가 뭘 하든 간에, 이마가 부서지도록 절을 한다 해도, 한 푼도 안 줄 겁니다. 그러니까 할머니가 저주를 내리겠다고 윽박지르면…… 할머니, 전 어떻게 해야 할까요?"

"모르겠구나, 정말이지. 한번 해보렴, 어쩌면 누그러뜨릴 수도 있지 않겠니. 그런데 너는 어쩌자고 그런 맘을 먹었느냐? 공금을 노름으로 날리다니 그게 쉬운 일이냐? 누가 그런 짓을 가르쳤니?"

"그냥 해보았는데 날렸어요. 그래요, 할머니 돈이 없다면 고아들 돈이라도 주세요!"

"무슨 소리야? 정신 좀 차려라. 내가 어떻게 고아들 돈을 네게 주겠니? 안 된다. 제발 나를 내버려두렴. 이런 말 좀 하지 마라, 제발!"

"안 된다고요? 어떡하나. 저는 이자도 제대로 드리려 했는데. 월 5퍼센트면 어때요? 안 된다고요? 그렇다면 1년 뒤 원금의 두 배는 어때요?"

"날 유혹하지 마라!" 아리나 페트로브나는 그에게 손을 휘둘렀다. "내 옆에 오지 마라, 제발! 네 아버지가 알게 되면, 내가 너를 꼬드긴다고 우길 게다! 아, 이런 세상에. 늙은이가 쉬고 싶어 막 잠들려는 찰나에 이런 일을 가지고 들어오다니!"

"좋습니다. 나가지요. 정말 안 된단 말이죠? 대단합니다. 할머니와 손자 사이에 말입니다. 3천 루블 때문에 손자가 시베리아에 가야겠어요? 송별기도 드리는 일은 잊지 마세요!"

페텐카는 문을 쾅 닫고 나갔다. 그가 경박스럽게 기대했던 것 중의 하나는 이렇게 깨졌다. 이제 뭘 해야 하나? 한 가지 일이 남아 있는데, 아버지에게 모든 걸 털어놓는 거다. 어쩌면, 그래 어떻게 되지 않을까……

'지금 당장 가서 끝내야지!' 그는 혼자 중얼거렸다. '아니면, 할 수 없고. 아냐, 왜 오늘이어야 하지…… 어쩌면, 그래, 그렇지만 무슨 수가 있겠는가? 아니다, 내일이 낫겠다. 그렇지만, 오늘이…… 그래, 내일이 낫겠다. 내일 말하고 떠나버리자.'

그는 내일 모든 걸 끝내겠다고 결심했다.

할머니에게 얘기한 다음에는 저녁 시간이 한층 시들해졌다. 아리나 페트로브나도 페텐카가 왜 여기 왔는지 알고 나서는 입을 다물었다. 이우두쉬카는 어머니와 시시덕거리고 싶었지만 어머니가 뭔가 골똘히 생각하는 것을 보고는 아무 말도 하지 않았다. 페텐카도 아무 말도 하지 않은 채 담배만 피워댔다. 저녁식사 중에 포르피리 블라디미르이치는 아들에게 물었다.

"이제 말 좀 해봐라, 네가 여기 어인 일로 왕림하셨는지."

"내일 말하지요." 음울하게 페텐카가 대답했다.

     * * *

페텐카는 잠시도 눈을 붙이지 못하다가 아침 일찍 자리에서 일어났다. 변함없이 양분된 생각이 그를 괴롭혔다. '어쩌면 주실 거야.' 희망으로 시작된 머릿속 생각은 꼭 의문으로 끝을 맺었다. '내가 여길 왜 왔던가?' 그는 아버지를 이해하지 못하는 듯했다. 하여튼 그는 아버지의 숨은 감정이나 약점은 전혀 알지 못했다. 그것을 사로잡아야 뭐라도 얻어낼 수 있을 텐데 말이다. 그는 단지 한 가지만 감지했다. 아버지가 있는 자리에서는 뭐라고 설명할 수도 없고 끄집어낼 수도 없는 무엇인가를 마주 대한다는 것을. 결말이 어떻게 날지, 또 어디서부터 말을 시작해야 할지 알지 못해서 공포까지는 아니겠지만, 불안은 느끼고 있었다. 어린 시절부터 그러했다. 기억할 수 있는 한, 일은 항상 그렇게 되어왔다. 즉 아버지의 결정에 의지해서 다른 사람의 제안을 받아들이는 것보다는 그 제안을 거절하는 편이 더 좋았다. 지금도 마찬가지다. 어디서부터 시작할 것인가? 어떻게? 무엇을 말해야 할까? 아, 왜 여기 왔단 말인가?

마음이 서글퍼졌다. 그럼에도 불구하고 이제 앞으로 몇 시간 남지도 않았으며, 무엇이든지 해야 한다는 것은 잘 이해했다. 그는 짐짓 결심을 굳힌 듯 외투 단추를 채우고 걸으면서 입으로 뭔가를 중얼거리면서, 힘찬 걸음으로 아버지의 서재로 향했다.

이우두쉬카는 서서 기도를 드리고 있었다. 그는 믿음이 깊었기에 매일 몇 시간씩 기도를 드리기 좋아했다. 하지만 그가 기도드리는 까닭은 하느님을 사랑해서도, 기도를 통해 하느님을 만나려는 것도 아니었다. 다만 악마를 두려워하여 자기를 악마로부터 구해달라고 부탁하기 위해서였다. 그는 여러 가지 기도문을 알고 지냈는데, 그중에서도 특히 서서 기도하는 법을 훌륭히 연구했다. 다시 말하자면, 언제 입술을 움직여야 하며, 눈은 언제 치켜떠야 하는지, 언제 손바닥을 안으로 해서 양손을 모아야 하는지, 또 어느 때 두 손을 쳐들어야 하는지, 언제 감동하여 경건하게 서 있어야 하며, 반듯하게 성호를 그어야만 하는지를 연구했다. 두 눈과 코는 기도 경험에 의해 정해진 일정한 순간이 되면 붉어지고 축축해졌다. 하지만 기도를 한다 해도 그는 새로워지지도, 감정이 맑아지지도 않았으며, 그의 어두운 내면에는 단 한 줄기 빛조차도 들어오지 않았다. 그는 기도를 하면서도 필요한 모든 동작을 할 수도 있었다. 즉 창문을 내다보면서 어떤 놈이 허가 없이 창고에 다가가지나 않는지 살필 수도 있었다.

이는 매우 특이한 그만의 삶의 방식으로서, 일반적인 삶의 방식과는 아무런 상관없이 자신을 만족시킬 수 있었다.

페텐카가 서재에 들어왔을 때, 포르피리 블라디미르이치는 무릎을 꿇고서 두 손을 들고 있었다. 그는 자세를 바꾸지 않고 한 손만을 위로 들고 흔들면서 아직 좀더 있어야 한다고 했다. 페텐카는 찻잔을 준비해놓은 식당에 가 자리를 잡고 앉아 기다렸다. 그는 이때 기다렸던 30분이 영원인 듯 여겨졌으며, 아버지가 자기를 일부러 기다리게 하는 것이라고 믿어 의심치 않았다. 그의 가장된 굳은 의지는 조금씩 짜증으로 바뀌었다. 처음에는 침착하게 앉아 있었지만, 곧 방 안에서 왔다갔다하더니 뭔가를 휘파람으로 불어댔다. 그래서인지 서재 문이 조금 열리더니 이우두쉬카의 흥분한 목소리가 들려왔다.

"휘파람을 불고 싶은 놈은 마구간에나 가거라!"

잠시 후 포르피리 블라디미르이치가 마치 성대한 예식에 참여하려는 듯이 깨끗한 속옷에 검은 옷을 걸쳐 입고 나왔다. 얼굴은 밝고 감동에 젖어 기쁨과 온순함으로 숨 쉬고 있어 마치 금방 '은혜를 입은 듯' 보였다. 그는 아들에게 다가와 성호를 긋고 입을 맞추었다.

"얘야, 잘 잤느냐?" 그가 말했다.

"안녕히 주무셨어요?"

"잠자리는 어땠느냐? 이부자리는 잘 깔아놓았더냐? 빈대나 벼룩이 물지는 않더냐?"

"덕분에 잘 잤습니다."

"그래, 잘 잤다니 감사할 일이다. 부모님 집에서만 달콤하게 잠들 수 있단다. 나도 경험상 잘 알고 있지. 페테르부르크에서 아무리 자리를 잘 잡고 있어도 골로블료보에서처럼 그렇게 달콤하게 잘 수는 없었단다. 마치 요람에 눕히고 흔들어주는 것 같아. 자, 이제 우리 차나 마실까? 아니면 지금 뭔가 얘기할 게 있느냐?"

"아뇨, 지금 얘기하는 편이 낫겠어요. 6시간 후면 떠나야 하니까요. 또 어쩌면 생각하실 시간도 필요할 테니까요."

"그래, 좋아. 얘야, 내가 단도직입으로 말하자면, 나는 결코 시간을 끌면서 생각하지 않는다. 대답은 항상 준비되어 있으니까. 네가 만일 정당한 것을 요구한다면, 들어주지! 나는 한 번도 정당한 요구는 거절한 적이 없단 말이다. 비록 그게 어렵고 들어줄 힘이 없다손 치더라도 옳은 것이라면 거절할 수가 없지. 내 천성이 그러니까. 하지만 옳지 못한 걸 요구하면, 미안하구나. 네가 안됐지만 거절할 수밖에! 나는 이상한 사람은 아냐. 나는 분명한 사람이야. 서재로 가자꾸나. 네가 말하는 걸 들어보자. 무슨 말인지 들어보자고!"

두 사람은 서재로 들어갔다. 포르피리 블라디미르이치는 문을 조금 열어두었고, 자기도 앉지 않고 아들에게도 앉으라고 권하지 않은 채 서재 안에서 왔다갔다 움직이기 시작했다. 신중을 요하는 문제일 것이며 그런 문제에 대해서 이야기할 때는 서서 하는 편이 훨씬 편하다는 것을 본능적으로 느낀 것 같았다. 만일 그 문제가 매우 불편한 방향으로 흐른다면 표정을 쉽게 바꾸고 말을 끊기에도 이러는 편이 나을 것이다. 그리고 문을 약간 열어놓아 증인들의 도움도 받을 수 있을 것이다. 이제 곧 어머니와 예브프락세유쉬카가 차를 마시기 위해 식당으로 올 테니까 말이다.

"제가, 아버지, 공금을 노름으로 날려버렸어요." 페텐카는 단숨에 무뚝뚝한 소리로 말했다.

이우두쉬카는 한 마디도 하지 않았다. 그의 입술이 떨리는 것은 눈치챌 수 있었다. 그러고 나서 일상적으로 그러듯이 중얼거리기 시작했다.

"3천 루블을 잃었어요." 페텐카가 밝혔다. "그리고 만일 모레까지 그 돈을 가져가지 못하면, 제게는 매우 좋지 않은 일이 생길 겁니다."

"그래, 갖다놓으렴!" 포르피리 블라디미르이치는 상냥하게 말했다.

아버지와 아들은 말없이 몇 바퀴 돌았다. 페텐카는 좀더 자세히 설명하고 싶었지만, 숨이 막히는 것 같았다.

"어디서 돈을 얻어야 합니까?" 그는 겨우 말을 했다.

"나는, 애야, 네가 뭘 믿고 시작했는지 모르겠다. 네가 노름으로 공금을 날렸을 때 네가 계산했던 밑천을 가지고 계산해라."

"아버지는 이런 경우에 밑천에 대해서는 사람들이 생각하지 않는다는 것을 잘 아시잖습니까!"

"나는 애야, 아무것도 모르겠다. 난 결코 한 번도 노름을 한 적도 없고, 해본 거라고는 어머니를 즐겁게 해드리기 위해 같이 바보 게임을 한 것밖에는 없단다. 그러니 애야, 넌 나를 이런 더러운 일에 끌어들이지 마라. 가서 차나 함께 마시는 게 낫겠다. 앉아 마시면서 무엇이든지 얘기나 하자꾸나. 다만 이 문제는 말고 말이다."

그리고 이우두쉬카는 식당으로 재빨리 들어가기 위해 문 쪽으로 가려고 했지만, 페텐카가 막아섰다.

"하지만, 저는 어떻게 해서든지 이 상황에서 빠져나가야 합니다." 그가 말했다.

이우두쉬카는 쓴웃음을 지으며 페텐카의 얼굴을 쳐다보았다.

"그래야지, 애야!" 그가 동의했다.

"그러니 도와주세요!"

"하지만 그건 별개의 문제다. 네가 이 상황에서 빠져나가야 하는 것은 분명하지만, 그래, 네가 제대로 말했다. 하지만 어떻게 나가느냐는 나와는 상관없는 문제다!"

"왜 도와주시지 않으려는 겁니까?"

"그건 먼저, 내게는 너의 그 추접스러운 문제를 덮어줄 만큼의 돈이 없단 말이다. 또 나와는 상관없는 문제이기도 하다. 문제를 일으킨 놈이 해결해야지. 놀고 싶으면 먼저 일을 해야지. 그렇다, 애야. 만일 네가 옳은 것을 요구한다면, 아까 그런 말로 내가 시작했지……"

"알고 있습니다. 알아요. 아버지 혀끝에는 말도 많네요."

"잠깐, 뻔뻔하게 굴지 마, 내가 마저 말해야겠다. 이건 말뿐인 게 아님을 내가 증명해 보이겠다. 내가 좀 전에 말했었지. 만일 네가 마땅히 해야만 하는 중요한 일을 부탁한다면 들어줘야지, 애야. 항상 너를 만족시킬 준비가 되어 있다. 하지만 네가 시시한 문제로 찾아온다면, 미안하다, 애야! 그런 쓸데없는 데 쓸 돈은 없다, 없어! 앞으로도 없을 거야, 알아두어라. 말로만 내가 이런다고 생각하지 마라, 실제로 그럴 거라는 걸 알아두어라."

"하지만 제게 어떤 일이 생길지 생각 좀 해보시죠!"

"하느님 뜻대로 되겠지." 이렇게 대답하면서 이우두쉬카는 손을 약간 들어 올리면서 옆 눈으로 성상을 바라보았다.

아버지와 아들은 방 안을 또 몇 바퀴 돌았다. 이우두쉬카는 마치 아들이 자기를 인질로 잡고 있다고 하소연이라도 하듯이 마지못해 걸음을 옮기고 있었다. 페텐카는 두 손을 허리에 얹고 아버지 뒤를 따르고 있었는데, 콧수염을 씹으면서 신경질적인 웃음을 짓고 있었다.

"전, 아버지의 마지막 남은 아들입니다. 이 점을 잊지 마세요!" 그가 말했다.

"욥한테서, 애야, 하느님은 모든 걸 앗아가셨지. 그래도 욥은 투덜대지 않았단다. 다만 이렇게 말했지. '하느님이 주셨고, 하느님이 가져가셨다. 당신의 뜻대로 하시옵소서!' 이렇게 말했었지, 얘야!"

"하느님은 가져가셨다지만, 아버지는 스스로 아버지한테서 떼어내셨지요. 볼로댜는……"

"아니, 너 지금 추접스런 이야기를 하려는 거냐!"

"아뇨, 이건 추접스런 말이 아니라, 진실이지요. 모두가 알고 있듯이, 볼로댜는……"

"아냐, 아냐, 그렇지 않아. 난 그런 말은 듣고 싶지도 않다. 그리고 이젠 말할 만큼 했다. 해야 할 말은 너도 다 했고, 나도 거기 대답을 줬다. 그러니 이젠 가서 차나 마시자꾸나. 앉아서 얘기나 나누고, 먹고 마신 다음에 작별하면 돼. 그러면 돼. 하느님이 네게 얼마나 자비로우신지 좀 보렴. 날씨도 누그러졌고, 길도 훨씬 평탄해졌단다. 천천히, 쉬엄쉬엄 가다 보면 어느새 정거장에 도착할 게다."

"제발, 좀 들어주세요. 아버지한테 조금이라도 감정이 있다면요……"

"아냐, 아냐, 안 돼! 그건 얘기하지 말자. 식당으로 가자. 할머니가 차를 마시려고 기다리실 게다. 노인을 기다리게 하는 건 옳지 않아."

이우두쉬카는 급히 몸을 돌려 문 쪽으로 뛰다시피 갔다.

"나가시든 안 나가시든 상관없이 난 얘기를 계속할 거요!" 페텐카는 뒤에 대고 소리쳤다. "다른 사람들이 있는 데서 말하면 더 나빠질걸요!"

이우두쉬카는 되돌아와서 아들 앞에 똑바로 섰다.

"이 나쁜 놈아, 내게서 원하는 게 뭐냐, 말해봐라!" 그가 흥분된 어조로 물었다.

"내가 원하는 건 아버지가 노름빚을 갚아주는 겁니다."

"절대로 안 돼!"

"이게 아버지의 마지막 말입니까?"

"보이냐?" 이우두쉬카는 구석에 놓여 있는 성상을 손가락으로 가리키면서 큰 소리로 엄숙하게 말했다. "저게 보이냐? 저건 아버지의 축복이다. 저걸 두고 말하마, 절대로 안 된다고!"

그러고는 단호한 걸음걸이로 서재에서 걸어 나갔다.

"살인자야!" 하는 목소리가 그 뒤에서 들렸다.

* * *

아리나 페트로브나는 벌써 식탁에 앉아 있었고, 예브프락세유쉬카는 차를 준비하고 있었다. 노파는 조용히 생각에 잠겨 페텐카를 꺼리는 듯했다. 이우두쉬카는 늘 그러하듯이 어머니의 손을 잡기 위해 다가갔고, 그녀는 습관대로 성호를 그어주었다. 그러고는 정해진 순서대로, 모두 건강한지, 잠은 잘 잤는지 물어보았고, 간략한 대답이 뒤따랐다.

그녀는 이미 어제저녁부터 기분이 울적해졌다. 페텐카가 그녀한테 돈을 부탁하면서 '저주'에 대한 기억을 되살려준 때부터 그녀는 갑자기 알 수 없는 불안에 사로잡히면서 '내가 정말 저주를 내린다면 어찌 될꼬?'라는 생각에서 벗어날 수 없었다. 오늘 아침 서재에서 논의가 오간다는 말을 듣고서는 예브프락세유쉬카에게 부탁해보았다.

"문 옆에 조용히 가서 무슨 말을 하는지 엿들어봐라!"

예브프락세유쉬카는 엿듣기는 했지만, 둔한 탓에 아무것도 알아듣지 못했다.

"그래요, 말들이 오가긴 했어요. 소리치지도 않았고요!" 그녀는 갔다

오더니 이렇게 말했다.

그러자 아리나 페트로브나는 참지 못하고 직접 식당으로 향했다. 그동안 벌써 사모바르가 준비되었다. 하지만 이야기는 이미 끝 무렵이었다. 그녀가 들을 수 있었던 것은 페텐카의 큰 목소리와 포르피리 블라디미르 이치의 웅얼대는 대답 소리뿐이었다.

"웅얼대는구나! 정말 웅얼대는구나!" 그녀의 머릿속에서 떠올랐다. "그래, 그때도 지금처럼 이랬어. 그때는 알아차리지 못했지만!"

마침내 두 사람, 아버지와 아들이 식당에 들어왔다. 페텐카는 얼굴이 벌게져서 숨을 거칠게 내쉬었다. 두 눈은 휘둥그레 뜨고 머리카락은 헝클어져 있었으며, 이마에는 땀방울이 송송 맺혀 있었다. 반면 이우두쉬카는 창백한 얼굴에 독기가 스며나왔다. 무관심한 듯이 보이려 했지만, 그럼에도 불구하고 아랫입술은 떨리고 있었다. 그는 간신히 어머니에게 일상적인 아침 인사를 드렸다.

모두 다 식탁의 제자리에 앉았다. 페텐카는 약간 떨어진 곳에 자리를 잡고 의자 등받이에 몸을 기댄 채 한쪽 다리를 다른 쪽 다리 위에 올리고 담배를 피워 물더니 야유하는 눈빛으로 아버지를 쳐다보았다.

"자, 어머니, 이젠 날씨도 누그러졌어요." 이우두쉬카가 말을 꺼냈다. "어제 날씨는 엉망이었지만, 하느님이 원하시기만 하면, 이렇게 평화롭게 되니 하느님의 축복이지요! 그렇지요 어머니?"

"글쎄, 오늘 집 밖에 나가보지 않아서 모르겠구나."

"그렇다면 귀한 손님을 배웅해드립시다." 이우두쉬카가 말을 이었다. "내가 아까 일어나 창밖을 내다보니, 마당이 고요한 것이 꼭 하느님의 천사가 내려와 날개로 순식간에 이 모든 소요를 진정시켜놓은 것 같습디다!"

그렇지만 아무도 이우두쉬카의 정다운 이 말에 대꾸하지 않았다. 예브프락세유쉬카는 차를 후후 불며 콧소리를 내가며 마시고 있었고, 아리나 페트로브나는 그저 말없이 찻잔을 들여다보고 있었다. 페텐카는 의자에 앉아 몸을 흔들면서 아까처럼 비아냥거리는 눈빛으로 아버지를 계속 불손하게 쳐다보았는데, 마치 웃음을 터뜨리지 않으려고 크게 애쓰는 듯했다.

"지금 페텐카가 서둘러 떠나지 않아도," 포르피리 블라디미르이치가 다시 말을 시작했다. "저녁 무렵에는 기차역에 쉽게 도착할 거야. 우리 집의 말들은 학대받은 적이 없으니 무라비요보에서 두어 시간 여물을 먹이면 순식간에 도착할 거야. 그러면 거기서는 쳇! 기차가 소리 내어 달려갈 게야. 아, 페텐카! 페텐카! 넌 착한 놈이 아냐, 여기 우리와 함께 있겠다면, 손님으로 좀더 있으면 얼마나 좋겠냐! 그렇게만 되면 우리도 즐겁고, 너 또한 그럴 텐데. 여기서 일주일 동안 있으면서 건강을 되찾으면 얼마나 좋겠느냐!"

그렇지만 페텐카는 여전히 의자에 앉아 몸을 흔들면서 아버지를 쳐다보고 있었다.

"넌 왜 나를 계속 쳐다보고 있느냐?" 이우두쉬카가 마침내 속이 끓어올라 물었다. "뭘 보고 있냐?"

"아버지가 어떻게 하는지 지켜보고 있어요."

"얘야, 아무것도 더 이상은 못 볼 게다. 아까 말한 대로 될 거야. 난 내가 한 말은 바꾸지 않아!"

정적이 밀려들어왔다. 정적에서 뚜렷하고 낮은 목소리가 들렸다.

"이우두쉬카!"

포르피리 블라디미르이치는 자기를 부르는 절규의 말을 분명히 들었지만(얼굴까지 창백해졌다), 못 들은 척했다.

"아, 얘들아, 얘들아!" 그가 말했다. "너희들이 불쌍하다, 너희들을 귀여워해주고 어루만져주고 싶지만, 아무것도 할 수가 없구나. 그럴 운명이 아닌가보다. 너희들은 부모로부터 달아나 부모보다 더 소중한 친구들과 같이 살게 되었구나. 그러니 아무것도 해줄 것이 없구나. 생각해보면 따를 수밖에 없는 일이다. 너희들은 젊고, 젊은이들은 잔소리꾼인 늙은이들과 함께 있는 것보다는 끼리끼리 지내는 게 더 좋겠지! 그러니 내 마음 누그러뜨리고 투덜대지 말아야겠다. '하느님, 당신의 뜻대로 하옵소서!'라고 기도드릴 수밖에!"

"살인자!" 다시 페텐카가 속삭였는데, 이제는 매우 분명하게 들려서 아리나 페트로브나가 겁에 질려 쳐다보았다. 그녀의 눈앞에 얼간이 스테프카의 그림자 같은 것이 휙 지나갔다.

"넌 누구를 두고 이런 말을 하는 게냐?" 이우두쉬카가 흥분으로 몸을 떨면서 물었다.

"그냥 내가 아는 어떤 사람이요."

"그래! 넌 그렇게 말하지! 네가 무슨 생각을 하는지 아무도 모를 거다. 어쩌면 넌 이 자리에 있는 누군가를 욕하는 건지도 모르겠구나."

모두들 입을 다물었다. 찻잔은 건드리지도 않았다. 이우두쉬카도 의자 등받이에 몸을 기대고 신경질적으로 흔들어댔다. 페텐카는 모든 희망이 사라졌다는 걸 이해하자 죽음을 목전에 둔 이의 슬픔으로 극단적인 행동까지 불사할 태세였다. 아버지도 아들도 뭐라 말할 수 없는 쓰디쓴 미소를 띠고 서로를 쳐다보았다. 포르피리 블라디미르이치가 아무리 자신을 다잡으려 해도 자제할 수 없는 순간이 다가오고 있었다.

"넌 떠나는 게 더 낫겠다!" 더 이상 참지 못하고 그가 말했다. "정말이야!"

"그래요, 떠날 겁니다."

"뭘 기다리느냐! 내가 보기에 너는 싸움을 거는 것 같은데 나는 누구와도 싸우고 싶지 않다. 우리는 여기서 조용히 평화롭게 싸우지도 않고 욕설도 하지 않고 살고 있었다. 옆에 할머니가 앉아 계시는데, 넌 양심에 찔리지도 않느냐? 넌 도대체 왜 왔느냐?"

"그건 말씀드렸지요."

"단지 그 이유 때문이라면, 괜히 헛수고했구나. 떠나버려라, 애야! 거기 누가 있느냐? 여행용 마차를 준비하라고 일러라. 볶은 병아리 고기와 캐비어와 그리고 또 다른 것도, 계란 같은 것들도 종이에 싸서 줘라. 정거장에서 너도 먹고, 말들에게도 먹여라. 잘 가렴!"

"아닙니다. 아직 안 가렵니다. 성당에 가서 살해당한 하느님의 종 블라디미르*를 위해 추도식을 올려달라고 부탁하렵니다."

"자살한 거야……"

"아닙니다. 살해된 거지요."

두 부자는 두 눈을 치켜뜨고 서로 노려보았다. 마치 두 사람 모두 곧 달려들 기세였다. 하지만 이우두쉬카는 초인적인 자제력을 발휘해 의자의 방향을 바꿔 식탁으로 고개를 돌렸다.

"놀랍구나!" 그는 발작하듯 소리쳤다. "놀라워!"

"맞아요, 살해된 거요!" 페텐카는 무례하게 주장했다.

"대체 누가 걔를 죽였단 말이냐?" 이우두쉬카는 아들이 정신 차릴 것을 기대하는 듯이 호기심 어린 표정을 지었다.

그렇지만 페텐카는 전혀 당황하지 않고 단숨에 말을 내뱉었다.

---

* 페텐카의 동생 볼로덴카의 원래 이름.

"당신이요!"

"나라고?!"

포르피리 블라디미르이치는 놀라서 정신을 차릴 수 없었다. 그는 서둘러 의자에서 일어나 성상을 향해 기도하기 시작했다.

"당신이요, 당신이란 말이요, 당신!" 페텐카는 되풀이해서 말했다.

"됐다, 다행히도 기도드리니 좀 마음이 가벼워졌네!" 이우두쉬카가 다시 식탁에 앉았다. "그런데, 잠깐만! 기다려봐! 난 아버지니까 네게 설명하지 않아도 그만이지만, 그래 좋다, 이왕 시작했으니 계속해보자! 네 생각에는 내가 볼로덴카를 죽이기라도 했단 말이냐?"

"그래요, 당신이요!"

"하지만 내 생각에는 그게 그렇지 않다. 그 아이는 자살한 거라고 봐. 난 그때 여기 골로블료보에 있었고, 그 아이는 페테르부르크에 있었다. 그때 내가 어떻게 거기 있을 수 있겠니? 어떻게 7백 베르스타 거리를 뛰어넘어 그를 죽인단 말이냐?"

"아직도 이해를 못한단 말이에요?"

"알 수가 없구나. 하느님이 아신다, 난 모르는 일이야."

"그렇다면 누가 볼로댜를 빈틸터리로 내버려뒀소? 누가 그 아이에게 보내는 돈을 끊어버렸소? 누구요?"

"그럼, 걔는 왜 아버지 뜻에 거스르는 결혼을 했다더냐?"

"아버지가 허락해주시지 않았던가요?"

"누가? 내가? 오, 주님! 난 결코 허락한 적 없다. 결코 없었다."

"그렇군요, 아버지는 그때도 늘 하던 대로 했겠지요. 당신의 말 한 마디는 열 가지 뜻을 가지니까요. 알아맞혀봐라, 늘 그런 식이죠!"

"난 결코 허락한 적이 없다. 그때 걔가 내게 편지를 보냈지. '아버지,

리도치카와 결혼하고 싶어요'라고 말이다. '하고 싶어요'라고 썼었지, '허락해주세요'라고 하지 않았다. 그래서 나도 그 아이에게 이렇게 써 보냈지. '결혼하고 싶다면, 하렴. 나는 반대할 수 없으니까 말이다.' 그게 다였다."

"그게 다였다." 페텐카가 약을 올리며 따라 했다. "그게 허락이 아니면 뭐랍디까?"

"아니다. 내가 뭐라고 말했더냐? 난 '나는 반대할 수 없다'라고 했어. 그게 다야. 허락한다든가 못 한다든가 하는 문제와는 별개야. 그 아이는 내게 허락을 청하지도 않았으며, 곧장 이렇게 썼던 거야. '리도치카와 결혼하고 싶어요'라고 말이다. 그래서 나는 허락에 대해서는 아무 말도 하지 않았어. '결혼하고 싶다면, 그래 좋다, 결혼해라, 얘야. 리도치카와 하든지 아니면 다른 리도치카랑 하든지, 내가 방해할 수는 없다'라고 말해줬어."

"그렇지만 빵 한 조각도 주지 않을 수는 있죠. 그러니까 이렇게 편지를 썼어야만 했지요. '얘야, 난 네 뜻이 마음에 들지는 않는다만, 너를 방해하지는 않겠다. 다만 미리 경고해두는데, 내게서 금전적인 지원은 더 이상 기대하지 마라.' 그랬다면 적어도 분명하게는 전달되었겠죠."

"아니다, 난 결코 그렇게는 못한다. 다 큰 아들에게 어떻게 협박을 하겠느냐, 결코 못한다! 내게는 결코 누구도 방해하지 않는다는 원칙이 있다. 결혼하고 싶다면 해라! 그렇지만 사태의 결과에 대해서는 화내지 마라. 자기 스스로 예견해야만 한단다. 그러라고 하느님이 머리를 주신 게 아니냐? 나는 다른 사람의 일에는 결코 간섭하지 않는다. 간섭도 하지 않고, 간섭받고 싶지도 않다. 그러고 싶지 않아, 아니, 그렇게 간섭하도록 내버려두지도 않을 거야. 듣고 있느냐, 어리석고도 무례한 놈아, 간섭

해서는 안 돼!"

"못하도록 해보시죠, 그래도 모든 사람들의 입을 막을 수는 없을 거요!"

"그 녀석이 뉘우치기라도 했더라면! 자기가 아버지를 화나게 만들었다는 걸 이해했더라면! 천박한 짓을 했으면 뉘우쳐야지! 용서를 구해야지! '아버지를 슬프게 해드렸으니 용서해주세요'라고 했어야지. 그 아이는 그러지 않았어!"

"동생이 아버지께 편지를 썼지요. 먹고살 것이 없어 더 이상 버틸 수가 없다고 말이죠."

"아버지하고는 의논하는 게 아니라 용서를 구했어야지. 그랬어야 해!"

"그랬지요. 동생은 너무 괴로워서 용서도 구했더랬지요. 모든 걸 다 했지요."

"그랬더라도 옳지 않아. 한 번 용서를 빌었는데 아버지가 받아주지 않았더라면 다시 한 번 빌어야지!"

"아, 정말이지 당신은!"

이 말을 하던 페텐카는 흔들대던 의자에서 벌떡 일어나 식탁으로 가 그 위에 양 팔꿈치를 댔다.

"그러니 나도……" 들릴락 말락 한 작은 소리로 말했다.

그의 얼굴은 차츰 일그러졌다.

"그러니 나도……" 발작하듯 흐느끼며 되풀이해서 말했다.

"누가 잘못인지는……"

그렇지만 이우두쉬카는 훈계를 마저 끝내지 못했다. 왜냐하면 바로 그 순간에 전혀 예기치 않았던 일이 터졌기 때문이었다.

제3장 가족 결산 213

지금 묘사한 전투의 순간에 그들은 아리나 페트로브나에 대해서는 잊은 듯 보였다. 하지만 그녀는 가족 분쟁에서 결코 무심한 증인으로만 머무르지 않았다. 만약 잠시라도 그녀를 바라보기만 했다면, 그녀에게 무언가 기이한 일이 생겼으며 그녀의 지혜로운 눈앞에 그녀 삶의 총체가 하나도 남김없이 그대로 곧 나타나는 순간이 닥치게 되었음을 누구든지 알아차릴 수 있었을 것이다. 번쩍이는 눈을 크게 뜬 그녀의 얼굴은 활기를 띠었고, 입술은 무언가를 말하고 싶은 듯이 움직였지만 말은 할 수 없었다. 그런데 페텐카가 흐느끼는 울음소리로 식당을 울리게 했던 바로 그 순간에, 그녀는 자리에서 벌떡 일어나, 손을 앞으로 쭉 펴고는 가슴 깊은 곳에서 울음을 토해냈다.

"저-주-한-다!"

제4장
조카딸

이우두쉬카는 선량한 아버지로서 페텐카가 길을 떠날 때 짐마차에 닭고기와 송아지고기, 고기만두를 실으라고 시켰지만, 그래도 돈은 주지 않았다. 바람이 부는 추운 날씨에도 불구하고 몸소 현관 밖으로 나와 아들이 편히 마차에 앉았는지, 발은 제대로 덮었는지 살펴보고 배웅했다. 집 안으로 들어온 다음에도 식당 창문을 통해 수차례 성호를 그으면서 페텐카가 타고 가는 마차에 작별 인사를 보냈다. 예컨대 가족으로서 모든 의식을 행했다.

"아, 페텐카, 페텐카!" 그가 말했다. "넌 고약한 자식이구나! 옳지 않아. 그렇게 경솔하게 일을 저지르다니 말이다. 아! 연로하신 할머니를 모시고 너와 오순도순 사이좋게 살 줄 알았더니, 이게 뭐냐! 쳇, 나쁜 녀석! 우린 나름대로 현명하니, 지혜가 시키는 대로 살아갈 게다. 그런데 너의 지혜란! 이런 슬픈 일이 있겠느냐!"

그렇지만 이때 그의 무표정한 얼굴 근육은 조금도 떨리지 않았으며, 목소리에서도 방탕한 아들에게 던지는 호소 비슷한 어조라고는 전혀 찾을 수 없었다. 게다가 그의 말에 귀 기울이는 사람은 아무도 없었다. 방 안에는 아리나 페트로브나가 있기는 했지만, 그녀는 금방 겪었던 쇼크로 인해 어쩐지 삶의 에너지를 일순간에 상실한 듯 사모바르 앞에 놀란 표정으로 앉아서 아무것도 듣지 않고 아무 생각도 없이 앞만 바라보고 있었기 때문이었다.

생활은 예전처럼 쓸데없는 한담과 끝없이 공허한 이야기들로 이어졌다.

페텐카의 기대와는 달리 포르피리 블라디미르이치는 어머니의 저주를 매우 차분하게 받아들였으며, 머릿속에 항상 준비되어 있던 결심에서 한 발자국도 물러서지 않았다. 사실 그는 약간 창백해지며 어머니에게 소리쳤다.

"어머니, 사랑하는 어머니! 제발, 진정하세요! 하느님은 자애로우시니 모든 게 잘될 겁니다!"

하지만 이 말은 자신보다는 어머니가 걱정되어서 나온 표현이었다. 아리나 페트로브나의 돌발적인 행동은 너무나 뜻밖이었기에 이우두쉬카는 짐짓 놀란 척할 새도 없었다. 어젯밤만 하더라도 어머니는 그에게 상냥하게 농담도 건네고 예브프락세유쉬카와 카드놀이도 한 걸로 보아서는, 무언가가 그녀에게 순간적으로 닥쳐온 것이지 미리 마음먹고 제대로 한 일은 아님이 분명했다. 사실대로 말하자면 그는 어머니가 내리는 저주를 두려워했지만, 그것을 다른 것으로 상상해보았다. 텅 빈 그의 머릿속에서 전반적인 상황이 다음과 같이 설정되었다. 성상, 켜진 촛불, 방 가운데 서 있는 어머니는 검은 얼굴로 무섭게 저주를 내린다. 그러자 벼락이 치고, 촛불이 꺼지면서 커튼은 찢어지고 어둠이 덮친다. 하늘에서는 구름을 뚫고 내리친 벼락으로 빛을 받은 여호와의 화난 모습이 보인다. 그렇지만 이와 비슷한 일은 일어나지 않았다. 다시 말하자면 어머니 앞에 무언가가 나타나 그녀가 광기를 부린 것일 뿐 더 이상은 아무 일도 없었다. 게다가 그녀는 저주를 내릴 아무런 이유가 없었다. 왜냐하면 최근에 두 사람은 충돌할 이유가 아무것도 없었기 때문이다. 유개마차가 어머니 소유라는 주장에 대해 그가 의혹을 표시한 이후로도(이우두쉬카는 그때 자기가 잘못했으므로 저주를 받아 마땅하다고 내심 인정했다) 시간은 많이 흘렀다. 아리나 페트로브나는 마음이 누그러졌지만, 포르피리 블라디미르이치는 어떻게 해서든지 자애로운 어머니를 진정시켜드려야겠다고 내심 마음먹고 있었다.

'나이 드시니 안됐어, 정말이지 좋지 않아! 때때로 넋이 나가시니 말이야!' 그는 자위했다. '앉아서 카드놀이를 하고는 있지만, 저것 봐, 졸고 계시잖아!'

그는 사실 아리나 페트로브나가 노쇠해져서 걱정이 되었다. 그는 아직 어머니의 죽음에 대비하지 않았으며, 생각조차 하지 않고 있었기에 죽음에 수반되는 일들을 계산하지 못했다. 즉 두브로비노에서 떠나올 때 돈이 얼마나 있었으며, 그 돈으로 일 년에 얼마나 수입을 얻을 수 있는지, 수입 중에서 그녀가 어느 정도 지출하고 저축할 수 있는지를 말이다. 예컨대 그는 아직 사소한 일 더미를 처리하지 않았는데, 그는 항상 그런 일이 없으면 자기가 불의의 습격을 당할 것처럼 불안해했다.

'노파는 구두쇠야!' 그는 가끔씩 이렇게 생각했다. '모든 걸 다 써버리지는 못할 거야. 어떻게 그럴 수 있겠어! 그녀가 우리를 분가시켰을 때 돈이 제법 있었어. 고아들한테는 주지 않았을까? 아니야, 많이 주지는 않았을 거야. 그러니까 지금도 돈이 있어, 있고말고!'

하지만 이런 공상은 결코 진지하게 자리 잡지 못했으며, 그저 머릿속에서 머뭇거리다가는 바람처럼 빠져나가버렸다. 굳이 이런 일들이 아니라도 일상적인 사소한 일들이 새롭게 계속 쌓여만 갔다. 포르피리 블라디미르이치는 계속 일을 미루다가 뜻밖에도 저주를 당한 사건이 있고 나서야 이제 일을 시작할 때가 되었음을 깨달았다.

하지만 파국은 그가 예상했던 것보다 빨리 찾아왔다. 페텐카가 떠나고 그 다음 날 아리나 페트로브나는 포고렐카로 떠나고 골로블료보에는 다시 돌아오지 않았다. 그녀는 완전한 고독에 파묻혀 방문 밖으로는 한 달 여 이상 나오지 않았으며 하인과도 거의 얘기를 나누지 않았다. 아침에 일어나면 습관대로 책상에 자리를 잡고는 늘 하던 대로 카드를 펼쳤지만, 끝까지 하는 경우는 거의 없이 창문에 눈을 고정시킨 채 꼼짝 않고 앉아 있곤 했다. 그녀가 무엇을 생각했는지, 생각을 하고 있기나 했는지는 제아무리 마음의 비밀을 꿰뚫어 읽는 데 능통한 자라도 알아차리지 못했을 것이다. 그녀는, 예컨대, 어떻게 해서 사방이 벽으로 둘러싸인 이곳에 있게 되었는지 생각해내려는 듯이 보였지만, 생각해낼 수가 없었다. 그녀의 침묵이 두려워진 아피미유쉬카는 방 안을 힐끔 쳐다보고는 그녀가 덮고 있던 의자 위의 쿠션을 바로잡아주며 뭔가 얘기를 하려고 했지만, 한 두 마디 말 빠른 대답만을 들을 수 있었다. 그즈음 포르피리 블라디미르이치가 포고렐카에 두어 번 들러서 버섯과 붕어 및 여러 가지 골로블료보의 명산물로 어머니의 마음을 움직여 골로블료보에 오도록 청했지만, 그녀는 알 듯 말 듯한 미소로 대답할 뿐이었다.

어느 날 아침, 그녀는 늘 하던 대로 침대에서 몸을 일으키려고 했지만 도저히 일어날 수가 없었다. 특별히 아픈 데가 있는 것도 아니었고, 또 어디가 아프다고 말도 하지 않았지만 몸을 일으킬 수는 없었다. 당연한 일로 여겼기에 이런 형편 때문에 걱정되는 것은 아니었다. 어제만 해도 탁자에 앉고 걸어 다닐 힘이 있었는데, 지금은 침대에 누울 만큼 몸이 편치 않았다. 그런데 오히려 마음은 편해졌다. 하지만 당황한 아피미유쉬카는 마님이 눈치 못 채게 살그머니 포르피리 블라디미르이치에게 급사를 보냈다.

다음 날 이른 아침에 이우두쉬카가 도착했다. 아리나 페트로브나는 눈에 띄게 몸이 나빠졌다. 그는 하인에게 어머니가 뭘 드셨는지, 식사를 잘못하신 건 아닌지 이것저것 물어보았는데, 아리나 페트로브나는 한 달 동안 거의 아무것도 드시지 않았으며, 어제부터는 전혀 드시지 않았다는 대답을 들을 수 있었다. 이우두쉬카는 슬피 두 손을 흔들고, 선량한 아들처럼 어머니에게 다가가기 전에 환자에게 찬바람을 가져가지 않으려고 하인들 방 페치카에서 몸을 녹였다. 그러고는 내친김에(그는 죽음에 대해서라면 대단히 뛰어난 후각을 지니고 있었다), 이것저것 분부를 내렸다. 필요한 경우에는 사제를 데려오기 위해 지금 집에 있는지 확인시켰으며, 서류가 들어 있는 어머니의 궤짝이 어디에 있으며 잠겨 있는지 아닌지도 알아보았다. 가장 중요한 문제를 묻고 확인하여 마음을 놓은 다음에 요리사에게 식사 준비를 시켰다.

"조금만 먹으면 돼!" 하고 말했다. "닭고기 있나? 그럼 닭고기 수프를 끓여주게! 소금에 절인 고기가 있으면 조금만 준비해주고! 구운 고기가 있다면, 난 좋겠어!"

아리나 페트로브나는 크게 벌린 입으로 숨을 가쁘게 몰아쉬면서 침대에 몸을 쭉 편 채 누워 있었다. 두 눈은 크게 뜨고, 토끼털 담요 밖으로 나온 한 손은 방 안의 냉기로 인해 얼어붙어 있었다. 그녀는 아들이 도착하면서 낸 사각거리는 소리에 귀를 기울이고 있었음이 분명했고, 또 어쩌면 이우두쉬카가 지시하는 소리도 들었을지 모른다. 커튼이 내려진 방 안에는 어둠이 감돌았다. 바닥까지 타버린 성상 앞 현수등의 램프 심지는 물에 닿아 지지직 소리를 냈다. 무거운 방 안 공기는 악취가 풍겼다. 뜨겁게 달궈진 페치카와 현수등 때문에 번져 나온 석탄 냄새, 독한 냄새로 인해 참기 어려울 정도로 답답했다. 포르피리 블라디미르이치는 펠트 장화를 신고 마치 뱀처럼 어머니 침대로 살금살금 다가갔다. 여위고 큰 키의 그는 어둠 속에서 수상쩍게 망설이고 있었다. 아리나 페트로브나는 놀라고 겁에 질린 눈으로 아들을 살펴보면서 담요 안에서 몸을 움츠렸다.

"저예요, 어머니." 그가 말했다. "오늘은 어떻게 이렇게도 기운이 없으세요? 아! 저는 잠을 잘 수가 없었어요. 밤새도록 안절부절못하고 생각했어요. 포고렐카 사람들이 어떻게 지내는지 찾아가봐야겠다고 말이죠. 아침에 일어나 여행용 마차에 말 두 필을 매고 이렇게 왔습니다!"

포르피리 블라디미르이치는 애교스럽게 히죽거렸지만, 아리나 페트로브나는 대답도 하지 않은 채 담요로 싼 몸을 한층 더 움츠렸다.

"어머니, 하느님은 자애로우십니다!" 이우두쉬카가 계속 말을 꺼냈다. "자신을 모욕하지 않아야 한다는 게 중요합니다. 병은 무시해버리시고 침대에서 일어나 젊은이처럼 방 안을 걸어보세요! 이렇게 말이죠!"

포르피리 블라디미르이치는 의자에서 일어나 젊은이들이 걸어 다니는 모양을 보여주었다.

"잠깐만요, 제가 커튼을 걷어 올리고 어머니를 살펴봐야겠어요. 이런! 어머니는 젊은 사람 같으시네요, 사랑하는 어머니! 그저 기운 내셔서 기도드리시고 멋도 부려보세요. 그러면 무도회에 가셔도 되겠어요. 내가 주현절 때 받았던 성수를 가져왔어요, 좀 마셔보세요!"

포르피리 블라디미르이치는 주머니에서 작은 병을 꺼내 탁자 위 잔에 부어 환자의 입에 갖다 대었다. 아리나 페트로브나는 머리를 들어 움직여

보려 했지만 꼼짝할 수가 없었다.

"고아들이 있었으면……" 그녀가 신음 소리를 냈다.

"아니, 고아들이 무슨 필요가 있답니까! 아, 어머니, 어머니! 왜 갑자기 이러십니까! 몸이 조금 아프시더니 마음까지 약해지셨군요. 좋으실 대로 하지요. 고아들한테도 급히 전갈을 보내고, 페텐카도 페테르부르크에서 불러오지요. 전부 다 그렇게 하죠. 그러나 서두를 필요는 없겠지요. 어머니는 저와 함께 계속 살 테니까요. 아직 한참 사실 겁니다. 이제 여름이 오면, 버섯 따러 같이 숲으로 갑시다. 산딸기도 따고, 검은 구즈베리도 따러 갑시다. 그렇지 않으면 두브로비노에 붕어 잡으러 가시죠! 늙은 적갈색 말을 마차에 묶어 슬슬 몰아 함께 타고 갑시다!"

"고아들이 왔으면……" 아리나 페트로브나가 슬픈 목소리로 되풀이했다.

"개네들도 올 겁니다. 시간만 주시면 모두 다 불러오도록 하지요. 여기 어머니 옆에 와 앉으면, 어머니는 어미닭이 되고 우리는 병아리가 되어 삐악삐악할 겁니다. 모두 다 그리 될 테니 어머니는 정신만 차리세요. 한데 어머니가 이렇게 아프시면 안 되지요. 어머니, 장난으로 이러시는 거죠? 아! 가족들에게 모범을 보이셔야지, 이러시면 어떡합니까! 어머니, 좋지 않아요, 아, 좋지 않아요."

그러나 포르피리 블라디미르이치가 농담과 재담으로 사랑하는 어머니의 원기를 회복시키기 위해 제아무리 애를 써도 그녀의 기력은 시시각각 떨어졌다. 시내로 급히 사람을 보내 의사를 모셔오도록 했다. 그리고 환자가 고아들이 보고 싶다고 계속 졸랐기에, 이우두쉬카는 안넌카와 류빈카에게 직접 편지를 썼는데, 자기는 자칭 정교도라고 하고 그 아이들은 배은망덕하다고 일컬으면서 서로 비교했다. 밤중에 의사가 오긴 했지만,

이미 때는 늦었다. 아리나 페트로브나는 하룻밤 사이에 '끝장나버렸다.' 새벽 4시경 고통이 시작되어 아침 6시에는 포르피리 블라디미르이치가 침대 곁에 무릎을 꿇고 앉아 울부짖었다.

"어머니, 나의 어머니, 축복해주세요!"

하지만 아리나 페트로브나는 들을 수 없었다. 흐릿하게 뜬 눈은 멍하니 쳐다보며, 뭔가를 이해하려고 애를 썼지만 아무것도 이해하지 못하는 듯했다.

이우두쉬카도 이해할 수 없었다. 그는 자기 눈앞에 열려 있는 무덤이 자기와 살아 있는 세상과의 마지막 고리이자 자기 안의 하찮은 것들을 함께 공유할 수 있었던 마지막 생존자를 이 세상에서 데려간다는 사실을 전혀 이해할 수 없었다. 또한 지금부터 하찮은 일들은 출구를 찾지 못하고 그를 숨 막히게 할 때까지 몸 안에 차곡차곡 쌓여갈 것이라는 것도 이해하지 못했다.

그는 정신없이 지나가는 일상과 장례식에 수반되는 사소한 일들의 심연에 깊이 빠져들었다. 추도식을 올리고, 40일 추도식을 마련하고, 사제와 얘기를 나누고, 이방 저방으로 발을 끌며 옮겨 다니고, 시신이 안치된 식당을 살펴보기도 하면서, 성호를 긋는다, 하늘로 눈을 치뜬다, 밤마다 일어나 소리 나지 않게 식당 문 옆에 다가가 안에서 기도문을 읽는 단조로운 소리를 엿듣기도 했다. 그런데 뜻밖에 생긴 기분 좋은 일은 장례식에 자기 돈을 한 푼도 쓸 필요가 없다는 점이다. 왜냐하면 아리나 페트로브나가 생전에 이미 장례식 비용을 마련해놓고 어디어디에 얼마나 써야 할지를 상세히 적어놓았기 때문이었다.

포르피리 블라디미르이치는 장례식이 끝나자마자 어머니의 서류를 정리하는 일에 매달렸다. 서류를 분류하다가 그는 열 건에 달하는 유서를 찾아냈다(어떤 유서에서는 그를 '무뢰한'이라고 불렀다). 하지만 이것들은 모두 다 그녀가 권세 있는 여지주였을 때 쓴 것으로, 효력이 없는 초안에 불과했다. 그러기에 이우두쉬카는 어머니의 죽음으로 남겨진 재산의 유일한 법적상속인이 자신이라고 밝힐 때 양심에 꺼릴 일이 전혀 없게 되어 흡족했다. 재산은 1만 5천 루블의 현금과 약간의 보잘것없는 동산이 있었는데, 그중에는 어머니와 아들 사이에 불화의 씨앗이 될 뻔했던 그 유명한 마차도 들어 있었다. 아리나 페트로브나는 고아들의 것과 자신의 것을 신경 써서 분류해놓았다. 그러므로 어느 것이 고아들의 재산인지 금방 알 수 있었다. 이우두쉬카는 자기가 왜 상속인인지를 즉시 알리고 후견과 관련된 서류를 봉인했다. 어머니가 입던 변변찮은 옷가지들은 하인들에게 나눠줬으며, 마차와 암소 두 마리는 아리나 페트로브나의 목록에 따르자면 '내 것'이라고 분류되어 있었기에 골로블료보에 보낸 후 추도식을 끝까지 마친 다음 이우두쉬카는 자기 집으로 돌아갔다.

"여지주들을 기다리시오." 그가 현관에서 자기를 배웅하기 위해 모인 사람들에게 말했다. "오면 맞이하고, 안 오면 하고 싶은 대로 하시오! 나는, 내가 할 수 있는 건 다 했어요. 고아들의 계산은 빠지지 않고 다 했으며, 감춘 것도 속인 것도 없소. 죄다 사람들이 보는 앞에서 했소. 어머니 사후에 남긴 재산은 법에 따르자면 다 내 것이오. 마차와 골로블료보에 보낸 두 마리의 암소도 법에 따르자면 내 것이오. 어쩌면 여기 남아 있는 것 중에서도 내 것이 있을지도 모르지만, 그런 건 내버려둡시다. 고아들에게 주도록 하지요. 어머님이 안되셨지요. 선량한 노인네였는데! 당신네들, 하인들에 대해서도 배려해주셨지. 그래서 어머니의 옷가지들도 넘겨주지 않으셨소! 아, 어머니, 어머니, 저희들을 고아처럼 버려두시다니 정말 너무하십니다! 그래요, 이게 하느님 마음에 드신다면, 저희들은 마땅히 신성한 그 뜻에 따라야겠지요. 그저 어머님의 영혼이 편안해지신다면, 우리들이야 무슨 상관이 있겠습니까!"

첫번째 무덤에 뒤이어 또 다른 무덤이 왔다.

포르피리 블라디미르이치가 아들의 사건을 대하는 태도는 기이할 정도로 이해할 수 없었다. 그는 신문을 받아보지 않았고, 그 누구와도 서신교환을 하지 않았기에 페텐카가 받는 재판 과정에 대해서는 알 수가 없었다. 나아가 그가 알고 싶어 할까 그것마저 의심스러웠다. 그는 온갖 종류의 근심걱정으로부터 몸을 도사리는 사람이었기에 가장 혐오스러운 자기보존의 수렁에 빠져들었으며, 그 결과 그의 존재는 어떤 흔적도 뒤에 남겨두지 않았다. 이런 종류의 사람들은 세상에 얼마든지 있으며, 모두들 제각각 살아나간다. 이들은 어디에도 의지하지 않으며, 코앞에서 무엇이 그들을 기다리고 있는지 알지 못하면서 빗방울처럼 결국에는 흔적도 없이 사라져버린다. 그들에게는 우정 어린 관계도 없다. 왜냐하면 우정에는 공동 이익이 반드시 필요하기 때문이다. 또한 업무상의 관계도 그들에게는 없다. 왜냐하면 그들은 관료주의의 무미건조한 일에서도 도저히 참기 어려운 생기 없는 행동을 보여주기 때문이다. 포르피리 블라디미르이치는 30년간 관청에서 부대끼며 지냈다. 그러다가 어느 날 아침 사라졌지만 아무도 이를 알아차리지 못했다. 이런 까닭에 그는 아들에게 닥친 운명에 대해 하인들 사이에 소문이 퍼지고 난 후 맨 나중에 가서야 알게 되었다. 하지만 이번에도 그는 아무것도 모르는 척했으며, 예브프락세유쉬카가 페텐카에 대해 말을 꺼냈을 때도 이우두쉬카는 그녀에게 손을 휘저으며 말했다.

"아냐, 아냐! 난 알지도 못하고 들은 것도 없어. 또 듣고 싶지도 않아. 난 그 놈의 더러운 사건은 알고 싶지 않아!"

그렇지만 결국에는 알게 되었다. 페텐카에게서 편지가 한 통 왔는데, 거기서 그는 자신이 먼 곳의 현으로 곧 떠나게 될 것이라고 알리면서, 아버지가 자기에게 새로운 정착지에서 필요한 생활비를 보내줄 것인지를 물었다. 편지를 받고 나서 하루 종일 포르피리 블라디미르이치는 어떻게 해야 할지 몰라 이방 저방으로 들락거리면서 성상을 바라보고 성호를 긋고 한숨을 내쉬었다. 저녁 무렵이 되었을 때 마음을 다잡고 편지를 썼다.

죄 많은 아들 페텐카에게!

법을 준수해야 할 의무가 있는 충실한 공민인 내가 네 편지에 반드시 답장을 해야 할 필요가 있는 것은 아니다. 그렇지만 애비라는 인간적인 약점을 지니고 있기에 동정심 때문에 어쩔 수 없이 자신의 죄로 인해 불행에 빠진 내 자식에게 선의의 충고를 하지 않을 수 없구나. 그러니 간단하게 이 문제에 대한 내 의견을 밝히겠다. 네가 받게 된 벌은 무겁지만, 너는 마땅히 치러야만 한다. 이 점이 첫번째로 중요한 요점이다. 앞으로 너의 새로운 삶에서 항상 염두에 두어야만 한다. 나머지 모든 욕망과 과거의 욕망에 대한 기억들은 버려야만 한다. 왜냐하면 네 위치에서 그런 것들은 네가 불평하도록 자극하고 일깨울 뿐이기 때문이다.

너는 이미 거만함의 쓰디쓴 열매를 맛보았으니, 겸손의 열매도 한번 맛보도록 해라. 하기야 네 앞에 다른 것이라고는 놓여 있지 않으니까 말이다. 벌 받는 것을 불평하지도 마라. 왜냐하면 당국에서조차도 너를 처벌하는 것이 아니라 단지 교정하는 길을 알려주는 것이기 때문이다. 그들에게 감사하고 너의 죄를 씻기 위해 애써야 한다. 너는 끊임없이 이 점을 생각해야만 하며, 심심풀이로 지낼 생각은 하지 말아야 할 것이다. 하지만 나는 재판을 받아본 적이 없으니 그렇게 심심풀이로 지낸 때가 없구나. 분별 있는 내 충고를 받아들이고 새로운 삶으로 다시 태어나렴. 완벽하게 다시 태어나 당국이 너를 가련히 여겨 네게 생활필수품을 배급하는 데 만족해라. 그리고 나는, 내 입장에서, 만복을 주시는 분께 강인함과 겸손함을 네게 주시도록 끊임없이 기도하겠다. 이 편지를 쓰는 바로 오늘도 나는 성당에 가서 그렇게 해달라고 간절하게 기도드렸다. 새로운 길을 걷는 네게 축복을 보낸다.

 분노를 삭일 수는 없지만 그럼에도 불구하고 여전히 너를 사랑하는 아버지 포르피리 골로블료프가.

 이 편지가 페텐카에게 과연 전달되었는지는 알 수 없지만, 편지를 부친 지 채 한 달도 되지 않아서 포르피리 블라디미르이치는 아들이 유형지에 도착하기도 전에 작은 도시의 병원에서 사망했다는 공식 서류를 받았다.

 혼자 남겨진 이우두쉬카는 아직 마음을 안정시키지 못했기에, 이번에 겪은 새로운 상실로 인해 앞으로는 자기의 헛소리를 들어줄 사람이 하나도 없는 텅 빈 공간에 혼자 내던져졌다는 사실을 아직 제대로 이해하지 못했다. 이 일은 아리나 페트로브나의 죽음 직후에, 그가 정신없이 계산에 몰두할 때 일어났다. 그는 고인의 서류를 다시 검토했고, 한 푼 한 푼 다시 세어가며, 고아들의 푼돈과 연관이 있는지 밝혀나갔다. 그러면서 그는, 자기 말대로, 다른 사람의 돈을 자기 것으로 할 생각도 없었으며, 자기 돈을 잃고 싶지도 않았다. 분주하다 보니 자기가 왜, 누구를 위해 이렇게 일을 해야 하는지 따져보지도 못했다. 아침부터 저녁까지 그는 책상에 매달려, 고인이 일 처리를 제대로 하지 않았다고 불평하다가, 결국 환상에 빠져들어 보살펴야 할 일을 조금씩 등한시하더니 영지 관리 회계도 손에서 놓아버렸다.

집 안은 온통 조용해졌다. 전에는 하인 방에서 지내는 것이 낫다던 하녀는 거의 집안일을 내팽개친 채 주인 방에 나타나 발뒤꿈치로 살금살금 걸으면서 귓속말로 속삭였다. 이 집에서도, 집주인에게서도 상속인이 없다는 것이 느껴졌고, 부자연스럽고 미신적인 공포가 느껴졌다. 그렇지 않아도 이우두쉬카를 감싸고 있던 어둠은 하루하루 더 깊어만 갔다.

대제 기간이 되었을 때 공연을 끝낸 안닌카가 골로블료보에 찾아와서 류빈카는 자기와 함께 오지 못했다고 말했다. 왜냐하면 대제 기간 동안의 공연 계약이 이미 되어 있었기에 롬느이, 이줌, 크레멘추크 지방 공연 여행을 떠났으며, 그곳 무대에서 온갖 종류의 천박한 노래를 레퍼토리로 부를 것이라고 했다.

단기간의 무대 경력이었지만 안닌카는 정신적으로 성장했다. 그녀는 두브로비노와 포고렐카에서 느릿느릿 움직이며, 자기 자리를 찾지 못해 이방 저방 기웃거리면서 조용히 노래 부르던 예전의 순진하고, 핏기 없고 창백했던 소녀가 더 이상 아니었다. 한번 그녀를 쳐다보기만 해도 그녀가 날카롭고 거리낌 없는 태도의 말 잘하는 아가씨가 되었음을 금방 알 수 있었다. 그녀의 외모 또한 아름답게 변해 포르피리 블라디미르이치는 그녀를 보고 깜짝 놀랐다. 그의 눈앞에 나타난 아가씨는 균형 잡힌 키 큰 몸매의 아름다운 얼굴과 봉긋한 가슴, 회색의 큰 눈과 엷은 아마색의 머리채를 뒤로 굵게 땋은 여인이었다. 그녀는 자신이 '아름다운 옐레나'이며 장교들을 한숨짓게 만드는 존재라는 확신에 차 있어 보였다. 아침 일찍 골로블료보에 도착한 그녀는 곧바로 별실에 혼자 들어갔다가 차 시간이 되자 화려하게 차려입은 비단옷의 긴 옷자락을 나풀거리며 나타나 능숙하게 의자 사이를 누비고 걸었다. 이우두쉬카는 자신이 믿는 하느님을 누구 보다 사랑하기는 했지만, 아름다운 여인, 특히 육체가 농염한 여인에 대한 취향을 방해받지는 않았다. 그런 까닭에 그는 안년카에게 성호를 그어 주고 난 후, 그녀의 두 뺨에 지그시 입을 맞추고 그녀의 가슴에 욕정의 눈길을 주었는데, 안년카는 이를 눈치 채고 보일 듯 말 듯 웃음 지었다.

앉아 차를 마시면서 안년카는 두 손을 쳐들고 몸을 쭉 폈다.

"외삼촌, 여긴 정말이지 따분하네요!" 그녀가 하품을 하며 말을 꺼냈다.

"참! 너는 오기가 무섭게 지루해하는구나! 하지만 우리와 함께 지내면 알게 될 거야. 어쩌면 재미있을 수도 있을 테니까!" 대답하는 포르피리 블라디미르이치의 두 눈이 갑자기 기름기로 번질거렸다.

"아뇨, 재미라곤 없어요! 여기 무슨 재미가 있나요? 사방에 눈이 쌓여 있고, 이웃이라고는 없으니…… 이곳에 주둔해 있는 군부대는 있나요?"

"부대도 있고, 이웃도 있지. 솔직히 말해서 그런 것에 관심은 없지만, 하지만 만약에……"

포르피리 블라디미르이치는 그녀를 쳐다보고는 말을 잇지 못하고 헛기침을 했다. 어쩌면 그는 그녀의 호기심을 자극하려는 생각으로 말을 멈췄는지도 모르겠다. 하여튼 좀 전의 보일 듯 말 듯한 그녀의 미소가 다시 한 번 지나갔다. 그녀는 식탁에 팔꿈치를 괴고서 예브프락세유쉬카를 뚫어지게 바라보았다. 예브프락세유쉬카 역시 얼굴이 온통 시뻘게진 채 컵을 씻으면서 흐릿하고 큰 눈으로 그녀를 흘깃흘깃 쳐다보고 있었다.

"저 여자가 새로 온 사람이야. 성실한 여자지!" 포르피리 블라디미르이치가 말했다.

안닌카는 머리를 약간 숙이면서 낮은 소리로 조용히 흥얼거렸다. 'ah! ah! que j'aime…… que j'aime…… les mili-mili-militaire!'* 그러면서 그녀의 허리는 저절로 떨렸다. 이우두쉬카는 말없이 아래를 보면서 찻잔을 기울여 홀짝거리며 조금씩 차를 마셨다.

"지겨워라!" 안닌카가 또 하품을 했다.

"지겹다니! 똑같은 말만 하는구나! 좀 지내보렴! 썰매를 준비하라고 할 테니 타보고! 정말 재미있을 거야!"

"외삼촌! 외삼촌은 왜 경기병이 되시지 않았어요?"

"그건 왜냐하면, 사람들은 제각각 하느님으로부터 내려 받은 게 다르기 때문이지. 어떤 사람은 경기병이 되고, 또 어떤 사람은 관리가 되지. 또 누군가는 상인이 될 운명이고, 또……"

"그렇군요! 네번째, 다섯번째, 여섯번째 사람도 있겠지요, 내가 잊고 있었네! 그리고 이 모든 사람들을 하느님이 조정하신다는 말이지요, 그렇지요?"

"그렇다, 하느님이 그렇게 하시지! 웃을 일이 아니야! 너도 성경에 있는 이런 말씀은 알고 있겠지? 하느님의 뜻이 아니라면……"

"머리카락에 대한 그 구절 말인가요? 그것도 알지요. 하지만 안된 것은 요즘은 모두들 머리를 틀어 올린다는 거예요. 이건 아마도 생각지도 못했을 거예요. 외삼촌, 저의 긴 머리 모양이 어때요? 정말 멋있지 않아요?"

포르피리 블라디미르이치는 가까이 다가가(왜 그런지 알 수 없지만 까치발로 걸어가) 그녀의 긴 머리채를 손 위에 올려놓았다. 예브프락세유쉬

---

* 아! 아! 내가 얼마나 사랑하는지, 사랑하는지…… 군-인-들-을!

카도 차가 담긴 쟁반을 손에 든 채로 몸을 앞으로 내밀고는 설탕을 입에 물고서 우물거리며 물었다.

"그건 틀어 올린 머리지요?"

"아니, 틀어 올린 게 아니라 원래 내 머리예요. 이다음에 외삼촌 보는 앞에서 제 머리를 풀어 보이겠어요!"

"그래, 정말 예쁜 머리채구나." 이우두쉬카는 칭찬을 하고는 웬일인지 불쾌한 듯 입술을 내밀었다. 하지만 이런 유혹에는 침을 뱉어야 한다는 걸 깨닫고는 말을 덧붙었다. "아, 이 수다쟁이야! 너는 긴 머리채와 긴 치맛자락 생각뿐이구나! 지금 진짜 중요한 것은 물어볼 생각도 안 하니?"

"그렇지요, 참, 외할머니는…… 외할머니는 돌아가셨지요?"

"돌아가셨지, 얘야! 게다가 어떻게 돌아가셨는지! 편안하게, 조용히 돌아가셨기에 아무도 눈치 채지 못했어. 정말이지 죽음을 편안하게 맞이하셨단다. 모든 사람들을 돌이켜 생각해내시고, 축복하신 다음에 사제를 모셔다가 성사를 받으셨지. 그러고는 아주 조용히 맞이하셨지. 할머니는, 얘야, 이런 말씀까지 하셨단다. '왜 이렇게 좋을까!' 그러시더니, 상상해 보렴, 이 말을 마치자마자 숨을 가쁘게 한 번, 두 번 쉬시더니만, 바로 돌아가신 거야!"

이우두쉬카는 몸을 일으켜 성상을 바라보며 두 손을 마주잡고 기도를 드렸다. 눈물까지 흘려가며 거짓말을 해댔다. 하지만 안넌카는 민감한 편이 아닌가보다. 사실 그녀는 잠깐 다른 생각에 잠겨들었다.

"그런데 외삼촌, 기억나세요?" 그녀가 말했다. "외할머니는 어린 저희들에게 쉰 우유를 먹이셨잖아요? 요즘 그러셨다는 게 아니라, 물론 요즘은 잘해주셨지요. 예전에 아직 외할머니가 부자였을 때 그러셨지요."

"이런, 옛날 일을 기억하는구나! 너희는 쉰 우유를 먹었다지만 하느님 덕분에 이렇게 잘되었잖니? 그래, 무덤에는 안 가볼 거니?"

"가야지요!"

"그렇다면 네가 알아서 하겠지만, 먼저 참회부터 해야겠구나!"

"참회라니요?"

"글쎄, 어쨌거나 너는 배우니까, 외할머니는 편치 않으셨단다. 무덤에 찾아가기 이전에 아침 예배를 드리고 참회하는 게 좋을 게다. 내일 아침 일찍 예배를 하도록 시켜놓을 테니, 그다음에는 네 마음대로 하려무나."

이우두쉬카의 제안이 아무리 어리석다 할지라도, 안닌카는 잠시 혼란스러웠다. 하지만 곧 분개하여 눈썹을 치켜뜨고 날카로운 목소리로 말했다.

"아뇨, 전 지금 그냥 갈래요."

"글쎄다, 네 좋을 대로 하렴! 하지만 내 말은, 내일 아침 예배를 드린 다음 차를 마시고 두 필의 말을 여행용 포장마차에 매도록 하고 함께 가자는 거야. 네가 참회를 한다면, 할머니 영혼도 또한······"

"아, 외삼촌, 어리석은 말씀 마세요! 말도 안 되는 얘기를 하시더니 이젠 고집까지 부리시는군요."

"뭐라고? 네 맘에 들지 않는다는 거냐? 좋다, 미안하지만 나는 애야, 솔직한 사람이다. 거짓은 싫어하고 진실만을 얘기하고 다른 사람의 말이라도 진실이라면 잘 듣는다. 부드러운 말이 아니더라도 가끔은 진실이 숨어 있고, 쓰디쓴 말일지라도 마찬가지란다. 진실은 항상 귀담아들어야해. 바른 말이니까 마땅히 들어야만 하지. 그러니 애야, 너는 여기서 우리와 함께, 우리가 사는 식으로 살다 보면 기타를 들고 시장 바닥을 옮겨 다니

제4장 조카딸 231

며 사는 것보다 더 좋다는 걸 알게 될 거다."

"무슨 말이에요? 외삼촌! 기타는 또 뭐예요?"

"그래, 기타가 아니라면 뭐 비슷한 거겠지. 토르반*이든가. 하여튼 네가 먼저 나를 어리석다고 모욕을 줬지만, 이 늙은이는 진실을 네게 말할 수 있단다."

"좋아요, 진실이라고 칩시다. 거기에 대해서는 더 이상 말하지 않기로 하죠. 그런데 외할머니는 돌아가시면서 유산은 남겨두셨겠지요?"

"물론이다. 법적상속인이 그 자리에 있었으니까."

"그러니까 외삼촌이란 말씀이시죠. 좋습니다. 외할머니는 외삼촌 영지인 여기 골로블료보에 안장되어 있나요?"

"아냐, 포고렐카 근처 보플랴의 할머니 교구인 니콜라 성당에 계셔. 할머니가 그렇게 원하신 거야."

"그렇다면 제가 가보겠어요. 외삼촌 집에서 말을 빌릴 수 있어요?"

"왜 빌린다고 하니? 자기 말인데! 너는 남이 아니잖니? 조카란 말이다, 내 조카딸이 되지!" 하고 포르피리 블라디미르이치는 이를 드러내고 웃으며 '친척'임을 표시하면서 걱정스레 말했다. "여행용 포장마차에 말을 두 필 매도록 하지. 하느님 덕분에 집안 살림에 신경을 쓰면서 살고 있단다. 너와 함께 가고 싶구나. 무덤에도 들러보고 포고렐카에도 들러보고 싶구나. 여기도 둘러보고 저기도 살펴보고 싶단다. 얘기도 나눠보며 사정이 어떤지 알아보고 싶어. 너희들의 영지는 훌륭하단다. 그곳에는 유익한 곳이 있어."

"아뇨. 나는 혼자 가보고 싶어요. 외삼촌이 왜 가시려고 하세요? 그

---

* 현악기의 일종.

런데 페텐카도 죽었다면서요?"

"그래, 페텐카도 죽었지. 나도 눈물이 날 정도로 그 아이가 가엾구나. 하지만 걔 잘못도 있다. 그 녀석은 항상 아비 말을 듣지 않았어. 그래서 하느님이 벌을 주신 거야! 하느님의 지혜로 그렇게 하셨으니, 너나 내가 돌이킬 수는 없지 않겠냐?"

"그렇지요, 되돌릴 수는 없는 노릇이지요. 다만 외삼촌은 사는 게 두렵지 않으세요?"

"왜 두렵겠니? 보렴, 내게 얼마나 많은 행복을 내려주셨는지를!" 이우두쉬카는 팔을 내저으며 성상을 가리켰다. "여기도 축복이 있고, 서재에도 축복이 있다. 성상실은 정말 천국이란다. 얼마나 내 편이 많은지 아느냐?"

"그래도 외삼촌은 항상 혼자시잖아요. 무서운 일이에요!"

"무서울 때면 무릎 꿇고 기도드리면 깨끗이 사라지지! 게다가 두려워할 일이 뭐가 있겠니? 낮에는 훤하고 밤에는 방마다 죄다 불을 밝히는데! 어두워질 때 밖에서 보면 무도회 같을 거다. 내게 무슨 무도회가 있겠느냐? 내 편의 성인들이야말로 무도회가 아니겠니?"

"아실지 모르지만 페텐카는 죽기 직전에 우리에게 편지를 보냈어요."

"그래! 친척이니까…… 친척의 인연을 잊지 않았던 게 감사할 일이구나."

"예, 편지를 보냈더군요. 재판이 있고 판결이 나온 다음이었지요. 편지에서는 3천 루블을 잃었다던데, 외삼촌이 도와주지 않았다고 하더군요. 외삼촌은 부자가 아니던가요?"

"얘야, 남의 돈은 쉽게 셀 수 있는 법이지. 가끔씩 황금을 산처럼 쌓아놓았다고 여기는 사람이 있지만, 그도 잘 살펴보면 기름과 양초까지도 그 사람 것이 아니라 하느님 것임을 알게 된단다!"

"그렇다면 우리가 외삼촌보다도 더 부자겠네요. 우리 돈이랑 우리를 따르는 남자들에게 추렴하다시피 해서 모은 돈을 합쳐 6백 루블을 만들어 보내줬어요."

"도대체 너희를 따라다니는 남자들은 누구냐?"

"아이 참, 외삼촌도! 우리는 배우들이잖아요! 외삼촌이 좀 전에 참회하기를 권했었지요!"

"나는 네가 그런 식으로 얘기하는 게 싫다!"

"어떡하겠어요! 좋든 싫든 엎질러진 물은 다시 담을 수 없는 법이지요. 외삼촌 말대로라면 하느님 뜻이겠죠!"

"아무리 그래도 성상 모독은 하지 마라. 무슨 말을 해도 괜찮지만 성상 모독은 용납할 수 없구나. 돈은 어디로 보냈니?"

"기억나지 않네요. 어떤 소도시였는데…… 페텐카가 직접 알려준 도시였지요."

"알 수 없구나. 만약 돈이 있었다면 그 아이가 죽은 다음이라도 내가 받았을 텐데! 한 번에 죄다 쓸 수는 없었을 거야. 모르겠네, 나는 아무것도 받지 못했거든. 간수나 호송병들이 가로챘을 거야!"

"우리가 그 돈을 달라고 하는 게 아니에요. 그저 생각났을 뿐이죠. 그렇지만 외삼촌, 무섭네요. 어떻게 사람이 3천 루블 때문에 죽을 수 있단 말인가요!"

"3천 루블 때문이 아니야. 3천 루블 때문인 것처럼 보일 뿐이야. 우리는 3천 루블, 3천 루블이라고 되풀이해서 말하지만 하느님은……"

이우두쉬카는 분개하며 하느님의 섭리가 보이지는 않지만 어떤 것이라고 아주 상세히 설명하려 했지만, 안닌카는 예의 없이 하품을 하며 말했다.

"아, 외삼촌! 이 집은 정말이지 지루하군요."

이 말을 듣고 포르피리 블라디미르이치는 심하게 모욕을 느껴 침묵했다. 두 사람은 식당에서 오랫동안 나란히 앞뒤로 왔다갔다했다. 안넌카는 하품을 했고, 포르피리 블라디미르이치는 구석구석마다 성호를 그었다. 드디어 말이 준비되었다는 보고가 들어오자, 친척끼리 헤어질 때 볼 수 있는 일상적인 희극이 연출되었다. 이우두쉬카는 털외투를 입고 현관으로 나와 안넌카와 키스를 하고 "발을 따뜻하게 잘 감싸주게!"라며 하인들에게 소리치거나 "꿀죽은 챙겼는가? 그건 잊지 말아야지!"라고 물으며 머리를 들고 성호를 그었다.

안넌카는 할머니 묘지에 다녀왔다. 추도식을 올려줄 것을 사제에게 부탁하여 하승들이 추도가를 구슬프게 부르기 시작했을 때 그녀는 울었다. 추도식 정경은 서글펐다. 아리나 페트로브나의 묘지 근처에 있는 성당은 가난한 편에 속했다. 회반죽은 군데군데 떨어져내려 벽돌 골조가 덧댄 누더기처럼 드러났다. 성당의 웅웅거리는 종소리는 작았으며, 사제복은 낡고 보잘것없었다. 수북이 쌓인 눈이 묘지를 덮고 있어서 그곳에 가려면 먼저 삽으로 눈을 치워야만 했다. 묘비는 아직도 마련되지 않았고 단지 흰색의 십자가만 덩그러니 서 있었다. 하지만 십자가 위에는 어떤 표시도 적혀 있지 않았다. 성당은 마을에서 떨어진 곳에 외로이 서 있었다. 성당에서 멀지 않은 곳에 사제와 성당 심부름꾼들의 거무스레한 시골집들이 자리 잡고 있었고, 쓸쓸히 사방에 펼쳐진 눈 덮인 들판 위로 군데군데 마른 나뭇가지들이 솟아 있었다. 묘지 위를 쓸고 가는 3월의 거센 바람이 사제복을 쉬지 않고 휘감으며, 추도가를 멀리 몰고 가버렸다.

"아가씨, 누군들 알았겠어요! 한때 이곳에서 가장 부유했던 지주 마님이 이런 누추한 성당 옆 초라한 십자가 밑에 잠들리라고 말입니다." 사제가 추모의 기도를 마치며 말했다.

이 말을 듣고 안닌카는 다시 한 번 울음을 터뜨렸다. 그녀는 '화려한 식탁이 있던 자리에 관이 놓여 있네'라는 시구가 생각이 나서 다시 한 번 눈물이 났다. 그녀는 사제관으로 따라가 차를 같이 마시며 사제 부인*과 이야기를 나누던 중 '하얀 죽음이 모든 사람을 보고 있다'는 구절이 떠올라 오랫동안 울음을 그칠 수 없었다.

포고렐카로 아가씨가 온다는 연락이 없었기에, 실내에는 난방조차 준비되어 있지 않았다. 안닌카는 털외투를 입은 채로 방들을 둘러보다가 할머니 침실과 성상 앞에서 잠시 멈춰 섰다. 할머니의 침실에는 침대가 놓여 있었는데, 그 위에는 기름투성이의 깃털이불과 베갯잇을 씌워놓지 않은 베개들이 여러 개 헝클어져 있었다. 탁자 위에는 종이 조각들이 여기저기 놓여 있었고, 마룻바닥은 청소를 하지 않아 물건들 위에 먼지가 켜켜이 쌓여 있었다. 안닌카는 할머니가 사용하던 의자에 앉아 생각에 잠겼다. 과거의 기억을 더듬던 생각은 현재로 옮겨왔다. 과거의 단편적인 기억은 잠깐 떠오르다가 곧 사라졌지만 현재를 쫓아가는 생각은 굳게 자리 잡았다. 그녀가 자유의 몸이 된 것은 오래전 일이 아니던가? 포고렐카가 싫증이 난 것도 이미 오래전 일이 아니던가? 그런데 갑자기 그녀의 마음은 싫증나던 이곳에서 살고 싶다는 열망으로 가득 차버렸다. 이곳은 조용하다. 비록 쾌적하지도 않고 보잘것없지만 사방이 쥐 죽은 듯이 조용하다. 숨 쉬기가 편하고 광활하다. 저기 저 들판을 달리고 싶다.

아무 목적도 없이 뒤돌아보지도 않고 가슴이 벅차도록 세찬 숨을 몰

---

* 러시아정교의 사제는 결혼을 하지 않는 흑승과 결혼 생활을 하는 백승이 있다.

아쉬며 달리고만 싶어졌다. 하지만 그녀가 금방 떠나왔고 이제 곧 되돌아 가야만 하는 그곳, 유랑 같은 생활을 해야만 하는 그곳에서 그녀를 기다리는 것은 무엇인가? 그곳에서 그녀가 가져온 것은 과연 무엇이던가? 악취가 배어 있는 여관, 식당과 당구장에서 끊임없이 들리는 고함 소리, 머리도 빗지 않고 세수도 하지 않은 술집 급사들, 어둠이 깔려 있고 손을 대기도 싫을 만큼 지저분하게 색이 입혀진 아마포 무대장치들이 널린 무대 위에서 습기 찬 바람을 맞으면서 준비했던 공연 연습들에 대한 그런 기억들이 아니던가? 그것뿐이었다. 그리고 장교들, 변호사들, 저속한 말, 빈 병들, 술로 더럽혀진 식탁보, 담배 연기 그리고 고함 소리, 고함 소리, 고함 소리들! 그 사람들이 그녀에게 했던 말들은 얼마나 파렴치하게 그녀를 건드렸던지! 특히 과음으로 목소리가 쉰 콧수염의 남자는 충혈된 두 눈으로 항상 마구간 냄새를 풍기며 무슨 얘기를 했던가! 안닌카는 생각이 여기에 미치자 몸을 떨며 두 눈을 질끈 감았다. 그러다가 정신이 들어 한숨을 내쉬고는 성상실로 건너갔다. 성상함 안에는 성상들이 얼마 남아 있지 않았다. 그녀의 어머니 것이 틀림없는 성상들이 남아 있을 뿐이었고, 나머지 할머니 것들은 상속인 이우두쉬카가 골로블료보로 가지고 가버렸다. 그 결과 생긴 텅 빈 공간은 마치 두 눈을 뽑힌 것처럼 휑하게 보였다. 현수등은 하나도 남아 있지 않았다. 이우두쉬카가 모두 가져갔기 때문이었다. 다만 작은 양철 촛대 위에는 타다 남은 누런 밀랍초가 외로이 서 있었다.

"성상함까지 가져갈 생각으로 그게 아가씨 지참금인지 아닌지 알아보았어요." 아피미유쉬카가 말해줬다.

"왜? 가져가도록 하지 그랬어. 그런데, 아피미유쉬카, 할머니는 돌아가시기 전에 어떠셨어?"

"그다지 고통을 겪지는 않았어요. 하루 정도 누워 계셨더랬지요. 조용히 가셨더랬어요. 아프시지 않은 것 같았어요. 거의 아무 말씀도 하지 않으셨지만 그저 당신 두 분에 대해서만 두어 차례 말씀하셨지요."

"성상들은 포르피리 블라디미르이치가 가져갔겠지?"

"그분이 가져갔지요. 그분 말씀이 어머니 것이라고 하더군요. 유개 여행 마차도 그분 집으로 가져가셨고, 암소 두 마리도 끌고 가셨어요. 마님 문서를 죄다 살펴보시고는 그것들이 아가씨 것이 아니라 돌아가신 마님 것이라고 하셨어요. 말도 한 필 뺏어가려 했지만 페둘르이치가 주지 않았어요. '이 말은 옛날부터 포고렐카에 있었으니 우리 것입니다'라고 하니 겁을 좀 먹고 남겨두었지요."

안닌카는 마당에도 나가보고 탈곡장과 외양간 같은 부속 건물들도 둘러보았다. 거름 더미 한가운데에는 '유동 자산'이라는 게 서 있었다. 여윈 암소 20여 마리와 세 마리의 말이 있었다. 그녀는 빵을 가져오라고 시키면서 "내가 계산할게"라는 말을 덧붙였다. 가져온 빵을 암소들에게 일일이 떼주고 나자, 가축 치는 여자가 농가에 들어오라고 청했는데, 식탁에는 우유가 항아리에 담겨 있었고 페치카 아래 구석의 나지막한 목제 칸막이 뒤에는 막 태어난 송아지 한 마리가 있었다. 안닌카는 우유를 한 모금 마신 다음 송아지에게 다가가 흥분하여 얼굴에 입을 맞추었다. 하지만 바로 언짢은 표정으로 입술을 닦더니 송아지 얼굴이 침투성이어서 꺼림칙하다고 말했다. 그러고는 지갑에서 누런 지폐 세 장을 꺼내서 늙은 하인들에게 나눠주고 짐을 챙기기 시작했다.

"앞으로 뭘 하실 건가요?" 그녀가 마차에 앉으면서 하인장 자격으로 아가씨를 배웅 나와 양손을 십자 모양으로 가슴에 대고 있는 페둘르이치 노인에게 물었다.

"뭔가는 해야지요! 살아야 하니까!" 페둘르이치는 건성으로 대답했다.

안닌카는 다시 한 번 서글퍼졌다. 페둘르이치의 이 말이 냉소적으로 들렸기 때문이다. 그녀는 그 자리에 가만히 서 있다가 한숨을 내쉬고 말했다.

"자, 그럼 안녕히!"

"저희들은 아가씨가 여기로 아주 돌아오신 줄 알았어요. 함께 사는 걸로 생각했지요!" 페둘르이치의 말이었다.

"아니요! 아무러면 어떻겠어요. 살아들 가셔야죠!"

또다시 그녀의 눈에서 눈물이 흘러내리자 하인들도 울음을 터뜨렸다. 이상한 일이었다. 그녀가 아쉬워할 일은 아무것도 없었으며 추억할 일도 없었는데 울고 있었다. 그들도 마찬가지였다. 일상적인 질문과 대답에는 별다른 것이 없었는데도 모두들 괴로워했고 '아쉬워'했다. 그녀를 마차에 태워 몸을 감싸주고는 다들 깊게 한숨을 내쉬었다.

"안녕히 가세요!" 마차가 움직이기 시작했을 때 그녀 뒤에서 인사 소리가 들렸다.

묘지를 지날 때는 다시 한 번 마차를 세우라고 지시하고는 성당 사람들을 부르지 않고 홀로 무덤에 이르는 길을 따라 걸어갔다. 벌써 때가 되어 어두워졌고, 성당 옆집에는 등불이 밝혀졌다. 그녀는 한 손을 묘지의 십자가에 올려놓고 서 있었다. 울지는 않았지만 약간 비틀거렸다. 특별히 생각나는 것은 없었고 구체적으로 떠오르는 기억도 없었지만 슬펐다. 온몸으로 슬퍼했다. 외할머니 때문이 아니라 자기 자신의 일로 슬펐다. 15분 정도 서 있으면서 무의식적으로 숙인 몸을 흔들던 그녀에게 지금 이 시간에도 크레멘추크의 어느 곳에서 유쾌한 모임에 끼여 꾀꼬리처럼 노래를 부르고 있을 류빈카가 불현듯 떠올랐다.

'오, 내가 얼마나 사랑하는지 몰라, 내가 얼마나 사랑하는지! 군인들을, 군인들을 사랑하는지!'

그녀는 하마터면 넘어질 뻔했다. 마차로 뛰어가 자리에 앉자마자 될 수 있는 대로 빨리 골로블료보로 갈 것을 부탁했다.

외삼촌 집으로 돌아온 안넌카는 울적한 마음에 아무 말도 하지 않았다. 하지만 배고픔을 못 느낄 정도는 아니었다(외삼촌은 서두느라 닭고기를 손에 쥐어 보낸다는 걸 잊었었다). 그녀는 식탁에 차가 준비되어 있는 것을 보자 기뻤다. 물론 포르피리 블라디미르이치는 지체 없이 이야기를 시작했다.

"그래, 갔다 왔니?"

"다녀왔습니다."

"묘지에 가서 기도도 하고 왔어? 추도식도 드렸고?"

"예, 추도식도 올렸어요."

"그래, 신부님은 집에 계시더냐?"

"그럼요, 안 그러면 누가 추도식을 올렸겠어요?"

"그렇지, 그래. 하승 두 사람 모두 있었고? 성가 「영원한 기억」*도 불러드렸어?"

"불렀지요."

"그래, 영원한 기억! 고인을 영원히 기억하자! 친척을 아끼신 따뜻한 할머니셨어!"

이우두쉬카는 자리에서 일어나 성상을 바라보며 기도를 드렸다.

"그래, 포고렐카는 어때? 잘 있더냐?"

---

* 장례식과 추도식에서 부르는 러시아정교의 성가.

"잘 모르겠어요. 아마도 별일 없는 것 같아요."

"'같아요'라니! 항상 '같아요'라고 말들 하지만, 조금만 살펴보면 여기저기 비뚤어진 데도 보이고 썩은 데도 보인단다. 우리들은 다른 사람들의 재산에 대해서는 항상 '같아요'라는 생각을 하지! 그렇지만 너희들의 영지는 훌륭하단다. 돌아가신 어머니가 편리하게 만들어놓으셨고, 영지 관리를 위해 어머니 당신 돈을 적지 않게 쓰셨더란다. 물론 너희 고아들에게 도움을 주는 것은 나쁜 일이 아니니까!"

안닌카는 터무니없는 이야기를 듣다가 더 이상 참지 못하고 동정심 많은 외삼촌을 놀려주기로 마음먹었다.

"그런데 외삼촌, 포고렐카에서 암소 두 마리는 왜 가져오셨나요?"

"암소라니? 어떤 걸 말하는 거냐? 체르나브카와 프리베젠카 말이냐? 애야, 그 소는 어머니 것이었잖니?"

"그리고 당신은 그분의 법적상속인이시고요? 그러시군요! 그렇다면 가지셔야죠! 당신이 원하신다면 송아지도 보내달라고 시킬까요?"

"이런! 넌 흥분했구나! 사실대로 말해보자. 네 생각에는 암소가 누구 것이겠느냐?"

"내가 어찌 알겠어요! 포고렐카에 있었으니까요!"

"나는 알고 있다. 어머니 소유물이었다는 증거도 남아 있어. 어머니가 직접 작성한 목록을 찾았는데, 거기에는 '내 것'이라고 분명히 씌어 있었단다."

"그래요. 그만두죠. 말할 가치도 없어요."

"포고렐카에는 지금 말이 한 필 있는데, 듬성듬성 털이 빠지긴 했지만, 그 말에 대해서는 분명히 말하기가 어렵구나. 어머니 것인 것 같기는 한데, 알 수가 없어. 내가 모르는 것에 대해서는 말할 수가 없으니까!"

"이런 얘기는 그만 하시죠, 외삼촌."

"아니다, 왜 그만두겠느냐! 나는 솔직한 사람이고, 모든 일을 깨끗이 처리하는 걸 좋아하니까. 말하지 못할 게 뭐가 있겠느냐? 누구나 자기 것은 아까워하는 법이지. 나도 그렇고 또 너도 그렇지. 그러니 우리 이야기해보자! 그리고 이야기할 바에야 솔직히 말해야겠다. 내게 남의 것이 필요하지도 않고, 또 내 것을 내놓지도 않겠다. 네가 내게는 남이 아니지만, 그렇지만 그래도 말이다."

"그런데도 성상들은 가지고 가셨지요!" 안닌카는 참지 못하고 다시 한 번 쏘아붙였다.

"그래, 성상들도 가져왔고, 법적상속인으로서 내게 속한 것은 죄다 가져왔다."

"그래서 성상함이 온통 구멍투성이더군요."

"어쩌겠느냐! 그런 성상함 앞에서라도 기도를 올려야지. 하느님이 원하시는 건 성상함이 아니라 네 기도란 말이다! 만일 네가 진실로 다가서면, 비록 형편없는 성상 앞에서라도 네 기도는 받아들여질 게다. 하지만 만일 네가 쓸데없는 말을 지껄이며 사방을 둘러보고 무릎을 굽혀 절을 한다면, 아무리 훌륭한 성상이라도 너를 구원하지는 못할 게다!"

이렇게 말하면서도 이우두쉬카는 몸을 일으켜 자기에게 '훌륭한' 성상이 있는 것에 감사 기도를 올렸다.

"그리고 낡은 성상함이 마음에 들지 않으면, 새 것을 주문하렴. 아니면 성상이 있던 자리에 다른 성상들을 세워놓으면 되겠구나. 옛날 것들은 돌아가신 어머니가 얻어 세우셨으니, 새 것은 네가 마련하렴!"

포르피리 블라디미르이치는 히히 소리 내어 웃기까지 했다. 자기 판단이 이치에도 맞고 명쾌한 것처럼 여겨졌던 까닭이다.

"한 번 말씀해보세요. 난 이제 어떻게 해야 합니까?" 안닌카가 물었다.

"그래, 기다려봐. 우선 좀 쉬렴. 편히 즐기고 잠도 자렴. 나와 함께 얘기하면서 판단해보자. 이리저리 살펴보고 계산도 해보자꾸나. 어쩌면 둘이서 뭔가를 생각해내지 않겠느냐?"

"저희들은 성인들이지요?"

"그럼, 성인들이지. 너희들이 스스로 재산을 처리할 수 있지."

"그건 정말 다행이네요!"

"축하할 일이로구나!"

포르피리 블라디미르이치는 몸을 일으켜 입을 맞추려고 다가섰다.

"아이, 외삼촌도! 정말 이상하시네요. 항상 입을 맞추려고 하시니!"

"못할 이유가 뭐겠어? 넌 남도 아니고 조카딸이잖니! 나는 얘야, 친척이란 말이다. 나는 친척을 위해서라면 항상 준비가 되어 있어. 5촌이든 6촌이든지 나는 항상 말이다……"

"제가 무엇을 해야 할지 얘기하시는 게 좋겠어요. 도시로 가야 할까요? 바쁘게 활동하며 살아야 할까요?"

"도시로 나가든지 바삐 살든지 간에 다 때가 있단다. 우선 좀 쉬면서 지내렴. 하느님 덕분에 네가 머무는 이곳은 선술집이 아니라 아저씨 집이란 말이다. 음식도 들고, 차도 마시며 잼도 먹으렴. 마음껏 먹어도 돼. 혹시 입맛이 맞지 않으면 다른 걸 시켜도 좋아. 물어보고 달라고 하렴. 양배춧국이 싫으면 수프를 달라고 해. 커틀릿이나 오리고기나 새끼 돼지고기는 예브프락세유쉬카에게 시키렴. 참, 예브프락세유쉬카, 내가 새끼 돼지고기를 지금 자랑하긴 했다만, 진짜로 우리 집에 있는지는 모르겠네?"

이때 예브프락세유쉬카는 뜨거운 차를 입에 가져갔다가 그렇다는 표시로 고개를 끄덕거렸다.

"자, 봐라. 새끼 돼지고기도 있다는구나. 그렇다면 얘야, 원하는 게 있으면 뭐든지 부탁하렴. 그러면 돼!"

이우두쉬카는 안닌카에게 몸을 뻗어 친척이 하는 식으로 그녀의 무릎을 손으로 툭 쳤다. 물론 우연이겠지만, 약간 우물쭈물거렸기에 고아는 본능적으로 몸을 뺐다.

"그렇지만 저는 가야 해요." 그녀의 말이었다.

"나도 할 말이 있다. 이야기를 나눈 다음에 떠나도록 해라. 축복도 받고 하느님께 기도도 올리고, 서둘러 가지는 마라. 서두르면 웃음거리가 된단다! 불이 났으면 빨리 가야지만, 다행히도 우리 집에 불이 난 것은 아니잖니! 류빈카는 시장 바닥으로 급히 가야만 했겠지만, 너야 무슨 상관있겠느냐? 그러니 다시 한 번 물어보자꾸나. 너는 어떠냐, 앞으로 포고렐카에서 살 생각이 있니?"

"아뇨, 포고렐카에서 살 이유가 없어요."

"그렇다면 내가 하고 싶은 말이 있는데, 내 집에서 살도록 해라. 함께 살도록 하자!"

이 말을 하면서 이우두쉬카는 번들거리는 눈으로 안닌카를 쳐다보았기에 그녀는 마음이 편치 않았다.

"아니에요, 외삼촌, 저는 외삼촌 집에 안 있을 거예요. 지루하거든요."

"참 어리석기는! 왜 지루하다는 거냐! 지루하다, 지루하다 그러지만 뭐가 지루한지는 말을 못하잖니? 할 일이 있는 사람이나, 얘야, 스스로 일할 줄 아는 사람은 절대로 지루한 법을 모른단다. 예를 들어 나는 시간이 어떻게 흘러가는지 모른단다. 평일에는 집안일로 바쁘지, 여기저기 다니면서 살펴봐야 하고, 지시하고 판단도 해야 하지. 정신 차려보면 어느덧 하루가 지나가는 거야. 또 축일에는 성당에도 가야 하고! 너도 이렇게 하렴. 나와 살도록 하자. 그러다 보면 네 일도 생길 거야. 일이 없으면 예브프락세유쉬카와 카드게임을 하든가 아니면 썰매를 준비하라고 해서 다니는 거야. 여름이 오면 버섯 따러 숲에 가자. 풀밭에서 차도 마시고 말이야!"

"아니에요, 외삼촌. 그러셔도 소용이 없어요."

"정말이지 같이 살면 좋겠는데."

"아뇨. 전 지금 묘지에 다녀와서 피곤해요. 누워 잘 수는 없을까요?"

"물론이지. 침대도 너를 위해 마련해놓았고, 모든 걸 준비해놨다. 자고 싶으면 자도록 해라. 편히 쉬렴. 하지만 생각해보렴. 나와 골로블료보에 머무는 게 다른 어느 곳에서 지내는 것보다 좋다는 걸 말이다."

* * *

안닌카는 불안한 심정으로 밤을 보냈다. 포고렐카에서 그녀를 덮친 신경발작이 계속되었다. 어느 순간까지 아무렇지 않게 살아왔던 사람이 자신의 삶에 어떤 악이 도사리고 있음을 깨닫기 시작하는 그런 때가 불쑥 나타나기도 한다. 그 악이 어디서 시작되었는지, 언제 어떻게 생겨났는지는 대부분의 경우 당사자는 제대로 설명할 수 없으며, 또한 무엇보다도 악의 기원, 악이 생긴 이유를 설명하지 못하는 경우가 많이 있다. 그에게 있어 사실의 평가는 필요치 않으며, 악이 존재한다는 것만으로도 충분하다. 그와 같은 갑작스런 발견은 모든 이들에게는 한결같이 고통스러운 일이기에 이후 실천적인 결과에 있어서는 개인의 기질 차이에 따라 변화가 생긴다. 의식은 어떤 사람들을 탈바꿈시켜 새로운 기반에서 과감하게 새 출발하도록 활기를 불어넣어주기도 하지만, 또 다른 경우에는 일시적인 아픔만 안겨주기도 한다. 이 아픔은 더 나은 미래를 위한 발판이 되지 못하며, 또한 비록 미래에는 약간의 서광이 보인다 하더라도 현재에는 마음의 결정으로 인한 양심의 가책으로 한층 더 고통스럽다.

안닌카는 자신의 악행에서 새로운 삶의 동기를 찾는 그런 사람은 아니었다. 그럼에도 불구하고 어리석지는 않았기에 포고렐카를 영원히 떠날 수 있는 탈출구로서의 노동 생활에 대한 혼돈스러운 꿈과 그녀가 지금 처해 있는 지방 극단의 여배우라는 현실 사이에는 건널 수 없는 심연이 있음을 분명히 깨달았다. 노동의 평탄한 삶 대신 그녀가 찾아낸 것은 끝없이 펼쳐지는 시끌벅적한 주연과 뻔뻔스러운 태도, 무질서와 어떤 결실도 가져다주지 않는 공허함으로 가득 찬 거친 생활이었다. 예전에는 적응할 수 있었던 궁핍과 혹독한 환경 대신에 그녀가 맞닥뜨린 것은 객관적인 만족과 화려함이었지만, 이것들을 회상할 때면 얼굴이 뜨거워지지 않을 수가 없었다. 이런 변화는 그녀도 알아챌 수 없게 일어났다. 그녀는 어딘가 좋은 곳으로 옮겨갔지만, 엉뚱한 문을 열고 들어간 것이다. 그녀의 바람은 아주 소박한 것이었다. 포고렐카의 다락방에 앉아 자신이 근면하며, '행복'의 이념을 위해(사실상 '행복'이라는 단어가 명확한 의미를 갖지는 못하겠지만) 가난과 궁핍을 굳건히 극복하면서 스스로를 단련시키는 여인이기를 얼마나 자주 진지하게 꿈꾸었는지 모른다.

그렇지만 자립 생활의 넓은 길에 들어서자마자 그녀는 자신의 꿈을 한 번에 산산조각 내버린 현실과 마주치게 되었다. 진지한 노동은 저절로 다가오지 않았으며, 오로지 끈질긴 추구와 비록 완벽하지는 않더라도 어느 정도 준비를 할 때만 주어질 뿐이다. 그렇지만 안닌카의 기질이나 교육은 여기에 부응하지 못했다. 그녀의 기질에 열정이라고는 전혀 없었으며, 다만 쉽사리 화를 내는 조급증만 있을 뿐이었다. 그녀가 직업 세계에 들어가기 위해 준비해온 교육의 내용은 제대로 구축된 것이 아니었기에 진지한 직업을 위한 어떤 기초도 마련되어 있지 못했다. 예컨대 교육은 기숙여학교의 소가극 수준이어서, 소가극이 교육 내용의 주류를 이루고 있었다. 즉 날아가는 거위 떼와 숄을 걸치고 걷는 걸음걸이, 표트르 피카르드스키의 설교, 엘레나 프레크라스나야의 장난, 펠리차에 바치는 송시, 귀족 아가씨들의 책임자들과 수호자들을 향한 감사의 마음 등과 같은 과제들이 혼돈의 무질서 속에서 마구 뒤섞여 있었다. 이 같은 무질서의 혼합 속에서는(혼합이 아니라면 그녀는 자기 자신을 타불라 라사tabula rasa*라고 부를 근거가 있었다) 출발점을 찾기도 힘들었으며, 사물을 분간하는 일조차도 힘들었다. 그와 같은 준비는 노동을 사랑하도록 일깨운 것이 아니라 사교계를 좋아하고, 사람들에게 둘러싸여 구애자들로부터 아첨을 듣고 싶어 하도록 만들었으며, 소위 사교계의 소음과 광채 그리고 회오리에 몸을 맡기고 싶어 하도록 만들었다.

    그녀에게 아직 노동자의 삶에 대한 계획이 서 있고 그 계획에서 출애굽과 같은 미래의 자신의 모습을 볼 수 있었던 포고렐카에서 만일 그녀가 자기 자신을 좀더 주의 깊게 살펴보았더라면, 그녀는 자신을 일하는 여자가 아니라 생각을 함께하는 사람들의 모임에 둘러싸여 현명한 대화를 서로 나누며 시간을 보내는 여인으로 상상할 수 있었을 것이다. 물론 이런 꿈을 꾸는 사람들은 현명했고 그들의 대화도 솔직하고 진지했지만, 무대에서 첫번째 위치를 차지하는 것은 삶의 떠들썩한 면이었다. 가난은 정결

---

* 완벽한 백치.

했으며, 궁핍은 사치의 결여만을 증명할 뿐이었다. 그런 까닭에 그녀가 시골 극단 중 어떤 가설무대에서 소가극의 배역을 맡아달라는 요청을 받았을 때 사실상 노동 생활에 대한 그녀의 동경은 해결되었으며, 비록 차이가 많이 났음에도 불구하고 오랫동안 주저하지는 않았다. 그녀는 엘레나와 메넬라이의 관계에 대해 여학교에서 배운 정보를 새롭게 가다듬었고, 멋진 타브리다 공작의 전기에서 몇 가지 상세한 요소를 가지고 와 보충했다. 그리고 나니 현청 소재 도시와 시장터에서 「아름다운 엘레나」와 「게롤쉬테인스카야 공작부인의 단편들」을 재현하기에는 이 정도로 충분하다는 생각이 들었다.

그녀는 또한 양심에 거리낌이 없도록 하기 위해, 모스크바에서 알고 지내던 어떤 대학생이 걸음을 걸을 때마다 '신성한 예술'이라며 소리치던 것, 이 말을 기꺼이 그녀 자신의 좌우명으로 삼았던 것, 이 말이 고상한 형식으로 그녀를 자유롭게 일하도록 만들었던 것, 그리고 그녀가 모든 것을 걸고 본능적으로 뛰어들었던 길에 형식상의 예절이라도 부여한 것을 회상했다.

여배우의 삶은 그녀를 불안하게 만들었다. 외로이, 아무런 주도적인 준비도 없이, 의식적인 목적도 갖추지 못하고, 단지 소음과 빛과 칭찬을 갈망하는 열정 하나만을 가진 그녀는 수많은 사람들이 무리지어 아무런 관계도 없이 교체되는 혼돈 속에서 자신이 빙빙 돌고 있음을 금방 알아차리게 되었다. 그들은 매우 다양한 성격과 신념을 가진 사람들이었기에, 이런저런 사람들과의 교제의 동기가 결코 같을 수가 없었다. 그럼에도 불구하고 이런저런 사람들이 그녀의 주위에 모여들었는데, 이로부터 내릴 수 있는 결론은 솔직히 말하자면 동기에 대해서는 말을 할 수 없다는 점이다. 따라서 분명한 점은 그녀의 삶이 선술집과 흡사해졌으며, 출입문은 자신이 밝고 젊으며 일정한 재산을 가진 사람이라고 스스로 인정하기만 하면 누구든지 두드릴 수 있었다. 이때 분명한 사실은 자기 마음에 드는 모임을 고르는 것이 아니라, 어떤 모임이든 간에 고독으로 괴로워하지 않을 수만 있다면 참여한다는 점이다. 본질에 있어서 '신성한 예술'은 그녀를 하수구로 끌고 갔다. 하지만 그녀는 곧 머리가 빙빙 돌아 이를 분간할 수 없었다. 여관 급사들의 씻지 않은 얼굴이나 침으로 더럽혀진 무대장치도, 호텔이나 여인숙의 소음과 악취, 고함 소리도, 추종자들의 저속한 언행도, 그 어떤 것도 그녀를 정신 차리게 하지 못했다. 그녀는 자신이 남자들만의 무리에 지속적으로 서 있고 '불변의 지위'를 가지고 있는 여자들과 그녀 사이에는 넘을 수 없는 장벽이 있음을 전혀 알아차릴 수 없었다.

그런데 골로블료보에 도착하는 순간 정신을 차리게 되었다.

그녀가 도착했던 아침부터 무엇인가가 그녀를 괴롭혔다. 감수성이 예민한 아가씨였기에 그녀는 순식간에 새로운 느낌으로 가득 찼고, 새로운 상황에 바로 적응했다. 그러기에 골로블료보에 도착했던 그때부터 그녀는 자신을 '아가씨'로 느꼈다. 그녀는 자신의 것, 자기 집과 묘지가 있음을 떠올리고는 예전의 환경을 다시 보고 싶어졌으며, 바로 얼마 전에 뒤도 돌아보지 않고 떠났던 그곳의 공기를 다시 들이켜고 싶어졌다. 하지만 이런 인상은 골로블료보의 삶의 현실과 마주치자마자 재차 산산조각날 수밖에 없었다.

이 상황에서 그녀는 오랫동안 만나지 못한 사람들의 모임에 상냥한 표정을 짓고 들어갔지만 사람들이 친절한 태도 뒤에 의구심을 감추고 대한다는 사실을 이내 눈치 챈 것 같았다. 그녀의 젖가슴에 불쾌한 눈길을 보내는 이우두쉬카로 인해 그녀는 이미 떨쳐버리기 힘든 짐이 자신의 등 뒤에 생겼음을 상기하게 되었다. 그녀는 포고렐카 하인들의 순진한 질문을 받고, 보플리노의 사제와 그의 아내가 짓는 교훈적인 한숨 소리를 들은 다음, 이우두쉬카의 새로운 교훈까지 듣고 난 뒤 혼자 조용히 있게 되었을 때 그날 받은 인상을 정리해보니, 그녀에게 생긴 일이란 의심의 여지가 없는 것으로서 예전의 '아가씨'는 영원히 사라졌으며 이제는 자신이 형편없는 시골 극단의 여배우에 불과하다는 사실과 러시아 여배우의 위치는 매춘부의 그것과 별 차이 없다는 사실을 깨닫게 되었다.

지금까지 그녀는 꿈을 꾸듯 살아왔다. 「아름다운 옐레나」에서는 옷을 전부 벗었고, 「페리콜라」에서는 술 취한 여자로 등장했으며, 「게롤쉬테인스카야 공작부인의 단편들」에서는 온갖 종류의 뻔뻔스러운 노래를 불렀고, 극장 무대에서 'la chose(거시기)'와 'l'amour(사랑)'를 하지 못하는 것을 아쉬워하면서 자신이 허리를 매혹적으로 흔들며 멋지게 엉덩이를 돌린다고 혼자 상상했다. 하지만 그녀는 한 번도 자신이 무엇을 하는지 깊이 생각해본 적이 없었다. 그녀가 신경 쓰는 유일한 일은 그녀의 모든 것이 '사랑스럽고' '멋있어서' 시내에 주둔해 있는 연대 장교들의 마음에 들도록 하는 것이었다. 그녀가 몸을 흔드는 일이 과연 어떤 것이며 장교들 사이에서 어떤 종류의 흥분을 불러일으키는지에 대해서는 자문해보지 않았다. 장교들은 시내의 주요 관객이었으며, 그녀는 자신의 성공이 그들에게 달려 있음을 잘 알고 있었다. 이들은 분장실에 뛰어들어와 그녀가 아직 반쯤 옷을 벗고 있음에도 불구하고 탈의실 문을 거리낌 없이 열고는 그녀의 애칭을 불러댔다. 그녀는 이런 일을 단순한 요식행위이자 직업과 관련한 불가피한 상황이라고 파악했으며, 자신이 이 상황에서 자신의 역할을 '사랑스럽게' 소화했는지 아닌지에만 관심을 가졌다. 하지만 그녀의 육체는 물론이거니와 정신도 매춘부라고는 자각하지 못했다. 그녀가 자기 자신을 '아가씨'라고 다시 감지하게 된 짧은 순간에 왠지 참을 수 없는 혐오감을 느꼈다. 마치 그녀의 옷이 마지막 하나까지 벗겨진 채 벌거벗은 몸이 사람들 앞으로 끌려간 것 같았으며, 술 냄새와 마구간 냄새로 더럽혀진 비열한 숨결이 한 번에 그녀를 낚아챈 것 같았고, 그녀의 전신을 땀에 젖은 손과 침 흘리는 입술이 건드리는 것 같았으며, 욕정으로 가득 찬 흐리멍덩한 짐승의 두 눈이 아무런 의미도 없이 자신의 벗은 몸의 곡선을 따라 움직이다가는 마치 'la chose(거시기)'란 무엇인가 하고 물어보는 것 같았다.

어디로 갈 것인가? 그녀의 양 어깨를 짓누르고 있던 짐을 어디에 내려놓을 것인가? 이 의문은 머리에서 희망도 없이 맴돌 뿐 그녀는 아무런 해답도 찾을 수 없었으며 찾으려 하지도 않았다. 이것도 일종의 꿈이지 않겠는가? 예전의 생활도 꿈이고, 지금 깨어난 것도 꿈이다. 소녀가 슬퍼하다가 감상에 빠졌을 뿐이다. 곧 지나갈 것이다. 좋은 때도 있거니와 슬픈 때도 있는 법이다. 이게 세상의 이치다. 이런 일도 저런 일도 지나가겠지만, 한 번 만들어진 삶의 흐름은 결코 바뀌지 않는다. 현재의 삶을 새로운 방향으로 바꾸려면 많은 노력을 해야 하며, 도덕적 용기뿐만이 아니라 육체적 용기 또한 필요하다. 이 일은 자살과 비슷하다. 비록 자살하기 직전에는 자신의 삶을 저주하며 죽음이 곧 자유라는 것을 잘 알고 있다손 치더라도, 죽음의 흉기는 어쨌거나 그의 손에서 떨고 있기 마련이다. 칼은 목을 스쳐 비껴가고, 권총은 이마를 정통으로 쏘지 못하고 아래를 맞혀 불구자로 만들고 만다. 그렇지만 이 경우는 좀더 어렵다. 이 경우 예전 삶을 죽여야 하지만, 죽이더라도 자신은 살아 있어야 하기 때문이다. 제대로 된 자살에서는 순간적인 격발로 '하찮은 것'이 이루어지지만, 이 경우 '갱신'이라고 불리는 특별한 자살은 일련의 엄격하며 금욕주의적인 노력에 의해서 이루어지기 때문이다. 하여튼 '하찮은 것'은 이루어지는데, 그 까닭은 똑같은 노력과 궁핍과 절제로 이루어진 존재는 정상이라고 부를 수 없기 때문이다. 의지가 미약하고 쉽게 살아가려는 습관으로 병약한 사람은 '갱신' 비슷한 미래의 전망만으로도 머리가 빙빙 돌기 시작한다. 그리하여 본능적으로 머리를 돌리면서 실눈을 뜨고는 부끄러워하면서 자신의 소심함을 욕하지만, 그래도 또다시 많은 사람들이 다니는 길을 따라갈 것이다.

아! 노동의 삶은 위대한 일이다! 하지만 그런 삶에 친숙한 이들은 강한 자들과 저주받은 원죄로 그런 삶을 살도록 운명 지어진 자들뿐이다. 그런 사람들만이 노동을 무서워하지 않는다. 첫번째 부류의 사람들은 노동의 의미와 수단을 알고 있으며 노동의 달콤함을 찾아낼 수 있는 자들이다. 두번째 부류의 사람들은 노동이 그들의 타고난 의무이며 천성인 자들이다.

안닌카는 포고렐카나 골로블료보에 정착하겠다는 생각은 전혀 하지 않았는데, 이때 그녀에게 도움을 준 것은 상황 때문에 그녀가 놓여 있으며 본능적으로 버리지 않고 있는 실무적인 기반이었다. 그녀는 휴가를 받았는데, 휴가 기간을 다 쓰지 않고 골로블료보에서 떠날 날을 정했다. 나약한 성격의 사람들에게 있어서 삶을 에워싸고 있는 외적인 면들은 상당한 정도로 삶의 무게를 가볍게 한다. 힘들 때 나약한 이들은 본능적으로 외적인 면에 바싹 달라붙어서는 거기서 자신들의 변명거리를 찾는 것이다. 안닌카도 그렇게 행동했다. 그녀는 될 수 있는 대로 빨리 골로블료보에서 떠나야겠다고 결심했는데, 만일 외삼촌이 귀찮게 굴더라도 정해진 날에 가야만 한다고 말해서 성가신 일을 피할 요량이었다.

다음 날 아침 자리에서 일어난 후 안닌카는 골로블료보 저택의 모든 방들을 둘러보았다. 곳곳이 텅 비었고 쓸쓸하여 낯설고 주인이 없다는 느낌이 들었다. 그녀는 기약도 없이 이 집에 머문다는 생각을 해보고는 깜짝 놀랐다. '절대로 안 돼!' 그녀는 무의식적으로 불안을 느껴 속으로 되뇌었다. '절대로 안 돼!'

포르피리 블라디미르이치는 다음 날 여느 때와 다름없는 호의를 가지고 그녀를 만났는데, 그가 그녀를 귀여워하는 것인지 아니면 그녀의 피를 빨아먹으려고 하는 것인지 분간할 수 없었다.

"그래, 성미 급한 녀석아, 잠은 잘 잤니? 어디로 그렇게 서둘러 가려는 게야?" 그는 농담처럼 물었다.

"외삼촌, 전 서둘러야 해요. 휴가 중이니까 휴가 끝나기 전에 가야지요."

"그렇다면 다시 광대 짓을 하려고? 보낼 수 없다!"

"보내시든 못 보내시든 저는 갑니다!"

이우두쉬카는 음울하게 고개를 가로저었다.

"돌아가신 외할머니는 뭐라고 말하실까?" 그는 부드러운 비난의 어조로 물었다.

"외할머니는 생전에도 알고 계셨어요. 그런데 외삼촌, 외삼촌의 말투는 그게 뭐예요? 어제는 제가 기타를 들고 시장터로 돌아다닌다고 하더니, 오늘은 광대 짓을 한다고 말씀하시네요? 듣고 계세요? 저는 외삼촌이 그렇게 말하는 게 싫어요!"

"어! 바른말에 찔리는 구석이 있나보네! 나는 바른말 하는 걸 좋아하지! 내 생각에 만일 바른말이……"

"아뇨! 아뇨! 듣고 싶지 않아요. 외삼촌의 바른말도, 되지도 않는 말도 제겐 필요 없어요. 제 말 들으세요! 저는 외삼촌이 그렇게 말하는 게 싫어요!"

"이런! 화가 단단히 났구나? 얘야, 함께 가서 차를 마시고 머리를 맑게 하자! 아마 사모바르가 탁자 위에서 벌써 부글부글 끓고 있을 게다."

포르피리 블라디미르이치는 농담과 웃음으로 '광대 짓'이라는 말이 가져온 인상을 씻어내고 싶었다. 그리고 화해의 표시로 조카딸의 허리를 안아보려고 그녀에게 몸을 내밀었지만, 안닌카는 이 짓이 어리석고 추악하다고 여겨 자신을 애무하려는 손을 혐오스러운 듯 피했다.

"진지하게 다시 말하는 건데요, 외삼촌, 저는 빨리 가야만 해요!" 그녀의 말이었다.

"그래, 가자, 먼저 차를 마시고 얘기를 좀 한 다음에 말이다!"

"그런데 왜 반드시 차를 마시고 난 다음이지요? 차 마시기 전에 얘기하면 왜 안 돼요?"

"그건 이렇기 때문이야. 모든 일은 순서대로 처리해야 해. 먼저 한 가지를 끝내고, 다음에 다른 일을 해야지. 우선 차를 마신 다음에 수다를 떨고 중요한 일은 그 후에 대화로 풀어야지. 우리는 모두 다 할 수 있단다."

어쩔 수 없이 헛소리를 따를 수밖에 없었다. 차를 마시기 시작했고, 게다가 이우두쉬카는 교활한 방식으로 시간을 끌었다. 찻잔을 조금씩 따라 마시다가 성호를 그으면서 넓적다리를 치기도 했고, 돌아가신 어머니에 대해 지껄이기도 했다.

"그래 이제 말 좀 들어보자. 너는 내 집에 오래 머물 생각이냐?" 마침내 그가 말했다.

"일주일 이상은 있을 수 없어요. 모스크바에도 가봐야 해요."

"일주일은 대단한 거야, 얘야. 어떻게 시작하느냐에 따라 일주일에 많은 일을 할 수도 있고, 적은 일을 할 수도 있지."

"우리는, 외삼촌, 많은 일을 하는 게 더 좋겠어요."

"내 말이 그 말이야. 일을 많이 할 수도 있고, 또 적게 할 수도 있단다. 어떤 때는 많은 일을 하고 싶더라도 적게 할 때가 있고, 어떤 때는 적게 할 것 같았지만 하느님의 도우심으로 모든 일을 표시도 내지 않고 끝낼 때도 있지. 너는 지금 서둘러서 모스크바에 가야 한다고 하지만, 그 이유를 물어보면 넌 확실하게 대답하지 못할 거야. 내 생각에는 모스크바에 가는 것보다는 일을 하면서 시간을 보내는 편이 더 좋겠다."

"모스크바에는 반드시 가야 해요. 우리가 그곳 무대에 설 수 있는지 없는지 알아보고 싶기 때문이죠. 일에 관해서라면, 외삼촌도 일주일 동안에 많은 일을 할 수 있다고 말했잖아요."

"얘야, 그건 일을 어떻게 하느냐에 달려 있다. 순리대로 일을 처리하면 네 모든 일들은 순조롭게 될 거야. 하지만 순리대로 하지 않으면, 일은 진행되지 못한 채 오랫동안 방치될 거야."

"외삼촌, 제가 그렇게 하도록 도와주세요!"

"그렇지. 필요하면 '외삼촌, 제가 그렇게 하도록 도와주세요!'라고 말하고, 필요치 않으면 '외삼촌 집은 너무 지루하니 빨리 떠나야겠어요!'라고 말하는구나. 사실이 아니냐?"

"제가 뭘 해야 하는지 그것만 말해주세요."

"잠깐, 기다려라! 내가 말하잖니. 외삼촌이 필요할 때면 '사랑하는 외삼촌'이라고 말하지만, 필요치 않을 때면 등을 돌린단 말이야! '사랑하는 외삼촌, 제가 모스크바에 다녀오는 걸 어떻게 생각하세요?'라고 물어보지는 않지."

"외삼촌은 정말 이상한 분이시네요! 저는 모스크바에 가야만 하는데, 외삼촌은 안 된다고 불쑥 말씀하시는군요?"

"안 되니까, 앉아 있으렴. 모르는 사람도 아니고 외삼촌이 말하니까 말을 들어야겠지, 애야! 네게 외삼촌이 있다는 게 얼마나 다행이냐. 너를 가엾이 여겨 말릴 사람이 있으니 말이다. 어떤 사람들은 주위에 아무도 없지 않느냐! 가엾이 여길 사람도 없고 말릴 사람도 없이 성장한단 말이다. 그러니 그런 사람들은 살아가면서 생각지도 못한 온갖 일들과 마주친단 말이다, 애야!"

안닌카는 반박을 하려고 했지만, 그래보았자 불에 기름을 붓는 격이라는 것을 깨닫고 입을 다물었다. 그녀는 자리에 앉아 이리저리 움직이는 포르피리 블라디미르이치를 절망적으로 바라보았다.

"오래전부터 하고 싶었던 말이 있는데," 이우두쉬카는 말을 계속 이어갔다. "나는 너희들이 그 무엇이냐, 시장터를 돌아다니는 게 영 마음에 들지 않는다! 너는 내가 기타에 대해 말했다고 싫어하지만, 그래도……"

"마음에 들지 않는다는 말로는 부족하죠! 다른 탈출구를 제시해주셔야죠!"

"내 집에서 살아라, 그것이 탈출구야!"

"안 돼요. 그건 절대로 안 돼요!"

"왜?"

"그건 제가 여기서 할 일이 없기 때문이에요. 외삼촌 집에서 제가 뭘 하겠어요? 아침에 일어나 차나 마시러 가겠지요. 차를 마시면서 '이제 아침을 차려주겠구나'라고 생각하겠지요! 아침을 먹으면서는 '점심을 준비하겠구나!'라고 생각할 거고, 점심을 먹으면서는 '또 차를 마시겠지!'라고 하겠지요. 그다음에는 저녁을 먹고 잠자리에 들 거고, 그러다가 외삼촌 집에서 죽겠지요!"

"애야, 모두 다 그렇게 살고 있단다. 맨 먼저 차를 마시고 난 후, 아침식사하는 데 익숙한 사람은 아침을 하겠지만, 나는 아침식사 습관이 없기에 하지 않는다. 그다음에는 점심을 먹고, 저녁에 차를 마시고, 그러고는 마지막으로 잠자리에 들지. 그래서 어쨌다고? 여기에는 우스꽝스러운 것도 비난받을 일도 없단 말이다! 만일에 내가……"

"비난받을 일은 아니지만, 제 취향은 아니에요!"

"만약에 내가 누군가에게 모욕을 줬다거나, 아니면 질책했다거나 혹은 누군가를 나쁘게 말했다면, 그렇다면 나는 비난 받아야겠지! 비난 받을 이유가 돼. 하지만 차를 마시고, 아침을 들고, 점심을 먹는다는 일은…… 그건 전혀 그렇지 않아! 너도 그래, 아무리 네가 잘났어도 먹지 않고는 살 수 없지!"

"예, 다 좋아요. 다만 제 취향이 아닐 뿐이죠!"

"모든 걸 네 잣대로 재지는 마라. 어른들도 생각해줘야지! 어떻게 '내 취향이다' '내 취향이 아니다'라고 말할 수 있느냐! 이렇게 말해야지. '하느님 뜻이니' '하느님 뜻이 아니니'라고 말이야. 이게 중요하고 또 그렇게 될 거야. 만약에 골로블료보에서 우리가 하느님 뜻에 따르지 않는다면, 하느님 뜻에 거슬러 행동하고 죄를 짓는다면, 혹은 투덜거리고 질투한다든지 또 다른 나쁜 행동을 저지른다면, 그럴 경우에는 우리가 죄인이고 우리가 비난 받을 짓을 하는 거야. 그럴 때 우리가 증명해야 할 것은 우리가 하느님 뜻에 거슬러서 행동한다는 점이야. 그런데 세상에, 넌 '내 취향이 아니다'라고 하니! 그럼 이제 내 입장에서 말해볼까. 그러는 너는 뭐 내 취향에 맞기만 하는지 아니! 네가 나와 이런 식으로 말하고 친척으로서 내가 주는 환대를 비난하는 것은 내 취향에 맞지 않아. 하지만 나는 가만히 입을 다물고 앉아 있단다. 그리고 이렇게 생각한단다. '저 아이가 직접 느낄 수 있도록 조용한 방식으로 해줘야지. 아마도 혼자 깨칠 수 있

제4장 조카딸 257

을 거야'라고 말이다. 내가 네 행동을 농담과 웃음으로 대하는 동안 너의 수호천사가 나타나 너를 진리의 길로 이끌어주실 게야. 나는 나 때문이 아니라 너 때문에 화가 나. 아, 애야, 이건 정말 좋지 않은 거야! 만일 내가 네게 나쁜 말을 했다든가 네게 좋지 않은 행동을 했다든가 혹은 너를 모욕했다면 문제가 다르겠지만! 하느님은 윗사람에게서 교훈을 취하라고 명령하셨지만, 만일 내가 너를 모욕했다면 문제가 다르지. 내게 화를 내도 좋아. 그러면 나는 조용히 자리에 앉아 아무 말도 하지 않겠다. 다만 생각만 할 거야. 어떻게 하면 더 좋아지고 더 편해져서 모두가 기뻐하고 위로를 받을 수 있을까 하고 말이야. 그런데 너는 어쩌면 그러냐! 네가 나의 사랑을 어떻게 대했냐 말이다! 너는 모든 걸 한꺼번에 말하지 말고, 애야, 먼저 생각 좀 해본 다음에, 하느님께 기도를 드려서 네게 가르침을 내려달라고 청하렴! 그리고 만일……"

 포르피리 블라디미르이치는 멈추지 않고 오랫동안 떠들어댔다. 말과 말은 끈끈한 침처럼 끊이지 않고 이어졌다. 안닌카는 '어떻게 목이 메지 않고 저렇게 계속 말할 수 있을까?'라는 생각에 까닭 모를 두려움마저 느끼며 그를 쳐다보았다. 하지만 그래도 외삼촌은 아리나 페트로브나가 사망했는데도 그녀가 해야 할 일이 무엇인지는 말하지 않았다. 점심식사 중에 그녀는 이 점에 대해 몇 번씩이나 물어보려고 했지만, 또한 저녁에도 차를 마실 때 그러려고 했으나 그럴 때마다 매번 이우두쉬카는 쓸데없는 농담을 질질 끌기 시작했기에 안닌카는 대화를 시작한 것이 즐겁지 않았다. 단 한 가지 떠오르는 생각은 '도대체 이런 일들이 언제 끝날까?'라는 의문이었다.

 점심식사 후 포르피리 블라디미르이치가 낮잠 자러 가자 안닌카는 예브프락세유쉬카와 둘이만 남게 되어 집안 살림을 맡아 하는 이 여자와 애기를 나누고 싶다는 생각이 문득 들었다. 어떻게 예브프락세유쉬카는 골로블료보에서 사는 것이 두렵지 않은지, 아침부터 저녁까지 외삼촌의 입에서 쏟아져 나오는 공허한 말들을 참을 수 있는지 알고 싶었다.

"예브프락세유쉬카, 골로블료보에서 지내기가 지겹지 않아요?"

"우리들이야 왜 지겹겠어요? 우리는 지주가 아니니까요!"

"그래도, 항상 혼자 있고, 위안거리도 없고, 아무 만족도 없잖아!"

"우리들이야 무슨 만족이 필요하겠어요! 지겨우면 창밖을 보죠. 저도 아버지가 사시는 카펠키의 니콜라 성당에 있었을 때는 지금보다는 더 즐거웠죠."

"그렇겠죠. 집에 있었으면 당신은 더 좋았을 거 같아요. 친구들도 있고 서로 집에도 왔다갔다하면서 함께 놀았을 텐데……"

"그랬겠죠!"

"그런데 외삼촌은…… 항상 지겨운 말만 늘어놓으니. 항상 그렇죠?"

"맞아요. 하루 종일 그렇게 말씀하시죠."

"그런데 지겹지 않나요?"

"제가요? 아뇨, 저는 얘기를 듣지 않아요!"

"전혀 안 들을 수는 없지. 외삼촌이 눈치 채고 화를 낼 텐데."

"어떻게 알아차리겠어요! 저는 그분을 쳐다보고 있으니까요. 그분이 말하면, 저는 쳐다보며 딴생각을 하거든요."

"뭘 생각하는데?"

"아무거나요. 오이를 소금에 절여야겠으니 오이에 대해 생각하죠. 또 시내에 사람을 보내 장을 봐야 하니 그것도 생각해보죠. 살림살이에 필요한 것은 모두 생각해요."

"그렇다면 당신은 함께 살면서도 사실은 혼자 지내는 거네요."

"그래요, 거의 혼자지요. 가끔씩 저녁때 카드놀이를 하자고 하면 같이 하지요. 그런데 이런 때도 놀이 중에 카드를 치운 후 이야기를 시작하는 거예요. 그러면 나는 보기만 해요. 돌아가신 아리나 페트로브나가 계셨을 때는 지금보다는 즐거웠죠. 그분이 계실 때 외삼촌은 쓸데없이 말하기를 두려워했어요. 때때로 할머니가 말을 중단시키기도 했지요. 하지만 지금은 그런 일은 전혀 없어요. 자제력이라고는 없지요."

"그래! 예브프락세유쉬카, 바로 그게 무서운 거야! 사람이 말을 하면서도 왜 말하는지, 저 말이 언제 끝날지 모르는 게 두렵다는 거야. 무섭지 않아요? 불편하지 않아?"

예브프락세유쉬카는 이런 놀라운 생각은 처음 들어봤다는 듯이 그녀를 쳐다보았다.

"아가씨뿐만 아니라," 그녀가 말했다. "우리들도 그것 때문에 좋아하지 않아요."

"그렇겠지!"

"그래요. 하인들만 해도 아무도 오랫동안 이곳에 있지 못하지요. 거의 매달 사람이 바뀌어요. 영지관리인들도 마찬가지고요. 모두 다 똑같은 이유 때문이죠."

"싫어들 하나요?"

"사람을 괴롭히니까요. 주정뱅이들이야 듣지 못하니까 살 수 있죠. 술꾼은 옆에서 나팔을 불어도 머리가 항아리로 덮여 있어 상관이 없겠지요. 게다가 더 문제는 그분이 술꾼들을 좋아하지 않는다는 거죠."

"아, 예브프락세유쉬카, 예브프락세유쉬카, 그런데 외삼촌은 나보고 여기 골로블료보에서 살자고 계속 보채는 거야!"

"그래요, 아가씨! 아가씨가 우리와 함께 살았으면 좋겠어요. 어쩌면 그분은 아가씨가 계시면 체면을 차릴지도 몰라요!"

"아냐, 정말 싫어! 당신도 알다시피 외삼촌을 억지로 참고 쳐다보기에는 내 인내심이 너무 부족해!"

"무슨 말씀이세요? 당신들은 지주들이잖아요! 당신들에게는 자기 의지가 있지요. 하지만, 의지는 의지이고, 남의 장단에 춤을 춰야 할 때도 있지요."

"그것도 자주 그러니까 문제지."

"제 생각도 바로 그거예요. 그런데 아가씨께 여쭤볼 말이 있어요. 여배우 생활은 어때요?"

"자기가 벌어 생활하니, 그건 좋아요."

"포르피리 블라디미르이치가 제게 말씀하시기를 낯선 남자들이 여배우의 허리를 항상 끌어안는다고 하던데 그게 사실이에요?"

안닌카는 순식간에 얼굴이 붉어졌다.

"외삼촌은 이해를 못하셔," 그녀는 흥분해서 대답했다. "그러니까 그런 터무니없는 얘기를 하는 거야. 무대에서 일어나는 일이 현실과 다르다는 것조차도 구분하지 못하고 있어."

"그런데 말이죠! 포르피르 블라디미르이치는 당신을 보고서는 입을 헤벌리더군요. '조카딸, 조카딸' 하며 체신을 지키는 것 같지만, 그 이의 뻔뻔스런 두 눈은 이리저리 움직이더군요!"

"예브프락세유쉬카! 어떻게 그런 말도 안 되는 소리를 해요!"

"제가요? 아니에요. 지내보세요, 그럼 아시게 될걸요! 저는 말이죠, 여기서 내쫓기면 다시 아버지께 가면 돼요. 여긴 사실 지겨워요. 당신 말씀이 맞아요."

"내가 여기 남을 수 있으리라는 건 당신이 잘못 생각하는 거야. 골로블료보에서 지내는 일이 지겹다는 것은 사실이야. 당신도 여기서 더 지내면 지낼수록 더 지겨워질 거야."

예브프락세유쉬카는 생각을 좀 하는 것 같더니만 하품을 하고 말했다.

"제가 아버지 집에서 살 때만 해도 몸이 말랐었어요. 하지만 지금은 보세요! 난로처럼 되었지요. 그러니 지겹다 해도 좋은 점이 있어요."

"그래도 오래는 참지 못할 거야. 내 말이 생각날 거야. 참지 못할 거야."

이것으로 이야기는 끝이 났다. 다행히도 포르피리 블라디미르이치는 이 이야기를 듣지 못했다. 만일 들었더라면 새로 얻은 주제로 훈계조의 이야기를 끝없이 이어갔을 것이다.

이틀 내내 포르피리 블라디미르이치는 안닌카를 괴롭혔다. 그가 계속 한 말은 '참고 기다려라! 서두르지 말고 천천히 해라! 성호를 긋고 하느님께 기도해라!' 등등이었다. 그녀를 정말 피곤하게 만들었다. 그러다가 5일째 되던 날 시내로 나갈 준비를 했는데, 이때도 조카딸을 괴롭힐 구실을 찾았다. 그녀는 이미 현관에서 외투를 입고 서 있었는데, 그는 마치 고의로 그러는 것처럼 한 시간이나 꾸물댔다. 옷을 입고, 세수를 하고, 자기 넓적다리를 툭툭 치다가, 성호를 긋기도 하다가는, 이리저리 걷다가 앉으면서 "그래 그렇지!"라든가 "그러니 너는 아무 일도 안 생기도록 조심해!"라고 말했다. 그는 마치 골로블료보를 몇 시간 만이 아니라 영원히 떠나는 것처럼 그렇게 행동했다. 현관 앞에서 한 시간 반 동안이나 서 있던 사람들과 말까지도 모두 지치게 만든 다음에야 자기가 헛소리를 하느라 목이 마르다는 걸 깨닫고는 떠나기로 마음먹었다.

말들이 주막집에서 귀리를 먹는 사이에 시내에서 볼일은 다 끝났다.

포르피리 블라디미르이치가 제출한 결산서에 따르자면 아리나 페트로브나 사망 시점에 고아들의 재산은 5퍼센트 유가증권으로 2만 루블에 이르렀다. 그리고 고아들이 성인이 되었다는 증명서로 후견인 제도 청산 요구서를 접수했으며, 그 즉시 후견인 제도를 청산할 것과 영지와 재산을 소유자에게 양도하라는 명령을 받았다. 그날 저녁 안닌카는 포르피리가 준비한 모든 서류와 재산목록에 서명을 하고 드디어 자유롭게 숨을 내쉴 수 있었다.

그 후 안닌카는 매우 흥분한 상태로 보냈다. 그녀는 골로블료보에서 즉시 떠나고 싶었지만, 아저씨는 그녀의 모든 충동에 농담으로 대꾸했다. 농담은 비록 선량한 어조를 띠고 있었지만, 그 뒤에는 인간의 힘으로는 도저히 극복할 수 없는 바보 같은 집요함이 숨어 있었다.

"네 자신이 일주일을 있겠다고 했으니 그렇게 해야지!" 그가 말했다. "너야 무슨 걱정이냐? 방세를 낼 필요도 없고, 뭐든 말만 하면 되잖아! 차를 마셔도 되고, 먹을 걸 달라고 해도 되고, 먹고 싶다는 것은 모두 가져다주잖아!"

"그래도 저는 가야만 한다니까요, 외삼촌!" 안닌카가 가게 해달라고 청했다.

"너는 가만히 있을 수 없다지만, 나는 말을 주지 않을 거야!" 이우두쉬카가 농담처럼 말했다. "말을 안 줄 테야. 그러니 우리 집에 포로로 잡혀 있어봐. 일주일 동안은 한 마디도 안 할 거야. 예배를 드리고 길을 떠나자. 차도 마시고 얘기도 나누고, 서로 실컷 바라보고 난 다음에 작별하자. 정말 그렇게 하자! 그런데 넌 보플리노의 묘지에 다시 갔다 오지 않으련? 돌아가신 할머니께 인사를 드리면, 어쩌면 그분이 네게 좋은 말씀을 해주실 수도 있겠지!"

"그럴 수도 있죠." 안닌카는 동의했다.

"그러면 우리 이렇게 하자. 수요일 이른 아침에 예배를 드리고 길을 떠나기 전 식사를 하면, 내 말들이 너를 포고렐카까지 데리고 갈 게야. 거기서 드보리키까지는 포고렐카에 있는 네 말을 타고 가렴. 너도 여지주니까! 말은 있겠지!"

그녀는 굴복할 수밖에 없었다. 비속함은 큰 힘을 지니고 있는데, 이 힘은 생기 넘치는 사람 앞에 갑자기 나타나, 그가 놀라 주위를 둘러보는 사이에 그를 묶어 손아귀에 넣어버린다. 하수구를 지나는 사람이라면 누구나 코를 막을 뿐만 아니라 숨도 쉬지 않으려 할 것이다. 헛소리와 비속함으로 가득 찬 영역에 들어갈 때는 누구든지 반드시 그와 같은 노력을 하게 된다. 그는 시각과 청각, 후각과 미각을 무감각하게 만들어야만 하며, 감수성을 극복하고 무관심해져야 한다. 그렇게 되어야만 비속함의 병균에 질식되지 않을 것이다. 안닌카는 늦기는 했지만 이 점을 이해했다. 만일의 경우에는 골로블료보 탈출을 자연스러운 세상 흐름에 맡기기로 마음먹었다. 이우두쉬카는 누구도 감당하기 힘든 헛소리로 그녀를 압도하여, 그녀를 껴안으며 친척이 하는 식으로 그녀의 등을 어루만지며 '이제야 착한 아이가 되었구나!'라고 말할 때도 그녀는 그로부터 벗어날 수가 없었다. 뼈만 앙상해진 그의 손이 등을 따라 약간 떨리며 움직일 때 그녀는 자신도 모르게 몸을 떨었다. 하지만 '일주일 후에는 제발 풀려났으면!'이라는 생각으로 혐오감을 더 이상 드러내지 않았다. 그녀에게는 다행이었지만 이우두쉬카는 혐오감을 잘 느끼지 못했으며, 설혹 그녀가 참지 못해하는 것을 눈치 챘더라도 아무 말도 하지 않았을 것이다. 그는 '사랑하든 안 하든 좀더 자주 바라보라!'라는 속담이 말해주는 이성 관계의 철칙 같은 것을 따르고 있음이 분명했다.

마침내 간절히 기다리던 출발일이 되었다. 안닌카는 아침 6시쯤 일어났지만 이우두쉬카는 그녀보다 더 일찍 일어났다. 그는 벌써 아침 기도를 올리고 성당의 첫 종소리가 울리기를 기다리면서 실내화와 실내복을 입은 채로 방마다 돌아다니며 들여다보고 엿듣는 것이었다. 그는 분명히 흥분해 있었는데, 안닌카를 보았을 때는 왜 그런지 모르지만 곁눈질로 흘금흘금 쳐다보았다. 밖에는 날이 밝았지만, 날씨는 좋지 않았다. 하늘은 온통 검은 구름으로 가득했고, 구름 사이에는 비도 아니고 눈도 아닌 봄 안개비가 흩뿌리고 있었다. 검은색의 마을 길 위에는 들판의 눈이 녹고 있는지 웅덩이들이 보였다. 남쪽으로부터 불어오는 강풍이 해빙기의 궂은 날씨를 몰고 왔다. 나무들은 눈을 털어내고 물기에 젖은 가지 끝을 이리저리 정신없이 흔들고 있었다. 저택의 부속건물들은 검은색을 띠어 끈적끈적할 것만 같았다. 포르피리 블라디미르이치는 안닌카를 창가로 데리고 가 봄을 시샘하는 궂은 날씨를 가리켰다.

"정말 갈 거니? 남아 있지 않을래?" 그가 물었다.

"아뇨, 아뇨!" 그녀는 놀란 목소리로 소리쳤다. "이런 날씨도 곧 지나갈 거예요!"

"정말 그럴까. 만일 네가 1시에 출발한다면, 7시 이전에 포고렐카에 도착하는 것도 쉽지 않을 거야. 그리고 밤에는 지금 같은 해빙기에 떠나기 힘들 테니 포고렐카에서 밤을 보내야만 할 거야."

"아, 안 돼요! 나는 밤에도 갈 수 있으니, 지금 떠나겠어요. 나는 말이죠, 아저씨, 무섭지 않아요. 오후 1시까지 기다릴 이유도 없고요. 아저씨, 제발 지금 떠나도록 해주세요!"

"그러면 외할머니는 뭐라고 하실까? '애야! 와서는 바빠 지내다가 내 축복 기도도 받지 않으려 하는구나!'라고 말씀하시겠지."

제4장 조카딸 265

포르피리 블라디미르이치는 말을 멈추고 입을 다물었다. 잠시 동안 한 자리에서 발을 움직이더니 안닌카를 흘깃 바라보다가는 눈길을 내렸다. 무슨 말을 하고 싶은데 망설이는 게 분명했다.

"잠깐만, 네게 할 말이 있다!" 마침내 결심한 듯 주머니에서 접은 편지를 꺼내 안닌카에게 주며 말했다. "자, 읽어봐라!"

안닌카가 읽어보았다.

'오늘 나는 기도를 드리면서 하느님이 내게 나의 안닌카를 남겨두시기를 청했다. 그랬더니 하느님이 내게 말씀하시길, 안닌카의 통통한 허리를 껴안고 그녀를 내 가슴에 안으라고 하셨다.'

"그래, 어떠냐?" 약간 얼굴이 창백해진 그가 물었다.

"아이, 외삼촌! 이 무슨 추악한 짓이에요!" 그녀는 당황하여 그를 쳐다보며 대답했다.

한층 더 창백해진 포르피리 블라디미르이치는 "경기병이 필요한 게로구나!"라고 이빨 사이로 말을 뱉더니 성호를 긋고 실내화를 질질 끌면서 방에서 나갔다.

하지만 15분이 지나자 마치 아무 일도 없었다는 듯이 되돌아와 안닌카와 농담까지 했다.

"그래 어떻게 할 거니?" 그가 말했다. "보플리노에 들를 거냐? 외할머니에게 인사할 거야? 작별 인사 드려야지! 그렇게 해라, 얘야! 네가 외할머니를 잊지 않은 건 잘한 일이야. 친척은 절대로 잊어서는 안 돼, 특히 우리를 위해 헌신하신 분들은 말할 것도 없지."

그들은 추도식과 아침 예배에 참석한 후 성당에서 추도식 꿀죽을 먹고 집으로 돌아왔다. 그러고는 다시 꿀죽을 먹고 차를 마시기 위해 자리에 앉았다. 포르피리 블라디미르이치는 마치 일부러 그러는 것처럼 평상

시보다도 천천히 차를 마셨으며, 괴로운 듯 말을 길게 끌면서 한 모금 마실 때마다 헛소리를 지껄였다. 10시가 가까워졌을 때 차를 다 마시고 난 안넌카는 간절히 청했다.

"외삼촌, 이제 떠나도 될까요?"

"식사는? 길 떠나기 전에 식사해야지? 정말 너는 외삼촌이 너를 놔 줄 거라고 생각했니? 아냐! 생각도 하지 마라! 이런 일은 골로블료보에서 한 번도 없었다. 돌아가신 어머니께서 내가 조카딸을 송별 식사도 없이 길을 떠나도록 한 것을 아신다면 나를 가까이 오지도 못하게 하실 거다! 그러니 그런 건 생각도 하지 마라! 꿈도 꾸지 마!"

다시 따를 수밖에 없었다. 하지만 한 시간 반이 흘렀지만 식탁을 차릴 생각도 하지 않고 있었다. 모두 뿔뿔이 흩어졌다. 예브프락세유쉬카는 열쇠를 찰랑거리며 창고와 움 사이 마당에서 왔다갔다했다. 포르피리 블라디미르이치는 영지관리인과 이야기 중 경솔한 지시를 내려 그를 피곤하게 만들었는데, 이때 자신의 넓적다리를 툭툭 치면서 어떻게 해서든지 시간을 늦추려고 꾀를 부렸다. 안넌카는 식당에서 혼자 앞뒤로 걸으면서 시계를 보며 발걸음을 세어보았다. 그러다가 초를 재보았다. '일, 이, 삼……' 가끔씩 밖을 내다보며 웅덩이가 점점 많아지고 있음을 확인했다.

마침내 숟가락, 나이프, 접시 소리가 나기 시작했다. 하인 스테판이 식당에 와서 식탁에 식탁보를 깔았다. 그러나 이우두쉬카를 채우고 있는 먼지의 일부분이 스테판에게도 옮아간 것 같았다. 그는 천천히 쟁반을 옮겼으며, 컵을 불며 빛에 비춰보았다. 정각 1시에 식탁에 앉았다.

"자, 이제 출발하려는구나." 포르피리 블라디미르이치가 송별식에 어울리는 말로 시작했다.

앞에는 수프 접시가 놓여 있었지만, 그는 접시에 손도 대지 않고 안닌카만 귀여워하며 쳐다보았기에 코끝이 붉어졌다. 안닌카는 서둘러 숟가락질을 했다. 그도 숟가락을 잡고 수프 접시에 넣었다가는 다시 식탁에 내려놓았다.

"너는 이 늙은이를 용서해라!" 그는 웅얼거렸다. "너는 수프를 급히 먹는다만, 나는 천천히 먹어야겠다. 하느님이 주신 선물을 아무렇게나 대하는 건 좋지 않아. 우리에게 빵이 주어진 것은 우리 몸을 유지시키기 위해서인데, 우리는 함부로 흩어놓는단 말이야. 이것 봐라, 네가 부스러기로 흩어놓은 것을 말이야. 그리고 나는 철저하게 살핀 다음 일하는 것을 좋아해. 그러면 결과가 틀림없지. 어쩌면 너는 내가 식탁에만 앉아 있으면서 굴렁쇠 놀이 — 너희 여배우들은 그걸 뭐라고 부르는지 모르겠다만 — 를 하지 않는다고 내게 화를 낼지도 모르겠구나. 글쎄, 어쩌겠냐? 화내고 싶으면 그렇게 하렴. 계속 화를 내겠지만 언젠가는 용서하게 될 거다. 너도 언제까지 젊지는 않을 것이고 굴렁쇠 놀이를 계속할 수는 없을 테니까 말이다. 너도 언젠가는 경험이 쌓여서 이렇게 말할 때가 있을 거야. '외삼촌이 옳았구나!'라고 말이다. 그렇게 될 거야, 얘야. 지금은 어쩌면 내 말을 들으면서도 이렇게 생각하겠지. '외삼촌은 늙은 잔소리꾼이야!'라고 말이다. 하지만 내 나이가 되면 다른 말을 할 거야. '외삼촌은 내게 좋은 것을 가르쳐주셨구나!'라고 말이다."

포르피리 블라디미르이치는 성호를 긋고 수프를 두 숟가락 떠먹었다. 그러더니 또다시 숟가락을 접시에 놓고 이제 이야기를 시작해야 한다는 표시로 의자 등받이에 몸을 기댔다.

'흡혈귀!'라는 말이 안닌카의 입 안에서 맴돌았다. 하지만 그녀는 참고 서둘러 컵에 물을 따라서 단숨에 들이켰다. 이우두쉬카는 그녀에게 일어나는 일을 직감적으로 간파했다.

"그래! 마음에 들지는 않겠지! 하지만 마음에 차지 않더라도 너는 외삼촌 말을 들어야만 해! 이미 오래전부터 너의 서두르는 행동에 대해 말을 하고 싶었다만, 계속 틈이 없었구나. 나는 네가 그렇게 서두르는 게 맘에 차지 않는다. 경솔하고 신중하지 못한 행동이야. 그때만 해도 너희들은 외할머니한테서 괜히 떠났던 거야. 노인을 슬프게 만드는 짓인데 마음에 꺼리지도 않았어. 왜 그랬지?"

"아이, 외삼촌도! 그런 말을 왜 꺼내세요? 이미 지난 일이잖아요! 외삼촌한테도 그건 좋지 않아요!"

"잠깐만! 나는 좋다, 좋지 않다를 말하려는 게 아니라, 이미 지난 일이지만 고칠 수 있다는 걸 말하고 싶은 거야. 우리 죄인들뿐만 아니라 하느님도 자신의 행동을 바꾸시니까 말이다. 오늘은 비를 내리게 하시다가도 내일은 맑은 날씨를 주시니까! 자, 극장이 어떤 보물인지는 세상이 다 안단 말이다! 그러니 결정을 하렴!"

"아니에요, 외삼촌! 그만 하세요! 부탁이에요!"

"그래도 할 말이 있다. 너의 경솔함은 좋지 않지만, 그것보다 더 내 마음에 들지 않는 것은 네가 늙은이의 지적을 가볍게 대한다는 점이다. 외삼촌은 너의 행복을 바라는데, 너는 '그만 하세요!'라는구나. 아저씨는 네게 상냥하게 인사를 하는데 너는 화를 내는구나! 그런데 너는 누가 네게 외삼촌을 보냈는지 아느냐? 말해보렴, 누가 네게 외삼촌을 보냈겠느냐?"

안닌카는 머뭇거리며 그를 쳐다보았다.

"하느님이 네게 외삼촌을 보내셨다. 그분이시지, 하느님이야! 하느님이 아니었다면 너는 지금 홀로 되어 무엇을 해야 할지도 모를 테고, 어떤 청원을 어디에 제출해야 하는지도, 청원의 결과가 어떻게 될지도 모르고 있을 게야. 너는 숲 속에 있는 것과 같을 거야. 누군가가 너를 모욕했을 테지, 또 다른 사람은 너를 속이고, 또 어떤 사람에게는 네가 단지 조롱거리가 되었을 거야. 하지만 네게는 외삼촌이 있기에, 하느님의 도움으로 우리는 하루 만에 너의 모든 일을 손쉽게 처리했어. 시내에도 다녀왔고, 후견회도 갔었으며, 청원도 넣었고 또 결재도 받았었지. 바로 이런 게, 애야, 외삼촌이라는 거야!"

"그래요, 저도 그래서 감사하고 있어요, 외삼촌!"

"외삼촌이 고맙다면 내게 화낼 것이 아니라 말을 잘 들어야지. 외삼촌은 너의 행복을 바라는데, 너는 가끔 보면……"

안닌카는 간신히 참고 있었다. 외삼촌의 교훈을 피하는 방법은 이제 단 한 가지뿐이었다. 그것은 그녀가 골로블료보에 남아 있으라는 외삼촌의 제안을 받아들이는 척하는 것뿐이었다.

"좋아요, 외삼촌," 그녀가 말했다. "생각 좀 해볼게요. 저도 알고 있어요, 친척들과 떨어져 외로이 혼자 사는 것은 좋지 않지요. 하지만 하여튼 지금은 아무것도 결정할 수 없어요. 나중에 생각해볼게요."

"그래, 이제야 네가 이해를 했구나. 뭘 더 생각하겠니? 말을 풀어놓고 네 여행 가방을 마차에서 꺼내라고 시켜야겠다. 생각은 이걸로 충분해!"

"아니에요, 외삼촌은 제게 여동생이 있다는 걸 잊으셨군요!"

이 논거로 포르피리 블라디미르이치가 설복당했는지 아니면 그가 예의상 이 장면을 연출한 것인지는 알 수 없으며, 그 자신도 안닌카가 골로블료보에 남는 것을 필요로 하는지, 그렇지 않은지 아니면 머릿속에 일순간 변덕이 생겼는지 알지 못했다. 하지만 어쨌든 이후 점심식사는 좀더 활기찼다. 안닌카는 모든 것에 동의했고, 어떤 말에도 헛소리의 빌미를 제공할 만한 대답은 하지 않았다. 그럼에도 불구하고 점심식사가 끝났을 때 시계는 2시 30분을 가리키고 있었다. 안닌카는 뜨거운 욕조에 계속 앉아 있었다는 듯이 식탁에서 벌떡 일어나 외삼촌과 작별 인사를 하려고 그에게 달려갔다.

10분 후 이우두쉬카는 털외투와 곰가죽 신발을 걸치고 현관에서 그녀를 배웅하고, 하인들이 아가씨를 어떻게 여행용 마차에 앉히는지 직접 살펴보았다.

"언덕길 내려갈 때는 느슨하게 몰아, 듣고 있나? 그리고 센키노의 비탈길에서는 구르지 않도록 조심해!" 그는 마부에게 지시했다.

마침내 안닌카를 완전히 감싸서 자리에 앉히고 여행용 마차의 덮개를 닫았다.

"그래도 남아 있으면 좋으련만!" 다시 한 번 이우두쉬카가 그녀에게 소리쳤다. 그는 하인들이 모인 앞에서 모든 일이 친척들이 하는 방식대로 잘 해결되었다는 것을 보여주고 싶었다. "적어도 다시 오긴 하겠지? 말해보렴!"

하지만 안닌카는 이제 자유로움을 느꼈기 때문에 갑자기 장난을 치고 싶어졌다. 여행용 마차에서 몸을 내밀어 한 마디 한 마디를 분명히 말했다.

"아니요, 외삼촌, 다시는 오지 않을 겁니다. 외삼촌과 같이 있는 것이 무서워요!"

이우두쉬카는 알아듣지 못했다는 표정을 지었지만 입술은 창백해졌다.

* * *

안닌카는 골로블료보의 포로 생활에서 풀려나니 마음이 날아갈 듯 가버워져 그녀가 떠남으로써 속세와의 모든 관계가 완전히 단절된 한 사람이 그녀의 등 뒤에 기약 없이 남겨졌음을 이후 단 한 번도 떠올리지 않았다. 그녀는 자기 자신만 생각했다. 그녀는 도망쳐 나왔으니 이제 됐다는 생각뿐이었다. 자유의 느낌은 너무나 강했기에 그녀가 다시 보플리노 묘지를 찾아갔을 때는 지난번 외할머니 묘지에 처음 왔을 때 신경이 예민해졌던 때와는 많은 차이가 있었다. 그녀는 차분하게 추도식을 드렸다. 무덤 앞에 서서 무덤덤하게 작별 인사를 드린 후 사제관으로 가서 함께 차를 마시자는 사제의 요청을 기꺼이 받아들였다.

보플리노 사제관의 환경은 매우 척박했다. 집 안에서 유일하게 깨끗한 방은 응접실이었지만 그마저 쓸쓸하고 텅 비어 있었다. 벽 밑에는 열두어 개의 물감 칠한 의자가 여기저기 흩어져 있었는데, 천은 해져 있었고 군데군데 구멍이 뚫려 있었다. 마찬가지로 소파 역시 등받이가 불룩 튀어나와 마치 농노해방 전 훈련소장의 가슴을 보는 것 같았다. 창문과 창문 사이의 벽 아래에는 지저분한 양복지가 깔린 초라한 탁자가 있었는데, 그 위에는 교구의 참회 명부가 놓여 있었고, 명부 뒤에는 잉크병에 꽂힌 펜이 보였다. 동쪽 구석에는 부모님의 축복을 받은 성상함이 성등을 밝힌 채 걸려 있었다. 그 아래에는 사제 부인의 지참금이 들어 있는 두 개의 트렁크가 회색의 빛바랜 양복지로 덮인 채 놓여 있었다. 벽지를 바르지 않은 벽면 한가운데에 주교들의 은판사진 몇 개가 탈색된 채로 걸려 있었다. 방 안에는 왜 그런지 불쾌한 냄새가 배어 있었는데, 마치 오래전부터 바퀴벌레와 파리의 무덤이 된 것 같았다. 사제는 아직 젊었지만 이런 환경 탓인지 눈에 띄게 생기를 잃었다. 희뜩희뜩한 성긴 머리카락은 수양버들 가지처럼 그의 머리에 드리워져 있었다. 이전에는 푸른 빛이던 두 눈은 슬픔에 잠겼고, 목소리는 떨렸으며, 턱수염은 뾰족해졌다. 어설

프게 걸친 사제복은 마치 옷걸이에 걸려 있는 모습이었다. 사제 부인도 젊은 여인이었지만 해마다 출산한 까닭에 남편보다도 훨씬 더 지쳐 보였다.

그럼에도 불구하고 안닌카는 삶에 지치고 가난에 쇠약해진 두 사람마저도 자신을 교구의 한 신도로 맞이하는 게 아니라, 길 잃은 가련한 어린 양을 대하듯 한다는 걸 눈치 채지 않을 수 없었다.

"외삼촌 댁에 다녀왔어요?" 사제는 아내가 가져온 쟁반에서 조심스레 찻잔을 잡으면서 말을 꺼냈다.

"예, 거의 일주일을 머물렀어요."

"이제 포르피리 블라디미르이치는 이 지역에서 대지주가 되었지요. 그분보다 세력 있는 사람은 없어요. 하지만 그의 삶이 성공했다고는 여겨지지 않아요. 처음에는 아들 하나가 죽었고, 그리고 또 한 명이 죽었지요. 그리고 이제는 어머니마저 돌아가셨고요. 그런데 왜 그가 당신에게 골로블료보에서 지내자고 청하지 않았는지 놀라울 따름이군요."

"외삼촌은 제안했지만 제가 거절하고 떠나는 거예요."

"그건 또 왜지요?"

"자유롭게 사는 게 낫기 때문이죠."

"아가씨, 자유는 물론 나쁜 게 아니지요. 하지만 자유에는 위험이 뒤따르는 법이에요. 하지만 이제 당신이 포르피리 블라디미르이치의 가장 가까운 친척이고, 따라서 그의 모든 영지의 직접적인 상속인이 되었다는 것을 고려해보신다면, 아마도 자유에 대해서도 다시 생각하게 되고 자신을 좀더 구속하게 될 겁니다."

"아뇨, 신부님, 스스로 벌어 먹는 게 더 좋아요. 어쩐지 쉽게 살아갈 수 있고, 누구에게도 매여 있지 않다는 걸 느끼게 되죠."

사제는 '스스로 벌어 먹는 게' 어떤 의미인지를 물어보듯이 그녀를 무심하게 쳐다보았다. 그러다 내심 미안했는지 사제복의 앞섶을 수줍은 듯 여몄다.

"그런데 배우는 봉급이 많나요?" 사제 부인이 대화에 끼어들었다.

사제는 완전히 겁에 질려 아내 쪽을 바라보며 눈을 깜박거렸다. 그는 안닌카가 화를 낼 것이라고 생각했다. 하지만 안닌카는 화를 내지 않고 거리낌 없이 대답했다.

"요즘은 한 달에 150루블을 벌어요. 동생은 1백 루블 받고요. 그리고 자선공연을 해서 벌지요. 일 년에 우리가 버는 돈은 대략 6천 루블쯤 돼요."

"그런데 동생은 왜 적게 받아요? 재능이 못하나요?" 사제 부인은 궁금증이 나서 또 물었다.

"아니에요. 동생은 장르가 달라요. 저는 목소리가 괜찮아서 노래를 부르지요. 이것 때문에 관객들은 더 좋아해요. 하지만 동생의 목소리는 좀 약해서 보드빌에 출연해요."

"그러니까 그쪽도 마찬가지로군요. 사제, 보제, 하승이 있는 것과 같군요."

"그렇지만 우리는 벌이를 똑같이 나눠요. 처음부터 돈은 똑같이 나눠 갖기로 약속했어요."

"친척이 하는 식으로요? 친척이 하는 식으로 하는 것보다 좋은 것은 없겠지요. 그런데 그게 얼마나 되지요? 6천 루블이면, 매달 똑같이 나눈다면, 얼마나 되지요?"

"한 달에 5백 루블이 돼요. 그걸 둘로 나누면 250루블씩 버는 거예요."

"어머나, 정말 많군요! 우리라면 일 년에 다 쓰지도 못하겠네요. 또 물어보고 싶은 게 있는데 말이죠, 여배우는 진짜 여자가 아니라는 듯이 대한다고 하던데 그게 사실인가요?"

사제는 너무 당황하여 사제복의 앞섶을 풀어버렸다. 하지만 안닌카가 이 질문에 담담하게 대하는 것을 보고 '이런, 이 여자는 놀라는 일은 없겠네'라고 생각하고는 마음을 놓았다.

"그런데 진짜 여자라는 게 무슨 의미인가요?" 안닌카가 물어보았다.

"글쎄요, 말하자면 여배우들과 키스하고 포옹한다는데, 그들이 원하지 않더라도 의무로 해야 하니까······"

"키스를 하지는 않아요. 키스를 하는 것처럼 연기를 하는 거죠. 원하거나 원치 않거나 하는 것은 문제가 안 돼요. 왜냐하면 대본에 있는 그대로 하면 되기 때문이죠. 대본에 씌어 있는 그대로 연기를 하는 거예요."

"대본대로 한다 하더라도, 그래도······ 어떤 사람이 침 흘리는 입을 들이밀면, 그를 쳐다보기도 역겨운데, 당신은 입술을 그에게 줘야만 하겠지요!"

안닌카는 무심결에 얼굴이 붉어졌다. 용감한 기병대위 파프코프의 침투성이 얼굴이 불현듯 떠올랐기 때문이다. 그는 얼굴을 그야말로 '들이밀었고', 게다가 대본에 따라 들이민 게 아니었다.

"당신은 무대에서 일어나는 일을 엉뚱하게 상상하시는군요!" 그녀가 냉랭하게 말했다.

"물론 우리는 극장에 가본 적이 없어요. 하지만 아마도 그곳에는 온갖 잡다한 일이 있겠지요. 신부님과 저는 가끔씩 아가씨에 대해 이야기를 한답니다. 당신이 불쌍해요. 정말이지 불쌍하답니다."

안닌카는 침묵했다. 사제는 자리에 앉아 턱수염을 만지고 있었는데, 마치 할 말을 하려는 듯싶었다.

"하지만, 아가씨, 모든 일에는 좋은 면과 나쁜 면이 있습니다." 마침내 그가 입을 열었다. "하지만 사람은 자신의 약점 때문에 좋은 면에 매혹되고 나쁜 면은 잊으려고 애를 씁니다. 왜 잊으려고 하지요? 아가씨, 그것은 말이죠, 의무와 삶의 덕행을 상기시키는 나쁜 면을 될 수 있는 한 보지 않기 위해서랍니다."

그러고는 한숨을 쉬고 말을 덧붙였다.

"그런데 중요한 점은, 아가씨, 자신의 보물을 지켜야만 한다는 거죠."

사제는 안닌카를 설교하듯 바라보았다. 사제 부인은 음울한 표정으로 고개를 가로저었는데 마치 '그런 게 남아 있겠어!'라고 말하는 것 같았다.

"여배우 신분으로 보물을 지킨다는 것은 믿기 힘든 일입니다." 사제가 계속 말을 했다.

안닌카는 이런 말에 어떻게 대응해야 할지 알 수가 없었다. 그러다 그녀는 차츰 이 단순한 사람들이 나누는 '보물' 이야기가 '도시에 주둔한 연대'의 장교 나리들이 나누는 'la chose(거시기)' 이야기와 완전히 똑같은 의미를 띤다는 걸 깨닫게 되었다. 그녀가 확신하게 된 점은 대체로 이곳에서도 외삼촌 집에서와 마찬가지로 자신의 독특한 점만을 바라보며, 관대한 척 자신을 대하지만, 사실은 더렵혀지지 않기 위해 약간 거리를 둔다는 사실이었다.

"그런데 신부님, 어째서 여기 성당은 이렇게 가난하지요?" 그녀는 화제를 바꾸기 위해 물었다.

"윤택할 수가 없어요. 그래서 가난한 거랍니다. 지주들은 모두 다 공직에 봉사하느라 흩어져 있고, 농부들은 일할 마음이 아예 없으니까요. 또 교구 안의 농부들도 다 해봐야 2백 명밖에 되지 않습니다."

"여기는 성당 종도 워낙 형편없지요!" 사제 부인이 한숨을 쉬었다.

"성당 종도 그렇거니와 다른 것들도 마찬가지죠. 여기 종은, 아가씨, 전체 중량이 15푸트밖에 되지 않는데, 그나마 균열이 생겼습니다. 종소리는 들리지 않고 소음만 들리니 욕을 먹는답니다. 돌아가신 아리나 페트로브나께서는 새 종을 만들어주신다고 약속하셨는데, 만일 그분이 살아 계셨다면 우리는 틀림없이 새 종을 마련했겠지요."

"신부님이 외삼촌에게 할머니가 약속한 바를 얘기하세요!"

"말했습니다, 아가씨. 사실대로 말하자면 그분은 제 청을 호의를 가지고 다 들으셨지요. 하지만 만족스러운 대답은 주시지 않았습니다. '이런, 어머니에게 아무 말도 듣지 못했어. 결코 그런 문제에 대해서는 한마디도 말씀해주시지 않았지. 만일 들은 적이 있다면, 반드시 어머니의 뜻을 따를 텐데 말이야!'라고 말씀하셨더랬지요."

"어떻게 못 들을 수 있겠어요?" 사제 부인의 말이었다. "주변에서 모두 알고 있는데, 그분만 못 들었다니요!"

"우리는 이렇게 지낸답니다. 이전에는 희망이라도 있었는데, 지금은 그것마저 전혀 없지요. 가끔은 예배도 드릴 수 없습니다. 밀떡도 없고, 붉은 포도주도 없어서요. 제자신에 대해서는 더 말할 것도 없지요."

안닌카는 일어나 작별 인사를 하고 싶었지만 식탁 위에 새 쟁반이 올라왔는데, 쟁반에 놓인 두 개의 접시에는 송이버섯과 이크라가 담겨 있었으며, 또한 마데이라 포도주 병이 놓여 있었다.

"앉아 계세요. 차린 건 없지만 좀 드세요!"

안닌카는 그들의 청을 따라 송이버섯 두 개를 얼른 먹었지만, 포도주는 마시지 않았다.

"당신께 또 물어볼 게 있는데," 그사이에 사제 부인이 말했다. "우리

교구에 르이쉐프스키 하인의 딸인 아가씨가 한 명 있는데, 그녀는 페테르부르크의 어떤 여배우 집에서 심부름을 했지요. 그녀의 말로는 여배우 집에서 지내는 게 좋긴 한데, 다만 매달 증명서를 얻어야만 한다더군요. 그게 사실이에요?"

안넌카는 눈을 크게 뜨고 바라보았지만 이해할 수 없었다.

"그건 자유롭게 하기 위해서야," 사제가 설명했다. "하지만 내 생각에는 그 아가씨가 잘못 말했던 것 같아. 그 반대로, 내가 듣기로는, 많은 여배우들이 공로에 대한 대가로 국고로부터 연금을 지급받는다고 하더군."

안넌카는 갈수록 태산이라는 사실을 깨닫고는 작별 인사를 하려고 일어섰다.

"우리는 당신이 이제 여배우 생활을 그만둘 것이라고 생각했더랬습니다." 사제 부인이 계속 귀찮게 말을 했다.

"그건 또 왜죠?"

"어쨌거나 당신은 아가씨이시고, 이제 성년이 되셨으니까. 자신의 영지도 있고 하니 더 뭘 바라겠어요!"

"그렇지요, 또 외삼촌 다음에는 당신이 첫번째 상속인이 되시니까." 사제가 말을 보탰다.

"아뇨, 전 여기서 살지 않을 거예요."

"우리는 얼마나 바랐는지 몰라요! 우리끼리 계속 얘기했지요. 반드시 우리 아가씨들은 포고렐카에서 살게 될 거라고요! 여름이면 이곳은 정말 좋아요. 숲으로 버섯을 캐러 다닐 수도 있고요!" 사제 부인이 유혹했다.

"여름에 비가 내리지 않아도 여긴 버섯이 있지요. 그것도 많이 있습니다." 사제가 아내의 말에 맞장구쳤다.

마침내 안넌카는 떠났다. 포고렐카에 도착한 그녀의 첫마디 말은 "말을! 말을 빨리 준비해줘요!"였다. 하지만 페둘르이치는 그저 어깨를 으쓱할 뿐이었다.

"말을 준비하라니! 우리는 아직 먹이도 주지 않았는데!" 하고 그가 투덜댔다.

"왜 이러지! 오, 세상에, 모두들 작당이나 한 것처럼 그러네!"

"작당을 했지요. 해빙기의 밤에는 다닐 수가 없다는 걸 모두가 분명히 알고 있는데 어떻게 작당하지 않을 수 있겠어요. 하여튼 들판에서는 눈 녹은 물에 주저앉아버릴 테니, 우리 생각에는 집에 있는 게 낫죠!"

할머니의 큰 방들은 난방이 되어 있었다. 침실에는 정돈이 잘된 침대가 놓여 있었고, 탁자에는 사모바르가 김을 뿜어내고 있었다. 아피미유쉬카는 아리나 페트로브나가 사망한 이후 남아 있던 차 찌꺼기를 오래된 할머니의 귀중품함에서 긁어모았다. 차를 준비하는 동안 페둘르이치는 팔짱을 낀 채로 아가씨를 바라보며 현관에 서 있었다. 양 옆에는 가축지기와 마르코브나가 똑같은 자세로 서 있었는데, 만일 지금이라도 손짓을 하기만 하면 눈길 가는 대로 도망칠 준비가 되어 있는 것 같아 보였다.

"차는 아직 할머니 것입니다." 페둘르이치가 먼저 말을 시작했다. "고인의 것인데 밑바닥에 남아 있었죠. 포르피리 블라디미르이치가 귀중품함도 가져가려 했었는데, 제가 동의하지 않았습니다. 제가 그렇게 말했었죠. 아가씨들이 오시면 자기 것을 마련하기 전까지는 이 차를 드시고 싶어 하실 거라고요. 그랬더니만 '그래, 괜찮아!'라고 하면서 농담을 하시더라고요. '너, 이 사기꾼 같으니라고! 네가 마시려는 게지! 조심해라. 나중에 골로블료보에 귀중품함도 보내게!' 다음 날 귀중품함을 받으러 사람을 보내겠다더니만!"

"그때 괜히 안 주셨군요."

"왜 주겠어요. 그분에게는 자기 차도 많이 있는데요. 하지만 이제 아가씨가 떠나시면 우리가 마실게요. 한데 아가씨, 아가씨는 우리들을 포르피리 블라디미르이치에게 정말 넘기실 건가요?"

"그럴 생각 없어요."

"그렇군요. 우리는 요즘 폭동이라도 일으킬 작정이었어요. 우리 생각에 만일 골로블료보 지주에게 우리를 넘긴다면, 우리 모두는 일을 그만두렵니다."

"왜요? 외삼촌이 그렇게 무섭습니까?"

"무섭다기보다는 못살게 굴지요. 말을 너무 많이 해서요. 그는 말로 사람을 썩게 만들죠."

안닌카는 저도 모르게 웃음이 났다. 정말로 이우두쉬카의 헛소리에는 고름 같은 그 무엇이 스며들어 있었다! 이는 그냥 헛소리라기보다는 오히려 자기 몸에서 끊임없이 고름을 쏟아내는 악취 풍기는 궤양이었다.

"그런데, 아가씨 어떻게 결심하셨어요?" 페둘르이치가 계속 캐물었다.

"글쎄, 내가 뭘 '결심'해야만 한다는 거죠?" 또다시 '보물'에 관한 헛소리를 참고 들어야만 할 것 같은 예감이 들어 약간은 당황스러웠다.

"그렇다면 아가씨는 여배우를 그만둘 생각이 아닌가요?"

"아뇨, 난 아직 그런 생각 한 적이 없어요. 내가 할 수 있는 한, 내 빵을 내가 버는데 나쁠 게 뭐가 있나요?"

"뭐가 좋습니까! 시장터로 토르반을 갖고 다닌다니! 술주정뱅이들이나 즐겁게 해주면서 말이죠! 아니, 당신은 아가씨잖습니까!"

안닌카는 아무 대답도 하지 않고 다만 눈썹을 찌푸렸다. 그녀의 머릿속에는 '아이고, 언제 여기서 떠날 수 있을까!'라는 괴로운 생각뿐이었다.

"물론 어떻게 처신해야 하는지는 더 잘 아시겠지요. 다만 우리는 아가씨가 여기로 돌아오시리라 생각했지요. 집은 따뜻하고 넓어서 술래잡기라도 할 수 있어요. 돌아가신 할머니께서 집을 잘 지었더랬어요. 지루해지면 썰매를 준비시키고, 여름에는 숲으로 버섯을 따러 갈 수도 있지요!"

"이곳에는 온갖 종류의 버섯이 있어요. 송이버섯, 볼누쉬카 버섯, 그 루즈도츠카, 붉은 버섯 등 엄청나게 많이 있지요!" 유혹하듯 아피미유쉬카가 중얼거렸다.

안닌카는 양 팔꿈치를 탁자 위에 대고 듣지 않으려 애를 썼다.

"여기 어떤 아가씨 말로는," 페둘르이치가 잔인하게도 고집부리며 말했다. "페테르부르크에서 심부름 일을 했었는데, 여배우들은 모두 신분증을 가지고 있다네요. 매월 신분증을 관할청에 제출해야 한다는군요!"

안닌카는 얼굴이 화끈거렸다. 하루 종일 그녀는 똑같은 말을 듣고 있었다.

"페둘르이치!" 그녀는 고함을 질렀다. "내가 당신에게 무슨 짓이라도 했나요? 정말이지 나를 모욕해서 만족이라도 느끼시려는 거예요?"

이것으로 충분했다. 그녀는 숨도 쉬지 못할 것 같았고, 한 마디만 더 들으면 참을 수 없을 것 같았다.

제5장
금지된 가족의 기쁨

페텐카의 파국이 일어나기 얼마 전에 아리나 페트로브나는 골로블료 보에 손님으로 왔다가 몸이 부은 듯한 예브프락세유쉬카를 유심히 지켜보았다. 농노제 시절 농노 처녀들의 임신은 흥미를 끄는 엄중한 조사 대상이었으며 거의 수입 항목이나 다름없었다. 농노제에서 교육받은 아리나 페트로브나는 이 점에 대해서는 날카롭고 틀림없는 눈을 가지고 있었기에 예브프락세유쉬카의 몸에 눈길을 한 번만 주는 것으로도 예브프락세유쉬카는 한 마디 말도 못하고 죄책감에 사로잡혀 그녀에게서 새빨개진 얼굴을 돌려야만 했다.

"자, 이봐, 이리 와봐, 날 보라고! 네 몸이 불었지?" 능숙한 노파는 잘못을 저지른 여자에게 캐물었다. 하지만 그녀의 목소리에는 질책보다는 오히려 익살맞고 즐거운 기색이 숨어 있었고, 예전의 좋았던 시절이 배어나왔다.

창피해서인지 아니면 만족해서인지 모르지만, 예브프락세유쉬카의 두 뺨은 아리나 페트로브나의 예리한 눈초리 때문에 아무 말 못하고 점점 더 새빨갛게 변했다.

"그래! 어제 이미 난 봤어. 네가 몸을 웅크리더군! 마치 똑똑한 여자인 것처럼 꾀를 부리더구나! 그렇지만, 이봐, 그런다고 나를 속이지는 못해. 나는 5베르스타 앞에서도 너희 처녀들의 상태를 훤히 볼 수 있다구. 바람이 불어 부풀어 오른 게야? 언제부터야? 고백해봐! 말해보렴!"

그녀는 꼬치꼬치 캐물었고 그에 못지않게 앞으로 할 일을 자세히 가르쳐주었다. 첫번째 징후는 언제 알아차렸는지? 산파가 봐주고 있는지? 포르피리 블라디미르이치는 앞으로 생길 기쁨을 알고 있는지? 예브프락세유쉬카는 자신을 잘 보호하고 있는지? 무거운 것을 들지는 않는지? 등등. 예브프락세유쉬카가 임신한 지 이미 5개월이 되었고, 산파는 아직 돌봐주지 않고 있다는 사실과 포르피리 블라디미르이치에게 알리기는 했지만 그는 아무 말도 하지 않았으며, 다만 손바닥을 안으로 향하여 두 손을 포개고는 입술을 우물거리면서 세상 모든 일이 하느님으로부터 나왔고, 하느님은 하늘의 임금이시며 모든 일을 계획하신다는 표시로 성상을 바라보았다는 것을 들을 수 있었다. 그러던 어느 날 예브프락세유쉬카는 주의를 소홀히 하여 사모바르를 들다가 몸 안에서 마치 무언가가 찢어지는 것 같은 통증을 느꼈다.

"이런, 정신 나간 것 같으니라구, 내가 너를 직접 돌봐야겠어!" 아리나 페트로브나는 그녀의 고백을 다 듣고는 한탄했다. "내가 직접 이 일을 챙겨야겠어! 세상에, 임신 5개월인데도 돌봐줄 산파가 없다니! 이 바보야, 울리트카*에게라도 보였어야지!"

"그러려고 했지요, 하지만 주인님은 울리트카를 그다지……"

---

* 울리투쉬카의 또다른 이름.

"어리석기는. 울리트카가 주인한테 무슨 죄를 지었는지 모르지만, 그건 또 다른 문제야. 하지만 이 경우에 그가 할 수 있는 일은 아무것도 없어. 우리가 그녀와 입을 맞추어야 하나? 아니야, 어쩔 수 없이 내가 관여해야겠어!"

아리나 페트로브나는 이 일을 기회로 이렇게 나이 들어서까지도 무거운 짐을 짊어지고 살아야만 하는 자신의 신세를 한탄하고 싶었지만, 대화의 주제에서 벗어나기 싫어 입술만 달싹거린 뒤 이야기를 계속했다.

"이제는 네 마음대로 해! 썰매를 타고 싶으면 썰매를 타! 그렇게 해! 해봐! 나는 아들 셋과 딸 하나를 키웠고, 다섯 명의 아이는 땅에 묻어줬어. 그래서 나는 알지. 남자들이 우리 여자들 바로 여기에 앉아 있다는 걸 말이야!" 그녀는 자기 뒤통수를 주먹으로 치면서 덧붙였다.

그러더니 갑자기 그녀의 얼굴이 밝아졌다.

"이런! 어떻게 재계일을 앞두고 그랬어! 잠깐, 기다려봐, 날짜를 세어봐야지!"

손가락으로 꼽아보기 시작했다. 한 번, 두 번, 세 번을 세었는데 재계일 직전이었음이 드러났다.

"세상에! 이런 녀석이 성자라고! 기다려봐, 내가 이 녀석을 놀려줘야겠군. 기도를 열심히 하더니만! 어떤 통나무에 부딪친 거야?* 놀려줘야지! 놀려주지 못하면 내가 아니야!" 노파는 장난을 쳤다.

실제로 바로 그날 저녁때 차를 마시면서 아리나 페트로브나는 예브프락세유쉬카를 앞에 두고 이우두쉬카를 놀려주었다.

"얌전한 녀석인 줄로만 알았더니! 이런, 정말 어이가 없구나! 정말

---

* '통나무에 부딪치다'는 '함정에 빠지다'라는 뜻의 표현.

네 여자에게 바람을 불어 부풀린 게냐? 이 녀석이 사람을 놀래키는구나!"

이우두쉬카는 처음에는 어머니의 농담을 듣고 마음이 내키지 않아 몸을 움츠렸지만, 아리나 페트로브나가 '친족이 하는 대로' '마음으로부터' 말을 하는 것임을 깨닫고는 차츰 기분이 좋아졌다.

"어머니, 짓궂으시네요, 정말 짓궂으세요!" 이번에는 그가 농담을 했다. 하지만 늘 하던 대로 가족 문제로 대화가 옮겨가면 애매하게 말했다.

"어째서 짓궂다는 거냐? 이 문제에 대해서는 다시 진지하게 이야기해야겠다. 너도 알다시피 이 일이 어떤 일이냐! 여기에 있는 '비밀'*을 너에게 말해주겠다. 실제적인 방식이 아니기는 하지만, 그래도 말이다…… 아니다, 이 문제에 대해서는 반드시 신중하게 생각해야겠다. 넌 어떻게 생각하고 있니? 이곳에서 출산하도록 할 테냐, 아니면 도시로 보낼 테냐?"

"모르겠어요, 어머니. 저는 아무것도 모르겠습니다!" 포르피리 블라디미르이치는 애매하게 대답했다. "어머니는 정말이지 장난꾸러기세요!"

"그렇다면 잠깐만, 이 여편네야! 너랑 이 문제에 대해서 저녁때 이야기해보자. 어떻게, 무엇을 해야 하는지 모든 일을 상세히 결정해보자구. 남자들은 자기들의 욕심만 채우면 그만이고, 그다음에는 우리 여자들이 그들 대신 일을 떠맡는 거니까 말이야!"

아리나 페트로브나는 새로운 사실을 발견하고서 마치 바다의 물고기가 된 기분이었다. 저녁 내내 그녀는 예브프락세유쉬카와 이야기를 나누었지만, 그래도 시간이 부족했다. 그녀의 두 뺨은 달아올랐고, 두 눈은 젊은 여인처럼 빛이 났다.

---

* 정식 결혼을 하지 않은 상태에서 임신했으므로 공공연한 비밀이라는 뜻.

제5장 금지된 가족의 기쁨

"이 여편네야, 어떻게 이런 일을 생각했어? 이건 하느님의 일이란 말이다!" 그녀는 주장했다. "왜냐하면 하느님의 질서 안에서가 아니라지만 그래도 역시 현실에서 일어난 일이니까. 그래도 너는 내가 어떻게 하는지 잘 지켜봐. 만일 재계일 직전에 임신했다면 몸 조심해! 그렇다면 세상 끝까지 쫓아다니며 너를 비웃을 거야!"

조언을 얻기 위해 울리투쉬카도 불러들였다. 처음에는 실제적인 일에 대해, 무슨 일을 어떻게 처리할 것인지, 관장제를 쓸 것인지 아니면 연고로 배를 문지를 것인지 이야기를 한 다음 특별히 좋아하는 주제로 화제를 돌려 손가락으로 날짜를 꼽아보기 시작했다. 몇 번을 해보아도 재계일 직전이었음이 드러났다. 예브프락세유쉬카는 양귀비꽃처럼 새빨갛게 되었지만, 반박하지는 않고 자신의 예속적인 상황을 핑계로 대었다.

"제가 어쩌겠어요!" 그녀의 말이었다. "제 일이라는 게 그분이 하자는 대로 하는 거니까요! 그분이 지시하시면 우리들이야 거슬러 갈 수는 없는 거지요!"

"됐어, 얌전 빼기는! 아첨 떨지 마!" 아리나 페트로브나가 농담을 건넸다. "모르긴 해도 네가 먼저……"

한마디로 말하자면 여자들은 이 일에 흠뻑 빠져 있었다. 물론 아리나 페트로브나는 과거에 있었던 일련의 사건들을 기억해내고는 그것들에 대해 잊지 않고 이야기해주었다. 얼간이 스테프카 때문에 그녀가 얼마나 고통을 겪었으며, 파벨 블라디미르이치를 임신 중일 때 두브로비노 경매를 놓치지 않기 위해 우편마차를 타고 모스크바에 다녀왔던 일과 그 후에는 그 일 때문에 거의 저 세상으로 갈 뻔했던 일 등등을 말해주었다. 출산은 매번 어려움이 따랐다. 단 한 번만 쉽게 끝났는데, 그것은 이우두쉬카를 출산했을 때였다.

"고통은 전혀 없었어!" 그녀가 말했다. "앉아서 그냥 생각했지 '하느님, 제가 정말 임신했나요?'라고 말이야. 그리고 때가 되었을 때 침대에 잠시 누웠더니 어떻게 되었는지 모르지만 갑자기 해결이 된 거야. 그 아들이 내게는 가장 쉬운 출산이었어. 가장 쉬웠어!"

그다음에는 농노 처녀들에 대한 이야기를 시작했다. 그녀는 얼마나 많은 농노 처녀들을 '찾아'내었으며, 믿을 만한 사람의 도움으로 얼마나 수많은 처녀들의 뒤를 캐내었던가. 그때 대부분은 울리투쉬카의 도움을 받았다. 노파는 놀랄 만큼 분명하게 과거의 일을 기억하고 있었다. 크고 작은 극단적인 절약생활에 침식된 그녀의 암울한 회색빛 과거사에서 뜨거운 욕망으로 가득 찬 농노 처녀들의 뒤를 쫓았던 일은 유일한 낭만적 요소였다.

이는 시시한 잡지에 실린 허접한 이야기와 같았다. 독자는 그런 잡지에서 마른 안개나 오비드*의 묘지 위치와 같은 정보를 읽을 거라고 예상했는데 엉뚱하게도 '저기 삼두마차가 멀리 달려간다'와 같은 생생한 이야기를 읽게 된다. 처녀들의 간교하지 않은 로맨스의 결말은 대개의 경우 매우 엄격하고 심지어는 비인간적인(죄를 지은 처녀는 먼 마을의 식구가 많은 홀아비에게 즉시 시집을 보냈고, 죄를 지은 남자는 가축지기로 쫓아내거나 군대로 보내버렸다) 것이었다. 하지만 이런 이야기의 결말은 기억나지 않았지만(교육받은 사람들은 과거의 행동과 관련된 기억에 대해서는 관대한 편이다), '치정관계'를 추적했던 과정들은 지금까지도 눈앞에 생생하게 떠올랐다. 게다가 추적하는 일은 복잡하지도 않았다. 그때 그 과정은 매우 흥미진진하게 진행되었는데, 요즘으로 말하자면 작가가 주인공들의 욕정

---

* 로마의 시인 오비디우스(기원전 43~기원후 17).

을 단번에 보여주는 대신에 가장 애절한 부분에 가서 마침표를 찍고 '다음에 계속'이라고 쓰는 연재소설을 읽는 재미와 비슷했다.

"그 여자 애들 때문에 참 많이도 고생했지!" 아리나 페트로브나가 이야기했다. "어떤 아이는 마지막 순간까지도 참으면서 아첨을 떨었지. 그리고 계속 속이려 드는 거야. 하지만 꾀로 나를 이기지는 못하지. 나는 그런 일에는 이력이 붙었단 말이야." 그녀는 마치 누군가를 위협하듯이 엄격하게 말을 덧붙였다.

그러다가 임신, 그것도 정략적인 임신에 대한 이야기들이 이어졌다. 아리나 페트로브나는 이제 더 이상 감시자가 아니라 은폐자이자 묵인하는 축이었다.

예를 들자면 늙어빠진 70세 노인인 부친 표트르 이바느이치에게도 '정부'가 있었다. 갑자기 그녀의 배가 불러왔는데, 신중히 계산해보니 이 사실을 노인에게는 비밀로 부쳐야만 했다. 그런데 아리나 페트로브나는 그 당시 공교롭게도 그녀의 오빠인 표트르 페트로비치와 사이가 좋지 않았고, 표트르 페트로비치는 어떤 정치적인 판단을 하고서는 임신 사실을 추적한 후 '정부'에 대한 일을 노인에게 알려주려고 했다.

"넌 상상도 못할 거야! 거의 아버지 눈앞에서 우리는 모든 일을 처리했어! 아버지는 침실에서 잠들었고, 우리는 바로 옆에서 일 처리를 한 거야. 소곤소곤 말하면서 발뒤꿈치를 들고 걸었지. 나는 손으로 그녀의 입을 틀어막고 소리치지 못하도록 했어. 속옷도 내 손으로 직접 치웠어. 아주 잘생기고 건강한 아들을 낳았는데, 그 아이를 내가 마차로 데리고 가 보육원에 내주었어. 오빠는 일주일이 지난 다음에야 이 사실을 알게 되었는데, '너도 참!' 하면서 감탄하더군."

또 다른 정략적 임신이 있었다. 시누이 바르바라 미하일로브나에게 일이 벌어졌다. 남편은 터키 원정에 참전했는데, 그녀는 성급했던지 미처 주의를 기울이지 않았다. 마치 미친 여자처럼 골로블료보에 황급히 찾아와서는 "여보게, 좀 살려주게!"라고 말했다.

"글쎄, 그 당시 우리는 사이가 좋지 않았더랬어. 하지만 나는 그런 표정은 드러내지 않고 그녀를 맞아들여 위로해주고 안심시켰어. 손님으로 와 있는 동안 그 일을 완벽하게 처리해주었기에 남편은 무덤에 갈 때까지도 아무것도 몰랐지!"

아리나 페트로브나처럼 주의 깊게 이런 이야기를 듣도록 만드는 이야기꾼은 별로 없을 것이다. 예브프락세유쉬카는 마치 자기 눈앞에서 놀라운 마법의 동화가 한 장면 한 장면 재빨리 지나가는 것처럼 한 마디도 놓치지 않으려고 애썼다. 울리투쉬카는 지금 이야기하고 있는 사건에 대부분 관여했기에 입맛을 다실 뿐이었다.

울리투쉬카도 얼굴에 빛을 내며 잠시 숨을 가다듬었다. 그녀의 삶은 불안하기만 했다. 젊은 농노 시절부터 그녀는 야망에 사로잡혀 잠을 잘 때도 주인들에게 봉사하고 동료들을 부리는 꿈을 꾸며 헛소리를 했지만, 모든 것이 부질없었다. 한 발을 위로 들어 계단을 오를라치면 알 수 없는 힘이 그녀를 후려쳐 다시 밑바닥으로 밀어버렸다. 그녀는 쓸모 있는 하녀의 모든 자질을 완벽하게 지니고 있었다. 교활하고 독설을 내뱉기를 잘했으며 어떤 배신이라도 감행할 준비가 되어 있었다. 하지만 동시에 그녀의 간교함을 아무것도 아닌 것으로 바꾸어버리는 억제할 수 없는 복종심을 결함으로 지니고 있었다. 예전에 아리나 페트로브나는 하녀 방을 비밀스럽게 조사할 필요가 있을 때나 조금이라도 의심스러운 일을 처리할 때는 기꺼이 그녀의 도움을 이용했지만, 한 번도 그녀의 공을 인정해주지 않았으며 확고한 자리도 내준 바가 없었다. 그런 까닭에 울리투쉬카는 푸념과

욕지거리를 일삼았지만 아무런 관심도 끌지 못했다. 왜냐하면 울리투쉬카가 사악한 여자라는 사실과 지금은 누군가를 지옥에나 가라고 악담을 할지라도 잠시 후 그녀를 손가락으로 부르기만 하면 금방 뛰어와 아첨을 떨리라는 사실을 모두 다 알고 있기 때문이었다. 그녀는 어떻게 해서든지 그곳을 벗어나기 위해 끊임없이 애를 썼지만 아무것도 얻지 못한 채 구차한 세월을 보냈다. 그러다가 농노제가 폐지되어 그녀의 야망은 결국 끝을 보고 말았다.

젊은 시절 그녀에게 희망을 안겨주었던 일이 있었다. 한번은 포르피리 블라디미르이치가 골로블료보에 잠시 머무르면서 그녀와 관계를 가진 적이 있었는데, 소문에 따르자면, 그때 아이를 갖게 되어 오랫동안 아리나 페트로브나의 미움을 받았다는 것이다. 그 후 이우두쉬카가 이곳 아버지 집에 올 때마다 이 관계가 유지되었는지는 알 수 없지만, 어찌 되었든 포르피리 블라디미르이치가 골로블료보에 계속 거주하기로 마음먹었을 때 울리투쉬카의 기대는 애석하게도 수포로 돌아갔다. 그녀는 이우두쉬카가 오자마자 쫓아가 그에게 수다를 쏟아놓으며 아리나 페트로브나를 사기꾼이라고 비난했다. 하지만 '지주님'은 그녀의 수다를 호의를 갖고 들으면서도 울리투쉬카를 매정하게 쳐다봤으며 예전의 '공적'은 기억하지 않았다. 기대가 어긋나 모욕을 느낀 울리투쉬카는 파벨 블라디미르이치가 살고 있는 두브로비노로 건너갔다. 파벨은 포르피리 블라디미르이치에 대한 증오심으로 그녀를 기꺼이 받아들여 살림까지 도맡겼다. 이제 그녀의 성공 가능성은 높아진 듯싶었다. 파벨 블라디미르이치는 다락방에 앉아 끊임없이 술잔을 들었고, 그녀는 아침부터 저녁까지 창고와 움막으로 열쇠 소리를 찰랑이며 민첩하게 내달리면서 큰소리를 질러댔다. 그녀는 아리나 페트로브나와 사이가 좋지 않아 죽이고 싶을 지경이었다.

그렇지만 울리투쉬카는 그녀에게 굴러 떨어진 쾌적한 생활을 조용히 누리기 위해서라면 어떤 배신 행위도 기꺼이 저지를 수 있었다. 그것은 파벨 블라디미르이치가 어지간히 술을 마셨기에 끝없는 통음의 종말에 어느 정도 희망을 가질 수 있었을 때였다. 포르피리 블라디미르이치는 그런 상황에서 울리투쉬카가 무한한 가치를 지니고 있음을 알았기에 다시 그녀를 손짓해 불렀다. 골로블묘보에서 그녀에게 지시가 떨어졌다. 즉 점찍어 놓은 희생물에서 한 발자국도 떨어져 있지 말 것과 형인 포르피리 블라디미르이치에 대한 증오심을 드러낼 때일지라도 희생물에 절대로 반박하지 말 것과 아리나 페트로브나의 간섭은 어떤 수단을 써서라도 막으라고 시켰다. 이는 이우두쉬카가 오랫동안 계획한 것이 아니라 친척 간에 벌어지는 나쁜 짓들 중의 하나로써 매우 익숙한 계획처럼 자연스럽게 저지른 장난이었다. 울리투쉬카는 부여받은 임무를 그대로 수행했음은 말할 필요조차 없다. 파벨 블라디미르이치는 끊임없이 형을 증오하고 미워하면 할수록 술을 더 많이 마셨으며, 아리나 페트로브나가 '유언'에 대해 말을 할지라도 이를 끝까지 들을 능력은 점점 줄어들었다. 죽어가는 환자의 일거수일투족은 즉시 골로블묘보에 알려졌기에 이우두쉬카는 자신이 조정한 상황의 주인공으로서 언제 무대에 나타나야 하는지를 명확히 알 수 있었다. 그리고 그는 이를 이용하여, 두브로비노가 그의 손아귀에 떨어지는 바로 그때 그곳에 나타났다.

포르피리 블라디미르이치는 공헌에 대한 대가로 울리투쉬카에게 모직물 옷감을 선물로 주었지만, 자기 옆에 불러들이지는 않았다. 울리투쉬카는 다시 한 번 천국에서 지옥으로 떨어졌는데, 이번에는 세상의 그 누구도 다시는 그녀를 불러들이지 않을 듯싶었다.

이우두쉬카는 그녀에게 '마지막 순간에 동생을 돌본 데' 대한 특별한 총애의 방식으로 농노제 폐지 후에 남아 있던 공로 농노들의 숙소인 시골집의 방 한 칸을 떼어주었다. 그것으로 울리투쉬카의 마음은 완전히 누그러져서 포르피리 블라디미르이치가 예브프락세유쉬카를 점찍었을 때도 아무런 고집을 부리지 않고 심지어 '지주님의 여자'에게 먼저 찾아가 인사를 드리고 그녀의 어깨에 입을 맞추었다.

그런데 자신이 잊히고 버림받았다는 사실을 깨닫고 지내던 바로 그때 다시 일이 잘 풀렸다. 예브프락세유쉬카가 임신을 했던 것이다. 하인들 방 어딘가에서 '귀인'이 살고 있다는 사실을 깨닫고 그를 손짓으로 불러냈다. 사실 '지주님'이 직접 부른 것은 아니었지만 그가 방해하지 않았다는 것만으로도 충분했다. 울리투쉬카는 예브프락세유쉬카의 손에서 사모바르를 받아들고는 한 손을 허리에 얹고 한껏 멋을 내며 포르피리 블라디미르이치가 앉아 있는 식당으로 가지고 들어가는 것으로 지주 저택에 자신이 등장했음을 알렸다. 이때 '지주님'은 한 마디도 하지 않았다. 그 후 그녀가 사모바르를 손에 들고 복도에서 그와 마주치면서 "주인님! 피하세요, 화상을 입을 거예요!"라고 소리쳤을 때는 그가 웃는 것처럼 보였다.

아리나 페트로브나가 호출하여 가족회의에 오게 된 울리투쉬카는 잠시 점잔을 빼며 앉으려 하지 않았다. 하지만 아리나 페트로브나가 "앉아! 앉으라구! 사기칠 필요 없어! 황제께서 우리 모두를 똑같이 만들어주셨어. 앉아!"라는 말로 상냥하게 타이르자 자리에 앉았다. 처음에는 얌전히 앉아 있었지만 곧 말문이 터졌다.

이 여인도 옛 생각에 잠겼다. 지난날 농도 제도에 관해서라면 온갖 종류의 고통이 기억 속에 쌓여 있었다. 농노 처녀들의 욕구를 추적하라는 미묘한 임무 수행 이외에도 울리투쉬카는 골로블료보 저택에서 약사와 의사 역할도 도맡았다. 지금까지 그녀가 붙인 겨자고약과 부항이 그 얼마이며, 특히 관장은 얼마나 많이 했던가! 그녀는 블라디미르 미하일르이치와 그의 아내 아리나 페트로브나에게도 관장을 했을 뿐 아니라 그들의 자식들도 관장을 했는데, 이에 대해서는 좋은 기억을 간직하고 있었다. 그리고 이제 이런 추억을 떠올릴 때면 끝없는 들판이 눈앞에 펼쳐지는 것이었다.

골로블료보 저택은 웬일인지 비밀스럽게 활기를 띠었다. 아리나 페트로브나는 자주 포고렐카에서 '착한 아들'을 찾아왔으며, 그녀의 지휘 아래 아직 무어라고 말할 수 없는 준비가 착착 진행되었다. 저녁에 차를 마신 뒤 세 여인은 예브프락세유쉬카의 방에 모여 앉아 집에서 만든 맛있는 잼을 먹으면서 카드놀이를 하고, 마지막 닭이 울 때까지 옛 추억에 잠겼다. 옛날 일을 떠올리자 '마님'은 때때로 얼굴이 새빨개졌다. 아무리 하찮은 것이라도 새로운 이야깃거리를 제공해주었다. 예브프락세유쉬카가 산딸기 잼을 내놓았더니 아리나 페트로브나가 말하기를, 자기가 딸 손카를 가졌을 때는 산딸기 잼 냄새도 참기 힘들었다는 식이었다.

"집으로 가져올 때면, 그래서 가져왔다는 말을 듣는 즉시 나는 있는 대로 소리를 질렀지! '저리 갖고 가버려! 가라고, 지겨우니까 치워버려!' 그런데 출산 후에는 아무렇지도 않게 되었어. 또다시 좋아했지."

예브프락세유쉬카가 간식거리로 이크라를 가져왔다. 아리나 페트로브나는 이크라에 얽힌 일화도 생각이 났다.

"이크라를 보니 생각나는 게 있는데, 정말 이상한 일이었어! 내가 시집온 지 한 달인가 두 달쯤 되었을 땐데, 갑자기 이크라가 먹고 싶어 참을 수가 없었어! 그래서 창고로 몰래 숨어들어 가 죄다 먹었어. 남편에게는 이렇게 말했지. '블라디미르 미하일르이치, 제가 이크라를 다 먹었는데, 왜 그랬을까요?' 그러자 웃으며 말하기를, '이봐, 그건 말이야, 당신 몸이 무거워졌다는 표시야!' 그리고 정확히 아홉 달이 지나고서 출산했지, 얼간이 스테프카를 말이야!"

포르피리 블라디미르이치는 예전처럼 예브프락세유쉬카의 임신을 수수께끼 같은 태도로 대했으며 단 한 번도 자신과의 관계를 분명히 밝히지 않았다. 이런 이유로 여자들이 답답하게 되어 속 시원히 말을 털어놓지 못하게 된 것은 지극히 당연한 일이었다. 이우두쉬카를 멀리하게 되어, 저녁 무렵 등불이 켜질 때 예브프락세유쉬카의 방으로 찾아오는 그를 인정사정없이 내쫓아버리곤 했다.

"이 사람아, 저리 가버려!" 아리나 페트로브나는 흥이 나서 말했다. "넌 네 일을 했지만, 이제는 우리가 우리 여자들 일을 해야 할 차례야! 우리들의 명절이 왔어!"

이우두쉬카는 기꺼이 물러섰지만, 그럴 때조차도 자기를 함부로 대했다고 선량한 친구인 어머니를 책망하는 기회를 놓치지 않았다. 하지만 마음속 깊이 만족하고 걱정하지 않았던 까닭은 아리나 페트로브나가 그로서는 난처하기만 한 이 상황에 적극적으로 끼어들었기 때문이었다. 만일 그녀가 관여하지 않았다면, 생각만 해도 몸이 움츠러들고 혐오감을 느끼게 되는 이 불쾌한 일을 뭉개버리기 위해 어떤 일에 착수해야 할지 그로서는 도무지 알 수가 없었다. 하지만 지금은 아리나 페트로브나의 경험과 울리투쉬카의 솜씨 덕분에 '불행'이 드러나지 않은 채로 지나가버릴 것이며, 아마도 그는 모든 것이 끝나고 난 다음에야 불행의 결과에 대해서만 간략히 알게 될 것이라고 내심 기대하게 되었다.

* * *

하지만 모든 일이 포르피리 블라디미르이치의 계산대로 되지는 않았다. 아들 페텐카의 파국이 먼저 왔고, 곧이어 아리나 페트로브나의 죽음이 뒤따랐다. 자신이 직접 대가를 치러야만 했으며, 게다가 아무리 더러운 계략을 꾸민다 해도 희망이라고는 전혀 없었다. 쓸모없어졌다는 이유로 예브프락세유쉬카를 그녀의 부모에게로 보낼 수도 없었던 것이, 아리나 페트로브나의 간섭 때문에 일이 지나치게 진행되어 모든 사람들이 죄다 알게 되었기 때문이다. 울리투쉬카가 열심이긴 했으나 여기도 기댈 수 없었는데, 왜냐하면 비록 그녀가 솜씨 좋은 여자이기는 했으나 그녀를 믿었다가는 아무래도 예심판사 앞에서 당할 것 같았기 때문이었다. 생애 처음으로 이우두쉬카는 진지하고 진실되게 자신의 외로움을 토로했으며, 자신을 둘러싸고 있던 사람들이 남들을 속이는 일에만 쓸모 있는 한심한 인간들이 아니었음을 어렴풋이 깨닫게 되었다.

'조금만 기다려줬더라면 좋았을 텐데.' 그는 사랑하는 친구인 어머니를 남몰래 원망했다. '모든 일을 제때에 맞춰 현명하게 조용히 정리해놓으셨더라면 큰 축복을 받으셨을 텐데! 돌아가실 때가 왔다면 어쩔 수 없겠지만! 노모(老母)가 불쌍해, 그러나 하느님 뜻이라면 우리의 눈물이나 의사도, 약도 하느님의 뜻에 어긋나니 아무런 소용이 없어. 노모는 수명을 다하신 게야. 평생 지주 마님으로 사셨고, 자식들도 지주로 남겨놓으셨어. 잘사시다 가신 게야.'

항상 그랬듯이 그의 공허한 생각은 실천의 어려움이 따르는 대상에 머물기를 좋아하지 않았기에 이번에도 좀더 쉬운 쪽으로 자리를 옮겨가 그것에 대해서 끝없이 수월하게 공허한 말들을 늘어놓을 수 있었다.

'믿음이 깊은 이들이 죽음을 맞이하는 방식대로 어머니도 그렇게 돌아가셨어.' 그는 자신을 속였다. 하지만 자기가 거짓을 말하는지 진실을 말하는지조차 알지 못했다. '병치레도 없이 조용히 가셨어! 한숨을 내쉬기에 살펴보았더니 이미 돌아가셨지. 아, 어머니, 어머니! 얼굴에는 홍조 띤 미소를 머금고 있었지. 손은 마치 축복을 주시려는 듯이 놓여 있었고, 두 눈은 감고 계셨어. 아듀!'

그러다가 연민으로 가득 찬 말이 절정에 이르렀을 때 갑자기 속에서 무엇인가가 그를 다시 찌르는 것 같았다. 또다시 그 불쾌한 일이⋯⋯ '쳇, 쳇, 쳇! 어머니가 조금만 더 기다렸으면 얼마나 좋았을까! 기껏해야 한 달, 아니 한 달도 안 남았는데 말이야. 그럴 수가 있을까!'

그는 울리투쉬카가 묻는 말에 처음에는 사랑하는 벗 어머니에게 대답했듯이 '몰라, 난 아무것도 몰라'라고 부정했다. 하지만 뻔뻔한데다가 자신의 힘을 감지하고 있는 울리투쉬카를 그처럼 대하기는 쉬운 게 아니었다.

"제가 뭘 알겠어요. 제가 일으킨 문제가 아니죠!" 그녀는 처음부터 그의 말을 가로막았기에 간음과 자신이 저지른 간통의 결과를 지켜만 보겠다는 그의 계산은 여지없이 무너지고 말았다.

불행은 점점 가까이 다가오고 있었고, 손끝에 와 있어 피할 길이 없었다. 불행은 그를 끊임없이 쫓아다녀 결국 그의 헛소리마저 마비시켜버렸다. 그는 불행하게 끝나리라는 예감을 억누르고 헛소리를 하면서 잊으려고 가능한 모든 노력을 기울였지만, 결과는 신통치 않았다. 그는 어떻게 해서든지 지고한 신의 뜻에 따른 단호한 법의 뒤편에 숨어보려고 애를 쓰면서, 언제나 그러했듯이 이 화제를 가지고 끝없이 풀어내는 실타래를 하나 만들어 여기에다가 사람의 머리에서 빠지지 않는다는 머리카락에 대한 어떤 우화와 모래 위에 세운 건물에 대한 전설도 집어넣었다. 그렇지만 헛된 망상이 아무런 장애 없이 하나하나 수수께끼 같은 심연을 향해 굴러 떨어지고 있을 때, 그리하여 끊임없이 풀려 나가던 실타래가 순조롭게만 보이던 바로 그 순간에 갑자기 한 구석에서 어떤 단어가 불쑥 튀어나와 순식간에 실을 끊어버렸다. 아! 그 단어는 '간음'이었으며, 이우두쉬카가 자백하고 싶지 않았던 행위를 의미했다.

잊고 지워버리겠다는 노력이 수포로 돌아가고 나자, 그는 자신이 사로잡혔다는 사실을 분명히 보게 되어 슬픔에 잠겼다. 그는 아무 생각 없이 방 안을 거닐면서 가슴이 아프고 떨리는 것을 느낄 뿐이었다.

이는 헛소리만 하고 지내던 그가 난생처음 알게 된 완전히 새로운 구속이었다. 지금까지 그의 망상이 어디로 향하든지 간에 끝없는 공간이 펼쳐질 뿐이었고, 그 위에는 온갖 종류의 계략이 놓여 있었다. 두 아들 볼로디카*와 페티카**의 파멸이나 아리나 페트로브나의 죽음조차도 망상을 망치지는 않았다. 그것은 일반적인 사람은 누구든지 받아들이는 사실이었으며, 예로부터 규정되어오는 공인된 환경이 이 사실을 평가해주었다. 추도식, 40일 추념 기도, 추도 음식 등 이 모든 것들을 그는 관습에 따라 다 끝냈으며, 사람들과 하느님의 뜻 앞에 자신을 정당화시켰다. 하지만 간음은, 이건 대체 무엇인가? 이것은 삶을 통째로 폭로하는 것이고, 감추어진 허위를 드러내는 것이 아닌가? 비록 사람들이 그를 험담가로 받아들였고, 심지어 '흡혈귀'라고까지 불렀지만, 세상 평판에는 법률적인 근거가 별로 없었기에 그는 '증명해봐'라며 얼마든지 반박할 수 있었다. 그런데 갑자기 간음죄라니! 죄상이 밝혀진 의심의 여지없는 간음죄인인 그는 [아리나 페

---

* 볼로덴카의 또 다른 애칭.
** 페텐카의 또 다른 애칭.

트로브나(아, 어머니, 어머니!) 덕분에 아무런 조치도 취하지 못했고, 거짓말도 할 겨를이 없었다] 게다가 재계일 직전에 그랬으니, 이런 쳇! 쳇! 쳇!

자신과의 내적인 대화에는 내용이 아무리 엉켜 있더라도 양심의 각성과 유사한 그 어떤 것이 엿보였다. 하지만 다음과 같은 의문이 고개를 들었다. '이우두쉬카가 앞으로도 이 길을 따라갈 것인가, 혹은 헛된 망상이 이번에도 예전처럼 그를 도와 물에서 나와 육지로 올라가는 새로운 출구를 열어줄 것인가?'

이우두쉬카가 이처럼 망상의 질곡으로 고통스럽게 지내는 동안 예브프락세유쉬카는 예기치 않았던 내적인 변화를 겪게 되었다. 어머니가 된다는 기대감으로 지금까지 그녀를 묶어놓았던 이성적인 고삐가 풀어진 것 같았다. 그녀는 이제껏 모든 것들을 무관심하게 대하면서 포르피리 블라디미르이치를 '주인'으로 모셨고 그의 예속 아래 자신을 놓아두었다. 하지만 지금 그녀에게는 자신의 일이 생겼으며, 그 일에 있어서는 그녀가 '가장 중요'하며 그녀가 학대당한다는 것은 도저히 용납할 수 없음을 처음으로 깨닫게 되었다. 그 결과 지금까지는 무표정하고 꼴사납던 그녀의 얼굴마저도 웬일인지 표정이 생기고 밝아졌다.

아리나 페트로브나의 죽음은 반무의식적인 그녀의 삶을 각성시킨 첫 번째 사건이었다. 늙은 마님이 이제 곧 어머니가 될 예브프락세유쉬카를 대하는 태도가 아무리 유별나다 하더라도 마님은 이우두쉬카에게서 종종 보이는 혐오스러운 애매함이 아니라 반드시 그녀가 직접 관여하겠다는 뜻을 내비쳤다. 그런 까닭에 예브프락세유쉬카는 앞으로 자기에게 닥칠 공격을 예견한 듯 아리나 페트로브나를 보호자처럼 여겼다. 공격받을 것 같다는 예감이 한층 집요하게 그녀에게 붙어 다녔기에 뜻대로 해결되지 않고 오히려 그녀를 혼란스러운 슬픔으로 가득 채웠다. 사고력은 충분치 않앉기에 공격이 어디에서 어떻게 올 것인지 예측할 수는 없었다. 하지만 이미 본능적으로 불안해진 그녀는 이우두쉬카를 쳐다보기만 해도 알 수 없는 공포에 휩싸였다. 그렇다, 공격은 바로 이 사람에게서 나올 것이다! 그녀의 가슴 깊은 곳에서 그런 소리가 들려왔다. 바로 저기에서 유골로 가득 찬 무덤으로부터, 그녀를 지금까지 비천한 하인으로 예속시켜왔고, 기이하게도 그녀 아이의 아버지가 되고 군주가 될 바로 저 사람에게서 올 것이다! 생각이 여기에까지 미치자 증오에 가까운 감정이 일어났다. 애정 어린 잡담으로 생각할 틈을 주지 않았던 아리나 페트로브나 덕분에 주의를 딴 데로 돌리지 못했다면, 틀림없이 증오가 생겼을 것이다.

그러나 아리나 페트로브나는 포고렐카로 가더니 영영 사라졌다. 예브프락세유쉬카는 무서워졌다. 골로블료보 저택을 휩싸고 있던 정적은 이우두쉬카가 실내복 자락을 들어 올리고 살금살금 숨어들어 와 복도를 따라 걷다가 문 옆에서 안을 엿듣는 사각거리는 소리가 날 때만 깨어질 뿐이었다. 간혹 하인들 중 누군가 마당에서 뛰어와 하녀 방문을 쿵쾅거릴 때도 있었지만 곧 조용해졌다. 죽은 듯한 정적은 슬픈 애수로 가득 차 있었다. 그런데 예브프락세유쉬카는 이미 출산이 임박했으므로 저녁 무렵에는 졸면서 걸어 다닐 정도로 힘들었던 과거의 육체적인 가사노동은 하지 않고 있었다. 그녀는 포르피리 블라디미르이치에게 애교를 부리려 했으나, 매번 악의에 찬 단호한 몸짓으로 되돌려 받았으며, 그녀의 미숙한 천성으로 인해 한층 고통을 느꼈다. 그런 까닭에 팔짱을 끼고 앉아 생각하며 불안해할 수밖에 도리가 없었다. 그런데 불안의 원인은 날이 지나면 지날수록 늘어만 갔다. 왜냐하면 아리나 페트로브나의 죽음이 울리투쉬카의 두 손을 자유롭게 만들어 골로블료보 저택에 새로운 요소를 가져왔다. 그것은 이우두쉬카의 영혼이 숨을 쉴 수 있었던 유일한 생동적인 일이 되었다.

울리투쉬카는 포르피리 블라디미르이치가 겁을 내고 있으며, 망상과 거짓말을 일삼는 그의 천성에서 소심함은 증오심과 유사함을 깨달았다. 또한 그녀는 포르피리 블라디미르이치가 애착이 없을 뿐만 아니라 일반적인 동정심도 가지지 못한 사람이며, 그가 예브프락세유쉬카를 데리고 있는 까닭도 그녀 덕분에 집안일이 일정한 궤도에서 벗어나지 않고 유지되기 때문이라는 사실도 잘 알게 되었다. 간단한 정보를 확보한 울리투쉬카는 이우두쉬카의 영혼에 다가오는 '불행'을 환기시키기만 하면 들끓어 오르는 증오심을 끊임없이 키울 수 있다는 완벽한 전략을 짤 수 있었다.

얼마 되지 않아 예브프락세유쉬카는 사면초가에 처하게 되었다. 울리투쉬카는 주인에게 계속 보고했다. 한번은 주인에게 찾아와 집 안에서 식량이 무분별하게 다루어진다고 불평했다. "나리, 여기 재산이 많이 새나갑니다! 얼마 전에 제가 저장고에 소금절이 고기를 가지러 갔었지요. 제 생각에는 새 통을 꺼낸 지 얼마 안 된 것 같은데, 글쎄 말이죠, 밑바닥에 두 조각이나 세 조각밖에 안 보이더군요."

"정말이야?" 이우두쉬카가 그녀를 똑바로 쳐다보았다.

"만일 제 두 눈으로 보지 않았다면, 믿지 않았겠지요! 그 많은 양이 어디로 갔는지 놀랍습니다. 버터, 곡물이며, 오이 들이 다 어디로 갔죠! 다른 지주님들은 하인들에게 거위 기름을 죽에 넣어준다는데요! 사람들이 그렇지요. 그런데 여기서는 버터를, 그것도 고급 버터를 주시잖아요!"

"정말인가?" 포르피리 블라디미르이치는 놀라기까지 했다.

또 다른 날에는 불쑥 찾아와 주인의 속옷을 가지고 고자질했다.

"주인님이 예브프락세유쉬카를 좀 말려주세요. 물론 그녀의 일이 처녀에게는 익숙하지 않겠지만, 하지만 속옷만 해도 그렇지요, 그녀는 엄청난 양의 속옷들을 가지고 시트와 기저귀를 만들어요, 그것도 죄다 얇은 것들로 말이에요."

포르피리 블라디미르이치는 대답 대신 눈만 번쩍였지만, 이런 말을 듣고 나니 속이 뒤집혔다.

"자기 애는 귀여운 법이지만!" 울리투쉬카는 유창한 말로 계속 지껄였다. "무슨 일이 벌어졌는지 모르면서 왕자라도 낳을 걸로 생각하고 있어요. 하지만 그 아이는 대마포 시트에서도 잘 수 있어요. 자기 신분을 따라야죠!"

가끔 그녀는 이우두쉬카를 대놓고 놀리곤 했다.

"제가 주인님께 물어보겠는데요," 그녀는 말했다. "아이는 어떻게 처리할 생각이신지요? 주인님 아이로 키울 것인지, 아니면 다른 사람들처럼 고아원으로 보낼 건지……"

하지만 포르피리 블라디미르이치는 우울한 표정을 지어 보였기에 울리투쉬카는 입을 다물 수밖에 없었다.

이제 사방에서 끓어오르는 증오의 한가운데서 어떤 한 순간이 점점 다가오고 있었다. 그때가 되면, 울음을 터뜨리는 미약한 '하느님의 종'의 출현은 골로블료보 저택을 지배하는 도덕적 혼돈을 틀림없이 해결할 것이며, 동시에 이 세상에 살며 울고 있는 다른 '하느님의 종들'의 숫자를 증가시킬 것이다.

* * *

저녁 6시가 지났다. 포르피리 블라디미르이치는 점심식사 후 낮잠을 실컷 자고 난 뒤 서재에 앉아 종이에 숫자를 잔뜩 쓰고 있었다. 이 순간 그의 머리에 떠오르는 의문이 하나 있었다. 만일 자기가 태어났을 때 외할아버지 표트르 이바느이치가 축의금으로 주신 1백 루블을 어머니 아리나 페트로브나가 쓰지 않고 포르피리 아이의 이름으로 저축은행에 저금해 놓으셨다면 지금 얼마로 불어났을까? 그러나 계산을 해보니 많지는 않았다. 기껏해야 8백 루블이었다.

'큰돈은 아니지만,' 이우두쉬카는 쓸데없는 생각을 했다. '그래도 만일의 경우를 대비해놓는 것은 좋은 일이야. 필요할 때 쓸 수 있으니까. 누구한테 부탁할 필요도 굽실거릴 필요도 없으니까. 외할아버지가 주신 혈육의 돈을 내가 쓰면 되니까. 아, 그런데 어머니! 어쩌자고 당신은 그 돈을 무턱대고 써버리셨나요!'

아! 포르피리 블라디미르이치는 최근까지 그의 망상을 마비시켰던 걱정에서 이렇게 벗어날 수 있었다. 예브프락세유쉬카의 임신과 아리나 페트로브나의 돌연한 사망으로 그가 처하게 된 곤경이 불러일으킨 일말의 양심은 조금씩 사그라들었다.

망상은 이번에도 제 역할을 다했기에 이우두쉬카는 상당한 노력을 한 결과 '불행'에 대한 불안감을 실없는 말들의 심연에 빠뜨릴 수 있었다. 그가 의식적으로 무언가를 결심했다고 말할 수는 없었지만 오래전부터 좋아하던 공식, '아무것도 몰라! 난 아무것도 허용할 수 없어!'라는 말이 불현듯 떠올랐다. 어려운 상황에서 그가 항상 의지했던 이 공식은 일시적으로 그를 흥분시킨 내적 혼란을 금세 종식시켰다. 이제 그는 다가오는 출산이 자기와는 아무런 상관이 없다고 여길 수 있었으며, 자기 얼굴에 침착하고 무덤덤한 표정을 담으려고 애썼다. 그는 예브프락세유쉬카를 거의 무시하다시피 하면서 그녀의 이름조차 부르지 않으려 했다. 어쩌다 그녀에 대해 물어볼 말이 있으면 이런 말로 대신했다. '그 여자는 어떤지…… 지금도 계속 아픈가?' 예컨대, 그는 상당히 강한 사람이어서 농노제도의 교육을 받아 인간 심리에 능숙한 울리투쉬카마저도 매사에 철저히 준비하고 어떤 것이든지 간에 동의하는 그에 대항해 싸우는 것은 불가능함을 깨달았다.

골로블료보 저택은 어둠에 잠겼다. 지주의 서재와 떨어져 있는 별채의 예브프락세유쉬카의 방에서만 등불이 희미하게 빛나고 있었다. 이우두쉬카의 서재에는 정적이 흐르고 있었다. 수판알 놓은 소리와 포르피리 블라디미르이치가 종이 위에 계산하느라 쓰는 연필 소리만이 간간이 정적을 깨뜨릴 뿐이었다. 그런데 고요히 흐르는 서재의 정적을 뚫고 가슴을 뜯는 것 같은 신음 소리가 갑자기 멀리서 들려왔다. 이우두쉬카는 몸을 떨었다. 입술은 일순간 떨렸고, 연필은 무의미한 줄을 그었다.

"121루블에 12루블 10코페이카이니……" 포르피리 블라디미르이치는 중얼거리며 신음 소리 때문에 생긴 불쾌감을 억누르려고 애썼다.

하지만 그는 점점 더 자주 반복되는 신음 소리 때문에 불안할 수밖에 없었다. 일하기가 상당히 불편해진 이우두쉬카는 책상에서 일어섰다. 처음에는 듣지 않으려고 애쓰면서 방 안을 거닐었다. 하지만 호기심이 조금씩 두려움을 눌렀다. 그는 살며시 서재 문을 열어 옆방의 어둠에 머리를 내밀고 기다리는 자세로 귀를 모았다.

'아, 내 슬픔을 덜어줄 성상 앞 현수등 켜는 걸 잊었나보군.' 그의 머리를 스치는 생각이었다.

하지만 바로 이때 누군가 복도에서 급하게 걷는 불안한 발소리가 들렸다. 포르피리 블라디미르이치는 재빨리 머리를 서재 안으로 감췄다가 조심스레 다시 문을 열고 성상 앞으로 발꿈치를 들고 재빨리 다가섰다. 잠시 후 그는 이미 '모양새를 갖추고' 있었기에 울리투쉬카가 문을 활짝 열고 방 안으로 들어왔을 때는 두 손을 모으고 서서 기도하는 자세를 보여줄 수 있었다.

"우리 예브프락세유쉬카가 죽으면 안 되는데!" 울리투쉬카는 이우두쉬카의 기도를 방해하는 것을 전혀 개의치 않으면서 말했다.

하지만 포르피리 블라디미르이치는 그녀 쪽으로 돌아서지도 않은 채 입술만 좀더 빨리 움직이며 대답 대신 한 손을 들어 마치 윙윙거리는 파리를 내쫓듯이 흔들었다.

"왜 손은 흔들어요? 제 말은 예브프락세유쉬카가 아프다니까요. 죽을 것 같아 보여요!" 울리투쉬카는 개의치 않고 소리쳤다.

그때서야 이우두쉬카는 고개는 돌렸다. 하지만 표정은 여전히 침착하고 부드러워 마치 하느님만을 명상하며 온갖 세상 잡사는 미뤄놓은 듯했으며, 무슨 일로도 자신을 불안하게 할 수 없을 거라는 시늉을 했다.

"기도하다가 욕하면 죄짓는 거지만 인간이니 어쩔 수 없이 나무라게 되네. 내가 기도드릴 때는 방해하지 말라고 몇 번이나 주의를 줬잖은가!" 그는 기도할 때 분위기에 어울리는 목소리로 말했지만, 도를 넘지 않는 비난의 표시로 머리를 흔들었다. "그래, 밖에 무슨 일이 있는 거야?"

"다른 일이 뭐가 있겠어요. 예브프락세유쉬카가 고통스러워하고 있지만 아직 출산을 못하고 있어요! 처음 듣는 것처럼 그러시는데, 참 나! 한번 가서 보시지요!"

"가서 보기는! 내가 의사인가! 무슨 도움이 되겠는가? 게다가 나는 여자들 일은 아무것도 몰라! 내가 아는 것이라고는 집 안에 환자가 있다는 것뿐이야. 하지만 어디가 왜 아픈지는, 솔직히 말해서, 알고 싶은 마음도 없어. 환자가 위급하면 신부님을 오시라고 해. 그건 내가 도움을 줄 수 있어. 신부님을 오시라 청하고 성상 앞에 현수등을 밝히고 함께 기도드리자고. 그리고 나는 신부님과 함께 차를 마실 거야!"

포르피리 블라디미르이치는 결정적인 순간에 이처럼 단호하게 말했다는 것에 내심 만족했다. 그가 울리투쉬카를 밝고 확신에 찬 표정으로 쳐다보았는데, 이는 마치 '자, 이제 내 말에 반박해봐!'라고 말하는 듯했다. 울리투쉬카마저도 그의 느긋함 때문에 어떻게 해야 할지 몰랐다.

"한번 가서 보셨으면 좋겠어요!" 다시 한 번 말했다.

"가지 않겠어. 갈 필요가 없으니까. 만일 일이 있다면, 네가 부르지 않아도 갔을 거야. 일이 있다면 5베르스타를 걸어서라도 갔겠지. 10베르스타 밖에서라도 일이 있다면 걸어서 갔을 거야. 밖이 아무리 춥고 눈보라가 쳐도 걸어서라도 갔을 거야. 왜냐하면 일이 있다면 안 가면 안 된다는 것을 잘 아니까 말이야."

울리투쉬카는 자기가 잠을 자고 있으며 꿈속에서 자기에게 헛소리를 하고 있는 자가 사탄이라는 생각이 들었다.

"그런데 신부님 부르는 건 좋아. 그건 중요한 일이야. 기도는 말이야, 성서에 기도에 대해 뭐라고 적혀 있는지 알고 있는가? 기도는 '병든 자들의 치료'라고 되어 있어. 그러니 너는 그렇게 일을 처리하도록 해. 신부님을 오시라고 하고, 함께 기도드리자구. 나도 기도할게. 너는 저기 성상실에서 기도드리고, 나는 여기 내 서재에서 하느님의 자비를 청하도록 하지. 함께 힘을 합하면 너는 저기서, 나는 여기서, 그러면 기도는 응답을 얻을 거야."

신부님을 오시라고 했지만, 신부님이 도착하기도 전에 예브프락세유쉬카는 찢는 듯한 고통 속에서 출산을 했다. 포르피리 블라디미르이치는 갑자기 하녀들 방 쪽에서 일어난 소동과 문을 여닫는 소리를 듣고 무언가 결정적인 일이 발생했음을 짐작할 수 있었다. 그리고 실제로 몇 분이 지나자 복도에서 다시 한 번 발걸음 옮기는 소리가 들려오더니 곧이어 울리투쉬카가 두 손에 천으로 감싼 자그마한 존재를 들고서 날듯이 서재로 들어왔다.

"자! 보세요!" 그녀는 포르피리 블라디미르이치의 얼굴 앞에 아이를 들어 올리며 엄숙한 목소리로 말했다.

이우두쉬카는 잠시 동요하는 듯 몸이 앞으로 휘청거렸고 두 눈에는 불꽃이 번쩍였다. 하지만 이는 순간에 불과했고 곧이어 혐오스럽다는 듯이 아이로부터 얼굴을 돌리고 아이 쪽으로 두 손을 내저었다.

"아냐, 아냐! 난 아이들이 무서워, 좋아하지도 않아! 저리 가, 저리 가라고!" 그는 얼굴에 혐오감을 가득 담아 중얼거렸다.

"그래도 아들인지 딸인지는 물어봐야지요?" 울리투쉬카가 충고하듯 말했다.

"아니야, 아냐. 그럴 필요도 없어, 나와 상관없는 일이야. 그건 당신 일이고, 나는 알지도 못해. 나는 아무것도 모르는 거야. 알 필요도 없어. 제발 저리 가, 가라고!"

또다시 꿈속인 듯 사탄이 보였다. 울리투쉬카는 화를 참을 수 없었다.

"그렇다면 이 아이를 소파에 내려놓을 테니 당신이 돌보세요!" 그녀가 위협했다.

하지만 이우두쉬카는 요지부동의 인간이었다. 울리투쉬카가 위협하던 그 순간에 그는 이미 성상으로 얼굴을 돌려 공손히 두 손을 들어 올렸다. 그는 '유식한 사람이든 무식한 사람이든 간에' '말이나 행동으로 또는 생각으로' 지은 모든 죄를 용서해달라고 빌었을 것이다. 그리고 자신은 도둑도, 뇌물을 받아먹은 자도 아니며, 간음죄를 지은 죄인도 아닐 뿐만 아니라 하느님이 자비를 베풀어 자기를 경건한 사람들의 길에 굳건히 세워두셨음에 감사드렸다. 심지어 그의 코는 감동으로 벌렁거렸는데 이를 본 울리투쉬카는 침을 뱉고 나가버렸다.

"볼로디카를 데려가시더니 하느님은 또 다른 볼로디카를 주시는구나!" 엉뚱한 생각이 그의 입에서 튀어나왔다. 하지만 그는 뜻밖의 이성의 장난을 눈치 채고는 '쳇, 쳇, 쳇!' 하고 내심 중얼댔다.

사제가 오더니 성가도 부르고 향도 피웠다. 이우두쉬카는 하승이 「성모님, 우리의 수호자시여!」라는 성가를 느릿느릿 부르는 것을 듣고 흥미를 느껴 자신도 하승을 따라 불렀다. 울리투쉬카가 다시 뛰어오더니 문밖에서 소리쳤다.

"블라디미르라고 이름 지었어요!"

죽은 볼로디카를 상기시켰던 이전의 정신착란과 이런 상황의 우연한 일치가 이우두쉬카를 감동시켰다. 그는 이때 하느님의 존재를 보고 이번에는 싫은 기색 없이 속으로 생각했다. '참 다행이다. 볼로디카를 데려가시더니만 다른 아이를 주셨구나! 하느님은 이런 분이시니까. 한 곳에서 잃어버리면 사람들은 찾지 못할 것이라고 생각하지만, 하느님은 거두어들이시되 다른 곳에서는 백배로 보상해주시지!'

마침내 사모바르가 준비되었고 사제가 식당에서 기다린다고 알려왔다. 포르피리 블라디미르이치는 한 마디도 하지 않았으나 감동되었다. 알렉산드르 신부는 벌써 식당에 자리를 잡고 앉아 포르피리 블라디미르이치를 기다리고 있었다. 골로블료프가의 사제는 정치적인 사람으로서 이우두쉬카와의 교류에서 사교적인 어조를 지키려고 애썼다. 하지만 그는 지주의 영지에서 매주 한 번씩, 또 큰 명절 직전마다 저녁 기도회가 열리며, 더욱이 매월 첫날에도 기도회가 있으며, 이 모든 행사에서 1년에 적어도 1백 루블 이상의 수입을 성당이 거두어들인다는 것을 잘 알고 있었다. 이 밖에도 사제는 성당 사유 토지의 경계가 아직 분명하게 그어져 있지 않으며 이우두쉬카가 여러 번 사제의 목초지를 지나면서 "아, 정말 좋은 목초지군!" 하고 말하는 것을 잘 알고 있었다. 이런 까닭에 사제의 사교적인 어투에는 '이우두쉬카에 대한 공포'가 적지 않게 뒤섞여 있었다. 이는 사제가 포르피리 블라디미르이치를 만날 때 비록 그가 그렇게 느끼도록 할 필요는 없었지만 괜히 즐겁고 명랑하게 보이려고 애쓴 데서도 드러났다. 그리고 포르피리 블라디미르이치가 대화 중에 신의 섭리의 길과 미래 생활 등에 대해 이단적인 견해를 전개했을 때도, 사제는 그의 견해에 직접적으로 동의하지는 않으면서 애써 성물모독이나 신성모독이 아닌 귀족들의 특성인 저돌적인 이성만을 보려 했을 뿐이다.

이우두쉬카가 들어갔을 때 사제는 성호를 서둘러 긋더니, 마치 흡혈귀가 손을 깨물기라도 할까봐 두려운 듯이 재빨리 손을 움츠렸다. 사제는 고해신자에게 블라디미르 출생을 축하해주려다가 이우두쉬카가 여기에 대해 어떻게 반응할까 잠시 생각해보고는 조심스러워 그만두었다.

"오늘은 안개가 덮였습니다." 사제가 말을 꺼냈다. "전해 내려오는 말에 따르면, 물론 약간은 미신이 깃들어 있습니다만, 이런 날씨는 해빙기의 전조가 된다고 합니다."

"어쩌면 추위를 알려줄 수도 있겠죠. 우리는 해빙기를 예측합니다만 하느님은 강추위를 주실 수도 있으니까!" 이우두쉬카는 이렇게 반박하고 바쁜 듯이, 아니 거의 즐거운 표정으로 차 탁자에 앉았다. 차 시중은 하인 프로호르가 했다.

"사람들은 흔히 꿈을 꾸면서 도달할 수 없는 데 도달하려 하고 접근할 수 없는 데 접근하려 합니다. 그 결과 참회의 동기나 슬픔을 얻게 되는 거지요."

"그러니 우리들은 점치는 일이나 미래를 엿보는 일에서 멀리 떨어져야만 합니다. 하느님이 보내주시는 것에 만족해야만 하죠. 하느님이 따뜻한 날을 보내주시면 우리는 즐기면 될 것이요, 추위를 보내주시면 추위를 맞이해야지요. 페치카를 좀더 데우라고 지시를 내리고, 길을 나서는 이들은 모피외투를 좀더 두텁게 입을 일입니다. 그러면 우리는 따뜻하게 지내겠지요."

"지당하신 말씀입니다."

"요즘 사람들은 핵심을 피하기를 좋아합니다. 이것과 저것도 자기들 뜻이 아니고, 다른 방식으로 했으면 좋겠다고 하는데, 나는 그런 걸 좋아하지 않습니다. 나는 점도 치지 않고 다른 사람들을 칭찬하지도 않습니다. 그런 시도들에 대한 나의 견해는 그것이 거만하다는 겁니다."

"그것 또한 지당하신 말씀입니다."

"우리 모두는 세상의 순례자들입니다. 나는 그렇게 봅니다. 차를 조금 마신다든지, 음식을 조금씩 먹는다든지, 그런 것은 허용되어 있습니다. 왜냐하면 하느님께서 우리에게 육체와 다른 부분들을 주셨기 때문이죠. 이것은 국가도 우리에게 금지하지 않습니다. 먹는 것은 먹되 침묵은 지키라는 거죠."

"역시 지당하신 말씀이외다!" 사제는 끄윽 소리를 내고 내적 기쁨에 겨워 빈 술잔 바닥으로 접시를 내리쳤다.

"내 생각에 인간에게 이성이 주어진 까닭은 미지의 것을 경험하라는 것이 아니라 죄를 삼가라는 것입니다. 예를 들어 내가 육체적 피로를 느끼거나 당황하게 되면 이성의 도움을 요청할 것입니다. '내가 어떻게 하면 극복할 수 있겠는지 알려다오' 하겠지요. 그러면 제대로 행동하게 될 것입니다. 왜냐하면 그런 경우에 이성은 분명히 도움을 줄 수 있기 때문이죠."

"그렇지만 무엇보다 신앙입니다." 사제는 슬쩍 정정해주었다.

"믿음은 믿음이고, 이성은 또 이성이죠. 신앙이 목적을 지시해주지만, 이성은 길을 발견해줍니다. 가는 길에 서로 밀치면서 문을 두드리고 방황도 하지요. 그러다가 무언가 유익한 것을 찾아낼 겁니다. 여러 가지 약제와 약초, 고약, 탕약 등 이 모든 것을 발명하고 발견한 것이 이성입니다. 하지만 모든 것이 신앙과 일치해야만 도움이 되고 해가 되지 않습니다."

"거기에 대해서 반박할 말은 아무것도 없습니다."

"제가, 신부님, 어떤 책을 읽어봤는데, 거기에 이렇게 적혀 있더군요. '신앙으로 방향이 잡혀졌을 때 이성의 도움을 절대로 경시해서는 안 된다. 만일 사람이 이성을 잃는다면 오래지 않아 정욕의 노리개가 될 것이다.' 제 생각에 인간의 첫번째 원죄는 뱀의 형상을 가진 사탄이 인간의 판단을 흐리게 했기 때문에 생겼을 겁니다."

사제는 그의 말에 반박은 하지 않았지만 칭찬 또한 삼갔다. 왜냐하면 이우두쉬카의 말이 어디로 흘러갈지 도무지 종잡을 수 없었기 때문이었다.

"사람들이 마음의 죄에 빠질 뿐만 아니라 실제로 죄를 짓는 것을 종종 보게 됩니다. 이는 모두 이성이 부족해서 그런 거지요. 육체는 유혹받는데 이성이 없으면, 인간은 나락으로 떨어집니다. 달콤한 것을 원하고, 즐거운 일, 유쾌한 일도 원하지요. 특히 여자는…… 그런데 이성이 없다면 어떻게 자신을 보호하겠어요! 하지만 내게 이성이 있다면, 장뇌와 기름을 가지고 여기저기를 문지르고 뿌릴 겁니다. 그러면 유혹은 내게서 씻은 듯이 사라질 겁니다."

이우두쉬카는 자기 말에 사제가 어떻게 반응을 보일지 기다린다는 듯이 조용히 있었다. 하지만 사제는 이우두쉬카의 말이 어디로 향하고 있는지 짐작도 할 수 없었기에 목소리를 가다듬고 두서없이 말했다.

"우리 집 마당에 암탉들이 있는데…… 춘분이나 추분이 되면 난리를 피우는 거예요. 뛰어다니며 날갯짓을 치면서 어떻게 해야 할지를 모르지요."

"그게 죄다 이성이 없어서 그렇지요. 새들이나, 짐승이나 파충류나 마찬가지죠. 새라는 것이 무엇입니까? 그 놈들에게는 슬픔도 근심도 없고 날아다닐 뿐이죠. 전에 창밖을 내다보니 참새들이 부리로 거름을 휘젓고 있더군요. 그다음에 어떻게 되었겠습니까? 인간은 그런 일이 드물지요."

"그렇지만 다른 경우를 보자면, 성서에서는 하늘의 새에 대해 서술했지요."

"다른 경우라면 그렇겠지요. 이성이 없어도 신앙이 구원하는 그런 경우에는 새들을 흉내 낼 필요가 있겠지요. 하느님께 기도를 드리고 시를 읊으면서……"

포르피리 블라디미르이치는 입을 닫았다. 그는 천성적으로 말이 많았으며, 사실상 그날 있었던 사건을 얘기하고 싶어 입 안이 근질거렸다. 하지만 헛소리를 예의범절에 맞게 표현할 수 있는 형식을 아직 갖추지 못했음이 분명했다.

"수탉들은 이성이 필요하지 않지요." 마침내 그는 입을 열었다. "왜냐하면 그 놈들에게는 유혹받는 일이 없으니까요. 혹은 유혹을 받더라도 아무도 그 놈들을 처벌하지 않을 겁니다. 모든 일이 자연스러운 것이니까요. 감독해야 할 소유물도 없고, 결혼도 하지 않으니까요, 당연히 과부도 홀아비도 없는 거지요. 하느님 앞에서나 관청에 가더라도 그 놈들은 책임질 일이 없습니다. 그 놈들의 유일한 상관은 바로 수탉이지요!"

"수탉, 수탉! 바로 그렇습니다. 암탉 사이에 있는 그 놈은 마치 터키

술탄 같습니다!"

"그런데 사람은 모든 일을 자신을 위해 추진하니까 자연스러운 일이라고는 하나도 없지요. 그러니까 이성도 더 많이 필요한 겁니다. 또 죄에 빠지지 않아야 하고 다른 사람들도 유혹으로 끌고 가지 않아야 하니까요. 신부님, 그렇지요?"

"그건 진리입니다. 성경 말씀에도 유혹하는 눈은 뽑아버리라고 가르치고 있습니다."

"그 말씀을 글자 그대로 이해할 수도 있겠지만, 눈을 뽑지 않고도 유혹당하지 않도록 할 수 있습니다. 좀더 자주 기도를 드리고, 육체적인 분노를 가라앉히면 됩니다. 예를 들자면 저는 한창때라서 병약하다고 말할 수는 없지요. 그래요, 내게는 하녀가 있습니다만 문제는 별로 생기지 않습니다. 하녀 없이는 안 된다는 걸 알고 있지요. 그래서 두는 겁니다. 또 하인도 있지요, 하녀도 있지만. 하녀는 집안 살림에 필요하거든요. 창고에 갈 때라든지, 차를 따를 때, 또 간식거리를 준비하는 데도 필요하지요. 그러니 그냥 둬야지요. 그 여자는 자기 일을 하고, 나는 또 내 일을 하는 거죠. 그렇게 우리는 같이 지냅니다!"

이렇게 말하면서 이우두쉬카는 사제의 눈을 처다보려고 했고, 사제도 마찬가지로 이우두쉬카의 눈을 마주보려고 했다. 하지만 다행히도 그들 사이에는 촛불이 있었기에 마음껏 쳐다볼 수도 있었겠지만 촛불만 보았을 뿐이다.

"그리고 또 이런 생각도 합니다. 만일 하녀와 친밀한 관계를 가지게 된다면, 그 여자는 즉시 집안을 휘젓게 될 것입니다. 걱정거리와 무질서, 말다툼과 무례함이 난무할 것이고, 한 마디를 하면 그 여자는 두 마디를 할 것입니다. 그래서 난 이런 일을 피하는 거지요."

사제의 두 눈은 아물거렸다. 그 정도로 뚫어지게 이우두쉬카를 쳐다보았다. 말상대로 가끔씩은 대화 중에 끼어들어야 하는 사교적인 예의범절이 필요하다고 느꼈기에 사제는 머리를 흔들고 말을 꺼냈다.

"음……"

"그런데 이럴 때 만일 다른 사람들이 하는 것처럼 행동한다면, 예컨대 말이죠, 이웃인 안페토프나 또 다른 예로 우트로빈을 말하자면, 죄와 가까이 있는 사람들이지요. 우트로빈의 집에 가보면, 불결한 태생인 여섯 명의 아이들이 마당에서 꾸물거리고 있지요. 그런 건 내가 원하지 않습니다. 내 말은 '만일 하느님이 내게서 수호천사를 데리고 가셨다면, 내가 홀아비로 지내는 것이 그분의 뜻이다'라는 겁니다. 그래서 하느님의 뜻에 따라 홀아비가 되었으니 나는 진실되게 홀아비 생활을 해야만 하고 내 잠자리를 깨끗이 보존해야만 합니다. 그렇지요, 신부님?"

"그건 어렵지요, 나리."

"나도 어렵다는 건 압니다. 그래도 그렇게 합니다. 어떤 이는 '힘들어!'라고 말하지만 나는 '힘들수록 좋은 거야. 하느님이 힘만 주시면 돼!'라고 하지요. 모든 사람들에게 달콤하고 쉬운 일이 필요한 건 아니지요. 누군가는 하느님을 위해 고생을 해야만 합니다. 지상에서 자신을 낮추면, 천상에서 얻게 되겠지요. 지상에서는 '노동'이라고 부르는 것을 천상에서는 공로라고 부르지요. 내 말이 맞지요?"

"맞고말구요."

"공로에 대해서도 말해야겠지요. 공로도 여러 가지가 있습니다. 어떤 것은 크지만, 또 어떤 것은 작지요! 어떻게 생각하시나요?"

"정말 그럴 것입니다. 큰 공로, 작은 공로가 있지요."

"내 말이 그 말입니다. 사람이 처신을 제대로 잘하면, 즉 상소리 안

하고, 헛소리도 하지 않고, 다른 이들을 비난하지 않는다면, 또 다른 사람을 괴롭히지 않고, 가진 것을 빼앗지 않는다면, 그리고 유혹에 대해서도 조심스럽게 행동한다면, 그의 양심은 항상 편안할 것입니다. 어떤 더러운 것도 그 사람에게 달라붙지 않을 것입니다. 만일 누군가 구석에서 그를 비난한다면 내 생각에는 그런 비난은 고려할 필요도 없습니다. 무시해버리면 됩니다. 오래가지도 못하죠."

"그런 경우 예수님의 가르침은 무엇보다도 용서할 것을 권하지요."

"그래요, 용서를 하든지! 나는 항상 이렇게 합니다. 누군가 나를 비난하면, 나는 그 사람을 용서하고 하느님께 그를 위해 기도까지 합니다. 그를 위한 기도가 하느님께 이르면 그 사람도 좋고, 나는 기도하고 잊으니 또한 좋습니다."

"맞습니다. 기도만큼 인간의 영혼을 편하게 하는 것은 없습니다. 슬픔이나 분노, 병까지도 기도 앞에서는 밤의 어둠이 태양에서 물러나듯이 달아납니다."

"그렇지요, 다행이지요! 그러니 우리 삶이 마치 초롱 안의 촛불처럼 사방에서 보이도록 그렇게 처신할 필요가 있습니다. 그러면 비난받을 일이 적어집니다. 왜냐하면 이유가 없으니까요. 지금 우리처럼 앉아서 이야기를 나누고 있으니 그 누가 우리를 비난하겠습니까? 이제는 가서 하느님께 기도드리고 잠자리에 들어야지요. 내일 다시 일어나고…… 그렇지요, 신부님?"

이우두쉬카는 일어나 이야기가 끝났다는 표시로 의자를 소리 나게 치웠다. 사제 또한 자리에서 일어나 축성을 해주려고 손을 들려는 순간, 포르피리 블라디미르이치는 특별한 호의의 표시로 사제의 손을 두 손으로 꼭 쥐었다.

"신부님, 그래서 블라디미르라고 이름 지었습니까?" 이렇게 물으면서 예브프락세유쉬카 방 쪽으로 우울하게 고개를 돌렸다.

"나리, 사도와 다름없는 성 블라디미르 공*에게 경의를 표해서 지었습니다."

"다행입니다. 그녀는 충실하고 믿음이 깊은 하녀이지만, 이성은 그다지 볼 것이 없습니다. 그러니까 그런 여자들은 간통에 빠져듭니다!"

* * *

다음 날 포르피리 블라디미르이치는 하루 종일 서재에서 꼼짝하지 않고 하느님께 계시를 내려달라고 기도를 드렸다. 삼 일째 되는 날 아침 그는 차를 마시러 나오면서 보통 때처럼 실내복이 아닌 축일에나 입는 프록코트를 입었는데, 무언가 중요한 일을 시작하려 할 때는 항상 이 옷을 입었다. 얼굴은 창백했지만 표정은 분명 밝은 빛이었다. 입술에는 행복한 미소가 감돌았고, 두 눈은 모든 것을 용서하겠다는 듯이 상냥해 보였다. 기도에 몰두한 탓인지 코끝은 약간 빨개졌다. 그는 아무 말 없이 석 잔의 차를 마셨다. 한 잔씩 마실 때마다 입술을 움직이며 어제 기도를 어지간히 했음에도 불구하고 아직도 하느님께 도움을 간구한다는 듯이 두 손을 마주 잡고 성상을 바라보았다. 마침내 마지막 한 모금을 마신 후 울리투쉬카를 데려오라고 지시를 내리고 하느님과의 대화를 한 번 더 함으로써 자신을 굳건히 세우고 또한 지금부터 벌어지는 일은 그의 뜻이 아니라 하느님의 뜻이라는 것을 울리타에게 보이려는 듯이 성상 앞에 섰다. 하지만

---

* 988년 러시아정교를 러시아의 국교로 선포한 공후.

울리투쉬카는 이우두쉬카의 얼굴을 얼핏 한 번 보고는 그가 이미 마음속으로 배신을 계획하고 있다고 눈치 챘다.

"하느님께 기도드렸지!" 포르피리 블라디미르이치는 말을 시작하더니, 하느님의 뜻에 따르겠다는 표시로 고개를 숙이면서 두 팔을 벌렸다.

"정말 잘하셨습니다!" 울리투쉬카의 대답이었다. 하지만 그녀의 목소리에는 날카로운 통찰력이 느껴졌으므로 이우두쉬카는 문득 고개를 들어 그녀를 바라보았다.

그녀는 한 팔은 가슴에 얹고 다른 팔로는 턱을 받친 채 서 있었지만, 얼굴에는 웃음이 불꽃처럼 피어올랐다. 포르피리 블라디미르이치는 고개를 약간 흔들며 비난의 뜻을 내비쳤다.

"아마도 하느님이 은총을 보내주셨겠지요?" 울리투쉬카는 상대가 보낸 주의에 당황하지 않고 계속 말했다.

"넌 항상 하느님을 모독하는구나!" 이우두쉬카가 참지 못하고 말했다. "내가 몇 번씩이나 부드럽게 농담조로 경고했지만 변함이 없구나! 네 혀는 정말 사악하고 교활하구나!"

"괜찮은 것 같은데요…… 보통 그렇지요, 하느님께 기도드리면, 은총을 보내주시잖아요!"

"또 '같은데요'라고 하네! 너한테 '같아 보이는 것'을 죄다 쓸데없이 지껄이지 마! 침묵할 줄도 알아야지! 나는 중요한 걸 말하는데, '같아 보인다'니!"

울리투쉬카는 대답 대신 제자리걸음을 걸었는데, 이는 마치 그렇게 함으로써 포르피리 블라디미르이치가 그녀에게 말하려는 바를 이미 오래전부터 익히 알고 있음을 암시하려는 것 같았다.

"자, 내 말 좀 들어봐," 이우두쉬카가 말을 시작했다. "내가 하느님께 기도를 드렸어. 어제도 드렸고, 오늘도 그랬어. 그랬더니 우리가 볼로디카를 보내야만 한다고 하셨어!"

"그럼요, 보내야만 하지요. 강아지도 아닌데 그 아이를 웅덩이에 던져서는 안 되죠!"

"잠깐, 기다려봐. 말 좀 해야겠어. 넌 정말 독설가야, 독설가! 좋아! 내 말은 이런 거야. 어쨌건 나는 볼로디카를 보낼 거야. 먼저 예브프락세유쉬카를 생각해야만 하고, 그다음이 그 아이를 키우는 거니까."

포르피리 블라디미르이치는 울리투쉬카를 쳐다보면서 그녀가 말대꾸를 좀더 많이 해줄 것을 기대하는 것 같았다. 하지만 그녀는 이 문제를 단순히, 심지어 냉소적으로 대했다.

"그러니까 제가 그 아이를 보육원으로 보내라는 건가요?" 그를 뚫어지게 바라보며 물어보았다.

"이런!" 이우두쉬카가 말했다. "너는 벌써 그렇게 마음먹었구먼, 수다쟁이야! 이런, 울리트카, 울리트카! 머릿속이 항상 바쁘게 움직이는군. 항상 지껄이고 수다를 떠는구먼. 그런데 어찌 그렇게 잘 알고 있지? 내가 보육원에 보낼 생각이 없을 수도 있는데? 어쩌면 내가 볼로디카를 위해 다른 것을 생각해낼 수도 있잖아?"

"그렇겠죠. 다른 것이라고 해도 나쁠 것은 없겠지요!"

"내 말이 그 말이야. 한편으로 보자면, 볼로디카가 가엾지만 또 달리 보자면, 생각을 좀더 해보자면 말이야, 집에서는 그 아이를 키울 수가 없으니까 말이야!"

"그렇죠. 사람들이 뭐라고 말할까요? '골로블료프 집의 낯선 저 아이는 어디서 왔단 말이야?'라고 하겠죠?"

"그것도 그렇고, 또 이런 문제도 있지. 집에서는 그 아이한테 이로울

게 아무것도 없단 말이야. 아이 엄마는 젊으니, 버릇없게 만들 게고, 나는 늙었으니 별 상관없지만 어미는 아마도 버릇없이 키울 거야. 이런저런 사정 때문에 아이를 때리지도 못하고 눈물지으며 큰소리만 칠 거야. 그러면서 내버려두겠지, 그렇지 않겠어?"

"맞습니다. 지겨워지겠지요."

"그렇지만, 난 우리 집안 모두가 잘되기를 바라. 그 아이, 볼로디카도 잘되기를 바라. 하느님께 충실하고, 황제께도 충신이 되기를 말이야. 만일 하느님이 그 아이를 농부가 되라고 축복 내리신다면, 농사를 지을 수 있어야 할 테고, 풀도 베고, 밭도 갈고, 장작도 팰 줄 알아야겠지. 조금씩 할 수 있어야 해. 그리고 또 다른 신분이 될 운명이라면, 수공업을 알아야 하고 과학을 알아야겠지…… 듣자하니, 그곳 출신 중에서도 어떤 아이들은 선생도 된다더군!"

"보육원에서 말이죠? 장군들도 나오겠죠!"

"장군이든 아니든 말이야…… 볼로디카는 유명인사가 될 수도 있어. 거기서는 교육을 훌륭하게 시키니까! 그건 내가 잘 알아. 침대는 깨끗하고, 보모들은 건강하지. 아이들이 입는 셔츠는 깨끗하고, 젖병이며 젖꼭지며, 기저귀도 모두 좋아!"

"사생아들에게 더 이상 좋을 수 없겠죠!"

"그러다가 시골 어디로 입양되면, 정말 다행이고! 어릴 때부터 노동을 익히게 될 테니까, 노동도 기도가 아닌가 말이야! 우리들은 진짜 정식으로 기도를 드리지! 성상 앞에 서서 성호를 긋고, 우리 기도가 하느님 들으시기에 흡족하시다면, 응답을 하시겠지. 그런데 농부는 노동을 한단 말이야! 어떤 농부는 정식으로 기도를 드리고 싶어 하지만, 축일에도 그럴 시간조차 없단 말이야. 하지만 하느님은 그의 노동을 보시고 우리 기도에 하시듯이 응답을 해주신다네. 모든 사람들이 궁궐에서 살 수는 없는 게고, 또 모두 무도회에서 놀 수는 없는 거야. 누군가는 오막살이집에서 살면서 땅을 일구고 또 일궈야 하는 거야. 그런데 행복은 어디 있는지 정말 모를 일이야. 어떤 사람은 궁궐에서 호화롭게 살면서도 금은보화 옆에서 눈물을 쏟는가 하면, 또 어떤 사람은 건초를 뒤집어쓰고 빵과 크바스만 먹으면서도 마음은 천국에서 살고 있으니 말이야! 내 말이 어때?"

"마음이 천국에 있는 게 제일 낫지요!"

"이봐, 이렇게 하자고. 너는 저 장난꾸러기 볼로디카를 데리고 가. 따뜻하고 편안하게 감싼 후 모스크바로 재빨리 데리고 가. 내가 두 사람을 위해 여행용 포장마차를 준비시키고 말 두 필을 매어놓을게. 길은 평평해졌고 파인 곳이나 바퀴자국도 없어졌어. 그러니 실컷 달려봐! 하지만 조심할 것이 있는데, 명예만은 훼손시켜서는 안 돼. 내 방식대로, 골로블료보 관습을 따라서, 내가 좋아하는 방식에 따라 해줘. 젖꼭지는 깨끗해야 하고, 젖병이며 속옷, 옷잇, 기저귀 끈, 기저귀, 이불은 모두 다 만족할 만한 상태로 해줘. 가져 가! 만일 주지 않으면 늙은 나를 귀찮게 하고 내게 불평을 털어놔! 그리고 모스크바에 도착하게 되면 여인숙에서 숙박하도록 해. 거기서 식사와 사모바르, 차를 달라고 해. 아, 볼로디카, 볼로디카! 이 무슨 불행이란 말이냐! 너와 헤어지는 것은 너무 마음이 아프지만, 달리 방법이 없구나. 하지만 너도 훗날에는 이 모든 결정이 유익했음을 깨닫고 오히려 감사할 것이다!"

이우두쉬카는 지혜로운 기도를 하겠다는 표시로 두 손을 약간 쳐들고 입술을 조금 떨었다. 그러면서도 그는 울리투쉬카를 힐끗 쳐다보았는데 그녀의 얼굴 경련에서 독기를 읽을 수 있었다.

"왜? 하고 싶은 말이라도 있는 거야?" 그가 물었다.

"아뇨, 없어요. 뻔한 말이지만, 그 아이가 은인을 찾을 수 있어야 감사할 수 있겠죠."

"아, 넌 정말 나쁜 여자야! 우리가 어떻게 증서도 받지 않고 그 아이를 거기 맡길 수 있겠나! 거기서 증서를 받아와! 증서가 있어야 우리가 후에 그 아이를 바로 찾을 수 있지. 잘 먹이고 잘 키워 똑똑하게 교육시키면, 우리는 증서를 갖고 그때 가는 거야. '우리 아이, 장난꾸러기 볼로디카를 제발 돌려줘요!' 그렇게 말할 거야. 증서가 있으면 우리는 그 아이를 바다 밑에서라도 낚아 올릴 거야. 내 말이 어때?"

그러나 울리투쉬카는 아무 대답도 하지 않았다. 하지만 아까보다 더 날카로운 독기가 얼굴에 번뜩였다. 포르피리 블라디미르이치는 참을 수 없었다.

"넌 독설가야, 독설가!" 그가 말했다. "마귀가 너와 같이 있구나, 쳇, 쳇, 쳇! 그래, 아무려나 내일 해가 뜨기 전에 볼로디카를 데리고 예브프락세유쉬카 모르게 모스크바로 재빨리 떠나도록 해. 보육원이 어디인지 알고 있지?"

"여러 번 다녀왔죠." 과거사를 암시하듯 짧게 대답했다.

"여러 번 가봤다니 이 일에 대해서는 전문가군. 출입구도 잘 알고 있겠구만. 조심해서 그 아이를 데려다놓고 그곳 분들에게 깎듯이 부탁하도록 해, 이렇게 말이야!"

포르피리 블라디미르이치는 일어나서 두 손이 땅에 닿도록 절을 해보였다.

"그 아이가 거기서 잘 지내도록 일을 대충 처리할 게 아니라 제대로 해야만 해! 그리고 증서를 꼭 받아 와. 잊지 말라고! 증서가 있어야 나중에 어디서라도 찾을 수 있으니까. 경비로 25루블 지폐 두 장을 주도록 할게. 난 다 알고 있어. 여기서도 찔러 넣어줘야지, 또 저기 가서도 돈을 줘야지. 아, 인간의 죄란! 우리 인간들은 달콤하고 좋은 것만 찾는단 말이야. 우리 볼로디카도 그래! 조그만 아이가 벌써 얼마나 많은 돈을 써버리는지!"

이 말을 마친 이우두쉬카는 성호를 긋고 울리투쉬카에게 절을 하면서 장난꾸러기 볼로디카를 잘 보살펴줄 것을 조용히 부탁했다. 사생아의 미래는 이처럼 간단한 방법으로 결정되었다.

* * *

이야기를 나눈 다음 날 젊은 산모가 아직 고열에 시달리며 헛소리를 하는 사이에 포르피리 블라디미르이치는 식당 창가에 서서 입술을 우물거리며 유리창에 십자가를 그었다. 앞뜰에서 볼로디카를 태운 여행용 포장마차가 나갔다. 마차는 언덕 위로 올라가 성당과 나란히 보이더니 왼쪽으로 돌아 마을에서 사라졌다. 이우두쉬카는 마지막으로 성호를 긋더니 한숨을 내쉬었다.

"지난번에 신부님이 해빙에 대해 말했지만," 그는 혼잣말을 이어갔다. "하느님은 해빙 대신에 강추위를 보내셨어! 강추위도 보통이 아냐. 우리는 항상 이렇다니까. 우리는 몽상을 하고 공중누각을 쌓으며 지식을 뽐내고 하느님보다도 위에 올라가려 하지만, 하느님은 단번에 우리들의 거만함을 아무것도 아닌 것으로 만드신다 말이야!"

제6장
상속인이 없는 남자

이우두쉬카의 고통이 시작된 것은 그가 지금까지 그토록 지껄이기 좋아했던 헛소리의 저장고가 바닥을 보였을 때부터였다. 주위의 모든 것이 텅 비어갔다. 어떤 사람은 죽었고, 또 다른 사람은 떠났다. 안닌카마저도 정처 없이 떠도는 여배우의 비참한 미래에도 불구하고 골로블료보의 편안한 삶의 유혹에 빠지지 않았다. 예브프락세유쉬카만이 남았다. 그녀는 얘깃거리가 한정되어 있기도 했지만 정신적인 충격을 받고 그것을 겉으로 그대로 드러내 이우두쉬카의 좋았던 시절이 이미 지났으며 이제는 영영 돌이킬 수 없을 거라고 확실히 알려주었다.

지금까지 예브프락세유쉬카는 의지할 데가 전혀 없었기에 포르피리 블라디미르이치는 아무 거리낌 없이 그녀를 괴롭힐 수 있었다. 덜 떨어진 지능과 타고난 연약한 성격 탓에 그녀는 괴롭힘을 당한다는 것도 자각하지 못했다. 그녀는 이우두쉬카가 쓴소리를 지껄일 때면 무심히 눈을 바라보면서 딴생각을 하곤 했다. 하지만 이제 그녀는 불현듯 뭔가를 깨달았으며, 그 결과 아직 스스로 자각하지는 못했지만 극복할 수도 돌이킬 수도 없는 악의에 찬 혐오감을 품게 되었다.

　골로블료보에서 포고렐카의 아가씨가 머물렀던 일은 예브프락세유쉬카에게 깊은 인상을 남겼다. 예브프락세유쉬카는 안닌카와 무심코 나눈 얘기들이 그녀에게 어떤 아픔을 주었는지 전혀 짐작하지 못했지만, 자기 자신은 내심 매우 당황했다. 예전에 그녀는 포르피리 블라디미르이치가 사람들을 만나기만 하면 왜 그들이 도저히 반박할 수도, 참고 있을 수만도 없는 고통을 안겨주는 말의 그물로 그들을 얽어매는지 그 이유가 궁금하지 않았다. 이제야 그녀는 이우두쉬카가 엄밀한 의미에서 대화하는 것이 아니라, '폭정을 행하는' 것이며, 따라서 이제는 그를 '포위해서' 그도 '주제를 알' 때가 되었음을 느끼게 해주어야 한다는 것을 분명히 깨닫게 되었다. 그래서 그녀는 그의 끝없는 수다를 주의 깊게 듣기 시작했고 그 속에서 깨닫게 된 단 한 가지 사실은, 이우두쉬카가 그녀를 귀찮게 굴며 약을 올리면서 성가시게 한다는 점이었다.

　'그래, 아가씨가 말하기를 그는 자기가 무슨 말을 하는지도 모르는 것 같다고 했어.' 그녀는 속으로 생각했다. '아냐, 그 사람 안에는 악의가 살아 움직이고 있어. 의지할 데 없는 사람을 골라 마음대로 조종하려는 거야.'

　하지만 이것은 아직 부차적인 상황이었다. 중요한 것은 안닌카가 골로블료보에 온 것으로 인해 그가 예브프락세유쉬카의 젊은 본능을 충동질했다는 점이다. 지금까지 그녀의 본능은 속에서 가물거릴 뿐이었는데, 이제는 뜨겁게 불길로 타올랐다. 전에는 무관심하게 대했던 일들 중 많은 부분을 이해하게 되었다. 예를 들어, 안닌카가 왜 골로블료보에 남아 있기를 거부했고, '무서워!'라고 털어놓았는지 그 이유를 알게 되었다. 왜 그랬겠는가? 그녀는 젊었고 '살고 싶었기' 때문이다. 그런데 예브프락세유쉬카, 그녀도 마찬가지로 젊었다…… 그렇다. 젊었다! 젊음은 그녀 안에서 굳어 있는 것처럼 보였다. 하지만 때때로 젊음은 불쑥불쑥 나타나곤 했다. 부르고 유혹하며 사라졌다가 나타나기도 했다. 그녀는 이우두쉬카와 잘되리라 기대했지만, 이제 일이 이렇게 된 것이다. '아, 당신은 늙고 시들었어! 그런데 내 옆에서 어슬렁거리니!' 다른 사람과 산다면 얼마나 좋겠는가, 그것도 진짜 젊은 남자와 말이다! 서로 껴안고 뒹굴면서 사랑스런 그 남자가 키스하고 애무해주면서 내 귀에 대고 달콤한 말을 속삭여준다면! 이봐, 자기는 소중한 보석이야! 라고 말이야. '아, 저주받을 괴물 같으니라고! 그 놈이 늙어빠진 자기 뼈다귀로 사람을 유혹하겠다고! 포고렐카 아가씨한테도 애인은 있을 거야! 틀림없이 있어! 그렇기 때문에 그녀는 꼬리를 감추고 훌쩍 떠났던 거야. 그런데 나는 여기 사방이 꽉 막힌 데 앉아 저 늙은이 머리에 무슨 생각이 떠오르기만 기다리고 있으니!'

물론 예브프락세유쉬카는 자신의 분노에 대해 바로 말하지는 않았다. 하지만 일단 들어선 길에서 결코 멈추지 않았다. 트집거리를 찾아내며 지난날을 돌이켜보았다. 이우두쉬카가 그녀의 내부에서 검은 생각이 무르익어간다는 것을 의심도 하기 전에 그녀는 조용히, 그러나 끊임없이 자기 자신을 증오로 불태워갔다. 처음에는 '저 사람 때문에 괴롭다' 같은 흔히 하는 불평불만이었지만, 그다음에는 비교를 하게 되었다. '마줄리노의 팔라게유쉬카는 영지 관리인 집에 사는데, 아무 일도 하지 않으면서 비단옷을 입고 지낸다네요. 가축우리에도 가지 않고 창고에도 안 간다죠. 자기 방에 앉아서 구슬로 수만 놓는다고 해요.' 모든 비난과 항의는 다음과 같은 똑같은 울음으로 끝을 맺곤 했다.

"난 정말이지 당신이 지긋지긋하도록 싫어, 가슴이 다 타버렸어. 속이 다 타버렸다고!"

여기에 덧붙여진 또 다른 동기는 싸움을 일으킬 만큼 트집거리가 되는 특별한 것이었다. 그것은 출산과 아들 볼로디카를 보낸 사건이었다.

아기가 없어졌을 때 예브프락세유쉬카는 왜 그런지 이 일을 무덤덤하게 받아들였다. 포르피리 블라디미르이치는 신생아를 선량한 사람들의 손에 넘겼다는 말만 던진 뒤 그녀를 위로해주기 위해 새로 산 스카프를 선물했다. 그 후 일은 또다시 예전처럼 흘러갔다. 예브프락세유쉬카는 마치 실패한 모성애를 만회하려는 듯이 예전보다 더 열심히 사소한 집안일에 몰두했다. 그렇지만 예브프락세유쉬카의 모성애가 천천히 지속적으로 뜨거워졌는지 혹은 단순한 변덕으로 뜨거워졌는지는 알 수 없지만, 하여튼 볼로디카에 대한 회상이 갑자기 되살아난 것은 사실이다. 예브프락세유쉬카가 새롭고 자유로우며 구속받지 않는 그 어떤 것을 느꼈을 때였으며, 골로블료프의 집과는 전혀 다른 삶이 있다는 것을 느꼈던 바로 그때였다. 그녀는 트집 잡을 절호의 기회를 놓치지 않았다.

"이런, 그가 무슨 짓을 저질렀단 말인가! 어린아이를 뺏더니 마치 강아지 새끼마냥 웅덩이에 빠뜨렸어!" 그녀는 격한 감정으로 말했다.

그녀는 차츰 이런 생각에 사로잡혔다. 다시 아들과 함께 있고 싶다는 뜨거운 열망을 스스로 키우게 되었고, 열망이 집요하게 타오르면 타오를 수록 포르피리 블라디미르이치를 미워하는 마음은 더 커져만 갔다.

"최소한 지금 위안이라도 받고 있을 텐데! 볼로댜! 볼로듀쉬카! 내 아들아! 넌 어디에 있단 말이냐! 아마도 시골 아낙네한테 떠밀려갔겠지! 아, 천벌 받을 나리들은 망하는 법도 없구나! 아이들을 만들어내서는 개새끼 버리듯 구멍에다가 갖다 버리는구나. 아무도 책임지지 않고서 말이야. 그때 차라리 내 목을 칼로 찔러버렸으면 지금 이렇게 모욕당하지는 않을 텐데!"

증오심이 생겼으며, 그를 화나게 만들고 괴롭혀 그의 삶을 파괴하고 싶다는 욕망이 일어났다. 모든 전쟁 중에서 가장 참을 수 없는 전쟁, 생트집을 잡고 약을 올리며 모욕을 주는 전쟁이 시작되었다. 하지만 바로 그런 전쟁이야말로 포르피리 블라디미르이치를 쓰러뜨릴 수 있었다.

* * *

어느 날 아침 차를 마시다가 포르피리 블라디미르이치는 매우 불쾌해졌다. 보통 그는 이 시간이 되면 고름 같은 말 덩어리를 쏟아내곤 했다. 그러면 예브프락세유쉬카는 찻잔을 손에 들고 말없이 귀를 기울이면서 설탕을 입에 문 채 간간이 콧김을 불곤 했다. 그런데 이날은 그가 자신의 생각을 전개시키려고 했을 때(이날 아침에는 차와 함께 따뜻하고 신선한 빵이 나왔다), 즉 빵에는 여러 가지가 있다는 것, 우리가 먹는 눈에 보이는 빵은 몸을 지탱해주고, 눈에 보이지 않는 빵은 영혼의 빵으로 영혼을 유지해준다는 말씀을 전개하려 했을 때, 예브프락세유쉬카가 아주 무례하게 그의 헛소리를 가로막았다.

"마줄리노의 팔라게유쉬카는 잘산다고 하더군요!" 창 쪽으로 몸을 돌린 그녀는 한쪽 다리를 다른 쪽에 포갠 채 무례하게 흔들면서 말을 꺼냈다.

이우두쉬카는 예상치 못한 그녀의 말로 움찔했지만, 처음에는 거기에 특별한 의미를 두려고 하지 않았다.

"만일 우리가 눈에 보이는 빵을 오랫동안 먹지 않는다면," 그가 말을 계속했다. "육체는 배고픔을 느낄 것이고, 오랫동안 영혼의 빵을 먹지 않는다면……"

"팔라게유쉬카는 잘산다고 하더군요!" 예브프락세유쉬카가 또다시 말을 가로막았는데, 이번에는 무슨 목적이 있어 보였다.

포르피리 블라디미르이치는 놀란 눈으로 그녀를 바라보았지만, 불쾌한 일을 예감했는지 질책하고픈 마음을 꾹 참고 입을 다물었다.

"팔라게유쉬카가 잘산다면, 그렇게 살라지 뭐!" 그는 짤막히 대답했다.

"그 여자의 나리는," 예브프락세유쉬카는 흥분해서 말했다. "그 여자에게 불쾌한 짓도 하지 않고 일도 시키지 않는대요. 그런데도 그 여자는 비단 옷만 입고 다닌다는군요!"

포르피리 블라디미르이치는 한 번 더 놀랐다. 예브프락세유쉬카의 말은 전혀 앞뒤가 맞지 않아 이런 경우 어떻게 대응해야 할지 도무지 알 수 없었다.

"그 여자 옷은 매일 달라진다는군요." 예브프락세유쉬카는 마치 잠꼬대하듯이 말했다. "오늘은 이 옷, 내일은 또 다른 옷을 입고 축일에는 특별복도 입는다죠. 성당에 갈 때는 사두마차를 타고 가는데, 그 여자가 먼저 가고 나리가 간다는군요. 사제는 사두마차를 보면 바로 성당종을 치기 시작한다는군요. 나리가 그녀와 시간을 보내고 싶다고 하면 그녀는 나리를 자기 방에 부르고, 그렇지 않으면 하녀와 함께 이야기를 하거나 구슬로 수를 놓는다는군요."

"그래서?" 마침내 포르피리 블라디미르이치가 정신을 차리고 말했다.

"제가 말하는 건 팔라게유쉬카의 생활은 참 좋다는 거죠."

"그럼 네 생활은 나쁘다는 거야? 넌 정말 만족할 줄 모르는구나."

여기서 예브프락세유쉬카가 침묵했다면, 포르피리 블라디미르이치는 틀림없이 자기 말을 방해한 데 대한 온갖 바보 같은 암시들이 가라앉아 있는 헛소리를 끊임없이 내뱉었을 것이다. 그렇지만 예브프락세유쉬카는 잠자코 듣고만 있을 것 같지 않았다.

"무슨 말이세요!" 그녀는 발끈했다. "내 생활도 나쁜 건 아니죠! 싸구려 옷은 입고 다니지 않으니 다행이지요! 작년에 사라사 옷 두 벌을 5루블씩 주고 샀더랬지요."

"모직물 옷은 잊었는가? 얼마 전에 사준 스카프는 어쩌고? 이런!"

대답 대신에 예브프락세유쉬카는 찻잔을 들고 있던 손을 탁자에 올리고 이우두쉬카를 경멸에 찬 눈으로 슬쩍 쳐다보았는데, 그런 눈빛이 낯설었던 그는 기분이 나빴다.

"하느님은 배은망덕을 어떻게 벌하시는지 너는 알고 있겠지?" 약간 주저하듯 더듬거리며 말하면서도 하느님을 상기시켰으니 까닭도 없이 정신 사나운 이 여편네를 교육시킬 수 있으리라 기대했다. 그러나 예브프락세유쉬카는 아무런 동요 없이 오히려 그의 말을 잘랐다.

"아뇨, 엉뚱한 말씀 마세요! 하느님을 끌어들일 필요는 없어요!" 그녀의 말이었다. "내가 애도 아니고! 됐어요! 그만큼 나를 지배하고 괴롭혔으면 이젠 됐어요!"

포르피리 블라디미르이치는 입을 다물었다. 앞에 놓인 찻잔은 식어갔지만 입도 대지 않았다. 얼굴은 창백해졌고 입술은 약간 떨렸다. 경멸하는 웃음을 지으려 했지만 뜻대로 되지 않았다.

"이건 안뉴트카*가 꾸민 짓이야! 교활한 그 년이 당신을 부추긴 거야!" 겨우 이렇게 말은 했지만, 자기도 정확히 무슨 말을 하고 있는지 몰랐다.

---

* 안넌카의 애칭.

"그게 무슨 짓인데요?"

"네가 나와 이야기 나누기 시작한 거 말이야. 그 아이야, 걔가 가르친 거야. 그 밖에 누가 그랬겠어!" 포르피리 블라디미르이치는 흥분했다. "이것 보라고, 아무런 이유도 없이 갑자기 비단 스카프를 원하잖아! 염치도 없는 것 같으니라고, 너 같은 신분에 비단 스카프를 걸치고 다니는 게 누군지 알아?"

"말해봐요, 나도 알아야겠으니!"

"가장 방탕한 것들이지. 걔네들만이 그러고 다닌다니까."

그렇지만 예브프락세유쉬카는 이 말을 듣고도 전혀 거리낌 없이, 오히려 뻔뻔스럽게 이유를 따지며 대들었다.

"그 여자들이 왜 방탕하다는 건지 알 수 없군요. 나리들이 원한다는 걸 아시죠? 어떤 나리가 우리 같은 여자를 사랑하겠다고 원하면 그 여자는 나리와 살게 되는 거잖아요! 우리도 기도를 드리는 게 아니라 마줄리노 나리가 하는 짓을 똑같이 하는 거지요."

"아, 너, 너는! 쳇! 쳇!"

포르피리 블라디미르이치는 너무나 뜻밖이라 얼굴이 창백해졌다. 흥분한 정부를 뚫어지게 쳐다보는 그의 가슴에서는 쓸데없는 헛소리가 들끓어 올랐다. 하지만 헛소리로 사람을 제압할 수 없는 때가 있을 수 있다는 생각이 난생처음으로 어렴풋이 들었다.

"에이, 이 사람아! 너랑은 오늘 더 이상 얘기 못하겠다!" 그는 자리에서 일어나며 말했다.

"오늘도 내일도 나를 붙잡고 얘기하지 마세요. 나를 그만큼 괴롭혔으면 됐죠. 나는 충분히 나리 얘기를 들어줬으니 이젠 나리가 제 말을 좀 들어보세요."

포르피리 블라디미르이치는 주먹을 움켜쥐고 그녀에게 달려들 뻔했다. 하지만 그녀가 워낙 단호하게 가슴을 앞으로 내밀었기에 흠칫 놀랐다. 성상 쪽을 향해 두 손을 들어 올리고 입술을 떨더니 조용한 걸음걸이로 허둥거리며 서재로 들어갔다.

이날은 종일토록 기분이 나빴다. 앞날에 대한 구체적인 두려움은 갖고 있지 않았지만, 그의 일상적인 생활사에서는 전혀 찾을 수 없었던 이런 일이 벌어졌다는 것과 아무런 벌도 주지 않고 지나갔다는 점 때문에 흥분했다. 그는 점심때도 나오지 않았으며, 몸이 아픈 척 짐짓 낮고 힘없는 목소리를 지어내며 서재로 식사를 가져오라고 시켰다.

저녁에는 난생처음 조용히 혼자 차를 마신 후 습관대로 기도를 드리기 위해 일어났다. 잠자기 전 으레 올리는 기도를 입으로 중얼댔지만 아무런 소용이 없었다. 흥분 때문에 기도하는 모양새도 취할 수 없었다. 쓸데없이 끈질긴 불안이 그의 온몸을 감쌌으며, 골로블표프 집안의 구석구석에서 여전히 울려 나오는 하루를 정리하는 희미한 소리에 저도 모르게 귀를 기울였다. 그러다가 벽 너머 어디에선가 마지막 절망적인 하품 소리가 들리고 뒤이어 모든 것이 마치 바다 어딘가로 깊이 가라앉은 듯 잠잠해졌을 때, 그는 더 이상 참을 수가 없었다. 살금살금 몰래 복도를 따라 허둥대며 걸어가 예브프락세유쉬카의 방에 다가가서는 귀를 방문에 대고 엿들어보았다. 예브프락세유쉬카는 혼자 있었는데 하품 소리와 "하느님, 은혜로운 주님, 성모님!" 하는 말소리만 들렸다. 동시에 손으로 허리를 긁는 소리도 들렸다. 포르피리 블라디미르이치는 문손잡이를 잡아당겼지만 잠겨 있었다.

"예브프락세유쉬카! 안에 있어?" 그가 소리쳤다.

"여기 있지만, 당신을 위해서 있는 건 아닙니다!" 그녀의 대답이 너무 퉁명스러웠기에 이우두쉬카는 잠자코 서재로 물러나왔다.

이튿날 또 다른 이야기가 뒤따랐다. 예브프락세유쉬카는 포르피리 블라디미르이치에게 모욕을 주기 위해 일부러 아침 차 마시는 때를 골랐다. 그녀는 그의 모든 헛소리가 아주 정확히 배분되어 있으며, 아침 시간이 흐트러지면 종일 불안해하고 고통스러워한다는 것을 마치 냄새 맡듯 느끼는 것 같았다.

"다른 사람들은 어떻게 사는지 좀 보았으면, 내 눈으로 살펴보았으면 좋겠어요!" 그녀는 수수께끼처럼 말을 시작했다.

포르피리 블라디미르이치는 얼굴을 찡그렸다. '시작이군!' 이렇게 생각하고는 앞으로 무슨 말을 할지 조용히 기다렸다.

"정말이지 젊은 애인이랑은 어떻게 지내는지! 둘이서 방 안을 거닐며 서로서로 정신없이 바라보겠지요! 남자는 여자를 욕하지도 않을 것이고, 여자도 남자한테 대들지 않겠죠. '사랑하는 이여' '내 사람아' 이런 말만 오가겠죠. 얼마나 정겨우며, 고상한 일일까요!"

특히 이 말이 포르피리 블라디미르이치의 귀에 거슬렸다. 비록 그가 어쩔 수 없이 간음을 하긴 했지만, 연애질로 시간을 보내는 일은 악마의 유혹이라고 여기고 있었다. 그러나 이번에도 소심하게 행동했다. 더욱이 그는 몇 분전부터 사모바르에서 천천히 끓고 있는 차를 마시고 싶었지만, 예브프락세유쉬카는 차 따를 생각은 하지도 않았다.

"물론 우리 같은 여자들 가운데는 어리석은 것들이 많지만," 그녀는 앉은 의자를 뻔뻔스럽게 흔들며 탁자를 두드리면서 말했다. "어떤 여자는 사라사 옷을 온몸에 걸치고, 또 어떤 여자는 아무런 이유도 없이 몸을 망치고 말죠! 크바스며 오이는 얼마든지 마시고 먹으라고 말들 하지요! 결국 그런 것들로 유혹당하는 거지요."

"설마 이익 때문에 그럴까……" 포르피리 블라디미르이치는 조심스레 말을 꺼내며 이미 끓고 있는 주전자 쪽으로 눈길을 두고 있었다.

"누가 그딴 이익 때문이래요? 나는 이기주의자가 아니란 말이에요!" 갑자기 예브프락세유쉬카는 그에게 몸을 돌리며 말했다. "아마 빵조각이 아까워졌나보군요! 빵조각 때문에 비난하는 거죠?"

"비난하는 게 아니라 그냥 말을 해보는 거야. 내 말은 사람은 한 가지 이익 때문이 아니라……"

"그냥 말을 해보는 거라고요? 말씀은 하시되 쓸데없는 말은 하지 마세요! 참, 나 원! 내가 이익을 보려고 일을 한다니! 그럼 한 번 물어봅시다. 내가 당신 집에서 무슨 이득을 취한단 말입니까? 크바스와 오이 이외에 또 뭐가 있나요?"

"크바스와 오이만 있는 게 아니지……" 포르피리 블라디미르이치는 참지 못하고 말했다.

"그러면 또 뭐가 있나요? 말해보시죠. 뭐가 또 있죠?"

"매달 니콜라로 밀가루 네 자루씩 보내주는 건 누구지?"

"그래 네 자루 맞아요! 또 뭐가 있죠?"

"곡물, 식물성 기름, 또 말하자면 온갖……"

"그래 곡물, 식물성 기름이랑…… 부모님한테 보내주는 게 아까워졌다는 말씀이군요! 정말이지 당신이란!"

"아깝다고 말 안 했어. 그런데도 네가……"

"내 잘못이란 말이군요! 당신한테 잔소리를 듣지 않고는 빵 한조각 얻어먹지 못하는데도 내 잘못이라는군요!"

예브프락세유쉬카는 더 이상 참지 못하고 눈물을 흘렸다. 이러는 동안에 차는 주전자에서 계속 끓고 있었기에 포르피리 블라디미르이치는 격정이 되었다. 그래서 그는 겨우 참으며 조용히 예브프락세유쉬카에게 다가가 그녀의 등을 다정하게 두드렸다.

"그래, 좋다고, 차나 좀 따르지……, 울지 말고!"

하지만 예브프락세유쉬카는 두세 번 더 흐느껴 울더니만 입술을 내밀고 멍한 눈으로 허공을 바라보고 있었다.

"방금 넌 젊은 애인에 대해 말했지?" 그는 자기 목소리에 애정 어린 어조를 담으면서 말을 이어갔다. "이봐 우리도 그렇게 늙은 건 아니야!"

"뭔 소리예요! 저리 가요!"

"그렇다니까! 너도 알다시피 내가 관청에서 근무할 때 말이야, 국장이 내게 자기 딸을 시집보내려고 했어!"

"틀림없이 썩은 냄새가 나고 비뚤어진 여자였을 거야!"

"아니, 괜찮은 아가씨였지. 「어머니, 제게 옷 지어줄 필요 없어요」라는 노래를 불러줬는데, 잘 부르더군! 잘 불렀어!"

"그녀는 그렇다손 치더라도, 코러스는 나빴겠지요!"

"아니, 내가 보기에는……"

포르피리 블라디미르이치는 이해할 수 없었다. 그는 비열한 짓을 하는 것도 싫지 않았기에 자기가 신랑이 될 수도 있었다는 걸 보여주고 싶었다. 그런 생각이 있었기에 그는 온몸을 우스꽝스럽게 흔들기 시작하더니 급기야는 예브프락세유쉬카의 허리를 껴안으려고 했다. 하지만 그녀는 그가 내민 손을 드세게 밀치며 화가 나 소리쳤다.

"내 진짜 말하지만, 비켜 이 집 귀신아! 안 그러면 끓는 물을 부을 테야! 난 당신의 차도 필요 없고, 아무것도 필요 없어. 당신이 생각해낸 거라고는, 빵조각으로 날 비난하기 시작한 거야. 난 여기서 나갈 거야. 정말로 가버릴 거야."

그러더니 그녀는 정말 문을 쾅 닫고 포르피리 블라디미르이치 혼자 식탁에 남겨두고 나가버렸다.

이우두쉬카는 당황했다. 자기가 직접 차를 따르려고 했지만, 손이 떨려 하인을 불러야만 했다.

"아냐, 이렇게 해서는 안 돼! 어떻게 해서든지 이 일을 바로잡고 생각 좀 해봐야겠어!" 그는 흥분하여 중얼거리면서 식당에서 왔다갔다했다.

하지만 그는 '바로잡거나' '생각 좀 해'볼 형편이 되지 못했다. 그는 생각을 할 때 어떤 난관에도 부딪치지 않고 한 가지 환상적인 대상에서 다른 것으로 뛰어넘어가는 데 너무나 익숙해져 있었기에, 일상적인 현실의 가장 단순한 사실도 갑작스러운 것으로 여겨졌다. 그가 '생각 좀' 하려고만 하면, 사방에서 온갖 잡동사니가 무리지어 나타나 그를 에워싸고는 현실로 향하는 빛을 닫아버리곤 했다. 게으름과 지적·도덕적 결핍증에 걸려 있었다. 그렇게 해서 그는 현실의 삶에서 환상의 부드러운 잠자리로 이끌려왔다. 그는 환상을 한 곳에서 다른 곳으로 옮길 수도 있었으며, 어떤 것은 빠뜨릴 수도 또 어떤 것들은 내세울 수도 있었으니, 한 마디로 말하자면, 그가 원하는 대로 환상을 조정할 수 있었다.

그리고 그는 다시 하루 종일 혼자 지냈다. 예브프락세유쉬카가 이번에는 점심 먹을 때와 저녁 차 마시는 시간에도 나오지 않았는데, 그녀는 마을의 사제관에 놀러가서 저녁 늦게 돌아왔기 때문이다. 그는 아무 일도 할 수가 없었다. 왜냐하면 망상도 한동안은 그를 사로잡지 못했기 때문이다. 다만 어떻게 해서든지 '바로잡아야 한다'는 생각에서 벗어날 수 없었다. 그는 실없는 계산을 할 수도, 기도를 드릴 수도 없었다. 명확히 어떤 병인지 알 수는 없었지만, 그것이 자신에게 다가오고 있음을 분명히 느끼고 있었다. 여러 번 창문 앞에 멈춰 서 흔들리는 생각을 어디에든 붙들어

매고 기분전환을 하려고 했지만 모든 게 허사였다. 창밖에는 봄이 시작되었지만, 나무는 헐벗었고 새싹은 아직 돋아나지 않았다. 멀리 보이는 검은 들판에는 낮은 지대와 좁은 길에 아직 남아 있는 잔설로 곳곳이 얼룩덜룩하게 보였다. 길은 온통 진창길이 되었고, 웅덩이는 반짝였다. 그러나 이 모든 것을 그물망을 통해 보는 것 같았다. 문이란 문은 죄다 열려 있었지만, 습기 찬 헛간 근처에는 사람이 다니지 않았다. 멀리서 문 여닫는 소리와 온갖 소리가 끊임없이 들리고 있었지만, 집 안에는 불러도 대답할 만한 사람이 아무도 없었다. 이럴 때 투명인간이 되어 그에 대해 하인들이 뭐라고 말하는지 들어보면 좋을 텐데! 비열한 녀석들이 그의 선행을 보고 자비심을 알아줄까? 아니면 오히려 험담을 하고 있을까? 그들은 아침부터 저녁까지 목구멍에 집어넣어줘도 계속 부족하다며, 간에 기별도 안 간다고 불평하지 않았던가. 새 나무통에 오이를 넣어둔 것이 얼마 전의 일인 것 같은데 그런데도 벌써…… 이 사실을 잊어버릴 만하면 나무통에 오이가 얼마나 남았는지 또 앞으로 얼마나 필요할지 계산을 하게 되고, 한 사람 앞으로 오이가 몇 개 돌아가는지 대충 생각해보면 현실 앞에서 머리가 아득해지고 단번에 그의 계산은 뒤집혀지곤 했다.

'참 나 원! 얘기도 안 하고 갔어!' 이러면서 두 눈은 멀리 사제관을 찾으려고 애썼다. 틀림없이 예브프락세유쉬카는 이 순간 그곳에서 참새처럼 지저귀고 있을 것이다.

점심식사가 준비되자 포르피리 블라디미르이치는 식탁에 혼자 앉아 멀건 수프를 먹었다(그는 아무 것도 들어 있지 않은 수프는 참을 수 없었지만, 오늘 그녀는 그것을 시켜놓았다).

'사제는 그 여자가 불청객으로 와서 미워 죽을걸! 쓸데없이 먹을 걸 줘야 하니 말이야. 수프나 죽이나 또 어쩌면 고기까지 그 여자한테 손님 대접으로 줘야 할 테니까!' 이런 생각이 들었다.

또 환상이 발동하여 망각 상태에 빠져 꿈꾸는 것처럼 행동했다. 수프는 몇 숟가락이나 먹을 것이며, 죽은 또 얼마나 먹고 있을까? 사제와 그의 안주인은 예브프락세유쉬카가 찾아온 것을 두고 뭐라고 말하고 있을까? 또 그들은 속으로 그 여자를 어떻게 욕하고 있을까? 이 모든 일, 그들이 먹으면서 말하는 것과 그의 머릿속에서 상상하는 이 모든 일들이 마치 눈앞에서 살아 움직이는 것처럼 생생했다.

'접시 하나를 앞에 놓고 같이 먹고 있을 거야. 여기서 나가더니 맛있는 걸 얻어먹을 수 있는 데를 혼자 찾았단 말이지! 밖은 더러운 진창길이라서 금방 곤경에 처할 거야! 너덜너덜해진 치맛자락을 끌고서 곧 올 거야. 에이, 망할 년! 어떻게 조취를 취해야만 해……'

그러고는 항상 그랬듯이 생각이 갑자기 멈췄다. 점심식사 후 습관대로 낮잠을 자려고 누웠지만, 이리저리 뒤척이다가 지쳐버렸다. 예브프락세유쉬카는 날이 어둑해진 후에야 집으로 돌아왔다. 몰래 자기 자리에 들어갔기에 그는 알지 못했다. 그녀가 돌아오면 반드시 알려달라고 하인들에게 말해두었지만, 하인들은 마치 서로 약속이나 한 것처럼 침묵으로 일관했다. 이우두쉬카는 다시 그녀의 방 앞에 가서 문을 열려고 했지만, 이번에도 문이 잠겨 있었다.

삼 일째 되는 날 아침, 예브프락세유쉬카는 차를 마시려고 나오긴 했지만, 화가 더 치솟아 올라 속사포처럼 말했다.

"나의 볼로듀쉬카는 어디 있나요?" 목소리에 짐짓 눈물 어린 어조를 담아 말을 꺼냈다.

포르피리 블라디미르이치는 이 말에 몸이 굳어버렸다.

"내 새끼가 어디서 얼마나 고생을 할까! 한번 보기라도 해야 하는데!

어쩌면 벌써 죽었을 수도 있겠네…… 맞아!"

이우두쉬카는 기도문을 중얼거리느라고 입술을 떨었다.

"우리 집은 다른 집과는 모든 게 달라요! 마줄리노 영지의 팔라게유쉬카는 딸애를 낳았는데, 아기에게 좋은 옷을 입히고, 장밋빛 침구를 장만해줬대요. 아이 엄마에게는 사라판과 머릿수건을 많이도 해줬다는군요. 그런데 여기서는, 에이, 당신이라는 사람은!"

예브프락세유쉬카는 머리를 창문 쪽으로 휙 돌리고 한숨을 크게 내쉬었다.

"지주들은 죄다 저주받을 인간이라는 말이 맞아요! 아이들은 많이 낳게 하지만, 강아지처럼 늪에 가져다 버린다 말이에요. 슬퍼하지도 않죠. 누구에게도 책임을 지지 않으려 하는 것이 마치 하느님이 자기들에게는 없다는 식이죠. 늑대도 그런 짓은 안 하는데!"

포르피리 블라디미르이치는 속이 온통 뒤집히는 것 같았다. 그는 한참 참다가 결국에는 이렇게 중얼거렸다.

"그런데 네게는 새로운 습관이 생겼구나! 삼 일 내내 나는 네 불만을 듣고 있단 말이다."

"습관이라고요? 그래 습관이라고 해두죠. 당신 혼자만 말할 수 있는 건 아니죠. 다른 사람들도 말할 수 있지 않을까요? 그렇지요! 사생아가 태어났는데, 그 아이에게 무슨 짓을 했나요? 아마 시골 아낙네의 오두막집에서 죽어가도록 했겠지요. 내팽개쳐둔 채 먹을 것도 입을 것도 주지 않고서…… 아마 더러운 자리에 누워 망가진 젖꼭지나 빨고 있겠지!"

그녀는 흘러내리는 눈물을 목도리 끝자락으로 훔쳐냈다.

"당신과 함께 지내는 일이 무섭다고 한 포고렐카 아가씨의 말이 맞았어요. 정말 무섭군요. 만족도 없고, 즐거움도 없으며 오직 음모만 있을 뿐이에요. 감옥에 갇혀 사는 게 이보다는 낫겠어요. 그래도 내게 지금 아기만 있다면 즐거움을 볼 텐데. 참 나 원, 있던 아기를 빼앗겼으니!"

포르피리 블라디미르이치는 앉아 있던 자리에서 괴로운 듯 머리를 흔들었는데, 마치 궁지에 빠진 것처럼 보였다. 가끔씩 가슴에서 신음 소리도 터져 나왔다.

"아, 힘들군!" 마침내 그가 말을 뱉었다.

"힘든 게 뭐가 있어요! 수확이 좋지 않다고 하녀가 자책하는 것에 불과한데! 그래, 난 모스크바에 다녀오겠어요. 잠시라도 볼로디카를 보고 싶어요. 볼로디카! 볼로덴카! 우리 아가! 나리, 내가 모스크바에 다녀와도 되겠죠?"

"갈 필요 없어!" 포르피리 블라디미르이치는 낮은 소리로 대답했다.

"아뇨, 갔다 오겠어요. 허락받을 필요도 없고, 그 누구도 막을 수 없어요. 왜냐하면 나는 아이 엄마니까요!"

"네가 어떻게 애 엄마야? 넌 방탕한 여자야, 넌 그런 여자라고!" 포르피리 블라디미르이치는 마침내 폭발했다. "말해봐, 너는 내게서 뭘 원하는 거야?"

예브프락세유쉬카는 이런 질문은 전혀 예상치 못한 듯싶었다. 그녀는 이우두쉬카를 조용히 응시했는데, 이는 마치 그가 뭘 원하는지 생각해보는 것 같았다.

"그렇군요! 이제는 나를 방탕한 여자라고 부르는군요!" 그녀는 소리치며 눈물을 쏟았다.

"그래, 방탕한 여자라고! 창녀야, 창녀! 에이, 에이!"

포르피리 블라디미르이치는 정신이 나간 것처럼 자리에서 벌떡 일어나 뛸 듯이 식당에서 나갔다.

이것이 그가 보여주었던 마지막 에너지의 폭발이었다. 이후 그는 웬일인지 살이 빠지고 멍해졌으며 겁도 많아졌다. 반면 예브프락세유쉬카는 끝없이 그를 귀찮게 굴었다. 그녀에게는 한 가지 큰 힘이 있었는데, 그것은 아둔한 고집이었다. 이 힘은 늘 한 가지, 약 올리고 삶을 추접스럽게 만드는 것만을 목표로 했기 때문에, 때때로 그녀는 무섭게 보였다. 식당은 그녀에게 차츰 좁은 무대가 되었다. 그녀는 서재에 밀고 들어가 거기서 이우두쉬카를 덮쳤다(이전에는 나리가 '일하고 있을 때'는 그곳으로 들어갈 엄두도 내지 않았다).

서재에 들어가면 창가에 앉아 멍한 눈으로 허공을 보며 창틀에 어깨를 비비면서 소리를 내기 시작했다. 특히 그녀가 대화의 주제로 즐긴 것은 골로블료보 영지를 떠나겠다는 위협이었다. 사실 그녀는 결코 이 문제를 심각하게 생각해본 적이 없었으며, 만일 누군가가 그녀에게 부모님 집으로 돌아가는 게 어떻겠냐고 불쑥 제안한다면 그녀는 몹시 놀랄 것이다. 그러나 그녀의 추측에 따르면, 포르피리 블라디미르이치는 그녀가 집을 떠날까봐 몹시 두려워했다. 그녀는 이 문제를 항상 조금씩 돌려서 말을 하곤 했다. 그녀는 입을 다물고 있다가 귀를 긁적이면서 갑자기 생각난 듯 이렇게 말했다.

"그렇지, 오늘은 니콜라에서 블린을 굽겠군요!"

그러자 악한 마음을 품은 포르피리 블라디미르이치는 얼굴이 시퍼레졌다. 조금 전 복잡한 계산을 시작했기 때문인데, 만일 주변의 모든 암소들이 죽고 자기 집의 것들만 하느님의 도움으로 무사히 살아남아 이전보다 두 배나 많은 양의 우유를 생산해준다면, 일 년에 우유로 얼마를 챙길 수 있을까 하고 계산 중이었다. 하지만 예브프락세유쉬카가 들어와 블린 이야기를 꺼냈기 때문에 그는 계산을 멈추고 억지로 웃음을 지어 보였다.

"그 집에서 무엇 때문에 블린을 굽는다 말이냐?" 그는 이를 드러내며 히죽 웃었다. "아, 이런, 오늘이 어머니 기일이구나! 이 멍청한 놈이 잊고 있었어. 죄를 짓고 말았네. 돌아가신 어머니께 무엇으로 공양한다 말인가!"

"난 블린을 먹고 싶네요. 친정집의 것으로요."

"누가 못하게 해! 어서 시키라고! 주방의 마리유쉬카에게 시켜. 아니면 울리투쉬카에게 시키든지. 그렇지, 울리투쉬카가 블린을 잘 굽지!"

"그래, 그 여자가 또 무슨 일로 당신을 만족시키겠어요?" 예브프락세유쉬카는 독살스럽게 말했다.

"아니야, 이렇게 말하기는 뭣하지만, 울리투쉬카는 블린을 아주 잘 굽는다고. 얇고 부드러운 블린을 맛있게 만들지. 맛있을 거야."

포르피리 블라디미르이치는 농담과 웃음으로 예브프락세유쉬카의 기분을 전환시키고자 했다.

"블린을 먹는다면 골로블료보의 것이 아닌 친정집의 블린을 먹고 싶어요!" 그녀는 거드름을 피우며 말했다.

"그것도 문제될 건 없지. 마부 아르히푸쉬카에게 시키라구. 말 두 필을 매라고 해서 직접 몰고 가봐!"

"아뇨, 됐어요. 덫에 걸린 참새 주제에, 내가 어리석은 거죠. 나 같은 게 누구한테 쓸모 있겠어요? 전에는 나를 방탕한 여자라고 불렀지요. 쳇!"

"이런! 나를 그렇게 중상모략하다니 부끄럽지도 않아? 하느님이 중상모략질하는 인간을 어떻게 벌주시는지 너도 잘 알 텐데?"

"그렇게 불렀잖아요, 대놓고 나를 방탕한 여자라고 불렀지요! 여기 성상이 있는 데서, 하느님이 계신 데서 그렇게 불렀지요. 아, 나는 골로블료보가 지긋지긋해졌어요. 여기서 도망갈 거예요. 진짜로 가버릴 거예요!"

예브프락세유쉬카는 조금도 거리낌 없이 말했다. 의자에 앉아 몸을 흔들며 콧구멍을 파기도 하고 몸을 긁적거리기도 했다. 분명 그녀는 어릿광대짓을 연출하여 약을 올릴 심산인 것 같았다.

"포르피리 블라디미르이치, 당신에게 드릴 말씀이 있어요." 그녀는 계속 떠들었다. "집에 가야만 하겠어요."

"아버지와 어머니한테 다녀오겠다는 말이야?"

"아뇨, 가버리겠어요. 니콜라에 가 있을 거예요."

"왜? 기분 나쁜 일이라도 있나?"

"아뇨, 그런 건 아니에요. 언젠가는 돌아가야죠. 그리고 이 집은 지겹고, 무섭기까지 해요. 집 안의 모든 것이 죽어 있는 것 같아요. 하인들은 제멋대로 굴고, 부엌이나 하인 방에 숨어 있어요. 그러면 집 안에 나 혼자 앉아 있고, 또 누군가 나를 죽일 것 같아 사방을 살펴보게 돼요. 밤에 누워 있으면 사방에서 수군대는 소리가 새어 나와요."

그렇지만 며칠이 지나도 예브프락세유쉬카는 실제로 집을 나갈 뜻은 보이지 않았다. 그럼에도 불구하고 포르피리 블라디미르이치에게 가한 위협의 효과는 상당히 컸다. 그는 불현듯 깨달은 바가 있었다. 그는 아침부터 저녁까지 소위 노동을 한답시고 지쳤지만, 만일 집안 살림살이가 중단되지 않도록 돌봐주는 누군가의 보살핌이 없었더라면, 그는 거의 아무 일도 하지 못했을 것이다. 점심식사도 얻어먹지 못했을 것이며 깨끗한 속옷은 물론이거니와 옷도 제대로 입지 못하고 지냈을 것이다. 지금까지 그는 삶을 제대로 느끼지 못한 듯 보였으며, 삶의 환경은 저절로 만들어진 것이 아님을 이해하지도 못한 것처럼 보였다. 그의 일상은 한 번 세워진 질서대로 흘러갔다. 집 안의 모든 일은 그의 주변에서 그를 위해 모여 있었다. 모든 일들은 제때에 처리되었으며, 모든 물건은 제자리에 놓여 있었다. 즉 줄곧 정확하게 온 집안이 관리되었기에, 그는 당연한 일로 여기고 있었다. 집 안에 질서가 잡혀 있었던 까닭에 그는 마음 놓고 헛소리와 공상에 빠질 수 있었으며, 삶을 모욕한다 하더라도 자신은 결코 들춰지지 않을 것이라고 안심할 수 있었다. 실상 그가 꾸며낸 모든 계략은 머리카락 한 올 위에 놓여 있었다. 하지만 이 사람은 자기 자신에게 항상 빠져 있었기에, 머리카락은 매우 가늘어 쉽게 끊어진다는 것은 생각조차 하지 못했다. 그가 보기에 삶은 견고하고 영원한 것이었다. 그런데 이 모든 것이 한 마디 어리석은 말 '아뇨! 떠나겠어요!'로 순식간에 무너지게 되어 이우두쉬카는 어찌할 바를 몰랐다. '정말 이 여자가 가버리면 어쩌나?'라는 걱정이 생겼다. 그는 마음속으로 온갖 가능한 어리석은 경우들을 상상해보면서 어떻게 해서든지 그녀를 잡아야겠다고 생각했다. 심지어는 예전에 전혀 생각해보지 못했지만, 요동을 치는 예브프락세유쉬카의 젊음에 이번만큼은 양보를 할 요량도 생겼다.

'쳇, 쳇, 쳇!' 그는 마부 아르히푸쉬카 또는 서기 이그나트와 그녀 사이에 있게 될 만남을 상상해보고는 불쾌하여 침을 뱉었다.

하지만 얼마 되지 않아 그는 예브프락세유쉬카가 떠날 수 있다는 두려움은 적어도 아무런 근거가 없는 것임을 확신하게 되었다. 이후 그의 생활은 예기치 않게 새로운 단계로 접어들게 되었다. 예브프락세유쉬카는 집을 나가지 않았을 뿐만 아니라 그에게 달라붙는 기세가 눈에 띄게 줄어들었다. 그 대신에 그녀는 포르피리 블라디미르이치를 완전히 마음에서 떨쳐버렸다. 5월의 좋은 시절이 시작되었지만, 그녀는 집 안에서 거의 보이지 않았다. 다만 이우두쉬카는 문이 계속 쿵쾅거렸기에 그녀가 일이 있어 자기 방에 뛰어 들어갔다가 나왔다는 것을 짐작할 뿐이었다. 아침에 일어나면 있어야 할 자리에 옷이 없었으므로 깨끗한 옷을 가져오라고 몇 번이고 지시해야 했다. 차와 식사도 아침 일찍 가져오거나 너무 늦게 가져왔으며 그나마 술이 덜 깬 하인 프로호르가 시중을 들었다. 프로호르는 얼룩이 묻은 프록코트를 입고 식탁에 나타났으며, 옷에서는 항상 생선과 보드카가 뒤섞인 역한 냄새가 풍겼다.

그럼에도 불구하고 포르피리 블라디미르이치는 예브프락세유쉬카가 자기를 조용히 내버려둬서 기뻤다. 그는 무질서를 다룰 수 있는 사람이 집 안에 있다는 것을 알 수만 있으면 무질서와도 화해할 수 있었다. 그가 두려워한 것은 무질서라기보다는 오히려 생활 환경에 개인적으로 간섭하는 것이 필요하다는 생각이었다. 그는 자신이 직접 일을 처리하고 지시를 내리고 지켜봐야만 하는 때가 올 수 있다고 상상하니 무서워졌다. 그때를 상상하면서 내심 일어나는 모든 저항을 잠재우려고 애썼으며, 집안에 닥친 무질서에 눈을 감고 소심해져 침묵했다. 한편 주인집 뜰에서는 매일같이 술판이 벌어지고 있었다. 날씨가 따뜻해지자 지금까지 잠잠했고 때로는 음울하기까지 했던 골로블료보 영지는 생기를 되찾게 되었다. 저녁이 되면 영지 내의 모든 사람들, 하인이든지 아니든지 간에, 노소를 불문하고 모두들 밖으로 쏟아져 나왔다. 노래를 부르고 손풍금을 연주하며, 큰 소리로 웃으며, 소리를 치고, 뛰어다니며 술래잡기 놀이를 했다. 서기 이그나트가 입고 있던 밝은 붉은색의 셔츠와 우스꽝스러운 좁은 겉옷은 불쑥 내민 그의 가슴을 완전히 가리지 못했다. 마부 아르히프는 외출용 실크 셔츠와 벨벳 조끼를 자기 마음대로 구해 입고 있었는데, 예브프락세유쉬카의 환심을 얻을 계획으로 이그나트와 경쟁을 하는 것이 분명했다. 예브프락세유쉬카는 두 사람 사이에서 마치 미친 여자처럼 이쪽저쪽으로 몸을 내맡겼다.

포르피리 블라디미르이치는 연애 장면의 목격자가 될까 두려워 창밖을 보지 않으려 했다. 하지만 들리는 소리만은 어쩔 수 없었다. 가끔 그의 귀에 들리는 세찬 소리는 마부 아르히푸쉬카가 술래잡기 놀이를 하면서 손바닥으로 예브프락세유쉬카를 때리는 소리였다(그녀는 화를 내기는커녕 약간 몸을 웅크렸다). 몇 번은 이런 이야기도 들렸다.

"예브프락세야 니키티쉬나! 예브프락세야 니키티쉬나!" 주인집 현관 앞에서 술에 취한 프로호르가 그녀를 불렀다.

"왜요?"

"차를 꺼내게 창고 열쇠를 줘요. 주인님이 차를 마시고 싶어 하세요!"

"기다리라고 해요. 귀신 같으니라고!"

* * *

얼마 되지 않아 포르피리 블라디미르이치는 완전히 황폐해졌다. 그의 삶의 일상적인 흐름은 뒤엉키고 기이해졌다. 하지만 그는 별다른 신경을 쓰지 않았다. 마지막 은신처인 서재에 앉아 있는 그를 괴롭히지만 않는다면, 그는 생활에서 필요한 것이 없었다. 그가 예전에 주위 사람들에게 시비를 걸고 지긋지긋하게 굴었던 것만큼 이제는 겁이 많아졌고 음울하고 고분고분해졌다. 그와 실생활과의 교류는 단절된 것 같았다. 아무것도 듣지 않고, 그 누구도 보지 않는 것, 이것이 그가 바라던 바였다. 예브프락세유쉬카는 온종일 집 안에 나타나지 않을 수 있었다. 하인들도 제멋대로 행동할 수 있었고, 밖에서 빈둥거리며 시간을 보낼 수도 있었다. 포르피리 블라디미르이치는 이 모든 일이 마치 아무것도 아니라는 듯이 무관심하게 대했다. 예전에는 서기가 영지 관리를 하다가 사소한 부주의라도 저질렀다면, 아마도 서기에게 설교를 하면서 못살게 굴었을 것이다. 하지만 지금은 일주일 내내 보고 한 건 받지 못하고 앉아 지내다가 환상적인 계산을 확인하기 위해 숫자가 필요할 때만 괴로움을 간간이 느낄 뿐이었다. 그 대신 서재에 혼자 앉아 마음 내키는 대로 망상에 사로잡혀 자신이 완벽한 주인임을 느끼고 있었다. 형과 동생이 알코올 중독에 시달리다 죽었듯이 그 역시 같은 병에 시달리고 있었다. 다만 그것은 다른 종류의 중독으로, 망상 중독이라 할 수 있다. 서재에서 두문불출하면서 책상에 앉아 아침부터 저녁까지 환상으로 괴로워했다. 온갖 종류의 실현 불가능한 일들을 상상하고 혼자 계산을 한 후, 상상 속의 말상대를 앞에 두고 이야기를 나누면서 일련의 장면을 연출했다. 연출된 장면에서는 우연히 머리에 떠오른 첫번째 인물이 등장인물이 되었다.

환상적인 장면과 형상의 심연에서 중요한 역할을 담당한 것은 병적인 소유욕이었다. 비록 포르피리 블라디미르이치가 대체적으로 소심하고 남을 비방하기 좋아했지만, 실생활에서는 어리석게 행동하여 직접적인 이익은 얻을 수 없었다. 그는 사람들을 귀찮게 했으며 괴롭히고 학대했다(특히 모욕 받을 짓을 하면서도 의지할 데 없는 그런 사람들을 말이다). 하지만 그는 자신이 만든 꾀에 자주 빠지곤 했다. 이제는 이런 특성이 전반적으로 추상적이며 환상적인 토대로 옮겨갔다. 이제 더 이상 저항이나 변명을 할 자리도 없고, 강자도 약자도 없으며, 경찰도 치안판사도 없었기에(또는 좀더 좋게 말하자면, 있기는 했지만 당연히 그의 이익, 즉 이우두쉬카의 이익만을 지켜주기 위해 존재했다), 그 결과 그는 전 세계를 욕과 학대와 모욕의 그물망으로 마음대로 휘감을 수 있었다.

그는 상상의 세계에서 빼앗고 파괴하고 불행하게 만들고 피를 빨아먹기를 좋아했다. 자기 재산의 모든 부문, 숲과 가축 우리, 빵과 목초지 등을 하나씩 되짚어보고는 곳곳에 박해를 무늬 놓은 환상의 건물을 만들었다. 박해는 가장 복잡한 계산이 동반되었으며, 벌금과 고리대금업, 일반적인 불행과 유가증권의 획득 등이 계산에 들어갔으니, 한마디로 말하자면, 무위도식하는 지주의 이상으로 이루어진 혼돈의 세계였다. 그런데 그곳에서는 모든 것이 제 마음대로 가정해놓은 초과지불과 지불부족에 의존하고 있었으므로, 각각의 초과지불 푼돈과 지불부족 푼돈은 모두 건물을 고치는 동기가 되었으며, 그 결과 건물의 모양새는 끊임없이 변경되었다. 그러다가 피곤해진 머리가 재산 거래의 복잡한 온갖 세목들을 따라잡지 못하게 되면, 그는 환상의 영역에서 좀더 모호한 허구의 영역으로 자리를 옮겼다. 최근뿐만이 아니라 아득히 오래된 젊은 시절에 벌어졌던 사람들과의 충돌과 논쟁을 되짚어보고는 모든 싸움에서 자기가 항상 승리자가 되도록 계산하여 이를 각색했다. 그는 관청에서 같이 근무했던 자들을 상상 속에서 복수했다. 그의 상관이었던 이들이 그의 자존심을 심하게 자극했기에 그는 관청 근무를 그만둘 수 밖에 없었다. 학생이었을 때 힘을 앞세워 그를 놀리고 괴롭혔던 동창생들을 복수했으며, 그의 주장을 받아들이기를 거부하고 자신들의 권리를 고수한 이웃 영지 지주들도 복수했으며, 그 언제인가 그에게 상스러운 말을 하거나 충분히 존경을 표하지 않았던 하인들도 복수했다. 어머니 아리나 페트로브나도 복수한 것은 그녀가 포고렐카 영지 설비에 많은 돈을 낭비했기 때문이다. 그 돈은 '법에 따르자면' 그에게 귀속되는 것인데 말이다. 형이었던 얼간이 스테프카에게도 복수했다. 형이 그를 이우두쉬카라는 별명으로 불렀기 때문이다. 고모 바르바라 미하일로브나는 아무도 예기치 않았던 때에 갑자기 '잡종의' 아이들을 낳아 고류쉬키노 영지가 골로블료보 집안에서 영원히 빠져나가도록 했기에 그녀 또한 비난했다. 살아 있는 자들이나 죽은 자들 모두를 비난했다.

이처럼 상상에 빠진 그는 조금씩 황홀경에 이르렀다. 발 밑의 땅은 사라졌으며, 등 뒤에는 마치 날개가 생긴 듯했다. 두 눈은 빛났으며, 입술은 떨렸고 거품을 물었으며, 얼굴은 창백해져 위협적인 표정을 지었다. 이와 더불어 환상은 점점 깊어져 주위는 유령으로 가득 차 그는 유령들과 상상 속에서 전투를 벌이게 되었다.

그는 완벽하게 독립적인 존재가 되었기에 더 이상 바랄 것도 없게 되었다. 온 세상이 그의 발 아래 있었다. 물론 그것은 그의 부족한 세계 인식이 이해할 수 있는 용이한 세계였다. 그는 가장 단순한 모티프를 끊임없이 변주할 수 있었으며, 그것을 새로운 방식으로 매번 바꾸면서 몇 차례에 걸쳐서라도 새롭게 수용할 수 있었다. 이는 일종의 황홀이자 통찰력이었으며, 강신술 모임에서 볼 수 있는 장면과 흡사했다. 무엇으로도 제한받지 않는 상상력이 거짓 현실을 창조했으며, 거짓 현실은 정신력의 끝없는 흥분 결과 구체적인, 거의 감각할 수 있는 현실로 변화되었다. 그것은 신앙이나 신념이 아니라 정신적인 방탕이자 황홀경이었다. 사람들은 인간성이 결여되었으며, 얼굴은 일그러져 있었고, 두 눈은 불타오르고 혀는 무의식적인 말을 내뱉고 몸도 무의식적인 행동을 보였다.

포르피리 블라디미르이치는 행복했다. 그는 듣지 않으려고 창문과 문을 빈틈없이 잠그고, 보지 않으려고 커튼을 내렸다. 환상 세계와 직접 부딪치지 않는 모든 일상적인 활동을 혐오감을 가지고 빨리 처리했다. 술에 취한 프로호르가 방문을 두드리며 식사 준비가 되었다고 알리면, 그는 식당으로 급히 뛰어가 예전 습관과는 반대로 서둘러 세 가지 요리를 먹고는 다시 서재로 몸을 감추었다. 심지어 그가 사람들을 대하는 태도에는, 그가 두려워하면서도 도전하는 것처럼 때로는 소심함과 때로는 어리석은 비웃음 같은 것이 나타났다. 아침에는 바로 일을 시작하기 위해 되도록 빨리 일어나려고 서둘렀다. 서서 기도하는 일은 줄었다. 기도문은 내용에 신경 쓰지 않고 건성건성 읊었으며, 성호를 긋고 손을 들어 올리는 일도 어중간한 동작을 기계적으로 행했다. 지옥과 지옥의 고통스러운 보복(각각의 죄에 대해서 특별한 보복을 한다는)에 대한 관념도 그에게서 떠난 것 같았다.

이때 예브프락세유쉬카는 욕정에 빠져 넋이 나가 있었다. 그녀는 서기 이그나트와 마부 아르히푸쉬카 사이에서 갈피를 못 잡고 있었다. 뿐만 아니라 일꾼들을 데리고 주인집 창고를 수리하고 있던 얼굴이 붉은 일류샤에게도 곁눈질을 하느라고 주인집에서 무슨 일이 벌어지고 있는지는 전혀 눈치 채지 못했다. 그녀 생각에는 주인이 '새로운 어릿광대 짓'을 하며 놀고 있으리라 여겼기에, 이 점에 대해 자신을 자유인이라고 믿는 친한 하인들과 어울리며 이야기했다. 하지만 한번은 아주 우연히 식당 곁을 지나면서 이우두쉬카가 구운 거위고기를 먹고 있는 장면을 보게 되었는데, 그때 그녀는 갑자기 무서워졌다.

포르피리 블라디미르이치는 기름에 더럽혀지고 여기저기 솜이 빠져나온 실내복을 입고 앉아 있었다. 얼굴은 창백했고, 머리는 헝클어져 있었으며, 수염이 아닌 뻣뻣한 털이 얼굴을 뒤덮고 있었다.

"나리! 왜 이렇게 됐어요? 무슨 일 있어요?" 그녀는 놀라서 그에게 다가가 물었다.

하지만 포르피리 블라디미르이치는 그녀의 물음에 독살스러운 웃음으로 대답을 대신했다. 이는 마치 '자, 어떻게 해서든지 나를 모욕해봐!'

라고 말하는 듯했다.

"나리, 이게 무슨 일이지요? 말씀해보시지요. 무슨 일이 있었나요?" 그녀가 재차 물었다.

그는 일어나서 그녀에게 증오에 가득 찬 눈길을 주면서 띄엄띄엄 말했다.

"만약에 너, 이 방탕한 것아, 다시 한 번 내 서재에 들어오면 죽여버리겠어!"

* * *

우연히 생긴 이 사건으로 포르피리 블라디미르이치의 삶은 외적인 측면에서는 조금씩 호전되었다. 외부로부터 전혀 방해 받지 않고 자유롭게 고독에 잠길 수 있었기에 여름이 어떻게 지났는지 눈치 채지 못했다. 8월도 어느덧 하순에 접어들었다. 낮은 짧아지고 가랑비는 끊이지 않고 내렸다. 대지는 축축해졌으며 나무는 누런 잎들을 떨어뜨리며 음울하게 서 있었다. 마당과 하인들의 방 주위에는 고요함이 흘렀다. 하인들은 날씨가 나빠서인지 아니면 주인에게 안 좋은 일이 생겼다고 짐작해서인지 집 안에서 제각각 자리를 잡고 있었다. 예브프락세유쉬카는 정신을 차렸다. 그녀는 비단옷이나 애인에 대해서는 잊고 종일 하녀 방의 나무 상자 위에 앉아 앞으로 어떻게 해야 할지 또 무엇을 해야 할지 궁리했지만 알 수가 없었다. 술취한 프로호르는 그녀가 주인을 지치게 하고 과음하도록 만들었기에 이제 곧 유형길에 오를 것이라며 약을 올렸다.

한편 이우두쉬카는 자기 서재에 들어앉아 문을 잠근 채 상상에 잠겨 있었다. 날씨가 선선해진 것이 그에게는 좋았다. 비는 지치지 않고 서재의 창문을 두드리면서 그를 비몽사몽 상태로 이끌었다. 그가 빠진 환상은 훨씬 자유롭고 폭넓게 펼쳐졌다. 그는 자신을 투명인간이라고 공상하면서 환상 속에서 자신의 영지를 감독했다. 그때 일리야 노인이 함께 있었는데, 이 노인은 아버지인 블라디미르 미하일로비치가 살아 있을 당시 마을의 촌장으로 일했으며 이미 오래전에 무덤에 묻힌 자였다.

'일리야는 지혜로운 농부였지! 옛날 하인이야! 요즘 것들과는 달라. 요즘 하인들은 허둥대며 수다만 떨다가도 정작 일거리가 생기면 아무도 보이지 않는단 말이야!' 포르피리 블라디미르이치는 혼자서 이것저것 따져보면서, 일리야가 죽은 자들 가운데서 부활한 것에 대단히 만족했다.

서두르지 않고 하느님께 기도를 드리면서, 누구도 볼 수 없는 두 사람은 들판과 골짜기를 지나고 협곡과 목초지를 지나 우호프쉬치나 황무지를 가로질러 나온 뒤 한참 동안 자신들의 두 눈을 믿을 수 없었다. 그들 앞에 서 있는 것은 첩첩이 싸인 숲이었다. 나무 꼭대기에서는 서로 소리를 내고 있었다. 나무들은 온통 붉은색의 송림이다. 어떤 것은 두 아름이며, 또 어떤 것들은 세 아름이나 된다. 나무줄기는 곧고, 매끈했으며, 꼭대기는 잎이 우거지고 힘차 보였다. 이 송림은 앞으로도 오랫동안 지속될 것이다.

"참 좋은 숲이구먼!" 이우두쉬카는 감탄하여 소리쳤다.

"여긴 삼림보호구역입니다." 일리야 노인이 설명했다. "주인님의 돌아가신 할아버지이신 미하일 바실리이치님이 아직 살아 계셨을 때, 우리가 성상을 들고 돌아다녔던 곳이 이렇게 숲으로 자랐습니다."

"그래, 자네 생각에 여기는 몇 데샤티나쯤 될 것 같은가?"

"예, 그때 재어보니 정확히 70데샤티나였지요. 글쎄 지금은 아마도…… 그때는 데샤티나가 경제적인 것이어서 지금보다 한 배 반은 더

넓었지요."

"그래, 자네는 1데샤티나에 나무가 몇 그루 있다고 생각하나?"

"누가 그런 걸 알겠어요? 하느님만 셀 수 있겠지요!"

"내 생각에는 데샤티나당 6백 내지 7백 그루가 있을 것 같아. 옛날에 쓰던 데샤티나 말고 요즘의 데샤티나로 말이야. 잠깐, 어디 보자! 6백 그루씩, 아니 6백 하고 50그루씩 심는다면, 105데샤티나에는 나무가 몇 그루 있게 되는 거야?"

포르피리 블라디미르이치는 종이 한 장을 잡고 거기에다 105 곱하기 650을 해보고는 6만 8,250그루라는 답을 얻었다.

"자, 이제 이 숲을 다 판다면, 종류별로 말이야, 나무 한 그루에 10루블을 받을 수 있겠는가?"

일리야 노인은 머리를 가로저었다.

"더 받을 겁니다!" 그의 대답이었다. "보시다시피 이게 어떤 숲입니까? 나무 한 그루에서 두 개의 제분소 굴대가 나오고, 어떤 건축물에도 쓸 수 있는 통나무도 나올 수 있지요. 또 널빤지와 장작, 나뭇가지도 나오지요. 주인님 생각에는 제분소 굴대가 가격이 얼마일 것 같은가요?"

포르피리 블라디미르이치는 이미 마지막 코페이카까지도 계산하여 가격을 매겼지만 모르는 것처럼 시치미를 떼고 가만히 있었다.

"이곳 시세로 치자면 굴대 하나가 10루블 나가지요. 그런데 만약에 모스크바에 가져가면 이런 가격은 없을 겁니다. 이게 어떤 굴대가 되는지 아시잖아요! 트로이카 마차는 되어야 굴대를 운반할 수 있을 겁니다. 그뿐만 아니라 좀더 가는 굴대도 있고, 통나무, 널빤지, 장작, 가지도 있습니다. 나무 한 그루 값은 아무리 적게 잡아도 20루블은 될 겁니다."

포르피리 블라디미르이치는 일리야의 말을 듣고 또 들어도 지겹지가 않았다! 일리야는 현명하고 믿을 만한 농부다. 다행히도 일리야는 모든 업무를 매우 성공적으로 처리했다. 일리야의 조수로 바빌로라는 인물이 있는데(이 자 또한 무덤에 누운 지 오래다), 진짜 통나무 같은 남자다. 서기로는 어머니의 서기였던 이주농부 필립(60여 년 전에 볼로고다 마을에서 데려왔다)이 있으며, 산지기들도 모두 경험이 많고 지칠 줄 모르는 자들이다. 창고에 있는 개들도 사납다. 사람도 개도 주인집 재산을 지키기 위해 악마라도 혼내줄 기세다.

"이봐, 대략 계산 좀 해보자고. 숲을 나무 종류별로 팔아버리면 얼마를 받겠는가?"

포르피리 블라디미르이치는 다시 한 번 마음속으로 계산을 해보았다. 큰 굴대는 얼마를 받을 것이며, 좀더 작은 놈은 얼마를 받을 것인가, 건축용 통나무는 얼마며, 널빤지와 장작, 나뭇가지는 얼마를 받을 것인가. 더했다가 곱하기도 하고, 나머지 숫자는 버렸다가 또 올리기도 했다. 종이는 숫자로 가득 찼다.

"이것 봐, 얼마가 되는지를!" 이우두쉬카가 일리야에게 상상 속의 황당무계한 숫자를 보여주자, 일리야는 자기 나름대로는 지주의 재산 증식이 싫지 않았지만 그만 몸을 움츠렸다.

"왠지 많은 것 같군요!" 생각에 잠겨 어깨를 움츠리며 말했다.

하지만 포르피리 블라디미르이치는 이미 모든 의구심을 버리고 기분이 좋아 히히 웃었다.

"이봐, 자네는 이상하군. 내가 아니라 숫자가 말하잖아…… 과학은 그런 건데, 산수라고 하지. 산수는 거짓말을 안 해. 좋아, 우호프쉬치나는 이 정도로 하자고. 이제는 리씨이 야므이*로 가보자구. 난 거기 가본 적이 없어. 거기 농부들은 도둑질하는 것 같아. 도둑질을 한다니까! 파수

꾼 가란카도 내가 아는데, 물론 가란카는 괜찮은 사람이고, 열심히 일하는 믿을 만한 파수꾼이지. 그가 그렇게 말하더라고, 그렇지만…… 그도 조금씩 방심하기 시작한 것 같아!"

이들은 소리 내지도, 보이지도 않게 걸어서 자작나무 숲을 통과해 나와서는 갑자기 숨을 죽이고 멈췄다. 길 가운데 농부의 짐수레가 옆으로 누워 있었고, 농부는 부서진 수레 축을 바라보면서 한숨을 쉬고 서 있었다. 한숨을 연거푸 쉬고 짐수레 축을 욕하더니, 자기 자신에게도 욕을 퍼붓다가 말 등짝을 채찍으로 갈겼다('에이, 이 멍청한 놈아!' 하면서). 하지만 어떻게든 해야 할 것 아닌가! 이 자리에서 내일까지 그대로 있을 수는 없지 않은가! 도둑 농부는 주위를 둘러보고 귀를 기울인다. 누가 지나가고 있지는 않은가? 그리고 적당한 자작나무를 골라 도끼를 꺼내든다. 이 우두쉬카는 계속 서서 꼼짝 않는다. 자작나무는 몸을 떨고 비틀거리더니 마치 짚단처럼 땅에 쓰러진다. 농부가 나무 밑둥치에서 수레 축에 필요한 만큼 자르려고 할 때, 이우두쉬카는 지금이야말로 자기가 나타날 때라고 결심했다. 그는 농부에게 몰래 다가가 순식간에 손에서 도끼를 낚아챘다.

"아!" 갑자기 불의의 습격을 당한 도둑 농부는 외마디 소리만 질렀다.

"아!" 포르피리 블라디미르이치가 도둑의 흉내를 냈다. "다른 사람의 숲을 훔쳐도 되는 거야? '아' 좋아하네, 누구의 숲을 베었는지 알아? 네 것이야?"

"용서해주십시오, 나리!"

"이봐, 난 오래전부터 모든 이들을 용서해왔어! 모두가 하느님 앞에

---

* 여우굴이라는 뜻의 지명.

제6장 상속인이 없는 남자　353

죄인이기에 다른 사람을 단죄할 수 없으니까. 나는 못하지만 법이 죄를 물을 거야. 네가 축으로 쓰려고 베어버린 것은 우리 집에 가지고 오고 벌금으로 1루블도 갖고 와. 그리고 도끼는 내게 맡겨놓도록 해. 걱정 마, 잘 보관해둘 테니!"

일리야에게 가란카에 대한 자신의 견해가 정당했음을 증명할 수 있어서 만족했던 포르피리 블라디미르이치는 상상 속의 범죄 현장에서 길을 떠나 산지기의 오두막집으로 찾아가 예의 바르게 훈계를 들려줬다. 그러고는 집으로 돌아오는 길에 자기 귀리 밭에 들어와 있던 농부의 암탉 세 마리를 잡았다. 서재로 돌아와 다시 일을 시작하는데, 독특한 일반회계 체계가 언뜻 떠올랐다. 그의 땅에서 발육 성장하는 모든 것은, 거기서 파종을 했거나 하지 않았거나 상관없이, 종류별로 돈으로 돌려받고 덧붙여 벌금도 징수한다. 모든 사람들은 급작스럽게 도벌꾼이 되지만 이우두쉬카는 근심하기보다는 오히려 만족하여 손을 비빈다.

'이봐, 못쓰게 만들고 베어버리라고! 내겐 그게 더 좋아.' 매우 만족하여 되뇌었다.

그러고는 새 종이를 꺼내 계산을 시작했다.

1제사치나 밭에서 귀리는 얼마나 자랄 것이며, 만일 농부들의 암탉이 밭을 망가뜨려 벌금을 물게 한다면 귀리 밭에서 돈을 얼마나 챙길 수 있을 것인가?

'그런데 귀리는 짓밟아 못쓰게 되더라도 비만 오고 나면 다시 제대로 자라니까!' 이우두쉬카는 계속 속으로 되뇌었다.

리씨이 야므이에는 자작나무가 얼마나 자라고 있으며, 만일 농부들이 나무를 불법으로 베는 것에 대해 벌금을 매긴다면, 돈을 얼마나 벌 수 있을 것인가?

'그리고 자작나무는 베어진 것이라도 내 집에 가지고 오면 땔감으로 쓸 수 있으니까, 장작을 따로 마련할 필요도 없지!' 계속 이우두쉬카는 속으로 생각했다.

수많은 숫자들이 종이를 가득 채웠다. 처음에는 1루블, 그다음에는 10루블, 1백 루블, 1천 루블이…… 이우두쉬카는 일하느라 지쳐서, 아니 사실은 흥분한 탓에, 땀투성이가 되어 책상에서 일어나 소파에 누워 쉬었다. 하지만 들끓는 상상력은 멈추지 않고 좀더 쉬운 주제를 골라낸다.

'어머니 아리나 페트로브나는 현명한 여자였어.' 포르피리 블라디미르이치는 상상에 잠겼다. '부탁할 줄도 아셨고 사람들을 친절하게 대하셨지. 그러니까 모두들 기분 좋게 모셨던 거야. 하지만 어머니한테도 잘못한 게 있었어. 아, 돌아가신 분이지만 결점이 많으셨지!'

이우두쉬카가 아리나 페트로브나를 떠올리자마자 그녀는 벌써 눈앞에 나타났다. 마치 그녀가 대답의 필요성을 절절히 느낀 것처럼, 사랑하는 아들 앞에 그녀가 직접 나타났다.

"애야, 내가 네게 무슨 잘못을 저질렀는지 모르겠구나. 어쩌면, 나는……" 그녀는 왜 그런지 힘없이 말했다.

"어머니, 이젠 더 이상 죄를 짓지 마세요!" 이우두쉬카는 거침없이 어머니를 비난했다. "필요하다면, 어머니 앞에서 모든 걸 밝히겠어요. 예를 들자면, 어머니는 그때 왜 바르바라 미하일로브나 고모를 말리지 못했어요?"

"말릴 수가 없었지. 나이가 들 만큼 들었었고, 자기 일은 자기 마음대로 할 권리가 있었으니까."

"아뇨, 잠깐만요! 고모부는 어떤 남편이었나요? 늙은 술주정뱅이였으니까, 말하자면 능력은 없었을 겁니다. 그런데도 불구하고 고모는 아이를 넷이나 낳았단 말입니다. 한번 물어봅시다, 도대체 그 아이들이 어떻게 생긴 것입니까?"

"그게 무슨 말이냐? 얘야, 정말 이상하게 말하는구나! 내가 거기 무슨 관련이 있단 말이냐!"

"관련이 있든 없든 영향력은 행사할 수 있었지요! 웃음과 농담으로 '귀여운 이' '사랑스러운 이'라고 말했다면 그 여자도 어쩌면 양심에 찔려 부끄러워했을 텐데! 하지만 어머니는 항상 정반대였지요. 항상 반대했고 되는대로 대했지요. '바리카,* 바리카, 비굴하고 뻔뻔스럽군! 온 사방의 남자들과 관계를 가졌군!'이라고 말했잖아요. 그러니까 그 여자도 고집이 나서 제멋대로 처신했던 거죠. 아쉽네요. 지금쯤 고류쉬키노 영지도 우리 것이 되었을 텐데!"

"고류쉬키노가 그렇게도 네 관심을 끌었단 말이냐!" 아리나 페트로브나는 아들이 쏟아놓은 비난 때문에 궁지에 몰린 것이 분명했다.

"난 고류쉬키노는 필요 없어요! 내겐 아무것도 필요 없지요! 성촉(聖燭)과 성유만 있으면 아주 만족입니다! 하지만 공정하게 말하자면, 그래요, 어머니, 침묵을 지키면 좋기는 하지만, 말하지 않을 수가 없군요. 어머니의 영혼에는 죄가 숨어 있어요. 그것도 아주 큰 놈이 있지요."

아리나 페트로브나는 이제 더 이상 말을 못하고, 놀란 것인지 이해할 수 없다는 것인지 두 손을 벌렸다.

"아니면 다른 예를 들어보지요." 한편 이우두쉬카는 어머니가 당황하는 것을 내심 즐기면서 말을 잇는다. "어머니는 그때 왜 스테판 형에게 모스크바 집을 사줬나요?"

---

* 바르바라의 애칭.

"그래야만 했어, 애야. 형에게 한 조각이라도 던져주지 않으면 안 됐으니까." 아리나 페트로브나의 변명이었다.

"그런데 형은 그 집을 결국에는 말아먹었지요! 어머니가 형을 잘 몰랐던 게지요. 형은 난폭했고, 입도 더러웠으며, 무례했지요. 그런데도 어머니는 아버지의 볼로고드 영지도 형에게 주려고 했었지요. 그 영지가 어떤 곳이었던가요? 이웃도 없었고, 숲은 무성하고, 호수는 마치 껍질을 벗긴 계란 같았지요, 정말로! 그때 내가 나타나 말린 것은 다행스러운 일이었죠. 아, 어머니, 어머니, 이것도 어머니의 죄가 아닌가요!"

"형도 내 아들이 아니더냐? 이해하렴. 아들이니까!"

"물론 저도 알고, 잘 이해합니다! 하지만 그렇게까지 할 필요는 없었지요. 그렇게 하지 말았어야죠. 그 집만 해도 은화 1만 2천 루블이었는데 그 돈은 다 어디로 갔습니까? 1만 2천 루블이 날아갔죠. 게다가 바르바라 미하일로브나 고모의 고류쉬키노 영지도 안 됐지요, 1만 5천 루블의 시세였는데…… 게다가 돈도 많이 써버렸던 거죠."

"됐다, 됐어, 그만 해! 제발 그만둬! 화내지 마, 제발!"

"어머니, 나는 화내는 게 아니라 다만 정당하게 판단하는 겁니다. 옳은 것은 옳은 것이고, 거짓말하는 것은 참을 수 없습니다. 진리와 함께 태어나서 진리와 함께 살다가 진리와 함께 죽을 겁니다. 하느님도 진리를 사랑하시고, 우리들도 그렇게 사랑하라고 말씀하셨죠. 포고렐카만 해도 그렇지요. 내가 항상 말하지만, 그 영지를 정비하느라고 어머니는 얼마나 많은 돈을 쏟아부었는지요."

"그랬지, 하지만 내가 거기서 살지 않았더냐?"

이우두쉬카는 어머니의 얼굴에서 '너 이놈, 당돌한 흡혈귀야!' 하는 말을 분명히 읽을 수 있었다. 하지만 모른 척했다.

"거기서 살 필요는 없었지요. 하지만 지금까지도 포고렐카에는 성상함이 그대로 있지요? 지금은 그게 누구 것인가요? 작은 말도 누구 것이지요? 차 상자는? 내가 직접 두 눈으로 아버지가 살아 계실 때 골로블료보에서 본 적이 있는데, 아주 훌륭한 물건이었지요."

"그래, 맞아!"

"아니요, 어머니, 말하지 마세요! 물론 처음에는 명백하게 보이지 않지만, 여기 1루블, 저기 50코페이카, 또 저기 25코페이카이니까요⋯⋯ 내가 지금 모든 걸 숫자로 한 번 계산을 해보지요. 숫자는 신성한 것이며, 결코 거짓말을 하지 않습니다."

포르피리 블라디미르이치는 다시 책상 앞으로 바짝 몸을 붙여 선량한 친구이신 어머니가 자기에게 어떤 손실을 가져다주었는지 명백히 밝히고자 했다. 그는 수판을 튕기며 종이를 일련의 숫자들로 채워놓는다. 예컨대 아리나 페트로브나의 잘못을 폭로하기 위해 모든 일을 준비하고 있었다. 하지만 그녀로서는 다행스럽게도 그의 불안한 사고는 한 가지 생각에만 머물러 있지 못했다. 자기 자신도 모르게 새로운 재산 목록이 슬며시 다가와서는 마치 마법처럼 생각을 다른 방향으로 전환시켰기 때문이다. 아리나 페트로브나의 모습은 그때까지도 그의 눈앞에서 어른거리더니 갑자기 망각의 늪에 빠져버렸다. 숫자들이 뒤범벅이 되었다.

오래전부터 포르피리 블라디미르이치는 농사를 해서 무엇을 얻을 수 있는지 계산해볼 심산이었는데, 지금이야말로 그 계산을 하기에 가장 좋은 때였다. 그는 농부가 항상 가난하여 돈을 빌리며, 속이지 않고 이자를 붙여 돌려준다는 것을 알고 있었다. 특히 농부는 자기 일을 아무런 가치도 없는 것이라며 관대하게 대하고, 이런 바탕 위에서 계산을 할 때는 그 일을 아무것도 아닌 것처럼 사랑의 표시로 받아들인다. 러시아에는 가난한 사람들이 얼마나 많은가! 정말 많다! 많은 사람들이 내일 어떤 일이 일어날지 알지 못하고, 슬픈 눈빛을 어디에 둬야 하는지 알지 못한 채 절망에 찬 공허를 마주 대하고 돈 갚으라는 말만 들을 뿐이다. 절망에 잠긴 이들 주위에, 집도 절도 없는 이들 근처에 이우두쉬카는 끝없는 거미줄을 깔아놓고서 광란의 환상적인 술판을 가끔씩 벌여놓는다.

밖은 4월이지만, 농부들은 예나 다름없이 먹을 것이 없었다. '다 먹어치웠구만, 이놈들! 겨울을 즐기며 지내더니 봄이 다가오니 굶주리게 되지!' 포르피리 블라디미르이치는 혼잣말을 하고 일부러 그런 것처럼 작년 농사에 대한 계산을 이제 막 끝마쳤다. 2월에는 마지막 곡물 낟가리를 탈곡했으며, 3월에는 곡물을 창고 안에 쌓아둘 수 있었다. 요즘에는 모든 재고가 장부의 해당 항목에 각각 기입되어 있었다. 이우두쉬카는 창가에 서서 기다리고 있었다. 저기 멀리 다리 위에 농부 포카가 짐마차를 타고 나타났다. 골로블료보로 오는 길모퉁이에서 그는 왠지 서둘러 말고삐를 쥐고, 채찍이 없는 탓에 손으로 팔을 휘두르며 겨우 걸음을 옮기는 말을 위협하고 있었다.

'이리로 오는군!' 이우두쉬카가 중얼댄다. '저놈의 말을 좀 봐! 겨우 살아 있구만! 하지만 한두 달 먹여 키우면 괜찮게 될 거야. 25루블이나 30루블은 받고 팔 수 있을 거야!'

그러는 사이에 포카는 하인들 집에 이르러 울타리에 말을 매어놓은 다음 건초 부스러기를 말에게 던져놓더니 잠시 후에는 포르피리 블라디미르이치가 청원인들을 맞이하는 하녀 방에 들어가 우물쭈물하고 있었다.

"그래, 이봐! 뭐 좋은 일이라도 있나?" 포르피리 블라디미르이치가 말을 꺼냈다.

"그러니까, 주인 어른, 쌀보리가 있었으면 해서요……"

"뭐라고! 네 것은 벌써 다 먹었다는 거야? 이런, 큰 잘못을 저질렀구만! 너희들이 보드카를 덜 마셨으면, 일을 더 할 수 있었을 테고, 기도도 더 할 수 있었을 것이며, 대지도 가까이 느낄 수 있었을 텐데! 지금 곡물이 있는 이곳에서 두 배, 세 배 거두어들였을 텐데! 물론 지금처럼 얻으러 다닐 필요도 없었을 테고!"

포카는 대답 대신 머뭇거리며 웃었다.

"네 생각에는 하느님이 멀리 계셔서 못 볼 것 같지?" 포르피리 블라디미르이치가 계속 훈계조로 말했다. "그런데 하느님은 여기 계시지. 저기서도 여기서도 우리와 함께 계시고, 우리가 이렇게 말하고 있는 동안에도 계신단 말이야. 어디서나 계셔. 모든 것을 보시고 모든 것을 들으시지만, 겉으로는 모르는 척하실 뿐이야. 다만 이렇게 말씀하시겠지. '사람들이 자기 이성에 따라 살도록 내버려두자. 나중에 나를 기억하는지 보도록 하자!' 그런데 우리는 이 점을 이용해서 하느님 앞에 밝힐 촛불을 사는 대신에 술집으로, 술집으로 다닌단 말이야. 이렇기 때문에 우리한테 쌀보리를 주시지 않는 거야. 이보게, 그렇지 않은가?"

"무슨 말이 더 필요하겠습니까! 맞는 말씀이지요!"

"그래, 이제 너도 깨달은 것 같군. 어떻게 깨달은 거야? 그건 하느님이 자비를 네게서 다른 데로 돌렸기 때문이야. 네게서 쌀보리가 풍작이 되었다면, 너는 또다시 우쭐거렸을 것이고, 그러면 하느님은……"

"지당하신 말씀이십니다. 우리가 만일……"

"잠깐만, 내가 말을 하도록 하지! 이봐, 하느님은 당신을 잊는 자들에게 당신을 상기시키신단 말이야. 그리고 우리는 이 점을 불평해서는 안 되고, 우리를 위해서 그러신다는 점을 기억해야 해. 우리가 하느님을 기억하는 한 하느님도 우리를 잊지 않으신단 말이야. 우리에게 모든 것을 다 주실 거야. 쌀보리도, 귀리도, 감자도 먹으라고 주실 거야. 네 짐승들도 돌봐주실 거야. 그런데 네 말 꼬락서니를 봐! 겨우 숨만 붙어 있구만! 네게 닭이 있다면 그 놈들도 제대로 돌봐주실 거야."

"죄다 옳은 말씀입니다, 포르피리 블라디미르이치."

"하느님을 공경하는 것, 이것이야말로 첫번째요, 그다음에는 황제에게 특전을 받은 어른들, 예를 들자면, 지주들을 공경해야 해."

"예, 그러니까 저희들은, 포르피리 블라디미르이치, 아마도……"

"너는 '아마도'라고 말하는데, 신중히 생각하고 판단한다면, 실제로는 그렇지 않을 수도 있어. 지금은 네가 쌀보리를 얻으러 내게 왔으니까, 이렇게 말하면 안 되지만, 나한테 공손하고 정답게 구는 거야. 그런데 재작년에는 말이야, 기억날지 모르겠네만, 내가 추수할 일꾼이 필요해서, 너희 농부들에게 부탁하러 간 적이 있었어. '이보게들, 좀 도와주게!'라고 했더니, 너희들이 뭐라고 대답했던가? 너희들도 추수해야만 한다고 했었지. 이제는 옛날처럼 주인들을 위해 일할 때가 아니라 자유롭게 일해야 한다고 말이야! 자유롭게 살도록 하게, 하지만 쌀보리는 없어!"

포르피리 블라디미르이치는 알아들었냐는 듯이 포카를 바라보았다. 하지만 포카는 마치 얼어붙은 듯이 꼼짝도 하지 않았다.

"너희들은 정말 거만하구나. 그래서 너희는 행복하지 못한 거야. 나는 말이야, 하느님이 나를 축복해주시고, 또 황제가 나를 아껴주시지만 결코 거만을 떨지 않는다 말이야. 어떻게 내가 거만할 수가 있겠어! 내가 누구란 말이야! 벌레고 보잘것없는 인간이 아닌가 말이야! 쳇! 그래도 하느님은 내가 겸손하다고 축복해주셨어! 내게 자비를 베풀어주시고, 나에게 관심을 돌려줄 것을 황제께 요구하셨어."

"포르피리 블라디미르이치, 제 생각에는요, 예전에 지주님들 시절이

더할 나위 없이 좋았던 것 같습니다." 포카의 아부 섞인 말이었다.

"그래, 이봐, 너희들도 좋았던 때가 있었어. 즐겁게 시간을 보내면서 지냈던 때가 말이야. 그때는 너희들에게 모든 게 다 있었어. 쌀보리도 있었고, 건초도, 감자도 있었단 말이야! 그래, 이제 와서 지난일을 돌이켜서 뭣 하겠나! 내가 분한 마음으로 이러는 건 아냐. 나는 이미 오래전에 그때 추수 건은 잊었어. 그냥 말하다 보니 생각났을 뿐이야. 네 말은 그러니까, 쌀보리가 필요하다고?"

"예, 쌀보리가 좀……"

"사려고 하는가?"

"사다니요? 수확할 때까지 꿔주셨으면 하고요."

"이런, 이봐, 쌀보리가 요즘 비싸단 말이야. 자네한테 어떻게 해야 할지 모르겠네……"

포르피리 블라디미르이치는 어떻게 해야 할지 모르는 것처럼 잠시 동안 생각에 잠겼다. '도와주고 싶은 마음도 있지만, 쌀보리가 비싸니……'

"이보게, 쌀보리를 빌려줄 수는 있어." 마침내 입을 열었다. "그런데 솔직히 말하자면, 팔 쌀보리는 없네. 나는 곡물을 가지고 장사하는 건 참을 수 없기 때문이야. 하지만 빌려주는 일은 기꺼운 마음으로 할 수 있어. 이보게나, 나는 기억하고 있단 말이야. '오늘은 내가 네게 빌려주고, 내일은 네가 빌려주렴!' 오늘은 내게 남는 것이 있으니, 가져가, 빌려 쓰라고! 1체트베르티*가 필요하면 그렇게 가져가고, 1오시민카**가 필요하면

---

* 약 209리터의 양.
** 체트베르티의 절반.

그만큼 가져가렴. 내일은, 어쩌면 말이야, 상황이 반전되어 내가 자네 집 창문을 두드릴 수도 있어. '이보게, 포쿠쉬카, 쌀보리 1오시민카만 빌려주게, 먹을 게 없다네!' 하고 말이야."

"설마! 주인님이 그럴 일이 있겠습니까!"

"내가 그러지는 않을 거야. 하지만 말하자면 그렇다는 걸세. 이봐, 세상에는 별 희한한 반전이 있으니까! 신문에 이런 기사가 있었지. '나폴레옹이 어떤 기둥이었는가. 그런데도 이 사람이 착오를 해서 잘못을 저질렀다.' 그래, 이보게나, 자네는 쌀보리가 얼마나 필요하단 말인가?"

"주실 수만 있으면 1체트베르티를 주셨으면 좋겠습니다."

"그래, 1체트베르티를 줄 수 있어. 다만 내가 자네에게 미리 말해둘 것은 요즘 쌀보리가 비싸다는 거야. 많이 비싸네! 그러니 우리 이렇게 하세. 내가 6체트베리크*를 재놓으라고 시킬 테니, 자네는 8개월 후에 2체트베리크를 덧붙여 내게 돌려주게나. 그러면 정확하게 1체트베르티가 될 거야. 이자는 받지 않겠네, 하지만 여분의 쌀보리를 가지고……"

포카는 이우두쉬카의 제안을 듣고 숨조차 쉴 수 없었다. 잠시 동안 그는 아무 말도 하지 못하고 어깨를 움직일 뿐이었다.

"주인님, 좀 많은 게 아닌가요?" 겁을 내며 겨우 말을 꺼냈다.

"많다면 다른 데 가서 말해보게나! 이보게, 나는 말이야 강요하는 게 아니고 진심에서 제안하는 걸세. 내가 자네를 오라고 한 것도 아니고 자네가 나에게 왔잖은가. 자네가 부탁하고 나는 들어주는 거야. 이봐, 그런 거야."

"그렇지요, 예. 그래도 너무 많은 게 아닐까요?"

---

* 1체트베리크는 약 26리터.

제6장 상속인이 없는 남자

"이런, 참! 내 생각에는 그래도 자네가 공정하고 착실한 농부라고 여겼어. 말 좀 해보게나, 나는 뭘 먹고 살라는 말인가? 나는 내가 쓸 돈을 어디서 만들어야 한다는 건가? 내가 지출할 돈이 얼마나 많은지 자네는 알기는 하는가? 지출이 끝도 없다네. 여기도 줘야 하고, 또 저기도 만족시켜야 하지. 또 다른 데도 줘야만 한다네. 모두들 포르피리 블라디미르이치를 필요로 하고 나를 못살게 굴어. 포르피리 블라디미르이치에게 책임을 지우려고 하니까. 그런데 내가 만일 상인에게 쌀보리를 팔면 말이야, 돈을 받았을 거야. 이보게, 돈은 말이야, 신성한 물건이야. 돈을 가지면 나는 유가증권을 잔뜩 사서 믿을 만한 데 맡겨두고는 이자를 받아 쓸 거야. 걱정도 고통도 없이 이권을 잘라 돈을 달라고 하면 돈을 주거든. 그렇지만 쌀보리는 말이야, 내가 다녀야 하고, 돌봐줘야만 하고, 또 고생을 해야만 한다고. 말라 죽지 않을까, 감소하지나 않을까, 쥐들이 먹어버리지나 않을까 하고 말이야. 이보게, 그러니 할 수만 있으면 돈이 최고야. 이미 오래전에 이 생각을 했어야만 했는데! 모든 걸 돈으로 바꿔서 자네들로부터 떠났어야 했는데!"

"포르피리 블라디미르이치, 저희들과 함께 사셔야죠."

"그러면 좋겠지만, 이보게, 이젠 힘이 없어. 예전의 기운이 있다면, 물론 좀더 살아서 싸워보겠지만. 아니야, 이젠 편안히 살아야 할 때가 왔어. 삼위일체 성 세르기 대수도원으로 가 성자의 품안에 들어갈 거야. 아무도 나를 못 찾겠지. 그렇게 되면 정말 좋겠군. 마음은 평화롭고 순결할 것이며, 잔잔해지겠지. 고함 소리도, 다툼도, 소동도 없을 것이니, 천국이 따로 없을 거야."

예컨대 포카가 아무리 이런저런 궁리를 해봐도 일은 포르피리 블라디미르이치가 원하는 대로 결정되기 마련이었다. 하지만 이것은 별일 아니었다. 이제는 포카가 쌀보리를 빌려 쓰는 조건에 동의를 하려는 바로 그 순간에 쉘레피하가 머릿속으로 등장했다. 그곳은 초라한 황무지로 목초지가 1데샤티나 정도 있다는 데다. 그래서……

"내가 자네에게 은혜를 베푸는 것이니 자네 또한 나를 봐주게." 포르피리 블라디미르이치가 말한다. "이건 이자를 받자는 게 아니라 그저 부탁하는 걸세. 하느님은 모든 사람들을 위하고, 우리는 서로를 도와야지! 자네 가서 1데샤티나 정도 쉬엄쉬엄 풀베기를 해주게. 그러면 내가 앞으로 잊지 않을 거야. 이봐, 나는 단순한 사람이지 않는가! 자네가 나를 위해 1루블만큼 일을 해주면, 나는……"

포르피리 블라디미르이치는 몸을 일으켜 말을 끝냈다는 표시로 성당 쪽을 보고 기도를 올렸다. 포카도 그를 따라 성호를 그었다.

포카는 떠났다. 포르피리 블라디미르이치는 종이를 꺼내고 수판을 준비하여 손을 재빨리 움직여 수판알을 튕겼다. 조금씩 숫자들의 잔치가 시작되었다. 이우두쉬카의 눈앞에서 온 세계는 안개로 덮이는 것 같았다. 그는 수판에서 종이로, 종이에서 수판으로 조급한 마음에 서둘러 옮겨 다녔다. 숫자들은 점점 많아졌다……

제7장

총결산

12월 중순이 되었다. 주위는 온통 눈으로 덮여 미동도 않은 채 정적에 잠겨 있었다. 밤길에는 눈 더미가 어지간히 쌓여 빈 썰매를 끄는 농부들의 말도 힘들게 버둥거렸다. 골로블료보 영지의 진입로는 흔적도 찾을 수 없었다. 포르피리 블라디미르이치는 손님을 맞을 일이 없었기에, 가을이 오자 집으로 들어오는 정문과 현관을 빈틈없이 걸어 잠그고 하인들에게는 하녀들 방문 앞 현관과 옆문을 통해서 출입하라고 일러두었다.

아침 11시가 되었다. 이우두쉬카는 실내복을 입고 창가에 서서 멍하니 밖을 내다보고 있었다. 그는 아침 일찍부터 서재에서 왔다갔다하며 끊임없이 무언가를 골똘히 생각하면서 예상 수입을 계산했기에 머릿속은 숫자들로 뒤엉키고 몸은 녹초가 되었다. 본채 앞에 펼쳐진 과수원도, 과수원 뒤에 자리 잡고 있는 마을도 눈 더미에 묻혔다. 어제 눈보라가 친 후 날씨는 매서워졌다. 눈의 하얀 장막이 햇빛으로 수백만 눈꽃을 빛내자 포르피리 블라디미르이치는 자기도 모르게 눈을 가늘게 떴다. 밖은 적막했다. 하인들 집 근처나 가축우리 주변에서도 인기척이라고는 찾을 수 없었다. 농민들의 마을도 마치 죽은 것처럼 잠잠했다. 다만 사제관 위로 회청색 연기가 피어올라 이우두쉬카의 관심을 끌 뿐이었다.

'11시가 지났는데도 사제 부인은 계속 식사 준비를 하고 있군. 사제는 끊임없이 먹기만 하는군!' 이렇게 그는 생각했다.

그러고는 오늘이 평일인지 휴일인지, 재계일인지 아닌지 따져보고 사제 부인이 오늘은 무슨 음식을 준비하는지 생각하다가 갑자기 관심을 다른 곳으로 돌렸다. 나글로프카 마을 어귀에 있는 언덕 위에서 검은 점 하나가 나타나더니 점점 가까워지며 커졌다.

포르피리 블라디미르이치는 눈여겨보고 또다시 쓸데없는 의문을 갖기 시작했다. '누가 오지? 농부인가 아닌가? 다른 사람일 수는 없는데, 그러니까 농부일 거야! 그런데 왜 오지? 장작을 구하러 가는 거라면 저쪽 편에 있는 나글로프카 마을 숲으로 가면 될 텐데…… 아마도 내 숲에서 나무를 훔치려는 놈인가 보군! 제분소로 간다면 나글로프카 마을에서 나와 오른쪽으로 가야만 하는데…… 사제관으로 가는 걸까? 누군가 죽어가고 있거나 죽은 걸까? 아니면 누가 애라도 낳았나? 어떤 여자가 출산이라도 했을까? 네닐라가 지난가을에 몸이 불어 다니던데, 그래도 아직 때가 안 됐을 텐데? 만일 사내애가 태어났다면 나중에 인구조사에 들어가겠지. 최근 인구조사에 따르자면 나글로프카 마을의 농민 수가 얼마였더라? 그런데 만일 여자애가 태어났다면, 걔네들은 인구조사에 올리지 않으니까, 그리고…… 그래도 여자가 없으면 또 안 되니, 쳇!'

이우두쉬카는 침을 뱉더니 마치 악마로부터 보호를 간구하는 것처럼 성상을 바라본다.

나글로프카 마을에서 나타난 검은 점이 보통 때처럼 보이다가 사라졌다면 그는 오랫동안 생각에 잠겼을 것이 분명했다. 하지만 검은 점은 점점 커지더니 성당으로 가는 진창길을 덮어놓은 통나무 길로 들어섰다. 이 때 이우두쉬카는 두 필의 말이 일렬로 끌고 있는 크지 않은 여행용 포장마차를 분명히 보았다. 마차는 언덕 위에 올라 성당과 나란히 그 모습을 드러냈다('교구장 사제가 아닐까?' 이런 생각이 얼핏 들었다. '그래서 사제관에서 식사 준비를 하고 있나보다!'). 그런데 마차는 오른쪽으로 방향을 돌려 바로 이곳 지주의 저택으로 오고 있었다. '정말 이곳으로 오는구나!' 포르피리 블라디미르이치는 본능적으로 실내복을 여미며, 손님이 자기를 보았을까 걱정이라도 된다는 듯이 창가에서 물러섰다.

그가 예상한 대로 마차는 집 마당으로 들어와 옆문에 멈췄다. 젊은 여인이 마차에서 급히 뛰어내렸다. 그녀가 입은 옷은 계절에 맞지 않았다. 솜을 넣은 도시풍의 외투는 보기에는 그럴듯하지만 양가죽으로 가장자리를 댄 것으로 그다지 따뜻한 것은 아니었다. 언뜻 보기에도 그녀는 추위에 몸이 굳은 것 같았다. 그녀는 한 사람도 마주치지 않고 하녀방의 현관으로 빠른 걸음으로 달려갔다. 잠시 후 하녀 방에서 문소리가 들렸고 또 다른 방문을 여닫는 소리가 들렸다. 그러고는 출구 옆 가까이에 있는 모든 방에서 발소리와 문 여닫는 소리가 일어나고 소동이 벌어졌다.

포르피리 블라디미르이치는 서재 방문에 서서 귀를 기울여 들었다. 그는 오랫동안 외부인을 만나지 못했고 사람들과 모임도 갖지 않았기에 어쩔 줄 몰라 멍하니 서 있었다. 15분쯤 지났다. 발소리와 문 닫는 소리가 더 이상은 들리지 않았다. 하지만 아무도 그에게 보고하러 오지 않았다. 그래서 더욱 불안해졌다. 지금 온 여자 방문객은 아무 때고 손님 대접을 받을 수 있는 친척 중의 한 사람임이 분명했다. 그런데 그의 '친척'이란 누구란 말인가? 그는 기억을 더듬기 시작했지만, 쉽게 잡히지 않았다. 그에게는 아들 볼로디카와 페티카가 있었고, 어머니 아리나 페트로브나가 있었다…… 정말이지 오래전 일이었다! 그리고 고류쉬키노에는 돌아가신 바르바라 미하일로브나 고모의 딸 나디카 갈키나가 지난가을부터 살고 있다. 혹시 그 여자가 온 것일까? 아닐 게다, 그녀는 지난번에 골로블료보의 전당에 끼어 들어오려고 했었지만, 한 푼도 얻지 못한 전력이 있지 않은가! '그녀는 아닐 게야, 그러지 못할걸!' 이우두쉬카는 갈키나가 올 수 있다는 생각만 해도 화가 치밀어 같은 말을 되씹었다. 그렇다면 또 누가 올 수 있단 말인가?

그가 이처럼 기억을 더듬고 있을 때 예브프락세유쉬카가 조심스럽게 문 앞으로 다가와 알려주었다.

"포고렐카의 아가씨 안나 세묘노바가 오셨습니다."

정말 안닌카가 왔다. 하지만 그녀는 너무나 많이 변해서 거의 알아볼 수가 없었다. 이번에 골로블료보에 나타난 여자는 아리나 페트로브나가 죽은 후 왔었던 그녀가 아니었다. 그때의 그녀는 아름답고 활기찬 젊음이 들끓는 아가씨로서 얼굴에는 홍조를 머금고 회색의 커다란 눈과 풍성한 젖가슴, 치렁치렁 내린 회색 머릿결을 자랑했었다. 하지만 지금은 약해질 대로 약해져 가슴은 들어가고 볼은 움푹 파여 병색이 완연했으며, 걷는 것도 힘이 없어 보였고 새우등처럼 몸은 굽어 있었다. 그토록 탐스러웠던 머리채는 어쩐지 초라해 보였으며, 얼굴이 수척해서인지 두 눈만은 이전보다 훨씬 더 커보였고, 열병에 걸린 듯 광채를 띠고 있었다. 예브프락세유쉬카는 낯선 여자를 바라보듯 한참 동안 그녀를 쳐다보고서야 겨우 알아볼 수 있었다.

"아가씨세요? 세상에!" 그녀는 깜짝 놀라 두 손을 부딪치고 소리쳤다.

"나예요. 왜요?"

이렇게 말하고 안닌카는 조용히 웃기 시작했다. 마치 '그래요, 이렇게 되었어. 내가 이렇게 되었어!'라고 덧붙여 말하는 듯했다.

"외삼촌은 잘 계시나요?" 그녀가 물었다.

"외삼촌은 별일 없지요. 살아 계신 것만으로도 고마운 거지요. 저희들도 그분을 당최 볼 수가 없어요."

"무슨 일이라도 있어요?"

"아마도 울적해지신 거 같아요."

"그렇다면 쓸데없이 말하는 것도 그만뒀어요?"

"지금은, 아가씨, 아무 말 안 하세요. 계속 말하다가 갑자기 조용해지셨어요. 가끔씩은 서재에서 혼자 이야기를 하다가 웃기까지 하는데, 방에서 나오면 다시 입을 다물어버려요. 사람들 말로는 돌아가신 그분 형님이신 스테판 블라디미르이치도 그러셨다던데…… 항상 유쾌하게 지내시다가 갑자기 말을 안 하셨다고 하더군요. 아가씨는 어때요, 건강하시죠?"

안닌카는 대답 대신 손사래를 쳤다.

"아가씨 동생은 어때요?"

"벌써 한 달이 되었어, 크레체토프 큰길가 무덤에 누워 있는 지가."

"무슨 말씀이세요! 큰길가에 계시다뇨?"

"자살하면 큰길가에 묻는 거잖아요."

"세상에! 아가씨가 갑자기 왜 자살하셨을까…… 어떻게 그런 일이 생겼어요?"

"그래요, 처음에는 아가씨였죠. 그러다가 음독자살했어요. 그게 전부예요. 그런데 나는 겁도 나고 살고 싶어졌어요! 그래서 이곳으로 온 거예요. 잠시만 있을 테니 놀라지는 마세요. 나도 곧 죽을 겁니다!"

예브프락세유쉬카는 이해하지 못했다는 듯이 그녀의 두 눈을 유심히 바라보았다.

"뭘 그렇게 바라봐요? 내가 예쁜가요? 그냥 생긴 그대로겠지……
하여튼 얘기는 나중에 하고, 우선 마부한테 차비를 주도록 하고, 외삼촌
에게도 알려줘요."

이렇게 말을 하면서 그녀는 주머니에서 오래된 지갑을 꺼내 누런 지
폐 두 장을 줬다.

"자, 이게 나의 전 재산이야!" 그녀는 엉성한 여행 가방을 가리키며
덧붙였다. "이게 다야. 물려받은 것도 있고 내가 모은 것도 있지. 예브프
락세유쉬카, 몸이 꽁꽁 얼어붙었어, 얼어버렸어! 온몸이 아프고, 뼛속 마
디마디까지 안 아픈 데가 없어. 이 마을은 일부러 그런 것처럼 추워. 오
면서 오로지 한 가지만 생각했어. '골로블료보에 도착하면 따뜻하게 죽을
수 있겠구나!' 보드카 좀 마셨으면…… 보드카 있어?"

"예, 하지만 아가씨 지금은 차를 마시는 게 낫겠어요. 사모바르가 곧
준비될 거예요."

"아냐, 차는 좀 있다 준비시키고, 우선 보드카를 줘요. 그리고 외삼
촌에게는 당분간 보드카에 대해서 말하지 말고. 나중에 자연스럽게 알려
질 테니까."

식당에서 차를 준비하는 동안에 포르피리 블라디미르이치도 나타났
다. 이번에는 안닌카가 그를 보고 놀랐다. 그녀만큼 그도 야위었고 생기
가 사라졌으며 황폐해 보였다. 그는 안닌카를 이상한 태도로 대했다. 드
러내놓고 냉대한 것은 아니지만 마치 그녀와는 아무런 관계도 없다는 투
였다. 말수도 적어졌으며, 오래전 맡았던 배역의 대사를 간신히 외우는
배우처럼 어색하기만 했다. 그의 머리에는 지금 막 중요한 일이 진행 중
이었는데 하찮은 이유로 그것을 방해받아 멍하니 멈춰 선 듯 보였다.

"그래, 네가 왔구나!" 그가 말했다. "뭘 먹고 싶으냐? 차? 커피? 시

켜 마시렴!"

예전에 친척들이 모일 때면 이우두쉬카가 감상적인 사람이 되곤 했지만, 이번에 마음이 움직인 이는 안닌카였다. 그녀는 가슴이 울컥했다. 그녀가 포르피리 블라디미르이치의 가슴에 달려가 꼭 그를 껴안은 것을 보면 그녀의 마음이 병들어 있는 것이 분명해 보였다.

"외삼촌! 제가 왔어요!" 그녀는 이렇게 소리치더니 눈물을 쏟기 시작했다.

"그래! 잘 왔다! 집에 방은 충분하니 여기서 살아라!"

"외삼촌, 저는 병들었어요. 중병이 들었어요!"

"병이 들었으면 하느님께 기도를 드려야지! 나도 몸이 아플 때면 계속 기도를 드려서 치료를 받는단다."

"외삼촌, 저는 여기서 죽으려고 왔어요!"

포르피리 블라디미르이치는 예리한 눈빛으로 그녀를 훑어보면서 입술에 보일 듯 말 듯 냉소를 지어 보였다.

"놀더니 몸을 망쳤나?" 그가 혼잣말하듯이 나지막이 말했다.

"그래요, 망쳤어요. 류빈카는 놀아나더니 죽었어요. 그런데 나는 이렇게 살아 있죠!"

류빈카가 죽었다는 소식을 듣자 이우두쉬카는 경건하게 성호를 긋고 기도를 하는지 중얼댔다. 그 사이에 안닌카는 식탁에 앉아 팔꿈치를 괴고 성당 쪽을 바라보면서 슬피 울었다.

"울면서 절망하는 일은 죄악이야!" 포르피리 블라디미르이치는 타이르듯이 말했다. "정교도라면 마땅히 어떻게 해야 하는지 알겠지? 울 일이 아니라 복종하고 의지해야 해. 그렇게 하는 것이 정교도가 할 일이야."

하지만 안닌카는 의자 등에 몸을 기댄 채 팔을 처량하게 늘어뜨리며 되풀이했다.

"아, 이젠 모르겠어요. 모르겠어요. 모르겠어요. 모르겠어요!"

"네가 동생 일로 슬퍼한다면, 그것도 죄야!" 이우두쉬카는 계속 타일렀다. "왜냐하면 여동생이나 오빠를 사랑하는 일은 칭찬할 만한 일이지만, 만약에 하느님이 그들 중에 하나 또는 심지어 여럿을 데리고 가고 싶어 하신다면 말이야……"

"아, 아니, 아니에요! 외삼촌은 선량하신 분이 아니던가요? 선량하시죠? 말씀해보세요."

안닌카는 또다시 그에게 달려들어 껴안았다.

"그래, 난 좋은 사람이야, 좋은 사람! 그러니 말해봐! 필요한 게 뭐야? 간식? 차, 커피? 가져오라고 해! 네가 시켜도 돼!"

그녀가 처음으로 골로블료보에 찾아왔을 때 외삼촌이 그녀에게 물어봤던 말이 문득 떠올랐다. '송아지고기를 먹고 싶으냐? 새끼 돼지고기가? 아니면 감자를 먹고 싶니?' 이제 그녀는 이런 것 이외에는 다른 위안거리가 없음을 깨달았다.

"외삼촌, 고마워요." 그녀는 다시 식탁 앞에 걸터앉으며 말했다. "특별히 필요한 것은 없어요. 앞으로도 만족할 거라고 믿고 있어요."

"네가 만족한다면 다행이겠다. 포고렐카에는 가지 않으려니?"

"안 가겠어요, 아저씨. 당분간은 여기 외삼촌 집에서 지내겠어요. 반대하지 않으시겠지요?"

"반대라니! 여기서 살아라! 내가 포고렐카 얘기를 꺼낸 것은 말이다, 만약에 네가 가겠다면 여행마차와 말을 준비시켜야 할 것 같아서 그런 거야."

"아니요. 다음에 가지요. 다음에!"

"좋다. 언제고 다음에 다녀오도록 하고, 지금은 우리와 지내도록 해라. 집안일도 도와주렴, 나는 보다시피 혼자잖니!" 이 말을 하면서 이우두쉬카는 차를 따르고 있던 예브프락세유쉬카를 증오하듯 쳐다봤다. "저 미인은 종일 하인들 방에서만 돌아다녀. 그래서 어떤 때는 불러도 대답하는 사람이 아무도 없지. 집 안이 텅 비었어! 그래, 하지만 지금은 좀 쉬렴. 나도 내 방으로 돌아가야겠다. 기도를 드리고 일을 한 다음에 다시 기도를 드려야지, 애야! 그런데 류빈카가 죽은 지는 오래됐니?"

"한 달 됐어요, 외삼촌."

"그러면 우리 내일 일찍이 아침 예배에 다녀오도록 하자. 최근에 사망한 하느님의 여종 류보비*의 추도예배도 올리자꾸나. 그럼 좀 쉬렴. 차도 마시고 여행 중에 간식이 먹고 싶었으면 간식거리도 가져오라고 시키렴. 점심때 다시 보도록 하자. 그때 이야기를 나누도록 하자. 필요한 게 또 있으면 시키고, 없으면 그냥 있으렴."

친척 간의 첫 만남은 이렇게 끝났다. 이로써 안닌카는, 그녀의 길지 않은 삶에서 벌써 두 번씩이나 벗어나고자 했지만 출구를 찾지 못했던, 지겨운 골로블료보 생활에 다시 접어들었다.

* * *

안닌카는 급속히 쇠락했었다. 골로블료보 방문(아리나 페트로브나 외할머니의 사망 후)이 불러일으킨 의식, 예컨대 그녀는 '아가씨'이며 그녀에게는 자신의 둥지와 무덤이 있다는 의식, 그녀의 삶은 여관과 여인숙의

---

* 류빈카의 또 다른 애칭

악취와 소란으로 끝맺지는 않을 것이며, 그녀에게는 피난처가 있기에 술 냄새와 마구간 냄새로 오염된 비열한 숨결은 피할 수 있으며, 과음 탓에 목이 쉬고 눈이 벌건 그 턱수염의 남자(아, 그 놈이 그녀에게 한 말들이란! 그녀 앞에서 보인 행동들 하며!)도 막을 수 있다는 그와 같은 자의식은 그녀가 골로블료보에서 벗어나자마자 곧이어 사라지고 말았다.

안넌카는 그때 골로블료보를 떠나 곧장 모스크바로 향했다. 그곳에서 그녀는 여동생과 함께 일할 수 있는 국립극장의 일자리를 얻기 위해 바삐 돌아다녔다. 그녀가 졸업한 여학교의 여교장과 동창들에게 부탁도 해보았다. 하지만 반응은 이상하기만 했다. 여교장 마나님은 처음에는 반가워했지만 그녀가 지방 극장에서 연기한다는 사실을 알고는 순식간에 친절한 표정을 엄숙하고 젠체하는 자세로 바꾸었으며, 대부분 이미 시집간 동창들은 어찌나 뻔뻔스럽게 그녀를 경이롭다는 눈길로 쳐다보던지 그녀로서는 겁이 다 날 지경이었다. 다만 한 친구는, 다른 친구들보다 착했던지, 그녀에게 관심을 내비치는 질문을 하나 던졌다.

"그런데 얘야, 그게 정말이니? 너희 여배우들이 탈의실에서 옷을 갈아입을 때면 장교들이 코르셋을 잡아준다는 게?"

한마디로 말하자면, 모스크바에서 자리를 잡으려던 그녀의 시도는 그냥 시도로만 끝났다. 사실 그녀는 수도의 무대에서 성공할 수 있는 재능을 가지고 있지는 않았다. 그녀도 류빈카도 평생토록 똑같은 역할만 맡는 활달하지만 평범한 여배우들 중의 하나였을 뿐이다. 안넌카는 「페리콜라」에서, 류빈카는 「오랑캐꽃」과 「구시대의 대령」에서 성공했다. 그 이후에는 어떤 역을 맡든지 간에 「페리콜라」와 「오랑캐꽃」에서처럼 연기했으며, 대부분의 경우에는 이도저도 아니게 되었다. 안넌카는 「아름다운 엘레나」역도 연기했다(어쩔 수 없이 자주 하게 되었다). 회색빛 머리카락 위에 붉은색 가발을 쓰고, 허리께까지 찢어 올린 치마를 입고 연기를 했음에도 불구하고 연기는 평범하고 생기 없었으며 그렇다고 저속한 것도 아니었다.「엘레나」에서「게롤쉬테인스카야 공작부인 이야기」로 배역을 옮겼지만 개성 없는 연기에 덧붙여진 것은 무의미한 설정뿐이었기에 완전히 어리석은 공연이 되고 말았다. 마지막으로「시장의 딸」에서 클레레타 역을 맡았는데 관객을 흥분시키려고 애를 쓰다 보니 어색한 연기가 되고 말았다. 그 결과 소박한 지방의 관객들조차도 무대에서 '만족을 주기 위해' 뛰어다니는 여배우를 본 것이 아니라 천박한 여자를 봤을 뿐이다. 안닌카에 대한 대체적인 평가는 그녀가 괜찮은 목소리를 가진 날씬한 여배우라는 것, 게다가 외모가 예쁘장하기 때문에 지방에서는 아마도 관객들을 모을 수 있을 것이라는 정도였다. 하지만 그게 전부였다. 그녀는 더 이상 어떤 비평도 들을 수 없었고, 그녀만의 개성도 갖고 있지 못했다. 지방 관객들 사이에서 그녀의 팬은 언제나 변함없이 온갖 병과의 군인들이었는데, 그들의 주된 욕망은 분장실에 자유롭게 출입하는 것이었다. 수도에 있었다면 강력한 보호를 받는 여배우로 여겨질 수밖에 없었을 것이다. 그렇다 하더라도 관객들은 단지 그녀를 '하프 연주자'라는 하찮은 별명으로만 불렀을 것이다.

그래서 결국은 지방으로 내려갈 수밖에 없었다. 모스크바에서 안닌카는 류빈카로부터 편지 한 통을 받았는데, 편지에 따르면 그녀가 속한 극단이 크레체토프에서 현청 소재지인 사모바로프 시로 이동했으며, 그곳에서 류빈카는 사모바로프 시 지방자치회 직원 한 사람을 알게 되었고, 그 남자가 그녀에게 푹 빠져 그녀가 원하는 것은 무엇이든지 간에 가져다주려 하며 '지방자치회 공금이라도 횡령할 기세'이기에 매우 기쁘다고 했다. 실제로 사모바로프에 가보니 류빈카는 무대 생활을 그만두겠다고 가볍게 결정했고 비교적 호화롭게 생활하고 있었다. 류빈카에게 갔을 때 그녀의 '친구'인 지방자치회 소속의 가브릴로 스테파느이치 률리킨도 그곳에 있었다. 그는 퇴역 2등 경기병 대위로서 바로 얼마 전까지만 해도 미남이었겠지만, 이제는 약간 살이 불어 있었다. 얼굴은 점잖았고 태도며 생각도 점잖았다. 그러나 모든 것을 합쳐놓고 보면, 그는 결코 지방자치회 공금 앞에서 망설일 사람이 아니라는 확신이 들었다. 류빈카는 양팔을 벌려 언니를 껴안으며 집에 방이 준비되어 있다고 말했다.

그러나 안닌카는 얼마 전에 '고향'에 다녀왔기 때문인지 화를 냈다. 두 사람 사이에 열띤 대화가 시작되더니 말다툼으로 바뀌었다. 이때 안닌카는 문득 보플리노의 사제가 한 말, 여배우 신분으로 '보물'을 지키기는 어렵다는 말이 떠올랐다.

안닌카는 여관에 숙소를 정하고 동생과의 연락을 끊었다. 부활주간이 지나갔다. 포마의 주간*에 공연이 시작되었는데, 여동생 자리에는 이미 카잔 출신의 날리모바라는 아가씨 이름이 올라 있었다. 이 여배우는 비중이 크지는 않았지만 그 대신 몸동작을 할 때는 전혀 머뭇거리지 않았다. 항상 그랬듯이 안닌카는 「페리콜라」에 출연하여 사모바로프 관객들을 열광시켰다. 여관에 돌아와 보니 방 안에 봉투가 놓여 있었다. 봉투에서 1백 루블짜리 지폐와 다음과 같은 짧은 메모가 나왔다. '필요하시다면 또 보내드리지요. 유행품 상인, 쿠키쉐프.' 안닌카는 화가 치밀어 여관 주인에게 불평을 터뜨렸지만, 여관 주인은 쿠키쉐프에게는 이 지역에 오는 모든 여배우들에게 축하하는 '버릇'이 있다고 설명하면서, 그는 온순한 사람이니까 화낼 이유가 없다고 덧붙였다. 안닌카는 다음 날 여관 주인의

---

* 부활주간 다음 주간. 포마는 도마의 러시아식 이름.

조언에 따라 봉투에 메모와 지폐를 다시 넣어 돌려주고 나서야 안심할 수 있었다.

그러나 쿠키쉐프는 여관 주인이 평한 것보다 훨씬 집요한 남자였다. 그는 자신을 률리킨의 친구들 중 한 사람이라고 밝혔으며, 류빈카와도 친구 관계를 유지하고 있었다. 그는 재력가였을 뿐만 아니라 률리킨과 마찬가지로 시의 지방자치회에서 일을 했으며 시 재정과 관련하여 보자면 가장 유리한 위치에 있는 자였다. 게다가 그는 률리킨처럼 대담했다. 그의 외모는, 시장 상인들의 눈으로 볼 때, 바람둥이처럼 보였다. 예컨대 노래에 나오는 것처럼 마샤가 들판에서 산딸기 대신 찾게 된 딱정벌레를 연상시켰다. '검은 콧수염과 곱슬머리의, 짙은 갈색 눈썹의 딱정벌레가 진짜 나의 연인!'

류빈카는 외모와 자신감에 차 있는 그를 믿고 도와주겠다고 즉시 약속했다.

대체로 류빈카는, 겉으로 보자면, 최후의 배수진을 친 것처럼 보였으며, 그녀에 대해서는 언니의 자존심을 훼손시키는 험한 소문들이 무성했다. 매일 저녁 그녀의 집에서 벌어지는 술판에 모인 술꾼들은 한밤중부터 다음 날 아침까지 마셔댄다고 사람들이 전했다. 류빈카는 술판을 주도하면서 '집시' 행세를 했다는데, 옷을 반쯤 벗고는(그때 률리킨은 술 취한 친구들에게 소리쳤다. '이것 봐! 저 가슴 좀 보라구!'), 흐트러진 머리채에 기타를 손에 쥐고 노래를 불렀다고 한다. '아, 얼마나 좋았던지 사랑스런 나의 님, 나의 콧수염!'

안넌카는 이 이야기를 전해 듣고 흥분했다. 그리고 무엇보다도 류빈카가 콧수염에 관한 로망스를 집시들이 부르는 식으로 불렀다는 점 때문에 충격을 받았다. 모스크바의 마트료샤*와 똑같이 불렀다니! 안넌카는 류빈카를 언제나 가장 공정하게 대했다. 그래서 만일 류빈카가「구시대의 대령」의 한 구절을 빼어나게 불렀다는 말을 듣는다면, 이를 당연한 것으로 여기고 기꺼이 믿었을 것이다. 믿지 않을 수 없었다. 왜냐하면 쿠르스크, 탐보프, 펜자의 관객들은 류빈카가 비할 데 없는 순수함으로 가냘픈 목소리를 내면서 대령의 여인이 되고픈 소망을 노래한 것을 지금까지도 기억하고 있기 때문이다. 하지만 류빈카가 집시들이 부르는 식으로 마트료샤처럼 노래를 부를 수도 있다니, 그것은 아니다! 그건 거짓말이야! 그녀는, 안닌카라면 그렇게 부를 수도 있다. 의심의 여지가 없는 일이다. 이는 그녀의 장르이고, 그녀의 배역이다.「러시아 로망스의 구현」이라는 연극에서 그녀를 보았던 쿠르스크의 모든 관객들은 안닌카가 그렇게 할 수 있다고 기꺼이 증명해줄 것이다.

안닌카는 어깨에 줄무늬 기타 멜빵을 걸치고 손에 기타를 쥔 다음 의자에 앉아 다리를 포개고 '아, 아!' 하고 노래를 부르기 시작했다. 그 모습은 진짜 집시 여배우 마트료샤가 부르는 식 그대로였다.

어쨌든 류빈카는 호사스럽게 지내고 있었으며, 률리킨은 이런저런 거절로 취중의 행복을 흐리게 하지 않으려고 벌써 지방자치회의 공금을 전용하기 시작한 것 같았다. 류빈카의 집에서 매일 밤 마셔대고 바닥에 쏟아붓는 어마어마한 양의 샴페인에도 불구하고, 류빈카는 날이 가면 갈수록 한층 더 변덕스러워졌고 까다로워졌다. 처음에는 모스크바의 마담 미낭구아에서 주문한 옷들이 무대에 나타나더니 나중에는 풀리드의 보석들이 등장했다. 약삭빠른 류빈카는 귀중품을 소중히 다루었다. 술에 취해 지내더라도 황금과 보석, 특히 당첨권은 별개의 것이다. 하여튼 즐겁게

---

* 집시 여배우의 이름.

지냈다기보다는 강렬하고 뻔뻔스럽게, 끊임없는 취기 속에서 지냈다. 한 가지 불쾌한 일은 경찰서장이 치근거리는 걸 참아야 한다는 점이었다. 그는 률리킨의 친구들 중 하나였지만, 가끔은 자기가 유력한 인물이라는 것을 자랑하기 좋아했다. 류빈카는 경찰서장이 그녀의 대접에 만족하지 못한 때는 잘 알 수 있었다. 왜냐하면 그런 다음 날 아침에는 경찰관이 찾아와서 신분증을 내놓으라고 했기 때문이다. 그녀는 시키는 대로 했다. 아침에는 경찰관에게 안주와 보드카를 대접하고, 저녁에는 경찰서장이 제일 좋아하는 스웨덴 펀치 술을 그녀가 직접 따라줬다.

쿠키쉐프는 넘쳐나는 술을 보고는 질투심에 사로잡혔다. 그는 무슨 일이 있어도 이 집처럼 마음대로 드나들 수 있는 집과 류빈카 같은 미녀를 얻고 싶었다. 그렇게 된다면 화려한 세월을 보낼 수도 있을 것이다. 오늘 밤은 률리킨의 '미녀' 집에서 지내고, 내일 밤은 쿠키쉐프의 '미녀' 집에서 보내는 것이다. 이것이야말로 그의 속 깊은 꿈이었다. 어리석으면 어리석을수록 더 한층 자신의 목적 달성에 목을 매는 어리석은 자의 꿈이었다. 이 같은 꿈의 실현을 위해 꼭 들어맞는 인물로 나타난 이가 안넌카였다.

그러나 안넌카는 호락호락 넘어가지 않았다. 비록 그녀에게는 추종자들이 많았고 또 그들과의 교제를 싫어하지는 않았지만, 아직까지 그녀의 마음은 뜨거워지지 않았다. 한번은 지방 비극배우인 밀로슬라프스키라는 남자를 사랑할 뻔한 때가 있었는데, 그 남자도 그녀를 정열적으로 사랑한 듯 보였다. 하지만 밀로슬라프스키는 너무나 우둔한데다가 항상 술에 취해 있어 한 번도 그녀에게 마음속의 말을 건넨 적이 없었으며, 그녀가 옆을 지나갈 때 그저 눈을 휘둥그렇게 뜨고 어색하게 딸꾹질을 할 뿐이었다. 그 사랑은 그리하여 싹도 피기 전에 시들어버렸다. 나머지 추종자들은 지방의 여배우가 피해갈 수 없는 어쩔 수 없는 운명이라고 받아들였다. 그녀는 이 운명을 따랐으며, 그들이 그녀에게 제공하는 작은 특혜(박수, 꽃다발, 삼두마차 드라이브, 피크닉 등등)를 이용했지만 그것 이상의 외적인 방탕은 허락할 수 없었다.

그녀는 지금도 그대로 행동했다. 여름 내내 변치 않고 정결의 길을 걸었으며 자신의 '보물'을 꿋꿋이 지켰는데, 마치 보플리노 사제에게 여배우들 중에도 영웅적으로 행동하는 이들이 있음을 증명하려는 듯이 보였다. 한번은 그녀가 주지사에게 쿠키쉐프 문제를 하소연했는데, 주지사는 호의를 가지고 그녀의 이야기를 다 듣더니 그녀의 영웅적 행동을 칭찬하며 앞으로도 그렇게 행동하라고 도움말을 주었다. 그렇지만 동시에 그녀의 하소연에서 주지사 개인에 대한 간접적인 공격의 구실을 알아차리고 덧붙이기를 자신은 내부의 적들과 싸우느라 힘을 다 소진했기에 바라는 대로 도움이 될지 확신이 들지 않는다고 했다. 이 말을 듣자 안넌카는 얼굴이 빨개져 나가버렸다.

한편 쿠키쉐프는 아주 교묘하게 행동하고 간청하여 사람들의 관심을 모을 수 있었다. 사람들은 쿠키쉐프가 옳으며 포고렐카의 첫번째 아가씨(연극 포스터에는 그렇게 찍혀 있었다)는 신경질적인 역할을 맡은 '대단히 훌륭하신 분'에 불과하다고 쉽게 추측했다. 고집불통으로 나대는 이 여자를 꺾는 일을 자신의 지상과업으로 삼게 된 사람들의 모임이 결성되었다. 늘 무대 뒤 분장실을 찾는 사람들이 그녀의 분장실은 건너뛰고 옆방인 날리모바의 분장실에 둥지를 틀었다. 그러고는 드러내놓고 적대적 행동을 하지는 않았지만 포고렐카 아가씨가 등장할 때면 무시무시한 자제력으로 그녀를 맞이했는데, 마치 무대에 나타난 이가 주연 배우가 아니고 반미치광이의 단역 배우라는 듯이 그렇게 구경했다. 그러더니 안넌카가 맡고 있는 몇몇 배역을 빼앗아 날리모바에게 줄 것을 극단주에게 요구했다. 더한층 흥미로운 것은 이 모든 은밀한 음모를 실제로 움직인 것은 류빈카로서 그녀는 날리모바의 여자 친구로 함께 공연 중이었다.

가을이 다가왔을 때 안닌카는 깜짝 놀랄 일을 겪게 되는데, 이제는 그녀가 「아름다운 옐레나」에서 오레스트 역을 해야만 하고 이전에 맡았던 배역 중에서는 다만 페리콜라 역만 남겨졌으며 그것도 단지 날리모바가 그녀와 함께 공연하기를 꺼려해서 이렇게 되었다는 사실을 알게 되었다. 게다가 극단주는 그녀에 대한 관객들의 호응이 식었다는 이유로 월급을 75루블로 삭감할 것이며 일 년에 한 번은 자선공연을 해야 한다고 일방적으로 통보했다.

안닌카는 그런 월급을 받게 되면 여관에서 여인숙으로 숙소를 옮겨야만 했기에 겁이 덜컥 났다. 그녀는 두세 명의 극단주에게 편지를 보내 그곳에서 일할 생각이 있다고 알렸다. 하지만 요즘은 그렇지 않아도 페리콜라가 너무 많을뿐더러 믿을 만한 소식통에 따르면 안닌카의 고집은 잘 알려져 있으며 또 그녀가 성공하리라는 전망도 보이지 않는다는 한결같은 답장만 돌아올 뿐이었다.

안닌카의 남은 돈도 바닥이 드러났다. 일주일만 있으면 여인숙 신세를 피할 수 없을 것이며, 파르페니사 배역을 맡고 지역 경찰서장의 보호를 받고 지내는 호로샤비나와 이웃하게 될 것이다. 절망과 같은 것이 그녀를 엄습했다. 게다가 누군가 똑같은 내용의 메모를 그녀의 여관방으로 매일같이 슬그머니 넣어두었다. '페리콜라! 복종하게! 당신의 쿠키쉐프로부터!' 그런데 이와 같이 힘든 때 생각지도 않게 류빈카가 불쑥 찾아왔다.

"말해봐, 언니는 어떤 왕자님을 위해 언니의 보물을 지키는 거야?" 그녀는 단도직입으로 물었다.

안닌카는 망연자실했다. 무엇보다 놀란 점은 보플리노의 사제나 류빈카가 '보물'이라는 말을 동일한 의미로 사용했다는 것이다. 다만 사제는 '보물'을 원칙으로 보았으며, 류빈카는 그것이 '비열한 남자들'을 멍청해지도록 만들기는 하지만 공허한 것이라고 보았을 뿐이다.

안닌카는 과연 이 보물이 무엇인가 자문하지 않을 수 없었다. 정말 이 보물을 간직할 필요가 있기는 한 것인가? 하지만, 이 물음에 만족할 만한 답을 얻지는 못했다. 한편으로는 보물 없이 살아간다는 일이 부끄럽기도 했지만, 다른 한편으로는, 에잇 빌어먹을! 정말 삶의 모든 의미와 공적이 매 순간 보물을 지키기 위해 전쟁을 치르는 것이란 말인가?

"나는 반년 동안 30장의 당첨권을 모을 수 있었어." 그러면서 류빈카는 말을 계속 했다. "그리고 물건은 또 어떻고…… 좀 봐, 내가 입고 있는 이 옷을!"

류빈카는 빙그르르 돌았다. 앞뒤 옷매무시를 바로잡고 사방에서 잘 보이도록 자신을 보여줬다. 입고 있는 옷은 실제로 비싸 보였고 바느질도 잘돼 있었다. 모스크바의 미낭구아 제품인 것이다.

"쿠키쉐프는 좋은 사람이야." 다시 류빈카가 말을 꺼냈다. "그 남자는 언니를 인형처럼 차려 입히고 돈도 줄 거야. 극장은 신경 쓰지 않아도 돼. 그만큼 했으면 됐지!"

"그렇지 않아!" 안닌카가 흥분하여 소리쳤다. 그녀는 아직 '신성한 예술'이라는 단어를 잊을 수 없다.

"원한다면 그대로 할 수도 있어. 최고의 월급을 다시 받을 수 있고, 날리모바보다 더 잘 나갈 수도 있어."

안닌카는 아무 말도 하지 않았다.

"그럼 갈게. 밑에서 나를 기다리고들 있거든. 쿠키쉐프도 밑에 있어.

같이 갈래?"

하지만 안닌카는 계속 입을 다물고 있었다.

"좋아, 더 생각해봐야 한다면 생각해봐. 그리고 결심하게 되면 내게 와! 난 갈게!"

9월 17일 류빈카의 영명축일에 특별공연이 있다는 사모바로프 극장 포스터가 걸렸다. 안닌카는 「아름다운 옐레나」의 배우로 다시 출연했고, 같은 날 저녁에는 '이번 한 번만' 오레스트 역을 포고렐카 두번째 아가씨, 즉 류빈카가 연기했다. 축하 공연을 위해 마찬가지로 '이번 한 번만,' 날리모바 아가씨에게 몸에 착 붙는 옷과 짧은 모닝코트를 입히고 얼굴에는 약간 검은 칠을 하고 철판을 들게 하여 무대에 올려 보내 대장장이 클레온 역을 맡겼다. 이 모든 이유로 관객들은 열광했다. 무대 뒤에서 나타나자마자 안닌카는 환호 소리를 듣게 되었는데, 갈채가 어떤 것인지 오래되어 기억이 까마득한 그녀로서는 목이 메었다. 그러다가 제3막에 이르러 한밤중에 깨어 일어나는 장면에서는 거의 알몸 상태로 침대에서 일어났는데, 이때 관객석에서는 문자 그대로 신음 소리가 새어 나왔다. 그리하여 지나치게 흥분한 어떤 관객은 문 입구에 등장한 메넬라이에게 소리쳤다. "지겨운 놈아, 넌 저리 가버려!" 안닌카는 관객들이 자기를 용서해주었다고 느꼈다. 한편 연미복에 하얀 넥타이 차림의 쿠키쉐프는 흰 장갑을 끼고 자신이 승리했다고 뽐내며 말하고, 막간 휴식 시간에 간이식당에 가 모든 사람들에게 샴페인을 돌렸다. 마침내 극단주는 기쁨에 겨워 안닌카의 분장실에 찾아와 무릎을 꿇고 이렇게 말했다.

"자, 아가씨, 당신이 최고입니다! 그러니 오늘 저녁부터 예전처럼 최상의 월급을 받게 될 것이고 그에 상응한 횟수의 자선공연에서 공연하게 될 겁니다!"

한마디로 말하자면 모든 사람들이 그녀를 칭찬하고 축하했으며 동정을 표했다. 그래서 그녀 자신도 처음에는 고통스러운 슬픔을 피할 곳을 찾지 못해 두려웠지만, 자신의 임무를 수행했다는 확신을 생각지도 않게 얻게 되었다!

공연이 끝난 후 모두 영명축일을 맞은 류빈카에게 몰려들어 다시 한 번 축하해주었다. 류빈카의 집에 많은 사람들이 모여들어 담배를 피웠기에 숨 쉬기가 곤란해졌다. 저녁을 먹으려고 자리에 앉아 샴페인을 잔에 채웠다. 안닌카는 쿠키쉐프가 조금도 떨어지지 않고 옆에 붙어 있어 약간 당황한 듯 보였지만, 이제는 그의 구애가 싫지만도 않았다. 약간은 우습기도 했지만 키도 크고 힘이 센 장사꾼을 이렇게 손쉽게 자신의 손아귀에 넣었다는 사실에 기분이 좋아지기도 했다. 이 남자는 쉽사리 철을 구부러뜨릴 수도 펼 수도 있었으며, 어떤 일이든지 시킬 수 있고 그와 함께할 수 있었기 때문이다. 저녁식사 후에 여흥이 시작되었는데, 술에 취해 소란스러웠다. 이성도 가슴도 자리를 비운 여흥이었으며, 다음 날에는 머리가 아프고 구역질을 불러일으키는 그런 여흥이었다. 오직 한 사람, 비극 배우 밀로슬라프스키 혼자만 침울하게 앉아 샴페인은 피하고 보드카만 한 잔씩 들이켜고 있었다.

안닌카에 대해 말해보자면, 그녀는 잠시 '기쁨'을 억제하고 있었다. 그러나 쿠키쉐프는 집요하고도 간절하게 무릎을 꿇고 그녀에게 청했다. "안나 세묘노브나! 당신이 마실 차례입니다! 저희들의 행복을 위해서 부탁드립니다! 화합과 사랑을 위해서! 제발 부탁드립니다!" 그녀는 쿠키쉐프의 바보 같은 모습을 보는 것도 바보 같은 말을 듣는 것도 기분 나빴지만, 거절할 수가 없었으며 곧 순식간에 머리가 핑 돌았다. 한편 류빈카는 기분이 매우 좋아 안닌카에게 '아, 얼마나 좋았던지 사랑스런 나의 님, 나의 콧수염!' 노래를 불러달라고 청했다. 안넌카는 아주 멋들어지게 불러 모두들 "야, 정말이지 마트료샤가 부르는 것 같아!"라며 열광했다. 그 대신 류빈카는 중령의 애인이 된다는 것은 즐겁다는 가사의 노래 구절을 기교를 부려 불렀기에 모두가 이 노래는 그녀의 것이며, 안넌카가 집시 풍의 노래에서 적수가 없듯이 류빈카도 이런 장르의 노래에서는 적수가 없다고 인정했다. 마지막으로 밀로슬라프스키와 날리모바가 가면무도회의 장면을 연기했다. 비극 배우는 폴레보이의 5막극인 「우골리노」의 일부분을 낭송했으며, 날리모바는 바르코프의 미발표 작품의 일부분으로 그에게 답했다. 반응은 기대 이상이어서, 날리모바 양이 포고렐카 아가씨들의 명성을 누르고 이날 저녁 여주인공이 될 뻔했다.

　날이 밝아오기 시작했을 때 쿠키쉐프는 영명축일을 맞은 아가씨를 뒤로하고 안넌카를 마차에 태웠다. 새벽 예배에 다녀오던 경건한 소시민들은 화려하게 차려입고 약간 비틀거리는 포고렐카의 첫번째 아가씨를 바라보고는 눈살을 찌푸리며 중얼거렸다.

　"사람들은 성당에 다녀오는데 저것들은 술이나 쳐 마시고…… 빌어먹을 것들!"

　동생의 집에서 나온 안넌카는 이제는 더 이상 여관으로 가지 않고 작지만 쾌적하고 예쁘게 장식된 집으로 향했다. 그녀 뒤를 따라 쿠키쉐프가 들어갔다.

　겨울 내내 이성을 떠난 생활이 이어졌다. 안넌카는 눈앞이 어찔어찔했다. 그리고 때때로 '보물'에 대한 생각이 들었다면, 그것은 마음속으로만 '그렇지만 난 정말 바보였어!'라는 말을 하기 위해서였다. 쿠키쉐프는 류빈카와 같은 미인을 얻겠다는 꿈을 이루었다는 자만심으로 돈 쓰는 것을 아까워하지 않았으며, 경쟁심으로 부추겨져 률리킨이 옷 한 벌을 주문하면 반드시 두 벌을 주문했으며, 률리킨이 샴페인 한 다스를 주문하면 두 다스를 주문했다. 급기야 류빈카는 언니를 시기하기 시작했다. 왜냐하면 안닌카는 겨울 동안 보석이 붙어 있거나 붙어 있지 않은 금장식품을 상당히 모은 것 외에도 당첨 복권 40장을 모았기 때문이다. 두 사람은 다시 가까워져 가진 물품을 함께 보관하기로 결정했다. 이때 안닌카는 다시 한 번 꿈에 부풀어 동생과 속마음을 나누었다.

"이 모든 게 끝이 나면 우리 함께 포고렐카로 가도록 하자. 우리는 돈도 있으니까 살림을 꾸릴 수 있을 거야."

류빈카는 대단히 냉소적으로 대꾸했다. "언니는 이 일이 끝이 날 거라고 생각해? 바보 같으니라고!"

쿠키쉐프에게 새로운 생각이 떠오른 것이 안닌카에게는 불행이었다. 그는 예의 그 집요함으로 생각을 계속했다. 머리도 나쁜데다가 지혜도 없는 이 남자는 자신의 미녀가 함께한다면, 즉 자신과 함께 보드카를 마시기 시작한다면 더 없이 행복할 것이라고 꿈꿨다.

"쭉 들이켜요! 우리 함께 한 잔씩 마셔요!" 그는 끊임없이 치근댔다 (쿠키쉐프는 그녀에게 항상 말을 높였는데, 이는 그녀가 귀족이기에 인정을 해준 면도 있었고, 두번째로는 그도 모스크바 시장에서 사환으로 일했다는 사실을 은연중에 내비치려는 의도였다).

안닌카는 률리킨도 류빈카에게 음주를 강요하지 않는다면서 처음에는 거절했다.

"그렇지만 률리킨을 사랑하니까 마시잖아요!" 쿠키쉐프가 반박했다. "제 말 좀 들어보세요, 나의 미인이여. 률리킨의 일이 우리들의 모델이 되는 건 아니잖아요? 그 사람들은 률리킨 사람들이고, 당신과 나는 쿠키쉐프 사람들이죠. 그러니까 우리는 우리 방식대로, 쿠키쉐프 방식대로 마시도록 합시다."

이런 말로 쿠키쉐프는 고집을 피웠다. 그러다가 안닌카가 그녀의 연인의 손에서 녹색 액체가 든 술잔을 받아 단숨에 들이켰다. 물론 정신이 멍해지고 사레가 들었으며, 눈앞이 어찔어찔해졌지만 쿠키쉐프는 미친 듯 열광했다.

"나의 미인이시여, 한말씀 드리지요. 그렇게 마시면 안 됩니다. 당신은 너무 빨리 마시는군요." 그는 그녀가 좀 진정이 되자 가르쳤다. "술잔은 요렇게 쥐어야만 합니다. 그리고 서두르지 말고 입가에 가져가서는 하나, 둘, 셋, 이렇게 마시는 거죠!"

그는 침착하고도 진지하게 술잔을 목구멍에 털어 넣었는데, 마치 대야에 붓는 것 같았다. 얼굴을 찡그리지도 않고 쟁반에서 흑빵 조각을 집더니 소금을 얹어 먹을 뿐이었다.

이렇게 하여 쿠키쉐프는 두번째 '계획'을 실현시켰고, 륰리킨에게 은연중 자랑하기 위해서 또 다른 계획을 모색하기 시작했다. 그리고 물론, 생각해냈다.

"알고 계신지요?" 불쑥 그가 말했다. "여름이 시작되면 륰리킨 사람들과 함께 내 제분소로 갑시다. 술이랑 안주를 챙겨 넣은 가방을 들고 찾아가 양쪽의 동의를 얻어 강에서 수영도 하도록 하죠."

"그런 일은 절대로 없을 거예요." 그녀는 화를 내며 반대했다.

"왜 안 된단 말입니까? 먼저 수영을 하고 그다음에 아주 조금 마시도록 하죠. 그리고 좀 쉰 다음에 다시 수영을 한단 말입니다. 멋질 겁니다!"

쿠키쉐프의 새로운 계획이 실현되었는지는 알 수 없지만, 일 년 내내 술에 취해 지냈으며 또한 이 기간 동안 시 자치기관이나 지방자치기관은 쿠키쉐프 씨와 률리킨 씨에 대해서 조금도 불안해하지 않았음은 분명하다. 그렇지만 률리킨은 보란 듯이 모스크바에 다녀와서는 삼림채벌권을 팔았다고 말했다. 하지만 4년 전 집시 여인 도마쉬카와 동거하던 그때 이미 팔았던 일을 사람들이 옛일을 들춰내며 지적하자 그는 화를 내며 그때 그가 판 것은 드르이갈로프 지역이고 지금 판 것은 다쉬키나 스트이도부쉬카 지역이라고 반박했다. 또한 자기 이야기에 믿음을 주기 위해 덧붙여 말하기를 이번에 판 지역 이름이 그렇게 된 것은 농노제 시절에 다쉬카라는 여자 농노를 그 숲에서 붙잡아 그 자리에서 태형을 내렸기 때문이라고도 설명했다. 한편 쿠키쉐프는 주의를 다른 데로 돌리려는 목적으로, 외국에서 상당히 많은 레이스를 밀수입하여 이익을 남겼다는 소문을 몰래 냈다.

그럼에도 불구하고 이듬해 9월에 경시총감이 쿠키쉐프에게 1천 루블을 빌려달라고 부탁했을 때 쿠키쉐프는 경솔하게 거절했다. 그러자 경시총감은 검사보와 함께 무언가 속삭이기 시작했다(그후 쿠키쉐프는 "이 두 사람이 우리 집에서 매일 저녁 샴페인을 퍼 마셨습니다"라고 재판정에서 증언했다). 그리고 9월 17일, 쿠키쉐프 연인의 1주년 기념일에 그가 류빈카의 영명축일을 함께 축하하는 자리에서 시 자치기관의 시의원이 달려와 지방자치회에서 지금 사람들이 모여 조서를 작성하고 있다고 말했다.

"아마도 부족액을 찾았나보군?" 쿠키쉐프는 거리낌 없이 큰 소리로 말하고는 아무 말 없이 시위원을 따라 지방자치회에 갔다가 감옥으로 향했다.

다음 날 지방자치회도 당황했다. 지방자치위원들이 모여 출납국 금고를 가져오도록 하여 세고 또 세어보고 수판을 튕겨보았지만, 그래도 드러난 부족액은 그대로였다. 검사장에 있던 률리킨은 얼굴이 창백해지고 인

제7장 총결산 389

상이 찌푸려졌지만, 그래도 당황하지 않았다!

부족액이 명백하게 드러나자 자치위원들은 횡령액을 채우기 위해 자기는 어떤 드르이갈로프 숲을 팔아야 할까 하고 저마다 계산하고 있을 때 률리킨은 창가로 다가가 주머니에서 권총을 꺼내더니 그 자리에서 관자놀이를 쏴 자살했다.

이 사건으로 인해 도시에서 많은 이야기가 돌아다녔다. 사람들은 판단하고 비교를 하곤 했다. 률리킨을 불쌍하게 여기고 이렇게 말했다. "적어도 고결하게는 끝냈어!" 쿠키쉐프에 대해서라면 "장사치로 태어나 결국 장사치로 죽을 거야!"라고 비아냥거렸다. 안닌카와 류빈카에 대해서는 이 일의 시작은 그 여자들이고 그 여자들 때문에 생겼기 때문에, 앞으로 그런 사기꾼들이 사건을 일으키지 않도록 하려면 그 여자들을 감옥에 쳐넣는 것이 좋다고 대놓고 말했다.

그렇지만 예심판사는 이 여자들을 감옥에 보내지는 못했다. 그래도 워낙 겁을 줬기 때문에 두 여자는 혼비백산하고 말았다. 물론 좀더 값어치 나가는 물건은 감추어두라고 진심 어린 충고를 해준 사람들도 있었지만, 이들은 아무 말도 이해하지 못했다. 그 결과 원고의 변호사(두 기관은 한 명의 변호사를 함께 고용했다)인 대담한 사나이는 손해배상 담보물 확보를 위해 집달관과 함께 자매 앞에 나타나 찾아낸 물건을 모두 기록하고 봉인했다. 다만 옷가지와 새겨진 이름으로 보아 이 여자들에게 매혹당한 관객들이 선물한 것에 틀림없는 금은 세공품만은 남겨두었다. 하지만 이 때 류빈카는 그 전날 선물 받았던 지폐 한 다발을 집어 코르셋에 감춰둘 수 있었다. 두 자매는 1천 루불의 돈으로 언제가 될지 모를 그날까지 살아가야만 했다.

재판을 기다리느라 4개월을 사모바로프에 묶여 있어야만 했다. 그러다가 재판이 시작되었는데, 재판정에서 이들은, 특히 안닌카는 모진 고통을 감수해야만 했다. 쿠키쉐프는 혐오스러울 정도로 파렴치했다. 그는 사실 그렇게 상세히 밝힐 필요도 없었지만 사모바로프 시의 여인들 앞에서 낱낱이 드러내고 싶어서 모든 일을 줄줄이 진술했다. 검사와 원고측 변호사는 젊은 사람들로서 사모바로프의 여인들을 만족시키려고 했기에, 재판 과정에 활기를 불어넣으려고 이 점을 이용했고 또한 성공할 수 있었다. 안닌카는 몇 차례 실신했지만 원고 측 변호사는 손해배상 담보물 확보가 걱정되어 조금도 주의를 돌리지 않고 질문의 공세를 늦추지 않았다. 마침내 심리가 끝나고 원고와 피고 측에 발언권이 주어졌다. 한밤중이 되어서야 배심원들은 쿠키쉐프에게 정황을 참작해 경감된 유죄 판결을 내렸다. 그 결과 그는 그다지 멀지 않은 서시베리아 유형을 언도받았다.

재판이 끝나자 두 자매는 사모바로프 시에서 떠날 수 있었다. 감춰둔 1천 루블의 돈도 바닥이 났기에 어쩔 수 없기도 했다. 게다가 이들과 사전에 계약했던 크레체토프의 극장주는 즉시 공연을 하라고 요구하면서 그렇지 않겠다면 계약을 파기하겠다고 위협했다. 원고 측 변호사의 요구로 봉인된 돈, 소유물, 유가증권에 대해서는 감감무소식이었다.

'보물'을 되는대로 취급한 결과가 이러했다. 지치고 힘든데다가 사람들로부터 멸시받던 두 자매는 자신들의 능력과 희망을 모두 잃었다. 자매는 몸이 축나고 자포자기했으며 겁도 났다. 게다가 안닌카는 쿠키쉐프의 영향을 받아 음주 습관마저 생겼다.

상황은 갈수록 악화되었다. 두 자매가 크레체토프에 도착해 마차에서 내리자마자 환대를 받았다. 류빈카는 헌병대위 파프코프가 맞이했으며, 안닌카는 상인 자브벤느이가 맞이했다. 하지만 예전의 풍요로운 생활은 다시 오지 않았다. 파프코프와 자브벤느이는 거친 싸움꾼들이었지만, 적당히 돈을 썼고(자브벤느이는 '상품을 봐가면서'라고 표현했다), 3, 4개월이 지나자 눈에 띄게 냉정해졌다. 게다가 그저 그런 사랑처럼 공연도 꼭 그만큼 적당하게만 성공을 이어갔다. 이들이 사모바로프에서 불러일으킨 스캔들을 염두에 두고 이들을 불러온 극장주의 예상은 완전히 빗나갔다. 첫 날 공연에서 포고렐카의 두 자매가 무대에 오르자 입석 관람석에서 누군가가 "에이, 너희는 죄인들이야!"라고 소리쳤다. 이 별명이 곧 이들의 무대 운명을 결정지었으며, 계속 그녀들 뒤를 따라다녔다.

흥미를 모두 상실한 무기력하고 황량한 삶이 계속되었다. 관객의 반응은 차가웠고, 극장주는 불만이었으며, 보호자들은 고개를 돌렸다. 자브벤느이는 쿠키쉐프가 그랬던 것처럼 아름다운 아가씨가 자신과 함께 조금씩 술을 마실 것을 꿈꾸었다. 그녀는 처음에는 내숭을 떨겠지만 결국에는 하나하나씩 굴복할 것이다. 그러나 학습은 이미 이루어져 있었고 그에게 남아 있는 것은 단지 하나의 위안거리, 즉 친구들을 불러 모아 아뉴트카*가 보드카를 한번에 삼키는 것을 보는 일밖에 없다는 것을 알고는 크게 모욕감을 느꼈다. 한편 파프코프도 류빈카가 살이 빠져서, 그의 표현대로라면 '시체가 되어' 몹시 불만이었다.

"네 몸은 어디로 간 거야? 말 좀 해봐." 그는 그녀에게 물었다.

그리하여 그는 그녀에게 격식도 차리지 않았을 뿐만 아니라 술김에 여러 차례 손찌검까지 했다. 겨울이 끝나갈 무렵 두 자매는 '제대로 된' 보호자도 없었으며, '항구적인 지위'도 없었다. 이들은 극장 주변에서 겨우겨우 견디고 있었으니, 「페리콜라」나 「구시대의 대령」에 대해서는 말할 것도 없었다. 류빈카는 약간 활기 있어 보였지만, 안닌카는 좀 신경질적

---

* 안닌카의 또 다른 애칭.

으로 완전히 타락하여 과거는 모두 잊어버리고 현재의 상황은 인식하지 못하는 것처럼 보였다. 설상가상으로 그녀는 수상쩍은 기침을 뱉기 시작했다. 분명 어떤 알 수 없는 병이 그녀에게 다가오는 것 같았다.

이듬해 여름은 끔찍했다. 그녀들은 여관의 여행객들에게 불려가기 시작했고, 적당한 금액이 책정되었다. 스캔들은 끊이지 않았으며 싸움도 연이어 일어났지만, 그녀들의 생명은 고양이처럼 모질었기에 늘 매달려 살기를 원했다. 이들의 삶은 뜨거운 물에 데고 다리가 부러진 상처투성이의 개가 점찍어둔 장소에 기어오르면서 낑낑대는 것과 닮았다. 극장가에 이런 인물들을 데리고 있기는 곤란했다.

이처럼 암울했던 그해에 한번은 안닌카의 삶에 한줄기 빛이 비쳤다. 다름이 아니라 비극 배우 밀로슬라프스키가 사모바로프에서 편지 한 통을 보내 그녀에게 간절하게 청혼한 것이다. 안닌카는 편지를 다 읽고 난 후 울기 시작했다. 그녀는 밤새도록 뒤척였는데, 말하자면 꿈을 꾸는 듯했다. 하지만 이튿날 아침에는 짧은 답장을 써 보냈다. '왜 그러시죠? 함께 보드카라도 마시자는 건가요?' 그 이후 어둠은 이전보다 깊어졌으며, 다시 끝없이 비열한 취기가 시작되었다.

류빈카가 먼저 정신을 차렸다. 아니 정신을 차렸다기보다는 이제 살 만큼 살았다는 것을 본능적으로 느꼈다고 말하는 편이 낫겠다. 앞으로의 일거리는 보이지 않았고, 젊음도 아름다움도 재능의 싹도 모든 것이 한꺼번에 사라져버렸다. 포고렐카에 그들의 안식처가 있다는 사실이 그녀의 머리에 단 한 번도 떠오르지 않았다. 그것은 무언가 아득하고 막연한, 완전히 잊힌, 그런 것이었다. 예전에도 포고렐카에 갈 마음이 없었는데, 하물며 지금이야. 지금으로 말하자면 거의 굶어 죽게 생겼으니 더욱이 그곳으로 갈 생각은 조금도 없었다. 이런 모습으로 나타난다면? 얼굴에는 온

갓 술주정뱅이들의 입김이 '천한 년'이라는 낙인을 찍어놓았으니. 사방 어디서나 저주받은 숨결이 깔려 있었고, 느껴졌다. 무엇보다도 경악스러운 일은 그녀나 안넌카가 이러한 숨결에 길들여져 그것을 떼어낼 수 없는 신체의 일부분으로 자연스럽게 받아들였다는 점이다. 선술집의 악취나 여인숙의 소동, 주정뱅이들의 냉소 어린 말 들도 혐오스럽지 않았다. 그러니 그들이 포고렐카에 가더라도 이런 것들이 필요할 것이다. 하지만 포고렐카에서는 도대체 무얼 먹고 살아간단 말인가? 몇 년째 방랑 생활을 하고 있지만, 포고렐카에서는 수입에 관해 왜 그런지 아무 말도 듣지 못했다. 포고렐카는 신화가 아닌가? 그곳의 모든 이들은 죽지 않았을까? 아리나 페트로브나가 고아인 그녀들을 쉰 우유와 상한 고기절임으로 키울 때의 아련하고 영원히 기억할 만한 어린 시절의 증인들은 모두 죽었을까? 아, 그게 무슨 유년 시절이었단 말인가! 그게 무슨 삶이란 말인가! 삶이란 도대체가! 삶이라는 것이 다 그런 건가!

죽어야 한다는 것은 분명했다. 일단 이런 생각이 양심을 밝히게 되자 결코 떠나지 않았다. 두 자매는 술에 절어 잠에서 깨어나는 일이 빈번했다. 안넌카는 깨어날 때마다 눈물을 흘리며 히스테리를 일으켰지만, 금방 돌아왔다. 류빈카는 원래 냉정한 성격이었기에 울거나 저주를 퍼붓지는 않았지만, 다만 자신이 '천한 년'이라는 사실은 잊지 않았다. 게다가 류빈카는 생각이 깊었으므로 산다는 것이 아무런 이득이 없다고 분명하게 판단했다. 그녀의 앞에 치욕과 가난, 길거리 이외에는 아무것도 보이지 않았다. 치욕은 익숙해져 견딜 만했지만, 가난은 결코 그렇지 못했다. 단 한 번에 끝장내는 것이 낫다.

"죽어야겠어." 어느 날 류빈카는 2년 전 안넌카에게 누구를 위해 보물을 지키고 있느냐고 물어봤던 바로 그 어조, 냉정하고 이성적인 어조로 안닌카에게 말했다.

"뭐라고?"

"언니한테 진지하게 말하는 건데 죽어야만 되겠어." 류빈카는 재차 말했다. "받아들이자! 정신 차리고! 그렇게 하자!"

"그래…… 죽자!" 그러나 안닌카는 이 결정이 함축하고 있는 냉엄한 의미를 명확하게 깨닫지는 못했다.

같은 날 류빈카는 성냥의 인을 가루로 만들어 모으고 두 잔의 술을 준비했다. 한 잔은 자신이 마시고 다른 한 잔은 언니에게 건넸다. 하지만 안닌카는 일순간 겁이 나서 마시고 싶지 않았다.

"마셔, 더러운 것!" 류빈카가 그녀에게 소리쳤다. "언니! 사랑하는 언니! 마셔요!"

안닌카는 무서운 마음에 정신을 잃고 소리치면서 방 안을 뛰어다녔다. 동시에 두 손으로는 질식사할 듯이 본능적으로 목을 움켜잡았다.

"마셔, 마시라고! 더러운 년!"

포고렐카 아가씨들의 예술 경력은 이것으로 끝이 났다. 그날 저녁 류빈카의 시신은 들판으로 옮겨져 그곳에 묻혔다. 안닌카는 살아남았다.

* * *

골로블료보에 도착한 안닌카는 이우두쉬카의 오래된 둥지에 가장 파렴치한 방랑 생활의 분위기를 옮겨놓았다. 늦게 일어나 옷도 안 입고 빗질도 하지 않은 채 점심때까지 구석구석을 기웃거렸다. 워낙 쥐어짜내듯이 기침을 해서 서재에 앉아 있던 포르피리 블라디미르이치는 그때마다 놀라서 몸을 떨었다. 그녀의 방은 한 번도 정리정돈을 하지 않았다. 침대

위는 어지러웠으며, 옷가지와 화장품들은 의자 위와 바닥에 아무렇게나 널려 있었다. 처음에는 외삼촌과 점심때와 저녁 차 마시는 시간에만 만났다. 골로블료보의 군주는 검은 옷을 차려 입고 서재에서 나와 거의 말을 하지 않으면서 예전처럼 참을 수 없을 만큼 오랫동안 식사를 했다. 그는 안닌카를 주시하는 듯했다. 안닌카는 곁눈질하고 있는 외삼촌이 자기를 눈여겨보고 있다고 느꼈다.

점심식사 후 12월의 때 이른 어둠이 일렬로 길게 이어진 화려한 방들을 우울한 걸음으로 찾아들었다. 안닌카는 겨울의 회색빛이 차츰 옅어지고, 밖이 어슴푸레해지고 방 안이 어둠으로 차오르다가 일시에 집 전체가 깜깜해지는 과정을 지켜보기 좋아했다. 그녀는 어둠 속에서는 한결 마음이 가벼워졌기에 촛불을 밝힌 적도 없었다. 다만 긴 응접실의 끝에서는 값싼 야자유 촛불이 소리를 내며 타오르고 주변에 작고 둥근 불빛을 비추고 있었다. 점심식사 후에는 잠시 동안 집 안이 웅성거린다. 식기를 씻는 소리가 들리고 서랍을 열고 닫느라 삐걱대는 소리도 울린다. 하지만 곧 발소리는 멀어지고 죽은 듯한 정적이 엄습한다. 포르피리 블라디미르이치는 점심식사 후 누워서 휴식을 취하고, 예브프락세유쉬카는 자기 방에서 깃털 이불을 뒤집어썼다. 프로호르는 하인들 방으로 갔으며, 안닌카는 홀로 남았다. 그녀는 왔다갔다하며 나지막이 노래를 불렀다. 자신을 지치게 하려 애쓰면서도 사실은 아무 생각도 하지 않으려고 했다. 응접실 쪽으로 가면서 촛불 주위의 둥근 불빛을 응시했고, 돌아오면서는 짙어가는 어둠 속에서 하나의 점이라도 구별해내려고 애썼다. 그러나 아무리 애를 쓰더라도 과거의 기억이 다가왔다. 싸구려 벽지로 도배되어 있고 거울과 제2의 파프코프 소위가 보낸 꽃다발이 걸려 있는 판자 칸막이의 분장실이 떠올랐다. 무대에는 그을음과 손때로 더러워지고 습기로 끈적거리는 무대장치가 있었다. 이곳 무대에서 안닌카는 몸을 돌린다. 마치 연기를 하듯이 몸을 돌린다. 이곳은 극장의 관객석, 무대에서 보면 매우 화려하여 빛이 나는 것 같지만, 실제로는 초라하고 어두운 곳으로 조립식 가구와 누더기가 된 검붉은색의 벨벳이 씌워진 특별석이 있는 곳이다. 마지막으로 위관 장교들, 위관 장교들이 끝없이 나타난다. 그러고는 악취가 풍기고, 그을음을 내는 석유램프가 희미하게 빛나는 여관 복도가 떠오른다. 여관방은, 그녀가 공연을 끝내고 숨을 헐떡이며 뛰어가 곧 있게 될 의식을 위해 옷을 갈아입어야 했던 그 방은, 아침부터 침대는 정리되어 있지 않았고, 세면대는 더러운 물로 가득 차 있었으며, 마루에는 시트가 뒹굴고 의자 등받이에는 두고 간 남자 속옷이 걸려 있었다. 응접실은 부엌 냄새로 가득 차 있고, 가운데는 식탁이 준비되어 있었다. 저녁식사는 완두콩을 얹은 커틀릿, 담배 연기, 고함 소리, 혼잡, 술주정, 방탕…… 그리고 또다시 위관 장교들, 위관 장교들이 끝도 없이 나타난다.

과거의 기억이란 이러했다. 그 당시 그녀는 자신이 성공했다고, 승리했으며 행복하다고 스스로 말했다……

뒤를 이어 일련의 다른 기억들이 떠올랐다. 그중에서 두드러진 기억은 여인숙이었다. 심한 악취와 겨울에는 꽁꽁 얼어붙는 벽이며, 삐걱대는 마루, 판자 칸막이 틈새로 나타난 번지르르한 빈대가 생각났다. 밤에는 술에 취해 싸움이 일어나고, 여행 중인 지주들은 얇은 지갑에서 서둘러 3루블 지폐를 꺼낸다. 약삭빠른 장사꾼들은 손에 가죽 채찍을 들고 여배우들을 격려한다. 다시 아침이 되면 머리는 쑤시고, 구역질과 슬픔이 끝없이 밀려온다. 그리고 이제 마지막으로 골로블료보……

골로블료보, 이는 사악하며 텅 빈 죽음이다. 새로운 희생을 끊임없이 기다리는 죽음이다. 두 명의 외삼촌들이 이곳에서 죽었으며, 두 명의 사촌 형제들이 이곳에서 '큰 상처'를 입고 그것 때문에 결국 죽었으며, 류빈카도 그렇게 되었으니…… 물론 겉으로는 크레체토프의 어딘가에서 '자신의 문제로' 죽은 것으로 되어 있지만, '큰 상처'의 근원은 의심의 여지 없이 바로 이곳, 골로블료보에 있다. 모든 죽음, 독, 악은 바로 이곳에서 시작되었다. 이곳에서 악취가 나는 썩은 고기를 먹고 자랐으며, 맨 처음 고아들이 주워들은 단어들은 '역겨운 것들' '거지들' '기생충들' '게걸쟁이들' 등등이었다. 이곳에서 그녀들은 아무것도 공짜로 얻을 수 없었다. 빵 한 조각도, 망가진 싸구려 인형도, 너덜너덜해진 걸레 한 조각도 냉담하고 어리석은 노파의 따가운 시선을 따돌리고 가질 수가 없었다. 사소한 규칙 위반이라도 질책과 손찌검으로 즉시 고쳐졌다. 그러다가 이들이 생활 능력을 갖추게 되고, 비열한 이곳에서 도망칠 수 있다는 것을 알았을 때, 이곳을 벗어나 그곳으로 달아났다. 아무도 도망치는 그들을 막지 않았고 또 막을 수도 없었다. 왜냐하면 골로블료보보다 더 열악하고 역겨운 곳은 상상조차 할 수 없었기 때문이었다.

아, 이 모든 것을 잊을 수만 있다면! 꿈속에서라도 무언가 다른 것, 과거와 현재를 숨겨줄 마술의 세계를 창조할 수만 있다면! 아! 그렇지만, 그녀가 살아온 현실은 강철 같은 힘을 가지고 있었기에, 현실의 억압 아래에서 상상력의 반짝거리는 모든 빛은 꺼져버렸다. 몽상은 은빛 날개를 가진 천사들을 만들어보려고 애를 썼지만 아무런 소용이 없었다. 천사들 뒤에서 쿠키쉐프, 률리킨, 자브벤느이, 파프코프 같은 인간들이 어김없이 엿보고 있었기 때문이다. 맙소사! 정말 모든 것을 상실했단 말인가? 거짓말하며 자신을 속이는 능력까지도 저녁 술판에서, 술과 방탕에 가라앉아버렸단 말인가? 하지만 어떻게 해서든지 과거를 말살하여, 피를 중독시키지 못하도록 해야만 하고 한 조각 심장이라도 찢지 못하도록 해야만 한다. 반드시 과거 위에 무언가 무거운 것을 올려놓아 과거를 짓눌러 하나도 남김없이 없애버려야만 하겠다!

이 모든 일들이 기이하고도 가혹하게 엮여 있다. 미래가 있을 거라고, 저 멀리 문이 있고 그 문을 지나면 어디론가 밖으로 나갈 수 있을 것이며 어떤 일이 일어날 거라고 상상하는 일도 불가능했다. 아무 일도 일어날 수 없다. 무엇보다 참을 수 없는 일은 그녀는 사실상 이미 죽었지만, 삶의 외적 징표는 그대로 있다는 점이다. 그때 류빈카와 함께 죽었어야만 했는데, 이렇게 살아남았다. 그 당시 사방에서 그녀에게 몰려들었던 치욕에도 불구하고 어떻게 그녀는 죽지 않았을까? 그녀를 한 번에 뒤덮은 돌더미 아래서 기어 나오기 위해 그렇게 하찮은 벌레가 되었어야만 했을까?

이런 의문을 갖게 되면 숨이 막혔다. 그녀는 응접실에서 빙빙 돌면서 불안한 과거의 기억을 가라앉히려고 애를 썼다. 그렇지만 기억은 눈앞에 떠올랐다. 공작부인 게롤쉬테인스카야는 경기병 겉옷을 걸치고 있고, 클레레타 앙고는 허리께까지 앞단을 가른 혼례복을 입고 있으며, 아름다운 옐레나는 전후좌우 모두 뜯어놓은 옷을 입어 몰염치와 나신을 여실히 드러낸다. 삶이 이렇게 흘러갔다. 진정 이게 다인가?

7시경 집 안은 다시 깨어나기 시작했다. 잠시 후 마실 차를 준비하는 소리가 들렸고, 포르피리 블라디미르이치의 목소리도 울렸다. 외삼촌과 조카딸은 차탁에 앉아 그날 일에 대해 이야기를 나누었지만, 별다른 것이라고는 없었기에 대화거리도 빈약했다. 차를 양껏 마신 이우두쉬카는 밤인사로 친족끼리 주고받는 입맞춤을 한 후 자신의 은신처로 기어들어가고, 안닌카는 예브프락세유쉬카의 방으로 가 카드놀이를 했다.

11시가 되면 폭음이 시작된다. 예브프락세유쉬카는 포르피리 블라디미르이치가 조용해졌다는 것을 미리 확인한 다음, 시골에서 만든 여러 가지 소금절임과 보드카 병을 식탁에 차려놓았다. 안닌카는 기타를 치면서 의미 없고 파렴치한 노래를 부르며, 사이사이에 뻔뻔스러운 이야기를 안주 삼아 술을 마셨다. 처음에는 '쿠키쉐프 식으로' 냉정하게 '하느님 덕분에' 하며 마시다가는 점차 음울한 목소리로 신음 소리를 내다가는 저주의 말을 퍼붓기 시작했다.

예브프락세유쉬카는 그녀를 보니 마음이 아팠다.

"아가씨를 보니 너무 불쌍합니다. 정말이지 마음이 아파요!" 그녀가 말했다.

"그러면 함께 마시지! 그러면 불쌍한 마음이 안 들 거야!" 안닌카가 대꾸했다.

"아뇨. 제가 어떻게 그렇게 하겠어요! 그렇지 않아도 아가씨 외삼촌 때문에 교적에서 쫓겨날 뻔했는데, 지금 술까지 마시면……"

"그러면 됐어, 이야기할 거 없어. 차라리 내가 노래나 불러줄게."

다시 기타 튕기는 소리가 울리고 '아!' '오!' 하는 높은 소리가 들렸다. 한밤중이 한참 지나서야 안닌카는 돌처럼 잠에 떨어졌다. 기다리던 돌은 몇 시간 동안 그녀의 과거를 죽이고 병까지 치료해주었다. 하지만 다음 날에는 녹초가 되고 반쯤 정신이 나간 상태로 다시 돌 밑에서 기어 나와 생명을 이어갔다.

그렇게 혐오스럽게 시간을 보내던 날들 중 어느 날 밤, 이때도 안닌카는 예브프락세유쉬카 앞에서 자신의 혐오스러운 노래를 악을 쓰며 부르고 있었는데, 죽은 듯이 창백하고 지쳐 보이는 이우두쉬카가 방문 앞에 모습을 드러냈다. 그의 입술은 떨렸고, 희미한 야자유 기름 촛불에 비친 움푹 파인 두 눈은 마치 장님의 눈 같았으며, 두 팔은 손바닥을 안쪽으로 하여 팔짱을 끼고 있었다. 그는 멍하니 바라보는 두 여자 앞에서 잠시 서 있더니 천천히 몸을 돌려 방에서 나갔다.

* * *

피할 수 없는 운명 같은 것을 짊어진 가족들이 있다. 변변치 않은 귀족 출신인 이들은 일하는 것도 없고 일상적인 삶과 동떨어진 채로 아무 의미도 없이 농노제의 보호 아래 러시아 대지의 표면에서 흩어져 살았다. 하나 지금은 누구의 보호도 받지 못한 채 쓰러져가는 저택에서 자신들의 생애를 마치고 있다. 이같이 가련한 가족들의 삶에서는 성공이나 실패나 모두 다 맹목적이며, 예측할 수 없고 계획되지 않은 것 같았다.

가끔은 이런 가족들 위에도 행복의 빛줄기가 흐를 때도 있다. 산간벽지에서 조용히 사그라지던 몰락한 기병 소위 부부에게서 강인하고 깨끗하며 재빠른, 또한 생활의 핵심을 매우 빨리 터득하는 갓난아이가 불쑥 태어나기도 한다. 한마디로 '영리한 아이' 말이다. 남자든지 여자든지.

젊은이들은 '학교'의 교육 과정을 뛰어난 성적으로 마치는 것은 물론이거니와 학창 시절에 이미 보호 세력과 관계를 터놓았다. 때에 맞춰 자신을 겸손하게 보일 줄 알고(상관들은 이들을 'j'aime cette modostie!'* 라고 말한다), 때에 따라서는 독립적인 태도를 취하기도 한다(j'aime cette independence**라고 말한다). 이들은 모든 경향을 알아맞히고, 빠져나갈 구멍을 남겨두지 않고는 어떤 경향과도 관계를 끊지 않는다. 덕분에 이들은 평생 동안 스캔들 한 번 일으키지 않고서 아무 때나 오래된 외

---

* 겸손해서 좋아!
** 독립심이 있어 좋아.

피를 던져버리고 새 것으로 두를 수 있으며, 또 필요하다면 옛 외피를 다시 걸치기도 한다. 그럴 수 있는 가능성을 항상 가지고 있다. 예컨대 시대의 진실한 활동가인 이들은 언제나 아첨으로 일을 시작하고 또 거의 대부분 배신으로 일을 끝맺는다. 젊은 여성들도 성공적으로 결혼을 한 후 뛰어난 솜씨를 발휘해 사교계라고 일컬어지는 곳에서 별다른 어려움 없이 두드러진 위치를 확보한다.

이처럼 우연히 주어진 조건들 덕분에 성공은 몰락했던 가족 앞에 떠오른다. 용감하게 전쟁을 이겨낸 첫번째 승리자들은 말끔한 신세대를 키우게 되는데, 신세대들은 삶이 훨씬 용이해진다. 왜냐하면 큰길은 정해졌을 뿐만 아니라 이미 다져졌기 때문이다. 이들 신세대 다음에 또 다른 세대들이 성장하는데, 그러다가 그 가족은 평생 기쁨을 누릴 타고난 권리를 가지고 있다고 스스로 생각하는 무리에 자연스럽게 속하게 된다.

최근 들어 소위 '신선한 사람들'에 대한 수요가 생겼는데, 이는 '신선하지 않은 사람들'의 점진적인 퇴화에 따른 수요인바, 운 좋은 가족들의 그와 같은 예들은 매우 자주 등장했다. 예전에도 가끔씩은 혜성이 출현하곤 했다. 하지만 그것은 드문 일이었다. 왜냐하면 슬픔이라고는 없는 곳을 둘러싸고 있는 담 입구에 '이곳에서는 항상 속이 든 만두를 먹습니다'라고 써놓고 조그마한 틈새도 허락하지 않았기 때문이다. 두번째 이유로는 혜성과 함께 이 영역 안으로 침투하기 위해서는 무언가 확실한 것을 가지고 있어야만 했기 때문이다. 그러나 요즘은 틈새가 점점 벌어졌고, 무엇보다도 침투하는 일 자체가 간단해졌기 때문이다. 왜냐하면 이방인들에게 신빙성 있는 자질을 요구하지 않고 오로지 '신선함'만을 요구하기 때문이다.

그렇지만 운 좋은 가족들과 함께 또 다른 종류의 가족들이 다수 존재하는데, 집 귀신은 이들에게 어릴 때부터 속수무책의 불행 이외에는 아무 것도 선물하지 않는 것 같다. 갑자기 사방에서 때로는 불행이, 때로는 악덕이 가족에게 달려들어 벌레처럼 파먹기 시작한다. 온몸을 기어 다니다가 중심까지 숨어 들어가 자자손손 갉아먹는다. 유약한 인간들과 술주정뱅이들, 형편없는 방탕아들, 바보 같은 게으름뱅이들과 일반적인 패배자들이 나타나게 된다. 세월이 흐르면 흐를수록 점점 더 보잘것없는 인간들이 생겨나고 결국 무대에 등장하는 것은 쇠약하고 비천한 것들이다. 내가 앞에서 묘사한 골로블료프 사람들*처럼 이들은 삶의 첫번째 강습을 견디지 못하고 멸망하고 만다.

이런 불행한 운명이 골로블료프 가족을 위협했다. 몇 세대에 걸쳐 다음 세 가지 특징이 골로블료프 가족사에 나타났다. 게으름, 백해무익, 음주벽. 앞의 두 가지 특징으로 인해 쓸데없는 말과 쓸데없는 생각, 텅 빈 내면이 생겨났으며, 세번째 특징으로 인해 전체 삶이 무질서하게 된 것은 필연적인 종결 같았다. 포르피리 블라디미르이치의 눈앞에서 이런 운명의 몇몇 희생자들이 타버렸다. 이 밖에도 조부와 증조부에 대한 전설이 전해진다. 그들은 모두 난폭했으며, 쓸데없는 생각에 사로잡혀 있었고 아무 짝에도 쓸모없던 술꾼들이었다. 그러므로 만일 무질서한 주벽 가운데 아리나 페트로브나가 우연히 나타나 빛을 내지 않았더라면, 골로블료프 가족은 결국 몰락하고 말았을 것이다. 이 여인은 자신이 지니고 있던 에너지 덕분에 가족의 재산을 최상에 올려놓았다. 그러나 그 후 그녀의 노력은 아무 보람이 없었다. 왜냐하면 그녀의 자질을 자식들에게 전혀 전해주지 못했을 뿐만 아니라, 오히려 반대로 그녀 자신이 게으름, 쓸데없는 말

---

* '가족 결산'을 볼 것(원주).

과 텅 빈 내용에 둘러싸인 채 죽었기 때문이다.

그러나 지금까지 포르피리 블라디미르이치는 굳건히 버텨왔다. 아마도 그는 과거의 예들을 잊지 않고 의식적으로 통음을 피했을 것이지만, 그것도 쓸데없는 말을 버릇처럼 지껄이며 만족하는 한에서였다. 그렇지만 이우두쉬카가 진짜 술꾼이라고 예언한 주위의 소문은 헛된 말이 아니었다. 그 자신도 자기 자신에게는 어떤 결함이 있으며, 쓸데없는 말을 자주 하기는 하지만 그것이 전부는 아니라는 것을 때때로 느끼고 있었다. 예컨대, 그에게는 정신을 아찔하게 만드는 날카로운 어떤 것이, 삶에 대한 관념을 완전히 없애서 그것을 공허한 곳으로 영원히 던져버릴 수 있는 그 어떤 것이 결여되어 있었다.

드디어 갈망했던 순간이 다가왔다. 안닌카가 온 후 오랫동안 포르피리 블라디미르이치는 서재에서 두문불출하고 집의 반대편에서 들려오는 알 수 없는 소리에 귀를 기울였다. 오랫동안 무슨 소리인지 알지 못했지만, 이제 마침내 알아차리게 되었다.

다음 날 안닌카는 훈계를 들을 줄 알았지만, 그런 일은 일어나지 않았다. 언제나 그러했듯이 포르피리 블라디미르이치는 아침나절 내내 서재에 틀어박혀 있다가 점심식사 때 나와서는 (자신을 위한) 보드카 한 잔이 아닌 두 잔을 조용히 따르더니, 바보처럼 웃으면서 안닌카에게 손짓으로 술잔을 가리켰다. 말하자면 말없는 권유였는데, 안닌카는 시키는 대로 했다.

"그러니까 네 말로는 류빈카가 죽었다고?" 이우두쉬카는 식사 도중에 불쑥 물었다.

"죽었어요, 외삼촌."

"그래, 명복을 빌어야지! 불평불만을 말하는 것은 죄야, 추도식은 올려야지. 같이 해야지?"

"그러시죠, 외삼촌."

한 잔씩 더 마신 다음 이우두쉬카는 입을 닫았다. 오랫동안 혼자 지내서인지 아직은 정신이 완전히 들지 않아 보였다. 점심식사 후 안닌카가 친척 간의 예절에 따라 다가가 뺨에 감사의 입맞춤을 했을 때야 그녀의 뺨을 쥐고 흔들면서 "이런, 녀석!" 하고 말했을 뿐이다.

그날 저녁, 차 마시는 시간이 되었다. 보통 때보다 오랫동안 마시던 중 포르피리 블라디미르이치는 잠시 동안 알 듯 말 듯한 웃음을 띠면서 안닌카를 바라보더니 마침내 입을 열었다.

"안주를 준비시키는 게 어떠냐?"

"그래요, 시키세요!"

"그러니까 외삼촌 앞에서 마시는 게 구석에서 혼자 마시는 것보다 낫겠지. 적어도 외삼촌은 말이다……"

이우두쉬카는 말을 끝내지 못했다. 분명 그는 적어도 외삼촌은 '자제시킬 수 있을 테니까'라고 말하고 싶었지만, 어쩐지 그런 말은 나오지 않았다.

이때부터 매일 저녁 식당에는 안주상이 차려졌다. 바깥 창문을 닫고 하인들이 잠자러 가면, 외삼촌과 조카딸은 마주 보고 앉았다. 이우두쉬카는 처음에는 안닌카를 따라 마시기 어려웠지만 몇 차례 술자리를 한 뒤에는 안닌카와 보조를 맞춰 마시기 시작했다. 두 사람은 자리에 앉아 서두르지 않고 마셨으며, 사이사이에 추억을 더듬어 이야기를 나누었다. 대화는 처음에는 냉담하고 맥없었지만, 두 사람이 흥분함에 따라 점점 더 활기를 띠고 종국에는 꼭 난폭한 말싸움으로 끝이 났다. 말다툼의 빌미를 제공한 것은 골로블료프가의 죽음과 상해(傷害)에 대한 기억들이었다.

말다툼의 발단은 언제나 안닌카였다. 그녀는 골로블료프가의 옛 문서를 뻔뻔스러울 정도로 집요하게 파헤쳤으며, 특히 상해죄에 있어서 가장 큰 역할을 맡았던 이는 돌아가신 외할머니와 외삼촌이었다는 주장을 펼쳐 이우두쉬카를 자극하기 좋아했다. 이때 그녀의 말 한 마디 한 마디에는 멸시와 증오가 담겨 있어서 어떻게 이처럼 지쳐 반쯤 생기가 달아난 육체에 그 같은 삶의 불꽃이 남아 있는지 상상하기 힘들었다. 이 같은 조롱은 이우두쉬카에게 크나큰 모욕감을 안겼다. 하지만 그는 거의 반박을 하지 않았고 화만 냈다. 안닌카가 난폭하게 약을 올리며 지나치게 굴면, 그는 소리를 치며 저주의 말을 퍼부었다.

비슷한 장면들이 매일 변함없이 되풀이되었다. 가족의 슬픈 역사는 사소한 것에 이르기까지 금방 바닥이 드러났지만, 그 역사는 억압받는 사람들 앞에 끈질기게 버티고 서 있기에 이들의 사고력은 역사에 붙여진 것 같았다. 각각의 에피소드와 과거의 모든 기억들은 상처를 자극하고, 상처는 골로블료프가의 다치고 깨진 또 다른 인물들을 떠올리게 만들었다. 상처를 폭로하고 평가하며 과장하는 쓰디쓴 복수를 행할 때 쾌락마저 느끼게 되었다. 과거에는 물론이거니와 현재에도 지탱할 수 있는 도덕적인 기초는 전혀 없었다. 한편으로는 불쌍한 수전노 짓과 다른 한편으로는 무의미하고 공허한 생활 이외에는 아무것도 없었다. 빵 대신에 돌이 주어졌고, 교훈 대신에 돌아온 것은 매질이었다. 그 밖에도 무위도식과 동냥질, 구걸과 감춰둔 빵조각에 대한 혐오스러운 기억들이 떠올랐다. 그런 것들이 환대와 온정과 사랑을 갈망했던 젊은 가슴이 받았던 대답이었다. 맙소사! 운명의 쓰디쓴 조소와 잔인한 수업을 받은 결과 삶에 대한 냉엄한 태도가 아닌 삶의 독소를 즐기려는 뜨거운 열망이 생겼다. 젊음은 망각의 기적을 일으켰다. 젊음은 가슴을 돌처럼 굳게 만들지 않았으며, 시작부터 증오심을 심어주지는 않았다. 오히려 그 반대로 가슴을 생의 열망으로 취하도록 만들었다. 하지만 그때부터 무분별한 무대 뒤 분장실의 열광이 시작되었다. 그로부터 몇 년 동안 정신을 차릴 수 없었으며, 골로블료보의 모든 것을 저 멀리 치울 수 있었다. 끝이 다가왔음을 느끼는 지금에 와서야 가슴에서 쓰라린 고통이 타오르고, 이제야 안닌카는 자신의 과거를 제대로 이해하게 되었으며 증오하기 시작했다.

취중의 대화는 한밤중을 넘어서까지 계속되었다. 술에 취해 정신없는 말과 생각으로 대화가 누그러지지 않았다면, 아마도 무서운 결말을 보게 되었을 것이다. 하지만 다행스럽게도 술이 이들의 아픈 가슴에 고통의 끝없는 샘을 파기도 했지만 또한 고통을 진정시키기도 했다. 밤이 깊어갈수록 대화는 두서없어졌고, 두 사람을 짓눌렀던 증오심은 옅어져갔다. 끝 무렵에는 고통도 사라졌고, 과거와 현재는 눈앞에서 사라지고 그 대신 빛을 발하는 공허가 자리를 잡았다. 혀는 틀어졌고, 눈은 감겼으며 몸은 움직일 수 없었다. 아저씨도 조카딸도 겨우 자리에서 일어나 비틀거리며 각기 제 소굴로 들어갔다.

집 안에서 밤마다 일어나는 엽기적인 사건이 비밀로 남을 수 없음은 자명하다. 오히려 그 반대로 사건의 성격은 금방 명확하게 드러났기에 하인들 중 누군가가 엽기적인 이 일을 두고서 '형사사건'이라고 말했을 때도 아무도 의문을 달지 않았다. 골로블료프가의 저택은 완전히 마비되었다. 심지어 아침이 되어도 전혀 인기척이 들리지 않았다. 주인들은 늦게까지 잠들었고, 일어나서도 점심때까지는 듣는 사람 속을 심란하게 만드는 안닌카의 기침 소리가 끊임없는 욕설과 함께 집 안 전체에서 울려 퍼졌다. 이우두쉬카는 두려운 마음에 귀를 기울여 가슴을 쥐어짜는 그 소리를 들으면서, 지금 자기 앞으로도 불행이 다가오고 있으며 그것이 결국 자신을 짓눌러 죽일 것이라고 예측했다.

지긋지긋해진 집 안 구석구석으로부터 '죽음'이 기어 나왔다. 어디로 가든지, 어느 쪽으로 몸을 돌리든지 간에 음울한 유령이 꿈틀거렸다. 여기 그의 아버지 블라디미르 미하일로비치가 하얀 실내모를 쓰고 조롱하는 말투로 바르코프의 시를 인용하고 있으며, 얼간이 스테프카* 형도 온순한 파쉬카** 아우와 함께 있다. 류빈카도 있으며, 골로블료프가의 마지막 자손들인 볼로디카와 페티카도 보인다. 모두들 술에 취해 방탕하고, 고통으로 기진맥진했으며, 피를 흘리고 있었다. 그리고 이 모든 유령들 위에 또 다른 살아 있는 유령이 있었으니, 그것은 바로 다름 아닌 상속인 없는 집안의 마지막 주인인 포르피리 블라디미르이치 골로블료프이다.

* * *

오래전에 죽은 사람들을 계속 상기하는 일은 당사자에게 어떤 형태로든 영향을 줄 수밖에 없었다. 과거는 매우 분명하게 드러나 아주 작은 접촉도 고통을 불러일으켰다. 그것의 자연스러운 결과는 놀라움 또는 양심의 각성이었는데, 어쩌면 놀라움보다는 양심의 각성이 더 컸다. 놀랍게도 양심은 완전히 사라진 것이 아니라, 단지 쫓겨나고 잊힌 것에 불과했다. 그 결과 인간에게 양심의 존재를 상기시켜야 할 활동의 기민성을 상실했던 것이다.

거칠어진 양심이 눈을 뜰 때는 상당한 고통이 뒤따른다. 교육을 받지 못했고 미래의 전망도 갖지 못한 양심은 중재도 하지 못하며, 새로운 삶

---

* 스테판의 또 다른 애칭.
** 파벨의 또 다른 애칭.

의 가능성도 보여주지 못하면서, 끊임없이 무익한 고통만 줄 뿐이다. 인간은 돌 주머니에 갇혀 있는 자기 자신이 삶에 귀환하리라는 희망도 없이 고통스러운 후회의 희생양이 된 것을 보게 된다. 그러므로 돌 주머니에 머리를 깨뜨리는 음울한 결심의 순간을 이용하는 것 이외에는, 헛되이 갉아 먹히는 이 고통을 가라앉힐 방법이 없다.

이우두쉬카는 오랫동안 내용 없는 삶을 살아오면서 어느 한 순간도 죽음의 과정이 지금 자신의 존재에게 일어나고 있다는 것을 상상조차 한 적이 없었다. 그는 혼자서 조용히 서두르지 않고 하느님께 기도를 드리면서 살아왔기에, 한 번도 자신이 이것 때문에 심각한 불구가 되리라고는 생각도 해보지 않았다. 그 결과 그는 자신이 불구의 원인 제공자라는 사실을 받아들이기 힘들었다.

그런데 갑자기 무서운 진리가 그의 양심을 밝혀주었지만, 이미 두 눈 앞에는 돌이킬 수도 바로잡을 수도 없는 현실이 있었기에, 때는 너무 늦었으며 아무런 소용도 없었다. 이제 그는 사람을 싫어하는 늙은이가 되어 한 발은 무덤에 걸치고 있으며, 그에게 다가와 불쌍히 여겨줄 사람이라고는 세상에 아무도 없는 신세가 되었다. 어쩌다 혼자가 되었는가? 그의 주위에 보이는 것이 무관심뿐만이 아니라 증오심도 있는 것은 무슨 이유인가? 그와 접촉했던 모든 것들은 왜 파멸했던가? 바로 여기 골로블묘보에는 한때 인간적인 둥지가 있었는데, 지금은 어떻게 해서 깃털 하나 남지 않았단 말인가? 골로블묘보에서 길러낸 아이들 중에 조카딸 하나만 살아남았지만, 그 아이마저도 이우두쉬카에게 모욕을 주고 죽이려고 온 것이었다. 심지어 순박한 예브프락세유쉬카마저도 그를 증오하고 있다. 그녀가 골로블묘보에서 살고 있는 목적은 성당의 하승인 그녀의 아버지에게 매달 양식을 보내려는 것이지만, 하여튼 그를 증오하면서 지내는 것은 확실하다. 유다*는 그녀를 완전히 망가뜨렸으며, 그녀에게서 아들을 빼앗아 이름도 없는 구덩이에 집어던져 삶의 빛을 걷어냈다. 그의 삶 전체는 어떻게 끝이 나는가? 그는 무엇 때문에 거짓말을 하고, 헛소리를 일삼았으며, 사람들을 괴롭히고 수전노 노릇을 했단 말인가? 경제의 관점에서, 상속의 관점에서 볼 때 누가 그의 삶의 결과를 누릴 수 있단 말인가? 그 누가?

되풀이하자면 양심은 눈을 떴지만 아무런 소용이 없었다. 이우두쉬카는 괴로워하며 화를 냈고, 허우적거리면서 흥분과 분노에 휩싸여 저녁을 기다렸다. 이는 짐승처럼 퍼마시려는 것보다는 술을 마시면서 양심을 잊으려는 까닭이다. 그는 뻔뻔할 정도로 냉정하게 그의 상처를 건드리는 방탕한 이 여자를 증오했다. 그러면서도 그는 두 사람 사이에 아직 말하지 않은 것이 있고 반드시 건드려야 할 상처가 남아 있다는 듯이, 어쩔 수 없이 그녀에게 끌리는 것이었다. 매일 저녁 그는 안닌카에게 류빈카의 죽음 이야기를 되풀이하도록 강요했으며, 점점 더 자살에 대해서 생각하게 되었다. 처음 이 생각은 아주 우연히 떠올랐지만, 죽음이 점점 분명하게 다가옴에 따라서 자살에 대한 생각은 보다 더 깊어졌고, 어두운 미래에서 유일하게 빛을 발산하는 점이 되었다.

설상가상으로 그의 건강도 약해졌다. 이미 그는 기침이 심해져 때때로 천식의 발작으로 참기 어려운 고통을 느끼게 되었다. 발작은 정신적인 고통과는 상관없이 삶을 끊임없이 힘들게 만들었다. 골로블료프 집안만의 특이한 중독 현상의 외적 표시가 눈앞에 있었으며, 이미 그의 귓전에는 두브로비노의 집 다락방에서 숨 막히고 괴로워하던 온순한 동생 파블루쉬

---

* 포르피리의 별칭.

카의 신음 소리가 메아리치고 있었다. 움푹 들어간 여윈 가슴은 매 순간 터질 것 같았지만, 놀랄 만큼 생명력이 강한 것임이 드러났다. 매일 그의 가슴은 점점 더 강한 육체적 고통으로 아파했지만, 그럼에도 불구하고 견뎠으며 굴복하지 않았다. 마치 육체가 기대하지도 않았던 저항력으로 옛날의 죽음들에 복수하는 것 같았다. '정말 이것이 종말이 아닐까?' 이우두쉬카는 매번 희망을 품고 이렇게 말하면서도 발작이 다가오는 것을 느끼고 있었다. 하지만 아직 종말은 찾아오지 않았다. 종말을 앞당기려면 강압적인 힘이 반드시 필요했다.

예컨대, 어떤 측면에서 바라보든지 삶과의 결산은 다 끝났다. 계속 산다는 것은 고통이었으며, 그럴 필요도 없었다. 죽는 것이 훨씬 더 필요했다. 하지만 죽음이 찾아오지 않는다는 게 불행이었다. 죽음을 모욕적으로 지연시키는 일에서는 배신자의 비열함이 보였다. 마음으로부터 진정으로 죽음을 원하지만, 죽음은 단지 기만하고 약을 올리기 때문이다.

3월 말 수난주일이 끝나가고 있을 때 일이다. 포르피리 블라디미르이치가 근년에 이르러 제아무리 타락했다 할지라도 어린 시절부터 형성되었던 수난주일의 경건한 태도가 사라진 것은 아니었다. 생각은 저절로 심각해지고 숙연해졌다. 절대적인 침묵 이외에는 아무것도 바라지 않았다. 이런 기분이었기에 저녁 모임은 난폭한 술판의 양상을 버리고, 조용한 자기 절제의 잔잔함 속에서 보내게 되었다.

이우두쉬카와 안닌카는 식당에서 마주보고 앉아 있었다. 겨우 한 시간 전에야 12장의 복음서를 읽는 것으로 저녁기도가 끝났으며, 아직 방 안에서는 강한 향 냄새가 가시지 않았다. 시계가 10시를 알리자 하인들은 저마다 자신의 공간으로 돌아갔다. 이제 집 안에 흐르는 깊은 침묵은 긴장감마저 자아냈다. 안닌카는 두 손으로 머리를 감싼 채, 식탁에 팔꿈치를 괴고 생각에 잠겼다. 포르피리 블라디미르이치는 맞은편에 앉아 슬픈 듯 침묵을 지키고 있었다.

안닌카는 예배를 드릴 때마다 깊은 감동을 받았다. 아직 어린아이였을 때도 그녀는 사제가 "가시나무로 관을 엮어 그분 머리에 씌우고 오른손에 갈대를 들리고"* 라고 말했을 때 슬프게 울었으며, 흐느껴 우는 높은 목소리로 하승의 찬미 소리에 맞춰 "주님, 오래 참으시는 당신에게 영광이 함께하시기를! 당신과 함께 영광이!"라고 노래 불렀다. 저녁기도가 끝난 후 흥분한 그녀는 하녀들 방에 달려가 짙은 어둠 속에서(아리나 페트로브나는 일거리가 없을 때는 하녀들 방에 촛불을 켜지 못하도록 했다) '예수의 수난'에 대해 하녀들에게 이야기했다. 하녀들은 조용히 눈물을 흘렸고, 깊게 한숨지었다. 하녀들은 자신들의 구세주가 부활할 것임을 예감하고 진실로 부활할 것이라고 굳게 믿었다. 안닌카도 또한 그렇게 예감하고 믿었다. 책망과 비열한 야유, 머리를 끄덕이는 깊은 밤이 지나가면 마음이 가난한 모든 이들에게 빛과 자유의 왕국이 보였다. 가장 연로했던 아리나 페트로브나도 보통 때는 엄했지만 이때만은 잠잠해져 잔소리를 하지 않았으며, 안닌카를 고아라는 이유로 나무라지 않고 머리를 쓰다듬고 마음을 편안하게 해주었다. 하지만 안닌카는 잠자리에 들어서도 흥분이 가라앉지 않아 몸을 떨며 몸부림쳤고, 몇 번씩이나 한밤중에 벌떡 일어나 혼잣말을 했다.

그러고는 학교에 다녔으며, 또 그 후에는 방랑을 하게 되었다. 앞의 시기에는 아무런 내용이 없었지만, 두번째 시기에는 고통이 함께했다. 그렇지만 배우들의 숙소에서 스캔들이 벌어지는 와중에도 안닌카는 '거룩한

---

* 「마태복음」 27:29.

날들'을 열심히 지키려고 했으며, 어린이처럼 감동되고 탄식하도록 도와준 과거의 메아리를 영혼에서 찾으려고 했다. 이제 삶이 그 모습을 완전히 드러내고, 과거가 저주스럽지만 앞으로는 참회와 용서가 없을 것 같은 지금, 감동의 샘은 메말랐으며 그와 함께 눈물도 메말라버린 지금에 와서는, 금방 들은 슬픈 여정의 이야기가 자아낸 감동은 참으로 압도적이었다. 어린 시절 그녀는 깊은 밤이 두려웠지만, 그래도 밤이 지나면 빛이 찾아오리라는 예감을 했다. 지금은 아무것도 예감할 수 없고 앞날이 보이지도 않았다. 밤은 영원하며, 교체되지 않는, 그리하여 더 이상 아무것도 없는 것이었다. 안닌카는 한숨도 쉬지 않고 흥분도 하지 않았으며, 마치 아무것도 생각하지 않는 것 같았다. 그녀는 온몸이 마비된 것 같았다.

한편 포르피리 블라디미르이치는 젊은 시절부터 '거룩한 날들'을 한 치의 어김없이 숭배하고 있었지만, 우상숭배자가 예배의식을 치르는 듯이 숭배했다. 매해 수난금요일 전날 밤에는 사제를 불러와 복음서의 말씀을 경청하면서 한숨을 내쉬며 두 손을 들어 올렸다. 이마로 바닥을 치면서 강독한 복음서의 횟수를 밀랍 덩어리로 초에 표시해놓았지만, 그럼에도 불구하고 그는 아무것도 이해하지 못했다. 안닌카가 그의 죄의식을 일깨워준 지금에 와서야 그는 복음서에 담겨 있는 뜻이 진리를 피로 심판한 전대미문의 허위에 대한 것임을 난생처음으로 깨닫게 되었다……

물론 그의 영혼이 각성했다고 해서 생활상의 어떤 변화가 생겼다고 말한다면 그것은 과장일 것이다. 하지만 그의 영혼에 절망 같은 혼돈이 생겼음은 의심의 여지가 없었다. 혼돈의 원인이 되는 과거가 무의식적으로 지났기에 그만큼 혼돈은 고통을 수반했다. 과거에는 무엇인가 무서운 것이 있었지만, 그것이 무엇인지 기억해내는 일이 대개는 불가능했다. 하지만 잊을 수도 없었다. 두꺼운 막으로 둘러싸여 지금까지 꼼짝하지 않고

서 있던 거대한 어떤 것이 지금에 와서는 매 순간 죽이겠다며 위협하면서 정면에서 다가오고 있었다. 그것이 정말로 그를 죽여준다면 차라리 좋겠지만, 그는 생명력이 질겨서 어쩌면 기어 나올지도 모르겠다. 사건이 자연스럽게 진행되다가 해결되기를 바란다면, 이는 요행수를 기다리는 것이다. 힘에 겨운 혼돈을 끝장내려면 자신이 직접 해결해야만 한다. 그런 해결법이 있다. 있는 것이다. 그는 이미 한 달째 그 방법을 염두에 두고 있었다. 그래서 이제는 실패하지 않을 것 같았다. '토요일에는 성찬식을 해야겠어. 돌아가신 어머니 묘지에 가서 작별 인사를 드려야지!' 그는 갑자기 이런 생각을 하게 되었다.

"다녀오지 않을래?" 그는 안닌카에게 자신의 계획을 알리면서 물어보았다.

"그러죠. 마차를 타고 다녀오지요……"

"아니야, 마차를 탈 것이 아니라……" 포르피리 블라디미르이치는 말을 꺼냈다가 안닌카가 방해할 것이라고 생각했는지 갑자기 그만두었. '나는 돌아가신 어머니한테 잘못한 게 있지 않느냐…… 너도 알지만 내가 어머니를 귀찮게 했지!' 머리에서는 이런 생각이 맴돌았고, 가슴에서는 '작별하겠다'는 열망이 매 순간 점점 강하게 불타올랐다. 하지만 '작별하겠다'는 것은 일상적인 작별이 아니라, 무덤 앞에 쓰러져 죽음의 고통으로 괴로워하면서 통곡 중에 몸이 굳어져야 하는 것이었다.

"그러니까 네 말은 류빈카가 자살했다는 거냐?" 갑자기 이렇게 물었는데, 아마도 스스로 용기를 북돋으려는 것 같았다.

처음에는 안닌카가 외삼촌의 질문을 알아듣지 못한 것 같았다. 그러나 그녀는 질문을 충분히 잘 알아들었음이 분명했다. 왜냐하면 2, 3분 후 그녀는 자살이라는 자학증적인 충동을 강하게 느꼈기 때문이다.

"류빈카가 네게 '마셔, 더러운 년!'이라고 말했느냐?" 그는 그녀가 그 이야기를 자세하게 되풀이했을 때 다시 물었다.

"예, 그랬지요."

"그런데 너는 살아남았지? 마시지 않고서?"

"예, 이렇게 살아 있지요."

그는 일어나 흥분한 기세로 방 안에서 몇 차례 왔다갔다했다. 그러다가 안닌카에게 다가가 그녀의 머리를 어루만졌다.

"불쌍한 것! 정말 불쌍하구나!" 하고 그는 낮은 소리로 말했다.

그의 손길이 닿자 무언가 예기치 않았던 어떤 것이 그녀의 내부에서 일어났다. 그녀는 처음에는 몹시 놀랐다. 그러다가 조금씩 얼굴이 일그러지더니 갑자기 무서운 히스테리의 흐느낌이 그녀의 가슴에서 터져 나왔다.

"외삼촌! 아저씨는 선량하신 분인가요? 말씀해보세요. 선량하신 분이세요?" 그녀는 울부짖듯 소리쳤다.

눈물과 흐느낌으로 얼룩진 목소리로 그녀는 재차 똑같은 질문을 던졌다. 이 질문은 그녀가 방랑생활을 끝내고 골료블료보에서 안주하기 위해 마침내 돌아왔을 때 했던 바로 그 질문이었다. 그때 그는 이 질문에 대해 동문서답했었다.

"외삼촌은 선량하신 분인가요? 말씀해보세요. 대답해주세요! 당신은 선량하신가요?"

"오늘 저녁기도에서 읽었던 성경 말씀이 무엇이었지?" 그는 그녀가 겨우 진정되었을 때 물었다. "아, 그건 형언할 수 없는 고통이었어. 너도 알겠지만 그런 고통 덕분에 말이다…… 그러고는 용서하셨지. 모든 사람들을 영원히 용서하셨지!"

그는 다시 방 안을 큰걸음으로 걷기 시작했다. 얼굴에 흘러내리는 땀

방울을 느끼지도 못할 만큼 비탄에 잠기고 고통으로 괴로워했다.

"모든 사람들을 용서하셨어." 그는 큰 소리로 되뇌었다. "그때 예수님께 식초와 담즙을 마시게 한 사람들뿐만이 아니라, 그 이후 지금도 그렇고 앞으로도 언제까지나 예수님의 입술에 식초와 담즙을 적셔줄 사람들까지도 용서해주셨던 거야. 무서워! 아, 이 얼마나 무섭단 말이냐!"

그러더니 그는 그녀 앞에서 갑자기 멈춰서 물었다.

"그런데, 너는 용서했니?"

그녀는 대답 대신 그에게 다가가 그를 꼭 껴안았다.

"나를 용서해주렴!" 그가 말을 계속했다. "모든 사람들을 위해서…… 그리고 네 자신을 위해서도…… 이제는 이 세상에 없는 사람들을 위해서라도…… 이게 도대체 무슨 일이냐! 무슨 일이 있었던 거지?" 그는 거의 정신이 나가 주위를 둘러보며 소리쳤다. "모두들 어디 있느냐?"

격정으로 지친 두 사람은 제각각 자기 방으로 흩어졌다. 하지만 포르피리 블라디미르이치는 잠이 오지 않았다. 그는 침대에서 이리저리 몸을 뒤척이면서 아직 어떤 의무가 자신에게 남아 있는지 계속 생각해보았다. 그러다가 두 시간 전에 그의 머리에서 우연히 떠올랐던 말이 갑자기 기억에서 뚜렷하게 되살아났다. '돌아가신 어머니 묘지에 가서 작별 인사를 드려야지!' 이런 생각으로 그는 온통 무섭고도 괴로운 불안감에 사로잡히게 되었다……

결국 그는 더 이상 견딜 수 없어 침대에서 몸을 일으켜 실내복을 걸쳤다. 밖은 아직 어두웠으며 사각거리는 소리조차 전혀 들을 수 없었다. 포르피리 블라디미르이치는 잠시 동안 방 안에서 서성대다가 현수등 불빛에 어른거리는 가시 면류관의 그리스도 성상 앞에 서서 그것을 응시했다.

마침내 결심이 섰다. 그가 얼마나 자신의 결심을 인식하고 있었는지 말하기는 어렵지만, 몇 분 후 그는 몰래 현관에 다가가 문을 걸어놓았던 걸쇠를 올렸다.

밖에서는 바람이 울부짖고 있었으며, 3월의 질퍽거리는 눈보라가 녹아내리는 눈송이를 퍼부으며 몰아치고 있었다. 하지만 포르피리 블라디미르이치는 길을 따라 걸어갔다. 때로는 웅덩이에 빠지기도 했지만, 눈이 오는 것도 바람이 부는 것도 느끼지 못하고 다만 본능적으로 실내복 가운의 앞섶을 여밀 뿐이었다.

* * *

다음 날 아침 일찍, 아리나 페트로브나의 묘지에서 가까운 마을로부터 누군가 말을 타고 달려와 골로블료프 지주의 얼어붙은 시신이 길에서 몇 걸음 떨어진 곳에서 발견되었다는 소식을 전해주었다. 하인들은 안닌카에게 뛰어갔으나, 그녀 역시 침대에 누워 의식이 없는 상태였으며 열병의 징후를 보이고 있었다. 일이 이렇게 되자 사람들은 심부름꾼을 말에 태워 고류쉬키노에 살고 있던 고인의 고종사촌 여동생인 나데쥐다 이바노브나 갈키나*에게 보냈다.

그녀는 이미 지난가을부터 골로블료보에서 벌어지고 있던 모든 일들을 예의 주시하고 있었다.

---

* 포르피리 블라디미르이치의 고모인 바르바라 미하일로브나의 딸.

옮긴이 해설

탐욕과 방종이 만든 비극, 3대에 걸친 암울한 삶의 초상화

미하일 살티코프 셰드린 Михаил Евграфович Салтыков-Щедрин(1826~1889)의 본명은 미하일 예브그라포비치 살티코프이며, 필명은 니콜라이 셰드린이다. 통상적으로는 살티코프 셰드린으로 명명되는 19세기 러시아 사실주의 작가이다. 그는 19세기 중후반기 제정 러시아의 암울했던 시대 상황을 풍자적인 장르의 산문 작품을 통해 고발한 뛰어난 소설가이며, 『동시대인』과 『조국잡기』라는 진보 성향의 잡지 편집에 전념했던 잡지 편집인이기도 했다. 페테르부르크 근교 차르스코예 셀로에 위치한 귀족 자제들을 위한 리체이 학교를 졸업한 후 25년간 행정 관리직에 몸담기도 했던 살티코프는 대부분의 공직 근무를 지방에서 했다. 이때 그가 목격했던 부패한 행정 관리들의 행태와 지방 지주들의 무위도식하는 삶의 어두운 양상들은 산문과 소설에서 풍자의 프리즘을 통해 재현되었다. 19세기 러시아 사실주의 거장들, 예컨대 투르게네프와 도스토예프스키, 톨스토이도 살티코프만큼 당시 러시아 지방 사회를 생생하게 재현하지는 못했다. 이는 살티코프의 지방에서의 근무 체험이 그대로 작품의 제재가 되어 주제 차원으로까지 승화되었기 때문이다. 서술 기법의 사실적인 생생함과 아울러 진보적 지식인으로서 그가 제기한 러시아의 문제적 상황은 살티코프의 작품들이 가지고 있는 사실주의 예술의 덕목이다.

살티코프는 1826년 1월 27일 러시아 트베리 현에 위치한 부친의 영지 스파스우골 Спас-Угол에서 출생했다. 부친은 가난한 몰락 귀족이었으며, 모친은 모스크바의 부유한 상인 계급 출신이었다. 작가 이반 투르게네프의 경우처럼, 살티코프의 어머니 또한 농노들에게 전횡을 일삼았는데, 이에 얽힌 불행한 기억들은 말년에 집필한 자전적 소설 『포셰혼의 지난날Пошехонская старина』에서 읽을 수 있다. 그는 유년기에는 영지에서 교육받은 후(당시 대부분의 귀족들이 그러했듯이), 열두 살이 되던 1838년 차르스코예 셀로의 귀족학교 리체이에 입학했으며, 6년 후인 1844년 이 학교를 졸업했다. 리체이는 1811년 문을 연 학교로서 알렉산드르 푸슈킨이 첫해에 입학했던 곳이기도 하다. 이후 그는, 잠시 한 차례 공직에서 물러나기도 했지만(1862~1864), 1868년까지 25년간 내무성 관리 생활을 했다. 리체이예 재학 중이던 1841년 습작 시 「리라」를 발표했지만, 본격적인 작품 활동 시점은 엠 네파노프라는 필명으로 『조국잡기』에 중편소설 「모순Противоречия」을 발표했던 1847년으로 볼 수 있다. 혁명적 이상을 지녔던 살티코프는 한때 페트라셰프스키 모임에 가입해 활동하기도 했지만, 1847년 초 이 모임을 탈퇴했다. 얼마 후 이 그룹에 참여 활동했던 200여 명의 회원들은 체포되어 일부는 시베리아 유형수로 보내졌는데, 도스토예스키도 그중 한 명이었다. 1848년 4월에는 진보 성향의 작품 활동이 문제가 되어 체포된 후 러시아 북동쪽의 뱌트카로 유배를 떠났다. 다행히 그곳에서 관리직은 계속 수행할 수 있었지만, 이때부터 살티코프의 삶은 평탄하지 않게 되었다.

살티코프를 유배시켰던 니콜라이 1세 황제가 1855년에 사망하자 이 듬해에는 수도 페테르부르크로 귀환이 허락되었다. 1856년 귀환과 함께 엘리자베타 볼티나와 결혼해 두 자녀를 두었지만, 결혼 생활은 그리 행복하지 않았다.

페테르부르크로 돌아온 1856년 8월에는 수필 모음집 『지방 스케치』를 발표했는데, 이 때 처음으로 니콜라이 셰드린이라는 필명을 사용했다. 이 작품 또한 진보적 성향의 작품으로 지방행정 관료들과 관료 제도의 모순을 풍자한 것이다.

1858년부터 1862년까지 살티코프는 랴잔 현과 트베리 현의 부지사로 근무하면서, 어느 정도 지위에 올라섰지만, 곧은 성품 탓에 동료들과 상급자들로부터 따돌림을 당했다. 또한 당시 러시아는 1856년에 크림전쟁에서 패전한 이후 황제 알렉산드르 2세가 농노제 폐지를 결심하고 이를 준비 중인 상황이었다. 하지만 지방의 지주들은 눈앞에 닥친 개혁의 필요성을 인식하지 못한 채 마지 못해 개혁 과정에 이끌려가고 있었다. 급진적인 성향의 살티코프는 개혁의 필요성을 강조하고 이를 작품에서 형상화하기도 했는데, 좀더 효율적인 개혁 활동을 위해 과감히 공직을 그만두고 잡지 편집에 몰두하려 했다. 그가 이때 계획했던 일은 새로운 잡지 창간(『러시아의 진리』)이었지만, 당국으로부터 허가를 얻지 못하고 계획은 물거품이 되고 만다. 그 대신 네크라소프가 편집장으로 있었던 『동시대인』의 편집 활동은 계속했다. 하지만 2년 뒤인 1864년에는 『동시대인』의 편집진과 의견 충돌을 일으키고 탈퇴해, 행정 관리직에 잠시 복귀했다. 그는 1864년부터 공직을 완전히 떠나는 1868년까지 펜자, 툴라, 랴잔 등 주로 지방 도시에서 근무했다. 그사이 1866년에는 『동시대인』이 당국에 의해 폐간 조치되었으며, 진보적 성향의 잡지로는 『조국잡기』만이 남게 되었다. 아직 공직에 있던 1868년에 『조국잡기』에 「지방에 관한 서한들」을 발표했는데, 진보적이며 풍자적인 작품의 내용으로 인해 상급 관료들로부터 사퇴 압력을 받게 되어, 결국 같은 해 퇴직했다.

그가 공직을 그만둔 1868년은 그의 창작 세계에서 전환점이 되었다. 이후 살티코프는 새로운 창작 단계로 접어들어 『시대의 징후들』(1868), 『어느 도시의 역사』(1869~1870), 『타시켄트 신사들』(1869~1872), 『동화』(1869~1886), 『시골 사람의 페테르부르크 일기』(1872~1873), 『골로블료프가의 사람들』(1875~1880), 『삶의 사소한 것들』(1886~1887), 『포셰혼의 지난날』(1887~1889) 등 주로 농노제 폐지 전후에 있던 당시 러시아 사회의 어두운 문제점들을 풍자하는 작품들을 다수 발표했다.

살티코프 셰드린은 1889년 5월 10일 페테르부르크에서 사망했으며, 시신은 볼코프 묘지에 안장되었다.

추악하고 암울한 인생들

『골로블료프가의 사람들』은 살티코프 셰드린의 대표 작품이다. 러시아 어느 지방, 지주 집안의 연대기적 소설로서 러시아판 『삼대』라고 부를 수 있다. 도스토예프스키와 톨스토이, 투르게네프로 대표되는 러시아 사실주의 문학이 저물어 가는 시기(1875~1880)에 발표된 이 작품에는 러시아 어느 지방의 영지인 골로블료보에 살고 있는 추악하고 암울한 삶의 군상들이 등장한다.

작품의 시대적 배경은 1860년대로서, 러시아 농노 제도가 폐지되는 때를 전후로 한 시간대이다. 작가는 재산을 늘리고 지키기 위해서 부모와 자식마저 내치는 추악한 인물들을 적나라하게 파헤쳐 독자들로 하여금 인간의 본성에 대해 다시 한 번 회의를 하게끔 만든다.

　부모 잃은 어린 외손녀들에게는 상한 우유와 남겨진 음식을 먹이고, 유산으로 받은 모스크바의 재산을 도박으로 탕진한 장남 스테판에게는 굶어 죽지 않을 만큼만의 음식을 제공하는 아리나 페트로브나 골로블료바는 이 소설의 여주인공이다. 그녀의 남편 블라디미르 미하일르이치 골로블료프는 나태하고 방종한 삶으로 일관한 무능한 지주였다. 그런 그에게 시집왔을 때 집안이 소유하고 있던 농노의 수는(당시 농노제 하에서 농노들의 많고 적음은 재산의 척도였다. 적게는 수십 명에서 많게는 30만 명의 농노를 소유한 대지주도 있었다) 불과 150여 명이었다. 하지만 그녀는 결단력 있게 영지 관리를 하고, 수전노처럼 악착같이 집안 살림을 꾸린 결과 4천 명에 이르는 농노를 소유하게 된다. 하지만 4명의 자식들은 아버지의 무능과 방종, 음주벽을 이어받아 하나같이 실패한 삶을 살 뿐이다.

　장남 스테판은 도박으로 전 재산을 날린 후 술로 생을 일찍이 마감했으며, 막내아들 파벨 역시 두브로비노 영지를 부모로부터 상속받았지만 그 또한 음주로 일찍 죽는다. 하나밖에 없던 딸 안나 블라디미로브나는 부모가 반대하는 결혼을 한 후 쌍둥이 딸을 낳고 곧 사망한다. 그나마 영지 관리 능력을 갖춘 차남 포르피리는 흡혈귀라는 별명이 말해주듯이 악귀처럼 어머니 아리나와 형제들의 재산을 잠식하고 골로블료보 영지를 손아귀에 넣는다. 결국 아리나는 임종 때에 이르러서는 모든 재산을 잃고 추악한 삶을 마감하게 된다.

　어머니가 가진 재산에 눈독을 들이고 형과 아우의 재산도 치밀한 계획으로 물려받는 추악한 인물 포르피리, 그는 어머니 아리나가 타고 다니던 말 한 마리까지 놓치지 않으려는 탐욕과 집안 하녀에게 치근덕거리고 조카딸에게도 은밀한 눈길을 주는 지저분한 욕망으로 가득 차 있는 인물이다. 인색하고 추악한 욕망으로 가득 찬 골로블료프 가문의 제1세대 대표가 어머니 아리나 페트로브나 골로블료바라면, 제2대의 대표 격은 차남 포르피리 블라디미르이치 골로블료프이다.

가문의 추악한 전통은 여기서 끝나지 않는다. 포르피리의 두 아들 페텐카와 볼로덴카가 아버지의 추악함을 따르고, 아버지보다 먼저 불행한 삶을 마친다.

군대 공금을 횡령하여 도박으로 다 날려버린 후 아버지 포르피리에게 찾아와 구원을 요청하지만 거절당하는 첫째 아들 페텐카는 시베리아 유형 길에서 죽음을 맞이한다. 부유한 아버지로부터 도움을 받지 못해 생활고로 자살한 차남 볼로덴카와 함께 이들 형제는 골로블료프 가의 제3대를 대표하는 인물이다.

아리나의 딸 안나가 남겼던 두 딸, 안닌카와 류빈카의 비극적 삶은 어린 시절 외할머니 밑에서 겪어야만 했던 사랑의 결핍과 어른이 된 후에는 지방 극단 여배우의 문란한 생활이 자아낸 도덕적 타락에서 기인한다. 도덕의 추락과 맞물려 찾아온 경제적 곤란으로 류빈카는 스스로 목숨을 끊고 안닌카는 겨우 몸을 추슬러 외삼촌 포르피리의 영지인 골로블료보에 찾아오지만 그녀는 이미 음주에 몸이 망가져 죽음을 눈앞에 두게 된다.

암울한 배경, 탈출구 없는 현실에서 3대에 걸친 인물들은 하나같이 추악한 삶을 이어간다. 가족들을 희생시키면서 더러운 재산을 지키고 늘려가거나, 하는 일도 없고 아무 희망도 없는 삶을 보드카로 조금씩 죽일 뿐이다. 살아 있는 인물들과는 교류라고는 전혀 하지 않고 스스로 자폐되어 공허한 환상에 매여 있는 답답한 이들의 삶은 1860년대 농노제 폐지를 즈음한 러시아 지방 지주들 삶의 한 단면이다.

그렇다면 작가는 그가 목격했던 당시 러시아 현실에서 그 어떤 희망의 싹도 발견하지 못했을까? 소설을 읽으면서, 번역하면서 떨치지 못한 의문은 바로 그것이었다. 미세한 먼지 크기의 희망이라도 찾고 싶은 번역자의 소망은 소설의 마지막에 주목했다.

3월 하순, 사순절 기간의 마지막 주, 주인공 포르피리는 불현듯 자신의 지난 과거를 모두 떠올리고 돌아가신 어머니의 묘지를 찾아 홀로 나선다. 어두운 밤, 눈 내리는 시골길, 그는 과연 구원을 받았을까? 작은 빛이라도 언뜻 보았을까?

19세기 러시아 사실주의 문학의 마지막 시기에 활동하면서 풍자 장르의 산문 작품들을 남긴 살티코프 셰드린은 이처럼 주로 지방 지주들과 관료들의 어둡고 부정적인 면면들을 다루었다. 그중에서도 '러시아 문학에서 가장 우울한 소설'이라는 평가를 받는 이 작품이 그의 대표 작품으로 남아 있다.

끊어질 듯 이어져온 지지부진한 번역 작업을 끝까지 기다려주신 대산문화재단과 부족한 원고를 잘 다듬어주신 문학과지성사 편집부에 깊은 감사의 말씀을 전한다.

러시아어 텍스트는 1972년에 모스크바에서 간행한 20권 전집 중 제13권에 실린 『골로블료프가의 사람들 Господа Головлевы』을 번역 대본으로 삼았다.

(М. Е. Салтыков-Щедрин. Собрание сочинений в двадцати томах. Т.13. Москва: Художественная литература. 1972)

작가 연보

1826	1월 27일, 러시아의 트베리 현에서 출생. 본명은 미하일 예브그라포비치 살티코프, 필명은 니콜라이 셰드린. 현재 통상적으로 살티코프 셰드린으로 부른다. 아버지 예브그라프 바실리예비치는 가난한 귀족, 어머니 올가 미하일로브나는 부유한 모스크바 상인 계급 출신. 어머니는 경제적 이익만을 추구하며 농노를 학대했기에, 작가의 어린 시절에 좋지 않은 인상을 남겼다.
1838	페테르부르크 근교 차르스코예 셀로에 위치한 귀족학교 리체이에 입학.
1841	3월, 습작 수준의 시 「리라Лира」가 처음으로 잡지 『도서관Библиотека для чтения』에 실림.
1844	리체이 졸업. 내무성 관리 생활 시작. 잡지 『동시대인Современник』에서 비평 활동 시작.
1847	중편소설 「모순Противоречия」(이때는 엠 네파노프M. Непанов라는 필명 사용). 「뒤얽힌 사건Запутанное дело」(엠 에스M. C.라는 필명 사

	용)을 잡지 『조국잡기Отечественные записки』에 발표.
1848	진보 성향의 작품 활동으로 체포되어 뱌트카로 유배. 그러나 그곳에서 관리직 계속 수행함.
1856	니콜라이 1세 황제 사망 후 수도 페테르부르크로 귀환. 주지사의 딸 엘리자베타 볼티나와 결혼. 8월, 수필 모음집 『지방 스케치Губернские очерки』를 필명 니콜라이 셰드린으로 발표(1856~1857). 진보적 성향의 작품으로 지방 행정 관료들과 관료 제도의 모순을 풍자.
1858	랴잔 현의 부지사로 임명.
1860	트베리 현의 부지사로 임명
1862	공직 생활 사임. 저널리즘 활동에 몰두.
1863	「횡포한 관리들과 그들의 부인들Помпадуры и помпадурши」을 잡지 『동시대인』에 발표함(1863~1864).
1864	『동시대인』 편집진과 견해 충돌. 편집진에서 탈퇴. 공직 생활 복귀.
1866	『동시대인』이 정부에 의해 폐간.
1868	「지방에 관한 서한들Письма о провинции」을 『조국잡기』에 발표(1868~1870). 진보적이며 풍자적인 작품. 이 작품으로 인해 압력을 받고 공직에서 퇴직. 『조국잡기』 편집 활동 시작. 창작 생활의 새로운 단계로 진입하여 이후 다수의 작품 발표. 『시대의 징후들Признаки времени』 발표.
1869	『어느 도시의 역사История одного города』 발표(1869~1870). 글루포프('바보'라는 뜻의 글루프이에서 나온 말) 시의 역사적 연대기로서 러시아 군주와 고위층 행정 관료에 대한 풍자 작품. 『타시켄트 신사들Господа ташкентцы』 발표(1869~1872) 『동화Сказки』 발표(1869~1886).

1872	『시골 사람의 페테르부르크 일기Дневинк провинциала в Петербурге』 발표(1872~1873).
1875	『골로블료프가의 사람들Господа Головлевы』, 『조국잡기』에 7회에 걸쳐 발표(1875~1880).
1877	『현대의 목가Современная идиллия』(1877~1883).
1878	『몬레포의 은신처Убежища Монрецо』(1878~1879).
1880	『해외에서 За рубежом』(1880~1881).
1881	『아주머니께 쓴 편지Письмо к тетеньке』(1881~1882).
1884	『조국잡기』 폐간 조치.
1886	『삶의 사소한 것들Мелочи жизни』(1886~1887).
1887	자전적 장편소설『포셰혼의 지난날Пошехонская старина』 발표(1887~1889).
1889	5월 10일 페테르부르크에서 사망. 볼코프 묘지에 안장.

기획의 말

'대산세계문학총서'를 펴내며

　근대문학 100년을 넘어 새로운 세기가 펼쳐지고 있지만, 이 땅의 '세계문학'은 아직 너무도 초라하다. 몇몇 의미 있었던 시도에도 불구하고, 전체적으로는 나태하고 편협한 지적 풍토와 빈곤한 번역 소개 여건 및 출판 역량으로 인해, 늘 읽어온 '간판' 작품들이 쓸데없이 중간 되거나 천박한 '상업주의적' 작품들만이 신간 되는 등, 세계문학의 수용이 답보 상태에 머물러 있었음을 부인하기 힘들다. 분명한 자각과 사명감이 절실한 단계에 이른 것이다.
　세계문학의 수용 문제는, 그 올바른 이해와 향유 없이, 다시 말해 세계문학과의 참다운 교류 없이 한국문학의 세계 시민화가 불가능하다는 의미에서, 보다 근본적으로, 우리의 문화적 시야 및 터전의 확대와 그 질적 성숙에 관련되어 있다. 요컨대 이것은, 후미에 갇힌 우리의 좁은 인식론적 전망의 틀을 깨고 세계 전체를 통찰하는 눈으로 진정한 '문화적 이종 교배'의 토양을 가꾸는 작업이며, 그럼으로써 인간 그 자체를 더 깊게 탐색하기 위해 '미로의 실타래'를 풀며 존재의 심연으로 침잠하는 작업이라 할 수 있다.
　우리의 현실을 둘러볼 때, 그 실천을 위한 인문학적 토대는 어느 정도 갖추어진 듯이 보인다. 다양한 언어권의 다양한 영역에서 문학 전공자들이 고루 등장하여 굳은 전통이나 헛된 유행에 기대지 않고 나름의 가치 있는 작가와 작품을 파고들고 있으며, 독자들 또한 진부한 도식을 벗어나 풍요로운 문학적 체험을 원하고 있다. 새롭게 변화한 한국어의 질감 속에서 그 체험이 이루어지기를 바라는 요청 역시 크다. 그러므로 필요한 것은 어쩌면 물적 토대뿐일지도 모른다는 판단이 우리를 안타깝게 해왔다.

이러한 시점에서, 대산문화재단의 과감한 지원 사업과 문학과지성사의 신뢰성 높은 출간을 통해 그 현실화의 첫발을 내딛게 된 것은 우리 문화계의 큰 즐거움이 아닐 수 없다. 오늘의 문학적 지성에 주어진 이 과제가 충실한 결실을 맺을 수 있도록, 우리는 모든 성실을 기울일 것이다.

'대산세계문학총서' 기획위원회

대산세계문학총서

001-002 소설	**트리스트럼 샌디** (전 2권)	로랜스 스턴 지음 ǀ 홍경숙 옮김
003 시	**노래의 책**	하인리히 하이네 지음 ǀ 김재혁 옮김
004-005 소설	**페리키요 사르니엔토** (전 2권)	
	호세 호아킨 페르난데스 데 리사르디 지음 ǀ 김현철 옮김	
006 시	**알코올**	기욤 아폴리네르 지음 ǀ 이규현 옮김
007 소설	**그들의 눈은 신을 보고 있었다**	조라 닐 허스턴 지음 ǀ 이시영 옮김
008 소설	**행인**	나쓰메 소세키 지음 ǀ 유숙자 옮김
009 희곡	**타오르는 어둠 속에서/어느 계단의 이야기**	
	안토니오 부에로 바예호 지음 ǀ 김보영 옮김	
010-011 소설	**오블로모프** (전 2권)	I. A. 곤차로프 지음 ǀ 최윤락 옮김
012-013 소설	**코린나: 이탈리아 이야기** (전 2권)	마담 드 스탈 지음 ǀ 권유현 옮김
014 희곡	**탬벌레인 대왕/몰타의 유대인/파우스투스 박사**	
	크리스토퍼 말로 지음 ǀ 강석주 옮김	
015 소설	**러시아 인형**	아돌포 비오이 까사레스 지음 ǀ 안영옥 옮김
016 소설	**문장**	요코미쓰 리이치 지음 ǀ 이양 옮김
017 소설	**안톤 라이저**	칼 필립 모리츠 지음 ǀ 장희권 옮김
018 시	**악의 꽃**	샤를 보들레르 지음 ǀ 윤영애 옮김
019 시	**로만체로**	하인리히 하이네 지음 ǀ 김재혁 옮김
020 소설	**사랑과 교육**	미겔 데 우나무노 지음 ǀ 남진희 옮김
021-030 소설	**서유기** (전 10권)	오승은 지음 ǀ 임홍빈 옮김
031 소설	**변경**	미셸 뷔토르 지음 ǀ 권은미 옮김
032-033 소설	**약혼자들** (전 2권)	알레산드로 만초니 지음 ǀ 김효정 옮김
034 소설	**보헤미아의 숲/숲 속의 오솔길**	아달베르트 슈티프터 지음 ǀ 권영경 옮김
035 소설	**가르강튀아/팡타그뤼엘**	프랑수아 라블레 지음 ǀ 유석호 옮김

036 소설	**사탄의 태양 아래** 조르주 베르나노스 지음	윤진 옮김
037 시	**시집** 스테판 말라르메 지음	황현산 옮김
038 시	**도연명 전집** 도연명 지음	이치수 역주
039 소설	**드리나 강의 다리** 이보 안드리치 지음	김지향 옮김
040 시	**한밤의 가수** 베이다오 지음	배도임 옮김
041 소설	**독사를 죽였어야 했는데** 야샤르 케말 지음	오은경 옮김
042 희곡	**볼포네, 또는 여우** 벤 존슨 지음	임이연 옮김
043 소설	**백마의 기사** 테오도어 슈토름 지음	박경희 옮김
044 소설	**경성지련** 장아이링 지음	김순진 옮김
045 소설	**첫번째 향로** 장아이링 지음	김순진 옮김
046 소설	**끄르일로프 우화집** 이반 끄르일로프 지음	정막래 옮김
047 시	**이백 오칠언절구** 이백 지음	황선재 역주
048 소설	**페테르부르크** 안드레이 벨르이 지음	이현숙 옮김
049 소설	**발칸의 전설** 요르단 욥코프 지음	신윤곤 옮김
050 소설	**블라이드데일 로맨스** 나사니엘 호손 지음	김지원·한혜경 옮김
051 희곡	**보헤미아의 빛** 라몬 델 바예-인클란 지음	김선욱 옮김
052 시	**서동 시집** 요한 볼프강 폰 괴테 지음	안문영 외 옮김
053 소설	**비밀요원** 조지프 콘래드 지음	왕은철 옮김
054-055 소설	**헤이케 이야기**(전 2권) 지은이 미상	오찬욱 옮김
056 소설	**몽골의 설화** 데. 체렌소드놈 편저	이안나 옮김
057 소설	**암초** 이디스 워튼 지음	손영미 옮김
058 소설	**수전노** 알 자히드 지음	김정아 옮김
059 소설	**거꾸로** 조리스-카를 위스망스 지음	유진현 옮김
060 소설	**페피타 히메네스** 후안 발레라 지음	박종욱 옮김
061 시	**납** 제오르제 바코비아 지음	김정환 옮김
062 시	**끝과 시작** 비스와바 쉼보르스카 지음	최성은 옮김
063 소설	**과학의 나무** 피오 바로하 지음	조구호 옮김
064 소설	**밀회의 집** 알랭 로브-그리예 지음	임혜숙 옮김
065 소설	**홍까오량 가족** 모옌 지음	박명애 옮김
066 소설	**아서의 섬** 엘사 모란테 지음	천지은 옮김
067 시	**소동파 사선** 소동파 지음	조규백 옮김
068 소설	**위험한 관계** 쇼데를로 드 라클로 지음	윤진 옮김

069 소설	**거장과 마르가리타** 미하일 불가코프 지음	김혜란 옮김
070 소설	**우게쓰 이야기** 우에다 아키나리 지음	이한창 옮김
071 소설	**별과 사랑** 엘레나 포니아토프스카 지음	추인숙 옮김
072-073 소설	**불의 산**(전 2권) 쓰시마 유코 지음	이송희 옮김
074 소설	**인생의 첫출발** 오노레 드 발자크 지음	선영아 옮김
075 소설	**몰로이** 사뮈엘 베케트 지음	김경의 옮김
076 시	**미오 시드의 노래** 지은이 미상	정동섭 옮김
077 희곡	**셰익스피어 로맨스 희곡 전집** 윌리엄 셰익스피어 지음	이상섭 옮김
078 희곡	**돈 카를로스** 프리드리히 폰 실러 지음	장상용 옮김
079-080 소설	**파멜라**(전 2권) 새뮤얼 리처드슨 지음	장은명 옮김
081 시	**이십억 광년의 고독** 다니카와 슌타로 지음	김응교 옮김
082 소설	**잔지바르 또는 마지막 이유** 알프레트 안더쉬 지음	강여규 옮김
083 소설	**에피 브리스트** 테오도르 폰타네 지음	김영주 옮김
084 소설	**악에 관한 세 편의 대화** 블라디미르 솔로비요프 지음	박종소 옮김
085-086 소설	**새로운 인생**(전 2권) 잉고 슐체 지음	노선정 옮김
087 소설	**그것이 어떻게 빛나는지** 토마스 브루시히 지음	문항심 옮김
088-089 산문	**한유문집-창려문초**(전 2권) 한유 지음	이주해 옮김
090 시	**서곡** 윌리엄 워즈워스 지음	김숭희 옮김
091 소설	**어떤 여자** 아리시마 다케오 지음	김옥희 옮김
092 시	**가윈 경과 녹색기사** 지은이 미상	이동일 옮김
093 산문	**어린 시절** 나탈리 사로트 지음	권수경 옮김
094 소설	**골로블료프가의 사람들** 미하일 살티코프 셰드린 지음	김원한 옮김